古典文學經典名著

水滸傳

中冊（全三冊）

施耐庵（著）
徐凡（注釋）

第三十七回

沒遮攔追趕及時雨　船火兒大鬧潯陽江

話說當下宋江不合將五兩銀子齎發了那個教師，只見這揭陽鎮上眾人叢中鑽過這條大漢，睜著眼喝道：「這廝那裡學得這些鳥槍棒，來俺這揭陽鎮上逞強，我已吩咐了眾人休睬他，你這廝如何賣弄有錢，把銀子賞他，滅俺揭陽鎮上的威風！」宋江應道：「我自賞他銀兩，卻干你甚事？」那大漢揪住宋江喝道：「你這賊配軍敢回我話？」宋江道：「做甚麼不敢回你話？」那大漢提起雙拳，劈臉打來，宋江躲個過。那大漢又趕入一步來，宋江卻待要和他放對，只見那個使槍棒的教頭從人背後趕將來，一隻手揪住那大漢頭巾，一隻手提住腰胯，望那大漢肋骨上只一兜，踉蹌一跤，顛翻在地。那大漢卻待掙扎起來，又被這教頭只一腳踢翻了。兩個公人勸住教頭，那大漢從地下爬將起來，看了宋江和教頭說道：「使得使不得，叫你兩個不要慌。」一直望南去了。

宋江且請問：「教頭高姓？何處人氏？」教頭答道：「小人祖貫河南洛陽人氏，姓薛，名永，祖父是老種經略相公帳前軍官，為因惡了同僚，不得升用，子孫靠使槍棒賣藥度日，江湖上但呼小人病大蟲薛永。不敢拜問恩官高姓大名？」宋江道：「小可姓宋，名江，祖貫鄆城縣人氏。」薛永道：「莫非山東及時雨宋公明麼？」宋江道：「小可便是。」薛永聽罷，便拜，宋江連忙扶住道：「少敘三杯如何？」薛永道：「好，正要拜識尊顏，小人無門得遇兄長。」慌忙收拾起槍棒和藥囊，同宋江便往鄰近酒肆內去吃酒。只見店家說道：「酒肉自有，只是不敢賣與你們吃。」宋江問道：「緣何不賣與我們吃？」店家道：「卻才和你們廝打的大漢，已使人吩咐了：若是賣與你們吃時，把我這店子都打得粉碎。我這裡卻是不敢惡他。這人是此間揭陽鎮上一霸，誰敢不聽他說？」宋江道：「既然恁地，我們去休，那廝必然要來尋鬧。」薛永道：「小人也去店裡算了房錢還他，一兩日間，也來江州相會。兄長先行。」宋江又取一二十兩銀子與了薛永，辭別了自去。

宋江只得自和兩個公人也離了酒店，又自去一處吃酒，那店家說道：「小郎已自都吩咐了，我們如何敢賣與你們吃？你枉走，甘自費力，不濟事。」宋江和兩個公人都則聲不得。連連走了幾家，都是一般話說。三個來到市梢盡頭，見了幾家打火小客店，正待要去投宿，卻被他那裡不肯相容。宋江問時，都道：「他已著小郎連連吩咐去了，不許安著你們三個。」當下宋江見不是話頭，三個便拽開腳步，望大路上走著，看見一輪紅日低墜，天色昏暗，但見：

暮煙迷遠岫，寒霧鎖長空。群星拱皓月爭輝，綠水共青山斗碧。疏林古寺，數聲鐘韻悠揚；小浦漁舟，幾點殘燈明滅。枝上子規啼夜月，園中粉蝶宿花叢。

宋江和兩個公人見天色晚來，心裡越慌。三個商量道：「沒來由看使槍棒，惡了這廝！如今閃得前不巴村，後不著店，卻是投那裡去宿是好？」只見遠遠地小路上望見隔林深處射出燈光來。宋江見了道：「兀那裡燈光明處，必有人家，遮莫怎地陪個小心，借宿一夜，明日早行。」公人看了道：「這燈光處又不在正路上。」宋江道：「沒奈何。雖然不在正路上，明日多行三二里，卻打甚麼不

第三十七回

沒遮攔追趕及時雨　船火兒大鬧潯陽江

緊。」三個人當時落路來，行不到二里多路，林子背後閃出一座大莊院來。

宋江和兩個公人來到莊院前敲門，莊客聽得，出來開門道：「你是甚人？黃昏半夜來敲門打戶！」宋江陪著小心答道：「小人是個犯罪配送江州的人。今日錯過了宿頭，無處安歇，欲求貴莊借宿一宵，來早依例拜納房金。」莊客道：「既是恁地，你且在這裡少待，等我入去報知莊主太公，可容即歇。」莊客入去通報了，復翻身出來說道：「太公相請。」宋江和兩個公人到裡面草堂上參見了莊主太公，太公吩咐，教莊客領去門房裡安歇，就與他們些晚飯吃。莊客聽了，引去門首草房下，點起一碗燈，教三個歇定了；取三分飯食、羹湯、菜蔬，教他三個吃了。莊客收了碗碟，自入裡面去。兩個公人道：「押司，這裡又無外人，一發除了行枷，快活睡一夜，明日早行。」宋江道：「說得是。」當時去了行枷，和兩個公人去房外淨手，看見星光滿天；又見打麥場邊屋後，是一條村僻小路，宋江看在眼裡。三個淨了手，入進房裡，關上門去睡。宋江和兩個公人說道：「也難得這個莊主太公留俺們歇這一夜。」正說間，聽得莊裡有人點火把來打麥場上，一到處照看。宋江在門縫裡張時，見是太公引著三個莊客，把火一到處照看。宋江對公人道：「這太公和我父親一般，件件都要自來照管。這早晚也未曾去睡，一地裡（到處）親自點看。」

正說之間，只聽得外面有人叫開莊門，莊客連忙來開了門，放入五七個人來，為頭的手裡拿著朴刀，背後的都拿著稻叉棍棒。火把光下，宋江張看時，「那個提朴刀的，正是在揭陽鎮上要打我們的那漢。」宋江又聽得那太公問道：「小郎，你那裡去來？和甚人廝打？日晚了，拖槍拽棒？」那大漢道：「阿爹不知，哥哥在家裡麼？」太公道：「你哥哥吃得醉了，去睡在後面亭子上。」那漢道：「我自去叫他起來，我和他趕人。」太公道：「你又和誰合口（口角），叫起哥哥來時，他卻不肯干休。你且對我說這緣故。」那漢道：「阿爹，你不知，今日鎮上一個使槍棒賣藥的漢子，叵耐那廝不先來見我弟兄兩個，便去鎮上撇科賣藥，教使槍棒，被我都吩咐了鎮上的人，分文不要與他賞錢，不知那裡走一個囚徒來，那廝做好漢出尖，把五兩銀子賞他，滅俺揭陽鎮上威風。我正要打那廝，堪恨那賣藥的腦揪翻我，打了一頓，又踢了我一腳，至今腰裡還疼。我已教人四下裡吩咐了酒店客店，不許著這廝們吃酒安歇，先教那廝三個今夜沒存身處。隨後吃我叫了賭房裡一伙人，趕將去客店裡，拿得那賣藥的來，盡氣力打了一頓，如今把來吊在都頭家裡。明日送去江邊，捆做一塊，拋在江裡，出那口鳥氣。卻只趕這兩個公人押的囚徒不著，前面又沒客店，竟不知投那裡去宿了。我如今叫起哥哥來，分投趕去，捉拿這廝。」太公道：「我兒休恁地短命相。他自有銀子賞那賣藥的，卻干你甚事！你去打他做甚麼？可知道著他打了，也不曾傷重。快依我口（話）便罷，休教哥哥得知。你吃人打了，他肯幹罷？又是去害人性命！你依我說，且去房裡睡了。半夜三更，莫去敲門打戶，激惱村坊。你也積些陰德。」那漢不顧太公說，拿著朴刀，徑入莊內去了。太公隨後也趕入去。

宋江聽罷，對公人說道：「這般不巧的事，怎生是好？卻又撞在他家投宿，我們只宜走了好。倘或這廝得知，必然吃他害了性命。便是太公不說，莊客如何敢瞞？」兩個公人都道：「說得是，事不宜遲，及早快走。」宋江道：「我們休從大路出去，掇開屋後一堵壁子出去罷。」兩個公人挑了包裹，宋江自提了行枷，便從房裡挖開屋後一堵壁子，三個人便趁星月之下，望林木深處小路上只顧走。正是慌不擇路，走了一個更次，望見前面滿目蘆花，一派大江，滔滔浪滾，正來到潯陽江邊。有詩為證：

撞入天羅地網來，宋江時蹇實堪哀。
才離黑煞凶神難，又遇喪門白虎災。

第三十七回

沒遮攔追趕及時雨　船火兒大鬧潯陽江

只聽得背後喊叫，火把亂明，吹風胡哨趕將來，宋江只叫得苦道：「上蒼救一救則個！」三人躲在蘆葦叢中，望後面時，那火把漸近，三人心裡越慌，腳高步低，在蘆葦裡撞。前面一看，不到天盡頭，早到地盡處。定目一觀，看見大江攔截，側邊又是一條闊港。宋江仰天嘆道：「早知如此的苦，權且在梁山泊也罷。誰想直斷送在這裡。」

宋江正在危急之際，只見蘆葦叢中悄悄地忽然搖出一隻船來。宋江見了，便叫：「梢公，且把船來救我們三個，俺與你幾兩銀子。」那梢公在船上問道：「你三個是甚麼人？卻走在這裡來？」宋江道：「背後有強人打劫我們，一味地撞在這裡。你快把船來渡我們，我多與你些銀兩。」那梢公聽得多與銀兩，把船便放攏來，三個連忙跳上船去，一個公人便把包裹丟下艙裡。一個公人便將水火棍插開了船。那梢公一頭搭上櫓，一面聽著包裹落艙，有些好響聲，心裡暗喜歡。把櫓一搖，那隻小船早蕩在江心裡去。

岸上那伙趕來的人，早趕到灘頭，有十數個火把，為頭兩個大漢，各挺著一條朴刀，隨後有二十餘人，各執槍棒，口裡叫道：「你那梢公，快搖船攏來！」宋江和兩個公人做一塊兒伏在船艙裡，說道：「梢公，卻是不要攏船，我們自多與你些銀子相謝。」那梢公點頭，只不應岸上的人，把船望上水咿咿啞啞的搖將去。那岸上這伙人大喝道：「你那梢公，不搖攏船來，教你都死！」那梢公冷笑幾聲，也不應。岸上那伙人又叫道：「你是那個梢公？直恁大膽！不搖攏來！」那梢公冷笑應道：「老爺叫做張梢公，你不要咬我鳥。」岸上火把叢中那個長漢說道：「元來是張大哥，你見我弟兄兩個麼？」那梢公應道：「我又不瞎，做甚麼不見你？」那長漢道：「你既見我時，且搖攏來和你說話。」那梢公道：「有話明朝來說，趁船的要去得緊。」那長漢道：「我弟兄兩個正要捉這趁船的三個人。」那梢公道：「趁船的三個都是我家親眷，衣食父母，請他歸去吃碗板刀麵子來。」那長漢道：「你且搖攏來和你商量。」那梢公又道：「我的衣飯，倒搖攏來把與你，倒樂意！」那長漢道：「張大哥，不是這般說，我弟兄只要捉這囚徒，你且攏來。」那梢公一頭搖櫓，一面說道：「我自好幾日接得這個主顧，卻是不搖攏來，倒吃你接了去！你兩個只得休怪，改日相見。」宋江不曉得梢公話裡藏鬮，在船艙裡悄悄的和兩個公人說：「也難得這個梢公救了我們三個性命。又與他分說，不要忘了他恩德，卻不是幸得這只船來渡了我們。」

卻說那梢公搖開船去，離得江岸遠了，三個人在艙裡望岸上時，火把也自去蘆葦中明亮。宋江道：「慚愧！正是『好人相逢，惡人遠離』。且得脫了這場災難。」只見那梢公搖著櫓，口裡唱起湖州歌來。唱道：

老爺生長在江邊，不怕官司不怕天。
昨夜華光來趁我，臨行奪下一金磚。

宋江和兩個公人聽了這首歌，都酥軟了。宋江又想道：「他是唱耍。」三個正在那裡議論未了，只見那梢公放下櫓，說道：「你這個撮鳥，兩個公人，平日最會詐害做私商的人，今日卻撞在老爺手裡！你三個卻是要吃板刀麵？卻是要吃餛飩？」宋江道：「家長（船老大）休要取笑！怎地喚做板刀麵？怎地是餛飩？」那梢公睜著眼道：「老爺和你耍甚鳥！若還要吃板刀麵時，俺有一把潑風也似快刀在這艎板底下，我不消三刀五刀，我只一刀一個，都剁你三個人下水去；你若要吃餛飩時，你三個快脫了衣裳，都赤條條地跳下江裡自死。」宋江聽罷，扯定兩個公人說道：「卻是苦也！正是『福無雙至，禍不單行』。」那梢公喝道：「你三個好好商量，快回我話。」宋江答道：「梢公不知，我

第三十七回

沒遮攔追趕及時雨　船火兒大鬧潯陽江

們也是沒奈何，犯下了罪，迭配江州的人，你如何可憐見饒了我三個！」那梢公喝道：「你說甚麼閒話！饒你三個！我半個也不饒你。老爺喚做有名的狗臉張爺爺，來也不認得爹，去也不認得娘。你便都閉了鳥嘴，快下水裡去！」宋江又求告道：「我們都把包裹內金銀、財帛、衣服等項，盡數與你，只饒了我三人性命。」那梢公便去？板底下摸出那把明晃晃板刀來，大喝道：「你三個要怎地？」宋江仰天嘆道：「為因我不敬天地，不孝父母，犯下罪責，連累了你兩個。」那兩個公人也扯著宋江道：「押司，罷，罷，我們三個一處死休。」那梢公又喝道：「你三個好好快脫了衣裳，跳下江去。跳便跳，不跳時，老爺便剁下水裡去。」

宋江和那兩個公人抱做一塊，恰待要跳水，只見江面上咿咿啞啞櫓聲響，宋江探頭看時，一隻快船飛也似從上水頭搖將下來。船上有三個人，一條大漢手裡橫著托叉，立在船頭上；梢頭兩個後生，搖著兩把快櫓，星光之下，早到面前。那船頭上橫叉的大漢便喝道：「前面是甚麼梢公，敢在當港行事？船裡貨物，見者有份。」這船梢公回頭看了，慌忙應道：「原來卻是李大哥，我只道是誰來。大哥又去做買賣，只是不曾帶挈兄弟。」大漢道：「張家兄弟，你在這裡又弄這一手！船裡甚麼行貨？有些油水麼？」梢公答道：「教你得知好笑。我這幾日沒道路，又賭輸了，沒一文，正在沙灘上悶坐，岸上一伙人趕著三頭行貨來我船裡。卻是鳥兩個公人，解一個黑矮囚徒，正不知是那裡人。他說道：「迭配江州來的，卻又項上不帶行枷。趕來的岸上一伙人，卻是鎮上穆家哥兒兩個，定要討他，我見有些油水吃，我不還他。」船上那大漢道：「咄！莫不是我哥哥宋公明？」宋江聽得聲音廝熟，便艙裡叫道：「船上好漢是誰？救宋江則個！」那大漢失驚道：「真個是我哥哥，早不做出來。」宋江鑽出船上來看時，星光明亮，那立在船頭上的大漢，不是別人，正是：

家住潯陽江浦上，最稱豪傑英雄。眉濃眼大面皮紅。髭鬚垂鐵線，語話若銅鐘。凜凜身軀長八尺，能揮利劍霜鋒，衝波躍浪立奇功。廬州生李俊，綽號混江龍。

那船頭上立的大漢，正是混江龍李俊。背後船梢上兩個搖櫓的，一個是出洞蛟童威，一個是翻江蜃童猛。

這李俊聽得是宋公明，便跳過船來，口裡叫苦道：「哥哥驚恐。若是小弟來得遲了些個，誤了仁兄性命。今日天使李俊在家坐立不安，棹船出來江裡，趕些私鹽，不想又遇著哥哥在此受難！」那梢公呆了半晌，做聲不得，方才問道：「李大哥，這黑漢便是山東及時雨宋公明麼？」李俊道：「可知是哩！」那梢公便拜道：「我那爺，你何不早通個大名，省得著我做出歹事來，爭些兒傷了仁兄。」宋江問李俊道：「這個好漢是誰？高姓何名？」李俊道：「哥哥不知，這個好漢卻是小弟結義的兄弟，原是小孤山下人氏，姓張，名橫，綽號船火兒，專在此潯陽江做這件穩善（罪惡）的道路。」宋江和兩個公人都笑起來。

當時兩隻船並著搖奔灘邊來，纜了船，艙裡扶宋江並兩個公人上岸。李俊又與張橫說道：「兄弟，我常和你說，天下義士，只除非山東及時雨鄆城宋押司，今日你可仔細認看。」張橫敲開火石，點起燈來，照著宋江，撲翻身，又在沙灘上拜道：「望哥哥恕兄弟罪過！」宋江看那張橫時，但見：

七尺身軀三角眼，黃髯赤髮紅睛，潯陽江上有聲名。衝波如水怪，躍浪似飛鯨，惡水狂風都不懼，蛟龍見處魂驚。天差列宿害生靈。小孤山下住，船火號張橫。

第三十七回

沒遮攔追趕及時雨　船火兒大鬧潯陽江

張橫拜罷問道：「義士哥哥為何事配來此間？」李俊便把宋江犯罪的事說了，今來迭配江州。張橫聽了說道：「好教哥哥得知，小弟一母所生的親弟兄兩個，長的便是小弟，我有個兄弟，卻又了得，渾身雪練也似一身白肉。沒得四五十里水面，水底下伏得七日七夜，水裡行一似一根白條；更兼一身好武藝，因此人起他一個異名，喚做浪裡白條張順。當初我弟兄兩個，只在揚子江邊做一件依本分的道路。」宋江道：「願聞則個。」張橫道：「我弟兄兩個，但賭輸了時，我便先駕一隻船渡在江邊淨處做私渡。有那一等客人貪省貫百錢的，又要快，便來下我船。等船裡都坐滿了，卻教兄弟張順也扮做單身客人，等著一個大包，也來趁船。我把船搖到半江裡，歇了櫓，拋了釘，插一把板刀，卻討船錢，本合五百足錢一個人，我便定要他三貫。卻先問兄弟討起，教他假意不肯還我，我便把他來起手，一手揪住他頭，一手提定腰胯，撲通地攛下江裡，排頭兒（依次一個個地）定要三貫，一個個都驚得呆了，把出來不迭。都斂得足了，卻送他到僻靜處上岸。我那兄弟自從水底下走過對岸，等沒了人，卻與兄弟分錢去賭。那時我兩個只靠這件道路過日。」宋江道：「可知江邊多有主顧來尋你私渡！」李俊等都笑起來。張橫又道：「如今我弟兄兩個都改了業，我便只在這潯陽江裡做些私商（搶劫）；兄弟張順，他卻如今自在江州做賣魚牙子（魚販子）。如今哥哥去時，小弟寄一封書去；只是不識字，寫不得。」李俊道：「我們去村裡央個門館先生來寫。」留下童威、童猛看船。三個人跟了李俊，張橫提了燈，投村裡來。

走不過半里路，看見火把還在岸上明亮。張橫說道：「他弟兄兩個還未歸去。」李俊道：「你說兀誰弟兄兩個？」張橫道：「便是鎮上那穆家哥兒兩個。」李俊道；「一發叫他兩個來拜見哥哥。」宋江連忙說道：「使不得，他兩個趕著要捉我。」李俊道：「仁兄放心。他弟兄不知是哥哥。他亦是我們一路人。」李俊用手一招，胡哨了一聲，只見火把人伴都飛奔將來。看見李俊、張橫都恭奉著宋江做一處說話，那弟兄二人大驚道：「二位大哥如何與這三人廝熟？」李俊大笑道：「你道他是兀誰？」那二人道：「便是不認得。只見他在鎮上出銀兩賞那使槍棒的，滅俺鎮上威風，正待要捉他。」李俊道：「他便是我日常和你們說的山東及時雨鄆城宋押司公明哥哥，你兩個還不快拜。」那弟兄兩個撇了朴刀，撲翻身便拜道：「聞名久矣，不期今日方得相會。卻才甚是冒瀆，犯傷了哥哥，望乞憐憫恕罪。」宋江扶起二位道：「壯士，願求大名。」李俊便道：「這弟兄兩個富戶，是此間人，姓穆，名弘，綽號沒遮攔；兄弟穆春，喚做小遮攔，是揭陽鎮上一霸。我這裡有三霸，哥哥不知，一發說與哥哥知道，揭陽嶺上嶺下，便是小弟和李立一霸；揭陽鎮上，是他弟兄兩個一霸；潯陽江邊做私商的，卻是張橫、張順兩個一霸。以此謂之三霸。」宋江答道：「我們如何省得？既然都是自家弟兄情分，望乞放還了薛永。」穆弘笑道：「便是使槍棒的那廝？哥哥放心，隨即便教兄弟穆春去取來還哥哥。我們且請仁兄到敝莊伏禮請罪。」李俊說道：「最好，最好。便到你莊上去。」穆弘叫莊客著兩個去看了船隻，就請童威、童猛一同都到莊上去相會。一面又著人去莊上報知，置辦酒食，殺羊宰豬，整理筵宴。

一行眾人等了童威、童猛，一同取路投莊上來，卻好五更天氣。都到莊裡，請出穆太公來相見了，就草堂上分賓主坐下。宋江看那穆弘時，端的好表人物，但見：

> 面似銀盆身似玉，頭圓眼細眉單，威風凜凜逼人寒。靈官（道家供奉的神祇）離斗府，佑聖下天關。武藝高強心膽大，陣前不肯空還，攻城野戰奪旗幡。穆弘真壯士，人號沒遮攔。

宋江與穆太公對坐。說話未久，天色明朗，穆春已取到病大蟲薛永進來，一處相會了。穆弘安排筵席，管待宋江等眾位飲宴，至晚都留在莊上歇宿。次日，宋江要行，穆弘那裡肯放，把眾人都留莊上，陪侍宋江去鎮上閒玩，觀看揭陽市村景致。又住了三日，宋江怕違了限次，堅意要行，穆弘並眾人苦留不住，當日做個送路筵席。次日早起來，宋江作別穆太公並眾位好漢，臨行吩咐薛永，且在穆弘處住幾時，卻來江州，再得相會。穆弘道：「哥哥但請放心，我這裡自看顧他。」取出一盤金銀，送與宋江，又齎發兩個公人些銀兩。臨動身，張橫在穆弘莊上央人修了一封家書，央宋江付與張順，當時宋江收放包裹內了。一行人都送到潯陽江邊。穆弘叫隻船來，取過先頭行李下船。眾人都在江邊，安排行枷，取酒食上船餞行，當下眾人灑淚而別。李俊、張橫、穆弘、穆春、薛永、童威、童猛一行人，各自回家，不在話下。

只說宋江自和兩個公人下船投江州來。這梢公非比前番，拽起一帆風篷，早送到江州上岸。宋江依前帶上行枷，兩個公人取出文書，挑了行李，直至江州府前來，正值府尹升廳。原來那江州知府，姓蔡，雙名得章，是當朝蔡太師蔡京的第九個兒子，因此江州人叫他做蔡九知府。那人為官貪濫，作事驕奢。為這江州是個錢糧浩大的去處，抑且人廣物盈，因此太師特地教他來做個知府。

當時兩個公人當廳下了公文，押宋江投廳下。蔡九知府看見宋江一表非俗，便問道：「你為何枷上沒了本州的封皮？」兩個公人告道：「於路上春雨淋漓，卻被水濕壞了。」知府道：「快寫個帖來，便送下城外牢城營裡去，本府自差公人押解下去。」這兩個公人就送宋江到牢城營內交割。當時江州府公人齎了文帖，監押宋江並同公人，出州衙，前來酒店裡買酒吃。宋江取三兩來銀子，與了江州府公人，當討了收管，將宋江押送單身房裡聽候。那公人先去對管營差撥處替宋江說了方便，交割，討了收管，自回江州府去了。這兩個公人也交還了宋江包裹行李，千酬萬謝，相辭了入城來。兩個自說道：「我們雖是吃了驚恐，卻賺得許多銀兩。」自到州衙府裡伺候，討了回文，兩個取路往濟州去了。

話裡只說宋江又自央浼人情，差撥到單身房裡，送了十兩銀子與他；管營處又自加倍送十兩並人事（托請應酬）；營裡管事的人，並使喚的軍健人等，都送些銀兩與他們買茶吃。因此無一個不歡喜宋江。少刻引到點視廳前，除了行枷，參見管營，為得了賄賂，在廳上說道：「這個新配到犯人宋江聽著：先朝太祖武德皇帝聖旨事例，但凡新入流配的人，須先吃一百殺威棒，左右與我捉去背起來。」宋江告道：「小人於路感冒風寒時症，至今未曾痊可。」管營道：「這漢端的似有病的，不見他面黃肌瘦，有些病症。且與他權寄下這頓棒。此人既是縣吏出身，著他本營抄事房做個抄事。」就時立了文案，便教發去抄事。宋江謝了，去單身房取了行李，到抄事房安頓了。眾囚徒見宋江有面目，都買酒來與他慶賀。

次日，宋江置備酒食，與眾人回禮。不時間，又請差撥牌頭遞杯，管營處常常送禮物與他。宋江身邊有的是金銀財帛，自落的結識他們。住了半月之間，滿營裡沒一個不歡喜他。自古道：「世情看冷暖，人面逐高低。」

宋江一日與差撥在抄事房吃酒，那差撥說與宋江道：「賢兄，我前日和你說的那個節級常例人情，如何多日不使人送去與他？今已一旬之上了。他明日下來時，須不好看。」宋江道：「這個不妨。那人要錢，不與他。若是差撥哥哥但要時，只顧問宋江取不妨；那節級要時，一文也沒。等他下來，宋江自有話說。」差撥道：「押司，那人好生利害，更兼手腳了得。倘或有些言語高低，吃了他些羞辱，卻道我不與你通知。」宋江道：「兄長由他，但請放心，小可自有措置。敢是送些與他，也不見得；他有個不敢要我的，也不見得。」

正恁的說未了，只見牌頭來報道：「節級下在這裡了，正在廳上大發作，罵道：『新到配軍，如何不送常例錢來與我！』」差撥道：「我說是麼，那人自來，連我們都怪。」宋江笑道：「差撥哥哥休罪，不及陪侍，改日再得作杯（擺酒請客）。小可且去和他說話。」差撥也起身道：「我們不要見他。」宋江別了差撥，離了抄事房，自來點視廳上，見這節級。

不是宋江來和這人廝見，有分教，江州城裡，翻為虎窟狼窩；十字街頭，變作屍山血海。直教撞破天羅歸水滸，掀開地網上梁山。畢竟宋江來與這個節級怎麼相見，且聽下回分解。

第三十七回

沒遮攔追趕及時雨　船火兒大鬧潯陽江

第三十八回 及時雨會神行太保　黑旋風斗浪裡白條

話說當時宋江別了差撥，出抄事房來，到點視廳上看時，見那節級掇條凳子坐在廳前，高聲喝道：「那個是新配到囚徒？」牌頭指著宋江道：「這個便是。」那節級便罵道：「你這黑矮殺才，倚仗誰的勢要，不送常例錢來與我？」宋江道：「『人情人情，在人情願』，你如何逼取人財？好小哉相！」兩邊看的人聽了，倒捏兩把汗。那人大怒，喝罵：「賊配軍，安敢如此無禮！顛倒說我小哉！那兜馱的，與我背起來，且打這廝一百訊棍。」兩邊營裡眾人都是和宋江好的，見說要打他，一哄都走了，只剩得那節級和宋江。那人見眾人都散了，肚裡越怒，拿起訊棍，便奔來打宋江。宋江說道：「節級，你要打我，我得何罪？」那人大喝道：「你這賊配軍，是我手裡行貨，輕咳嗽便是罪過。」宋江道：「你便尋我過失，也不到得該死。」那人怒道：「你說不該死，我要結果你也不難，只似打殺一個蒼蠅。」宋江冷笑道：「我因不送得常例錢便該死時，結識梁山泊吳學究的，卻該怎地？」那人聽了這話，慌忙丟了手中訊棍，便問道：「你說甚麼？」宋江又答道：「自說那結識軍師吳學究的，你問我怎的？」那人慌了手腳，拖住宋江問道：「你正是誰？那裡得這話來？」宋江笑道：「小可便是山東鄆城縣宋江。」那人聽了大驚，連忙作揖說道：「原來兄長，正是及時雨宋公明。」宋江

第三十八回

及時雨會神行太保　黑旋風斗浪裡白條

道：「何足掛齒！」那人便道：「兄長，此間不是說話處，未敢下拜。同往城裡敘懷，請兄長便行。」宋江道：「好，節級少待，容宋江鎖了房門便來。」

宋江慌忙到房裡取了吳用的書，自帶了銀兩，出來鎖上房門，吩咐牌頭看管，便和那人離了牢城營內，奔入江州城裡來，去一個臨街酒肆中樓上坐下。那人問道：「兄長何處見吳學究來？」宋江懷中取出書來，遞與那人。那人拆開封皮，從頭讀了，藏在袖內，起身望著宋江便拜。宋江慌忙答禮道：「適間言語衝撞，休怪，休怪！」那人道：「小弟只聽得說有個姓宋的發下牢城營裡來。往常時，但是發來的配軍，常例送銀五兩，今番已經十數日，不見送來，今日是個閒暇日頭，因此下來取討，不想卻是仁兄。恰才在營內甚是言語冒瀆了哥哥，萬望恕罪！」宋江道：「差撥亦曾常對小可說起大名。宋江有心要拜識尊顏，又不知足下住處，亦無因入城，特地只等尊兄下來，要與足下相會一面，以此耽誤日久。不是為這五兩銀子不捨得送來，只想尊兄必是自來，故意延挨。今日幸得相見，以慰平生之願。」

說話的，那人是誰？便是吳學究所薦的江州兩院押牢節級戴院長戴宗。那時故宋時金陵一路節級，都稱呼「家長」；湖南一路節級，都稱呼做「院長」。原來這戴院長有一等驚人的道術，但出路時，齎書飛報緊急軍情事，把兩個甲馬（迷信者畫的神符）拴在兩隻腿上，作起神行法來，一日能行五百里；把四個甲馬拴在腿上，便一日能行八百里。因此人都稱做神行太保戴宗。有臨江仙為證：

面闊唇方神眼突，瘦長清秀人材，皂紗巾畔翠花開。黃旗書令字，紅串映宣牌。
健足欲追千里馬，羅衫常惹塵埃。神行太保術奇哉：程途八百里，朝去暮還來。

當下戴院長與宋公明說罷了來情去意，戴宗、宋江俱各大喜。兩個坐在閣子裡，叫那賣酒的過來，安排酒果、肴饌、菜蔬來，就酒樓上兩個飲酒。宋江訴說一路上遇見許多好漢，眾人相會的事務，戴宗也傾心吐膽，把和這吳學究相交來往的事，告訴了一遍。

兩個正說到心腹相愛之處，才飲得兩三杯酒，只聽樓下喧鬧起來，過賣連忙走入閣子來，對戴宗問道：「這個人只除非是院長說得他下，沒奈何，煩院長去解拆則個。」戴宗問道：「在樓下作鬧的是誰？」過賣道：「便是時常同院長走的那個喚做鐵牛李大哥，在底下尋主人家借錢。」戴宗笑道：「又是這廝在下面無禮，我只道是甚麼人。兄長少坐，我去叫了這廝上來。」

戴宗便起身下去，不多時，引著一個黑凜凜大漢上樓來。宋江看見，吃了一驚，便問道：「院長，這大哥是誰？」戴宗道：「這個是小弟身邊牢裡一個小牢子（獄卒），姓李，名逵，祖貫是沂州沂水縣百丈村人氏；本身一個異名，喚做黑旋風李逵。他鄉中都叫他做『李鐵牛』。因為打死了人，逃走出來，雖遇赦宥，流落在此江州，不曾還鄉。為他酒性不好，多人懼他。能使兩把板斧，及會拳棍，見今在此牢裡勾當。」有詩為證：

家住沂州翠嶺東，殺人放火恣行凶。
不搽煤墨渾身黑，似著朱砂兩眼紅。
閑向溪邊磨巨斧，悶來岩畔斫喬松。
力如牛猛堅如鐵，撼地搖天黑旋風。

李逵看著宋江問戴宗道：「哥哥，這黑漢子是誰？」戴宗對宋江笑道：「押司，你看這廝恁麼粗

第三十八回
及時雨會神行太保　黑旋風斗浪裡白條

鹵，全不識些體面。」李逵便道：「我問大哥：怎地是粗鹵？」戴宗道：「兄弟，你便請問這位官人是誰便好，你倒卻說『這黑漢子是誰』，這不是粗鹵，卻是甚麼？我且與你說知：這位仁兄，便是閒常你要去投奔他的義士哥哥。」李逵道：「莫不是山東及時雨黑宋江？」戴宗喝道：「咄，你這廝敢如此犯上，直言叫喚，全不識些高低，兀自不快下拜等幾時？」李逵道：「若真個是宋公明，我便下拜；若是閒人，我卻拜甚鳥！節級哥哥，不要瞞我拜了，你卻笑我。」宋江便道：「我正是山東黑宋江。」李逵拍手叫道：「我那爺，你何不早說些個，也教鐵牛歡喜。」撲翻身軀便拜。宋江連忙答禮，說道：「壯士大哥請坐。」戴宗道：「兄弟，你便來我身邊坐了吃酒。」李逵道：「不耐煩小盞吃，換個大碗來篩。」宋江便問道：「卻才大哥為何在樓下發怒？」李逵道：「我有一錠大銀，解了十兩小銀使用了，卻問這主人家那借十兩銀子，去贖那大銀出來，便還他，自要些使用。叵耐這鳥主人不肯借與我，卻待要和那廝放對，打得他家粉碎，卻被大哥叫了我上來。」宋江道：「只用十兩銀子去取，再要利錢麼？」李逵道：「利錢已有在這裡了，只要十兩本錢去討。」宋江聽罷，便去身邊取出一個十兩銀子，把與李逵，說道：「大哥，你將去贖來用度。」戴宗要阻當時，宋江已把出來了。李逵接得銀子，便道：「卻是好也！兩位哥哥只在這裡等我一等，贖了銀子便來送還，就和宋哥哥去城外吃碗酒。」宋江道：「且坐一坐，吃幾碗了去。」李逵道：「我去了便來。」推開簾子，下樓去了。

戴宗道：「兄長休借這銀與他便好；卻才小弟正欲要阻，兄長已把在他手裡了。」宋江道：「卻是為何？」戴宗道：「這廝雖是耿直，只是貪酒好賭。他卻幾時有一錠大銀解了，兄長吃他賺漏（騙取）了這個銀去。他慌忙出門，必是去賭，若還贏得時，便有得送來還哥哥；若是輸了時，那裡討這十兩銀來還兄長，戴宗面上須不好看。」宋江笑道：「院長尊兄何必見外，量這些銀兩，何足掛齒，由他去賭輸了罷。我看這人倒是個忠直漢子。」戴宗道：「這廝本事自有，只是心粗膽大不好。在江州牢裡，但吃醉了時，卻不奈何罪人，只要打一般強的牢子。我也被他連累得苦。專一路見不平，好打強漢，以此江州滿城人都怕他。」詩曰：

賄賂公行法枉施，罪人多受不平虧。
以強凌弱真堪恨，天使拳頭付李逵。

宋江道：「俺們再飲兩杯，卻去城外閒玩一遭。」戴宗道：「小弟也正忘了和兄長去看江景則個。」宋江道：「小可也要看江州的景致，如此最好。」

且不說兩個再飲酒，只說李逵得了這個銀子，尋思道：「難得宋江哥哥，又不曾和我深交，便借我十兩銀子，果然仗義疏財，名不虛傳。如今來到這裡，卻恨我這幾日賭輸了，沒一文做好漢請他。如今得他這十兩銀子，且將去賭一賭，倘或贏得幾貫錢來，請他一請也好看。」當時李逵慌忙跑出城外小張乙賭房裡來，便去場上將這十兩銀子撇在地下，叫道：「把頭錢過來我博。」那小張乙得知李逵從來賭直，便道：「大哥且歇這一博，下來便是你博。」李逵道：「我要先賭這一博。」小張乙道：「你便傍猜也好。」李逵道：「我不傍猜，只要博這一博。五兩銀子做一注。」有那一般賭的，卻待要博，被李逵搠手奪過頭錢（標有正反面的賭具）來，便叫道：「我博兀誰？」小張乙道：「便博我五兩銀子。」李逵叫一聲，咯搭地博一個叉。小張乙便拿了銀子過來，李逵叫道：「我的銀子是十兩。」小張乙道：「你再博我五兩，快，便還了你這錠銀子。」李逵又拿起頭錢，叫聲「快（頭錢全是反面）！」咯搭的又博個叉（頭錢全是正面）。小張乙笑道：「我叫你休搶頭錢，且歇一博，不聽我口，如今一連博上兩個叉。」李逵道：「我這銀子是別人的。」小張乙道：「遮莫是誰的，也不濟事了。你既輸了，卻說甚麼？」李逵道：「沒奈何，且借我一借，明日便送來還你。」小張乙道：「說甚麼閒話？自古賭錢場上無父子，你明明地輸了，如何倒來革爭（爭吵）？」李逵把布衫拽起在前面，口裡喝道：「你們還我也不還？」小張乙道：「李大哥，你閒常最賭的直，今日如何恁麼沒出豁？」李逵也不答應他，便就地下擄了銀子，又搶了別人賭的十來兩銀子，都摟在布衫兜裡，睜起雙眼，就道：「老爺閒常賭直，今日權且不直一遍。」小張乙急待向前奪時，被李逵一指一交；十二三個賭博的一齊上，要奪那銀子，被李逵指東打西，指南打北。李逵把這伙人打得沒地躲處，便出到門前，把門的問道：「大郎那裡去？」被李逵提在一邊，一腳踢開了門，便走。那伙人隨後趕將出來，都只在門前叫道：「李大哥，你恁地沒道理，都搶了我們眾人的銀子去！」只在門前叫喊，沒一個敢近前來討。詩曰：

世人無事不嬲帳，直道只用在賭上。
李逵不直亦不妨，又為賭賊作榜樣。

李逵正走之時，聽得背後一人趕上來，扳住肩臂喝道：「你這廝如何卻搶擄別人財物？」李逵口裡應道：「干你鳥事！」回過臉來看時，卻是戴宗，背後立著宋江。李逵見了，惶恐滿面，便道：「哥哥休怪，鐵牛閒常只是賭直，今日不想輸了哥哥的銀子，又沒得些錢來相請哥哥，喉急了，時下做出這些不直來。」宋江聽了，大笑道：「賢弟但要銀子使用，只顧來問我討。今日既是明明地輸與他了，快把來還他。」李逵只得從布衫兜裡取出來，都遞在宋江手裡。宋江便叫過小張乙前來，都付與他。小張乙接過來說道：「二位官人在上，小人只拿了自己的，這十兩原銀，雖是李大哥兩博輸與小人，如今小人情願不要他的，省的記了冤仇。」宋江道：「你只顧將去，不要記懷。（掛在心上）」小張乙那裡肯。宋江便道：「他不曾打傷了你們麼？」小張乙道：「討頭的，拾錢的，和那把門的，都被他打倒在裡面。」宋江道：「既是恁的，就與他眾人做將息錢，兄弟自不敢來了，我自著他去。」小張乙收了銀子，拜謝了回去。

宋江道：「我們和李大哥吃三杯去。」戴宗道：「前面靠江有那琵琶亭酒館，是唐朝白樂天古跡。我們去亭上酌三杯，就觀江景則個。」宋江道：「可於城中買些肴饌之物將去。」戴宗道：「不用，如今那亭上有人在裡面賣酒。」宋江道：「恁地時卻好。」當時三人便望琵琶亭上來。到得亭子上看時，一邊靠著潯陽江，一邊是店主人家房屋。琵琶亭上有十數副座頭，戴宗便揀一副乾淨座頭，讓宋江坐了頭位，戴宗坐在對席，肩下便是李逵。三個坐定，便叫酒保鋪下菜蔬、果品、海鮮、案酒之類，酒保取過兩樽「玉壺春」酒，此是江州有名的上色好酒，開了泥頭。宋江縱目觀看那江時，端的是景致非常，但見：

雲外遙山聳翠，江邊遠水翻銀。隱隱沙汀（水中沙地），飛起幾行鷗鷺；悠悠小蒲，撐回數隻漁舟。翻翻雪浪拍長空，拂拂涼風吹水面。紫霄峰上接穹蒼，琵琶亭半臨江岸。四圍空闊，八面玲瓏。欄干影浸玻璃，窗外光浮玉壁。昔日樂天聲價重，當年司馬淚痕多（白居易被貶為九江郡司馬時因聽琵琶女彈奏而流淚）。

當時三人坐下，李逵便道：「酒把大碗來篩，不耐煩小盞價吃。」戴宗喝道：「兄弟好村，你不要做聲，只顧吃酒便了。」宋江吩咐酒保道：「我兩個面前放兩隻盞子，這位大哥面前放個大碗。」酒保應了，下去取隻碗來，放在李逵面前；一面篩酒，一面鋪下肴饌。李逵笑道：「真個好個宋哥哥，人說不差了，便知做兄弟的性格。結拜得這位哥哥，也不枉了。」酒保斟酒，連篩了五七遍。宋江因見了這兩人，心中歡喜，吃了幾杯，忽然心裡想要辣魚湯吃，便問戴宗道：「這裡有好鮮魚麼？」戴宗笑道：「兄長，你不見滿江都是漁船，此間正是魚米之鄉，如何沒有鮮魚？」宋江道：「得些辣魚湯醒酒最好。」戴宗便喚酒保，教造三分加辣點紅白魚湯來。頃刻造了湯來，宋江看見道：「美食不如美器，雖是個酒肆之中，端的好整齊器皿。」拿起箸來，相勸戴宗、李逵吃，自也吃了些魚，呷了幾口湯汁。李逵也不使箸，便把手去碗裡撈起魚來，和骨頭都嚼吃了。宋江看見，忍笑不住，呷了兩口汁，便放下箸不吃了。戴宗道：「兄長，已定這魚醃了，不中仁兄吃。」宋江道：「便是不才酒後，只愛口鮮魚湯吃，這個魚真是不甚好。」戴宗應道：「便是小弟也吃不得，是醃的，不中吃。」李逵嚼了自碗裡魚，便道：「兩位哥哥都不吃，我替你們吃了。」便伸手去宋江碗裡撈將過來吃了，又去戴宗碗裡也撈過來吃了，滴滴點點淋一桌子汁水。

宋江見李逵把三碗魚湯和骨頭都嚼吃了，便叫酒保來吩咐道：「我這大哥想是肚飢，你可去大塊肉切二斤來與他吃，少刻一發算錢還你。」酒保道：「小人這裡只賣羊肉，卻沒牛肉，要肥羊盡有。」李逵聽了，便把魚汁擗臉潑將去，淋那酒保一身。戴宗喝道：「你又做甚麼！」李逵應道：「叵耐這廝無禮，欺負我只吃牛肉，不賣羊肉與我吃。」酒保道：「小人問一聲，也不多話。」宋江道：「你去只顧切來，我自還錢。」酒保忍氣吞聲去切了二斤羊肉，做一盤，將來放在桌子上。李逵見了，也不謙讓，大把價揸來只顧吃，拈指間把這二斤羊肉都吃了。宋江看了道：「壯哉，真好漢也！」李逵道：「這宋大哥便知我的鳥意，吃肉不強似吃魚。」戴宗叫酒保來問道：「卻才魚湯，家生甚是整齊，魚卻醃了，不中吃。別有甚好鮮魚時，另造些辣湯來，與我這位官人醒酒。」酒保答道：「不敢瞞院長說，這魚端的是昨夜的。今日的活魚還在船內，等魚牙主人不來，未曾敢賣動，因此未有好鮮魚。」李逵跳起來道：「我自去討兩尾活魚來與哥哥吃。」戴宗道：「你休去，只央酒保去回幾尾來便了。」李逵道：「船上打魚的，不敢不與我，值得甚麼！」戴宗攔當不住，李逵一直去了。戴宗對宋江說道：「兄長休怪小弟引這等人來相會，全沒些個體面，羞辱殺人！」宋江道：「他生性是恁的，如何教他改得？我倒敬他真實不假。」兩個自在琵琶亭上笑語說話取樂。詩曰：

> 溢江煙景出塵寰，江上峰巒擁髻鬟。
> 明月琵琶人不見，黃蘆苦竹暮潮還。

卻說李逵走到江邊看時，見那漁船一字排著，約有八九十隻，都纜繫在綠楊樹下。船上漁人，有斜枕著船梢睡的，有在船頭上結網的，也有在水裡洗浴的。此時正是五月半天氣，一輪紅日，將及沉西，不見主人來開艙賣魚。李逵走到船邊，喝一聲道：「你們船上活魚把兩尾來與我。」那漁人應道：「我們等不見漁牙主人來，不敢開艙。你看，那行販都在岸上坐地。」李逵道：「等甚麼鳥主人！先把兩尾魚來與我。」那漁人又答道：「紙也未曾燒，如何敢開艙？那裡先拿魚與你？」李逵見他眾人不肯拿魚，便跳上一隻船去，漁人那裡攔當得住。李逵不省得船上的事，只顧便把竹笆篾一拔，漁人在岸上只叫得罷了。李逵伸手去艎板底下一絞摸時，那裡有一個魚在裡面。原來那大江裡漁船，船尾開半截大孔，放江水出入，養著活魚，卻把竹笆篾攔住，以此船艙裡活水往來，養放活魚，因此江州有好鮮魚。這李逵不省得，倒先把竹笆篾提起了，將那一艙活魚都走了。李逵又跳過那邊船上去拔那竹篾，那七八十漁人都奔上船，把竹篙來打李逵。李逵大怒，焦躁起來，便脫下布衫，裡面單系著一條棋子布手巾兒，見那亂竹篙打來，兩隻手一駕，早搶了五六條在手裡，一似扭葱般都扭斷了。漁人看見，盡吃一驚，卻都去解了纜，把船撐開去了。李逵忿怒，赤條條地拿兩截折竹篙，上岸來趕打行販，都亂紛紛地挑了擔走。

正熱鬧裡，只見一個人從小路裡走出來，眾人看見叫道：「主人來了，這黑大漢在此搶魚，都趕散了漁船。」那人道：「甚麼黑大漢，敢如此無禮！」眾人把手指道：「那廝兀自在岸邊尋人廝打。」那人搶將過去，喝道：「你這廝吃了豹子心大蟲膽，也不敢來攪亂老爺的道路（財路）！」李逵看那人時，六尺五六身材，三十二三年紀，三柳掩口黑髯，頭上裹頂青紗萬字巾，掩映著穿心紅一點有家兒，上穿一領白布衫，腰繫一條絹搭膊，下面青白裊腳多耳麻鞋，手裡提條行秤。那人正來賣魚，見了李逵在那裡橫七豎八打人，便把秤遞與行販接了，趕上前來大喝道：「你這廝要打誰？」李逵也不回話，掄過竹篙，卻望那人便打。那人搶入去，早奪了竹篙，李逵便一把揪住那人頭髮，那人便奔他下三面，要跌李逵。怎敵得李逵水牛般氣力，直推將開去，不能勾攏身，那人便望肋下擢得幾拳，李逵那裡著在意裡。那人又飛起腳來踢，被李逵直把頭按將下去，提起鐵錘般大小拳頭，去那人脊梁上擂鼓也似打。那人怎生掙扎。李逵正打哩，一個人在背後劈腰抱住，一個人便來幫住手，喝道：「使不得，使不得。」李逵回頭看時，卻是宋江、戴宗。李逵便放了手，那人略得脫身，一道煙走了。

戴宗埋冤李逵道：「我教你休來討魚，又在這裡和人廝打。倘或一拳打死了人，你不去償命坐牢？」李逵應道：「你怕我連累你，我自打死了一個，我自去承當。」宋江便道：「兄弟休要論口，拿了布衫，且去吃酒。」李逵向那柳樹根頭拾起布衫，搭在胳膊上，跟了宋江、戴宗便走。行不得十數步，只聽的背後有人叫罵道：「黑殺才，今番來和你見個輸贏。」李逵回轉頭來看時，便是那人，脫得赤條條地，匾扎起一條水褌兒，露出一身雪練也似白肉，頭上除了巾幘，顯出那個穿心一點紅俏鬏兒來，在江邊獨自一個把竹篙撐著一隻漁船趕將來，口裡大罵道：「千刀萬剮的黑殺才，老爺怕你的，不算好漢！走的，不是好男子！」李逵聽了大怒，吼了一聲，撇了布衫，搶轉身來，那人便把船略攏來，湊在岸邊，一手把竹篙點定了船，口裡大罵著。李逵也罵道：「好漢便上岸來。」那人把竹篙去李逵腿上便搠，撩撥得李逵火起，托地跳在船上。說時遲，那時快，那人只要誘得李逵上船，便把竹篙望岸邊一點，雙腳一蹬，那隻漁船，一似狂風飄敗葉，箭也似投江心裡去了。

李逵雖然也識得水，苦不甚高，當時慌了手腳，那個人也不叫罵，撇了竹篙，叫聲：「你來，今番和你定要見個輸贏。」便把李逵胳膊拿住，口裡說道：「且不和你廝打，先教你吃些水。」兩隻腳把船隻一晃，船底朝天，英雄落水，兩個好漢撲通地都翻筋斗撞下江裡去。宋江、戴宗急趕至岸邊，那隻船已翻在江裡，兩個只在岸上叫苦。江岸邊早擁上三五百人，在柳陰樹下看，都道：「這黑大漢今番卻著道兒，便掙扎得性命，也吃了一肚皮水。」宋江、戴宗在岸邊看時，只見江面開處，那人把李逵提將起來，又淹將下去，兩個正在江心裡面清波碧浪中間，一個顯渾身黑肉，一個露遍體霜膚。兩個打做一團，絞做一塊，江岸上那三五百人沒一個不喝采，但見：

一個是沂水縣成精異物，一個是小孤山作怪妖魔。這個是酥團結就肌膚，那個如炭屑湊成皮肉。一個是馬靈官白蛇托化，一個是趙元帥黑虎投胎。這個似萬萬錘打就銀人，那個如千千火煉成鐵漢。一個是五台山銀牙白象，一個是九曲河鐵甲老龍。這個如布漆羅漢顯神通，那個似玉碾金剛施勇猛。一個盤旋良久，汗流遍體迸真珠；一個揪扯多時，水浸渾身傾墨汁。那個學華光教主，向碧波深處顯形骸；這個像黑煞天神，在雪浪堆中呈面目。正是玉龍攪暗天邊日，黑鬼掀開水底天。

當時宋江、戴宗看見李逵被那人在水裡揪住，浸得眼白，又提起來，又納下去，何止淹了數十遭，正是：

舟行陸地力能為，拳到江心無可施。
真是黑風吹白浪，鐵牛兒作水牛兒。

宋江見李逵吃虧，便叫戴宗央人去救。戴宗問眾人道：「這白大漢是誰？」有認得的說道：「這個好漢便是本處賣魚主人，喚做張順。」宋江聽得，猛省道：「莫不是綽號浪裡白條的張順？」眾人道：「正是，正是。」宋江對戴宗說道：「我有他哥哥張橫的家書在營裡。」戴宗聽了，便向岸邊高聲叫道：「張二哥不要動手，有你令兄張橫家書在此。這黑大漢是俺們兄弟，你且饒了他，上岸來說話。」張順在江心裡見是戴宗叫他，卻也時常認得，便放了李逵，赴到岸邊，爬上岸來，看著戴宗唱個喏道：「院長休怪小人無禮。」戴宗道：「足下可看我面，且去救了我這兄弟上來，卻教你相會一個人。」張順再跳下水裡，赴將開去，李逵正在江裡探頭探腦，假掙扎洑（浮水）水。張順早洑到分際，帶住了李逵一隻手，自把兩條腿踏著水浪，如行平地，那水浸不過他肚皮，淹著臍下，擺了一隻手，直托李逵上岸來，江邊看的人個個喝采。宋江看得呆了。半晌，張順、李逵都到岸上，李逵喘做一團，口裡只吐白水。戴宗道：「且都請你們到琵琶亭上說話。」張順討了布衫穿著，李逵也穿了布衫，四個人再到琵琶亭上來。

戴宗便對張順道：「二哥，你認得我麼？」張順道：「小人自識得院長，只是無緣，不曾拜會。」戴宗指著李逵問張順道：「足下日常曾認得他麼？今日倒衝撞了你。」張順道：「小人如何不認的李大哥？只是不曾交手。」李逵道：「你也淹得我勾了。」張順道：「你也打得我好了。」戴宗道：「你兩個今番卻做個至交的弟兄。常言道：『不打不成相識。』」李逵道：「你路上休撞著我。」張順道：「我只在水裡等你便了。」四人都笑起來，大家唱個無禮喏。

戴宗指著宋江對張順道：「二哥，你曾認得這位兄長麼？」張順看了道：「小人卻不認得，這裡亦不曾見。」李逵跳起身來道：「這哥哥便是黑宋江。」張順道：「莫非是山東及時雨鄆城宋押司？」戴宗道：「正是公明哥哥。」張順納頭便拜道：「久聞大名，不想今日得會，多聽的江湖上來往的人說兄長清德，扶危濟困，仗義疏財。」宋江答道：「量小可何足道哉！前日來時，揭陽嶺下混江龍李俊家裡住了幾日；後在潯陽江上，因穆弘相會，得遇令兄張橫，修了一封家書，寄來與足下，放在營內，不曾帶得來。今日便和戴院長並李大哥來這裡琵琶亭吃三杯，就觀江景。宋江偶然酒後思量些鮮魚湯醒酒，怎當的他定要來討魚，我兩個阻他不住。只聽得江岸上發喊熱鬧，叫酒保看時，說道是黑大漢和人廝打，我兩個急急走來勸解，不想卻與壯士相會。今日宋江一朝得遇三位豪傑，豈非天幸！且請同坐，菜酌三杯。」再喚酒保重整杯盤，再備肴饌。張順道：「既然哥哥要好鮮魚吃，兄弟去取幾尾來。」宋江道：「最好。」李逵道：「我和你去討。」戴宗喝道：「又來了，你還吃的水不快活。」張順笑將起來，綰了李逵手說道：「我今番和你去討魚，看別人怎地！」正是：

上殿相爭似虎，落水鬥亦如龍。

果然不失和氣，斯為草澤英雄。

兩個下琵琶亭來，到得江邊，張順略哨一聲，只見江上漁船都撐攏來到岸邊，張順問道：「那個船裡有金色鯉魚？」只見這個應道：「我船上來。」那個應道：「我船裡有。」一霎時卻湊攏十數尾金色鯉魚來。張順選了四尾大的，把柳條穿了，先教李逵將來亭上整理。張順自點了行販，吩咐小牙子去把秤賣魚，張順卻自來琵琶亭上陪侍宋江。宋江謝道：「何須許多，但賜一尾，也十分勾了。」張順答道：「些小微物，何足掛齒！兄長食不了時，將回行館做下飯。」兩個序齒，李逵年長，坐了第三位，張順坐第四位。再叫酒保討兩樽玉壺春上色酒來，並些海鮮、案酒、果品之類。張順吩咐酒保，把一尾魚做辣湯，用酒蒸，一尾叫酒保切鱠（魚片）。

四人飲酒中間，各敘胸中之事，正說得入耳，只見一個女娘，年方二八，穿一身紗衣，來到跟前，深深的道了四個萬福，頓開喉音便唱。李逵正待要賣弄胸中許多豪傑的事務，卻被他唱起來一攪，三個且都聽唱，打斷了他的話頭。李逵怒從心起，跳起身來，把兩個指頭去那女娘子額上一點，那女子大叫一聲，驀然倒地。眾人近前看時，只見那女娘桃腮似土，檀口無言。那酒店主人一發向前攔住四人，要去經官告理。正是憐香惜玉無情緒，煮鶴焚琴惹是非。畢竟宋江等四人在酒店裡怎地脫身，且聽下回分解。

第三十九回

潯陽樓宋江吟反詩　梁山泊戴宗傳假信

話說當下李逵把指頭捺倒了那女娘，酒店主人攔住說道：「四位官人如何是好？」主人心慌，便叫酒保過賣都向前來救他，就地下把水噴噀，看看蘇醒，扶將起來。看時，額角上抹脫了一片油皮（表皮），因此那女子暈昏倒了，救得醒來，千好萬好。他的爹娘聽得說是黑旋風，先是驚得呆了半晌，那裡敢說一言。看那女子，已自說得話了，娘母取個手帕，自與他包了頭，收拾了釵環。宋江問道：「你姓甚麼？那裡人家？」那老婦人道：「不瞞官人說，老身夫妻兩口兒，姓宋，原是京師人。只有這個女兒，小字玉蓮，他爹自教得他幾個曲兒，胡亂叫他來這琵琶亭上賣唱養口。為他性急，不看頭勢，不管官人說話，只顧便唱，今日這哥哥失手，傷了女兒些個，終不成經官動詞，連累官人。」宋江見他說得本分，便道：「你著甚人跟我到營裡，我與你二十兩銀子，將息女兒，日後嫁個良人，免在這裡賣唱。」那夫妻兩口兒便拜謝道：「怎敢指望許多！」宋江道：「我說一句是一句，並不會說謊。你便叫你老兒自跟我去討與他。」那夫妻二人拜謝道：「深感官人救濟。」戴宗埋怨李逵道：「你這廝要便與人合口，又教哥哥壞了許多銀子。」李逵道：「只指頭略擦得一擦，他自倒了，不曾見這般鳥女子恁地嬌嫩。你便在我臉上打一百拳，也不妨。」宋江等眾人都笑起來。張順便

第三十九回
潯陽樓宋江吟反詩　梁山泊戴宗傳假信

叫酒保去說：這席酒錢我自還他。酒保聽得道：「不妨，不妨，只顧去。」宋江那裡肯，便道：「兄弟，我勸二位來吃酒，倒要你還錢！」張順苦死要還，說道：「難得哥哥會面，仁兄在山東時，小弟哥兒兩個也兀自要來投奔哥哥，今日天幸得識尊顏，權表薄意，非足為禮。」戴宗道：「公明兄長，既然是張二哥相敬之心，只得曲允。」宋江道：「既然兄弟還了，改日卻另置杯復禮。」張順大喜，就將了兩尾鯉魚，和戴宗、李逵帶了這個宋老兒，都送宋江離了琵琶亭，來到營裡，五個人都進抄事房裡坐下。宋江先取兩錠小銀二十兩，與了宋老兒，那老兒拜謝了去，不在話下。天色已晚，張順送了魚，宋江取出張橫書，付與張順，相別去了。宋江又取出五十兩一錠大銀對李逵道：「兄弟，你將去使用。」戴宗、李逵也自作別，趕入城去了。

只說宋江把一尾魚送與管營，留一尾自吃。宋江因見魚鮮，貪愛爽口，多吃了些，至夜四更，肚裡絞腸刮肚價疼；天明時，一連瀉了二十來遭，昏暈倒了，睡在房中。宋江為人最好，營裡眾人都來煮粥，燒湯，看覷，伏侍他。次日，張順因見宋江愛魚吃，又將得好金色大鯉魚兩尾送來，就謝宋江寄書之義，卻見宋江破腹，瀉倒在床，眾囚徒都在房裡看視。張順見了，要請醫人調治。宋江道：「自貪口腹，吃了些鮮魚，壞了肚腹，你只與我贖一貼止瀉六和湯來吃便好了。」叫張順把這兩尾魚，一尾送與王管營，一尾送與趙差撥。張順送了魚，就贖了一貼六和湯藥來與宋江了自回去，不在話下。營內自有眾人煎藥伏侍。次日，戴宗、李逵備了酒肉，徑來抄事房看望宋江。只見宋江暴病才可，吃不得酒肉，兩個自在房面前吃了，直至日晚，相別去了，亦不在話下。

只說宋江自在營中將息了五七日，覺得身體沒事，病症已痊，思量要入城中去尋戴宗。又過了一日，不見他一個來。次日早膳罷，辰牌前後，揣了些銀子，鎖上房門，離了營裡。信步出街來，徑走入城，去州衙前左邊尋問戴院長家。有人說道：「他又無老小，只在城隍廟間壁觀音庵裡歇。」宋江聽了，尋訪直到那裡，已自鎖了門出去了。卻又來尋問黑旋風李逵時，多人說道：「他是個沒頭神（沒有固定營生），又無家室，只在牢裡安身。沒地裡的巡檢，東邊歇兩日，西邊歪幾時，正不知他那裡是住處。」宋江又尋問賣魚牙子張順時，亦有人說道：「他自在城外村裡住；便自賣魚時，也只在城外江邊。只除非討賒錢入城來。」

宋江聽罷，又尋出城來，直要問到那裡，獨自一個悶悶不已，信步再出城外來，看見那一派江景非常，觀之不足。正行到一座酒樓前過，仰面看時，旁邊豎著一根望竿，懸掛著一個青布酒旆子，上寫道：「潯陽江正庫。」雕簷外一面牌額，上有蘇東坡大書「潯陽樓」三字。宋江看了，便道：「我在鄆城縣時，只聽得說江州好座潯陽樓，原來卻在這裡。我雖獨自一個在此，不可錯過，何不且上樓去自己看玩一遭？」宋江來到樓前看時，只見門邊朱紅華表，柱上兩面白粉牌，各有五個大字，寫道：「世間無比酒，天下有名樓」。宋江便上樓來，去靠江占一座閣子裡坐了；憑闌舉目看時，端的好座酒樓，但見：

雕簷映日，畫棟飛雲。碧闌干低接軒窗，翠簾幕高懸戶牖。吹笙品笛，盡都是公子王孫；執盞擎壺，擺列著歌姬舞女。消磨醉眼，倚青天萬疊雲山；勾惹吟魂，翻瑞雪一江煙水。白蘋渡口，時聞漁父鳴榔；紅蓼灘頭，每見釣翁擊楫。樓畔綠槐啼野鳥，門前翠柳繫花驄（五花馬）。

宋江看罷，喝采不已。酒保上樓來問道：「官人還是要待客，只是自消遣？」宋江道：「要待兩位客人，未見來，你且先取一樽好酒，果品、肉食只顧賣來，魚便不要。」酒保聽了，便下樓去。少

第三十九回

潯陽樓宋江吟反詩　梁山泊戴宗傳假信

時，一托盤把上樓來，一樽藍橋風月美酒，擺下菜蔬，時新果品、案酒，列幾般肥羊、嫩雞、釀鵝、精肉，盡使朱紅盤碟。宋江看了，心中暗喜，自誇道：「這般整齊肴饌，濟楚器皿，端的是好個江州。我雖是犯罪遠流到此，卻也看了些真山真水。我那裡雖有幾座名山古跡，卻無此等景致。」獨自一個，一杯兩盞，倚闌暢飲，不覺沉醉，猛然驀上心來，思想道：「我生在山東，長在鄆城，學吏出身，結識了多少江湖好漢，雖留得一個虛名，目今三旬之上，名又不成，利又不就，倒被文了雙頰，配來在這裡；我家鄉中老父和兄弟，如何得相見？」不覺酒湧上來，潸然淚下，臨風觸目，感恨傷懷。忽然做了一首西江月詞，便喚酒保索借筆硯來。起身觀玩，見白粉壁上多有先人題詠，宋江尋思道：「何不就書於此？倘若他日身榮，再來經過，重睹一番，以記歲月，想今日之苦。」乘著酒興，磨得墨濃，蘸得筆飽，去那白粉壁上揮毫便寫道：

自幼曾攻經史，長成亦有權謀。恰如猛虎臥荒丘，潛伏爪牙忍受。

不幸刺文雙頰，那堪配在江州。他年若得報冤仇，血染潯陽江口。

宋江寫罷，自看了大喜大笑，一面又飲了數杯酒，不覺歡喜，自狂蕩起來，手舞足蹈，又拿起筆來，去那西江月後再寫下四句詩，道是：

心在山東身在吳，飄蓬江海謾嗟籲。

他時若遂凌雲志，敢笑黃巢不丈夫！

宋江寫罷詩，又去後面大書五字道：「鄆城宋江作」。寫罷，擲筆在桌上，又自歌了一回。再飲過數杯酒，不覺沉醉，力不勝酒，便喚酒保計算了，取些銀子算還，多的都賞了酒保，拂袖下樓來。踉踉蹌蹌，取路回營裡來。開了房門，便倒在床上，一覺直睡到五更。酒醒時，全然不記得昨日在潯陽江樓上題詩一節。當時害酒，自在房裡睡臥，不在話下。

且說這江州對岸，另有個城子，喚做無為軍，卻是個野去處。城中有個在閒（解職歸家）通判，姓黃，雙名文炳。這人雖讀經書，卻是阿諛諂佞之徒，心地匾窄，只要嫉賢妒能，勝如己者害之，不如己者弄之，專在鄉裡害人。聞知這蔡九知府是當朝蔡太師兒子，每每來浸潤（討好）他，時常過江來謁訪知府，指望他引薦出職，再欲做官。也是宋江命運合當受苦，撞了這個對頭。

當日這黃文炳在私家閒坐，無可消遣，帶了兩個僕人，買了些時新禮物，自家一隻快船渡過江來，徑去府裡探望蔡九知府。恰恨（恰巧）撞著府裡公宴，不敢進去。卻再回船，正好那隻船，僕人已纜在潯陽樓下。黃文炳因見天氣暄熱，且去樓上閒玩一回。信步入酒庫裡來，看了一遭，轉到酒樓上，憑欄消遣，觀見壁上題詠甚多，也有做得好的，亦有歪談亂道的。黃文炳看了冷笑。正看到宋江題西江月詞，並所吟四句詩，大驚道：「這個不是反詩？誰寫在此？」後面卻書道「鄆城宋江作」五個大字。黃文炳再讀道：「自幼曾攻經史，長成亦有權謀。」冷笑道：「這人自負不淺。」又讀道：「恰如猛虎臥荒丘，潛伏爪牙忍受。」黃文炳道：「那廝也是個不依本分的人。」又讀：「不幸刺文雙頰，那堪配在江州。」黃文炳道：「也不是個高尚其志的人，看來只是個配軍。」又讀道：「他年若得報冤仇，血染潯陽江口。」黃文炳道：「這廝報仇兀誰？卻要在此生事！量你是個配軍，做得甚用！」又讀詩道：「心在山東身在吳，飄蓬江海謾嗟籲。」黃文炳道：「這兩句兀自可恕。」又讀道：「他時若遂凌雲志，敢笑黃巢不丈夫！」黃文炳搖著頭道：「這廝無禮，他卻要賽過黃巢，不謀

第三十九回

潯陽樓宋江吟反詩　梁山泊戴宗傳假信

反待怎地？」再看了「鄆城宋江作」。黃文炳道：「我也多曾聞這個名字，那人多管是個小吏。」便喚酒保來問道：「作這兩篇詩詞，端的是何人題下在此？」酒保道：「夜來一個人獨自吃了一瓶酒，醉後疏狂，寫在這裡。」黃文炳道：「約莫甚麼樣人？」酒保道：「面頰上有兩行金印，多管是牢城營內人。生得黑矮肥胖。」黃文炳道：「是了。」就借筆硯取幅紙來抄了，藏在身邊，吩咐酒保休要刮去了。

黃文炳下樓，自去船中歇了一夜。次日飯後，僕人挑了盒仗，一徑又到府前，正值知府退堂在衙內，使人入去報復。多樣時，蔡九知府遣人出來，邀請在後堂。蔡九知府卻出來與黃文炳敘罷寒溫已畢，送了禮物，分賓坐下。黃文炳稟說道：「文炳夜來渡江到府拜望，聞知公宴，不敢擅入，今日重復拜見恩相。」蔡九知府道：「通判乃是心腹之交，徑入來同坐何妨！下官有失迎迓。」左右執事人獻茶。茶罷，黃文炳道：「相公在上，不敢拜問，不知近日尊府太師恩相曾使人來否？」知府道：「前日才有書來。」黃文炳道：「不敢動問，京師近日有何新聞？」知府道：「家尊寫來書上吩咐道：近日太史院司天監奏道，夜觀天象，罡星照臨吳、楚。敢有作耗（作亂）之人，隨即體察剿除。更兼街市小兒謠言四句道：『耗國因家木，刀兵點水工（水手）。縱橫三十六，播亂在山東。』因此囑咐下官，緊守地方。」黃文炳尋思了半晌，笑道：「恩相，事非偶然也！」黃文炳袖中取出所抄之詩，呈與知府道：「不想卻在此處。」蔡九知府看了道：「這是個反詩，通判那裡得來？」黃文炳道：「小生夜來不敢進府，回至江邊，無可消遣，卻去潯陽樓上避熱閒玩，觀看前人吟詠，只見白粉壁上，新題下這篇。」知府道：「卻是何等樣人寫下？」

黃文炳回道：「相公，上面明題著姓名，道是『鄆城宋江作』。」知府道：「這宋江卻是甚麼人？」黃文炳道：「他分明寫著『不幸刺文雙頰，那堪配在江州』。眼見得只是個配軍，——牢城營犯罪的囚徒。」知府道：「量這個配軍，做得甚麼！」黃文炳道：「公相不可小覷了他。恰才相公所言尊府恩相家書說小兒謠言，正應在本人身上。」知府道：「何以見得？」黃文炳道：「『耗國因家木』，耗散國家錢糧的人，必是『家』頭著個『木』字，明明是個『宋』字；第二句『刀兵點水工』，興起刀兵之人，水邊著個『工』字，明是個『江』字。這個人姓宋，名江，又作下反詩，明是天數，萬民有福。」知府又問道：「何謂『縱橫三十六，播亂在山東』？」黃文炳答道：「或是六六之年，或是六六之數；『播亂在山東』，今鄆城縣正是山東地方。這四句謠言，已都應了。」知府又道：「不知此間有這個人麼？」黃文炳回道：「小生夜來問那酒保時，說道這人只是前日寫下了去。這個不難，只取牢城營文冊一查，便見有無。」知府道：「通判高見極明。」便喚從人叫庫子取過牢城營裡文冊簿來看。當時從人於庫內取至文冊，蔡九知府親自檢看，見後面果有五月間新配到囚徒一名「鄆城縣宋江」。黃文炳看了道：「正是應謠言的人，非同小可。如是遲緩，誠恐走透了消息，可急差人捕獲，下在牢裡，卻再商議。」知府道：「言之極當。」隨即升廳，叫喚兩院押牢節級過來。廳下戴宗聲喏。知府道：「你與我帶了做公的人，快下牢城營裡，捉拿潯陽樓吟反詩的犯人鄆城縣宋江來，不可時刻違誤。」

戴宗聽罷，吃了一驚，心裡只叫得苦。隨即出府來，點了眾節級牢子，都叫各去家裡取了各人器械，「來我下處間壁城隍廟裡取齊。」戴宗吩咐了眾人，各自歸家去，戴宗卻自作起神行法，先來到牢城營裡，徑入抄事房，推開門看時，宋江正在房裡，見是戴宗入來，慌忙迎接，便道：「我前日入城來，那裡不尋遍。因賢弟不在，獨自無聊，自去潯陽樓上飲了一瓶酒。這兩日迷迷不好，正在這裡害酒。」戴宗道：「哥哥，你前日卻寫下甚言語在樓上？」宋江道：「醉後狂言，誰個記得。」戴宗道：「卻才知府喚我當廳發落，叫多帶從人，『拿捉潯陽樓上題反詩的犯人鄆城縣宋江正身赴官。』

兄弟吃了一驚，先去穩住眾做公的在城隍廟等候。如今我特來先報知哥哥，卻是怎地好？如何解救？」宋江聽罷，搔頭不知癢處，只叫得苦：「我今番必是死也。」戴宗道：「我教仁兄一著解手（解除危難的辦法），未知如何？如今小弟不敢耽擱，回去便和人來捉你，你可披亂了頭髮，把尿屎潑在地上，就倒在裡面，詐作風魔。我和眾人來時，你便口裡胡言亂語，只做失心風便好，我自去替你回復知府。」宋江道：「感謝賢弟指教，萬望維持則個。」

戴宗慌忙別了宋江，回到城裡，逕來城隍廟，喚了眾做公的，一直奔入牢城營裡來，假意喝問：「那個是新配來的宋江？」牌頭引眾人到抄事房裡，只見宋江披散頭髮，倒在尿屎坑裡滾，見了戴宗和做公的人來，便說道：「你們是甚麼鳥人？」戴宗假意大喝一聲：「捉拿這廝！」宋江白著眼，卻亂打將來，口裡亂道：「我是玉皇大帝的女婿。丈人教我領十萬天兵來殺你江州人，閻羅大王做先鋒，五道將軍做合後，與我一顆金印，重八百餘斤，殺你這般鳥人。」眾做公的道：「原來是個失心風的漢子，我們拿他去何用？」戴宗道：「說得是。我們且去回話，要拿時再來。」眾人跟了戴宗回到州衙裡，蔡九知府在廳上專等回報。戴宗和眾做公的在廳下回復知府道：「原來這宋江是個失心風的人。尿屎穢污全不顧，口裡胡言亂語，渾身臭糞不可當，因此不敢拿來。」

蔡九知府正待要問緣故，時黃文炳早在屏風背後轉將出來，對知府道：「休信這話。本人作的詩詞，寫的筆跡，不是有風症的人，其中有詐。好歹只顧拿來；便走不動，扛也扛將來。」蔡九知府道：「通判說得是。」便發落戴宗：「你們不揀怎地，只與我拿得來。」

戴宗領了鈞旨，只叫得苦，再將帶了眾人下牢城營裡來，對宋江道：「仁兄，事不諧（辦成）矣。兄長只得去走一遭。」便把一個大竹籮，扛了宋江，直抬到江州府裡，當廳歇下。知府道：「拿過這廝來。」眾做公的把宋江押於階下。宋江那裡肯跪，睜著眼，見了蔡九知府道：「你是甚麼鳥人，敢來問我！我是玉皇大帝的女婿。丈人教我引十萬天兵，殺你江州人，閻羅大王做先鋒，五道將軍做合後，有一顆金印，重八百餘斤。你也快躲了我，不時，教你們都死。」

蔡九知府看了，沒做理會處。黃文炳又對知府道：「且喚本營差撥並牌頭（差役）來問，這人來時有風，近日卻才風？若是來時風，便是真症候；若是近日才風，必是詐風。」知府道：「言之極當。」便差人喚到管營、差撥，問他兩個時，那裡敢隱瞞，只得直說道：「這人來時不見有風病，敢只是近日舉發此症。」知府聽了，大怒。喚過牢子獄卒，把宋江捆翻，一連打上五十下，打得宋江一佛出世，二佛涅槃，皮開肉綻，鮮血淋漓。戴宗看了，只叫得苦，又沒做道理救他處。宋江初時也胡言亂語，次後吃拷打不過，只得招道：「自不合一時酒後，誤寫反詩，別無主意。」蔡九知府即取了招狀，將一面二十五斤死囚枷枷了，推放大牢裡收禁。宋江吃打得兩腿走不動，當廳釘了，直押赴死囚牢裡來。卻得戴宗一力維持，吩咐了眾小牢子，都教好覷此人。戴宗自安排飯食，供給宋江，不在話下。

再說蔡九知府退廳，邀請黃文炳到後堂稱謝道：「若非通判高明遠見，下官險些兒被這廝瞞過了。」黃文炳又道：「相公在上，此事也不宜遲。只好急急修一封書，便差人星夜上京師，報與尊府恩相知道，顯得相公幹了這件國家大事。就一發稟道：『若要活的，便著一輛陷車解上京；如不要活的，恐防路途走失，就於本處斬首號令，以除大害。』便是今上得知必喜。」蔡九知府道：「通判所言有理，下官即日也要使人回家，書上就薦通判之功，使家尊面奏天子，早早升授富貴城池，去享榮華。」黃文炳拜謝道：「小生終身皆依托門下，自當銜環背鞍之報。」黃文炳就攛掇蔡九知府寫了家書，印上圖書（印章）。黃文炳問道：「相公差那個心腹人去？」知府道：「本州自有個兩院節級，喚做戴宗，會使神行法，一日能行八百里路程，只來早便差此人徑往京師，只消旬日，可以往回。」黃

第三十九回

潯陽樓宋江吟反詩　梁山泊戴宗傳假信

文炳道：「若得如此之快，最好，最好。」蔡九知府就後堂置酒，管待了黃文炳，次日相辭知府，自回無為軍去了。

且說蔡九知府安排兩個信籠，打點了金珠寶貝玩好之物，上面都貼了封皮。次日早辰，喚過戴宗到後堂囑咐道：「我有這般禮物，一封家書，要送上東京太師府裡去，慶賀我父親六月十五日生辰。日期將近，只有你能幹去得。你休辭辛苦，可與我星夜去走一遭，討了回書便轉來，我自重重的賞你。你的程途，都在我心上。我已料著你神行的日期，專等你回報；切不可沿途耽擱，有誤事情。」

戴宗聽了，不敢不依。只得領了家書、信籠，便拜辭了知府，挑回下處安頓了，卻來牢裡對宋江說道：「哥哥放心，知府差我上京師去，只旬日之間便回。就太師府裡使些見識，解救哥哥的事。每日飯食，我自吩咐在李逵身上，委著他安排送來，不教有缺。仁兄且寬心守奈幾日。」宋江道：「望煩賢弟救宋江一命則個。」戴宗叫過李逵，當面吩咐道：「你哥哥誤題了反詩，在這裡吃官司，未知如何。我如今又吃差往東京去，早晚便回。哥哥飯食，朝暮全靠著你看覷他則個。」李逵應道：「吟了反詩，打甚麼鳥緊！萬千謀反的，倒做了大官。你自放心東京去，牢裡誰敢奈何他！好便好，不好，我使老大斧頭砍他娘。」戴宗臨行又囑咐道：「兄弟小心，不要貪酒，失誤了哥哥飯食。休得出去？醉了，餓著哥哥。」李逵道：「哥哥，你自放心去。若是這等疑忌時，兄弟從今日就斷了酒，待你回來卻開。早晚只在牢裡伏侍宋江哥哥，有何不可？」戴宗聽了，大喜道：「兄弟若得如此發心，堅意守看哥哥更好。」當日作別去了。李逵真個不吃酒，早晚只在牢裡伏侍宋江，寸步不離。

不說李逵自看覷宋江，且說戴宗回到下處，換了腿絣、護膝、八答麻鞋，穿上杏黃衫，整了搭膊，腰裡插了宣牌，換了巾幘，便袋裡藏了書信盤纏，挑上兩個信籠，出到城外，身邊取出四個甲馬，去兩隻腿上，每只各拴兩個，口裡念起神行法咒語來。怎見得神行法效驗：

彷彿渾如駕霧，依稀好似騰雲。如飛兩腳蕩紅塵，越嶺登山去緊。頃刻才離鄉鎮，片時又過州城。金錢甲馬果通神，千里如同眼近。

當日戴宗離了江州，一日行到晚，投客店安歇，解下甲馬，取數陌金紙燒送了。過了一宿，次日早起來，吃了酒食，離了客店，又拴上四個甲馬，挑起信籠，放開腳步便行。端的是耳邊風雨之聲，腳不點地。路上略吃些素飯、素酒、點心又走。看看日暮，戴宗早歇了，又投客店宿歇一夜。次日起個五更，趕早涼行，拴上甲馬，挑上信籠，又走。約行過了三二百里，已是巳牌時分，不見一個乾淨酒店。此時正是六月初旬天氣，蒸得汗雨淋漓，滿身蒸濕，又怕中了暑氣。正飢渴之際，早望見前面樹林側首一座傍水臨湖酒肆，戴宗拈指間走到跟前，看時，乾乾淨淨有二十副座頭，盡是紅油桌凳，一帶都是檻窗。戴宗挑著信籠入到裡面，揀一副穩便座頭，歇下信籠，解下腰裡搭膊，脫下杏黃衫，噴口水晾在窗欄上。戴宗坐下，只見個酒保來問道：「上下，打幾角酒？要甚麼肉食下酒，或豬、羊、牛肉？」戴宗道：「酒便不要多，與我做口飯來吃。」酒保又道：「我這裡賣酒賣飯，又有饅頭粉湯。」戴宗道：「我卻不吃葷腥，有甚麼素湯下飯？」酒保道：「加料麻辣蹩豆腐如何？」戴宗道：「最好，最好。」酒保去不多時，蹩一碗豆腐，放兩碟菜蔬，連篩三大碗酒來。戴宗正飢又渴，一上(一會兒)把酒和豆腐都吃了，卻待討飯吃，只見天旋地轉，頭暈眼花，就凳邊便倒。酒保叫道：「倒了。」只見店裡走出一個人來，怎生模樣，但見：

臂闊腿長腰細，待客一團和氣。
梁山作眼英雄，旱地忽律朱貴。

當下朱貴從裡面出來，說道：「且把信籠將入去，先搜那廝身邊，有甚東西。」便有兩個火家去他身上搜看，只見便袋裡搜出一個紙包，包著一封書，取過來，遞與朱頭領。朱貴扯開，卻是一封家書，見封皮上面寫道：「平安家信，百拜奉上父親大人膝下，男蔡德章謹封。」朱貴便拆開，從頭看去，見上面寫道：「見今拿得應謠言題反詩山東宋江監收在牢一節，聽候施行。……」

朱貴看罷，驚得呆了，半晌則聲不得。火家正把戴宗扛起來，背入殺人作房裡去開剝，只見凳頭邊溜下搭膊，上掛著朱紅綠漆宣牌(官印)。朱貴拿起來看時，上面雕著銀字道是：「江州兩院押牢節級戴宗」。朱貴看了道：「且不要動手，我常聽得軍師說這江州有個神行太保戴宗，是他至愛相識。莫非正是此人？如何倒送書去害宋江？這一段書，卻又天幸撞在我手裡。」叫火家：「且與我把解藥救醒他來，問個虛實緣由。」

當時火家把水調了解藥，扶起來，灌將下去。須臾之間，只見戴宗舒眉展眼，便爬起來。卻見朱貴拆開家書在手裡看，戴宗便喝道：「你是甚人？好大膽，卻把蒙汗藥麻翻了我！如今又把太師府書信擅開拆，毀了封皮，卻該甚罪？」朱貴笑道：「這封鳥書，打甚麼不緊！休說拆開了太師府書札，俺這裡兀自要和大宋皇帝做個對頭的。」戴宗聽了大驚，便問道：「好漢，你卻是誰？願求大名。」朱貴答道：「俺這裡行不更名，坐不改姓，梁山泊好漢旱地忽律朱貴的便是。」戴宗道：「既然是梁山泊頭領時，定然認得吳學究先生。」朱貴道：「吳學究是俺大寨裡軍師，執掌兵權。足下如何認得他？」戴宗道：「他和小可至愛相識。」朱貴道：「兄長莫非是軍師常說的江州神行太保戴院長麼？」戴宗道：「小可便是。」朱貴又問道：「前者宋公明斷配江州，經過山寨，吳軍師曾寄一封書與足下，如今卻緣何倒去害宋三郎性命？」戴宗道：「宋公明和我又是至愛兄弟，他如今為吟了反詩，救他不得。我如今正要往京師尋門路救他，如何肯害他性命？」朱貴道：「你不信，請看蔡九知府的來書。」戴宗看了，自吃一驚，卻把吳學究初寄的書，與宋公明相會的話，並宋江在潯陽樓醉後誤題反詩一事，備細說了一遍。朱貴道：「既然如此，請院長親到山寨裡，與眾頭領商議良策，可救宋公明性命。」

朱貴慌忙叫備分例酒食，管待了戴宗，便向水亭上，覷著對港，放了一枝號箭。響箭到處，早有小嘍羅搖過船來。朱貴便同戴宗帶了信籠下船，到金沙灘上岸，引至大寨。吳用見報，連忙下關迎接。見了戴宗，敘禮道：「間別久矣，今日甚風吹得到此！且請到大寨裡來，與眾頭領相見了。」朱貴說起戴宗來的緣故，如今宋公明見監在彼。晁蓋聽得，慌忙請戴院長坐地，備問宋三郎吃官司為甚麼事起。戴宗卻把宋江吟反詩的事，一一說了。晁蓋聽罷大驚，便要起請眾頭領點了人馬，下山去打江州，救取宋三郎上山。吳用諫道：「哥哥不可造次。江州離此間路遠，軍馬去時，誠恐因而惹禍，打草驚蛇，倒送宋公明性命。此一件事，不可力敵，只可智取。吳用不才，略施小計，只在戴院長身上，定要救宋三郎性命。」晁蓋道：「願聞軍師妙計。」吳學究道：「如今蔡九知府卻差院長送書上東京，去討太師回報，只這封書上，將計就計，寫一封假回書，教院長回去。書上只說，『教把犯人宋江切不可施行，便須密切差的當（妥當）人員解赴東京，問了詳細，定行處決示眾，斷絕童謠。』等他解來此間經過，我這裡自差人下山奪了。此計如何？」晁蓋道：「倘若不從這裡過時，卻不誤了大事！」公孫勝便道：「這個何難。我們自著人去遠近探聽，遮莫從那裡過，務要等著，好歹奪了。只怕不能勾他解來。」

晁蓋道：「好卻是好，只是沒人會寫蔡京筆跡。」吳學究道：「吳用已思量心裡了。如今天下盛行四家字體，是蘇東坡、黃魯直、米元章、蔡京四家字體。——蘇、黃、米、蔡，宋朝『四絕』。小生曾和濟州城裡一個秀才做相識。那人姓蕭，名讓。因他會寫諸家字體，人都喚他做『聖手書生』；

及會使槍弄棒，舞劍輪刀。吳用知他寫得蔡京筆跡，不若央及戴院長就到他家賺道：『泰安州岳廟裡要寫道碑文，先送五十兩銀子在此，作安家之資。』便要他來；隨後卻使人賺了他老小上山，就教本人入伙，如何？」晁蓋道：「書有他寫，便好了，也須要使個圖書印記。」吳學究又道：「小生再有個相識，亦思量在肚裡了。這人也是中原一絕，見在濟州城裡居住。本身姓金，雙名大堅，開得好石碑文，剔得好圖書、玉石、印記；亦會槍棒廝打。因為他雕得好玉石，人都稱他做『玉臂匠』。也把五十兩銀去，就賺他來鐫碑文；到半路上，卻也如此行便了。這兩個人，山寨裡亦有用他處。」晁蓋道：「妙哉！」當日且安排筵席，管待戴宗，就晚歇了。

次日早飯罷，煩請戴院長打扮做太保模樣，將了一二百兩銀子，拴上甲馬便下山，把船渡過金沙灘上岸，拽開腳步，奔到濟州來。沒兩個時辰，早到城裡，尋問聖手書生蕭讓住處，有人指道：「只在州衙東首文廟前居住。」戴宗徑到門首，咳嗽一聲，問道：「蕭先生有麼？」只見一個秀才從裡面出來。見了戴宗，卻不認得，便問道：「太保何處？有甚見教？」戴宗施禮罷，說道：「小可是泰安州岳廟裡打供太保，今為本廟重修五岳樓，本州上戶要刻道碑文，特地教小可齎白銀五十兩，作安家之資，請秀才便那尊步，同到廟裡作文則個。選定了日期，不可遲滯。」蕭讓道：「小生只會作文及書丹，別無甚用。如要立碑，還用刊字匠作。」戴宗道：「小可再有五十兩白銀，就要請玉臂匠金大堅刻石。揀定了好日，萬望指引，尋個同行。」

蕭讓得了五十兩銀子，便和戴宗同來尋請金大堅。正行過文廟，只見蕭讓把手指道：「前面那個來的，便是玉臂匠金大堅。」當下蕭讓喚住金大堅，教與戴宗相見，具說泰安州岳廟裡重修五岳樓，眾上戶要立道碑文碣石之事，這太保特地各齎五十兩銀子，來請我和你兩個去。金大堅見了銀子，心中歡喜。兩個邀請戴宗就酒肆中市沽三杯，置些蔬食，管待了。戴宗就付與金大堅五十兩銀子，作安家之資，又說道：「陰陽人（風水先生）已揀定了日期，請二位今日便煩動身。」蕭讓道：「天氣暄熱，今日便動身，也行不多路，前面趕不上宿頭。只是來日起個五更，挨門出去。」金大堅道：「正是如此說。」兩個都約定了來早起身，各自歸家收拾動用。蕭讓留戴宗在家宿歇。

次日五更，金大堅持了包裹行頭，來和蕭讓、戴宗三人同行。離了濟州城裡，行不過十里多路，戴宗道：「二位先生慢來，不敢催逼，小可先去報知眾上戶來接二位。」拽開步數（步子），爭先去了。這兩個背著些包裹，自慢慢而行。看看走到未牌時候，約莫也走過了七八十里路，只見前面一聲胡哨響，山城坡下跳出一伙好漢，約有四五十人，當頭一個好漢，正是那清風山王矮虎，大喝一聲道：「你兩個是甚麼人？那裡去？孩兒們拿這廝取心來吃酒。」蕭讓告道：「小人兩個是上泰安州刻石鐫文的，又沒一分財賦，止有幾件衣服。」王矮虎喝道：「俺不要你財賦衣服，只要你兩個聰明人的心肝做下酒。」蕭讓和金大堅焦躁，倚仗各人胸中本事，便挺著桿棒，徑奔王矮虎。王矮虎也挺朴刀來斗兩個。三人各使手中器械，約戰了五七合，王矮虎轉身便走。兩個卻待去趕，聽得山上鑼聲又響，左邊走出雲裡金剛宋萬，右邊走出摸著天杜遷，背後卻是白面郎君鄭天壽。各帶三十餘人，一發上，把蕭讓、金大堅橫拖倒拽，捉投林子裡來。

四籌好漢道：「你兩個放心，我們奉著晁天王的將令，特來請你二位上山入伙。」蕭讓道：「山寨裡要我們何用？我兩個手無縛雞之力，只好吃飯。」杜遷道：「吳軍師一來與你相識，二乃知你兩個武藝本事，特使戴宗來宅上相請。」蕭讓、金大堅都面面廝覷，做聲不得。當時都到旱地忽律朱貴酒店裡，相待了分例酒食，連夜喚船，便送上山來。到得大寨，晁蓋、吳用並頭領眾人都相見了，一面安排筵席相待，且說修蔡京回書一事，「因請二位上山入伙，共聚大義。」兩個聽了，都扯住吳學究道：「我們在此趨侍不妨，只恨各家都有老小在彼，明日官司知道，必然壞了。」吳用道：「二位賢弟不必憂心，天明時便有分曉。」當夜只顧吃酒歇了。

次日天明，只見小嘍羅報道：「都到了。」吳學究道：「請二位賢弟親自去接寶眷。」蕭讓、金大堅聽得，半信半不信。兩個下至半山，只見數乘轎子抬著兩家老小上山來。兩個驚得呆了，問其備細。老小說道：「你昨日出門之後，只見這一行人將著轎子來，說家長只在城外客店裡中了暑風，快叫取老小來看救。出得城時，不容我們下轎，直抬到這裡。」兩家都一般說。蕭讓聽了，與金大堅兩個閉口無言，只得死心塌地，再回山寨入伙，安頓了兩家老小。

吳學究卻請出來，與蕭讓商議寫蔡京字體回書，去救宋公明。金大堅便道：「從來雕得蔡京的諸樣圖書名諱字號。」當時兩個動手完成，安排了回書，備個筵席，便送戴宗起程，吩咐了備細書意。戴宗辭了眾頭領，相別下山，小嘍羅已把船隻渡過金沙灘，送至朱貴酒店裡。戴宗取四個甲馬，拴在腿上，作別朱貴，拽開腳步，登程去了。

且說吳用送了戴宗過渡，自同眾頭領再回大寨筵席。正飲酒間，只見吳學究叫聲苦，不知高低。眾頭領問道：「軍師何故叫苦？」吳用便道：「你眾人不知：是我這封書，倒送了戴宗和宋公明性命也。」眾頭領大驚，連忙問道：「軍師書上卻是怎地差錯？」吳學究道：「是我一時只顧其前，不顧其後，書中有個老大脫卯。」蕭讓便道：「小生寫的字體和蔡太師字體一般，語句又不曾差了。請問軍師，不知那一處脫卯（疏漏）？」金大堅又道：「小生雕的圖書，亦無纖毫差錯，怎地見得有脫卯處？」吳學究疊兩個指頭，說出這個差錯脫卯處。有分教，眾好漢大鬧江州城，鼎沸白龍廟。直教弓弩叢中逃性命，刀槍林裡救英雄。畢竟軍師吳學究說出怎生脫卯來，且聽下回分解。

第四十回
梁山泊好漢劫法場　白龍廟英雄小聚義

話說當時晁蓋並眾人聽了，請問軍師道：「這封書如何有脫卯處？」吳用說道：「早間戴院長將去的回書，是我一時不仔細，見不到處，才使的那個圖書（印章），不是玉箸篆文『翰林蔡京』四字？只是這個圖書，便是教戴宗吃官司。」金大堅便道：「小弟每每見蔡太師書緘，並他的文章，都是這樣圖書。今次雕得無纖毫差錯，如何有破綻？」吳學究道：「你眾位不知，如今江州蔡九知府是蔡太師兒子，如何父寫書與兒子，卻使個諱字圖書，因此差了。是我見不到處。此人到江州，必被盤詰，問出實情，卻是利害。」晁蓋道：「快使人去趕喚他回來，別寫如何？」吳學究道：「如何趕得上？他作起神行法來，這早晚已走過五百里了。只是事不宜遲，我們只得恁地，可救他兩個。」晁蓋道：「怎生去救？用何良策？」吳學究便向前與晁蓋耳邊說道：「這般這般，如此如此。主將便可暗傳下號令，與眾人知道，只是如此動身，休要誤了日期。」眾多好漢得了將令，各各拴束行頭，連夜下山，望江州來，不在話下。說話的如何不說計策出，管教下面便見。

且說戴宗扣著日期，回到江州，當廳下了回書。蔡九知府見了戴宗如期回來，好生歡喜，先取酒來賞了三鍾，親自接了回書，便道：「你曾見我太師麼？」戴宗稟道：「小人只住得一夜便回了，不曾得見恩相。」知府拆開封皮，看見前面說信籠內許多物件都收了；背後說妖人宋江，今上自要他看，可令牢固陷車（囚車），盛載密切，差的當人員，連夜解上京師，沿途休教走失；書尾說黃文炳早晚奏過天子，必然自有除授（拜官授職）。蔡九知府看了，喜不自勝，叫取一錠二十五兩花銀賞了戴宗；一面吩咐教合陷車，商量差人解發起身。戴宗謝了，自回下處，買了些酒肉，來牢裡看覷宋江，不在話下。

且說蔡九知府催並合成陷車，過得一二日，正要起程，只見門子來報道：「無為軍黃通判特來相探。」蔡九知府叫請至後堂相見，又送些禮物、時新酒果。知府謝道：「累承厚意，何以克當（敢當）。」黃文炳道：「村野微物，何足掛齒。」知府道：「恭喜早晚必有榮除之慶。」黃文炳道：「公相何以知之？」知府道：「昨日下書人已回，妖人宋江，教解京師；通判只在早晚奏過今上，升擢高任。家尊回書，備說此事。」黃文炳道：「既是恁地，深感恩相主薦。那個人下書，真乃神行人也。」知府道：「通判如不信時，就教觀看家書，顯得下官不謬。」黃文炳道：「小生只恐家書不敢擅看；如若相托，求借一觀。」知府便道：「通判乃心腹之交，看有何妨。」便令從人取過家書，遞與黃文炳看。

黃文炳接書在手，從頭至尾讀了一遍，捲過來，看了封皮，又見圖書新鮮，黃文炳搖著頭道：「這封書不是真的。」知府道：「通判錯矣。此是家尊親手筆跡，真正字體，如何不是真的？」黃文炳道：「公相容覆：往常家書來時，曾有這個圖書麼？」知府道：「往常來的家書，卻不曾有這個圖書，只是隨手寫的。今番以定是圖書匣在手邊，就便印了這個圖書在封皮上。」黃文炳道：「相公休怪小生多言，這封書被人瞞過了相公。方今天下盛行蘇、黃、米、蔡四家字體，誰不習學得？況兼這個圖書，是令尊恩相做翰林學士時使出來，法帖文字上，多有人曾見。如今升轉太師丞相，如何肯把翰林圖書使出來？更兼亦是父寄書與子，須不當用諱字圖書。令尊太師恩相，是個識窮（見識多廣）天下，高明遠見的人，安肯造次錯用？相公不信小生之言，可細細盤問下書人，曾見府裡誰來。若說不對，便是假書。休怪小生多說，因蒙錯愛至厚，方敢僭言。」蔡九知府聽了，說道：「這事不難，此人自來不曾到東京，一盤問便顯虛實。」

知府留住黃文炳在屏風背後坐地，隨即升廳，叫喚戴宗有委用的事。當下做公的領了鈞旨，四散去尋。有詩為證：

遠貢魚書達上台，機深文炳獨疑猜。
神謀鬼計無人會，又被奸邪誘出來。

且說戴宗自回到江州，先去牢裡見了宋江，附耳低言，將前事說了，宋江心中暗喜。次日，又有人請去酌杯，戴宗正在酒肆中吃酒，只見做公的四下來尋。當時把戴宗喚到廳上，蔡九知府問道：「前日有勞你走了一遭，真個辦事，不曾重重賞你。」戴宗答道：「小人是承奉恩相差使的人，如何敢怠慢？」知府道：「我正連日事忙，未曾問得你個仔細。你前日與我去京師，那座門入去？」戴宗道：「小人到東京時，那日天色晚了，不知喚做甚麼門。」知府又道：「我家府裡門前，誰接著你？留你在那裡歇？」戴宗道：「小人到府前尋見一個門子，接了書入去。少刻，門子出來，交收了信籠，著小人自去尋客店裡歇了。次日早五更去府門前伺候時，只見那門子回書出來。小人怕誤了日期，那裡敢再問備細，慌忙一徑來了。」知府再問道：「你見我府裡那個門子，卻是多少年紀？或是黑瘦，也白淨肥胖？長大，也是矮小？有鬚的，也是無鬚的？」戴宗道：「小人到府裡時，天色黑了；次早回時，又是五更時候，天色昏暗，不十分看得仔細，只覺不恁麼長，中等身材，敢是有些髭鬚。」

知府大怒，喝一聲：「拿下廳去！」旁邊走過十數個獄卒牢子，將戴宗驅翻在當面。戴宗告道：「小人無罪。」知府喝道：「你這廝該死！我府裡老門子王公已死了數年，如今只是個小王看門，如何卻道他年紀大，有髭鬚？況兼門子小王不能勾（夠）入府堂裡去，但有各處來的書信緘帖，必須經由府堂裡張干辦，方才去見李都管，然後達知裡面，才收禮物。便要回書，也須得伺候三日。我這兩籠東西，如何沒個心腹的人出來，問你個常便備細，就胡亂收了。我昨日一時間倉卒，被你這廝瞞過了。你如今只好好招說這封書那裡得來！」戴宗道：「小人一時心慌，要趕程途，因此不曾看得分曉。」蔡九知府喝道：「胡說！這賊骨頭，不打如何肯招？左右與我加力打這廝！」獄卒牢子情知不好，覷不得面皮，把戴宗捆翻，打得皮開肉綻，鮮血迸流。戴宗捱不過拷打，只得招道：「端的這封書是假的。」知府道：「你這廝怎地得這封假書來？」

戴宗告道：「小人路經梁山泊過，走出那一伙強人來，把小人劫了，綁縛上山，要割腹剖心；去小人身上搜出書信看了，把信籠都奪了，卻饒了小人。情知回鄉不得，只要山中乞死，他那裡卻寫這封書與小人，回來脫身。一時怕見罪責，小人瞞了恩相。」知府道：「是便是了，中間還有些胡說，眼見得你和梁山泊賊人通同造意，謀了我信籠物件，卻如何說這話？再打那廝！」戴宗由他拷訊，只不肯招和梁山泊通情。蔡九知府再把戴宗拷訊了一回，語言前後相同，說道：「不必問了。取具大枷枷了，下在牢裡。」卻退廳來稱謝黃文炳道：「若非通判高見，下官險些兒誤了大事。」黃文炳又道：「眼見得這人也結連梁山泊，通同造意，謀叛為黨，若不祛除，必為後患。」知府道：「便把這兩個問成了招狀，立了文案，押去市曹斬首，然後寫表申朝。」黃文炳道：「相公高見極明。似此，一者朝廷見喜，知道相公幹這件大功；二者免得梁山泊草寇來劫牢。」知府道：「通判高見甚遠，下官自當動文書，親自保舉通判。」當日管待了黃文炳，送出府門，自回無為軍去了。

次日，蔡九知府升廳，便叫當案孔目（高級吏人）來吩咐道：「快教迭了文案，把這宋江、戴宗的供狀招款黏連了。一面寫下犯由牌，教來日押赴市曹，斬首施行。自古謀逆之人，決不待時，斬了宋江、戴宗，免致後患。」當案卻是黃孔目，本人與戴宗頗好，卻無緣便救他，只替他叫得苦。當日稟道：「明日是個國家忌日，後日又是七月十五日中元之節，皆不可行刑；大後日亦是國家景命；直至五日後，方可施行。」一者天幸救濟宋江，二乃梁山泊好漢未至。

蔡九知府聽罷，依准黃孔目之言，直待第六日早晨，先差人去十字路口，打掃了法場，飯後點起土兵和刀仗劊子，約有五百餘人，都在大牢門前伺候。巳牌時候，獄官稟了知府，親自來做監斬官。黃孔目只得把犯由牌呈堂，當廳判了兩個斬字，便將片蘆席貼起來。江州府眾多節級牢子雖然和戴宗、宋江過得好，卻沒做道理救得他，眾人只替他兩個叫苦。當時打扮已了，就大牢裡把宋江、戴宗兩個匾扎起；又將膠水刷了頭髮，綰個鵝梨角兒，各插上一朵紅綾子紙花；驅至青面聖者神案前，各與了一碗長休飯，永別酒。吃罷，辭了神案，漏轉身來，搭上利子（刑具「木驢」）。六七十個獄卒早把宋江在前，戴宗在後，推擁出牢門前來。宋江和戴宗兩個面面廝覷，各做聲不得。宋江只把腳來跌，戴宗低了頭只嘆氣。江州府看的人，真乃壓肩疊背，何止一二千人。但見：

愁雲荏苒，怨氣氛氳。頭上日色無光，四下悲風亂吼。纓槍對對，數聲鼓響喪三魂；棍棒森森，幾下鑼鳴催七魄。犯由牌高貼，人言此去幾時回；白紙花雙搖，都道這番難再活。長休飯嗓內難吞，永別酒口中怎咽！猙獰劊子仗鋼刀，醜惡押牢持法器。皂纛旗下，幾多魍

魎跟隨；十字街頭，無限強魂等候。監斬官忙施號令，仵作子準備扛屍。英雄氣概霎時休，
便是鐵人須落淚。

劊子叫起惡殺都來，將宋江和戴宗前推後擁，押到市曹十字路口，團團槍棒圍住，把宋江面南背北，將戴宗面北背南，兩個納坐下，只等午時三刻，監斬官到來開刀。那眾人仰面看那犯由牌上寫道：

江州府犯人一名宋江，故吟反詩，妄造妖言，結連梁山泊強寇，通同造反，律斬。犯人一名戴宗，與宋江暗遞私書，勾結梁山泊強寇，通同謀叛，律斬。監斬官江州府知府蔡某。

那知府勒住馬，只等報來。

只見法場東邊一伙弄蛇的丐者，強要挨入法場裡看，眾土兵趕打不退。正相鬧間，只見法場西邊一伙使槍棒賣藥的，也強挨將入來。土兵喝道：「你那伙人好不曉事，這是那裡，強挨入來要看。」那伙使槍棒的說道：「你倒鳥村，我們衝州撞府，那裡不曾去，到處看出人（處決犯人）。便是京師天子殺人，也放人看。你這小去處，砍得兩個人，鬧動了世界，我們便挨入來看一看，打甚麼鳥緊！」正和土兵鬧將起來，監斬官喝道：「且趕退去，休放過來。」鬧猶未了，只見法場南邊一伙挑擔的腳夫，又要挨將入來，土兵喝道：「這裡出人，你挑那裡去？」那伙人說道：「我們挑東西送與知府相公去的，你們如何敢阻當我？」土兵道：「便是相公衙裡人，也只得去別處過一過。」那伙人就歇了擔子，都掣了匾擔，立在人叢裡看。只見法場北邊一伙客商，推兩輛車子過來，定要挨入法場上來。

土兵喝道：「你那伙人那裡去？」客人應道：「我們要趕路程，可放我等過去。」土兵道：「這裡出人，如何肯放你？你要趕路程，從別路過去。」那伙客人笑道：「你倒說得好。俺們便是京師來的人，不認得你這裡鳥路，只是從這大路走。」土兵那裡肯放，那伙客人齊地挨定了不動，四下裡吵鬧不住。這蔡九知府見禁治不得，又見這伙客人都盤在車子上立定了看。

沒多時，法場中間人分開處，一個報，報道一聲：「午時三刻！」監斬官便道：「斬訖報來。」兩勢下(隊)刀棒劊子，便去開枷，行刑之人，執定法刀在手。說時遲，一個個要見分明，那時快，鬧攘攘一齊發作。只見那伙客人在車子上聽得「斬」字，數內一個客人便向懷中取出一面小鑼兒，立在車子上當當地敲得兩三聲，四下裡一齊動手。有詩為證：

閒來乘興入江樓，渺渺煙波接素秋。
呼酒謾澆千古恨，吟詩欲瀉百重愁。
贋書不遂英雄志，失腳翻成狴犴囚。
搔動梁山諸義士，一齊雲擁鬧江州。

又見十字路口茶坊樓上一個虎形黑大漢，脫得赤條條的，兩隻手握兩把板斧，大吼一聲，卻似半天起個霹靂，從半空中跳將下來。手起斧落，早砍翻了兩個行刑的劊子，便望監斬官馬前砍將來。眾土兵急待把槍去搠時，那裡攔當得住，眾人且簇擁蔡九知府逃命去了。

只見東邊那伙弄蛇的丐者，身邊都掣出尖刀，看著土兵便殺；西邊那伙使槍棒的，大發喊聲，只顧亂殺將來，一派殺倒土兵獄卒；南邊那伙挑擔的腳夫，輪起匾擔，橫七豎八，都打翻了土兵和那看

第四十回

梁山泊好漢劫法場　白龍廟英雄小聚義

的人；北邊那伙客人，都跳下車來，推過車子，攔住了人。兩個客商鑽將入來，一個背了宋江，一個背了戴宗；其餘的人，也有取出弓箭來射的，也有取出石子來打的，也有取出標槍來標的。原來扮客商的這伙，便是晁蓋、花榮、黃信、呂方、郭盛；那伙扮使槍棒的，便是燕順、劉唐、杜遷、宋萬；扮挑擔的，便是朱貴、王矮虎、鄭天壽、石勇；那伙扮丐者的，便是阮小二、阮小五、阮小七、白勝——這一行梁山泊共是十七個頭領到來，帶領小嘍羅一百餘人，四下裡殺將起來。

只見那人叢裡那個黑大漢，輪兩把板斧，一味地砍將來，晁蓋等卻不認得，只見他第一個出力，殺人最多。晁蓋猛省起來：戴宗曾說一個黑旋風李逵，和宋三郎最好，是個莽撞之人。晁蓋便叫道：「前面那好漢，莫不是黑旋風？」那漢那裡肯應，火雜雜地掄著大斧，只顧砍人。晁蓋便叫背宋江、戴宗的兩個小嘍羅，只顧跟著那黑大漢走。當下去十字街口，不問軍官百姓，殺得屍橫遍野，血流成渠，推倒傾翻的，不計其數。眾頭領撇了車輛擔仗，一行人盡跟了黑大漢，直殺出城來；背後花榮、黃信、呂方、郭盛，四張弓箭，飛蝗般望後射來。那江州軍民百姓，誰敢近前。這黑大漢直殺到江邊來，身上血濺滿身，兀自在江邊殺人。晁蓋便挺朴刀叫道：「不干百姓事，休只管傷人！」那漢那裡來聽叫喚，一斧一個，排頭兒砍將去。約莫離城沿江上也走了五七里路，前面望見盡是淘淘一派大江，卻無了旱路。晁蓋看見，只叫得苦，那黑大漢方才叫道：「不要慌，且把哥哥背來廟裡。」

眾人都來看時，靠江邊一所大廟，兩扇門緊緊閉著。黑大漢兩斧砍開，便搶入來。晁蓋眾人看時，兩邊都是老檜蒼松，林木遮映，前面牌額上四個金書大字，寫道：「白龍神廟。」小嘍羅把宋江、戴宗背到廟裡歇下，宋江方才敢開眼，見了晁蓋等眾人，哭道：「哥哥，莫不是夢中相會？」晁蓋便勸道：「恩兄不肯在山，致有今日之苦。這個出力殺人的黑大漢是誰？」宋江道：「這個便是叫做黑旋風李逵。他幾番就要大牢裡放了我，卻是我怕走不脫，不肯依他。」晁蓋道：「卻是難得這個人出力最多，又不怕刀斧箭矢。」花榮便叫：「且將衣服與俺二位兄長穿了。」

正相聚間，只見李逵提著雙斧，從廊下走出來。宋江便叫住道：「兄弟那裡去？」李逵應道：「尋那廟祝，一發殺了，叵耐那廝不來接我們，倒把鳥廟門閉上了。我指望拿他來祭門，卻尋那廝不見。」宋江道：「你且來，先和我哥哥頭領相見。」李逵聽了，丟了雙斧，望著晁蓋跪了一跪，說道：「大哥休怪鐵牛粗鹵。」與眾人都相見了，卻認得朱貴是同鄉人，兩個大家歡喜。花榮便道：「哥哥，你教眾人只顧跟著李大哥走，如今來到這裡，前面又是大江攔截住，斷頭路了，卻又沒一隻船接應，倘或城中官軍趕殺出來，卻怎生迎敵？將何接濟？」李逵便道：「不要慌，我與你們再殺入城去，和那個鳥蔡九知府一發都砍了便走。」戴宗此時方才蘇醒，便叫道：「兄弟，使不得莽性，城裡有五七千軍馬，若殺入去，必然有失。」阮小七便道：「遠望隔江，那裡有數隻船在岸邊，我兄弟三個赴水過去，奪那幾隻船過來載眾人如何？」晁蓋道：「此計是最上著。」

當時阮家三弟兄都脫剝了衣服，各人插把尖刀，便鑽入水裡去。約莫赴開得半裡之際，只見江面上溜頭流下三隻棹船，吹風胡哨，飛也似搖將來。眾人看時，見那船上各有十數個人，都手裡拿著軍器，眾人卻慌將起來。宋江聽得說了，便道：「我命裡這般合苦也。」奔出廟前看時，只見當頭那隻船上坐著一條大漢，倒提一把明晃晃五股叉，頭上挽個空心紅一點鬌兒，下面拽起條白絹水褌，口裡吹著胡哨。宋江看時，不是別人，正是：

東去長江萬里，內中一個雄夫。面如傅粉體如酥，履水如同平土。
膽大能探禹穴，心雄欲摘驪珠。翻波跳浪性如魚，張順名傳千古。

第四十回

梁山泊好漢劫法場　白龍廟英雄小聚義

當時張順在船頭上看見喝道：「你那伙是甚麼人？敢在白龍廟裡聚眾？」宋江挺身出廟前說道：「兄弟救我。」張順等見是宋江，大叫道：「好了。」那三隻棹船飛也似搖到岸邊，三阮看見，也赴過來。一行眾人都上岸來到廟前。宋江看見張順自引十數個壯漢在那隻船頭上；張橫引著穆弘、穆春、薛永，帶十數個莊客在一隻船上；第三隻船上，李俊引著李立、童威、童猛，也帶十數個賣鹽火家，都各執槍棒上岸來。張順見了宋江，喜從天降，便拜道：「自從哥哥吃官司，兄弟坐立不安，又無路可救。近日又聽得拿了戴院長。李大哥又不見面。我只得去尋了我哥哥，引到穆太公莊上，叫了許多相識。今日我們正要殺入江州，要劫牢救哥哥，不想仁兄已有好漢們救出，來到這裡。不敢拜問，這伙豪傑，莫非是梁山泊義士晁天王麼？」宋江指著上首立的道：「這個便是晁蓋哥哥，你等眾位都來廟裡敘禮則個。」張順等九人，晁蓋等十七人，宋江、戴宗、李逵，共是二十九人，都入白龍廟聚會。這個喚做「白龍廟小聚會」。

當下二十九籌好漢，各各講禮已罷，只見小嘍羅慌慌忙忙入廟來報道：「江州城裡鳴鑼擂鼓，整頓軍馬，出城來追趕。遠遠望見旗幡蔽日，刀劍如麻，前面都是帶甲馬軍，後面盡是擎槍兵將，大刀闊斧，殺奔白龍廟路上來。」

李逵聽了，大叫一聲：「殺將去！」提了雙斧，便出廟門，晁蓋叫道：「一不做，二不休，眾好漢相助著晁某，直殺盡江州軍馬，方才回梁山泊去。」眾英雄齊聲應道：「願依尊命。」一百四五十人一齊吶喊，殺奔江州岸上來。有分教，血染波紅，屍如山積。直教跳浪蒼龍噴毒火，巴山猛虎吼天風。畢竟晁蓋等眾好漢怎地脫身，且聽下回分解。

第四十一回

宋江智取無為軍　張順活捉黃文炳

話說江州城外白龍廟中，梁山泊好漢，劫了法場，救得宋江、戴宗。正是晁蓋、花榮、黃信、呂方、郭盛、劉唐、燕順、杜遷、宋萬、朱貴、王矮虎、鄭天壽、石勇、阮小二、阮小五、阮小七、白勝，共是一十七人，領帶著八九十個悍勇壯健小嘍羅。潯陽江上來接應的好漢張順、張橫、李俊、李立、穆弘、穆春、童威、童猛、薛永，九籌好漢，也帶四十餘人，都是江面上做私商的火家，撐駕三隻大船，前來接應。城裡黑旋風李逵引眾人殺至潯陽江邊。兩路救應，通共有一百四五十人，都在白龍廟裡聚義。只聽得小嘍羅報道：「江州城裡軍兵擂鼓，搖旗鳴鑼，發喊追趕到來。」

那黑旋風李逵聽得，大吼了一聲，提兩把板斧，先出廟門，眾好漢吶聲喊，都挺手中軍器，齊出廟來迎敵。劉唐、朱貴先把宋江、戴宗護送上船；李俊同張順、三阮整頓船隻。就江邊看時，見城裡出來的官軍，約有五七千馬軍，當先都是頂盔衣甲，全副弓箭，手裡都使長槍，背後步軍簇擁，搖旗吶喊，殺奔前來。這裡李逵當先，掄著板斧，赤條條地飛奔砍將入去；背後便是花榮、黃信、呂方、郭盛四將擁護。花榮見前面的軍馬都扎住了槍，只怕李逵著傷，偷手取弓箭出來，搭上箭，拽滿弓，望著為頭領的一個馬軍，颼地一箭，只見翻筋斗射下馬去。那一伙馬軍，吃了一驚，各自奔命，撥轉

第四十一回

宋江智取無為軍　張順活捉黃文炳

馬頭便走，倒把步軍先衝倒了一半。這裡眾多好漢們一齊衝突將去，殺得那官軍屍橫遍野，血染江紅，直殺到江州城下，城上策應官軍早把擂木炮石打將下來。官軍慌忙入城，關上城門，好幾日不敢出來。

眾多好漢拖轉黑旋風回到白龍廟前下船。晁蓋整點眾人完備，都叫分頭下船，開江（起碇開航）便走。卻值順風，拽起風帆，三隻大船載了許多人馬頭領，卻投穆太公莊上來。一帆順風，早到岸邊埠頭，一行眾人，都上岸來。穆弘邀請眾好漢到莊內堂上，穆太公出來迎接，宋江等眾人都相見了。太公道：「眾頭領連夜勞神，俱請客房中安歇，將息貴體；各人且去房裡暫歇將養，整理衣服器械。」當日穆弘叫莊客宰了一頭黃牛，殺了十數個豬、羊、雞、鵝、魚、鴨，珍肴異饌，排下筵席，管待眾頭領。飲酒中間，說起許多情節。晁蓋道：「若非是二哥眾位把船相救，我等皆被陷於縲紲。」穆太公道：「你等如何卻打從那條路上來？」李逵道：「我自只揀人多處殺將去，他們自要跟我來，我又不曾叫他。」眾人聽了，都大笑。

宋江起身與眾人道：「小人宋江，若無眾好漢相救時，和戴院長皆死於非命，今日之恩，深於滄海，如何報答得眾位？只恨黃文炳那廝搜根剔齒，幾番唆毒，要害我們。這冤仇如何不報？怎地啟請眾位好漢，再做個天大人情，去打了無為軍，殺得黃文炳那廝，也與宋江消了這口無窮之恨。那時回去如何？」晁蓋道：「我們眾人偷營劫寨，只可使一遍，如何再行得？似此奸賊，已有提備，不若且回山寨去，聚起大隊人馬，一發和學究、公孫二先生，並林沖、秦明，都來報仇，也未為晚。」宋江道：「若是回山去了，再不能勾得來。一者山遙路遠，二乃江州必然申開明文，各處謹守。不要痴想，只是趁這個機會，便好下手，不要等他做了準備。」花榮道：「哥哥見得是。雖然如此，只是無人識得路境，不知他地理如何。先得個人去那裡城中探聽虛實，也要看無為軍出沒的路徑去處，就要認黃文炳那賊的住處了，然後方好下手。」薛永便起身說道：「小弟多在江湖上行，此處無為軍最熟，我去探聽一遭如何？」宋江道：「若得賢弟去走一遭最好。」薛永當日別了眾人自去了。

只說宋江自和眾頭領在穆弘莊上商議要打無為軍一事，整頓軍器槍刀，安排弓弩箭矢，打點大小船隻等項。提備已了，只見薛永去了兩日，帶將一個人回到莊上來，拜見宋江。宋江便問道：「兄弟，這位壯士是誰？」薛永答道：「這人姓侯，名健，祖居洪都人氏。做得第一手裁縫，端的是飛針走錢。更兼慣習槍棒，曾拜薛永為師。人見他黑瘦輕捷，因此喚他做通臂猿。見在這無為軍城裡黃文炳家做生活。小弟因見了，就請在此。」宋江大喜，便教同坐商議，那人也是一座地煞星之數，自然義氣相投。宋江便問江州消息，無為軍路徑如何，薛永說道：「如今蔡九知府計點官軍、百姓被殺死有五百餘人；帶傷中箭者，不計其數。見今差人星夜申奏朝廷去了。城門日中後便關，出入的好生盤問得緊。原來哥哥被害一事，倒不干蔡九知府事，都是黃文炳那廝三回五次，點撥知府，教害二位。如今見劫了法場，城中甚慌，曉夜提備。小弟又去無為軍打聽，正撞見侯健這個兄弟出來吃飯，因是得知備細。」宋江道：「侯兄何以知之？」

侯健道：「小人自幼只愛習學槍棒，多得薛師父指教，因此不敢忘恩。近日黃通判特取小人來他家做衣服，因出來遇見師父，提起仁兄大名，說起此一節事來。小人要結識仁兄，特來報知備細。這黃文炳有個嫡親哥哥，喚做黃文燁，與這文炳是一母所生二子。這黃文燁平生只是行善事，修橋補路，塑佛齋僧，扶危濟困，救拔貧苦，那無為軍城中，都叫他『黃佛子』。這黃文炳雖是罷閒通判，心裡只要害人，慣行歹事，無為軍都叫他做『黃蜂刺』。他弟兄兩個分開做兩處住，只在一條巷內出入，靠北門裡便是他家。黃文炳貼著城住，黃文燁近著大街。小人在他那裡做生活，卻聽得黃通判回家來說這件事：『蔡九知府已被瞞過了，卻是我點撥他，教知府先斬了，然後奏去。』黃文燁聽得說時，只在背後罵說道：『又做這等短命促掐（陰毒）的事。於你無干，何故定要害他？倘若有天理之時，報應只在目前，卻不是反招其禍。』這兩日聽得劫了法場，好生吃驚，昨夜去江州探望蔡九知府，與他計較，尚兀自未回來。」宋江道：「黃文炳隔著他哥哥家多少路？」侯健道：「原是一家分開的，如今只隔著中間一個菜園。」宋江道：「黃文炳家多少人口？有幾房頭（家族分支）？」侯健道：「男子婦人通有四五十口。」宋江道：「天教我報仇，特地送這個人來。雖是如此，全靠眾弟兄維持。」眾人齊聲應道：「當以死向前，正要驅除這等贓濫奸惡之人，與哥哥報仇雪恨。」宋江又道：「只恨黃文炳那賊一個，卻與無為軍百姓無干。他兄既然仁德，亦不可害他，休教天下人罵我等不仁。眾弟兄去時，不可分毫侵害百姓。今去那裡，我有一計，只望眾人扶助扶助。」眾頭領齊聲道：「專聽哥哥指教。」

宋江道：「有煩穆太公對付八九十個叉袋，又要百十束蘆柴，用著五隻大船，兩隻小船，央及張順、李俊駕兩隻小船，在江面上與他如此行；五隻大船上，用著張橫、三阮、童威，和識水的人護船：此計方可。」穆弘道：「此間蘆葦、油柴、布袋都有，我莊上的人都會使水駕船，便請哥哥行事。」宋江道：「卻用侯家兄弟引著薛永並白勝，先去無為軍城中藏了，來日三更二點為期，且聽門外放起帶鈴鵓鴿（作為信號），便教白勝上城策應，先插一條白絹號帶，近黃文炳家，便是上城去處。再又教石勇、杜遷扮做丐者，去城門邊左近埋伏，只看火為號，便要下手殺把門軍士。李俊、張順只在江面上往來巡綽，等候策應。」

宋江分撥已定，薛永、白勝、侯健先自去了；隨後再是石勇、杜遷扮做丐者，身邊各藏了短刀暗器，也去了。這裡自一面扛抬沙土布袋，和蘆葦、油柴，上船裝載。眾好漢至期各各拴束了，身上都準備了器械，船艙裡埋伏軍漢，眾頭領分撥下船。晁蓋、宋江、花榮在童威船上；燕順、王矮虎、鄭天壽在張橫船上；戴宗、劉唐、黃信在阮小二船上；呂方、郭盛、李立在阮小五船上；穆弘、穆春、李逵在阮小七船上。只留下朱貴、宋萬在穆太公莊，看理江州城裡消息。先使童猛棹一隻打魚快船，前去探路；小嘍羅並軍健都伏在艙裡，大家莊客、水手，撐駕船隻，當夜密地望無為軍來。此時正是七月盡天氣，夜涼風靜，月白江清，水影山光，上下一碧。昔日參廖子（宋僧道潛的別號）有首詩，題這江景，道是：

驚濤滾滾煙波杳，月淡風清九江曉。
欲從舟子問如何，但覺廬山眼中小。

是夜初更前後，大小船隻都到無為江岸邊，揀那有蘆葦深處，一字兒纜定了船隻，只見童猛回船來報道：「城裡並無些動靜。」宋江便叫手下眾人，把這沙土布袋和蘆葦乾柴都搬上岸，望城邊來。聽那更鼓時，正打二更。宋江叫小嘍羅各各馱了沙土布袋並蘆柴，就城邊堆垛了。眾好漢各挺手中軍器，只留張橫、三阮、兩童，守船接應，其餘頭領都奔城邊來。望城上時，約離北門有半里之路，宋江便叫放起帶鈴鵓鴿，只見城上一條竹竿，縛著白號帶，風飄起來。宋江見了，便叫軍士就這城邊堆起沙土布袋，吩咐軍漢，一面挑擔蘆葦、油柴上城。只見白勝已在那裡接應等候，把手指與眾軍漢道：「只那條巷便是黃文炳住處。」宋江問白勝道：「薛永、侯健在那裡？」白勝道：「他兩個潛入黃文炳家裡去了，只等哥哥到來。」宋江又問道：「你曾見石勇、杜遷麼？」白勝道：「他兩個在城門邊左近伺候。」

宋江聽罷，引了眾好漢下城來，徑到黃文炳門前。只見侯健閃在房簷下，宋江喚來，附耳低言道：「你去將菜園門開了，放他軍士把蘆葦、油柴堆放裡面，可教薛永尋把火來點著；卻去敲黃文炳門道：『間壁大官人家失火，有箱籠什物搬來寄頓。』敲得門開，我自有擺布（安排）。」

宋江教眾好漢分幾個把住兩頭。侯健先去開了菜園門，軍漢把蘆柴搬來，堆在裡面。侯健就討了火種，遞與薛永，將來點著。侯健便閃出來，卻去敲門叫道：「間壁大官人家失火，有箱籠搬來寄頓（寄放），快開門則個。」裡面聽得，便起來看時，望見隔壁火起，連忙開門出來。晁蓋、宋江等吶聲喊，殺將入去；眾好漢亦各動手，見一個，殺一個，見兩人，殺一雙，把黃文炳一門內外大小四五十口，盡皆殺了，不留一人，只不見了文炳一個。眾好漢把他從前酷害良民積攢下許多家私金銀，收拾俱盡。大哨一聲，眾多好漢都扛了箱籠家財，卻奔城上來。

且說石勇、杜遷見火起，各掣出尖刀，便殺把門軍人，又見前街鄰舍拿了水桶梯子，都來救火。石勇、杜遷大喝道：「你那百姓，休得向前。我們是梁山泊好漢數千在此，來殺黃文炳一門良賤，與宋江、戴宗報仇，不干你百姓事。你們快回家躲避了，休得出來閒管事。」眾鄰舍還有不信的，立住了腳看，只見黑旋風李逵輪起兩把板斧，著地捲將來，眾鄰舍方才吶聲喊，抬了梯子水桶，一哄都走了。這邊後巷也有幾個守門軍漢，帶了些人，馱了麻搭火鉤，都奔來救火，早被花榮張起弓，當頭一箭，射翻了一個，大喝道：「要死的，便來救火。」那伙軍漢一齊都退去了。只見薛永拿著火把，便就黃文炳家裡前後點著，亂亂雜雜火起。看那火時，但見：

黑雲匝地，紅焰飛天，焠律律走萬道金蛇，焰騰騰散千團火塊。狂風相助，雕梁畫棟片時休；炎焰漲空，大廈高堂彈指沒。這不是火，卻是：文炳心頭惡，觸惱丙丁神；害人施毒焰，惹火自燒身。

當時石勇、杜遷已殺倒把門軍士，李逵砍斷鐵鎖，大開了城門，一半人從城上出去，一半人從城門下出去。張橫、三阮、兩童都來接應，合做一處，扛抬財物上船。無為軍已知江州被梁山泊好漢劫了法場，殺死無數的人，如何敢出來追趕，只得回避了。這宋江一行眾好漢只恨拿不著黃文炳，都上了船去，搖開了，自投穆弘莊上來，不在話下。

卻說江州城裡望見無為軍火起，蒸天價紅，滿城中講動，只得報知本府。這黃文炳正在府裡議事，聽得報說了，慌忙來稟知府道：「敝鄉失火，急欲回家看覷。」蔡九知府聽得，忙叫開城門，差一隻官船相送。黃文炳謝了知府，隨即出來，帶了從人，慌速下船，搖開江面，望無為軍來。看見火勢猛烈，映得江面上都紅，艄公說道：「這火只是北門裡火。」黃文炳見說了，心裡越慌。看看搖到江心裡，只見一隻小船從江面上搖過去了，不多時，又是一隻小船搖將過來，卻不徑過，望著官船直撞將來。從人喝道：「甚麼船，敢如此直撞來！」只見那小船上一個大漢跳起來，手裡拿著撓鉤，口裡應道：「去江州報失火的船。」黃文炳便鑽出來問道：「那裡失火？」那大漢道：「北門裡黃通判家，被梁山泊好漢殺了一家人口，劫了家私，如今正燒著哩！」黃文炳失口叫聲苦，不知高低。那漢聽了，一撓鉤搭住了船，便跳過來。黃文炳是個乖覺（機敏）的人，早瞧了八分，便奔船梢後走，望江裡踴身便跳。忽見江面上一隻船，水底下早鑽過一個人，把黃文炳劈腰抱住，攔頭揪起，扯上船來。船上那個大漢早來接應，便把麻索綁了。水底下活捉了黃文炳的，便是浪裡白條張順，船上把撓鉤的，便是混江龍李俊，兩個好漢立在船上。那搖官船的艄公只顧下拜。李俊說道：「我不殺你們，只要捉黃文炳這廝，你們自回去說與蔡九知府那賊驢知道，俺梁山泊好漢們權寄下他那顆驢頭，早晚便要來取。」艄公戰抖抖的道：「小人去說。」李俊、張順拿了黃文炳過自己的小船上，放那官船去了。

兩個好漢棹了兩隻快船，徑奔穆弘莊上，早搖到岸邊，望見一行頭領，都在岸上等候，搬運箱籠上岸。只說拿得黃文炳，宋江不勝之喜，眾好漢一齊心中大喜，說：「正要此人見面。」李俊、張順早把黃文炳帶上岸來，眾人看了，監押著，離了江岸，到穆太公莊上來。朱貴、宋萬接著眾人，入到莊裡草廳上坐下。宋江把黃文炳剝了濕衣服，綁在柳樹上，請眾頭領團團坐定。宋江叫取一壺酒來，與眾人把盞。上自晁蓋，下至白勝，共是三十位好漢，都把遍了。宋江大罵黃文炳：「你這廝，我與你往日無冤，近日無仇，你如何只要害我，三回五次，教唆蔡九知府殺我兩個。你既讀聖賢之書，如何要做這等毒害的事？我又不與你有殺父之仇，你如何定要謀我？你哥哥黃文燁，與你這廝一母所生，他怎恁般修善，久聞你那城中都稱他做『黃佛子』，我昨夜分毫不曾侵犯他。你這廝在鄉中只是害人，交結權勢，浸潤官長，欺壓良善，我知道無為軍人民都叫你做『黃蜂刺』，我今日且替你拔了這個刺。」

黃文炳告道：「小人已知過失，只求早死。」晁蓋喝道：「你那賊驢，怕你不死！你這廝早知今日，悔不當初。」宋江便問道：「那個兄弟替我下手？」只見黑旋風李逵跳起身來說道：「我與哥哥動手割這廝。我看他肥胖了，倒好燒吃。」晁蓋道：「說得是，教取把尖刀來，就討盆炭火來，細細地割這廝燒來下酒，與我賢弟消這怨氣。」

李逵拿起尖刀，看著黃文炳笑道：「你這廝在蔡九知府後堂且會說黃道黑，撥置（挑撥）害人，無中生有攛掇他。今日你要快死，老爺卻要你慢死。」便把尖刀先從腿上割起，揀好的，就當面炭火上炙來下酒。割一塊，炙一塊，無片時，割了黃文炳，李逵方才把刀割開胸膛，取出心肝，把來與眾頭領做醒酒湯。眾多好漢看割了黃文炳，都來草堂上與宋江賀喜。有詩為證：

文炳趨炎巧計乖，卻將忠義苦擠排。
奸謀未遂身先死，難免剜心炙肉災。

只見宋江先跪在地下，眾頭領慌忙都跪下，齊道：「哥哥有甚事，但說不妨，兄弟們敢不聽。」宋江便道：「小可不才，自小學吏。初世為人，便要結識天下好漢。奈緣力薄才疏，不能接待，以遂平生之願。自從刺配江州，多感晁頭領並眾豪傑苦苦相留，宋江因見父親嚴訓，不曾肯住。正是天賜機會，於路直至潯陽江上，又遭際許多豪傑。不想小可不才，一時間酒後狂言，險累了戴院長性命。感謝眾位豪傑不避凶險，來虎穴龍潭，力救殘生；又蒙協助，報了冤仇。如此犯下大罪，鬧了兩座州城，必然申奏去了。今日不由宋江不上梁山泊投托哥哥去，未知眾位意下若何。如是相從者，只今收拾便行；如不願去的，一聽尊命。只恐事發，反遭負累，煩可尋思。」說言未絕，李逵跳將起來，便叫道：「都去，都去，但有不去的，吃我一鳥斧，砍做兩截便罷！」宋江道：「你這般粗魯說話，全在各人弟兄們心肯意肯，方可同去。」眾人議論道：「如今殺死了許多官軍人馬，鬧了兩處州郡，他如何不申奏朝廷，必然起軍馬來擒獲。今若不隨哥哥去，同死同生，卻投那裡去？」

宋江大喜，謝了眾人。當日先叫朱貴和宋萬前回山寨裡去報知，次後分作五起進程：頭一起，便是晁蓋、宋江、花榮、戴宗、李逵；第二起，便是劉唐、杜遷、石勇、薛永、侯健；第三起，便是李俊、李立、呂方、郭盛、童威、童猛；第四起，便是黃信、張順、張橫、阮家三弟兄；第五起，便是燕順、王矮虎、穆弘、穆春、鄭天壽、白勝。五起二十八個頭領，帶了一干人等，將這所得黃文炳家財各各分開，裝載上車子。穆弘帶了太公並家小人等，將應有家財金寶裝載車上。莊客數內有不願去的，都齎發他些銀兩，自投別主去；傭工有願去的，一同便往。前四起陸續去了，已自行動。穆弘收拾莊內已了，放起十數個火把，燒了莊院，撇下了田地，自投梁山泊來。

且不說五起人馬登程，節次進發，只隔二十里而行。先說第一起晁蓋、宋江、花榮、戴宗、李逵五騎馬，帶著車仗人伴，在路行了三日，前面來到一個去處，地名喚做黃門山。宋江在馬上與晁蓋說道：「這座山生得形勢怪惡，莫不有大伙在內？可著人催趲後面人馬上來，一同過去。」說猶未了，只見前面山嘴上鑼鳴鼓響。宋江道：「我說麼！且不要走動，等後面人馬到來，好和他廝殺。」花榮便拈弓搭箭在手，晁蓋、戴宗各執朴刀，李逵拿著雙斧，擁護著宋江，一齊趲馬向前。只見山坡邊閃出三五百個小嘍羅，當先簇擁出四籌好漢，各挺軍器在手，高聲喝道：「你等大鬧了江州，劫掠了無為軍，殺害了許多官軍百姓，待回梁山泊去，我四個等你多時。會事的只留下宋江，都饒了你們性命。」宋江聽得，便挺身出去，跪在地下，說道：「小可宋江被人陷害，冤屈無伸，今得四方豪傑救了性命，小可不知在何處觸犯了四位英雄，萬望高抬貴手，饒恕殘生。」

那四籌好漢見了宋江跪在前面，都慌忙滾鞍下馬，撇了軍器，飛奔前來，拜倒在地下，說道：「俺弟兄四個只聞山東及時雨宋公明大名，想殺也不能勾見面。俺聽知哥哥在江州為事吃官司，我弟兄商議定了，正要來劫牢，只是不得個實信，前日使小嘍羅直到江州來打聽，回來說道：『已有多少好漢鬧了江州，劫了法場，救出往揭陽鎮去了；後又燒了無為軍，劫掠黃通判家。』料想哥哥必從這裡來。節次使人路中來探望，猶恐未真，故反作此一番詰問，衝撞哥哥，萬勿見罪，今日幸見仁兄，小寨裡略備薄酒粗食，權當接風。請眾好漢同到敝寨盤桓片時。」

宋江大喜，扶起四位好漢，逐一請問大名。為頭的那人姓歐，名鵬，祖貫是黃州人氏，守把大江軍戶，因惡了本官，逃走在江湖上綠林中，熬出這個名字：喚做「摩雲金翅」。第二個好漢姓蔣，名敬，祖貫是湖南潭州人氏，原是落科舉子出身，科舉不第，棄文就武，頗有謀略，精通書算，積萬累千，纖毫不差，亦能刺槍使棒，布陣排兵，因此人都喚他做「神算子」。第三個好漢姓馬，名麟，祖貫是南京建康人氏，原是小番子（為衙役辦事的人）閒漢出身，吹得雙鐵笛，使得好大滾刀，百十人近他不得，因此人都喚他做「鐵笛仙」。第四個好漢姓陶，名宗旺，祖貫是光州人氏，莊家田戶出身，慣使一把鐵鍬，有的是氣力，亦能使槍輪刀，因此人都喚做「九尾龜」。怎見得四個好漢英雄，有西江月為證：

力壯身強無賽（無比），行時捷似飛騰，摩雲金翅是歐鵬，首位黃山排定。幼恨毛錐（毛筆）失利，長從韜略搜精，如神算法善行兵，文武全才蔣敬。鐵笛一聲山裂，銅刀兩口神驚，馬麟形貌更猙獰，廝殺場中超乘。宗旺力如猛虎，鐵鍬到處無情，神龜九尾喻多能，都是英雄頭領。

這四籌好漢接住宋江，小嘍羅早捧過果盒，一大壺酒，兩大盤肉，托過來把盞。先遞晁蓋、宋江，次遞花榮、戴宗、李逵；與眾人都相見了，一面遞酒。沒兩個時辰，第二起頭領又到了，一個個盡都相見。把盞已遍，邀請眾位上山。兩起十位頭領先來到黃門山寨內，那四籌好漢便叫椎（殺）牛宰馬管待，卻教小嘍羅陸續下山，接請後面那三起十八位頭領上山來筵宴。未及半日，三起好漢已都來到了，盡在聚義廳上筵席相會。

宋江飲酒中間，在席上開話道：「今次宋江投奔了哥哥晁天王，上梁山泊去，一同聚義，未知四個好漢肯棄了此處，同往梁山泊大寨相聚否？」四個好漢齊答道：「若蒙二位義士不棄貧賤，情願執鞭墜鐙。」宋江、晁蓋大喜，便說道：「既是四位肯從大義，便請收拾起程。」眾頭領俱各歡喜。在山寨住了一日，過了一夜。次日，宋江、晁蓋仍舊做頭一起，下山進發先去；次後依例而行，只隔著二十里遠近。四籌好漢收拾起財帛金銀等項，帶領了小嘍羅三五百人，便燒毀了寨柵，隨作第六起登程。宋江又合得這四個好漢，心中甚喜，於路在馬上對晁蓋說道：「小弟來江湖上走了這幾遭，雖是受了些驚恐，卻也結識得這許多好漢。今日同哥哥上山去，這回只得死心蹋地，與哥哥同死同生。」一路上說著閒話，不覺早來到朱貴酒店裡了。

且說四個守山寨的頭領吳用、公孫勝、林沖、秦明，和兩個新來的蕭讓、金大堅，已得朱貴、宋萬先回報知，每日差小頭目棹船出來酒店裡迎接，一起都到金沙灘上岸，擂鼓吹笛，眾好漢們都乘馬轎，迎上寨來。到得關下，軍師吳學究等六人，把了接風酒，都到聚義廳上，焚起一爐好香。晁蓋便請宋江為山寨之主，坐第一把交椅。宋江那裡肯，便道：「哥哥差矣，感蒙眾位不避刀斧，救拔宋江性命，哥哥原是山寨之主，如何卻讓不才？若要堅執如此相讓，宋江情願就死。」晁蓋道：「賢弟如何這般說！當初若不是賢弟擔那血海般干係，救得我等七人性命上山，如何有今日之眾？你正是山寨之恩主；你不坐，誰坐？」宋江道：「仁兄，論年齒，兄長也大十歲，宋江若坐了，豈不自羞。」再三推晁蓋坐了第一位，宋江坐了第二位，吳學究坐了第三位，公孫勝坐了第四位。宋江道：「休分功勞高下，梁山泊一行舊頭領去左邊主位上坐，新到頭領去右邊客位上坐，待日後出力多寡，那時另行定奪。」一眾人齊道：「哥哥言之極當。」

左邊一帶，是林沖、劉唐、阮小二、阮小五、阮小七、杜遷、宋萬、朱貴、白勝；右邊一帶，論年甲（年齡）次序，互相推讓，花榮、秦明、黃信、戴宗、李逵、李俊、穆弘、張橫、張順、燕順、呂方、郭盛、蕭讓、王矮虎、薛永、金大堅、穆春、李立、歐鵬、蔣敬、童威、童猛、馬麟、石勇、侯健、鄭天壽、陶宗旺。共是四十位頭領坐下。大吹大擂，且吃慶喜筵席。

宋江說起江州蔡九知府捏造謠言一事，說與眾人：「叵耐黃文炳那廝，事又不干他己，卻在知府面前胡言亂道，解說道：『耗國因家木』，耗散國家錢糧的人，必是家頭著個『木』字，不是個『宋』字？『刀兵點水工』，興動刀兵之人，必是三點水著個『工』字，不是個『江』字？這個正應宋江身上。那後兩句道：『縱橫三十六，播亂在山東』。合主宋江造反在山東。以此拿了小可。不期戴院長又傳了假書，以此黃文炳那廝攛掇知府，只要先斬後奏。若非眾好漢救了，焉得到此。」李逵跳將起來道：「好哥哥，正應著天上的言語，雖然吃了他些苦，黃文炳那賊也吃我割得快活。放著我們有許多軍馬，便造反，怕怎地？晁蓋哥哥便做了大皇帝，宋江哥哥便做了小皇帝，吳先生做個丞相，公孫道士便做個國師，我們都做個將軍，殺去東京，奪了鳥位，在那裡快活，卻不好？不強似這個鳥水泊裡？」

戴宗連忙喝道：「鐵牛，你這廝胡說。你今日既到這裡，不可使你那在江州性兒，須要聽兩位頭領哥哥的言語號令。亦不許你胡言亂語，多嘴多舌。再如此多言插口，先割了你這顆頭來為令，以警後人。」李逵道：「阿吆，若割了我這顆頭，幾時再長的一個出來。我只吃酒便了。」眾多好漢都笑。

宋江又提起拒敵官軍一事，說道：「那時小可初聞這個消息，好不驚恐，不期今日輪到宋江身上。」吳用道：「兄長當初若依了弟兄之言，只住山上快活，不到江州，不省了多少事？這都是天數注定如此。」宋江道：「黃安那廝，如今在那裡？」晁蓋道：「那廝住不勾兩三個月，便病死了。」宋江嗟嘆（感慨）不已。當日飲酒，各各盡歡。晁蓋先叫安頓穆太公一家老小。叫取過黃文炳的家財，賞勞了眾多出力的小嘍羅。取出原將來的信籠，交還戴院長收用。戴宗那裡肯要，定教收放庫內，公支使用。晁蓋叫眾多小嘍羅參拜了新頭領李俊等，都參見了。連日山寨裡殺牛宰馬，作慶賀筵席，不在話下。

再說晁蓋教向山前山後各撥定房屋居住，山寨裡再起造房舍，修理城垣。至第三日，酒席上宋江起身對眾頭領說道：「宋江還有一件大事，正要稟眾弟兄，小可今欲下山走一遭，乞假數日，未知眾位肯否？」晁蓋便問道：「賢弟今欲要往何處，幹甚麼大事？」宋江不慌不忙，說出這個去處。有分教，槍刀林沖，再逃一遍殘生；山嶺邊旁，傳授千年勳業。正是只因玄女書三卷，留得清風史數篇。畢竟宋公明要往何處去走一遭，且聽下回分解。

第四十二回

還道村受三卷天書　宋公明遇九天玄女

話說當下宋江在筵上對眾好漢道：「小可宋江自蒙救護上山，到此連日飲宴，甚是快樂，不知老父在家，正是何如。即目（現今）江州申奏京師，必然行移濟州，著落鄆城縣追捉家屬，比捕正犯，恐老父存亡不保。宋江想念，欲往家中搬取老父上山，以絕掛念，不知眾弟兄還肯容否？」晁蓋道：「賢弟，這件是人倫中大事，不成我和你受用快樂，到教家中老父吃苦，如何不依賢弟？只是眾兄弟們連日辛苦，寨中人馬未定，再停兩日，點起山寨人馬，一徑去取了來。」宋江道：「仁兄，再過幾日不妨，只恐江州行文到濟州追捉家屬，以此事不宜遲。今也不須點多人去，只宋江潛地自去，和兄弟宋清搬取老父連夜上山來。那時鄉中神不知，鬼不覺，若還多帶了人伴去，必然驚嚇鄉裡，反招不便。」晁蓋道：「賢弟路中倘有疏失，無人可救。」宋江道：「若為父親，死而無怨。」當日苦留不住，宋江堅執要行，便取個氈笠戴了，提條短棒，腰帶利刃，便下山去。眾頭領送過金沙灘自回。

且說宋江過了渡，到朱貴酒店裡上岸，出大路投鄆城縣來。路上少不得飢餐渴飲，夜住曉行。一日奔宋家村，晚了，到不得，且投客店歇了。次日趲行到宋家村時，卻早，且在林子裡伏了，等待到晚，卻投莊上來敲後門。莊裡聽得，只見宋清出來開門，見了哥哥，吃那一驚，慌忙道：「哥哥，你回家來怎地？」宋江道：「我特來家取父親和你。」宋清道：「哥哥，你在江州做了的事，如今這裡都知道了。本縣差下這兩個趙都頭，每日來勾取，管定了我們，不得轉動，只等江州文書到來，便要捉我們父子二人，下在牢裡監禁，聽候拿你。日裡夜間，一二百士兵巡綽。你不宜遲，快去梁山泊請下眾頭領來，救父親並兄弟。」

宋江聽了，驚得一身冷汗，不敢進門，轉身便走，奔梁山泊路上來。是夜月色朦朧，路不分明，宋江只顧揀僻靜小路去處走。約莫也走了一個更次，只聽得背後有人發喊起來。宋江回頭聽時，只隔一二里路，看見一簇火把照亮，只聽得叫道：「宋江休走！」宋江一頭走，一面肚裡尋思：「不聽晁蓋之言，果有今日之禍，皇天可憐，垂救宋江則個。」遠遠望見一個去處，只顧走。少間風掃薄雲，現出那輪明月，宋江方才認得仔細，叫聲苦，不知高低。看了那個去處，有名喚做還道村。原來團團都是高山峻嶺，山下一遭澗水，中間單單只一條路。入來這村，左來右去走，只是這條路，更沒第二條路。宋江認得這個村口，欲待回身，卻被背後趕來的人，已把住了路口，火把照耀如同白日，宋江只得奔入村裡來，尋路躲避。抹過一座林子，早看見一所古廟，但見：

牆垣頹損，殿宇傾斜。兩廊畫壁長青苔，滿地花磚生碧草。門前小鬼，折臂膊不顯猙獰；殿上判官，無幞頭（官吏戴的頭巾）不成禮數。供床上蜘蛛結網，香爐內螻蟻營窠；狐狸常睡紙爐中，蝙蝠不離神帳裡。料想經年無客過，也知盡日有雲來。

宋江只得推開廟門，乘著月光，入進廟裡來，尋個躲避處。前殿後殿，相了一回，安不得身，心裡越慌。只聽得外面有人道：「都管只走在這廟裡！」宋江聽得時，是趙能聲音，急沒躲處，見這殿上一所神廚，宋江揭起帳幔，望裡面探身便鑽入神廚裡，安了短棒，做一堆兒伏在廚內，氣也不敢喘。只聽得外面拿著火把，照將入來。

宋江在神廚裡偷眼看時，趙能、趙得引著四五十人，拿著火把，各到處照，看看照上殿來。宋江道：「我今番走了死路，望陰靈庇護則個，神明庇佑。」一個個都走過了，沒人看著神廚裡。宋江道：「卻不是天幸！」只見趙得將火把來神廚內照一照，宋江道：「我這番端的受縛。」趙得一隻手將朴刀桿挑起神帳，上下把火只一照，火煙衝將起來，衝下一片黑塵來，正落在趙得眼裡，眯了眼，便將火把丟在地下，一腳踏滅了，走出殿門外來，對士兵們道：「這廝不在廟裡。──別又無路，卻走向那裡去了？」眾士兵道：「多應這廝走入村中樹林裡去了。這裡不怕他走脫。這個村喚做還道村，只有這條路出入，裡面雖有高山林木，卻無路上得去。都頭只把住村口，他便會插翅飛上天去，也走不脫了。待天明，村裡去細細搜捉。」趙得道：「也是。」引了士兵下殿去了。

宋江道：「卻不是神明護佑！若還得了性命，必當重修廟宇，再建祠堂，陰靈保佑則個。」說猶未了，只聽得有幾個士兵在於廟門前叫道：「都頭，在這裡了。」趙能、趙得和眾人一伙搶入來。宋江道：「卻不又是晦氣，這遭必被擒捉。」趙能到廟前問道：「在那裡？」士兵道：「都頭，你來看廟門上兩個塵手跡，以定是卻才推開廟門，閃在裡面去了。」趙能道：「說得是，再仔細搜一搜看。」

這伙人再入廟裡來搜看，宋江道：「我命運這般蹇拙（艱難困拙），今番必是休了！」那伙人去殿前殿後搜遍，只不曾翻過磚來。眾人又搜了一回，火把看看照上殿來。趙能道：「多是只在神廚裡。卻才兄弟看不仔細，我自照一照看。」一個士兵拿著火把，趙能一手揭起帳幔，五七個人伸頭來看。不看萬事俱休，才看一看，只見神廚裡捲起一陣惡風，將那火把都吹滅了，黑騰騰罩了廟宇，對面不見。趙能道：「卻又作怪。平地裡捲起這陣惡風來，想是神明在裡面，定嗔怪我們只管來照，因此起這陣惡風顯應。我們且去罷。只守住村口，待天明再來尋。」趙得道：「只是神廚裡不曾看得仔細，再把槍去搠一搠。」趙能道：「也是。」

兩個卻待向前，只聽得殿後又捲起一陣怪風，吹得飛沙走石，滾將下來，搖得那殿宇吸吸地動，罩下一陣黑雲，布合了上下，冷氣侵人，毛髮豎起。趙能情知不好，叫了趙得道：「兄弟快走，神明不樂。」眾人一哄都奔下殿來，望廟門外跑走，有幾個攧翻了的，也有閃肭（折傷）腿的，爬得起來，奔命走出廟門。只聽得廟裡有人叫：「饒恕我們！」趙能再入來看時，兩三個土兵跌倒在龍墀（法壇、道場）裡，被樹根鉤住了衣服，死也掙不脫，手裡丟了朴刀，扯著衣裳叫饒。宋江在神廚裡聽了，忍不住笑。

趙能把土兵衣服解脫了，領出廟門去。有幾個在前面的土兵說道：「我說這神道最靈，你們只管在裡面纏障（糾纏），引得小鬼發作起來。我們只去守住了村口等他，須不吃他飛了去。」趙能、趙得道：「說得是。只消村口四下裡守定。」眾人都望村口去了。

只說宋江在神廚裡口稱慚愧道：「雖不被這廝們拿了，卻怎能勾出村口去？」正在廚內尋思，百般無計，只聽得後面廊下有人出來。宋江道：「卻又是苦也！早是不鑽出去。」只見兩個青衣童子，徑到廚邊舉口道：「小童奉娘娘法旨，請星主（迷信說法，品德行為高超的重要人物系天上星宿轉世）說話。」宋江那裡敢做聲答應。外面童子又道：「娘娘有請，星主可行。」宋江也不敢答應。外面童子又道：「宋星主休得遲疑，娘娘久等。」宋江聽得鶯聲燕語，不是男子之音，便從神櫃底下鑽將出來，看時，卻是兩個青衣女童侍立在床邊。宋江吃了一驚，卻是兩個泥神。只聽得外面又說道：「宋星主，娘娘有請。」宋江分開帳幔，鑽將出來，只見是兩個青衣螺髻女童，齊齊躬身，各打個稽首。宋江看那女童時，但見：

朱顏綠髮，皓齒明眸。飄飄不染塵埃，耿耿天仙風韻。螺螄髻山峰堆擁，鳳頭鞋蓮瓣輕盈。領抹深青，一色織成銀縷；帶飛真紫，雙環結就金霞。依稀閬苑董雙成，彷彿蓬萊花鳥使。

當下宋江問道：「二位仙童自何而來？」青衣道：「奉娘娘法旨，有請星主赴宮。」宋江道：「仙童差矣。我自姓宋，名江，不是甚麼星主。」青衣道：「如何差了？請星主便行，娘娘久等。」宋江道：「甚麼娘娘？亦不曾拜識，如何敢去？」青衣道：「星主到彼便知，不必詢問。」宋江道：「娘娘在何處？」青衣道：「只在後面宮中。」青衣前引便行，宋江隨後跟下殿來，轉過後殿側首一座子牆角門，青衣道：「宋星主從此間進來。」

宋江跟入角門來看時，星月滿天，香風拂拂，四下裡都是茂林修竹。宋江尋思道：「原來這廟後又有這個去處。早知如此，卻不來這裡躲避，不受那許多驚恐。」

宋江行時，覺道香塢兩行夾種著大松樹，都是合抱不交的，中間平坦一條龜背（中部隆起）大街。宋江看了，暗暗尋思道：「我倒不想古廟後有這般好路徑。」跟著青衣，行不過一里來路，聽得潺潺的澗水響。看前面時，一座青石橋，兩邊都是朱欄桿，岸上栽種奇花、異草、蒼松、茂竹、翠柳、夭桃，橋下翻銀滾雪般的水，流從石洞裡去。過的橋基看時，兩行奇樹，中間一座大朱紅欞星門。宋江入的欞星門看時，抬頭見一所宮殿，但見：

第四十二回

還道村受三卷天書　宋公明遇九天玄女

金釘朱戶，碧瓦雕簷。飛龍盤柱戲明珠，雙鳳幃屏鳴曉日。紅泥牆壁，紛紛御柳間宮花；翠靄樓台，淡淡祥光籠瑞影。窗橫龜背，香風冉冉透黃紗；簾捲蝦鬚，皓月團團懸紫綺。若非天上神仙府，定是人間帝主家。

宋江見了，尋思道：「我生居鄆城縣，不曾聽得說有這個去處。」心中驚恐，不敢動腳。青衣催促請星主行。一引，引入門內，有個龍墀，兩廊下盡是朱紅亭柱，都掛著繡簾，正中一所大殿，殿上燈燭熒煌。青衣從龍墀內一步步引到月台上，聽得殿上階前又有幾個青衣道：「娘娘有請，星主進來。」宋江到大殿上，不覺肌膚戰栗，毛髮倒豎，下面都是龍鳳磚階。青衣入簾內奏道：「請至宋星主在階前。」宋江到簾前御階之下，躬身再拜，俯伏在地，口稱：「臣乃下濁（平庸）庶民，不識聖上，伏望天慈，俯賜憐憫。」御簾內傳旨：教請星主坐。宋江那裡敢抬頭。教四個青衣扶上錦墩坐，宋江只得勉強坐下。殿上喝聲捲簾，數個青衣早把珠簾捲起，搭在金鉤上。娘娘問道：「星主別來無恙？」宋江起身再拜道：「臣乃庶民，不敢面覷聖容。」娘娘道：「星主既然至此，不必多禮。」宋江恰才敢抬頭舒眼，看見殿上金碧交輝，點著龍燈鳳燭；兩邊都是青衣女童，持笏捧圭，執旌擎扇侍從；正中七寶九龍床上，坐著那個娘娘。宋江看時，但見：

頭綰九龍飛鳳髻，身穿金縷絳綃衣，藍田玉帶曳長裾，白玉圭璋擎彩袖。臉如蓮萼，天然眉目映雲環；唇似櫻桃，自在規模端雪體。猶如王母宴蟠桃，卻似嫦娥居月殿。正大仙容描不就，威嚴形象畫難成。

那娘娘口中說道：「請星主到此。」命童子獻酒。兩下青衣女童，執著奇花寶瓶，捧酒過來，斟在玉杯內。一個為首的女童，執玉杯遞酒，來勸宋江。宋江起身，不敢推辭，接過玉杯，朝娘娘跪飲了一杯。宋江覺道這酒馨香馥郁，如醍醐灌頂，甘露灑心。又是一個青衣，捧過一盤仙棗，上勸宋江。宋江戰戰兢兢，怕失了體面，尖著指頭，拿了一枚，就而食之，懷核在手。青衣又斟過一杯酒來勸宋江，宋江又一飲而盡。娘娘法旨，教再勸一杯，青衣再斟一杯酒過來勸宋江，宋江又飲了；仙女托過仙棗，又食了兩枚。共飲過三杯仙酒，三枚仙棗。宋江便覺道春色微醺，又怕酒後醉失體面，再拜道：「臣不勝酒量，望乞娘娘免賜。」殿上法旨道：「既是星主不能飲酒，可止；教取那三卷天書賜與星主。」青衣去屏風背後，玉盤中托出黃羅袱子，包著三卷天書，度與宋江。宋江看時，可長五寸，闊三寸，厚三寸，不敢開看，再拜祗受，藏於袖中。娘娘法旨道：「宋星主，傳汝三卷天書，汝可替天行道：為主全忠仗義，為臣輔國安民，去邪歸正。吾有四句天言，汝當記取，終身佩受，勿忘勿洩。」宋江再拜，願受天言。娘娘法旨道：

遇宿重重喜，逢高不是凶。
外夷及內寇，幾處見奇功。

宋江聽畢，再拜謹受。娘娘法旨道：「玉帝因為星主魔心未斷，道行未完，暫罰下方，不久重登紫府（神仙住地），切不可分毫懈怠！若是他日罪下酆都（迷信傳說的陰間城池），吾亦不能救汝。此三卷之書，可以善觀熟視，只可與天機星同觀，其他皆不可見。功成之後，便可焚之，勿留在世。所囑之言，汝當記取。目今天凡相隔，難以久留，汝當速回。」便令童子急送星主回去，「他日瓊樓金闕，

第四十二回

還道村受三卷天書　宋公明遇九天玄女

再當重會。」

宋江便謝了娘娘，跟隨青衣女童下得殿庭來，出得欞星門，送至石橋邊，青衣道：「恰才星主受驚，不是娘娘護佑，已被擒拿。天明時，自然脫離了此難。——星主看石橋下水裡二龍相戲。」宋江憑欄看時，果見二龍戲水。二青衣望下一推，宋江大叫一聲，卻撞在神廚內，覺來乃是南柯一夢。

宋江爬將起來看時，月影正午，料是三更時分。宋江把袖子裡摸時，手內棗核三個，袖裡帕子包著天書。摸將出來看時，果是三卷天書，又只覺口裡酒香。宋江想道：「這一夢真乃奇異，似夢非夢。若把做夢來，如何有這天書在袖子裡，口中又酒香，棗核在手裡，說與我的言語，都記得，不曾忘了一句？不把做夢來，我自分明在神廚裡，一交攧將入來。有甚難見處？想是此間神聖最靈，顯化如此。只是不知是何神明？」揭起帳幔看時，九龍椅上坐著一個妙面娘娘，正和夢中一般。宋江尋思道：「這娘娘呼我做星主，想我前生非等閒人也。這三卷天書，必然有用。吩咐我的四句天言，不曾忘了。青衣女童道：『天明時自然脫離此村之厄。』如今天色漸明，我卻出去。」

便探手去廚裡摸了短棒，把衣服拂拭了，一步步走下殿來，便從左廊下轉出廟前，仰面看時，舊牌額上刻著四個金字道：「玄女之廟。」宋江以手加額稱謝道：「慚愧！原來是九天玄女娘娘傳受與我三卷天書，又救了我的性命。如若能勾再見天日之面，必當來此重修廟宇，再建殿庭。伏望聖慈俯垂護佑。」稱謝已畢，只得望著村口悄悄出來。

離廟未遠，只聽得前面遠遠地喊聲連天。宋江尋思道：「又不濟（無效）了。」立住了腳，且未可出去。我若到他面前，定吃他拿了。不如且在這裡路旁樹背後躲一躲。」卻才閃得入樹背後去，只見數個士兵急急走得喘做一堆，把刀槍拄著，一步步？將入來，口裡聲聲都只叫道：「神聖救命則個。」宋江在樹背後看了，尋思道：「卻又作怪。他們把著村口，等我出來拿我，卻又怎地搶入來？」再看時，趙能也搶入來，口裡叫道：「我們都是死也。」宋江道：「那廝如何恁地慌？」卻見背後一條大漢追將入來。那大漢上半截不著一絲，露出鬼怪般肉，手裡拿著兩把夾鋼板斧，口裡喝道：「含鳥休走！」遠觀不睹，近看分明，正是黑旋風李逵。宋江想道：「莫非是夢裡麼？」不敢走出去。

那趙能正走到廟前，被松樹根只一絆，一交攧？在地下。李逵趕上，就勢一腳踏住脊背，手起大斧，卻待要砍，背後又是兩籌好漢趕上來，把氈笠兒掀在脊梁上，各挺一條朴刀，上首的是歐鵬，下首的是陶宗旺。李逵見他兩個趕來，恐怕爭功，壞了義氣，就手把趙能一斧，砍做兩半，連胸脯都砍開了，跳將起來，把士兵趕殺，四散走了。宋江兀自不敢便走出來。

背後只見又趕上三籌好漢，也殺將來。前面赤髮鬼劉唐，第二石將軍石勇，第三催命判官李立。這六籌好漢說道：「這廝們都殺散了，只尋不見哥哥，卻怎生是好？」石勇叫道：「兀那松樹背後一個人立在那裡！」宋江方才敢挺身出來，說道：「感謝眾兄弟們又來救我性命，將何以報大恩？」六籌好漢見了宋江，大喜道：「哥哥有(在)了！快去報與晁頭領得知。」石勇、李立分頭去了。

宋江問劉唐道：「你們如何得知，來這裡救我？」劉唐答道：「哥哥前腳下得山來，晁頭領與吳軍師放心不下，便叫戴院長隨即下來，探聽哥哥下落。晁頭領又自己放心不下，再著我等眾人前來接應，只恐哥哥有些疏失，半路裡撞見戴宗道：『兩個賊驢追趕捕捉哥哥。』晁頭領大怒，吩咐戴宗去山寨，只教留下吳軍師、公孫勝、阮家三兄弟、呂方、郭盛、朱貴、白勝看守寨柵，其餘兄弟，都叫來此間尋覓哥哥，聽得人說道：『趕宋江入還道村去了。』村口守把的這廝們，盡數殺了，不留一個，只有這幾個奔進村裡來。隨即李大哥追來，我等都趕入來，不想哥哥在這裡……」說猶未了，石勇引將晁蓋、花榮、秦明、黃信、薛永、蔣敬、馬麟到來；李立引將李俊、穆弘、張橫、張順、穆春、侯健、蕭讓、金大堅一行眾多好漢，都相見了。

宋江作謝眾位頭領。晁蓋道：「我叫賢弟不須親自下山，不聽愚兄之言，險些兒又做出來。」宋江道：「小可兄弟，只為父親這一事，懸腸掛肚，坐臥不安，不由宋江不來取。」晁蓋道：「好教賢弟歡喜，令尊並令弟家眷，我先叫戴宗引杜遷、宋萬、王矮虎、鄭天壽、童威、童猛送去，已到山寨中了。」宋江聽得，大喜，拜謝晁蓋道：「得仁兄如此施恩，宋江死亦無怨！」

晁蓋、宋江俱各歡喜，與眾頭領各各上馬，離了還道村口，宋江在馬上以手加額，望空頂禮，稱謝神明庇佑之力，容日專當拜還心願。有古風一篇，單道宋江忠義得天之助：

昏朝氣運將顛覆，四海英雄起微族。
流光垂象在山東，天罡上應三十六。
瑞氣盤旋繞鄆城，此鄉生降宋公明。
幼年涉獵諸經史，長來為吏惜人情。
仁義禮智信皆備，兼受九天玄女經。
豪傑交游滿天下，逢凶化吉天生成。
他年直上梁山泊，替天行道動天兵。

且說一行人馬離了還道村，徑回梁山泊來。吳學究領了守山頭領，直到金沙灘，都來迎接，前到得大寨聚義廳上，眾好漢都相見了。宋江急問道：「老父何在？」晁蓋便叫請宋太公出來，不多時，鐵扇子宋清策著一乘山轎，抬著宋太公到來，眾人扶策下轎上廳來。宋江見了，喜從天降，笑逐顏開。宋江再拜道：「老父驚恐，宋江做了不孝之子，負累了父親吃驚受怕。」宋太公道：「叵耐趙能那廝弟兄兩個，每日撥人來守定了我們，只待江州公文到來，便要捉取我父子二人，解送官司。聽得你在莊後敲門，此時已有八九個士兵在前面草廳上，續後不見了，不知怎地趕出去了。到三更時候，又有二百餘人把莊門開了，將我搭扶上轎，抬了，教你兄弟四郎收拾了箱籠，放火燒了莊院。那時不由我問個緣由，徑來到這裡。」宋江道：「今日父子團圓相見，皆賴眾兄弟之力也。」叫兄弟宋清拜謝了眾頭領，晁蓋眾人都來參拜宋太公已畢，一面殺牛宰馬，且做慶喜筵席，作賀宋公明父子團圓。當日盡醉方散，次日又排筵席賀喜，大小頭領盡皆歡喜。

第三日，晁蓋又梯己備個筵席，慶賀宋江父子完聚，忽然感動公孫勝一個念頭：思憶老母在薊州，離家日久，未知如何。眾人飲酒之時，只見公孫勝起身對眾頭領說道：「感蒙眾位豪傑相帶貧道許多時，恩同骨肉；只是小道自從跟著晁頭領到山，逐日宴樂，一向不曾還鄉看視老母；亦恐我真人本師懸望，欲待回鄉省視一遭，暫別眾頭領三五個月，再回來相見，以滿小道之願，免致老母掛念懸望。」晁蓋道：「向日已聞先生所言，令堂在北方無人侍奉，今既如此說時，難以阻當，只是不忍分別。雖然要行，再待來日相送。」公孫勝謝了。當日盡醉方散，各自歸房安歇。次日早，就關下排了筵席，與公孫勝餞行。

且說公孫勝依舊做雲遊道士打扮了，腰裹腰包、肚包，背上雌雄寶劍，肩胛上掛著棕笠，手中拿把鱉殼扇，便下山來。眾頭領接住，就關下筵席，各各把盞送別。餞行已遍，晁蓋道：「一清先生，此去難留，卻不可失信。本是不容先生去，只是老尊堂在上，不敢阻當。百日之外，專望鶴駕降臨，切不可爽約。」公孫勝道：「重蒙列位頭領看待許久，小道豈敢失信！回家參過本師真人，安頓了老母，便回山寨。」宋江道：「先生何不將帶幾個人去，一發就搬取老尊堂上山，早晚也得侍奉。」公孫勝道：「老母平生只愛清幽，吃不得驚唬，因此不敢取來。家中自有田產山莊，老母自能料理。小道只去省視一遭，便來再得聚義。」宋江道：「既然如此，專聽尊命。只望早早降臨為幸！」晁蓋取出一盤黃白之資相送，公孫勝道：「不消許多，但只勾盤纏足矣。」晁蓋定教收了一半，打拴在腰包裡，打個稽首，別了眾人，過金沙灘便行，望薊州去了。

眾頭領席散，卻待上山，只見黑旋風李逵就關下放聲大哭起來。宋江連忙問道：「兄弟，你如何煩惱？」李逵哭道：「干鳥氣麼！這個也去取爺，那個也去望娘，偏鐵牛是土掘坑裡鑽出來的。」晁蓋便問道：「你如今待要怎地？」李逵道：「我只有一個老娘在家裡。我的哥哥，又在別人家做長工，如何養得我娘快樂？我要去取他來這裡快樂幾時也好。」晁蓋道：「兄弟說的是。我差幾個人同你去，取了上山來，也是十分好事。」宋江便道：「使不得。李家兄弟生性不好，回鄉去必然有失。若是教人和他去，亦是不好。況且他性如烈火，到路上必有衝撞；他又在江州殺了許多人，那個不認得他是黑旋風？這幾時，官司如何不行移文書到那裡了，必然原籍追捕。你又形貌凶惡，倘有疏失，路程遙遠，如何得知？你且過幾時，打聽得平靜了去取未遲。」李逵焦躁，叫道：「哥哥，你也是個不平心（不公平）的人。你的爺，便要取上山來快活，我的娘，由他在村裡受苦。兀的不是氣破了鐵牛的肚子！」宋江道：「兄弟，你不要焦躁。既是要去取娘，只依我三件事，便放你去。」李逵道：「你且說那三件事？」宋江點兩個指頭，說出這三件事來。有分教，李逵施為撼地搖天手，來鬥巴山跳澗蟲。畢竟宋江對李逵說出那三件事來，且聽下回分解。

第四十三回

假李逵剪徑劫單人　黑旋風沂嶺殺四虎

話說李逵道：「哥哥，你且說那三件事？」宋江道：「你要去沂州沂水縣搬取母親，第一件，徑回，不可吃酒；第二件，因你性急，誰肯和你同去，你只自悄悄地取了娘便來；第三件，你使的那兩把板斧，休要帶去，路上小心在意，早去早回。」李逵道：「這三件事，有甚麼依不得！哥哥放心，我只今日便行，我也不住了。」當下李逵拽扎得爽利，只挎一口腰刀，提條朴刀，帶了一錠大銀，三五個小銀子，吃了幾杯酒，唱個大喏，別了眾人，便下山來，過金沙灘去了。

晁蓋、宋江與眾頭領送行已罷，回到大寨裡聚義廳上坐定。宋江放心不下，對眾人說道：「李逵這個兄弟，此去必然有失。不知眾兄弟們，誰是他鄉中人？可與他那裡探聽個消息。」杜遷便道：「只有朱貴原是沂州沂水縣人，與他是鄉裡。」宋江聽罷，說道：「我卻忘了。前日在白龍廟聚會時，李逵已自認得朱貴是同鄉人。」宋江便著人去請朱貴，小嘍羅飛報下山來，直至店裡，請的朱貴到來。宋江道：「今有李逵兄弟前往家鄉搬取老母。因他酒性不好，為此不肯差人與他同去，誠恐路上有失。今知賢弟是他鄉中人，你可去他那裡探聽，走一遭。」朱貴答道：「小弟是沂州沂水縣人，見在一個兄弟喚做朱富，在本縣西門外開著個酒店。這李逵他是本縣百丈村董店東住。有個哥哥，喚做李逵，專與人家做長工。這李逵自小凶頑，因打死了人，逃走在江湖上，一向不曾回歸。如今著小弟去那裡探聽也不妨，只怕店裡無人看管。小弟也多時不曾還鄉，亦就要回家探望兄弟一遭。」宋江道：「這個看店，不必你憂心，我自教侯健、石勇替你暫管幾時。」朱貴領了這言語，相辭了眾頭領下山來，便走到店裡，收拾包裹，交割鋪面與石勇、侯健，自奔沂州去了。

這裡宋江與晁蓋在寨中，每日筵席，飲酒快樂，與吳學究看習天書，不在話下。

且說李逵獨自一個離了梁山泊，取路來到沂水縣界。於路，李逵端的不吃酒，因此不惹事，無有話說。行至沂水縣西門外，見一簇人圍著榜看，李逵也立在人叢中，聽得讀道：「榜上第一名正賊宋江，係鄆城縣人；第二名從賊戴宗，係江州兩院押獄；第三名從賊李逵，係沂州沂水縣人。」李逵在背後聽了，正待指手畫腳，沒做奈何處，只見一個人搶向前來，攔腰抱住，叫道：「張大哥，你在這裡做甚麼？」李逵扭過身看時，認得是旱地忽律朱貴。李逵問道：「你如何也來這裡？」朱貴道：「你且跟我來說話。」

兩個一同來西門外近村一個酒店內，直入到後面一間靜房中坐了。朱貴指著李逵道：「你好大膽！那榜上明明寫著賞一萬貫錢捉宋江，五千錢捉戴宗，三千錢捉李逵，你卻如何立在那裡看榜？倘或被眼疾手快的拿了送官，如之奈何？宋公明哥哥只怕你惹事，不肯教人和你同來，又怕你到這裡做出怪來，續後特使我趕來探聽你的消息。我遲下山來一日，又先到你一日，你如何今日才到這裡？」李逵道：「便是哥哥吩咐，教我不要吃酒，以此路上走得慢了。你如何認得這個酒店裡？你是這裡人，家在那裡住？」朱貴道：「這個酒店，便是我兄弟朱富家裡。我原是此間人，因在江湖上做客（做買賣），消折了本錢，就於梁山泊落草，今次方回。」又叫兄弟朱富來與李逵相見了。朱富置酒管待李逵。李逵道：「哥哥吩咐，教我不要吃酒，今日我已到鄉裡了，便吃兩碗兒，打甚麼鳥緊！」朱貴不敢阻當他，由他吃。

當夜直吃到四更時分，安排些飯食，李逵吃了，趁五更曉星殘月，霞光明朗，便投村裡去。朱貴吩咐道：「休從小路去，只從大朴樹轉彎，投東大路，一直往百丈村去，便是董店東；快取了母親來，和你早回山寨去。」李逵道：「我自從小路去，卻不近？大路走，誰耐煩！」朱貴道：「小路走，多大蟲，又有乘勢奪包裹的剪徑賊人。」李逵應道：「我卻怕甚鳥！」戴上氈笠兒，提了朴刀，挎了腰刀，別了朱貴、朱富，便出門投百丈村來。

約行了數十里，天色漸漸微明，去那露草之中，趕出一隻白兔兒來，望前路去了。李逵趕了一直（一陣），笑道：「那畜生倒引了我一程路。」有詩為證：

山徑崎嶇靜覆深，西風黃葉滿疏林。
偶因逐兔過前界，不記倉忙行路心。

正走之間，只見前面有五十來株大樹叢雜，時值新秋，葉兒正紅。李逵來到樹林邊廂，只見轉過一條大漢，喝道：「是會的（明白事的人）留下買路錢，免得奪了包裹。」李逵看那人時，戴一頂紅絹抓髯兒頭巾，穿一領粗布衲襖，手裡拿著兩把板斧，把黑墨搽在臉上。李逵見了，大喝一聲：「你這廝是甚麼鳥人？敢在這裡剪徑！」那漢道：「若問我名字，嚇碎你心膽，老爺叫做黑旋風。你留下買路錢並包裹，便饒了你性命，容你過去。」李逵大笑道：「沒你娘鳥興！你這廝是甚麼人？那裡來的？也學老爺名目，在這裡胡行。」李逵挺起手中朴刀，來奔那漢，那漢那裡抵當得住，卻待要走，早被李逵腿股上一朴刀，搠翻在地，一腳踏住胸脯，喝道：「認得老爺麼？」那漢在地下叫道：「爺

第四十三回

假李逵剪徑劫單人　黑旋風沂嶺殺四虎

爺，饒恁孩兒性命。」李逵道：「我正是江湖上的好漢黑旋風李逵，便是你這廝辱沒老爺名字。」那漢道：「小人雖然姓李，不是真的黑旋風。為是爺爺江湖上有名目，提起好漢大名，神鬼也怕；因此小人盜學爺爺名目，胡亂在此剪徑。但有孤單客人經過，聽得說了黑旋風三個字，便撇了行李，逃奔了去，以此得這些利息（財物），實不敢害人。小人自己的賤名叫做李鬼，只在這前村住。」李逵道：「叵耐這廝無禮，卻在這裡奪人的包裹行李。壞我的名目，學我使兩把板斧，且教他先吃我一斧。」劈手奪過一把斧來便砍，李鬼慌忙叫道：「爺爺殺我一個，便是殺我兩個。」李逵聽得，住了手問道：「怎的殺你一個，便是殺你兩個？」李鬼道：「小人本不敢剪徑，家中因有個九十歲的老母，無人養贍，因此小人單題爺爺大名唬嚇人，奪些單身的包裹，養贍老母；其實並不曾敢害了一個人。如今爺爺殺了小人，家中老母，必是餓殺。」

李逵雖是個殺人不眨眼的魔君，聽得說了這話，自肚裡尋思道：「我特地歸家來取娘，卻倒殺了一個養娘的人，天地也不佑我。罷，罷，我饒了你這廝性命。」放將起來，李鬼手提著斧，納頭便拜。李逵道：「只我便是真黑旋風，你從今已後，休要壞了俺的名目。」李鬼道：「小人今番得了性命，自回家改業，再不敢倚著爺爺名目，在這裡剪徑。」李逵道：「你有孝順之心，我與你十兩銀子做本錢，便去改業。」李逵便取出一錠銀子，把與李鬼，拜謝去了。

李逵自笑道：「這廝卻撞在我手裡。既然他是個孝順的人，必去改業，我若殺了他，也不合天理。我也自去休。」拿了朴刀，一步步投山僻小路而來。詩曰：

李逵迎母卻逢傷，李鬼何曾為養娘。
可見世間忠孝處，事情言語貴參詳。

走到巳牌時分，看看肚裡又飢又渴，四下裡都是山徑小路，不見有一個酒店飯店。正走之間，只見遠遠在山凹裡露出兩間草屋。李逵見了，奔到那人家裡來，只見後面走出一個婦人來，髽髻鬢邊插一簇野花，搽一臉胭脂鉛粉。李逵放下朴刀道：「嫂子，我是過路客人，肚中飢餓，尋不著酒食店，我與你一貫足錢，央你回些酒飯吃。」那婦人見了李逵這般模樣，不敢說沒，只得答道：「酒便沒買處，飯便做些與客人吃了去。」李逵道：「也罷。只多做些個，正肚中飢出鳥來。」那婦人道：「做一升米不少麼？」李逵道：「做三升米飯來吃。」那婦人向廚中燒起火來，便去溪邊淘了米，將來做飯。

李逵卻轉過屋後山邊來淨手，只見一個漢子攧手腳從山後歸來。李逵轉過屋後聽時，那婦人正要上山討菜，開後門，見了，便問道：「大哥，那裡閃肭了腿？」那漢子應道：「大嫂，我險些兒和你不廝見了，你道我晦鳥氣麼？指望出去等個單身的過，整整等了半個月，不曾發市，甫能今日抹著一個，——你道是誰？原來正是那真黑旋風。卻恨撞著那驢鳥，我如何敵得他過？倒吃他一朴刀，搠翻在地，定要殺我，吃我假意叫道：『你殺我一個，卻害了我兩個。』他便問我緣故，我便告道：『家中有個九十歲的老娘，無人養贍，定是餓死。』那驢鳥真個信我，饒了我性命，又與我一個銀子做本錢，教我改了業養娘。我恐怕他省悟了，趕將來，且離了那林子裡僻靜處睡了一回，從後山走回家來。」那婦人道：「休要高聲。卻才一個黑大漢來家中，教我做飯，莫不正是他。如今在門前坐地，你去張一張看。若是他時，你去尋些麻藥來，放在菜內，教那廝吃了，麻翻在地，我和你卻對付了他，謀得他些金銀，搬往縣裡住，去做些買賣，卻不強似在這裡剪徑！」

李逵已聽得了，便道：「叵耐這廝，我倒與了他一個銀子，又饒了性命，他倒又要害我。這個正是情理難容。」一轉踅到後門邊。這李鬼恰待出門，被李逵劈髯揪住，那婦人慌忙自望前門走了。李逵捉住李鬼，按翻在地，身邊掣出腰刀，早割下頭來。拿著刀，卻奔前門尋那婦人時，正不知走那裡去了。再入屋內來，去房中搜看，只見有兩個竹籠，盛些舊衣裳，底下搜得些碎銀兩並幾件釵環，李逵都拿了；又去李鬼身邊搜了那錠小銀子，都打縛在包裹裡。卻去鍋裡看時，三升米飯早熟了，只沒菜蔬下飯。李逵盛飯來吃了一回，看看自笑道：「好痴漢，放著好肉在面前，卻不會吃。」拔出腰刀，便去李鬼腿上割下兩塊肉來，把些水洗淨了，灶裡抓些炭火來便燒。一面燒，一面吃。吃得飽了，把李鬼的屍首拖放屋下，放了把火，提了朴刀，自投山路裡去了。

比及（等到）趕到董店東時，日已平西。徑奔到家中，推開門，入進裡面，只聽得娘在床上問道：「是誰人來？」李逵看時，見娘雙眼都盲了，坐在床上念佛。李逵道：「娘，鐵牛來家了。」娘道：「我兒，你去了許多時，這幾年正在那裡安身？你的大哥，只是在人家做長工，止博得些飯食吃，養娘全不濟事。我時常思量你，眼淚流乾，因此瞎了雙目。你一向正是如何？」李逵尋思道：「我若說在梁山泊落草，娘定不肯去，——我只假說便了。」李逵應道：「鐵牛如今做了官，上路特來取娘。」娘道：「恁地卻好也！只是你怎生和我去得？」李逵道：「鐵牛背娘到前路，卻覓一輛車兒載去。」娘道：「你等大哥來，卻商議。」李逵道：「等做甚麼？我自和你去便了。」恰待要行，只見李達提了一罐子飯來。

入得門，李逵見了，便拜道：「哥哥，多年不見。」李達罵道：「你這廝歸來則甚？又來負累人。」娘便道：「鐵牛如今做了官，特地家來取我。」李達道：「娘呀，休信他放屁。當初他打殺了人，教我披枷帶鎖，受了萬千的苦。如今又聽得他和梁山泊賊人通同，劫了法場，鬧了江州，見在梁山泊做了強盜。前日江州行移公文到來，著落原籍追捕正身，卻要捉我到官比捕，又得財主替我官司分理，說他兄弟已自十來年不知去向，亦不曾回家，莫不是同名同姓的人冒供鄉貫（籍貫）；又替我上下使錢，因此不吃官司杖限追要。見今出榜賞三千錢捉他。你這廝不死，卻走家來胡說亂道！」李逵道：「哥哥不要焦躁，一發和你同上山去快活，多少是好。」李達大怒，本待要打李逵，卻又敵他不過，把飯罐撇在地下，一直去了。

李逵道：「他這一去，必然報人來捉我，卻是脫不得身，不如及早走罷。我大哥從來不曾見這大銀，我且留下一錠五十兩的大銀子，放在床上。大哥歸來見了，必然不趕來。」李逵便解下腰包，取一錠大銀，放在床上，叫道：「娘，我自背你去休。」娘道：「你背我那裡去？」李逵道：「你休問我，只顧去快活便了。我自背你去不妨。」李逵當下背了娘，提了朴刀，出門望小路裡便走。

卻說李達奔來財主家報了，領著十來個莊客，飛也似趕到家裡看時，不見了老娘，只見床上留下一錠大銀子。李達見了這錠大銀，心中忖道：「鐵牛留下銀子，背娘去那裡藏了。必是梁山泊有人和他來，我若趕去，倒吃他壞了性命。想他背娘，必去山寨裡快活。」眾人不見了李逵，都沒做理會處。李達卻對眾莊客說道：「這鐵牛背娘去，不知往那條路去了，這裡小路甚雜，怎地去趕他？」眾莊客見李達沒理會處，俄延了半晌，也各自回去了，不在話下。

這裡只說李逵怕李達領人趕來，背著娘只望亂山深處僻靜小路而走。看看天色晚了，但見：

暮煙橫遠岫，宿霧鎖奇峰。慈鴉撩亂投林，百鳥喧呼傍樹。行行雁陣，墜長空飛入蘆花；點點螢光，明野徑偏依腐草。卷起金風飄敗葉，吹來霜氣布深山。

當下李逵背娘到嶺下，天色已晚了。娘雙眼不明，不知早晚。李逵卻自認得這條嶺，喚做沂嶺。過那邊去，方才有人家。娘兒兩個，趁著星明月朗，一步步捱上嶺來。娘在背上說道：「我兒，那裡

第四十三回

假李逵剪徑劫單人　黑旋風沂嶺殺四虎

討口水來我吃也好。」李逵道：「老娘，且待過嶺去，借了人家安歇了，做些飯吃。」娘道：「我日中吃了些乾飯，口渴的當不得。」李逵道：「我喉嚨裡也煙發火出。你且等我背你到嶺上，尋水與你吃。」娘道：「我兒，端的渴殺我也，救我一救。」李逵道：「我也困倦的要不得。」李逵看看捱得到嶺上，松樹邊一塊大青石上，把娘放下，插了朴刀在側邊，吩咐娘道：「耐心坐一坐，我去尋水來你吃。」李逵聽得溪澗裡水響，聞聲尋將去，盤過了兩三處山腳，到得那澗邊看時，一溪好水，怎見得，有詩為證：

> 穿崖透壑不辭勞，遠望方知出處高。
> 溪澗豈能留得住，終歸大海作波濤。

李逵來到溪邊，捧起水來，自吃了幾口，尋思道：「怎生能勾得這水去，把與娘吃？」立起身來，東觀西望，遠遠地山頂上見個庵兒，李逵道：「好了。」攀藤攬葛，上到庵前，推開門看時，卻是個泗州大聖祠堂。面前有個石香爐。李逵用手去掇，原來卻是和座子鑿成的。李逵拔了一回，那裡拔得動，一時性起來，連那座子掇出，前面石階上一磕，把那香爐磕將下來，拿了再到溪邊，將這香爐水裡浸了，拔起亂草，洗得乾淨，挽了半香爐水，雙手擎來，再尋舊路，夾七夾八走上嶺來。

到得松樹裡邊，石頭上不見了娘，只見朴刀插在那裡。李逵叫娘吃水，杳無蹤跡，叫了幾聲不應。李逵心慌，丟了香爐，定住眼四下裡看時，並不見娘。走不到三十餘步，只見草地上一團血跡。李逵見了，心裡越疑惑，趁著那血跡尋將去。尋到一處大洞口，只見兩個小虎兒在那裡舐一條人腿。

正是：

假黑旋風真搗鬼，生時欺心死燒腿。
誰知娘腿亦遭傷，餓虎餓人皆為嘴。

李逵心裡忖道：「我從梁山泊歸來，特為老娘來取他，千辛萬苦，背到這裡，卻把來與你吃了。那鳥大蟲拖著這條人腿，不是我娘的是誰的？」心頭火起，赤黃鬚豎立起來，將手中朴刀挺起來，搠那兩個小虎。這小大蟲被搠得慌，也張牙舞爪鑽向前來，被李逵手起，先搠死了一個，那一個望洞裡便鑽了入去。李逵趕到洞裡，也搠死了。李逵卻鑽入那大蟲洞內，伏在裡面張外面時，只見那母大蟲張牙舞爪望窩裡來。李逵道：「正是你這業畜吃了我娘。」放下朴刀，跨邊掣出腰刀。那母大蟲到洞口，先把尾去窩裡一剪，便把後半截身軀坐將入去。李逵在窩內看得仔細，把刀朝母大蟲尾底下盡平生氣力捨命一戳，正中那母大蟲糞門。李逵使得力重，和那刀靶（把），也直送入肚裡去了。那母大蟲吼了一聲，就洞口帶著刀，跳過澗邊去了。李逵卻拿了朴刀，就洞裡趕將出來，那老虎負疼，直搶下山石岩下去了。李逵恰待要趕，只見就樹邊卷起一陣狂風，吹得敗葉樹木如雨一般打將下來。自古道：「雲生從龍，風生從虎。」那一陣風起處，星月光輝之下，大吼了一聲，忽地跳出一隻吊睛白額虎來。那大蟲望李逵勢猛一撲，那李逵不慌不忙，趁著那大蟲的勢力，手起一刀，正中那大蟲頷下。那大蟲不曾再展再撲：一者護那疼痛，二者傷著他那氣管。那大蟲退不勾五七步，只聽得響一聲，如倒半壁山，登時間死在岩下。

那李逵一時間殺了子母四虎，還又到虎窩邊，將著刀復看了一遍，只恐還有大蟲，已無有蹤跡。李逵也困乏了，走向泗州大聖廟裡，睡到天明。次日早晨，李逵卻來收拾親娘的兩腿及剩的骨殖，把布衫包裹了，直到泗州大聖庵後掘土坑葬了。李逵大哭了一場，有詩為證：

第四十三回

假李逵剪徑劫單人　黑旋風沂嶺殺四虎

沂嶺西風九月秋，雌雄虎子聚林丘。
因將老母殘軀啖，致使英雄血淚流。
猛拚一身探虎穴，立誅四虎報冤仇。
泗州廟後親埋葬，千古傳名李鐵牛。

這李逵肚裡又飢又渴，不免收拾包裹，拿了朴刀，尋路慢慢的走過嶺來。只見五七個獵戶都在那裡收窩弓弩箭，見了李逵一身血污，行將下嶺來，眾獵戶吃了一驚，問道：「你這客人莫非是山神土地，如何敢獨自過嶺來？」李逵見問，自肚裡尋思道：「如今沂水縣出榜，賞三千貫錢捉我，我如何敢說實話？只謊說罷。」答道：「我是客人。昨夜和娘過嶺來，因我娘要水吃，我去嶺下取水，被那大蟲把我娘拖去吃了。我直尋到虎窩裡，先殺了兩個小虎，後殺了兩個大虎，泗州大聖廟裡睡到天明，方才下來。」眾獵戶齊叫道：「不信你一個人如何殺得四個虎？便是李存孝和子路（孔子的弟子仲由）也只打得一個。這兩個小虎且不打緊，那兩個大虎非同小可。我們為這兩個畜生，不知都吃了幾頓棍棒。這條沂嶺自從有了這窩虎在上面，整三五個月，沒人敢行。我們不信，敢是你哄我？」李逵道：「我又不是此間人，沒來由哄你做甚麼？你們不信，我和你上嶺去，尋討與你。就帶些人去扛了下來。」眾獵戶道：「若端的有時，我們自重重的謝你，卻是好也。」

眾獵戶打起胡哨來，一霎時聚起三五十人，都拿了撓鉤槍棒，跟著李逵，再上嶺來。此時天大明朗，都到那山頂上，遠遠望見窩邊果然殺死兩個小虎：一個在窩內，一個在外面；一隻母大蟲死在山岩邊，一隻雄虎死在泗州大聖廟前。眾獵戶見了殺死四個大蟲，盡皆歡喜，便把索子抓縛起來，眾人扛抬下嶺，就邀李逵同去請賞，一面先使人報知里正上戶，都來迎接著，抬到一個大戶人家，喚做曹太公莊上。那人原是閒吏，專一在鄉放刁把濫。近來暴有幾貫浮財，只是為人行短（行為卑鄙）。當時曹太公親自接來相見了，邀請李逵到草堂上坐定，動問那殺虎的緣由。李逵卻把夜來同娘到嶺上要水吃，因此殺死大蟲的話，說了一遍。眾人都呆了。曹太公動問壯士高姓名諱，李逵答道：「我姓張，無名，只喚做張大膽。」詩曰：

人言只有假李逵，從來再無李逵假。
如何李四冒張三，誰假誰真皆作耍。

曹太公道：「真乃是大膽壯士，不恁地膽大，如何殺的四個大蟲！」一壁廂叫安排酒食管待，不在話下。

且說當村裡得知沂嶺上殺了四個大蟲，抬在曹太公家，講動了村坊道店，哄的前村後村，山僻人家，大男幼女，成群結隊，都來看虎，入見曹太公，相待著打虎的壯士，在廳上吃酒。數中卻有李鬼的老婆，逃在前村爹娘家裡，隨著眾人也來看虎，卻認得李逵的模樣，慌忙來家對爹娘說道：「這個殺虎的黑大漢，便是殺我老公，燒了我屋的。他正是梁山泊黑旋風李逵。」爹娘聽得，連忙來報知里正。里正聽了道：「他既是黑旋風時，正是嶺後百丈村打死了人的李逵，逃走在江州，又做出事來，行移到本縣原籍追捉，如今官司出三千貫賞錢拿他，他卻走在這裡！」暗地使人去請得曹太公到來商議。曹太公推道更衣，急急的到里正家裡。正說這個殺虎的壯士，便是嶺後百丈村裡的黑旋風李逵，見今官司著落拿他。曹太公道：「你們要打聽得仔細。倘不是時，倒惹得不好；若真個是時，卻不妨。要拿他時也容易，只怕不是他時卻難。」里正道：「見有李鬼的老婆認得他。曾來李鬼家做飯吃，殺了李鬼。」曹太公道：「既是如此，我們且只顧置酒請他，卻問他：『今番殺了大蟲，還是要去縣請功，只是要村裡討賞？』若還他不肯去縣裡請功時，便是黑旋風了，著人輪換把盞，灌得醉了，縛在這裡，卻去報知本縣，差都頭來取去，萬無一失。」有詩為證：

常言芥投針孔，窄路每遇冤家。
李鬼鬼魂不散，旋風風色非佳。
打虎功思縣賞，殺人身被官拿。
試看螳螂黃雀，勸君得意休誇。

眾人道：「說得是。」里正與眾人商量定了。曹太公回家來款住李逵，一面且置酒來相待，便道：「適間抛撇（離席），請勿見怪。且請壯士解下腰間包裹，放下朴刀，寬鬆坐一坐。」李逵道：「好，好，我的腰刀已搠在雌虎肚裡了，只有刀鞘在這裡。若是開剝時，可討來還我。」曹太公道：「壯士放心，我這裡有的是好刀，相送一把與壯士懸帶。」李逵解了腰刀、尖刀，並纏袋、包裹，都遞與莊客收貯，便把朴刀倚在壁邊。曹太公叫取大盤肉、大壺酒來。眾多大戶並里正、獵戶人等，輪番把盞，大碗大鍾，只顧勸李逵。曹太公又請問道：「不知壯士要將這虎解官請功，只是在這裡討些齎發！」李逵道：「我是過往客人，忙些個，偶然殺了這窩猛虎，不須去縣裡請功。只此有些齎發，便罷；若無，我也去了。」曹太公道：「如何敢輕慢了壯士？少刻村中斂取盤纏相送；我這裡自解虎到縣裡去。」李逵道：「布衫先借一領與我換了上蓋。」曹太公道：「有，有。」當時便取一領細青布衲襖，就與李逵換了身上的血污衣裳。只見門前鼓響笛鳴，都將酒來，與李逵把盞作慶，一杯冷，一杯熱。李逵不知是計，只顧開懷暢飲，全不記宋江吩咐的言語。不兩個時辰，把李逵灌得酩酊大醉，立腳不住。眾人扶到後堂空屋下，放翻在一條板凳上，就取兩條繩子，連板凳綁住了。便叫里正帶人，飛也似去縣裡報知；就引李鬼老婆去做原告，補了一紙狀子。

此時哄動了沂水縣裡，知縣聽得大驚，連忙升廳問道：「黑旋風拿住在那裡？這是謀叛的人，不可走了。」原告人並獵戶答應道：「見縛在本鄉曹大戶家，為是無人禁得他，誠恐有失，路上走了，不敢解來。」知縣隨即叫喚本縣都頭去取來。就廳前轉過一個都頭來聲喏，那人是誰，有詩為證：

面闊眉濃鬚鬢赤，雙睛碧綠似番人。
沂水縣中青眼虎，豪傑都頭是李雲。

當下知縣喚李雲上廳來，吩咐道：「沂嶺下曹大戶莊上拿住黑旋風李逵，你可多帶人去，密地解來，休要哄動村坊，被他走了。」李都頭領了台旨，下廳來，點起三十個老郎士兵，各帶了器械，便奔沂嶺村中來。

這沂水縣是個小去處，如何掩飾得過？此時街市上講動了，說道：「拿著了鬧江州的黑旋風。如今差李都頭去拿來。」朱貴在東莊門外朱富家聽了這個消息，慌忙來後面對兄弟朱富說道：「這黑廝又做出來了，如何解救？宋公明特為他，誠恐有失，差我來打聽消息。如今他吃拿了，我若不救得他時，怎的回寨去見哥哥，似此怎生是好？」朱富道：「大哥且不要慌。這李都頭一身好本事，有三五十人近他不得，我和你只兩個同心合意，如何敢近傍他？只可智取，不可力敵。李雲日常時最是愛我，常常教我使些器械，我卻有個道理對他，只是在這裡安不得身了。今晚煮了三二十斤肉，將十數瓶酒，把肉大塊切了，卻將些蒙汗藥拌在裡面，我兩個五更帶數個火家挑著，去半路裡僻靜處等候他解來時，只做與他把酒賀喜，將眾人都麻翻了，卻放李逵，如何？」朱貴道：「此計大妙。事不宜遲，可以整頓，及早便去。」朱富道：「只是李雲不會吃酒，便麻翻了，終久醒得快。還有件事：倘或日後得知，須在此安身不得。」朱貴道：「兄弟，你在這裡賣酒，也不濟事。不如帶領老小，跟我上山，一發入了伙，論秤分金銀，換套穿衣服，卻不快活？今夜便叫兩個火家覓了一輛車兒，先送妻子和細軟行李起身，約在十里牌等候，都去上山。我如今包裹內帶得一包蒙汗藥在這裡，李雲不會吃酒時，肉裡多糝些，逼著他多吃些，也麻倒了，救得李逵同上山去，有何不可。」朱富道：「哥哥說得是。」便叫人去覓下了一輛車兒，打拴了三五個包箱，捎在車兒上，家中粗物都棄了，叫渾家和兒女上了車子，吩咐兩個火家，跟著車子，只顧先去。

且說朱貴、朱富當夜煮熟了肉，切做大塊，將藥來拌了，連酒裝做兩擔，帶了二三十個空碗。又有若干菜蔬，也把藥來拌了。——恐有不吃肉的，也教他著手。兩擔酒肉，兩個火家各挑一擔。弟兄兩個，自提了些果盒之類，四更前後，直接將來僻靜山路口坐。等到天明，遠遠地只聽得敲著鑼響，朱貴接到路口。

且說那三十來個土兵自村裡吃了半夜酒，四更前後，把李逵背剪綁了，解將來；後面李都頭坐在馬上，看看來到面前。朱富便向前攔住，叫道：「師父且喜，小弟將來接力。」桶內舀一壺酒來，斟一大鍾，上勸李雲；朱貴托著肉來，火家捧過果盒。李雲見了，慌忙下馬，跳向前來，說道：「賢弟，何勞如此遠接。」朱富道：「聊表徒弟孝順之心。」李雲接過酒來，到口不吃，朱富跪下道：「小弟已知師父不飲酒。今日這個喜酒，也飲半盞兒。」李雲推卻不過，略呷了兩口。朱富便道：「師父不飲酒，須請些肉。」李雲道：「夜間已飽，吃不得了。」朱富道：「師父行了許多路，肚裡也飢了。雖不中吃，胡亂請些，也免小弟之羞。」揀兩塊好的，遞將過來。李雲見他如此殷勤，只得勉意吃了兩塊。朱富把酒來勸上戶、里正，並獵戶人等，都勸了三鍾，朱貴便叫土兵、莊客眾人都來吃酒。這伙男女那裡顧個冷熱，好吃不好吃，酒肉到口，只顧吃，正如這風捲殘雲，落花流水，一齊上來，搶著吃了。

李逵光（瞪）著眼，看了朱貴兄弟兩個，已知用計，故意道：「你們也請我吃些。」朱貴喝道：「你是歹人，有何酒肉與你吃，這般殺才，快閉了口。」李雲看著土兵，喝道叫走，只見一個個都面面廝覷，走動不得，口顫腳麻，都跌倒了。李雲急叫：「中了計了。」恰待向前，不覺自家也頭重腳輕，暈倒了，軟做一堆，睡在地下。當時朱貴、朱富各奪了一條朴刀，喝聲：「孩兒們休走！」兩個挺起朴刀，來趕這伙不曾吃酒肉的莊客，並那看的人。走得快的，走了；走得遲的，就搠死在地。李逵大叫一聲，把那綁縛的麻繩都掙斷了，便奪過一條朴刀來殺李雲。朱富慌忙攔住叫道：「不要害他。他是我的師父，為人最好，你只顧先走。」李逵應道：「不殺得曹太公老驢，如何出得這口氣！」李逵趕上，手起一朴刀，先搠死曹太公，並李鬼的老婆，續後里正也殺了；性起來，把獵戶排頭兒一味價搠將去，那三十來個土兵都被搠死了。這看的人和眾莊客只恨爹娘少生兩隻腳，都望深村野路逃命去了。

李逵還只顧尋人要殺，朱貴喝道：「不干看的人事，休只管傷人。」慌忙攔住，李逵方才住了手，就土兵身上剝了兩件衣服穿上。三個人提著朴刀，便要從小路裡走。朱富道：「不好，卻是我送了師父性命。他醒時，如何見得知縣，必然趕來。你兩個先行，我等他一等。我想他日前教我的恩義，且是為人忠直，等他趕來，就請他一發上山入伙，也是我的恩義，免得教回縣去吃苦。」朱貴道：「兄弟，你也見得是，我便先去跟了車子行，留李逵在路旁幫你等他。只有李雲那廝吃的藥少，沒一個時辰便醒。若是他不趕來時，你們兩個休執迷等他。」朱富道：「這是自然了。」

當下朱貴前行去了。只說朱富和李逵坐在路旁邊等候，果然不到一個時辰，只見李雲挺著一條朴刀，飛也似起來，大叫道：「強賊休走！」李逵見他來的凶，跳起身，挺著朴刀，來鬥李雲，恐傷朱富。正是有分教，梁山泊內添雙虎，聚義廳前慶四人。畢竟黑旋風鬥青眼虎，二人勝敗如何，且聽下回分解。

第四十四回

錦豹子小徑逢戴宗　病關索長街遇石秀

話說當時李逵挺著朴刀來鬥李雲，兩個就官路旁邊鬥了五七合，不分勝敗。朱富便把朴刀去中間隔開，叫道：「且不要鬥，都聽我說。」二人都住了手。朱富道：「師父聽說，小弟多蒙錯愛，指教槍棒，非不感恩；只是我哥哥朱貴見在梁山泊做了頭領，今奉及時雨宋公明將令，著他來照管李大哥。不爭被你拿了解官，教我哥哥如何回去見得宋公明？因此做下這場手段。卻才李大哥乘勢要壞師父，卻是小弟不肯容他下手，只殺了這些士兵。我們本待去得遠了，猜道師父回去不得，必來趕我。小弟又想師父日常恩念，特地在此相等。師父，你是個精細的人，有甚不省得？如今殺害了許多人性命，又走了黑旋風，你怎生回去見得知縣？你若回去時，定吃官司，又無人來相救，不如今日和我們一同上山，投奔宋公明，入了伙。未知尊意若何？」李雲尋思了半晌，便道：「賢弟，只怕他那裡不肯收留我。」朱富笑道：「師父，你如何不知山東及時雨大名，專一招賢納士，結識天下好漢？」李雲聽了，嘆口氣道：「閃得我有家難奔，有國難投，只喜得我又無妻小，不怕吃官司拿了，只得隨你們去休。」李逵便笑道：「我哥哥，你何不早說？」便和李雲剪拂了。這李雲不曾娶老小，亦無家當，當下三人合作一處，來趕車子，半路上朱貴接見了大喜。

第四十四回

錦豹子小徑逢戴宗　病關索長街遇石秀

四籌好漢跟了車仗便行，於路無話。看看相近梁山泊路上，又迎著馬麟、鄭天壽，都相見了，說道：「晁、宋二頭領又差我兩個下山來探聽你消息。今既見了，我兩個先去回報。」當下二人先上山來報知。次日，四籌好漢帶了朱富家眷，都至梁山泊大寨聚義廳來。朱貴向前，先引李雲拜見晁、宋二頭領，相見眾好漢，說道：「此人是沂水縣都頭，姓李，名雲，綽號青眼虎。」次後朱貴引朱富參拜眾位說道：「這是舍弟朱富，綽號笑面虎。」都相見了。李逵拜了宋江，給還了兩把板斧，訴說取娘至沂嶺，被虎吃了，因此殺了四虎。又說假李逵剪徑被殺一事，眾人大笑。晁、宋二人笑道：「被你殺了四個猛虎，今日山寨裡又添得兩個活虎，正宜作慶。」眾多好漢大喜，便教殺羊宰馬，做筵席慶賀兩個新到頭領。晁蓋便叫去左邊白勝上首坐定。

吳用道：「近來山寨十分興旺，感得四方豪傑望風而來，皆是晁、宋二兄之德，亦眾弟兄之福也。然是如此，還請朱貴仍復掌管山東酒店，替回石勇、侯健。朱富老小，另撥一所房舍住居。目今山寨事業大了，非同舊日，可再設三處酒館，專一探聽吉凶事情，往來義士上山。如若朝廷調遣官兵捕盜，可以報知如何進兵，好做準備。西山地面廣闊，可令童威、童猛弟兄帶領十數個火伴那裡開店，令李立帶十數個火家去山南邊那裡開店，令石勇也帶十來個伴當去北山那裡開店。仍復都要設立水亭號箭，接應船隻，但有緩急軍情，飛捷報來。山前設置三座大關，專令杜遷總行守把，但有一應委差，不許調遣。早晚不得擅離。又令陶宗旺把總監工，掘港汊（河流分支），修水路，開河道，整理宛子城垣，修築山前大路。他原是莊戶出身，修理久慣。令蔣敬掌管庫藏倉廒，支出納入，積萬累千，書算帳目。令蕭讓設置寨中寨外，山上山下，三關把隘，許多行移關防文約，大小頭領號數。煩令金大堅刊造雕刻，一應兵符、印信、牌面等項。令侯健管造衣袍鎧甲五方旗號等件。令李雲監造梁山泊一應房舍、廳堂。令馬麟監管修造大小戰船。令宋萬、白勝去金沙灘下寨。令王矮虎、鄭天壽去鴨嘴灘下寨。令穆春、朱富管收山寨錢糧。呂方、郭盛於聚義廳兩邊耳房安歇。令宋清專管筵宴。」都分撥已定，筵席了三日，不在話下。梁山泊自此無事，每日只是操練人馬，教演武藝。水寨裡頭領都教習駕船，赴水，船上廝殺，亦不在話下。

忽一日，宋江與晁蓋、吳學究並眾人閒話道：「我等弟兄眾位今日都共聚大義，只有公孫一清不見回還。我想他回薊州探母參師，期約百日便回，今經日久，不知信息，莫非昧信不來。可煩戴宗兄弟與我去走一遭，探聽他虛實下落，如何不來。」戴宗願往。宋江大喜，說道：「只有賢弟去得快，旬日便知信息。」當日戴宗別了眾人，次早打扮做承局，下山去了。正是：

雖為走卒，不占軍班。一生常作異鄉人，兩腿欠他行路債。監司出入，皂花藤杖掛宣牌；帥府行軍，黃色絹旗書令字。家居千里，日不移時；緊急軍情，時不過刻。早向山東餐黍米，晚來魏府吃鵝梨。

且說戴宗自離了梁山泊，取路望薊州來。把四個甲馬拴在腿上，作起神行法來，於路只吃些素茶素食。在路行了三日，來到沂水縣界，只聞人說道：「前日走了黑旋風，傷了好多人，連累了都頭李雲不知去向，至今無獲處。」戴宗聽了冷笑。當日正行之次，只見遠遠地轉過一個人來，手裡提著一根渾鐵筆管槍。那人看見戴宗走得快，便立住了腳，叫一聲：「神行太保！」戴宗聽得，回過臉來，定睛看時，見山坡下小徑邊，立著一個大漢，生得頭圓耳大，鼻直口方，眉秀目疏，腰細膀闊。戴宗連忙回轉身來問道：「壯士素不曾拜識，如何呼喚賤名？」那漢慌忙答道：「足下果是神行太保！」撇了槍，便拜倒在地。戴宗連忙扶住答禮，問道：「足下高姓大名？」那漢道：「小弟姓楊，名林，

第四十四回

錦豹子小徑逢戴宗　病關索長街遇石秀

祖貫彰德府人氏，多在綠林叢中安身，江湖上都叫小弟做錦豹子楊林。數月之前，路上酒肆裡遇見公孫勝先生，同在店中吃酒相會，備說梁山泊晁、宋二公招賢納士，如此義氣；寫下一封書，教小弟自來投大寨入伙，只是不敢輕易擅進。公孫先生又說，李家道口舊有朱貴開酒店在彼，招引上山入伙的人；山寨中亦有一個招賢飛報頭領，喚做神行太保戴院長，日行八百里路。今見兄長行步非常，因此喚一聲看，不想果是仁兄，正是天幸，無心得遇。」戴宗道：「小可特為公孫勝先生回薊州去，杳無音信，今奉晁、宋二公將令，差遣來薊州探聽消息，尋取公孫勝還寨，不期卻遇足下。」楊林道：「小弟雖是彰德府人，這薊州管下地方州郡都走遍了。倘若不棄，就隨侍兄長同去走一遭。」戴宗道：「若得足下作伴，實是萬幸。尋得公孫先生見了，一同回梁山泊去未遲。」

楊林見說了，大喜，就邀住戴宗，結拜為兄。戴宗收了甲馬，兩個緩緩而行，到晚就投村店歇了。楊林置酒請戴宗，戴宗道：「我使神行法，不敢食葷。」兩個只買些素饌相待。過了一夜，次日早起，打火吃了早飯，收拾動身。楊林便問道：「兄長使神行法走路，小弟如何走得上？只怕同行不得！」戴宗笑道：「我的神行法也帶得人同走。我把兩個甲馬拴在你腿上，作起法來，也和我一般走得快，要行便行，要住便住。不然，你如何趕得我走？」楊林道：「只恐小弟是凡胎濁骨，比不得兄長神體。」戴宗道：「不妨，我這法，諸人都帶得。作用了時和我一般行；只是我自吃素，並無妨礙。」當時取兩個甲馬，替楊林縛在腿上，戴宗也只縛了兩個，作用了神行法，吹口氣在上面，兩個輕輕地走了去，要緊要慢，都隨著戴宗行。兩個於路閒說些江湖上的事，雖只見緩緩而行，正不知走了多少路。

兩個行到巳牌時分，前面來到一個去處，四圍都是高山，中間一條驛路。楊林卻自認得，便對戴宗說道：「哥哥，此間地名，喚做飲馬川，前面兀那高山裡常常有大伙在內，近日不知如何。因為山勢秀麗，水繞峰環，以此喚做飲馬川。」兩個正來到山邊過，只聽得忽地一聲鑼響，戰鼓亂鳴，走出一二百小嘍羅，攔住去路，當先擁著兩籌好漢，各挺一條朴刀，大喝道：「行人須住腳。你兩個是甚麼鳥人？那裡去的？會事的快把買路錢來，饒你兩個性命！」楊林笑道：「哥哥，你看我結果那呆鳥。」拈著筆管槍搶將入去。那兩個好漢見他來得凶，走近前來看了，上首的那個便叫道：「且不要動手，兀的不是楊林哥哥麼！」楊林見了，卻才認得。上首那個大漢提著軍器向前剪拂了，便喚下首這個長漢都來施禮罷。楊林請過戴宗說道：「兄長且來和這兩個弟兄相見。」戴宗問道：「這兩個壯士是誰？如何認得賢弟？」楊林便道：「這個認得小弟的好漢，他原是蓋天軍襄陽府人氏，姓鄧，名飛。為他雙睛紅赤，江湖上人都喚他做火眼狻猊。能使一條鐵鏈，人皆近他不得。多曾合伙，一別五年，不曾見面，誰想今日卻在這裡相遇著！」鄧飛便問道：「楊林哥哥，這位兄長是誰，必不是等閒人也。」楊林道：「我這仁兄，是梁山泊好漢中神行太保戴宗的便是。」鄧飛聽了道：「莫不是江州的戴院長，能行八百里路程的？」戴宗答道：「小可便是。」那兩個頭領慌忙剪拂道：「平日只聽得說大名，不想今日在此拜識尊顏！」戴宗看那鄧飛時，生得如何，有詩為證：

原是襄陽閒撲漢，江湖飄蕩不思歸。
多餐人肉雙睛赤，火眼狻猊是鄧飛。

當下二位壯士施禮罷，戴宗又問道：「這位好漢高姓大名？」鄧飛道：「我這兄弟，姓孟，名康，祖貫是真定州人氏，善造大小船隻。原因押送花石綱，要造大船，嗔怪這提調官催並責罰他，把本官一時殺了，棄家逃走在江湖上綠林中安身，已得年久。因他長大白淨，人都見他一身好肉體，起他一個綽號，叫他做玉幡竿孟康。」戴宗見說，大喜，看那孟康怎生模樣，有詩為證：

能攀強弩衝頭陣，善造艨艟越大江。
真州妙手樓船匠，白玉幡竿是孟康。

當時戴宗見了二人，心中甚喜，四籌好漢說話間，楊林問道：「二位兄弟在此聚義幾時了？」鄧飛道：「不瞞兄長說，也有一年多了。只半載前在這直西地面上遇著一個哥哥，姓裴，名宣，祖貫是京兆府人氏，原是本府六案孔目出身，極好刀筆；為人忠直聰明，分毫不肯苟且，本處人都稱他『鐵面孔目』。亦會拈槍使棒，舞劍掄刀，智勇足備。為因朝廷除將一員貪濫知府到來，把他尋事刺配沙門島，從我這裡經過，被我們殺了防送公人，救了他在此安身，聚集得三二百人。這裴宣極使得好雙劍，讓他年長，見在山寨中為主。煩請二位義士同往小寨，相會片時。」便叫小嘍羅牽過馬來，請戴宗、楊林都上了馬，四騎馬望山寨來。行不多時，早到寨前，下了馬，裴宣已有人報知，連忙出寨，降階而接。戴宗、楊林看裴宣時，果然好表人物，生得面白肥胖，四平八穩，心中暗喜。有詩為證：

問事時巧智心靈，落筆處神號鬼哭。
心平恕毫髮無私，稱裴宣鐵面孔目。

當下裴宣邀請二位義士到聚義廳上，俱各講禮罷，謙讓戴宗正面坐了，次是裴宣、楊林、鄧飛、孟康，五籌好漢，賓主相待，坐定筵宴，當日大吹大擂飲酒。看官聽說，這也都是地煞星之數，時節到來，天幸自然義聚相逢，有詩為證：

豪傑遭逢信有因，連環鉤鎖共相尋。
漢廷將相由屠釣，莫怪梁山錯用心。

當下眾人飲酒中間，戴宗在筵上說起晁、宋二頭領招賢納士，結識天下四方豪傑，待人接物，一團和氣，仗義疏財，許多好處。眾頭領同心協力，八百里梁山泊如此雄壯，中間宛子城、蓼兒窪，四下裡都是茫茫煙水，更有許多兵馬，何愁官兵來到。只管把言語說他三個。裴宣回道：「小弟寨中也有三百來人馬，財賦亦有十餘輛車子，糧食草料不算，倘若仁兄不時微賤時，引薦於大寨入伙，願聽號令效力。未知尊意若何？」戴宗大喜道：「晁、宋二公待人接物，並無異心；更是諸公相助，如錦上添花。若果有此心，可便收拾下行李，待小可和楊林去薊州見了公孫勝先生回來，那時一同扮做官軍，星夜前往。」眾人大喜。酒至半酣，移去後山斷金亭上，看那飲馬川景致吃酒，端的好個飲馬川，但見：

一望茫茫野水，周回（圍）隱隱青山；幾多老樹映殘霞，數片彩雲飄遠岫。荒田寂寞，應無稚子看牛；古渡淒涼，那得奚人（牧族）飲馬。只好強人安寨柵，偏宜好漢展旌旗。

戴宗看了這飲馬川一派山景，喝采道：「好山好水，真乃秀麗，你等二位如何來得到此？」鄧飛道：「原是幾個不成材小廝們在這裡屯紮，後被我兩個來奪了這個去處。」眾皆大笑。五籌好漢吃得

第四十四回
錦豹子小徑逢戴宗　病關索長街遇石秀

大醉。裴宣起身舞劍助酒，戴宗稱贊不已。至晚，各自回寨內安歇。次日，戴宗定要和楊林下山，三位好漢苦留不住，相送到山下作別，自回寨裡收拾行裝，整理動身，不在話下。

且說戴宗和楊林離了飲馬川山寨，在路曉行夜住，早來到薊州城外，投個客店安歇了。楊林便道：「哥哥，我想公孫勝先生是個出家人，必是山間林下村落中住，不在城裡。」戴宗道：「說得是。」當時二人先去城外，到處詢問公孫勝先生下落消息，並無一個人曉得他。住了一日，次早起來，又去遠遠村坊街市訪問人時，亦無一個認得。兩個又回店中歇了。第三日，戴宗道：「敢怕城中有人認得他。」當日和楊林卻入薊州城裡來尋他。兩個尋問老成人時，都道：「不認得，敢不是城中人。只怕是外縣名山大剎居住。」

楊林正行到一個大街，只見遠遠地一派鼓樂，迎將一個人來。戴宗、楊林立在街上看時，前面兩個小牢子，一個馱著許多禮物花紅，一個捧著若干緞子彩繒之物；後面青羅傘下，罩著一個押獄劊子。那人生得好表人物，露出藍靛般一身花繡，兩眉入鬢，鳳眼朝天，淡黃面皮，細細有幾根髭髯。那人祖貫是河南人氏，姓楊，名雄，因跟一個叔伯哥哥來薊州做知府，一向流落在此。續後一個新任知府，卻認得他，因此就參他做兩院押獄，兼充市曹行刑劊子。因為他一身好武藝，面貌微黃，以此人都稱他做病關索楊雄。有一首臨江仙詞，單道著楊雄好處：

兩臂雕青鐫嫩玉，頭巾環眼嵌玲瓏。鬢邊愛插翠芙蓉。背心書劊字，衫串染猩紅。問事廳前逞手段，行刑刀利如風。微黃面色細眉濃，人稱「病關索」，好漢是楊雄。

當時楊雄在中間走著，背後一個小牢子擎著鬼頭靶法刀。原來才去市心裡決刑了回來，眾相識與他掛紅賀喜，送回家去，正從戴宗、楊林面前迎將過來。一簇人在路口攔住了把盞，只見側首小路裡又撞出七八個軍漢來，為頭的一個，叫做踢殺羊張保。這漢是薊州守御城池的軍，帶著這幾個，都是城裡城外時常討閒錢使的破落戶漢子，官司累次奈何他不改，為見楊雄原是外鄉人來薊州，卻有人懼怕他，因此不怯氣。當日正見他賞賜得許多緞匹，帶了這幾個沒頭神（沒職業的混混），吃得半醉，卻好趕來要惹他。又見眾人攔住他在路口把盞，那張保撥開眾人，鑽過面前叫道：「節級拜揖。」楊雄道：「大哥來吃酒。」張保道：「我不要吃酒，我特來問你借百十貫錢使用。」楊雄道：「雖是我認得大哥，不曾錢財相交，如何問我借錢？」張保道：「你今日詐得百姓許多財物，如何不借我些？」楊雄應道：「這都是別人與我做好看的，怎麼是詐得百姓的？你來放刁，我與你軍衛有司，各無統屬。」張保不應，便叫眾人向前一哄，先把花紅緞子都搶了去。楊雄叫道：「這廝們無禮。」卻待向前打那搶物事的人，被張保劈胸帶住，背後又是兩個來拖住了手，那幾個都動起手來，小牢子們各自回避了。

楊雄被張保並兩個軍漢逼住了，施展不得，只得忍氣，解拆不開。正鬧中間，只見一條大漢挑著一擔柴來，看見眾人逼住楊雄，動彈不得。那大漢看了，路見不平，便放下柴擔，分開眾人，前來勸道：「你們因甚打這節級？」那張保睜起眼來喝道：「你這打脊（一種刑罰，此處罵人是犯重罪的囚徒）餓不死凍不殺的乞丐，敢來多管！」那大漢大怒，焦躁起來，將張保劈頭只一提，一跤翻在地。那幾個幫閒的見了，卻待要來動手，早被那大漢一拳一個，都打得東倒西歪。楊雄方才脫得身，把出本事來施展動，一對拳頭攛梭相似，那幾個破落戶都打翻在地。張保見不是頭，爬將起來，一直走了。楊雄忿怒，大踏步趕將去。張保跟著搶包袱的走，楊雄在後面追著，趕轉小巷去了。那大漢兀自不歇手，在路口尋人廝打。戴宗、楊林看了，暗暗地喝采道：「端的是好漢，此乃『路見不平，拔刀相助』，真壯士也。」正是：

匣裡龍泉爭欲出，只因世有不平人。
旁觀能辨非和是，相助安知疏與親。

當時戴宗、楊林便向前邀住勸道：「好漢看我二人薄面，且罷休了。」兩個把他扶勸到一個巷內。楊林替他挑了柴擔，戴宗挽住那漢手，邀入酒店裡來。楊林放下柴擔，同到閣兒裡面。那大漢叉手道：「感蒙二位大哥解救了小人之禍。」戴宗道：「我弟兄兩個也是外鄉人，因見壯士仗義之事，只恐一時拳手太重，誤傷人命，特地做這個出場（結局），請壯士酌三杯，到此相會結義則個。」那大漢道：「多得二位仁兄解拆小人這場，卻又蒙賜酒相待，實是不當。」楊林便道：「四海之內，皆兄弟也，有何傷乎？且請坐。」戴宗相讓，那漢那裡肯僭上。戴宗、楊林一帶坐了，那漢坐於對席。叫過酒保，楊林身邊取出一兩銀子來，把與酒保道：「不必來問，但有下飯，只顧買來與我們吃了，一發總算。」酒保接了銀子去，一面鋪下菜蔬、果品、案酒之類。

三人飲過數杯，戴宗問道：「壯士高姓大名？貴鄉何處？」那漢答道：「小人姓石，名秀，祖貫是金陵建康府人氏。自小學得些槍棒在身，一生執意，路見不平，但要去相助，人都呼小弟作『拚命三郎』。因隨叔父來外鄉販羊馬賣，不想叔父半途亡故，消折了本錢，還鄉不得，流落在此薊州賣柴度日。既蒙拜識，當以實告。」戴宗道：「小可兩個因來此間幹事，得遇壯士。如此豪傑流落在此賣柴，怎能勾發跡？不若挺身江湖上去，做個下半世快樂也好。」石秀道：「小人只會使些槍棒，別無甚本事，如何能勾發達快樂？」戴宗道：「這般時節認不得真，一者朝廷不明，二乃奸臣閉塞。小可一個薄識，因一口氣去投奔了梁山泊宋公明入伙，如今論秤分金銀，換套穿衣服，只等朝廷招安了，早晚都做個官人。」石秀嘆口氣道：「小人便要去，也無門路可進。」戴宗道：「壯士若肯去時，小可當以相薦。」石秀道：「小人不敢拜問二位官人貴姓？」戴宗道：「小可姓戴名宗，兄弟姓楊名林。」石秀道：「江湖上聽得說個江州神行太保，莫非正是足下？」戴宗道：「小可便是。」叫楊林身邊包袱內取一錠十兩銀子，送與石秀做本錢。石秀不敢受，再三謙讓，方才收了，才知道他是梁山泊神行太保。正欲訴說些心腹之話，投托入伙，只聽得外面有人尋問入來。三個看時，卻是楊雄帶領著二十餘人，都是做公的，趕入酒店裡來。戴宗、楊林見人多，吃了一驚，乘鬧哄裡，兩個慌忙走了。

石秀起身迎住道：「節級那裡去來？」楊雄便道：「大哥，何處不尋你，卻在這裡飲酒。我一時被那廝封住了手，施展不得，多蒙足下氣力，救了我這場便宜。一時間只顧趕了那廝去，奪他包袱，卻撇了足下。這伙兄弟聽得我廝打，都來相助，依還奪得搶去的花紅緞匹回來，只尋足下不見。卻才有人說道：『兩個客人，勸他去酒店裡吃酒，』因此才知得，特地尋將來。」石秀道：「卻才是兩個外鄉客人，邀在這裡酌三杯，說些閒話，不知節級呼喚。」楊雄大喜，便問道：「足下高姓大名？貴鄉何處？因何在此？」石秀答道：「小人姓石，名秀，祖貫是金陵建康府人氏。平生性直，路見不平，便要去捨命相護，以此都喚小人做『拚命三郎』。因隨叔父來此地販賣羊馬，不期叔父半途亡故，消折了本錢，流落在此薊州賣柴度日。」楊雄看石秀時，好個壯士，生得上下相等。有首西江月詞，單道著石秀好處，但見：

身似山中猛虎，性如火上澆油。心雄膽大有機謀，到處逢人搭救。全仗一條桿棒，只憑兩個拳頭。掀天聲價滿皇州（京城），拚命三郎石秀。

當下楊雄又問石秀道：「卻才和足下一處飲酒的客人何處去了？」石秀道：「他兩個見節級帶人進來，只道相鬧，以此去了。」楊雄道：「恁地時，先喚酒保取兩甕酒來，大碗叫眾人一家三碗，吃了去，明日卻得來相會。」眾人都吃了酒，自去散了。楊雄便道：「石秀三郎，你休見外。想你此間必無親眷，我今日就結義你做個弟兄如何？」石秀見說大喜，便說道：「不敢動問節級貴庚？」楊雄道：「我今年二十九歲。」石秀道：「小弟今年二十八歲，就請節級坐，受小弟拜為哥哥。」石秀拜了四拜。楊雄大喜，便叫酒保安排飲饌酒果來，「我和兄弟今日吃個盡醉方休。」

正飲酒之間，只見楊雄的丈人潘公，帶領了五七個人，直尋到酒店裡來。楊雄見了，起身道：「泰山來做甚麼？」潘公道：「我聽得你和人廝打，特地尋將來。」楊雄道：「多謝這個兄弟救護了我，打得張保那廝見影也害怕。我如今就認義了石家兄弟做我兄弟。」潘公叫：「好，好，且叫這幾個弟兄吃碗酒了去。」楊雄便叫酒保討酒來，每人三碗吃了去，便叫潘公中間坐了，楊雄對席上首，石秀下首。三人坐下，酒保自來斟酒。潘公見了石秀這等英雄長大，心中甚喜，便說道：「我女婿得你做個兄弟相幫，也不枉了公門中出入，誰敢欺負他！」又問道：「叔叔原曾做甚買賣道路（行業）？」石秀道：「先父原是操刀屠戶。」潘公道：「叔叔曾省得殺牲口的勾當麼？」石秀笑道：「自小吃屠家飯，如何不省得宰殺牲口？」潘公道：「老漢原是屠戶出身，只因年老做不得了，止有這個女婿，他又自一身入官府差遣，因此撇下這行衣飯（行當）。」三人酒至半酣，計算酒錢，石秀將這擔柴也都準折了。三人取路回來，楊雄入得門，便叫：「大嫂，快來與這叔叔相見。」只見布簾裡面應道：「大哥，你有甚叔叔？」楊雄道：「你且休問，先出來相見。」布簾起處，走出那個婦人來。原來那婦人是七月七日生的，因此小字喚做巧雲，先嫁了一個吏員，是薊州人，喚做王押司，兩年前身故了，方才晚嫁得楊雄，未及一年夫妻。石秀見那婦人出來，慌忙向前施禮道：「嫂嫂請坐。」石秀便拜，那婦人道：「奴家年輕，如何敢受禮？」楊雄道：「這個是我今日新認義的兄弟，你是嫂嫂，可受半禮。」當下石秀推金山，倒玉柱，拜了四拜。那婦人還了兩禮，請入來裡面坐地，收拾一間空房，教叔叔安歇。話休絮煩。次日，楊雄自出去應當官府，吩咐家中道：「安排石秀衣服巾幘。」客店內有些行李包裹，都教去取來楊雄家裡安放了。

卻說戴宗、楊林自酒店裡看見那伙做公的入來尋訪石秀，鬧哄裡兩個自走了，回到城外客店中歇了。次日，又去尋問公孫勝兩日，絕無人認得，又不知他下落住處，兩個商量了且回去。當日收拾了行李，便起身離了薊州，自投飲馬川來，和裴宣、鄧飛、孟康一行人馬，扮作官軍，星夜望梁山泊來。戴宗要見他功勞，又糾合得許多人馬上山，山上自做慶賀筵席，不在話下。

再說有楊雄的丈人潘公，自和石秀商量，要開屠宰作坊。潘公道：「我家後門頭是一條斷路小巷，又有一間空房在後面，那裡井水又便，可做作坊，就教叔叔做房在裡面，又好照管。」石秀見了，也喜端的便益。潘公再尋了個舊時識熟副手，「只央叔叔掌管帳目。」石秀應承了，叫了副手，便把大青大綠妝點起肉案子、水盆、砧頭，打磨了許多刀杖，整頓了肉案，打並了作坊、豬圈，起上十數個肥豬，選個吉日，開張肉鋪。眾鄰舍親戚都來掛紅賀喜，吃了一兩日酒，楊雄一家，得石秀開了店，都歡喜。自此無話。一向潘公、石秀，自做買賣。

不覺光陰迅速，又早過了兩個月有餘。時值秋殘冬到，石秀裡裡外外，身上都換了新衣穿著。石秀一日早起五更，出外縣買豬，三日了方回家來，只見鋪店不開；卻到家裡看時，肉店砧頭也都收過了，刀杖家火亦藏過了。石秀是個精細的人，看在肚裡便省得了，自心中忖道。「常言：『人無千日好，花無百日紅。』哥哥自出外去當官，不管家事，必然嫂嫂見我做了這些衣裳，以定背後有說話；又見我兩日不回，必有人搬口弄舌，想是疑心，不做買賣。我休等他言語出來，我自先辭了回鄉去休。自古道：『那得長遠心的人？』」石秀已把豬趕在圈裡，卻去房中換了腳手（鞋子），收拾了包裹行李，細細寫了一本清帳，從後面入來。潘公已安排下些素酒食，請石秀坐定吃酒。潘公道：「叔叔遠出勞心，自趕豬來辛苦。」石秀道：「丈丈（老人家），禮當。且收過了這本明白帳目。若上面有半點私心，天地誅滅。」潘公道：「叔叔何故出此言？並不曾有個甚事。」石秀道：「小人離鄉五七年了，今欲要回家去走一遭，特地交還帳目。今晚辭了哥哥，明早便行。」潘公聽了，大笑起來道：「叔叔差矣。你且住，聽老漢說。」那老子言無數句，話不一席。有分教，報恩壯士提三尺（劍），破戒沙門喪九泉。畢竟潘公說出甚言語來，且聽下回分解。

第四十五回

楊雄醉罵潘巧雲　石秀智殺裴如海

話說石秀回來，見收過店面，便要辭別出門，潘公說道：「叔叔且住，老漢已知叔叔的意了。叔叔兩夜不曾回家，今日回來，見收拾過了家火什物，叔叔已定心裡只道是不開店了，因此要去。休說恁地好買賣，便不開店時，也養叔叔在家。不瞞叔叔說，我這小女先嫁得本府一個王押司，不幸沒了，今得二周年，做些功果與他，因此歇了這兩日買賣。明日請下報恩寺僧人來做功德，就要央叔叔管待則個。老漢年紀高大，熬不得夜，因此一發和叔叔說知。」石秀道：「既然丈丈恁地說時，小人再納定性（忍耐）過幾時。」潘公道：「叔叔今後並不要疑心，只顧隨分且過。」當時吃了幾杯酒，並些素食，收過了杯盤。

只見道人挑將經擔到來，鋪設壇場，擺放佛像、供器、鼓、鈸、鐘、磬、香花、燈燭，廚下一面安排齋食。楊雄到申牌時分，回家走一遭，吩咐石秀道：「賢弟，我今夜卻限當牢（看守監牢），不得前來，凡事央你支持則個。」石秀道：「哥哥放心自去，晚間兄弟替你料理。」楊雄去了，石秀自在門前照管。沒多時，只見一個年紀小的和尚，揭起簾子入來。石秀看那和尚時，端的整齊，但見：

第四十五回
楊雄醉罵潘巧雲　石秀智殺裴如海

一個青旋旋光頭新剃，把麝香松子勻搽；一領黃烘烘直裰初縫，使沉速楠檀香染。山根鞋履，是福州染到深青；九縷絲條，係西地買來真紫。光溜溜一雙賊眼，只睃趁施主嬌娘；美甘甘滿口甜言，專說誘喪家少婦。

那和尚入到裡面，深深地與石秀打個問訊。石秀答禮道：「師父少坐。」隨背後一個道人，挑兩個盒子入來，石秀便叫：「丈丈，有個師父在這裡。」潘公聽得，從裡面出來，那和尚便道：「干爺如何一向不到敝寺。」老子道：「便是開了這些店面，卻沒工夫出來。」那和尚便道：「押司周年，無甚罕物相送，些少掛麵，幾包京棗……」老子道：「阿也，甚麼道理，教師父壞鈔！」教叔叔收過了。石秀自搬入去，叫點茶出來，門前請和尚吃。

只見那婦人從樓上下來，不敢十分穿重孝，只是淡妝輕抹，便問：「叔叔，誰送物事來。」石秀道：「一個和尚，叫丈丈做乾爺的送來。」那婦人便笑道：「是師兄海闍黎（高僧）裴如海，一個老實的和尚。他便是裴家絨線鋪裡小官人，出家在報恩寺中。因他師父是家裡門徒，結拜我父做乾爺，長奴兩歲，因此上叫他做師兄。他法名叫做海公。——叔叔，晚間你只聽他請佛念經，有這般好聲音。」石秀道：「原來恁地。」自肚裡已有些瞧科。

那婦人便下樓來見和尚，石秀卻背叉著手，隨後跟出來，布簾裡張看。只見那婦人出到外面，那和尚便起身向前來，合掌深深的打個問訊。那婦人便道：「甚麼道理，教師兄壞鈔！」和尚道：「賢妹，些少薄禮微物，不足掛齒。」那婦人道：「師兄何故這般說？出家人的物事，怎的消受得？」和尚道：「敝寺新造水陸堂，也要來請賢妹隨喜，只恐節級見怪。」那婦人道：「家下拙夫卻不恁地計較，老母死時，也曾許下血盆願心，早晚也要到上剎相煩還了。」和尚道：「這是自家的事，如何恁地說？但是吩咐如海的事，小僧便去辦來。」那婦人道：「師兄，多與我娘念幾卷經便好。」只見裡面丫鬟捧茶出來，那婦人拿起一盞茶來，把帕子去茶鍾口邊抹一抹，雙手遞與和尚。那和尚一頭接茶，兩隻眼涎瞪瞪的只顧看那婦人身上，這婦人也嘻嘻的笑著看這和尚。人道色膽如天，卻不防石秀在布簾裡張見。石秀自肚裡暗忖道：「『莫信直中直，須防仁不仁。』我幾番見那婆娘常常的只顧對我說些風話，我只以親嫂嫂一般相待，原來這婆娘倒不是個良人。莫教撞在石秀手裡，敢替楊雄做個出場，也不見的。」

石秀此時已有三分在意了，便揭起布簾，走將出來。那賊禿放下茶盞，便道：「大郎請坐。」這婦人便插口道：「這個叔叔，便是拙夫新認義的兄弟。」那和尚虛心冷氣，動問道：「大郎貴鄉何處？高姓大名？」石秀道：「我姓石，名秀，金陵人氏。因為只好閒管，替人出力，以此叫做『拚命三郎』。我是個粗鹵漢子，禮數不到，和尚休怪！」裴如海道：「不敢，不敢。小僧去接眾僧來赴道場。」相別出門去了。那婦人道：「師兄早來些個。」那和尚應道：「便來了。」婦人送了和尚出門，自入裡面來了。石秀卻在門前低了頭，只顧尋思。

看官聽說，原來但凡世上的人，惟有和尚色情最緊，為何說這句話？且如俗人出家人，都是一般父精母血所生，緣何見得和尚家色情最緊？惟有和尚家第一閒。一日三餐，吃了檀越施主的好齋好供，住了那高堂大殿僧房，又無俗事所煩，房裡好床好鋪睡著，沒得尋思，只是想著此一件事。假如譬喻說一個財主家，雖然十相俱足（擁有嬌妻美妾），一日有多少閒事惱心，夜間又被錢物掛念，到三更二更才睡，總有（縱有）嬌妻美妾，同床共枕，那得情趣。又有那一等小百姓們，一日價辛辛苦苦掙扎，早晨巴不到晚，起的是五更，睡的是半夜。到晚來，未上床，先去摸一摸米甕看，到底沒顆米，明日又無錢，總然妻子有些顏色，也無些甚麼意興。因此上輸與這和尚們一心閒靜，專一理會這等勾當。那時古人評論到此去處，說這和尚們真個利害，因此蘇東坡學士道：「不禿不毒，不毒不禿，轉禿轉毒，轉毒轉禿。」和尚們還有四句言語，道是：

一個字便是僧，兩個字是和尚，三個字鬼樂官，四字色中餓鬼。

且說這石秀自在門前尋思了半晌，又且去支持管待。不多時，只見行者先來點燭燒香。少刻，海闍黎引領眾僧卻來赴道場，潘公、石秀接著，相待茶湯已罷，打動鼓鈸，歌詠贊揚。只見海闍黎同一個一般年紀小的和尚做闍黎，播動鈴杵，發牒請佛，獻齋贊供，諸大護法監壇主盟，「追薦亡夫王押司早生天界」。只見那婦人喬素梳妝，來到法壇上，執著手爐，拈香禮佛。那海闍黎越逞精神，搖著鈴杵，念動真言。這一堂和尚見了楊雄老婆這等模樣，都七顛八倒起來。

那眾僧都在法壇上看見了這婦人，自不覺都手之舞之，足之蹈之，一時間愚迷了佛性禪心，拴不定心猿意馬，以此上德行高僧世間難得。石秀卻在側邊看了，也自冷笑道：「似此有甚功德，正謂之作福不如避罪。」少間，證盟（儀式）已了，請眾和尚就裡面吃齋，海闍黎卻在眾僧背後，轉過頭來，看著那婦人嘻嘻的笑，那婆娘也掩著口笑。兩個都眉來眼去，以目送情。石秀都看在眼裡，自有五分來不快意。眾僧都坐了吃齋，先飲了幾杯素酒，搬出齋來，都下了襯錢（散給和尚的錢）。潘公道：「眾師父飽齋則個。」少刻，眾僧齋罷，都起身行食（飯後散步）去了。轉過一遭，再入道場。石秀心中好生不快意，只推肚疼，自去睡在板壁後了。

那婦人一點情動，那裡顧的防備人看見，便自去支持眾僧，又打了一回鼓鈸動事，把些茶食果品煎點。海闍黎著眾僧用心看經，請天王拜懺，設浴召亡，參禮三寶。追薦到三更時分，眾僧困倦，這海闍黎越逞精神，高聲看誦。那婦人在布簾下看了，便教丫鬟請海和尚說話。那賊禿慌忙來到婦人面前。這婆娘扯住和尚袖子說道：「師兄明日來取功德錢時，就對爹爹說血盆願心一事，不要忘了。」和尚道：「小僧記得。只說要還願，也還了好。」和尚又道：「你家這個叔叔好生利害。」婦人應道：「這個睬他則甚！又不是親骨肉。」海闍黎道：「恁地小僧卻才放心。我只道是節級的至親兄弟。」兩個又戲笑了一回，那和尚自出去判斛（把酒食散給鬼吃）送亡。不想石秀卻在板壁後假睡，正張得著，都看在肚裡了。當夜五更道場滿散（謝神儀式），送佛化紙已了，眾僧作謝回去，那婦人自上樓去睡了。石秀卻自尋思了，氣道：「哥哥恁的豪傑，卻恨撞了這個淫婦。」忍了一肚皮鳥氣，自去作坊裡睡了。

次日，楊雄回家，俱各不提。飯後楊雄又出去了。只見海闍黎又換了一套整整齊齊的僧衣，徑到潘公家來。那婦人聽得是和尚來了，慌忙下樓，出來接著，邀入裡面坐地，便叫點茶來。那婦人謝道：「夜來多教師兄勞神，功德錢未曾拜納。」海闍黎道：「不足掛齒。小僧夜來所說血盆懺願心這一事，特稟知賢妹；要還時，小僧寺裡現在念經，只要都疏一道就是。」那婦人道：「好，好。」便叫丫鬟請父親出來商量。潘公便出來謝道：「老漢打熬不得，夜來甚是有失陪侍；不想石叔叔又肚疼倒了，無人管待，卻是休怪，休怪。」那和尚道：「乾爺正當自在。」那婦人便道：「我要替娘還了血盆懺舊願，師兄說道，明日寺中做好事，就附答還了。先教師兄去寺裡念經，我和你明日飯罷去寺裡，只要證明懺疏，也是了當一頭事。」潘公道：「也好，明日只怕買賣緊，櫃上無人。」那婦人道：「放著石叔叔在家照管，卻怕怎的？」潘公道：「我兒出口為願，明日只得要去。」那婦人就取些銀子做功果錢，與和尚去，「有勞師兄，莫責輕微，明日準來上剎討素麵吃。」海闍黎道：「謹候拈香。」收了銀子，便起身謝道：「多承布施，小僧將去分俵眾僧，來日專等賢妹來證盟。」那婦人直送和尚到門外去了。石秀自在作坊裡安歇，起來宰豬趕趁。詩曰：

古來佛殿有奇逢，偷約歡期情倍濃。
也學裴航勤玉杵，巧雲移處鵲橋通。

卻說楊雄當晚回來安歇，婦人待他吃了晚飯，洗了腳手，卻教潘公對楊雄說道：「我的阿婆臨死時，孩兒許下血盆經懺願心在這報恩寺中，我明日和孩兒去那裡證盟酬了便回，說與你知道。」楊雄道：「大嫂，你便自說與我，何妨。」那婦人道：「我對你說，又怕你嗔怪，因此不敢與你說。」當晚無話，各自歇了。

次日五更，楊雄起來，自去畫卯，承應官府；石秀起來，自理會做買賣。只見那婦人起來，濃妝豔飾，打扮得十分濟楚（美好），包了香盒，買了紙燭，討了一乘轎子。石秀自一早晨顧買賣，也不來管他。飯罷，把丫鬟迎兒也打扮了。巳牌時候，潘公換了一身衣裳，來對石秀道：「小弟相煩叔叔照管門前，老漢和拙女同去還些願心便回。」石秀笑道：「小人自當照管；丈丈但照管嫂嫂，多燒些好香早早來。」石秀自肚裡已知了。

且說潘公和迎兒跟著轎子，一徑望報恩寺裡來。古人有篇偈子說得好，道是：

朝看釋伽經，暮念華嚴咒。種瓜還得瓜，種豆還得豆。
經咒本慈悲，冤結如何救？照見本來心，方便多竟究。
心地若無私，何用求天佑？地獄與天堂，作者還自受。

這篇言語，古人留下，單說善惡報應，如影隨形，既修六度萬緣，當守三歸五戒。叵耐緇流之輩，專為狗彘之行，辱沒前修，遺謗後世。卻說海闍黎這賊禿，單為這婦人結拜潘公做乾爺，只吃楊雄阻滯礙眼，因此不能勾上手。自從和這婦人結識起，只是眉來眼去送情，未見真實的事。因這一夜道場裡，才見他十分有意。期日約定了。那賊禿磨槍備劍，整頓精神，先在山門下伺候，看見轎子到來，喜不自勝，向前迎接。潘公道：「甚是有勞和尚。」那婦人下轎來謝道：「多多有勞師兄。」海闍黎道：「不敢，不敢。小僧已和眾僧都在水陸堂上，從五更起來誦經，到如今未曾住歇，只等賢妹來證盟，卻是多有功德。」把這婦人和老子引到水陸堂上，已自先安排下花果香燭之類，有十數個僧人在彼看經，那婦人都道了萬福，參禮了三寶，海闍黎引到地藏菩薩面前證盟懺悔。通罷疏頭（祈福祝文），便化了紙，請眾僧自去吃齋，著徒弟陪侍。

海和尚卻請：「乾爺和賢妹去小僧房裡拜茶。」一邀把這婦人引到僧房裡深處，預先都準備下了，叫聲：「師哥拿茶來。」只見兩個侍者捧出茶來，白雪錠器盞內，朱紅托子，絕細好茶。吃罷，放下盞子，「請賢妹裡面坐一坐。」又引到一個小小閣兒裡，琴光黑漆春台，排幾幅名人書畫，小桌兒上焚一爐妙香。潘公和女兒一台坐了，和尚對席，迎兒立在側邊。那婦人道：「師兄端的是好個出家人去處，清幽靜樂。」海闍黎道：「妹子休笑話，怎生比得貴宅上。」潘公道：「生受了師兄一日，我們回去。」那和尚那裡肯，便道：「難得乾爺在此，又不是外人，今日齋食已是賢妹做施主，如何不吃箸麵了去？師哥快搬來！」說言未了，卻早托兩盤進來，都是日常裡藏下的希奇果子，異樣菜蔬，並諸般素饌之物，擺滿春台。那婦人便道：「師兄何必治酒，反來打攪。」和尚笑道：「不成禮數，微表薄情而已。」師哥將酒來斟在杯中。和尚道：「乾爺多時不來，試嘗這酒。」老兒飲罷道：「好酒，端的味重。」和尚道：「前日一個施主家傳得此法，做了三五石米，明日送幾瓶來與令

第四十五回

楊雄醉罵潘巧雲　石秀智殺裴如海

壻吃。」老兒道：「甚麼道理？」和尚又勸道：「無物相酬賢妹娘子，胡亂告飲一杯。」兩個小師哥兒輪番篩酒，迎兒也吃勸了幾杯。那婦人道：「酒住，吃不去了。」和尚道：「難得賢妹到此，再告飲幾杯。」潘公叫轎夫入來，各人與他一杯酒吃。和尚道：「乾爺不必記掛，小僧都吩咐了。已著道人邀在外面，自有坐處吃酒。隨乾爺放心，且請開懷自飲幾杯。」原來這賊禿為這個婦人，特地對付下這等有力氣的好酒，潘公吃央不過，多吃了兩杯，當不住醉了。和尚道：「且扶乾爺去床上睡一睡。」和尚叫兩個師哥只一扶，把這老兒攙在一個冷淨房裡去睡了。

這裡和尚自勸道：「娘子開懷再飲幾杯。」那婦人一者有心，二乃酒入情懷，自古道：「酒亂性，色迷人。」那婦人三杯酒落肚，便覺有些朦朦朧朧上來，口裡嘈道：「師兄，你只顧央我吃酒做甚麼？」和尚扯著口嘻嘻的笑道：「只是敬重娘子。」那婦人道：「我吃不得了。」和尚道：「請娘子去小僧房裡看佛牙（類似象牙化石，僧家人以為是釋迦牟尼的牙齒）。」那婦人便道：「我正要看佛牙則個。」這和尚把那婦人一引，引到一處樓上，卻是海闍黎的臥房，鋪設得十分整齊。那婦人看了，先自五分歡喜，便道：「你端的好個臥房，乾乾淨淨。」和尚笑道：「只是少一個娘子。」那婦人也笑道：「你便討一個不得？」和尚道：「那裡得這般施主。」婦人道：「你且教我看佛牙則個。」和尚道：「你叫迎兒下去了，我便取出來。」那婦人道：「迎兒，你且下去看老爺醒也未。」迎兒自下的樓來去看潘公，和尚把樓門關上。

從古及今，先人留下兩句言語，單道這和尚家是鐵裡蛀蟲。鐵最實沒縫的，也要鑽進去，凡俗人家，豈可惹他。自古說這禿子道：

色中餓鬼獸中狨，弄假成真說祖風。

此物只可林下看，豈堪引入畫堂中。

當時那賊禿說道：「你既有心於我，我身死而無怨。只是今日雖然虧你作成了我，只得一霎時的恩愛快活，久後必然害殺小僧。」那婦人便道：「你且不要慌，我已尋思一條計了。我的老公，一個月倒有二十來日當牢上宿，我自買了迎兒，教他每日在後門裡伺候。若是夜晚，老公不在家時，便掇一個香桌兒出來，燒夜香為號，你便放心入來。若怕五更睡著了，不知省覺，卻那裡尋得一個報曉的頭陀，買他來後門頭，大敲木魚，高聲叫佛，便好出去。若買得這等一個時，一者得他外面策望（接應），二乃不叫你失了曉。」和尚聽了這話，大喜道：「妙哉！你只顧如此行，我這裡自有個頭陀胡道人，我自吩咐他來策望（守望）便了。」那婦人道：「我不敢留戀長久，恐這廝們疑忌，我快回去是得，你只不要誤約。」那婦人連忙再整雲鬢，重勻粉面，開了樓門，便下樓來，教迎兒叫起潘公，慌忙便出僧房來。轎夫吃了酒麵，已在寺門前伺候。海闍黎直送那婦人出山門外，那婦人作別了上轎，自和潘公、迎兒歸家，不在話下。

卻說這海闍黎自來尋報曉頭陀。本房原有個胡道人，在寺後退居裡小庵中過活，諸人都叫他做胡頭陀，每日只是起五更，來敲木魚報曉，勸人念佛；天明時，收掠齋飯。海和尚喚他來房中，安排三杯好酒相待了他，又取些銀子送與胡道。胡道起身說道：「弟子無功，怎敢受祿？屢承師父的恩惠。」海闍黎道：「我自看你是個志誠的人。我早晚出些錢，貼買道度牒，剃你為僧。這些銀子，權且將去，買些衣服穿著。」原來這海闍黎日常時只是教師哥不時送些午齋與胡道吃，已下又帶挈他去念經，得些齋襯錢。胡道感恩不淺，尚未報他，「今日又與我銀兩，必有用我處，何必等他開口？」胡道便道：「師父有事，若用小道處，即當向前。」海闍黎道：「胡道，你既如此好心，有件事不瞞

第四十五回

楊雄醉罵潘巧雲　石秀智殺裴如海

你，所有潘公的女兒，要和我來往，約定後門口擺設香桌兒在外時，便是叫我來。我也難去那裡踅，若得你先去看探有無，我才好去；又要煩你五更起來叫人念佛時，可就來那裡後門頭，看沒人，便把木魚大敲報曉，高聲叫佛，我便好出來。」胡道便道：「這個有何難哉！」當時應允了。其日先來潘公後門首討齋飯，只見迎兒出來說道：「你這道人，如何不來前門討齋飯，卻在後門裡來？」那胡道便念起佛來，裡面這婦人聽得了，已自瞧科，便出來後門問道：「你這道人，莫不是五更報曉的頭陀？」胡道應道：「小道便是五更報曉的頭陀，教人省睡，晚間宜燒些香，教人積福。」那婦人聽了大喜，便叫迎兒去樓上取一串銅錢來布施他。這頭陀張得迎兒轉身，便對那婦人說道：「小道便是海闍黎心腹之人，特地使我前來探路。」那婦人道：「我已知道了。今夜晚間，你可來看，如有香桌兒在外，你可便報與他則個。」胡道把頭來點著。迎兒就將銅錢來，與胡道去了。那婦人來到樓上，卻把心腹之事對迎兒說了。自古道：「人家女使，謂之奴才。」但得須些小便宜，如何不隨順了，天大之事，也都做了。因此人家婦人女使，可用而不可信，卻又少他不得。有詩為證：

送暖偷寒起禍胎，壞家端的是奴才。
請看當日紅娘事，卻把鶯鶯哄出來。

卻說楊雄此日正該當牢，未到晚，先來取了鋪蓋去，自監裡上宿。這迎兒得了些小意兒，巴不到晚，自去安排了香桌兒，黃昏時掇在後門外，那婦人卻閃在傍邊伺候。初更左側，一個人戴頂頭巾，閃將入來，迎兒問道：「是誰？」那人也不答應，便除下頭巾，露出光頂來。這婦人在側邊見是海和尚，輕輕地罵一聲：「賊禿，倒好見識。」兩個上樓去了。迎兒自來掇過了香桌兒，關上了後門，也自去睡了。自古道：「莫說歡娛嫌夜短，只要金雞報曉遲。」兩個正好睡哩，只聽得咯咯地木魚響，高聲念佛，和尚和婦人夢中驚覺。海闍黎披衣起來道：「我去也，今晚再相會。」那婦人道：「今後但有香桌兒在後門外，你便不可負約；如無香桌兒在後門，你便切不可來。」和尚下床，依前戴上頭巾，迎兒開了後門，放他去了。自此為始，但是楊雄出去當牢上宿，那和尚便來家中。只有這個老兒，未晚先自要睡；迎兒這個丫頭，已自做一路了；只要瞞著石秀一個。兩個一似被攝了魂魄的一般。這和尚只待頭陀報了，便離寺來。那婦人專得迎兒做腳（做內應），放他出入，因此快活偷養和尚戲耍。自此往來，將近一月有餘。這和尚也來了十數遍。

且說這石秀每日收拾了店時，自在坊裡歇宿，常有這件事掛心，每日委決不下，卻又不曾見這和尚往來。每日五更睡覺，不時跳將起來，料度這件事。只聽得報曉頭陀直來巷裡敲木魚，高聲叫佛。石秀是個乖覺的人，早瞧了八分，冷地裡思量道：「這條巷是條死巷，如何有這頭陀連日來這裡敲木魚叫佛？事有可疑。」當是十一月中旬之日，五更時分，石秀正睡不著，只聽得木魚敲響，頭陀直敲入巷裡來，到後門口高聲叫道：「普度眾生，救苦救難，諸佛菩薩！」石秀聽得叫得蹊蹺，便跳將起來，去門縫裡張時，只見一個人戴頂頭巾從黑影裡閃將出來，和頭陀去了，隨後便是迎兒來關門。石秀見了，自說道：「哥哥如此豪傑，卻恨討了這個淫婦，倒被這婆娘瞞過了，做成這等勾當。」巴得天明，把豬出去門前挑了，賣個早市。飯罷，討了一遭賒錢，日中前後，徑到州衙前來尋楊雄。

卻好行至州橋邊，正迎見楊雄。楊雄便問道：「兄弟，那裡去來？」石秀道：「因討賒錢，就來尋哥哥。」楊雄道：「我常為官事忙，並不曾和兄弟快活吃三杯，且來這裡坐一坐。」楊雄把這石秀引到州橋下一個酒樓上，揀一處僻淨閣兒裡，兩個坐下，叫酒保取瓶好酒來，安排盤饌、海鮮、案酒。二人飲過三杯，楊雄見石秀只低了頭尋思，楊雄是個性急的人，便問道：「兄弟心中有些不樂，莫不家裡有甚言語傷觸（觸犯）你處？」石秀道：「家中也無有甚話。兄弟感承哥哥把做親骨肉一般看待，有句話敢說麼？」楊雄道：「兄弟何故今日見外？有的話，但說不妨。」石秀道：「哥哥每日出來，只顧承當官府，卻不知背後之事。這個嫂嫂不是良人，兄弟已看在眼裡多遍了，且未敢說。今日見得仔細，忍不住來尋哥哥，直言休怪。」楊雄道：「我自無背後眼，你且說是誰？」石秀道：「前者家裡做道場，請那個賊禿海闍黎來，嫂嫂便和他眉來眼去，兄弟都看見。第三日又去寺裡還血盆懺願心，兩個都帶酒歸來。我近日只聽得一個頭陀直來巷內敲木魚叫佛，那廝敲得作怪。今日五更被我起來張時，看見果然是這賊禿，戴頂頭巾，從家裡出去。似這等淫婦，要他何用。」楊雄聽了大怒道：「這賤人怎敢如此！」石秀道：「哥哥且息怒。今晚都不要提，只和每日一般；明日只推做上宿，三更後卻再來敲門，那廝必然從後門先走，兄弟一把拿來，從哥哥發落。」楊雄道：「兄弟見得是。」石秀又吩咐道：「哥哥今晚且不可胡發說話。」楊雄道：「我明日約你便是。」兩個再飲了幾杯，算還了酒錢，一同下樓來，出得酒肆，各散了。只見四五個虞候叫楊雄道：「那裡不尋節級？知府相公在花園裡坐地，教尋節級來和我們使棒，快走，快走。」楊雄便吩咐石秀道：「本官喚我，只得去應答，兄弟，你先回家去。」石秀當下自歸家裡來，收拾了店面，自去作坊裡歇息。

且說楊雄被知府喚去到後花園中，使了幾回棒，知府看了大喜，叫取酒來，一連賞了十大賞鍾。楊雄吃了，都各散了，眾人又請楊雄去吃酒。至晚，吃得大醉，扶將歸來。詩曰：

曾聞酒色氣相連，浪子酣尋花柳眠。
只有英雄心裡事，醉中觸憤不能蠲。

那婦人見丈夫醉了，謝了眾人，卻自和迎兒攙上樓梯去，明晃晃地點著燈燭。楊雄坐在床上，迎兒去脫蠕鞋，婦人與他除頭巾，解巾幘。楊雄看了那婦人，一時驀上心來，——自古道：「醉是醒時言。」——指著那婦人罵道：「你這賤人，賊妮子，好歹是我結果了你！」那婦人吃了一驚，不敢回話，且伏侍楊雄睡了。楊雄一頭上床睡，一頭口裡恨恨的罵道：「你這賤人，腌臢潑婦，那廝敢大蟲口裡倒涎。我手裡不到得輕輕地放了你。」那婦人那裡敢喘氣，直待楊雄睡著。

看看到五更。楊雄酒醒了，討水吃，那婦人便起舀碗水，遞與楊雄吃了，桌上殘燈尚明。楊雄吃了水，便問道：「大嫂，你夜來不曾脫衣裳睡？」那婦人道：「你吃得爛醉了，只怕你要吐，那裡敢脫衣裳，只在腳後倒了一夜。」楊雄道：「我不曾說甚言語？」那婦人道：「你往常酒性好，但吃醉了便睡，我夜來只有些兒放不下。」楊雄又問道：「石秀兄弟這幾日不曾和他快活吃得三杯，你家裡也自安排些請他。」那婦人也不應，自坐在踏床上，眼淚汪汪，口裡嘆氣。楊雄又說道：「大嫂，我夜來醉了，又不曾惱你，做甚麼了煩惱？」那婦人掩著淚眼只不應。楊雄連問了幾聲，那婦人掩著臉假哭。楊雄就踏床上扯起那婦人在床上，務要問他為何煩惱。那婦人一頭哭，一面口裡說道：「我爹娘當初把我嫁王押司，只指望一竹竿打到底，誰想半路相拋！今日嫁得你十分豪傑，卻又是好漢，誰想你不與我做主！」楊雄道：「又作怪，誰敢欺負你，我不做主？」那婦人道：「我本待不說，卻又怕你著他道兒；欲待說來，又怕你忍氣。」楊雄聽了，便道：「你且說怎麼地來。」那婦人道：「我說與你，你不要氣苦。自從你認義了這個石秀家來，初時也好，向後看看放出刺來。見你不歸時，時常看了我說道：『哥哥今日又不來，嫂嫂自睡也好冷落。』我只不睬他，不是一日了。——這個且休說。昨日早晨，我在廚房洗脖項，這廝從後走出來，看見沒人，從背後伸隻手來摸我胸前道：『嫂嫂，你有孕也無？』被我打脫了手。本待要聲張起來，又怕鄰舍得知笑話，裝你的望子（幌子）；巴得你歸來，卻又濫泥也似醉了，又不敢說。我恨不得吃了他，你兀自來問石秀兄弟怎的！」正是：

淫婦從來多巧言，丈夫耳軟易為昏。
自今石秀前門出，好放闍黎進後門。

楊雄聽了，心中火起，便罵道：「『畫龍畫虎難畫骨，知人知面不知心。』這廝倒來我面前又說海闍黎許多事，說得個沒巴鼻（沒根據）。眼見得那廝慌了，便先來說破，使個見識（計策）。」口裡恨恨地道：「他又不是我親兄弟，趕了出去便罷。」

楊雄到天明，下樓來對潘公說道：「宰了的牲口，醃了罷，從今日便休要做買賣。」一霎時，把櫃子和肉案都拆了。石秀天明正將了肉出來門前開店，只見肉案並櫃子都拆翻了。石秀是個乖覺（機靈）的人，如何不省得，笑道：「是了。因楊雄醉後出言，走透了消息，倒吃這婆娘使個見識，攛定是反說我無禮。他教丈夫收了肉店，我若便和他分辯，教楊雄出丑。我且退一步了，卻別作計較。」石秀便去作坊裡收拾了包裹。楊雄怕他羞恥，也自去了。石秀提了包裹，挎了解腕尖刀，來辭潘公道：「小人在宅上打攪了許多時，今日哥哥既是收了鋪面，小人告回，帳目已自明明白白，並無分文來去。如有毫釐昧心，天誅地滅。」潘公被女婿吩咐了，也不敢留他，有詩為證：

枕邊言易聽，背後眼難開。
直道驅將去，奸邪漏進來。

石秀相辭了，卻只在近巷內尋個客店安歇，賃了一間房住下。石秀卻自尋思道：「楊雄與我結義，我若不明白得此事，枉送了他的性命。他雖一時聽信了這婦人說，心中怪我，我也分別不得，務要與他明白了此一事。我如今且去探聽他幾時當牢上宿，起個四更，便見分曉。」

在店裡住了兩日，卻去楊雄門前探聽。當晚只見小牢子取了鋪蓋出去，石秀道：「今晚必然當牢，我且做些工夫看便了。」

當晚回店裡，睡到四更起來，挎了這口防身解腕尖刀，悄悄地開了店門，徑踅到楊雄後門頭巷內，伏在黑影裡張時，卻好交五更時候，只見那個頭陀挾著木魚，來巷口探頭探腦。石秀一閃，閃在頭陀背後，一隻手扯住頭陀，一隻手把刀去脖子上擱著，低聲喝道：「你不要掙扎。若高則聲，便殺了你。你只好好實說，海和尚叫你來怎地？」那頭陀道：「好漢，你饒我便說。」石秀道：「你快說，我不殺你。」頭陀道：「海闍黎和潘公女兒有染，每夜來往，教我只看後門頭有香桌兒為號，喚他入鈸（入門）；五更裡卻教我來敲木魚叫佛，喚他出鈸（出門）。」石秀道：「他如今在那裡？」頭陀道：「他還在他家裡睡著。我如今敲得木魚響，他便出來。」石秀道：「你且借你衣服木魚與我。」頭陀身上剝了衣服，奪了木魚。頭陀把衣服正脫下來，被石秀將刀就頸上一勒，殺倒在地。頭陀已死了，石秀卻穿上直裰、護膝，一邊插了尖刀，把木魚直敲入巷裡來。

海闍黎在床上，卻好聽得木魚咯咯地響，連忙起來，披衣下樓。迎兒先來開門，和尚隨後從後門裡閃將出來。石秀兀自把木魚敲響，那和尚悄悄喝道：「只顧敲甚麼！」石秀也不應他，讓他走到巷口，一跤放翻，按住喝道：「不要高則聲！高聲，便殺了你。只等我剝了衣服便罷。」海闍黎知道是石秀，那裡敢掙扎則聲。被石秀都剝了衣裳，赤條條不著一絲，悄悄去屈膝邊拔出刀來，三四刀搠死了。卻把刀來放在頭陀身邊，將了兩個衣服，捲做一捆包了，再回客店裡，輕輕地開了門進去，悄悄地闔上了自去睡，不在話下。

卻說本處城中一個賣糕粥的王公，其日早挑著擔糕粥，點著個燈籠，一個小猴子跟著出來趕早市。正來到死屍邊過，卻被絆一跤，把那老子一擔糕粥傾潑在地下，只見小猴子叫道：「苦也！一個和尚醉倒在這裡。」老子摸得起來，摸了兩手血跡，叫聲苦，不知高低。幾家鄰舍聽得，都開了門出來，把火照時，只見遍地都是血粥，兩個屍首，躺在地上。眾鄰舍一把拖住老子，要去官司陳告。正是禍從天降，災向地生。畢竟王公怎地脫身，且聽下回分解。

第四十五回

楊雄醉罵潘巧雲　石秀智殺裴如海

第四十六回

病關索大鬧翠屏山　拚命三火燒祝家店

話說當下眾鄰舍結住（扭住）王公，直到薊州府裡首告。知府卻才升廳，一行人跪下告道：「這老子挑著一擔糕粥，潑翻在地下，看時，卻有兩個死屍在地下：一個是和尚，一個是頭陀，俱各身上無一絲，頭陀身邊有刀一把。」老子告道：「老漢每日常賣糕糜營生，只是五更出來趕趁。今朝起得早了些個，和這鐵頭猴子只顧走，不看下面，一跤絆翻，碗碟都打碎了，只見兩個死屍血碌碌的在地上，一時失驚，叫起來，倒被鄰舍扯住到官。望相公明鏡，可憐見辯察。」知府隨即取了供詞，行下公文，委當方裡甲，帶了仵作公人，押了鄰舍、王公一干人等，下來檢驗屍首，明白回報。眾人登場看檢已了，回州稟覆知府：「被殺死僧人係是報恩寺海闍黎裴如海，旁邊頭陀，係是寺後胡道。和尚不穿一絲，身上三四道搠傷致命方死；胡道身邊見有凶刀一把，只見項上有勒死痕傷一道，想是胡道掣刀搠死和尚，懼罪自行勒死。」知府叫拘本寺僧鞫問緣故，俱各不知情由，知府也沒個決斷，當案孔目稟道：「眼見得這和尚裸形赤體，必是和那頭陀幹甚不公不法的事，互相殺死，不干王公之事。鄰舍都教召保聽候，屍首著仰本寺住持即備棺木盛殮，放在別處，立個互相殺死的文書便了。」知府道：「也說得是。」隨即發落了一干人等，不在話下。

薊州城裡有些好事的子弟，做成一調兒，道是：

叵耐禿囚無狀，做事直恁狂蕩，暗約嬌娥，要為夫婦，永同鴛帳。怎禁貫惡滿盈，玷辱諸多和尚，血泊內橫屍裡巷。今日赤條條甚麼模樣，立雪齊腰，投岩餵虎，全不想祖師經上。目蓮救母生天，這賊禿為婆娘身喪。

後來書會們備知了這件事，拿起筆來，又做了這只臨江仙詞，教唱道：

淫行沙門招殺報，暗中不爽分毫。頭陀屍亦蹊蹺，一絲真不掛，立地吃屠刀。大和尚此時精血喪，小和尚昨夜風騷。空門裡刎頸見相交，拚死爭同穴，殘生送兩條。

這件事，滿城都講動了。那婦人也驚得呆了，自不敢說，只是肚裡暗暗地叫苦。

楊雄在薊州府裡，有人告道殺死和尚、頭陀，心裡早瞧了七八分，尋思：「此一事，準是石秀做出來的。我前日一時間錯怪了他，我今日閒些，且去尋他，問他個真實。」正走過州橋前來，只聽得背後有人叫道：「哥哥，那裡去？」楊雄回過頭來，見是石秀，便道：「兄弟，我正沒尋你處。」石秀道：「哥哥且來我下處，和你說話。」把楊雄引到客店裡小房內，說道：「哥哥，兄弟不說謊麼？」楊雄道：「兄弟，你休怪我。是我一時愚蠢，不是了，酒後失言，反被那婆娘瞞過了，怪兄弟相鬧不得。我今特來尋賢弟，負荊請罪。」石秀道：「哥哥，兄弟雖是個不才小人，卻是頂天立地的好漢，如何肯做這等之事？怕哥哥日後中了奸計，因此來尋哥哥，有表記教哥哥看。」將過和尚、頭陀的衣裳，「盡剝在此。」楊雄看了，心頭火起，便道：「兄弟休怪。我今夜碎割了這賤人，出這口惡氣。」石秀笑道：「你又來了。你既是公門中勾當的人，如何不知法度？你又不曾拿得他真姦，如何殺得人？倘或是小弟胡說時，卻不錯殺了人。」楊雄道：「似此怎生罷休得？」石秀道：「哥哥只依著兄弟的言語，教你做個好男子。」楊雄道：「賢弟，你怎地教我做個好男子？」石秀道：「此間東門外有一座翠屏山，好生僻靜。哥哥到明日，只說道，我多時不曾燒香，我今來和大嫂同去，把那婦人賺將出來，就帶了迎兒同到山上。小弟先在那裡等候著，當頭對面，把這是非都對得明白了，哥哥那時寫與一紙休書，棄了這婦人，卻不是上著？」楊雄道：「兄弟，何必說得，你身上清潔，我已知了，都是那婦人謊說。」石秀道：「不然，我也要哥哥知道他往來真實的事。」楊雄道：「既然兄弟如此高見，必然不差，我明日準定和那賤人來，你卻休要誤了。」石秀道：「小弟不來時，所言俱是虛謬。」

楊雄當下別了石秀，離了客店，且去府裡辦事，至晚回來，並不提起，亦不說甚，只和每日一般。次日天明起來，對那婦人說道：「我昨夜夢見神人叫我，說有舊願不曾還得。向日許下東門外岳廟裡那炷香願，未曾還得，今日我閒些，要去還了，須和你同去。」那婦人道：「你便自去還了罷，要我去何用？」楊雄道：「這願心卻是當初說親時許下的，必須要和你同去。」那婦人道：「既是恁地，我們早吃些素飯，燒湯沐浴了去。」楊雄道：「我去買香紙，雇轎子，你便洗浴了，梳頭插帶了等我，就叫迎兒也去走一遭。」

楊雄又來客店裡，相約石秀：「飯罷便來，兄弟休誤。」石秀道：「哥哥，你若抬得來時，只教在半山裡下了轎，你三個步行上來，我自在上面一個僻處等你，不要帶閒人上來。」楊雄約了石秀，買了紙燭，歸來吃了早飯。那婦人不知此事，只顧打扮的齊齊整整，迎兒也插帶了，轎夫扛轎子，早在門前伺候。楊雄道：「泰山看家，我和大嫂燒香了便回。」潘公道：「多燒香，早去早回。」

那婦人上了轎子，迎兒跟著，楊雄也隨在後面。出得東門來，楊雄低低吩咐轎夫道：「與我抬上翠屏山去，我自多還你些轎錢。」不到兩個時辰，早來到翠屏山上。原來這座翠屏山，卻在薊州東門外二十里，都是人家的亂墳，上面一望，盡是青草白楊，並無庵舍寺院。當下楊雄把那婦人抬到半山，叫轎夫歇下轎子，拔去蔥管，搭起轎簾，叫那婦人出轎來。婦人問道：「卻怎地來這山裡？」楊雄道：「你只顧且上去。轎夫只在這裡等候，不要來，少刻一發打發你酒錢。」轎夫道：「這個不妨，小人自只在此間伺候便了。」楊雄引著那婦人並迎兒，三個人上了四五層山坡，只見石秀坐在上面。那婦人道：「香紙如何不將來？」楊雄道：「我自先使人將上去了。」把婦人一引，引到一處古墓裡，石秀便把包裹、腰刀、桿棒，都放在樹根前，來道：「嫂嫂拜揖。」那婦人連忙應道：「叔叔怎地也在這裡？」一頭說，一面肚裡吃了一驚。石秀道：「在此專等多時。」楊雄道：「你前日對我說道：叔叔多遍把言語調戲你，又將手摸著你胸前，問你有孕也未。今日這裡無人，你兩個對的明白。」那婦人道：「哎呀，過了的事，只顧說甚麼？」石秀睜著眼來道：「嫂嫂，你怎麼說？這須不是閒話，正要哥哥面前對個明白。」那婦人道：「叔叔，你沒事自把鬍兒提做甚麼？」石秀道：「嫂嫂，你休要硬諍，教你看個證見。」便去包裹裡，取出海闍黎並頭陀的衣服來，撒放地下道：「你認得麼？」那婦人看了，飛紅了臉，無言可對。石秀颼地掣出腰刀，便與楊雄說道：「此事只問迎兒，便知端的。」

楊雄便揪過那丫頭跪在面前，喝道：「你這小賤人，快好好實說：怎地在和尚房裡入姦，怎生約會把香桌兒為號，如何教頭陀來敲木魚。實對我說，饒你這條性命；但瞞了一句，先把你剁做肉泥。」迎兒叫道：「官人，不干我事，不要殺我，我說與你。」卻把僧房中吃酒，上樓看佛牙，趕他下樓來看潘公酒醒說起，「兩個背地裡約下，第三日教頭陀來化齋飯，叫我取銅錢布施與他，娘子和他約定：但是官人當牢上宿，要我掇香桌兒放在後門外，便是暗號。頭陀來看了，卻去報知和尚。當晚海闍黎扮做俗人，戴頂頭巾入來，五更裡只聽那頭陀來敲木魚響，高聲念佛為號，叫我開後門放他出去。但是和尚來時，瞞我不得，只得對我說了。娘子許我一副釧鐲，一套衣裳，我只得隨順了。似此往來，通有數十遭，後來便吃殺了。又與我幾件首飾，教我對官人說，石叔叔把言語調戲一節。——這個我眼裡不曾見，因此不敢說。只此是實，並無虛謬。」

迎兒說罷，石秀便道：「哥哥得知麼？這般言語，須不是兄弟教他如此說。請哥哥卻問嫂嫂備細緣由。」楊雄揪過那婦人來，喝道：「賊賤人，丫頭已都招了，便你一些兒休賴，再把實情對我說了，饒了這賤人一條性命。」那婦人說道：「我的不是了。你看我舊日夫妻之面，饒恕了我這一遍。」石秀道：「哥哥含糊不得，須要問嫂嫂一個明白備細緣由。」楊雄喝道：「賤人，你快說！」那婦人只得把偷和尚的事，從做道場夜裡說起，直至往來，一一都說了。石秀道：「你卻怎地對哥哥倒說我來調戲你？」那婦人道：「前日他醉了罵我，我見他罵得蹺蹊，我只猜是叔叔看見破綻，說與他。到五更裡，又提起來問叔叔如何，我卻把這段話來支吾，實是叔叔並不曾恁地。」石秀道：「今日三面說得明白了，任從哥哥心下如何措置。」楊雄道：「兄弟，你與我拔了這賤人的頭面，剝了衣裳，我親自伏侍他。」石秀便把那婦人頭面首飾衣服都剝了，楊雄割兩條裙帶來，親自用手把婦人綁在樹上。石秀也把迎兒的首飾都去了，遞過刀來說道：「哥哥，這個小賤人，留他做甚麼？一發斬草除根。」楊雄應道：「果然，兄弟把刀來，我自動手。」迎兒見頭勢不好，卻待要叫，楊雄手起一刀，揮作兩段。那婦人在樹上叫道：「叔叔勸一勸。」石秀道：「嫂嫂，哥哥自來伏侍你。」楊雄向前，把刀先斡出舌頭，一刀便割了，且教那婦人叫不得。楊雄卻指著罵道：「你這賊賤人，我一時間誤聽不明，險些被你瞞過了。一者壞了我兄弟情分，二乃久後必然被你害了性命。不如我今日先下手為強。我想你這婆娘心肝五臟怎地生著，我且看一看。」一刀從心窩裡直割到小肚子下，取出心肝五臟，掛在松樹上。楊雄又將這婦人七事件（頭、胸、腹和四肢）分開了，卻將頭面衣服都拴在包裹裡了。楊雄道：「兄弟，你且來，和你商量一個長便（長遠穩妥的辦法）。如今一個姦夫，一個淫婦，都已殺了，只是我和你投那裡去安身？」石秀道：「兄弟已尋思下了，自有個所在，請哥哥便行，不可耽遲。」楊雄道：「卻是那裡去？」石秀道：「哥哥殺了人，兄弟又殺人，不去投梁山泊入伙，卻投那裡去？」楊雄道：「且住。我和你又不曾認得他那裡一個人，如何便肯收錄我們？」石秀道：「哥哥差矣。如今天下江湖上皆聞山東及時雨宋公明招賢納士，結識天下好漢，誰不知道？放著我和你一身好武藝，愁甚不收留！」楊雄道：「凡事先難後易，免得後患，我卻不合是公人，只恐他疑心，不肯安著我們。」石秀笑道：「他不是押司出身？我教哥哥一發放心。前者哥哥認義兄弟那一日，先在酒店裡和我吃酒的那兩個人，一個是梁山泊神行太保戴宗，一個是錦豹子楊林。他與兄弟十兩一錠銀子，尚兀自在包裡，因此可去投托他。」楊雄道：「既有這條門路，我去收拾了些盤纏便走。」石秀道：「哥哥，你也這般搭纏。倘或入城事發拿住，如何脫身？放著包裹裡見有若干釵釧首飾，兄弟又有些銀兩，再有三五個人，也勾用了，何須又去取討。惹起是非來，如何解救？這事少時便發，不可遲滯，我們只好望山後走。」

石秀便背上包裹，拿了桿棒；楊雄插了腰刀在身邊，提了朴刀，卻待要離古墓，只見松樹後走出一個人來叫道：「清平世界，蕩蕩乾坤，把人割了，卻去投奔梁山泊入伙，我聽得多時了。」楊雄、石秀看時，那人納頭便拜。楊雄卻認得這人，姓時，名遷，祖貫是高唐州人氏，流落在此，只一地裡做些飛簷走壁，跳籬騙馬的勾當。曾在薊州府裡吃官司，卻是楊雄救了他。人都叫做「鼓上蚤」。有詩為證：

骨軟身軀健，眉濃眼目鮮。
形容如怪族，行走似飛仙。
夜靜穿牆過，更深繞屋懸。
偷營高手客，鼓上蚤時遷。

當時楊雄便問時遷：「你如何在這裡？」時遷道：「節級哥哥聽稟：小人近日沒甚道路，在這山裡掘些古墳，覓兩分東西。因見哥哥在此行事，不敢出來衝撞，卻聽說去投梁山泊入伙。小人如今在此，只做得些偷雞盜狗的勾當，幾時是了，跟隨的二位哥哥上山去，卻不好？未知尊意肯帶挈小人麼？」石秀道：「既是好漢中人物，他那裡如今招納壯士，那爭你一個。若如此說時，我們一同去。」時遷道：「小人卻認得小路去。」

當下引了楊雄、石秀，三個人自取小路下後山，投梁山泊去了。

卻說這兩個轎夫在半山裡等到紅日平西，不見三個下來，吩咐了，又不敢上去。挨不過了，不免信步尋上山來，只見一群老鴉成團打塊在古墓上。兩個轎夫上去看時，原來卻是老鴉奪那肚腸吃，以此聒噪。轎夫看了，吃那一驚，慌忙回家報與潘公，一同去薊州府裡首告。知府隨即差委一員縣尉，帶了件作行人，來翠屏山檢驗屍首已了，回覆知府，稟道：「檢得一口婦人潘巧雲，割在松樹邊；使女迎兒，殺死在古墓下。墳邊遺下一堆婦人與和尚、頭陀衣服。」知府聽了，想起前日海和尚、頭陀的事，備細詢問潘公。那老子把這僧房酒醉一節，和這石秀出去的緣由，細說了一遍。知府道：「眼見得這婦人與和尚通姦，那女使、頭陀做腳。想石秀那廝，路見不平，殺死頭陀、和尚；楊雄這廝，今日殺了婦人、女使無疑，定是如此。只拿得楊雄、石秀，便知端的。」當即行移文書，出給賞錢，捕獲楊雄、石秀，其餘轎夫人等，各放回聽候。潘公自去買棺木，將屍首殯葬，不在話下。

再說楊雄、石秀、時遷離了薊州地面，在路夜宿曉行，不則一日。行到鄆州地面，過得香林窪，早望見一座高山，不覺天色漸漸晚了，看見前面一所靠溪客店，三個人行到門首看時，但見：

前臨官道，後傍大溪。數百株垂柳當門，一兩樹梅花傍屋。荊榛籬落，周回繞定茅茨；蘆葦簾櫳，前後遮藏土炕。右壁廂一行書寫：「門關暮接五湖賓」；左勢下七字，題道：「庭戶朝迎三島客。」雖居野店荒村外，亦有高車駟馬來。

當日黃昏時候，店小二卻待關門，只見這三個人撞將入來，小二問道：「客人來路遠，以此晚了。」時遷道：「我們今日走了一百里以上路程，因此到得晚了。」小二哥放他三個入來安歇，問道：「客人不曾打火麼？」時遷道：「我們自理會。」小二道：「今日沒客歇，灶上有兩隻鍋乾淨，客人自用不妨。」時遷問道：「店裡有酒肉賣麼？」小二道：「今日早起有些肉，都被近村人家買了去，只剩得一甕酒在這裡，並無下飯。」時遷道：「也罷，先借五升米來做飯，卻理會。」小二哥取出米來與時遷，就淘了，做起一鍋飯來，石秀自在房中安頓行李，楊雄取出一隻釵兒，把與店小二，先回他這甕酒來吃，明日一發算賬。小二哥收了釵兒，便去裡面掇出那甕酒來開了，將一碟兒熟菜放在桌子上。時遷先提一桶湯來，叫楊雄、石秀洗了腳手，一面篩酒來，就來請小二哥一處坐地吃酒，放下四隻大碗，斟下酒來吃。

石秀看見店中簷下，插著十數把好朴刀，問小二哥道：「你家店裡怎的有這軍器？」小二哥應道：「都是主人家留在這裡。」石秀道：「你家主人是甚麼樣人？」小二道：「客人，你是江湖上走的人，如何不知我這裡的名字？前面那座高山，便喚做獨龍山。山前有一座另巍巍岡子，便喚做獨龍岡，上面便是主人家住宅。這裡方圓三十里，卻喚做祝家莊。莊主太公祝朝奉有三個兒子，稱為祝氏三傑。莊前莊後，有五七百人家，都是佃戶，各家分下兩把朴刀與他。這裡喚作祝家店。常有數十個家人來店裡上宿，以此分下朴刀在這裡。」石秀道：「他分軍器在店裡何用？」小二道：「此間離梁山泊不遠，只恐他那裡賊人來借糧，因此準備下。」石秀道：「與你些銀兩，回與我一把朴刀用如何？」小二哥道：「這個卻使不得，器械上都編著字號。我小人吃不得主人家的棍棒，我這主人法度不輕。」石秀笑道：「我自取笑你，你卻便慌。且只顧吃酒。」小二道：「小人吃不得了，先去歇了，客人自便寬飲幾杯。」小二哥去了。

楊雄、石秀又自吃了一回酒，只見時遷道：「哥哥要肉吃麼？」楊雄道：「店小二說沒了肉賣，你又那裡得來？」時遷嘻嘻的笑著，去灶上提出一隻老大公雞來。楊雄問道：「那裡得這雞來？」時遷道：「兄弟卻才去後面淨手，見這隻雞在籠裡，尋思沒甚與哥哥吃酒，被我悄悄把去溪邊殺了，提桶湯去後面，就那裡撏得乾淨，煮得熟了，把來與二位哥哥吃。」楊雄道：「你這廝還是這等賊手賊腳。」石秀笑道：「還不改本行。」三個笑了一回，把這雞來手撕開吃了，一面盛飯來吃。

只見那店小二略睡一睡，放心不下，爬將起來，前後去照管，只見廚桌上有些雞毛和雞骨頭，卻去灶上看時，半鍋肥汁，小二慌忙去後面籠裡看時，不見了雞，連忙出來問道：「客人，你們好不達道理，如何偷了我店裡報曉的雞吃！」時遷道：「見鬼了耶耶！我自路上買得這隻雞來吃，何曾見你的雞！」小二道：「我店裡的雞，卻那裡去了？」時遷道：「敢被野貓拖了，黃猩子吃了，鷂鷹撲了去，我卻怎地得知！」小二道：「我的雞才在籠裡，不是你偷了是誰？」石秀道：「不要爭，直幾錢，賠了你便罷。」店小二道：「我的是報曉雞，店內少他不得，你便賠我十兩銀子也不濟，只要還我雞。」石秀大怒道：「你詐哄誰？老爺不賠你，便怎地？」店小二笑道：「客人，你們休要在這裡討野火吃！只我店裡不比別處客店，拿你到莊上，便做梁山泊賊寇解了去。」石秀聽了，大罵道：「便是梁山泊好漢，你怎麼拿了我去請賞！」楊雄也怒道：「好意還你些錢，不賠你，怎地拿我去！」小二叫一聲：「有賊！」只見店裡赤條條地走出三五個大漢來，徑奔楊雄、石秀來，被石秀手起，一拳一個，都打翻了。小二哥正待要叫，被時遷一掌，打腫了臉，作聲不得。這幾個大漢都從後門走了。楊雄道：「兄弟，這廝們以定去報人來，我們快吃了飯走了罷。」三個當下吃飽了，把包裹分開腰了，穿上麻鞋，挎了腰刀，各人去槍架上揀了一條好朴刀。石秀道：「左右只是左右，不可放過了他。」便去灶前尋了把草，灶裡點個火，望裡面四下淬著。看那草房被風一煽，刮刮雜雜火起來。那火頃刻間天也似般大。三個拽開腳步，望大路便走。正是：

小忿原來為攘雞，便教傑士競追麑。
梁山水泊興波浪，祝氏山莊化作泥。

三個人行了兩個更次，只見前面後面火把不計其數，約有一二百人，發著喊，趕將來。石秀道：「且不要慌，我們且揀小路走。」楊雄道：「且住。一個來，殺一個；兩個來，殺一雙。待天色明朗卻走。」說猶未了，四下裡合攏來。楊雄當先，石秀在後，時遷在中，三個挺著朴刀，來戰莊客。那伙人初時不知，掄著槍棒趕來。楊雄手起朴刀，早戳翻了五七個。前面的便走，後面的急待要退，石秀趕入去，又戳（刺）翻了六七人。四下裡莊客見說殺傷了十數人，都是要性命的，思量不是頭，都退了去。三個得一步，趕一步。正走之間，喊聲又起，枯草裡舒出兩把撓鉤，正把時遷一撓鉤搭住，拖入草窩去了。石秀急轉身來救時遷，背後又舒出兩把撓鉤來，卻得楊雄眼快，便把朴刀一撥，兩把撓鉤撥開去了，將朴刀望草裡便戳，發聲喊，都走了。兩個見捉了時遷，怕深入重地，亦無心戀戰，顧不得時遷了，只四下裡尋路走罷。見遠遠的火把亂明，小路上又無叢林樹木，照得有路便走，一直望東邊去了。眾莊客四下裡趕不著，自救了帶傷的人去，將時遷背剪綁了，押送祝家莊來。

且說楊雄、石秀走到天明，望見一座村落酒店，石秀道：「哥哥，前頭酒肆裡買碗酒飯吃了去，就問路程。」兩個便入村店裡來，倚了朴刀，對面坐下，叫酒保取些酒來，就做些飯吃。酒保一面鋪下菜蔬、案酒，燙將酒來。方欲待吃，只見外面一個大漢奔走入來，生得闊臉方腮，眼鮮耳大，貌丑形粗，穿一領茶褐綢衫，戴一頂萬字頭巾，繫一條白絹搭膊，下面穿一雙油膀靴，叫道：「大官人教你們挑擔來莊上納。」店主人連忙應道：「裝了擔，少刻便送到莊上。」那人吩咐了，便轉身，又說道：「快挑來。」卻待出門，正從楊雄、石秀面前過，楊雄卻認得他，便叫一聲：「小郎，你如何卻在這裡？不看我一看？」那人回轉頭來，看了一看，卻也認得，便叫道：「恩人如何來到這裡？」望著楊雄便拜。不是楊雄撞見了這個人，有分教，三莊盟誓成虛謬，眾虎咆哮起禍殃。畢竟楊雄、石秀遇見的那人是誰，且聽下回分解。

第四十七回

撲天雕雙修生死書　宋公明一打祝家莊

話說當時楊雄扶起那人來，叫與石秀相見。石秀便問道：「這位兄長是誰？」楊雄道：「這個兄弟，姓杜，名興，祖貫是中山府人氏，因為他面顏生得粗莽，以此人都叫他做『鬼臉兒』。上年間做買賣，來到薊州，因一口氣上，打死了同伙的客人，吃官司，監在薊州府裡。楊雄見他說起拳棒都省得，一力維持救了他。不想今日在此相會。」杜興便問道：「恩人，為何公事來到這裡？」楊雄附耳低言道：「我在薊州殺了人命，欲要投梁山泊去入伙。昨晚在祝家店投宿，因同一個來的火伴時遷，偷了他店裡報曉雞吃，一時與店小二鬧將起來，性起，把他店屋放火都燒了。我三個連夜逃走，不提防背後趕來。我弟兄兩個搠翻了他幾個，不想亂草中間，舒出兩把撓鉤，把時遷搭了去。我兩個亂撞到此，正要問路，不想遇見賢弟。」杜興道：「恩人不要慌，我叫放時遷還你。」楊雄道：「賢弟少坐，同飲一杯。」

三人坐下，當下飲酒，杜興便道：「小弟自從離了薊州，多得恩人的恩惠，來到這裡，感承此間一個大官人見愛，收錄小弟在家中，做個主管，每日撥萬論千，盡托付與杜興身上，甚是信任，以此不想回鄉去。」楊雄道：「此間大官人是誰？」杜興道：「此間獨龍岡前面，有三座山岡，列著三個村坊。中間是祝家莊，西邊是扈家莊，東邊是李家莊。這三處莊上，三村裡算來，總有一二萬軍馬人家。惟有祝家莊最豪傑，為頭家長，喚做祝朝奉，有三個兒子，名為祝氏三傑。長子祝龍，次子祝虎，三子祝彪。又有一個教師，喚做鐵棒欒廷玉，此人有萬夫不當之勇。莊上自有一二千了得的莊客。西邊那個扈家莊，莊主扈太公，有個兒子，喚做飛天虎扈成，也十分了得；惟有一個女兒最英雄，名喚一丈青扈三娘，使兩口日月雙刀，馬上如法了得。這裡東村莊上，卻是杜興的主人，姓李，名應，能使一條渾鐵點鋼槍，背藏飛刀五口，百步取人，神出鬼沒。這三村結下生死誓願，同心共意，但有吉凶，遞相救應。惟恐梁山泊好漢過來借糧，因此三村準備下抵敵他。如今小弟引二位到莊上，見了李大官人，求書去搭救時遷。」楊雄又問道：「你那李大官人，莫不是江湖上喚撲天雕的李應？」杜興道：「正是他。」石秀道：「江湖上只聽得說獨龍岡有個撲天雕李應是好漢，卻原來在這裡。多聞他真個了得，是好男子，我們去走一遭。」楊雄便喚酒保，計算酒錢。杜興那裡肯要他還，便自招了酒錢。

三個離了村店，便引楊雄、石秀來到李家莊上。楊雄看時，真個好大莊院，外面周回一遭闊港，粉牆傍岸，有數百株合抱不交的大柳樹，門外一座吊橋，接著莊門。入得門來，到廳前，兩邊有二十餘座槍架，明晃晃的都插滿軍器。杜興道：「兩位哥哥在此少等，待小弟入去報知，請大官人出來相見。」杜興入去，不多時，只見李應從裡面出來。楊雄、石秀看時，果然好表人物，有臨江仙詞為證：

鶻眼鷹睛頭似虎，燕頷猿臂狼腰，疏財仗義結英豪。愛騎雪白馬，喜著絳紅袍。背上飛刀藏五把，點鋼槍斜嵌銀條，性剛誰敢犯分毫。李應真壯士，名號「撲天雕」。

第四十七回

撲天雕雙修生死書　宋公明一打祝家莊

當時李應出到廳前，杜興引楊雄、石秀上廳拜見。李應連忙答禮，便教上廳請坐，楊雄、石秀再三謙讓，方才坐了。李應便教取酒來且相待。楊雄、石秀兩個再拜道：「望乞大官人致書與祝家莊，來救時遷性命，生死不敢有忘。」李應教請門館先生來商議，修了一封書緘，填寫名諱，使個圖書印記，便差一個副主管齎了，備一匹快馬，星火去祝家莊取這個人來。

那副主管領了東人書札，上馬去了，楊雄、石秀拜謝罷。李應道：「二位壯士放心，小人書去，便當放來。」楊雄、石秀又謝了。李應道：「且請去後堂，少敘三杯等待。」兩個隨進裡面，就具早膳相待。飯罷，吃了茶，李應問些槍法，見楊雄、石秀說的有理，心中甚喜。

巳牌時分，那個副主管回來，李應喚到後堂問道：「去取的這人在那裡？」主管答道：「小人親見朝奉，下了書，倒有放還之心，後來走出祝氏三傑，反焦躁起來，書也不回，人也不放，定要解上州去。」李應失驚道：「他和我三家村裡結生死之交，書到便當依允，如何恁地起來？必是你說得不好，以致如此。杜主管，你須自去走一遭，親見祝朝奉，說個仔細緣由。」杜興道：「小人願去，只求東人親筆書緘，到那裡方才肯放。」李應道：「說得是。」急取一幅花箋紙來，李應親自寫了書札，封皮面上，使一個諱字圖書，把與杜興接了。後槽牽過一匹快馬，備上鞍轡，拿了鞭子，便出莊門，上馬加鞭，奔祝家莊去了。李應道：「二位放心，我這封親筆書去，少刻定當放還。」楊雄、石秀深謝了，留在後堂飲酒等待。

看看天色待晚，不見杜興回來，李應心中疑惑，再教人去接，只見莊客報道：「杜主管回來了。」李應問道：「幾個人回來？」莊客道：「只是主管獨自一個跑馬回來。」李應搖著頭道：「卻又作怪。往常這廝，不是這等兜搭（難對付），今日緣何恁地？……」楊雄、石秀都跟出前廳來看時，只見杜興下了馬，入得莊門，見他模樣，氣得紫漲了面皮，齜牙露嘴，半晌說不的話。有詩為證：

面貌天生本異常，怒時古怪更難當。
三分不像人模樣，一似豐都焦面王。

李應出到廳前，連忙問道：「你且言備細緣故，怎麼地來。」杜興氣定了，方才道：「小人齎了東人書札，到他那裡第三重門下，卻好遇見祝龍、祝虎、祝彪弟兄三個坐在那裡，小人聲了三個喏，祝彪喝道：『你又來做甚麼？』小人躬身稟道：『東人有書在此拜上。』祝彪那廝變了臉，罵道：『你那主人恁地不曉人事！早晌使個潑男女，來這裡下書，要討那個梁山泊賊人時遷。如今我正要解上州裡去，又來怎地？』小人說道：『這個時遷不是梁山泊伙內人數，他自是薊州來的客人。今投見敝莊東人，不想誤燒了官人店屋，明日東人自當依舊蓋還，萬望俯看薄面，高抬貴手，寬恕寬恕。』祝家三個都叫道：『不還，不還！』小人又道：『官人請看東人親筆書札在此。』祝彪那廝接過書去，也不拆開來看，就手扯的粉碎，喝叫把小人直叉出莊門。祝彪、祝虎發話道：『休要惹老爺性發，把你那李應捉來，也做梁山泊強寇解了去。』小人本不敢盡言，實被那三個畜生無禮，把東人百般穢罵，便喝叫莊客來拿小人，被小人飛馬走了。於路上氣死小人，叵耐那廝枉與他許多年結生死之交，今日全無些仁義。」詩曰：

徒聞似漆與如膠，利害場中忍便拋。
平日若無真義氣，臨時休說死生交。

李應聽罷，心頭那把無名業火，高舉三千丈，按納不下，大呼：「莊客，快備我那馬來！」楊雄、石秀諫道：「大官人息怒，休為小人們壞了貴處義氣。」李應那裡肯聽，便去房中披上一副黃金鎖子甲，前後獸面掩心，穿一領大紅袍，背胯邊插著飛刀五把，拿了點鋼槍，戴上鳳翅盔，出到莊前，點起三百悍勇莊客。杜興也披一副甲，持把槍上馬，帶領二十餘騎馬軍。楊雄、石秀也抓扎起，挺著朴刀，跟著李應的馬，徑奔祝家莊來。

日漸銜山時分，早到獨龍岡前，便將人馬排開。原來祝家莊又蓋得好，占著這座獨龍山岡，四下一遭闊港。那莊正造在岡上，有三層城牆，都是頑石壘砌的，約高二丈。前後兩座莊門，兩條吊橋。牆裡四邊，都蓋窩鋪（窩棚），四下裡遍插著槍刀軍器，門樓上排著戰鼓銅鑼。李應勒馬，在莊前大叫：「祝家三子，怎敢毀謗老爺！」只見莊門開處，擁出五六十騎馬來，當先一騎似火炭赤的馬上，坐著祝朝奉第三子祝彪。怎生裝束：

> 頭戴縷金荷葉盔，身穿鎖子梅花甲，腰懸錦袋弓和箭，手執純鋼刀與槍。馬額下垂照地紅纓，人面上生撞天殺氣。

李應見了祝彪，指著大罵道：「你這廝口邊奶腥未退，頭上胎髮猶存，你爺與我結生死之交，誓願同心共意，保護村坊。你家但有事情，要取人時，早來早放；要取物件，無有不奉。我今一個平人（良民），二次修書來討，你如何扯了我的書札，恥辱我名，是何道理？」祝彪道：「俺家雖和你結生死之交，誓願同心協意，共捉梁山泊反賊，掃清山寨，你如何卻結連反賊，意在謀叛？」李應喝道：「你說他是梁山泊甚人？你這廝卻冤平人做賊，當得何罪？」祝彪道：「賊人時遷已自招了，你休要在這裡胡說亂道，遮掩不過。你去便去，不去時，連你捉了，也做賊人解送。」

李應大怒，拍坐下馬，挺手中槍，便奔祝彪。祝彪縱馬去戰李應。兩個就獨龍岡前，一來一往，一上一下，斗了十七八合，祝彪戰李應不過，撥回馬便走。李應縱馬趕將去，祝彪把槍橫擔在馬上，左手拈弓，右手取箭，搭上箭，拽滿弓，覷得較親，背翻身一箭。李應急躲時，臂上早著。李應翻筋斗，墜下馬來，祝彪便勒轉馬來搶人。楊雄、石秀見了，大喝一聲，拈兩條朴刀，直奔祝彪馬前殺將來。祝彪抵當不住，急勒回馬便走，早被楊雄一朴刀，戳在馬後股上。那馬負疼，壁直立起來，險些兒把祝彪掀在馬下，卻得隨從馬上的人，都搭上箭射將來。楊雄、石秀見了，自思又無衣甲遮身，只得退回不趕。杜興也自把李應救起上馬，先去了。楊雄、石秀跟了眾莊客也走了。祝家莊人馬趕了二三裡路，見天色晚來，也自回去了。

杜興扶著李應，回到莊前，下了馬，同入後堂坐。眾宅眷都出來看視，拔了箭矢，伏侍卸了衣甲，便把金瘡藥敷了瘡口，連夜在後堂商議。楊雄、石秀與杜興說道：「既是大官人被那廝無禮，又中了箭，時遷亦不能勾出來，都是我等連累大官人了。我弟兄兩個，只得上梁山泊去，懇告晁、宋二公並眾頭領，來與大官人報仇，就救時遷。」因辭謝了李應。李應道：「非是我不用心，實出無奈。兩位壯士，只得休怪。」叫杜興取些金銀相贈，楊雄、石秀那裡肯受。李應道：「江湖之上，二位不必推卻。」兩個方才收受，拜辭了李應，杜興送出村口，指與大路，杜興作別了，自回李家莊，不在話下。

且說楊雄、石秀取路投梁山泊來，早望見遠遠一處新造的酒店，那酒旗兒直挑出來。兩個入到店裡，買些酒吃，就問路程。這酒店卻是梁山泊新添設做眼的酒店，正是石勇掌管。兩個一面吃酒，一頭動問酒保上梁山泊路程。石勇見他兩個非常，便來答應道：「你兩位客人從那裡來？要問上山去怎地？」楊雄道：「我們從薊州來。」石勇猛可想起道：「莫非足下是石秀麼？」楊雄道：「我乃是楊

第四十七回

撲天雕雙修生死書　宋公明一打祝家莊

雄，這個兄弟是石秀。大哥如何得知石秀名？」石勇慌忙道：「小子不認得。前者戴宗哥哥到薊州回來，多曾稱說兄長。聞名久矣，今得上山，且喜，且喜。」五個敘禮罷，楊雄、石秀把上件事都對石勇說了。石勇隨即叫酒保置辦分例酒來相待。推開後面水亭上窗子，拽起弓，放了一枝響箭。只見對港蘆葦叢中，早有小嘍羅搖過船來。石勇便邀二位上船，直送到鴨嘴灘上岸。石勇已自先使人上山去報知。早見戴宗、楊林下山來迎接。俱各敘禮罷，一同上至大寨裡。眾頭領知道有好漢上山，都來聚會，大寨坐下。戴宗、楊林引楊雄、石秀，上廳參見晁蓋、宋江，並眾頭領。相見已罷，晁蓋細問兩個蹤跡，楊雄、石秀把本身武藝，投托入伙先說了，眾人大喜，讓位而坐。楊雄漸漸說到有個來投托大寨同入伙的時遷，不合偷了祝家店裡報曉雞，一時爭鬧起來，石秀放火燒了他店屋，時遷被捉，李應二次修書去討，怎當祝家三子堅執不放，誓願要捉山寨裡好漢，且又千般辱罵，叵耐那廝十分無禮。不說萬事皆休，才然說罷，晁蓋大怒，喝叫：「孩兒們將這兩個與我斬訖報來！」正是：

楊雄石秀少商量，引帶時遷行不臧。
豪傑心腸雖似火，綠林法度卻如霜。

宋江慌忙勸道：「哥哥息怒，兩個壯士，不遠千里而來，同心協助，如何卻要斬他？」晁蓋道：「俺梁山泊好漢，自從伙並王倫之後，便以忠義為主，全施仁德於民；一個個兄弟下山去，不曾折了銳氣；新舊上山的兄弟們，各各都有豪傑的光彩；這廝兩個，把梁山泊好漢的名目去偷雞吃，因此連累我等受辱。今日先斬了這兩個，將這廝首級去那裡號令，便起軍馬去，就洗蕩（洗劫掃蕩）了那個村坊，不要輸了銳氣。孩兒們快斬了報來。」宋江勸住道：「不然。哥哥不聽這兩位賢弟卻才所說，那個鼓上蚤時遷，他原是此等人，以致惹起祝家那廝來，豈是這二位賢弟要玷辱山寨？我也每每聽得有人說，祝家莊那廝，要和俺山寨敵對。即目山寨人馬數多，錢糧缺少，非是我等要去尋他，那廝倒來吹毛求疵，因而正好乘勢去拿那廝。若打得此莊，倒有三五年糧食。非是我們生事害他，其實那廝無禮。哥哥權且息怒，小可不才，親領一支軍馬，啟請幾位賢弟們下山，去打祝家莊。若不洗蕩得那個村坊，誓不還山。一是與山寨報仇，不折了銳氣；二乃免此小輩被他恥辱；三則得許多糧食，以供山寨之用；四者就請李應上山入伙。」吳學究道：「公明哥哥之言最好，豈可山寨自斬手足之人？」戴宗便道：「寧乃斬了小弟，不可絕了賢路。」眾頭領力勸，晁蓋方才免了二人。楊雄、石秀也自謝罪。宋江撫諭道：「賢弟休生異心，此是山寨號令，不得不如此。便是宋江，倘有過失，也須斬首，不敢容情。如今新近又立了鐵面孔目裴宣做軍政司，賞功罰罪，已有定例。賢弟只得恕罪恕罪。」楊雄、石秀拜罷，謝罪已了，晁蓋叫去坐在楊林之下。山寨裡都喚小嘍羅來參賀新頭領已畢，一面殺牛宰馬，且做慶喜筵席，撥定兩所房屋，教楊雄、石秀安歇，每人撥十個小嘍羅伏侍。當晚席散，次日再備筵席，會眾商量議事。

宋江教喚鐵面孔目裴宣，計較下山人數，啟請諸位頭領，同宋江去打祝家莊，定要洗蕩了那個村坊。商量已定，除晁蓋頭領鎮守山寨不動外，留下吳學究、劉唐，並阮家三弟兄、呂方、郭盛，護持大寨。原撥定守灘，守關，守店有職事人員，俱各不動。又撥新到頭領孟康管造船隻，頂替馬麟監督戰船。寫下告示，將下山打祝家莊頭領分作兩起：頭一撥，宋江、花榮、李俊、穆弘、李逵、楊雄、石秀、黃信、歐鵬、楊林，帶領三千小嘍羅三百馬軍，披掛已了，下山前進；第二撥便是林沖、秦明、戴宗、張橫、張順、馬麟、鄧飛、王矮虎、白勝，也帶三千小嘍羅，三百馬軍，隨後接應；再著金沙灘、鴨嘴灘二處小寨，只教宋萬、鄭天壽守把，就行接應糧草。晁蓋送路已了，自回山寨。

第四十七回

撲天雕雙修生死書　宋公明一打祝家莊

且說宋江並眾頭領徑奔祝家莊來，於路無話。早來到獨龍山前，尚有一里多路，前軍下了寨柵。宋江在中軍帳裡坐下，便和花榮商議道：「我聽得說祝家莊裡路徑甚雜，未可進兵，且先使兩個入去探聽路途曲折，知得順逆路程，卻才進去，與他敵對。」李逵便道：「哥哥，兄弟閒了多時，不曾殺得一人，我便先去走一遭。」宋江道：「兄弟，你去不得。若是破陣衝敵，用著你先去。這是做細作的勾當，用你不著。」李逵笑道：「量這個鳥莊，何須哥哥費力，只兄弟自帶三二百個孩兒殺將去，把這個鳥莊上人都砍了，何須要人先去打聽。」宋江喝道：「你這廝休胡說！且一壁廂去，叫你便來。」李逵走開去了，自說道：「打死幾個蒼蠅，也何須大驚小怪。」宋江便喚石秀來說道：「兄弟曾到彼處，可和楊林走一遭。」石秀便道：「如今哥哥許多人馬到這裡，他莊上如何不提備，我們扮作甚麼人入去好？」楊林便道：「我自打扮了解魘的法師去，身邊藏了短刀，手裡擎著法環，於路搖將入去。你只聽我法環響，不要離了我前後。」石秀道：「我在薊州原曾賣柴，我只是挑一擔柴進去賣便了。身邊藏了暗器，有些緩急，扁擔也用得著。」楊林道：「好，好。我和你計較了，今夜打點，五更起來便行。」正是只為一雞小忿，致令眾虎相爭，所以古人有篇西江月道得好：

> 軟弱安身之本，剛強惹禍之胎。無爭無競是賢才，虧我些兒何礙！
> 鈍斧錘磚易碎，快刀劈水難開。但看髮白齒牙衰，惟有舌根不壞。

且說石秀挑著柴擔先入去，行不到二十來里，只見路徑曲折多雜，四下裡彎環相似，樹木叢密，難認路頭，石秀便歇下柴擔不走。聽得背後法環響得漸近，石秀看時，卻看楊林頭戴一個破笠子，身穿一領舊法衣，手裡擎著法環，於路搖將進來。石秀見沒人，叫住楊林說道：「看見路徑彎雜難認，不知那裡是我前日跟隨李應來時的路。天色已晚，他們眾人都是熟路，正看不仔細。」楊林道：「不要管他路徑曲直，只顧揀大路走便了。」石秀又挑了柴，只顧望大路先走，見前面一村人家，數處酒店肉店。石秀挑著柴，便望酒店門前歇了，只見各店內都把刀槍插在門前，每人身上穿一領黃背心，寫個大「祝」字，往來的人，亦各如此。石秀見了，便看著一個年老的人，唱個喏，拜揖道：「丈人，請問此間是何風俗？為甚都把刀槍插在當門？」那老人道：「你是那裡來的客人？原來不知，只可快走。」石秀道：「小人是山東販棗子的客人，消折了本錢，回鄉不得，因此擔柴來這裡賣，不知此間鄉俗地理。」老人道：「只可快走別處躲避，這裡早晚要大廝殺也。」石秀道：「此間這等好村坊去處，怎地了大廝殺？」老人道：「客人，你敢真個不知，我說與你。俺這裡喚做祝家村，岡上便是祝朝奉衙裡。如今惡了梁山泊好漢，見今引領軍馬在村口，要來廝殺。卻怕我這村裡路雜，未敢入來，見今駐紮在外面。如今祝家莊上行號令下來，每戶人家，要我們精壯後生準備著，但有令傳來，便去策應。」石秀道：「丈人村中，總有多少人家？」老人道：「只我這祝家村，也有一二萬人家，東西還有兩村人接應。東村喚做撲天雕李應李大官人，西村喚扈太公莊，有個女兒，喚做扈三娘，綽號一丈青，十分了得。」石秀道：「似此，如何卻怕梁山泊做甚麼人？」那老人道：「若是我們初來時，不知路的，也要吃捉了。」石秀道：「丈人，怎地初來時要吃捉了？」老人道：「我這村裡的路，有首詩說道：『好個祝家莊，盡是盤陀路。容易入得來，只是出不去。』」石秀聽罷，便哭起來，撲翻身便拜，向那老人道：「小人是個江湖上折了本錢，歸鄉不得的人，倘或賣了柴出去，撞見廝殺，走不脫，卻不是苦？爺爺，怎地可憐見小人，情願把這擔柴相送爺爺，只指小人出去的路罷。」那老人道：「我如何白要你的柴？我就買你的。你且入來，請你吃些酒飯。」

石秀便謝了，挑著柴，跟那老人入到屋裡。那老人篩下兩碗白酒，盛一碗糕糜，叫石秀吃了。石秀再拜謝道：「爺爺指教出去的路徑。」那老人道：「你便從村裡走去，只看有白楊樹，便可轉彎，不問路道闊狹，但有白楊樹的轉彎，便是活路，沒那樹時，都是死路，如有別的樹木轉彎，也不是活路。若還走差了，左來右去，只走不出去。更兼死路裡地下埋藏著竹簽鐵蒺藜，若是走差了，踏著飛簽，準定吃捉了，待走那裡去。」石秀拜謝了，便問：「爺爺高姓？」那老人道：「這村裡姓祝的最多，惟有我複姓鍾離，土居（老家）在此。」石秀道：「酒飯小人都吃勾了，改日當厚報。」

正說之間，只聽得外面鬧吵，石秀聽得道拿了一個細作。石秀吃了一驚，跟那老人出來看時，只見七八十個軍人背綁著一個人過來。石秀看時，卻是楊林，剝得赤條條的，索子綁著。石秀看了，只暗暗地叫苦，悄悄假問老人道：「這個拿了的是甚麼人？為甚事綁了他？」那老人道：「你不見說他是宋江那裡來的細作？」石秀又問道：「怎地吃他拿了？」那老人道：「說這廝也好大膽，獨自一個來做細作，打扮做個解魘法師，閃入村裡來。卻又不認這路，只揀大路走了，左來右去，只走了死路，又不曉得白楊樹轉彎抹角的消息（暗號）。人見他走得差了，來路蹺蹊，報與莊上官人們來捉他，這廝方才又掣出刀來，手起傷了四五個人。當不住這裡人多，一發上，因此吃拿了，有人認得他從來是賊，叫做錦豹子楊林。」

說言未了，只聽得前面喝道，說是莊上三官人巡綽過來。石秀在壁縫裡張時，看見前面擺著二十對纓槍，後面四五個人騎戰馬，都彎弓插箭，又有三五對青白哨馬，中間擁著一個年少的壯士，坐在一匹雪白馬上，全副披掛了弓箭，手執一條銀槍。石秀自認得他，特地問老人道：「過去相公是誰？」那老人道：「這個正是祝朝奉第三子，喚做祝彪，定著西村扈家莊一丈青為妻；弟兄三個，只有他第一了得。」石秀拜謝道：「老爺爺指點尋路出去。」那老人道：「今日晚了，前面倘或廝殺，枉送了你性命。」石秀道：「爺爺，可救一命則個。」那老人道：「你且在我家歇一夜，明日打聽得沒事，便可出去。」石秀拜謝了，坐在他家，只聽得門前四五替報馬報將來，排門吩咐道：「你那百姓，今夜只看紅燈為號，齊心並力，捉拿梁山泊賊人，解官請賞。」叫過去了。石秀問道：「這個人是誰？」那老人道：「這個官人是本處捕盜巡檢，今夜約會要捉宋江。」石秀見說，心中自忖了一回，討個火把，叫了安置，自去屋後草窩裡睡了。

卻說宋江軍馬在村口屯駐，不見楊林、石秀出來回報，隨後又使歐鵬去到村口，出來回報道：「聽得那裡講動，說道捉了一個細作，小弟見路徑又雜難認，不敢深入重地。」宋江聽罷，忿怒道：「如何等得回報了進兵？又吃拿了一個細作，必然陷了兩個兄弟，我們今夜只顧進兵，殺將入去，也要救他兩個兄弟。未知你眾頭領意下如何？」只見李逵便道：「我先殺入去，看是如何？」宋江聽得，隨即便傳將令，教軍士都披掛了。李逵、楊雄前一隊做先鋒，使李俊等引軍做合後，穆弘居左，黃信在右，宋江、花榮、歐鵬等中軍頭領，搖旗吶喊，擂鼓鳴鑼，大刀闊斧，殺奔祝家莊來。比及殺到獨龍岡上，是黃昏時分，宋江催趲前軍打莊。先鋒李逵脫得赤條條的，揮兩把夾鋼板斧，火剌剌地殺向前來。到得莊前看時，已把吊橋高高地拽起了，莊門裡不見一點火。李逵便要下水過去，楊雄扯住道：「使不得。關閉莊門，必有計策。待哥哥來，別有商議。」李逵那裡忍得住，拍著雙斧，隔岸大罵道：「那鳥祝太公老賊，你出來，黑旋風爺爺在這裡！」莊上只是不應。宋江中軍人馬到來，楊雄接著，報說莊上並不見人馬，亦無動靜。宋江勒馬看時，莊上不見刀槍人馬，心中疑惑，猛省道：「我的不是了。天書上明明誡說，臨敵休急暴。是我一時見不到，只要救兩個兄弟，以此連夜進兵，不期深入重地。直到了他莊前，不見敵軍，他必有計策，快教三軍且退。」李逵叫道：「哥哥，軍馬到這裡了，休要退兵，我與你先殺過去，你們都跟我來。」

說猶未了，莊上早知，只聽得祝家莊裡一個號炮，直飛起半天裡去，那獨龍岡上千百把火把，一齊點著，那門樓上弩箭如雨點般射將來。宋江急取舊路回軍，只見後軍頭領李俊人馬先發起喊來，說道：「來的舊路都阻塞了，必有埋伏。」宋江教軍馬四下裡尋路走。李逵揮起雙斧，往來尋人廝殺，不見一個敵軍。只見獨龍岡上山頂又放一個炮來，響聲未絕，四下裡喊聲震地，驚的宋公明目睜口呆，罔知所措。你便有文韜武略，怎逃出地網天羅？正是安排縛虎擒龍計，要捉驚天動地人。畢竟宋公明並眾頭領怎地脫身，且聽下回分解。

第四十八回

一丈青單捉王矮虎　宋公明兩打祝家莊

話說當下宋江在馬上看時，四下裡都有埋伏軍馬，且教小嘍羅只往大路殺將去，只聽得五軍屯塞住了，眾人都叫起苦來。宋江問道：「怎麼叫苦？」眾軍都道：「前面都是盤陀路，走了一遭，又轉到這裡。」宋江道：「教軍馬望火把亮處，有房屋人家，取路出去。」又走不多時，只見前軍又發起喊來，叫道：「甫能望火把亮處取路，又有苦竹簽、鐵疾藜，遍地撒滿鹿角，都塞了路口。」宋江道：「莫非天喪我也。」正在慌急之際，只聽得左軍中間穆弘隊裡鬧動，報來說道：「石秀來了。」宋江看時，見石秀拈著口刀，奔到馬前道：「哥哥休慌，兄弟已知路了。暗傳下將令，教五軍只看有白楊樹，便轉彎走去，不要管他路闊路狹。」宋江催趲人馬，只看有白楊樹便轉。宋江去約走過五六里路，只見前面人馬越添得多了。宋江疑忌，便喚石秀問道：「兄弟，怎麼前面賊兵眾廣？」石秀道：「他有燭燈為號。」花榮在馬上看見，把手指與宋江道：「哥哥，你看見那樹影裡這碗燭燈麼？只看我等投東，他便把那燭燈望東扯；若是我們投西，他便把那燭燈望西扯。只那些兒，想來便是號令。」宋江道：「怎地奈何的他那碗燈？」花榮道：「有何難哉！」便拈弓搭箭，縱馬向前，望著影中只一箭，不端不正，恰好把那碗紅燈射將下來。四下裡埋伏軍兵不見了那碗紅燈，便都自亂攛起來。宋江叫石秀引路，且殺出村口去，只聽得前山喊聲連起，一帶火把縱橫撩亂，宋江教前軍紮住，且使石秀領路去探。不多時，回來報道：「是山寨中第二撥軍馬到了接應，殺散伏兵。」

宋江聽罷，進兵夾攻，奪路奔出村口，祝家莊人馬四散去了；會合著林沖、秦明等眾人軍馬，同在村口駐紮，卻好天明，去高阜處下了寨柵，整點人馬，數內不見了鎮三山黃信。宋江大驚，詢問緣故，有昨夜跟去的軍人見的來說道：「黃頭領聽著哥哥將令，前去探路，不提防蘆葦叢中，舒出兩把撓鉤，拖翻馬腳，被五七個人活捉去了，救護不得。」宋江聽罷大怒，要殺隨行軍漢，如何不早報來，林沖、花榮勸住宋江。眾人納悶道：「莊又不曾打得，倒折了兩個兄弟，似此怎生奈何？」楊雄道：「此間有三個村坊結並，所有東村李大官人，前日已被祝彪那廝射了一箭，見今在莊上養病，哥哥何不去與他計議？」宋江道：「我正忘了他。他便知本處地理虛實。」吩咐教取一對緞匹羊酒，選一騎好馬並鞍轡，親自上門去求見，林沖、秦明權守柵寨。宋江帶同花榮、楊雄、石秀上了馬，隨行三百馬軍，取路投李家莊來。

得到莊前，早見門樓緊閉，吊橋高拽起了，牆裡擺著許多莊兵人馬。門樓上早擂起鼓來。宋江在馬上叫道：「俺是梁山泊義士宋江，特來謁見大官人，別無他意，休要提備。」莊門上杜興看見有楊雄、石秀在彼，慌忙開了莊門，放隻小船過來，與宋江聲喏。宋江慌忙下馬來答禮。楊雄、石秀近前稟道：「這位兄弟，便是引小弟兩個投李大官人的，喚做鬼臉兒杜興。」宋江道：「原來是杜主管。相煩足下對李大官人說，俺梁山泊宋江久聞大官人大名，無緣不曾拜會。今因祝家莊要和俺們做對頭，經過此間，特獻彩緞名馬，羊酒薄禮，只求一見，別無他意。」杜興領了言語，再渡過莊來，直到廳前，李應帶傷披被坐在床上，杜興把宋江要求見的言語說了。李應道：「他是梁山泊造反的人，我如何與他廝見，無私有意。你可回他話道，只說我臥病在床，動止不得，難以相見，改日卻得拜會。所賜禮物，不敢祗受。」

杜興再渡過來見宋江，稟道：「俺東人再三拜上頭領，本欲親身迎迓，奈緣中傷，患軀在床，不能相見，容日專當拜會。適蒙所賜厚禮，並不敢受。」宋江道：「我知你東人（東家）的意了。我因打祝家莊失利，欲求相見則個，他恐祝家莊見怪，不肯出來相見。」杜興道：「非是如此，委實患病。小人雖是中山人氏，到此多年了，頗知此間虛實事情。中間是祝家莊，東是俺李家莊，西是扈家莊。這三村莊上，誓願結生死之交，有事互相救應，今番惡了俺東人，自不去救應，只恐西村扈家莊上要來相助。他莊上別的不打緊，只有一個女將，喚做一丈青扈三娘，使兩口日月刀，好生了得。卻是祝家莊第三子祝彪定為妻室，早晚要娶。若是將軍要打祝家莊時，不須提備東邊，只要緊防西路。祝家莊上前後有兩座莊門：一座在獨龍岡前，一座在獨龍岡後。若打前門，卻不濟事，須是兩面夾攻，方可得破。前門打緊，路雜難認，一遭（四周）都是盤陀路徑，闊狹不等。但有白楊樹，便可轉灣，方是活路，如無此樹，便是死路。」石秀道：「他如今都把白楊樹木斫伐去了，將何為記？」杜興道：「雖然斫伐了樹，如何起得根盡，也須有樹根在彼。只宜白日進兵攻打，黑夜不可進兵。」

宋江聽罷，謝了杜興，一行人馬卻回寨裡來。林沖等接著，都到大寨裡坐下。宋江把李應不肯相見並杜興說的話對眾頭領說了。李逵便插口道：「好意送禮與他，那廝不肯出來迎接哥哥，我自引三百人去打開鳥莊，腦揪這廝出來拜見哥哥。」宋江道：「兄弟，你不省的，他是富貴良民，懼怕官府，如何造次肯與我們相見？」李逵笑道：「那廝想是個小孩子，怕見。」眾人一齊都笑起來。宋江道：「雖然如此說了，兩個兄弟陷了，不知性命存亡，你眾兄弟可竭力向前，跟我再去攻打祝家莊。」眾人都起身說道：「哥哥將令，誰敢不聽！不知教誰前去？」黑旋風李逵說道：「你們怕小孩子，我便前去。」宋江道：「你做先鋒不利，今番用你不著。」李逵低了頭忍氣。宋江便點馬麟、鄧飛、歐鵬、王矮虎四個，「跟我親自做先鋒去。」第二點戴宗、秦明、楊雄、石秀、李俊、張橫、張順、白勝，準備下水路用人；第三點林沖、花榮、穆弘、李逵，分作兩路策應。眾軍標撥（調遣）已定，都飽食了，披掛上馬。

且說宋江親自要去做先鋒，攻打頭陣，前面打著一面大紅帥字旗，引著四個頭領，一百五十騎馬軍，一千步軍，直殺奔祝家莊來。於路著人探路，直到獨龍岡前。宋江勒馬看那祝家莊時，果然雄壯，有篇詩贊，便見祝家莊氣象：

獨龍山前獨龍岡，獨龍岡上祝家莊。
繞岡一帶長流水，周遭環匝皆垂楊。
牆內森森羅劍戟，門前密密排刀槍。
對敵盡皆雄壯士，當鋒都是少年郎。
祝龍出陣真難敵，祝虎交鋒莫可當；
更有祝彪多武藝，吒叱喑嗚比霸王。
朝奉祝公謀略廣，金銀羅綺有千箱。
白旗一對門前立，上面明書字兩行：
「填平水泊擒晁蓋，踏破梁山捉宋江。」

當下宋江在馬上，看了祝家莊那兩面旗，心中大怒，設誓道：「我若打不得祝家莊，永不回梁山泊。」眾頭領看了，一齊都怒起來。宋江聽得後面人馬都到了，留下第二撥頭領攻打前門，宋江自引了前部人馬，轉過獨龍岡後面來看祝家莊時，後面都是銅牆鐵壁，把得嚴整。正看之時，只見直西一彪軍馬，吶著喊，從後殺來。宋江留下馬麟、鄧飛，把住祝家莊後門，自帶了歐鵬、王矮虎，分一半人馬前來迎接。山坡下來軍約有二三十騎馬軍，當中簇擁著一員女將，怎生結束，但見：

蟬鬢金釵雙壓，鳳鞋寶鐙斜踏。連環鎧甲襯紅紗，繡帶柳腰端跨。霜刀把雄兵亂砍，玉纖將猛將生拿。天然美貌海棠花，「一丈青」當先出馬。

那來軍正是扈家莊女將一丈青扈三娘，一騎青鬃馬上，掄兩口日月雙刀，引著三五百莊客，前來祝家莊策應。宋江道：「剛說扈家莊有這個女將，好生了得，想來正是此人，誰敢與他迎敵？」說猶未了，只見這王矮虎是個好色之徒，聽得說是個女將，指望一合便捉得過來，當時喊了一聲，驟馬向前，挺手中槍，便出迎敵。兩軍吶喊，那扈三娘拍馬舞刀，來戰王矮虎，一個雙刀的熟閒，一個單槍的出眾。兩個鬥敵十數合之上，宋江在馬上看時，見王矮虎槍法架隔不住。原來王矮虎初見一丈青，恨不得便捉過來，誰想鬥過十合之上，看看的（眼看著）手顫腳麻，槍法便都亂了。不是兩個性命相撲時，王矮虎卻要做光（調戲）起來。那一丈青是個乖覺的人，心中道：「這廝無理。」便將兩把雙刀，直上直下砍將入來，這王矮虎如何敵得過，撥回馬，卻待要走，被一丈青縱馬趕上，把右手刀掛了，輕舒猿臂（長臂），將王矮虎提離雕鞍，活捉去了。眾莊客齊上，把王矮虎橫拖倒拽捉去了。有詩為證：

色膽能拚不顧身，肯將性命值微塵。

銷金帳裡無強將，喪魄亡精與婦人。

歐鵬見捉了王英，便挺槍來救。一丈青縱馬跨刀，接著歐鵬，兩個便鬥。原來歐鵬祖是軍班子弟出身，使得好一條鐵槍，宋江看了，暗暗的喝采。怎的歐鵬槍法精熟，也敵不得那女將半點便宜。鄧飛在遠遠處看見捉了王矮虎，歐鵬又戰那女將不下，跑著馬，舞起一條鐵鏈，大發喊趕將來。祝家莊上已看多時，誠恐一丈青有失，慌忙放下吊橋，開了莊門，祝龍親自引了三百餘人，驟馬提槍，來捉宋江。馬麟看見，一騎馬使起雙刀，來迎住祝龍廝殺。鄧飛恐宋江有失，不離左右，看他兩邊廝殺，喊聲迭起。宋江見馬麟鬥祝龍不過，歐鵬鬥一丈青不下，正慌哩，只見一彪軍馬從刺斜裡殺將來。宋江看時，大喜，卻是霹靂火秦明，聽得莊後廝殺，前來救應。宋江大叫：「秦統制，你可替馬麟。」

秦明是個急性的人，更兼祝家莊捉了他徒弟黃信，正沒好氣，拍馬飛起狼牙棍，便來直取祝龍。祝龍也挺槍來敵秦明。馬麟引了人，卻奪王矮虎。那一丈青看見了馬麟來奪人，便撇了歐鵬，卻來接住馬麟廝殺。兩個都會使雙刀，馬上相迎著，正如這風飄玉屑，雪撒瓊花，宋江看得眼也花了。這邊秦明和祝龍鬥到十合之上，祝龍如何敵得秦明過，莊門裡面那教師欒廷玉帶了鐵錘，上馬挺槍，殺將出來。歐鵬便來迎住欒廷玉廝殺。欒廷玉也不來交馬，帶住槍時，刺斜裡便走。歐鵬趕將去，被欒廷玉一飛錘，正打著，翻筋鬥攧下馬去。鄧飛大叫：「孩兒們救人！」舞著鐵鏈，徑奔欒廷玉。宋江急喚小嘍羅，救得歐鵬上馬。那祝龍當敵秦明不住，拍馬便走。欒廷玉也撇了鄧飛，卻來戰秦明，兩個鬥了一二十合，不分勝敗。欒廷玉賣個破綻，落荒即走，秦明舞棍，徑趕將來。欒廷玉便望荒草之中，跑馬入去，秦明不知是計，也追入去。原來祝家莊等去處，都有人埋伏，見秦明馬到，拽起絆馬索來，連人和馬都絆翻了，發聲喊，捉住了秦明。鄧飛見秦明墜馬，慌忙來救，急見絆馬索拽，卻待回身，兩下裡叫聲著，撓鉤似亂麻一般搭來，就馬上活捉了去。

宋江看見，只叫得苦，止救得歐鵬上馬。馬麟撇了一丈青，急奔來保護宋江，望南而走，背後欒廷玉、祝龍、一丈青，分投趕將來。看看沒路，正待受縛，只見正南上一個好漢飛馬而來，背後隨從約有五百人馬。宋江看時，乃是沒遮攔穆弘。東南上也有三百餘人，兩個好漢飛奔前來：一個是病關索楊雄，一個是拚命三郎石秀。東北上又一個好漢，高聲大叫：「留下人著！」宋江看時，乃是小李廣花榮。三路人馬一齊都到，宋江心下大喜，一發並力來戰欒廷玉、祝龍。莊上望見，恐怕兩個吃虧，且教祝虎守把住莊門，小郎君祝彪騎一匹劣馬，使一條長槍，自引五百餘人馬，從莊後殺將出來，一齊混戰。莊前李俊、張橫、張順，下水過來，被莊上亂箭射來，不能下手；戴宗、白勝，只在對岸吶喊。宋江見天色晚了，急叫馬麟先保護歐鵬出村口去。宋江又叫小嘍羅篩鑼，聚攏眾好漢，且戰且走。

宋江自拍馬到處尋了看，只恐弟兄們迷了路。正行之間，只見一丈青飛馬趕來，宋江措手不及，便拍馬望東而走，背後一丈青緊追著，八個馬蹄翻盞撒鈸相似，趕投深村處來。一丈青正趕上宋江，待要下手，只聽得山坡上有人大叫道：「那鳥婆娘趕我哥哥那裡去？」宋江看時，卻是黑旋風李逵，掄兩把板斧，引著七八十個小嘍羅，大踏步趕將來。一丈青便勒轉馬，望這樹林邊去。宋江也勒住馬看時，只見樹林邊轉出十數騎馬軍來，當先簇擁著一個壯士，怎生結束，但見：

嵌寶頭盔穩戴，磨銀鎧甲重披。素羅袍上繡花枝，獅蠻帶瓊瑤密砌。丈八蛇矛緊挺，霜花駿馬頻嘶。滿山都喚小張飛，豹子頭林沖便是。

第四十八回
一丈青單捉王矮虎　宋公明兩打祝家莊

那來軍正是豹子頭林沖，在馬上大喝道：「兀那婆娘走那裡去？」一丈青飛刀縱馬，直奔林沖，林沖挺丈八蛇矛迎敵。兩個鬥不到十合，林沖賣個破綻，放一丈青兩口刀砍入來，林沖把蛇矛逼個住，兩口刀逼斜了，趕攏去，輕舒猿臂，款扭狼腰，把一丈青只一拽，活挾過馬來。宋江看見，喝聲采，不知高低。林沖叫軍士綁了，驟馬向前道：「不曾傷犯哥哥麼？」宋江道：「不曾傷著。」便叫李逵快走村中接應眾好漢，且教來村口商議，天色已晚，不可戀戰。黑旋風領本部人馬去了，林沖保護宋江，押著一丈青在馬上，取路出村口來。當晚眾頭領不得便宜，急急都趕出村口來。祝家莊人馬也收回莊上去了，滿村中殺死的人，不計其數。祝龍教把捉到的人都將來陷車囚了，一發拿住宋江，卻解上東京去請功，扈家莊已把王矮虎解送到祝家莊去了。

且說宋江收回大隊人馬，到村口下了寨柵，先教將一丈青過來，喚二十個老成的小嘍羅，著四個頭目，騎四匹快馬，把一丈青拴了雙手，也騎一匹馬，「連夜與我送上梁山泊去，交與我父親宋太公收管，便來回話。待我回山寨，自有發落。」眾頭領都只道宋江自要這個女子，盡皆小心送去；先把一輛車兒教歐鵬上山去將息。一行人都領了將令，連夜去了。宋江其夜在帳中納悶，一夜不睡，坐而待旦（等待天亮）。

次日，只見探事人報來，說軍師吳學究引將三阮頭領，並呂方、郭盛，帶五百人馬到來。宋江聽了，出寨迎接了軍師吳用，到中軍帳裡坐下。吳學究帶將酒食來，與宋江把盞賀喜，一面犒賞三軍眾將。吳用道：「山寨裡晁頭領多聽得哥哥先次進兵不利，特地使將吳用並五個頭領來助戰。不知近日勝敗如何？」宋江道：「一言難盡。叵耐祝家那廝，他莊門上立兩面白旗，寫道：『填平水泊擒晁蓋，踏破梁山捉宋江。』這廝無禮。先一遭進兵攻打，因為失其地利，折了楊林、黃信，夜來進兵，又被一丈青捉了王矮虎，欒廷玉錘打傷了歐鵬，絆馬索拖翻捉了秦明、鄧飛。——如此失利，若不得林教頭恰活捉得一丈青時，折盡銳氣。今來似此，如之奈何？若是宋江打不得祝家莊破，救不出這幾個兄弟來，情願自死於此地，也無面目回去見得晁蓋哥哥。」吳學究笑道：「這個祝家莊也是合當天敗，卻限有這個機會。吳用想來，事在旦夕可破。」宋江聽罷，十分驚喜，連忙問道：「這祝家莊如何旦夕可破？機會自何而來？」吳學究笑著，不慌不忙，疊兩個指頭，說出這個機會來。正是空中伸出拿雲手（武藝超凡），救出天羅地網人。畢竟軍師吳用說出甚麼機會來，且聽下回分解。

第四十九回

解珍解寶雙越獄　孫立孫新大劫牢

話說當時吳學究對宋公明說道：「今日有個機會，卻是石勇面上來投入伙的人，又與欒廷玉那廝最好，亦是楊林、鄧飛的至愛相識。他知道哥哥打祝家莊不利，特獻這條計策來入伙，以為進身之報，隨後便至。五日之內，可行此計，卻是好麼？」宋江聽了，大喜道：「妙哉！」方才笑逐顏開。卻說話的，卻是甚麼計策，下來便見。看官牢記這段話頭。原來和宋公明初打祝家莊時，一同事發。卻難這邊說一句，那邊說一回，因此權記下這兩打祝家莊的話頭，卻先說那一回來投入伙的人乘機會的話，下來接著關目。

原來山東海邊有個州郡，喚做登州。登州城外有一座山，山上多有豺狼虎豹，出來傷人，因此登州知府拘集獵戶，當廳委了杖限文書，捉捕登州山上大蟲，又仰山前山後里正之家，也要捕虎文狀，限外不行解官，痛責枷號不恕。且說登州山下有一家獵戶，兄弟兩個，哥哥喚做解珍，兄弟喚做解寶。弟兄兩個，都使渾鐵點鋼叉，有一身驚人的武藝。當州裡的獵戶們，都讓他第一。那解珍一個綽號喚做兩頭蛇，這解寶綽號叫做雙尾蠍。二人父母俱亡，不曾婚娶。那哥哥七尺以上身材，紫棠色面皮，腰細膀闊；這個兄弟解寶，更是利害，也有七尺以上身材，面圓身黑，兩隻腿上刺著兩個飛天夜叉，有時性起，恨不得騰天倒地，拔樹搖山。有一篇西江月，單道他弟兄的好處：

世本登州獵戶，生來驍勇英豪。穿山越嶺健如猱，麋鹿見時驚倒。
手執蓮花鐵钂，腰懸蒲葉尖刀。豹皮裙子虎筋條，解氏二難年少。

那弟兄兩個當官受了甘限文書（受罰的字據），回到家中，整頓窩弓藥箭，弩子钂叉，穿了豹皮褲，虎皮套體，拿了鐵叉，兩個徑奔登州山上，下了窩弓，去樹上等了一日，不濟事了，收拾窩弓下去。次日，又帶了乾糧，再上山伺候，看看天晚，弟兄兩個再把窩弓下了，爬上樹去，直等到五更，又沒動靜。兩個移了窩弓，卻來西山邊下了，坐到天明，又等不著。兩個心焦，說道：「限三日內要納大蟲，遲時須用受責，卻是怎地好！」

兩個到第三日夜，伏至四更時分，不覺身體困倦，兩個背廝靠著且睡，未曾合眼，忽聽得窩弓發響。兩個跳將起來，拿了鋼叉，四下裡看時，只見一個大蟲中了藥箭，在那地上滾。兩個拈著鋼叉向前來，那大蟲見了人來，帶著箭便走。兩個追將向前去，不到半山裡時，藥力透來，那大蟲當不住，吼了一聲，骨碌碌滾將下山去了。解寶道：「好了。我認得這山，是毛太公莊後園裡，我和你下去他家取討大蟲。」

當時弟兄兩個提了鋼叉，徑下山來，投毛太公莊上敲門。此時方才天明，兩個敲開莊門入去，莊客報與太公知道。多時，毛太公出來，解珍、解寶放下鋼叉，聲了喏，說道：「伯伯，多時不見，今日特來拜擾。」毛太公道：「賢侄如何來得這等早？有甚話說？」解珍道：「無事不敢驚動伯伯睡寢。如今小侄因為官司委了甘限文書，要捕獲大蟲，一連等了三日，今早五更，射得一個，不想從後山滾下，在伯伯園裡，望煩借一路，取大蟲則個。」毛太公道：「不妨，既是落在我園裡，二位且少坐，敢是肚飢了，吃些早飯去取。」叫莊客且去安排早膳來相待。當時勸二位吃了酒飯，解珍、解寶起身謝道：「感承伯伯厚意，望煩引去，取大蟲還小侄。」毛太公道：「既是在我莊後，卻怕怎地？且坐吃茶，卻去取未遲。」解珍、解寶不敢相違，只得又坐下，莊客拿茶來，叫二位吃了。毛太公道：「如今我和賢侄去取大蟲。」解珍、解寶道：「深謝伯伯。」

毛太公引了二人，入到莊後，叫莊客把鑰匙來開門，百般開不開。毛太公道：「這園多時不曾有人來開，敢是鎖簧鏽了，因此開不得，去取鐵鎚來打開了罷。」莊客便將鐵鎚來，敲開了鎖，眾人都入園裡去看時，遍山邊去看，尋不見。毛太公道：「賢侄，你兩個莫不錯看了，認不仔細？敢不曾落在我園裡？」解珍道：「怎地得我兩個錯看了？是這裡生長的人，如何不認得？」毛太公道：「你自尋便了，有時自抬去。」解寶道：「哥哥，你且來看，這裡一帶草，滾得平平地都倒了；又有血路在上頭，如何說不在這裡？必是伯伯家莊客抬過了。」毛太公道：「你休這等說，我家莊上的人，如何得知有大蟲在園裡，便又抬得過。你也須看見方才當面敲開鎖來，和你兩個一同入園裡來尋。你如何這般說話！」解珍道：「伯伯，你須還我這個大蟲去解官。」毛太公道：「你這兩個好無道理！我好意請你吃酒飯，你顛倒賴我大蟲。」解寶道：「有甚麼賴處！你家也見當里正，官府中也委了甘限文書，卻沒本事去捉，倒來就我見成，你倒將去請功，教我兄弟兩個吃限棒。」毛太公道：「你吃限棒，干我甚事！」解珍、解寶睜起眼來，便道：「你敢教我搜一搜麼？」毛太公道：「我家比你家，各有內外。你看這兩個教化頭倒來無禮。」解寶搶近廳前尋不見，心中火起，便在廳前打將起來；解珍也就廳前攀折欄桿，打將入去。毛太公叫道：「解珍、解寶白晝搶劫！」那兩個打碎了廳前椅桌，見莊上都有準備，兩個便拔步出門，指著莊上罵道：「你賴我大蟲，和你官司裡去理會。」

解氏深機捕獲，毛家巧計牢籠。
當日因爭一虎，後來引起雙龍。

那兩個正罵之間，只見兩三匹馬投莊上來，引著一伙伴當。解珍認得是毛太公兒子毛仲義，接著說道：「你家莊上莊客捉過了我大蟲，你爹不討還我，顛倒要打我弟兄兩個。」毛仲義道：「這廝村人不省事，我父親必是被他們瞞過了。你兩個不要發怒，隨我到家裡，討還你便了。」解珍、解寶謝了毛仲義，叫開莊門，教他兩個進去。待得解珍、解寶入得門來，便叫關上莊門，喝一聲：「下手！」兩廊下走出二三十個莊客，並恰才馬後帶來的，都是做公的，那兄弟兩個措手不及，眾人一發上，把解珍、解寶綁了。毛仲義道：「我家昨夜自射得一個大蟲，如何來白賴我的？乘勢搶擄我家財，打碎家中什物，當得何罪？解上本州，也與本州除了一害。」原來毛仲義五更時，先把大蟲解上州裡去了，卻帶了若干做公的來捉解珍、解寶。不想他這兩個不識局面，正中了他的計策，分說不得。毛太公教把他兩個使的鋼叉並一包贓物，扛抬了許多打碎的家伙什物，將解珍、解寶剝得赤條條地，背剪綁了，解上州裡來。本州有個六案孔目，姓王，名正，卻是毛太公的女婿，已自先去知府面前稟說了。才把解珍、解寶押到廳前，不由分說，捆翻便打，定要他兩個招做混賴大蟲，各執鋼叉，因而搶擄財物。解珍、解寶吃拷不過，只得依他招了。知府教取兩面二十五斤的重枷來枷了，釘下大牢裡去。毛太公、毛仲義自回莊上商議道：「這兩個男女，卻放他不得，不如一發結果了他，免致後患。」當時子父二人自來州裡，吩咐孔目王正：「與我一發斬草除根，萌芽不發，我這裡自行與知府的打關節。」

卻說解珍、解寶押到死囚牢裡，引至亭心上來，見這個節級。為頭的那人，姓包，名吉，已自得了毛太公銀兩，並聽信王孔目之言，教對付他兩個性命，便來亭心裡坐下。小牢子對他兩個說道：「快過來，跪在亭子前。」包節級喝道：「你兩個便是甚麼『兩頭蛇』、『雙尾蠍』，是你麼？」解珍道：「雖然別人叫小人們這等混名，實不曾陷害良善。」包節級喝道：「你這兩個畜生，今番我手裡教你兩頭蛇做一頭蛇，雙尾蠍做單尾蠍，且與我押入大牢裡去。」

那一個小牢子把他兩個帶在牢裡來，見沒人，那小節級便道：「你兩個認得我麼？我是你哥哥的妻舅。」解珍道：「我只親弟兄兩個，別無那個哥哥。」那小牢子道：「你兩個須是孫提轄的兄弟。」解珍道：「孫提轄是我姑舅哥哥，我卻不曾與你相會。足下莫非是樂和舅？」那小節級道：「正是，我姓樂，名和，祖貫茅州人氏。先祖挈家到此，將姐姐嫁與孫提轄為妻。我自在此州裡勾當，做小牢子。人見我唱得好，都叫我做鐵叫子樂和。姐夫見我好武藝，教我學了幾路槍法在身。」怎見得，有詩為證：

玲瓏心地衣冠整，俊俏肝腸語話清。
能唱人稱鐵叫子，樂和聰慧自天生。

原來這樂和是一個聰明伶俐的人，諸般樂品，盡皆曉得，學著便會；作事見頭知尾；說起槍棒武藝，如糖似蜜價愛。為見解珍、解寶是個好漢，有心要救他，只是單絲不成線，孤掌豈能鳴，只報得他一個信。樂和說道：「好教你兩個得知：如今包節級得受了毛太公錢財，必然要害你兩個性命，你兩個卻是怎生好？」解珍道：「你不說起孫提轄則休，你既說起他來，只央你寄一個信。」樂和道：「你卻教我寄信與誰？」解珍道：「我有個姐姐，是我爺面上的（叔伯輩分），卻與孫提轄兄弟為妻，見在東門外十里牌住。他是我姑娘（姑母）的女兒，叫做母大蟲顧大嫂，開張酒店，家裡又殺牛開賭。我那姐姐有三二十人近他不得，姐夫孫新這等本事，也輸與他。只有那個姐姐，和我弟兄兩個最好。孫新、孫立的姑娘，卻是我母親，以此他兩個又是我姑舅哥哥。央煩的你暗暗地寄個信與他，把我的事說知，姐姐必然自來救我。」

樂和聽罷，吩咐說：「賢親，你兩個且寬心著。」先去藏些燒餅肉食，來牢裡開了門，把與解珍、解寶吃了；推了事故，鎖了牢門，教別個小節級看守了門，一徑奔到東門外，望十里牌來。早望見一個酒店，門前懸掛著牛羊等肉，後面屋下一簇人在那裡賭博。樂和見酒店裡一個婦人坐在櫃上，但見：

眉粗眼大，胖面肥腰。插一頭異樣釵環，露兩個時興釧鐲。有時怒起，提井欄便打老公頭；忽地心焦，拿石錐敲翻莊客腿。生來不會拈針線，弄棒持槍當女工。

樂和入進店內，看著顧大嫂，唱個喏道：「此間姓孫麼？」顧大嫂慌忙答道：「便是。足下卻要沽酒，卻要買肉？如要賭錢，後面請坐。」樂和道：「小人便是孫提轄妻弟樂和的便是。」顧大嫂笑道：「原來卻是樂和舅，可知尊顏和姆姆（丈夫的嫂子）一般模樣。且請裡面拜茶。」樂和跟進裡面客位裡坐下，顧大嫂便動問道：「聞知得舅舅在州裡勾當，家下窮忙少閒，不曾相會。今日甚風吹得到此？」樂和答道：「小人無事，也不敢來相惱。今日廳上偶然發下兩個罪人進來，雖不曾相會，多聞他的大名。一個是兩頭蛇解珍，一個是雙尾蠍解寶。」顧大嫂道：「這兩個是我的兄弟，不知因甚罪犯下在牢裡？」樂和道：「他兩個因射得一個大蟲，被本鄉一個財主毛太公賴了，又把他兩個強扭做賊，搶擄家財，解入州裡來。他又上上下下都使了錢物，早晚間要教包節級牢裡做翻他兩個，結果了性命。小人路見不平，獨力難救。只想一者沾親，二乃義氣為重，特地與他通個消息。他說道：『只除是姐姐便救得他。』若不早早用心著力，難以救拔。」

顧大嫂聽罷，一片聲叫起苦來，便叫火家快去尋得二哥家來說話。有幾個火家去不多時，尋得孫新歸來，與樂和相見。怎見得孫新的好處，有詩為證：

軍班才俊子，眉目有神威。
身在蓬萊寓，家從瓊海移。
自藏鴻鵠志，恰配虎狼妻。
鞭舉龍雙見，槍來蟒獨飛。
年似孫郎少，人稱「小尉遲」。

原來這孫新祖是瓊州人氏，軍官子孫，因調來登州駐紮，弟兄就此為家。孫新生得身長力壯，全學得他哥哥的本事，使得幾路好鞭槍，因此多人把他弟兄兩個比尉遲恭：叫他做「小尉遲」。顧大嫂把上件事對孫新說了，孫新道：「既然如此，叫舅舅先回去。他兩個已下在牢裡，全望舅舅看覷則個。我夫妻商量個長便道理，卻徑來相投。」樂和道：「但有用著小人處，盡可出力向前。」顧大嫂置酒相待已了，將出一包碎銀，付與樂和：「望煩舅舅將去牢裡，散與眾人並小牢子們，好生周全他兩個弟兄。」樂和謝了，收了銀兩，自回牢裡來替他使用，不在話下。

且說顧大嫂和孫新商議道：「你有甚麼道理，救我兩個兄弟？」孫新道：「毛太公那廝，有錢有勢，他防你兩個兄弟出來，須不肯干休，定要做翻了他兩個，似此必然死在他手。若不去劫牢，別樣也救他不得。」顧大嫂道：「我和你今夜便去。」孫新笑道：「你好粗鹵。我和你也要算個長便（長久穩妥之計），劫了牢，也要個去向。若不得我那哥哥，和這兩個人時，行不得這件事。」顧大嫂道：「這兩個是誰？」孫新道：「便是那叔侄兩個最好賭的鄒淵、鄒潤，如今見在登雲山台峪裡，聚眾打劫。他和我最好，若得他兩個相幫助，此事便成。」顧大嫂道：「登雲山離這裡不遠，你可連夜去請他叔侄兩個來商議。」孫新道：「我如今便去。你可收拾了酒食肴饌，我去定請得來。」顧大嫂吩咐火家，宰了一口豬，鋪下數盤果品案酒，排下桌子。

天色黃昏時候，只見孫新引了兩籌好漢歸來。那個為頭的姓鄒，名淵，原是萊州人氏；自小最好賭錢，閒漢出身，為人忠良慷慨，更兼一身好武藝，性氣高強，不肯容人，江湖上喚他綽號出林龍。第二個好漢，名喚鄒潤，是他侄兒，年紀與叔，二人爭差不多，身材長大，天生一等異相，腦後一個肉瘤，以此人都喚他做獨角龍。那鄒潤往常但和人爭鬧，性起來，一頭撞去，忽然一日，一頭撞折了澗邊一株松樹，看的人都驚呆了。有西江月一首，單道他叔侄的好處：

廝打場中為首，呼盧（賭具上的顏色，代指賭博）隊裡稱雄。天生忠直氣如虹，武藝驚人出眾。結寨登雲台上，英名播滿山東。翻江攪海似雙龍，豈作池中玩弄？

當時顧大嫂見了，請入後面屋下坐地，卻把上件事告訴與他，次後商量劫牢一節。鄒淵道：「我那裡雖有八九十人，只有二十來個心腹的。明日干了這件事，便是這裡安身不得了。我卻有個去處，我也有心要去多時，只不知你夫婦二人肯去麼？」顧大嫂道：「遮莫甚麼去處，都隨你去，只要救了我兩個兄弟。」鄒淵道：「如今梁山泊十分興旺，宋公明大肯（樂意）招賢納士。他手下見有我的三個相識在彼：一個是錦豹子楊林，一個是火眼狻猊鄧飛，一個是石將軍石勇，都在那裡入伙了多時。我們救了你兩個兄弟，都一發上梁山泊投奔入伙去如何？」顧大嫂道：「最好，有一個不去的，我便亂槍戳死他。」鄒潤道：「還有一件，我們倘或得了人，誠恐登州有些軍馬追來，如之奈何？」孫新道：「我的親哥哥見做本州軍馬提轄，如今登州只有他一個了得。幾番草寇臨城，都是他殺散了，到處聞名。我明日自去請他來，要他依允便了。」鄒淵道：「只怕他不肯落草。」孫新說道：「我自有良法。」

當夜吃了半夜酒，歇到天明，留下兩個好漢在家裡，卻使一個火家帶領了一兩個人，推一輛車子，快走城中營裡，請我哥哥孫提轄並嫂嫂樂大娘子，說道：「家中大嫂害病沉重，便煩來家看覷。」顧大嫂吩咐火家道：「只說我病重臨危，有幾句緊要的話，須是便來，只有幾番相見囑咐。」火家推車兒去了。孫新專在門前伺候，等接哥哥。飯罷時分，遠遠望見車兒來了，載著樂大娘子，背後孫提轄騎著馬，十數個軍漢跟著，望十里牌來。孫新入去報與顧大嫂得知，說：「哥嫂來了。」顧大嫂吩咐道：「只依我如此行。」孫新出來，接見哥嫂，且請嫂嫂下了車兒，同到房裡，看視弟媳婦病症。

孫提轄下了馬，入門來，端的好條大漢，淡黃面皮，落腮鬍鬚，八尺以上身材，姓孫，名立，綽號病尉遲，射得硬弓，騎得劣馬，使一管長槍，腕上懸一條虎眼竹節鋼鞭，海邊人見了，望風而降。有詩為證：

鬍鬚黑霧飄，性格流星急。

鞭槍最熟慣，弓箭常溫習。
闊臉似妝金，雙睛如點漆。
軍中顯姓名，病尉遲孫立。

當下病尉遲孫立下馬來，進得門便問道：「兄弟，嬸子害甚麼病？」孫新答道：「他害得症候病得蹺蹊，請哥哥到裡面說話。」孫立便入來。孫新吩咐火家，著這伙跟馬的軍士去對門店裡吃酒，便教火家牽過馬，請孫立入到裡面來坐下。良久，孫新道：「請哥哥、嫂嫂去房裡看病。」孫立同樂大娘子入進房裡，見沒有病人，孫立問道：「嬸子病在那裡房內？」只見外面走入顧大嫂來，鄒淵、鄒潤跟在背後。孫立道：「嬸子，你正是害甚麼病？」顧大嫂道：「伯伯拜了。我害些救兄弟的病。」孫立道：「卻又作怪，救甚麼兄弟？」顧大嫂道：「伯伯，你不要推聾妝啞。你在城中，豈不知道他兩個是我兄弟，偏不是你的兄弟。」孫立道：「我並不知因由。是那兩個兄弟？」顧大嫂道：「伯伯在上，今日事急，只得直言拜稟：這解珍、解寶被登雲山下毛太公與同王孔目設計陷害，早晚要謀他兩個性命。我如今和這兩個好漢商量已定，要去城中劫牢，救出他兩個兄弟，都投梁山泊入伙去，恐怕明日事發，先負累伯伯，因此我只推患病，請伯伯、姆姆到此說個長便。若是伯伯不肯去時，我們自去上梁山泊去了。如今朝廷有甚分曉，走了的倒沒事，見在的便吃官司。常言道：『近火先焦。』伯伯便替我們吃官司坐牢，那時又沒人送飯來救你。伯伯尊意如何？」孫立道：「我卻是登州的軍官，怎地敢做這等事！」顧大嫂道：「既是伯伯不肯，我們今日先和伯伯並個你死我活。」顧大嫂身邊便掣出兩把刀來，鄒淵、鄒潤各拔出短刀在手。孫立叫道：「嬸子且住，休要急速，我從長計較，慢慢地商量。」樂大娘子驚得半晌做聲不得。顧大嫂又道：「既是伯伯不肯去時，即便先送姆姆前

第四十九回
解珍解寶雙越獄　孫立孫新大劫牢

行，我們自去下手。」孫立道：「雖要如此行時，也待我歸家去收拾包裹行李，看個虛實，方可行事。」顧大嫂道：「伯伯，你的樂阿舅透風與我們了。一就去劫牢，一就去取行李不遲。」孫立嘆了一口氣，說道：「你眾人既是如此行了，我怎地推卻得開，不成日後倒要替你們吃官司？罷，罷，罷，都做一處商議了行。」先叫鄒淵去登雲山寨裡收拾起財物人馬，帶了那二十個心腹的人，來店裡取齊，鄒淵去了。又使孫新入城裡來，問樂和討信，就約會了，暗通消息解珍、解寶得知。

次日登雲山寨裡鄒淵收拾金銀已了，自和那起人到來相助。孫新家裡也有七八個知心腹的火家，並孫立帶來的十數個軍漢，共有四十餘人。孫新宰了兩口豬，一腔羊，眾人盡吃了一飽。顧大嫂貼肉藏了尖刀，扮做個送飯的婦人先去。孫新跟著孫立，鄒淵領了鄒潤，各帶了火家，分作兩路入去。正是：

捉虎翻成縱虎災，虎官虎吏枉安排。
全憑鐵叫通關節，始得牢城鐵甕開。

且說登州府牢裡包節級得了毛太公錢物，只要陷害解珍、解寶的性命。當日樂和拿著水火棍，正立在牢門裡獅子口邊，只聽得拽鈴子響，樂和道：「甚麼人？」顧大嫂應道：「送飯的婦人。」樂和已自瞧科了，便來開門，放顧大嫂入來，再關了門。將過廊下去，包節級正在亭心裡，看見便喝道：「這婦人是甚麼人？敢進牢裡來送飯？自古獄不通風。」樂和道：「這是解珍、解寶的姐姐，自來送飯。」包節級喝道：「休要教他入去，你們自與他送進去便了。」樂和討了飯，卻來開了牢門，把與他兩個。解珍、解寶問道：「舅舅夜來所言的事如何？」樂和道：「你姐姐入來了，只等前後相應。」樂和便把匣床與他兩個開了。只聽得小牢子入來報道：「孫提轄敲門，要走入來。」包節級道：「他自是營官，來我牢裡有何事干？休要開門！」顧大嫂一踅，踅下亭心邊去。外面又叫道：「孫提轄焦躁了打門。」包節級忿怒，便下亭心來，顧大嫂大叫一聲：「我的兄弟在那裡？」身邊便掣出兩把明晃晃尖刀來。包節級見不是頭，望亭心外便走。解珍、解寶提起枷，從牢眼裡鑽將出來，正迎著包節級。包節級措手不及，被解寶一枷梢打重，把腦蓋擗得粉碎。當時顧大嫂手起，早戳翻了三五個小牢子，一齊發喊，從牢裡打將出來。孫立、孫新把兩個當住了，見四個從牢裡出來，一發望州衙前便走。鄒淵、鄒潤早從州衙裡提出王孔目頭來。街市上人大喊起，先奔出城去。孫提轄騎著馬，彎著弓，搭著箭，壓在後面。街上人家都關上門，不敢出來，州裡做公的人，認得是孫提轄，誰敢向前攔當。眾人簇擁著孫立，奔出城門去，一直望十里牌來，扶攙樂大娘子上了車兒。顧大嫂上了馬，幫著便行。解珍、解寶對眾人道：「叵耐毛太公老賊冤家，如何不報了去？」孫立道：「說得是。」便令兄弟孫新與舅舅樂和先護持車兒前行著，「我們隨後趕來。」孫新、樂和簇擁著車兒先行去了。

孫立引著解珍、解寶、鄒淵、鄒潤，並火家伴當，一徑奔毛太公莊上來，正值毛仲義與太公在莊上慶壽飲酒，卻不提備。一伙好漢吶聲喊，殺將入去，就把毛太公、毛仲義，並一門老小，盡皆殺了，不留一個。去臥房裡搜檢得十數包金銀財寶，後院裡牽得七八匹好馬，把四匹捎帶馱載，解珍、解寶揀幾件好的衣服穿了，將莊院一把火，齊放起燒了。各人上馬，帶了一行人，趕不到三十里路，早趕上車仗人馬，一處上路行程。於路莊戶人家，又奪得三五匹好馬，一行星夜奔上梁山泊去。有西江月為證：

第四十九回
解珍解寶雙越獄　孫立孫新大劫牢

忠義立身之本，奸邪壞國之端。狼心狗幸濫居官，致使英雄扼腕。
奪虎機謀可惡，劫牢計策堪觀。登州城廓痛悲酸，頃刻橫屍遍滿。

不一二日，來到石勇酒店裡，那鄒淵與他相見了，問起楊林、鄧飛二人。石勇答言，說起宋公明去打祝家莊，二人都跟去，兩次失利，聽得報來說，楊林、鄧飛俱被陷在那裡，不知如何。備聞祝家莊三子豪傑，又有教師鐵棒欒廷玉相助，因此二次打不破那莊。孫立聽罷，大笑道：「我等眾人來投大寨入伙，正沒半分功勞，獻此一條計策打破祝家莊，為進身之報如何？」石勇大喜道：「願聞良策。」孫立道：「欒廷玉那廝，和我是一個師父教的武藝。我學的槍刀，他也知道；他學的武藝，我也盡知。我們今日只做登州對調來鄆州守把，經過來此相望，他必然出來迎接。我們進身入去，裡應外合，必成大事。此計如何？」正與石勇說計未了，只見小校報道：「吳學究下山來，前往祝家莊救應去。」石勇聽得，便叫小校快去報知軍師，請來這裡相見。說猶未了，已有軍馬來到店前，乃是呂方、郭盛，並阮氏三雄，隨後軍師吳用帶領五百人馬到來。石勇接入店內，引著這一行人都相見了，備說投托入伙，獻計一節。吳用聽了大喜，說道：「既然眾位好漢肯作成山寨，且休上山，便煩請往祝家莊行此一事，成全這段功勞如何？」孫立等眾人皆喜，一齊都依允了。吳用道：「小生今去，也如此見陣，我人馬前行，眾位好漢隨後一發便來。」

吳學究商議已了，先來宋江寨中，見宋公明眉頭不展，面帶憂容，吳用置酒與宋江解悶，備說起石勇、楊林、鄧飛三個的一起相識，是登州兵馬提轄病尉遲孫立，和這祝家莊教師欒廷玉是一個師父教的。今來共有八人，投托大寨入伙，特獻這條計策，以為進身之報。今已計較定了，裡應外合，如此行事，隨後便來參見兄長。宋江聽說罷，大喜，把愁悶都撇在九霄雲外，忙叫寨內置酒，安排筵席等來相待。

卻說孫立教自己的伴當人等，跟著車仗人馬，投一處歇下，只帶了解珍、解寶、鄒淵、鄒潤、孫新、顧大嫂、樂和，共是八人，來參宋江，都講禮已畢，宋江置酒設席管待，不在話下。吳學究暗傳號令與眾人，教第三日如此行，第五日如此行。吩咐已了，孫立等眾人領了計策，一行人自來和車仗人馬投祝家莊進身行事。

再說吳學究道：「啟動戴院長到山寨裡走一遭，快與我取將這四個頭領來，我自有用他處。」不是教戴宗連夜來取這四個人來，有分教，水泊重添新羽翼，山莊無復舊衣冠。畢竟吳學究取那四個人來，且聽下回分解。

第五十回

吳學究雙掌連環計　宋公明三打祝家莊

話說當時軍師吳用啟煩戴宗道：「賢弟可與我回山寨去取鐵面孔目裴宣、聖手書生蕭讓、通臂猿侯健、玉臂匠金大堅。可教此四人帶了如此行頭，連夜下山來，我自有用他處。」戴宗去了。只見寨外軍士來報，西村扈家莊上扈成牽牛擔酒，特來求見。宋江叫請入來。扈成來到中軍帳前，再拜懇告道：「小妹一時粗鹵，年幼不省人事，誤犯威顏，今者被擒，望乞將軍寬恕。奈緣小妹原許祝家莊上，前者不合奮一時之勇，陷於縲紲。如蒙將軍饒放，但用之物，當依命拜奉。」宋江道：「且請坐說話。祝家莊那廝，好生無禮，平白欺負俺山寨，因此行兵報仇，須與你扈家無冤。只是令妹引人捉了我王矮虎，因此還禮，拿了令妹。你把王矮虎放回還我，我便把令妹還你。」扈成答道：「不期已被祝家莊拿了這個好漢去。」吳學究便道：「我這王矮虎，今在何處？」扈成道：「如今拘鎖在祝家莊上，小人怎敢去取？」宋江道：「你不去取得王矮虎來還我，如何能夠得你令妹回去？」吳學究道：「兄長休如此說，只依小生一言：今後早晚祝家莊上，但有些響亮，你的莊上，切不可令人來救護。倘或祝家莊上有人投奔你處，你可就縛在彼。若是捉下得人時，那時送還令妹到貴莊。只是如今不在本寨，前日已使人送在山寨，奉養在宋太公處。你且放心回去，我這裡自有個道理。」扈成道：「今番斷然不敢去救應他，若是他莊上果有人來投我時，定縛來奉獻將軍麾下。」宋江道：「你若是如此，便強似送我金帛。」扈成拜謝了去。

且說孫立卻把旗號上改喚作「登州兵馬提轄孫立」，領了一行人馬，都來到祝家莊後門前。莊上牆裡望見是登州旗號，報入莊裡去。欒廷玉聽得是登州孫提轄到來相望，說與祝氏三傑道：「這孫提轄是我弟兄，自幼與他同師學藝，今日不知如何到此？」帶了二十餘人馬，開了莊門，放下吊橋，出來迎接。孫立一行人都下了馬，眾人講禮已罷，欒廷玉問道：「賢弟在登州守把，如何到此？」孫立答道：「總兵府行下文書，對調我來此間鄆州守把城池，提防梁山泊強寇，便道經過，聞知仁兄在此祝家莊，特來相探。本待從前門來，因見村口莊前俱屯下許多軍馬，不好衝突，特地尋覓村裡，從小路問到莊後，入來拜望仁兄。」欒廷玉道：「便是這幾時連日與梁山泊強寇廝殺，已拿得他幾個頭領在莊裡了，只要捉了宋江賊首，一並解官。天幸今得賢弟來此間鎮守，正如錦上添花，旱苗得雨。」孫立笑道：「小弟不才，且看相助捉拿這廝們，成全兄長之功。」欒廷玉大喜，當下都引一行人進莊裡來，再拽起了吊橋，關上了莊門。孫立一行人安頓車仗人馬，更換衣裳，都在前廳來相見。祝朝奉與祝龍、祝虎、祝彪三傑，都相見了，一家兒都在廳前相接。

欒廷玉引孫立等上到廳上相見，講禮已罷，便對祝朝奉說道：「我這個賢弟孫立，綽號病尉遲，任登州兵馬提轄。今奉總兵府對調他來，鎮守此間鄆州。」祝朝奉道：「老夫亦是治下。」孫立道：「卑小之職，何足道哉！早晚也要望朝奉提攜指教。」祝氏三傑相請眾位尊坐。孫立動問道：「連日相殺，征陣勞神。」祝龍答道：「也未見勝敗。眾位尊兄，鞍馬勞神不易。」孫立便叫顧大嫂引了樂大娘子叔伯姆兩個去後堂見拜宅眷，喚過孫新、解珍、解寶參見了，說道：「這三個是我兄弟。」指著樂和便道：「這位是此間鄆州差來取的公吏。」指著鄒淵、鄒潤道：「這兩個是登州送來的軍官。」祝朝奉並三子雖是聰明，卻見他又有老小，並許多行李車仗人馬，又是欒廷玉教師的兄弟，那裡有疑心，只顧殺牛宰馬，做筵席管待眾人，且飲酒食。

過了一兩日，到第三日，莊兵報道：「宋江又調軍馬殺奔莊上來了。」祝彪道：「我自去上馬拿此賊。」便出莊門，放下吊橋，引一百餘騎馬軍殺將出來。早迎見一彪軍馬，約有五百來人，當先擁出那個頭領，彎弓插箭，拍馬掄槍，乃是小李廣花榮。祝彪見了，躍馬挺槍，向前來鬥，花榮也縱馬來戰祝彪。兩個在獨龍岡前，約鬥了十數合，不分勝敗。花榮賣個破綻，撥回馬便走，引他趕來。祝彪正待要縱馬追去，背後有認得的說道：「將軍休要去趕，恐防暗器，此人深好弓箭。」祝彪聽罷，便勒轉馬來不趕，領回人馬投莊上來，拽起吊橋，看花榮時，也引軍馬回去了。祝彪直到廳前下馬，進後堂來飲酒。孫立動問道：「小將軍今日拿得甚賊？」祝彪道：「這廝們伙裡有個甚麼小李廣花榮，槍法好生了得。鬥了五十餘合，那廝走了，我卻待要趕去追他，軍人們道，那廝好弓箭，因此各自收兵回來。」孫立道：「來日看小弟不才，拿他幾個。」當日筵席上叫樂和唱曲，眾人皆喜。

至晚席散，又歇了一夜，到第四日午牌，忽有莊兵報道：「宋江軍馬又來在莊前了。」堂下祝龍、祝虎、祝彪三子都披掛了，出到莊前門外，遠遠地望見，早聽得鳴鑼擂鼓，吶喊搖旗，對面早擺下陣勢。這裡祝朝奉坐在莊門上，左邊欒廷玉，右邊孫提轄，祝家三傑，並孫立帶來的許多人伴，都擺在兩邊。早見宋江陣上豹子頭林沖高聲叫罵，祝龍焦躁，喝叫放下吊橋，綽槍上馬，引一二百人馬，大喊一聲，直奔林沖陣上。莊門下擂起鼓來，兩邊各把弓弩射住陣腳。林沖挺起丈八蛇矛，和祝龍交戰，連鬥到三十餘合，不分勝敗。兩邊鳴鑼，各回了馬。祝虎大怒，提刀上馬，跑到陣前，高聲大叫宋江決戰。說言未了，宋江陣上早有一將出馬，乃是沒遮攔穆弘來戰祝虎。兩個鬥了三十餘合，又沒勝敗。祝彪見了大怒，便綽槍飛身上馬，引二百餘騎，奔到陣前。宋江隊裡病關索楊雄，一騎馬，一條槍，飛搶出來戰祝彪。

孫立看見兩隊兒在陣前廝殺，心中忍耐不住，便喚孫新：「取我的鞭槍來，就將我的衣甲、頭盔、袍襖把來披掛了。」牽過自己馬來，——這騎馬號「烏騅馬」，鞴上鞍子，扣了三條肚帶，腕上懸了虎眼鋼鞭，綽槍上馬。祝家莊上，一聲鑼響，孫立出馬在陣前。宋江陣上林沖、穆弘、楊雄都勒住馬，立於陣前。孫立早跑馬出來，說道：「看小可捉這廝們。」孫立把馬兜住，喝問道：「你那賊兵陣上有好廝殺的，出來與我決戰。」宋江陣內鸞鈴響處，一騎馬跑將出來，眾人看時，乃是拚命三郎石秀來戰孫立。兩馬相交，雙槍並舉。兩個鬥到五十合，孫立賣個破綻，讓石秀槍搠入來，虛閃一個過，把石秀輕輕的從馬上捉過來，直挾到莊前撇下，喝道：「把來縛了。」祝家三子把宋江軍馬一攪，都趕散了。三子收軍回到門樓下，見了孫立，眾皆拱手欽伏。孫立便問道：「共是捉得幾個賊人？」祝朝奉道：「起初先捉得一個時遷，次後拿得一個細作楊林，又捉得一個黃信，扈家莊一丈青捉得一個王矮虎，陣上拿得兩個，秦明、鄧飛，今番將軍又捉得這個石秀，這廝正是燒了我店屋的。共是七個了。」孫立道：「一個也不要壞他，快做七輛囚車裝了，與些酒飯，將養身體，休教餓損了他，不好看。他日拿了宋江，一並解上東京去，教天下傳名，說這個祝家莊三傑。」祝朝奉謝道：「多幸得提轄相助，想是這梁山泊當滅也。」邀請孫立到後堂筵宴，石秀自把囚車裝了。看官聽說，石秀的武藝不低似孫立，要賺祝家莊人，故意教孫立捉了，使他莊上人一發信他。孫立又暗暗地使鄒淵、鄒潤、樂和去後房裡把門戶都看了出入的路數。楊林、鄧飛見了鄒淵、鄒潤，心中暗喜。樂和張看得沒人，便透個消息與眾人知了。顧大嫂與樂大娘子在裡面已看了房戶出入的門徑。

至第五日，孫立等眾人都在莊上閒行，當日辰牌時候，早飯已後，只見莊兵報道：「今日宋江分兵做四路，來打本莊。」孫立道：「分十路待怎地？你手下人且不要慌，早作準備便了。先安排些撓

第五十回

吳學究雙掌連環計　宋公明三打祝家莊

鉤套索，須要活捉，拿死的也不算。」莊上人都披掛了，祝朝奉親自率引著一班兒上門樓來看時，見正東上一彪人馬，當先一個頭領，乃是豹子頭林沖，背後便是李俊、阮小二，約有五百以上人馬在此。正西上又有五百來人馬，當先一個頭領，乃是小李廣花榮，隨背後是張橫、張順。正南門樓上望時，也有五百來人馬，當先三個頭領，乃是沒遮攔穆弘、病關索楊雄、黑旋風李逵。四面都是兵馬，戰鼓齊鳴，喊聲大舉。欒廷玉聽了道：「今日這廝們廝殺，不可輕敵。我引了一隊人馬出後門，殺這正西北上的人馬。」祝龍道：「我出前門，殺這正東上的人馬。」祝虎道：「我也出後門，殺那西南上的人馬。」祝彪道：「我自出前門，捉宋江，是要緊的賊首。」祝朝奉大喜，都賞了酒。各人上馬，盡帶了三百餘騎奔出莊門，其餘的都守莊院門樓前吶喊。此時鄒淵、鄒潤已藏了大斧，只守在監門左側。解珍、解寶藏了暗器，不離後門。孫新、樂和已守定前門左右。顧大嫂先撥軍兵保護樂大娘子，卻自拿了兩把雙刀在堂前踅，只聽風聲，便乃下手。

且說祝家莊上擂了三通戰鼓，放了一個炮，把前後門都開，放下吊橋，一齊殺將出來。四路軍兵出了門，四下裡分投去廝殺。臨後孫立帶了十數個軍兵，立在吊橋上。門裡孫新便把原帶來的旗號插起在門樓上，樂和便提著槍，直唱將出來。鄒淵、鄒潤聽得樂和唱，便唿哨了幾聲，輪動大斧，早把守監門的莊兵砍翻了數十個，便開了陷車（囚車），放出七隻大蟲來，各各尋了器械，一聲喊起。顧大嫂掣出兩把刀，直奔入房裡，把應有婦人，一刀一個，盡都殺了。祝朝奉見頭勢不好了，卻待要投井時，早被石秀一刀剁翻，割了首級。那十數個好漢，分投來殺莊兵。後門頭解珍、解寶便去馬草堆裡放起把火，黑焰衝天而起。

四路人馬見莊上火起，並力向前，祝虎見莊裡火起，先奔回來。孫立守在吊橋上，大喝一聲：「你那廝那裡去？」攔住吊橋。祝虎省口，便撥轉馬頭，再奔宋江陣上來。這裡呂方、郭盛兩戟齊舉，早把祝虎和人連馬搠翻在地，眾軍亂上，剁做肉泥。前軍四散奔走。孫立、孫新迎接宋公明入莊。

且說東路祝龍鬥林沖不住，飛馬望莊後而來。到得吊橋邊，見後門頭解珍、解寶把莊客的屍首一個個攛（扔）將下來火焰裡，祝龍急回馬，望北而走。猛然撞著黑旋風，踴身便到，輪動雙斧，早砍翻馬腳。祝龍措手不及，倒撞下來，被李逵只一斧，把頭劈翻在地。祝彪見莊兵走來報知，不敢回，直望扈家莊投奔，被扈成叫莊客捉了，綁縛下，正解將來見宋江。恰好遇著李逵，只一斧，砍翻祝彪頭來，莊客都四散走了。李逵再掄起雙斧，便看著扈成砍來。扈成見局面不好，投馬落荒而走，棄家逃命，投延安府去了。後來中興內也做了個軍官武將。

且說李逵正殺得手順，直搶入扈家莊裡，把扈太公一門老幼，盡數殺了，不留一個。叫小嘍羅牽了有的馬匹，把莊裡一應有的財賦，捎搭（裝載）有四五十馱，將莊院門一把火燒了，卻回來獻納。

再說宋江已在祝家莊上正廳坐下，眾頭領都來獻功，生擒得四五百人，奪得好馬五百餘匹，活捉牛羊不計其數。宋江見了，大喜道：「只可惜殺了欒廷玉那個好漢。」正嗟嘆間，聞人報道：黑旋風燒了扈家莊，砍得頭來獻納。宋江便道：「前日扈成已來投降，誰教他殺了此人？如何燒了他莊院？」只見黑旋風一身血污，腰裡插著兩把板斧，直到宋江面前，唱個大喏，說道：「祝龍是兄弟殺了，祝彪也是兄弟砍了，扈成那廝走了，扈太公一家，都殺得乾乾淨淨，兄弟特來請功。」宋江喝道：「祝龍曾有人見你殺了，別的怎地是你殺了？」黑旋風道：「我砍得手順，望扈家莊趕去，正撞見一丈青的哥哥，解那祝彪出來，被我一斧砍了，只可惜走了扈成那廝。他家莊上，被我殺得一個也沒了。」宋江喝道：「你這廝，誰叫你去來？你也須知扈成前日牽牛擔酒，前來投降了，如何不聽得我的言語，擅自去殺他一家，故違了我的將令？」李逵道：「你便忘記了，我須不忘記。那廝前日教那個鳥婆娘趕著哥哥要殺，你今卻又做人情。你又不曾和他妹子成親，便又思量阿舅、丈人。」宋江喝道：「你這鐵牛，休得胡說！我如何肯要這婦人？我自有個處置。你這黑廝，拿得活的有幾個？」李逵答道：「誰鳥耐煩，見著活的便砍了。」宋江道：「你這廝違了我的軍令，本合斬首，且把殺祝龍、祝彪的功勞折過了，下次違令，定行不饒。」黑旋風笑道：「雖然沒了功勞，也虧我殺得快活。」

只見軍師吳學究引著一行人馬，都到莊上來與宋江把盞賀喜。宋江與吳用商議道，要把這祝家莊村坊洗蕩了。石秀稟說起：「這鍾離老人仁德之人，指路之力，救濟大忠，也有此等善心良民在內，亦不可屈壞了這等好人。」宋江聽罷，叫石秀去尋那老人來。石秀去不多時，引著那個鍾離老人來到莊上，拜見宋江、吳學究。宋江取一包金帛賞與老人，永為鄉民：「不是你這個老人面上有恩，把你這個村坊，盡數洗蕩了，不留一家。因為你一家為善，以此饒了你這一境村坊人民。」那鍾離老人只是下拜。宋江又道：「我連日在此攪擾你們百姓，今日打破祝家莊，與你村中除害，所有各家賜糧米一石，以表人心。」就著鍾離老人為頭給散，一面把祝家莊多餘糧米，盡數裝載上車；金銀財賦，犒賞三軍眾將；其餘牛羊騾馬等物，將去山中支用。打破祝家莊，得糧五十萬石。宋江大喜。大小頭領，將軍馬收拾起身，又得若干新到頭領，孫立、孫新、解珍、解寶、鄒淵、鄒潤、樂和、顧大嫂，並救出七個好漢。孫立等將自己馬也捎帶了自己的財賦，同老小樂大娘子，跟隨了大隊軍馬上山。當有村坊鄉民，扶老挈幼，香花燈燭，於路拜謝。宋江等眾將一齊上馬，將軍兵分作三隊擺開，前隊鞭敲金鐙，後軍齊唱凱歌，正是：

盜可盜，非常盜；強可強，真能強。只因滅惡除凶，聊作打家劫舍。地方恨土豪欺壓，鄉村喜義士濟施。眾虎有情，為救偷雞釣狗；獨龍無助，難留飛虎撲雕。謹具上萬資糧，填平水泊；更賠許多人畜，踏破梁山。

話分兩頭，且說撲天雕李應恰才將息得箭瘡平復，閉門在莊上不出，暗地使人常常去探聽祝家莊消息，已知被宋江打破了，驚喜相半。只見莊客入來報說，有本州知府帶領三五十部漢（軍漢）到莊，便問祝家莊事情。李應慌忙叫杜興開了莊門，放下吊橋，迎接入莊。李應把條白絹搭膊絡著手，出來迎迓，邀請進莊裡前廳。知府下了馬，來到廳上，居中坐了，側首坐著孔目，下面一個押番，幾個虞候，階下盡是許多節級、牢子。李應拜罷，立在廳前，知府問道：「祝家莊被殺一事如何？」李應答道：「小人因被祝彪射了一箭，有傷左臂，一向閉門，不敢出去，不知其實。」知府道：「胡說！祝家莊見有狀子，告你結連梁山泊強寇，引誘他軍馬，打破了莊，前日又受他鞍馬、羊酒、彩緞、金銀，你如何賴得過？」李應告道：「小人是知法度的人，如何敢受他的東西？」知府道：「難信你說，且提去府裡，你自與他對理明白。」喝教獄卒牢子捉了，帶他州裡去，與祝家分辯。兩下押番虞候，把李應縛了，眾人簇擁知府上了馬。知府又問道：「那個是杜主管杜興？」杜興道：「小人便是。」知府道：「狀上也有你名，一同帶去，也與他鎖了。」一行人都出莊門。當時拿了李應、杜興，離了李家莊，腳不停地解來。行不過三十餘里，只見林子邊撞出宋江、林沖、花榮、楊雄、石秀一班人馬，攔住去路。林沖大喝道：「梁山泊好漢，合伙在此！」那知府人等不敢抵敵，撇了李應、杜興，逃命去了。宋江喝叫趕上，眾人趕了一程，回來說道：「我們若趕上時，也把這個鳥知府殺了，但自不知去向。」便與李應、杜興解了縛索，開了鎖，便牽兩匹馬過來，與他兩個騎了。宋江便道：「且請大官人上梁山泊躲幾時，如何？」李應道：「卻是使不得。知府是你們殺了，不干我事。」宋江笑道：「官司裡怎肯與你如此分辯？我們去了，必然要負累了你。既然大官人不肯落草，且在山寨消停幾日，打聽得沒事了時，再下山來不遲。」

當下不由李應、杜興不行，大隊軍馬中間，如何回得來？一行三軍人馬，迤邐回到梁山泊了。寨裡頭領晁蓋等眾人擂鼓吹笛，下山來迎接，把了接風酒，都上到大寨裡聚義廳上，扇圈也似坐下，請上李應與眾頭領都相見了。兩個講禮已罷，李應稟宋江道：「小可兩個已送將軍到大寨了，既與眾頭領亦都相見了，在此趨侍不妨，只不知家中老小如何？可教小人下山則個。」吳學究笑道：「大官人差矣！寶眷已都取到山寨了。貴莊一把火已都燒做白地，大官人卻回到那裡去？」李應不信，早見車仗人馬，隊隊上山來。李應看時，卻見是自家的莊客，並老小人等。李應連忙來問時，妻子說道：「你被知府捉了來，隨後又有兩個巡檢，引著四個都頭，帶領三百來土兵，到來抄扎家私，把我們好好地教上車子，將家裡一應箱籠、牛羊、馬匹、驢騾等項，都拿了去，又把莊院放起火來都燒了。」李應聽罷，只叫得苦。晁蓋、宋江都下廳伏罪道：「我等兄弟們端的久聞大官人好處，因此行出這條計來，萬望大官人情恕。」李應見了如此言語，只得隨順了。宋江道：「且請宅眷後廳耳房中安歇。」李應又見廳前廳後這許多頭領亦有家眷老小在彼，便與妻子道：「只得依允他過。」宋江等當時請至廳前敘說閒話，眾皆大喜。宋江便取笑道：「大官人，你看我叫過兩個巡檢並那知府過來相見。」那扮知府的是蕭讓，扮巡檢的兩個是戴宗、楊林，扮孔目的是裴宣，扮虞候的是金大堅、侯健。又叫喚那四個都頭，卻是李俊、張順、馬麟、白勝。李應都看了，目睜口呆，言語不得。宋江喝叫小頭目快殺牛宰馬，與大官人陪話，慶賀新上山的十二位頭領，乃是李應、孫立、孫新、解珍、解寶、鄒淵、鄒潤、杜興、樂和、時遷，女頭領扈三娘、顧大嫂，同樂大娘子、李應宅眷另做一席，在後堂飲酒。大小三軍，自有犒賞。正廳上大吹大擂，眾多好漢，飲酒至晚方散。新到頭領，俱各撥房安頓。

次日，又作席面會請眾頭領作主張。宋江喚王矮虎來說道：「我當初在清風山時，許下你一頭親事，懸掛在心中，不曾完得此願。今日我父親有個女兒，招你為婿。」宋江自去請出宋太公來，引著一丈青扈三娘到筵前。宋江親自與他陪話，說道：「我這兄弟王英雖有武藝，不及賢妹，是我當初曾許下他一頭親事，一向未曾成得，今日賢妹你認義我父親了，眾頭領都是媒人，今朝是個良辰吉日，賢妹與王英結為夫婦。」一丈青見宋江義氣深重，推卻不得，兩口兒只得拜謝了。晁蓋等眾人皆喜，都稱頌宋公明真乃有德有義之士。當日盡皆筵宴飲酒慶賀。正飲宴間，只見山下有人來報道：「朱貴頭領酒店裡，有個鄆城縣人在那裡，要來見頭領。」晁蓋、宋江聽得報了，大喜道：「既是這恩人上山來入伙，足遂平生之願。」正是恩仇不辨非豪傑，黑白分明是丈夫。畢竟來的是鄆城縣甚麼人，且聽下回分解。

第五十一回

插翅虎枷打白秀英　美髯公誤失小衙內

話說宋江主張一丈青與王英配為夫婦，眾人都稱贊宋公明仁德，當日又設席慶賀。正飲宴間，只見朱貴酒店裡使人上山來報道：「林子前大路上一伙客人經過，小嘍羅出去攔截，數內一個稱是鄆城縣都頭雷橫，朱頭領邀請住了。見在店裡飲分例酒食，先使小校報知。」晁蓋、宋江聽了大喜，隨即同軍師吳用三個下山迎接。朱貴早把船送至金沙灘上岸。宋江見了，慌忙下拜道：「久別尊顏，常切思想，今日緣何經過賤處？」雷橫連忙答禮道：「小弟蒙本縣差遣，往東昌府公幹回來，經過路口，小嘍羅攔討買路錢，小弟提起賤名，因此朱兄堅意留住。」宋江道：「天與之幸！」請到大寨，教眾頭領都相見了，置酒管待。一連住了五日，每日與宋江閒話。晁蓋動問朱仝消息，雷橫答道：「朱仝見今參做本縣當牢節級，新任知縣好生歡喜。」宋江宛曲把話來說雷橫上山入伙，雷橫推辭老母年高，不能相從，「待小弟送母終年之後，卻來相投。」雷橫當下拜辭了下山，宋江等再三苦留不住。眾頭領各以金帛相贈，宋江、晁蓋自不必說。雷橫得了一大包金銀下山，眾頭領都送至路口作別，把船渡過大路，自回鄆城縣去了，不在話下。

且說晁蓋、宋江回至大寨聚義廳上，起請軍師吳學究定議山寨職事。吳用已與宋公明商議已定，次日會合眾頭領聽號令。先撥外面守店頭領。宋江道：「孫新、顧大嫂原是開酒店之家，著令夫婦二人替回童威、童猛別用。」再令時遷去幫助石勇，樂和去幫助朱貴，鄭天壽去幫助李立，東南西北四座店內賣酒賣肉，招接四方入伙好漢。每店內設兩個頭領。一丈青、王矮虎後山下寨，監督馬匹。金沙灘小寨，童威、童猛弟兄兩個守把。鴨嘴灘小寨，鄒淵、鄒潤叔侄兩個守把。山前大路，黃信、燕順部領馬軍下寨守護。解珍、解寶守把山前第一關。杜遷、宋萬守把宛子城第二關。劉唐、穆弘守把大寨口第三關。阮家三雄守把山南水寨。孟康仍前監造戰船。李應、杜興、蔣敬總管山寨錢糧金帛。陶宗旺、薛永監築梁山泊內城垣雁台。侯健專管監造衣袍、鎧甲、旌旗、戰襖。朱富、宋清提調筵宴。穆春、李雲監造屋宇寨柵。蕭讓、金大堅掌管一應賓客書信公文。裴宣專管軍政司賞功罰罪。其餘呂方、郭盛、孫立、歐鵬、馬麟、鄧飛、楊林、白勝分調大寨八面安歇。晁蓋、宋江、吳用居於山頂寨內。花榮、秦明居於山左寨內。林沖、戴宗居於山右寨內。李俊、李逵居於山前。張橫、張順居於山後。楊雄、石秀守護聚義廳兩側。一班頭領，分撥已定，每日輪流一位頭領做筵席慶賀，山寨體統，甚是齊整。有詩為證：

巍巍高寨水中央，列職分頭任所長。
從此山東遭擾攘，難禁地煞與天罡

再說雷橫離了梁山泊，背了包裹，提了朴刀，取路回到鄆城縣，到家參見老母，更換些衣服，齎了回文，徑投縣裡來拜見了知縣，回了話，銷繳公文批帖，且自歸家暫歇。依舊每日縣中書畫卯酉（報道），聽候差使。因一日行到縣衙東首，只聽得背後有人叫道：「都頭，幾時回來？」雷橫回過臉

第五十一回

插翅虎枷打白秀英　美髯公誤失小衙內

來看時，卻是本縣一個幫閒的李小二。雷橫答道：「我卻才前日來家。」李小二道：「都頭出去了許多時，不知此處近日有個東京新來打踅（走江湖）的行院，色藝雙絕，叫做白秀英。那妮子來參都頭，卻值公差出外不在，如今見在勾欄裡說唱諸般品調，每日有那一般打散（曲藝），或是戲舞，或是吹彈，或是歌唱，賺得那人山人海價看。都頭如何不去睃一睃？端的是好個粉頭！」雷橫聽了，又遇心閒，便和那李小二徑到勾欄裡來看，只見門首掛著許多金字帳額（宣傳廣告的布標），旗桿吊著等身靠背（舊劇武生的盔甲）。入到裡面，便去青龍（左邊）頭上第一位坐了。看戲台上，卻做笑樂院本（正劇前的趣劇）。那李小二人叢裡撇了雷橫，自出外面趕碗頭腦（找碗酒喝）去了。院本下來，只見一個老兒，裹著磕腦兒頭巾，穿著一領茶褐羅衫，繫一條皂絛，拿把扇子，上來開呵道：「老漢是東京人氏，白玉喬的便是。如今年邁，只憑女兒秀英歌舞吹彈，普天下伏侍看官。」鑼聲響處，那白秀英早上戲台，參拜四方，拈起鑼棒，如撒豆般點動，拍下一聲界方（響版），念了四句七言詩，便說道：「今日秀英招牌上明寫著這場話本（說唱腳本），是一段風流醞藉的格範（情節故事），喚做豫章城雙漸趕蘇卿。」說了，開話又唱，唱了又說，合棚價眾人喝采不絕。

雷橫坐在上面看那婦人時，果然是色藝雙絕，但見：

羅衣疊雪，寶髻堆雲。櫻桃口，杏臉桃腮；楊柳腰，蘭心蕙性。歌喉宛轉，聲如枝上鶯啼；舞態蹁躚，影似花間鳳轉。腔依古調，音出天然，高低緊慢按宮商（古代五音），輕重疾徐依格范。笛吹紫竹篇篇錦，板拍紅牙字字新。

那白秀英唱到務頭（最精彩處），這白玉喬按喝道：「雖無買馬博金藝，要動聽明鑑事人。看官喝采道是去過了，我兒且回一回（演唱暫停，討賞錢），下來便是襯交鼓兒的院本。」白秀英拿起盤子，指著道：「財門上起，利地上住，吉地上過，旺地上行，手到面前，休教空過。」白玉喬道：「我兒且走一遭，看官都待賞你。」白秀英托著盤子，先到雷橫面前，雷橫便去身邊袋裡摸時，不想並無一文。雷橫道：「今日忘了，不曾帶得些出來，明日一發賞你。」白秀英笑道：「『頭醋不釅徹底薄』，官人坐當其位，可出個標首。」雷橫通紅了面皮道：「我一時不曾帶得出來，非是我捨不得。」白秀英道：「官人既是來聽唱，如何不記得帶錢出來？」雷橫道：「我賞你三五兩銀子，也不打緊，卻恨今日忘記帶來。」白秀英道：「官人今日見一文也無，提甚三五兩銀子，正是教俺『望梅止渴，畫餅充飢』。」白玉喬叫道：「我兒，你自沒眼，不看城裡人，村裡人，只顧問他討甚麼？且過去自問曉事的恩官，告個標首。」雷橫道：「我怎地不是曉事的？」白玉喬道：「你若省得這子弟門庭時，狗頭上生角。」眾人齊和起來。雷橫大怒，便罵道：「這忤奴，怎敢辱我？」白玉喬道：「便罵你這三家村使牛的（鄉下佬），打甚麼緊？」有認得的喝道：「使不得，這個是本縣雷都頭。」白玉喬道：「只怕是驢筋頭。」

雷橫那裡忍耐得住，從坐椅上直跳下戲台來，揪住白玉喬，一拳一腳，便打得唇綻齒落。眾人見打得我凶，都來解拆開了，又勸雷橫自回去了。勾欄裡人，一哄盡散了。

原來這白秀英卻和那新任知縣舊在東京兩個來往，今日特地在鄆城縣開勾欄。那娼妓見父親被雷橫打了，又帶重傷，叫一乘轎子，徑到知縣衙內，訴告雷橫毆打父親，攪散勾欄，意在欺騙奴家。知縣聽了，大怒道：「快寫狀來。」這個喚做「枕邊靈」。便教白玉喬寫了狀子，驗了傷痕，指定證見。本處縣裡有人都和雷橫好的，替他去知縣處打關節，怎當那婆娘守定在衙內，撒嬌撒痴，不由知縣不行。立等知縣差人把雷橫捉拿到官，當廳責打，取了招狀，將具枷來枷了，押出去號令示眾。那婆娘要逞好手，又去知縣行說了，定要把雷橫號令在勾欄門首。

第二日，那婆娘再去做場，知縣卻教把雷橫號令在勾欄門首。這一班禁子人等，都是和雷橫一般的公人，如何肯綳扒（捆綁拷打）他？這婆娘尋思一會，既是出名奈何了他，只是一怪，走出勾欄門，去茶坊裡坐下，叫禁子（獄卒）過去發話道：「你們都和他有首尾，卻放他自在，知縣相公教你們綳扒他，你倒做人情。少刻我對知縣說了，看道奈何得你們也不？」禁子道：「娘子不必發怒，我們自去綳扒他便了。」白秀英道：「恁地時，我自將錢賞你。」禁子們只得來對雷橫說道：「兄長，沒奈何，且胡亂綳一綳。」把雷橫綳扒在街上。

人鬧裡，卻好雷橫的母親正來送飯，看見兒子吃他綳扒在那裡，便哭起來，罵那禁子們道：「你眾人也和我兒一般在衙門裡出入的人，錢財直這般好使！誰保的常沒事？」禁子答道：「我那老娘聽我說，我們卻也要容情，怎禁被原告人監定在這裡要綳，我們也沒做道理處。不時，便要去和知縣說，苦害我們，因此上做不得面皮。」那婆婆道：「幾曾見原告人自監著被告號令的道理。」禁子們又低低道：「老娘，他和知縣來往得好，一句話便送了我們，因此兩難。」那婆婆一面自去解索，一頭口裡罵道：「這個賊賤人直恁的倚勢！我且解了這索子，看他如今怎的！」白秀英卻在茶坊裡聽得，走將過來，便道：「你那老婢子，卻才道甚麼？」那婆婆那裡有好氣，便指著罵道：「你這賤母狗，做甚麼倒罵我！」白秀英聽得，柳眉倒豎，星眼圓睜，大罵道：「老咬蟲，吃貧婆，賤人，怎敢罵我？」婆婆道：「我罵你待怎的？你須不是鄆城縣知縣。」白秀英大怒，搶向前只一掌，把那婆婆打個踉蹌。那婆婆卻待掙扎，白秀英再趕入去，老大耳光子，只顧打。這雷橫是個大孝的人，見了母親吃打，一時怒從心發，扯起枷來，望著白秀英腦蓋上打將下來。那一枷梢打個正著，劈開了腦蓋，撲地倒了。眾人看時，那白秀英打得腦漿迸流，眼珠突出，動撣不得，情知死了。

眾人見打死了白秀英，就押帶了雷橫，一發來縣裡首告，見知縣備訴前事。知縣隨即差人押雷橫下來，會集相官，拘喚里正、鄰佑人等，對屍檢驗已了，都押回縣來。雷橫一面都招承了，並無難意。他娘自保領回家聽候。把雷橫枷了，下在牢裡。當牢節級卻是美髯公朱仝，見發下雷橫來，也沒做奈何處，只得安排些酒食管待，教小牢子打掃一間淨房，安頓了雷橫。少間，他娘來牢裡送飯，哭著哀告朱仝道：「老身年紀六旬之上，眼睜睜地只看著這個孩兒，望煩節級哥哥看日常間弟兄面上，可憐見我這個孩兒，看覷看覷。」朱仝道：「老娘自請放心歸去，今後飯食不必來送，小人自管待他。倘有方便處，可以救之。」雷橫娘道：「哥哥救得孩兒，卻是重生父母。若孩兒有些好歹，老身性命也便休了。」朱仝道：「小人專記在心，老娘不必掛念。」那婆婆拜謝去了。朱仝尋思了一日，沒做道理救他處。朱仝自央人去知縣處打關節，上下替他使用人情。那知縣雖然愛朱仝，只是恨這雷橫打死了他表子白秀英，也容不得他說了。又怎奈白玉喬那廝催並，迭成文案，要知縣斷教雷橫償命。因在牢裡六十日，限滿斷結，解上濟州，主案押司抱了文卷先行，卻教朱仝解送雷橫。

朱仝引了十數個小牢子，監押雷橫，離了鄆城縣，約行了十數里地，見個酒店，朱仝道：「我等眾人就此吃兩碗酒去。」眾人都到店裡吃酒，朱仝獨自帶過雷橫，只做水火（解手），來後面僻靜處開了枷，放了雷橫，吩咐道：「賢弟自回，快去家裡取了老母，星夜去別處逃難，這裡我自替你吃官司。」雷橫道：「小弟走了自不妨，必須要連累了哥哥。」朱仝道：「兄弟，你不知，知縣怪你打死了他表子，把這文案卻做死了，解到州裡，必是要你償命。我放了你，我須不該死罪。況兼我又無父母掛念，家私盡可賠償。你顧前程萬里自去。」雷橫拜謝了，便從後門小路奔回家裡，收拾了細軟包裹，引了老母，星夜自投梁山泊入伙去了，不在話下。

卻說朱仝拿著空枷攛在草裡，卻出來對眾小牢子說道：「吃雷橫走了，卻是怎地好？」眾人道：

「我們快趕去他家裡捉。」朱仝故意延遲了半晌，料著雷橫去得遠了，卻引眾人來縣裡出首。朱仝告道：「小人自不小心，路上被雷橫走了，在逃無獲，情願甘罪無辭。」知縣本愛朱仝，有心將就出脫他，被白玉喬要赴上司陳告朱仝故意脫放雷橫，知縣只得把朱仝所犯情由申將濟州去。朱仝家中，自著人去上州裡使錢透了，卻解朱仝到濟州來，當廳審錄明白，斷了二十脊杖，刺配滄州牢城。朱仝只得戴上行枷，兩個防送公人領了文案，押送朱仝上路。家間自有人送衣服盤纏，先齎發了兩個公人。當下離了鄆城縣，迤邐望滄州橫海郡來，於路無話。到得滄州，入進城中，投州衙裡來，正值知府升廳，兩個公人押朱仝在廳階下，呈上公文。知府看了，見朱仝一表非俗，貌如重棗，美髯過腹，知府先有八分歡喜，便教這個犯人休發下牢城營裡，只留在本府聽候使喚。當下除了行枷，便與了回文，兩個公人相辭了自回。

只說朱仝自在府中，每日只在廳前伺候呼喚。那滄州府裡押番、虞候、門子、承局、節級、牢子，都送了些人情；又見朱仝和氣，因此上都歡喜他。忽一日，本官知府正在廳上坐堂，朱仝在階侍立，知府喚朱仝上廳，問道：「你緣何放了雷橫，自遭配在這裡？」朱仝稟道：「小人怎敢故放了雷橫，只是一時間不小心，被他走了。」知府道：「你如何得此重罪？」朱仝道：「被原告人執定，要小人如此招做故放，以此問得重了。」知府道：「雷橫如何打死了那娼妓？」朱仝卻把雷橫上項的事，說了一遍。知府道：「你敢見他孝道，為義氣上放了他？」朱仝道：「小人怎敢欺公罔上？」

正問之間，只見屏風背後轉出一個小衙內來，方年四歲，生得端嚴美貌，乃是知府親子，知府愛惜如金似玉。那小衙內見了朱仝，徑走過來，便要他抱，朱仝只得抱起小衙內在懷裡。那小衙內雙手扯住朱仝長髯，說道：「我只要這鬍子抱。」知府道：「孩兒快放了手，休要羅唣。」小衙內又道：「我只要這鬍子抱，和我去耍。」朱仝稟道：「小人抱衙內去府前閒走，耍一回了來。」知府道：

「孩兒既是要你抱，你和他去耍一回了來。」朱仝抱了小衙內，出府衙前來，買些細糖果子與他吃，轉了一遭，再抱入府裡來。知府看見，問衙內道：「孩兒那裡去來？」小衙內道：「這鬍子和我街上看耍，又買糖和果子請我吃。」知府說道：「你那裡得錢買物事與孩兒吃？」朱仝稟道：「微表小人孝順之心，何足掛齒！」知府教取酒來與朱仝吃。府裡侍婢捧著銀瓶果合篩酒，連與朱仝吃了三大賞鍾。知府道：「早晚孩兒要你耍時，你可自行去抱他耍去。」朱仝道：「恩相台旨，怎敢有違？」自此為始，每日來和小衙內上街閒耍。朱仝囊篋又有，只要本官見喜，小衙內面上盡自倍費。

時過半月之後，便是七月十五日盂蘭盆大齋之日，年例各處點放河燈，修設好事。當日天晚，堂裡侍婢奶子叫道：「朱都頭，小衙內今夜要去看河燈，夫人吩咐，你可抱他去看一看。」朱仝道：「小人抱去。」那小衙內穿一領綠紗衫兒，頭上角兒拴兩條珠子頭鬚，從裡面走出來。朱仝馱在肩頭上，轉出府衙內前來，望地藏寺裡去看點放河燈。那時恰才是初更時分，但見：

鐘聲杳靄，幡影招搖。爐中焚百和名香，盤內貯諸般素食。僧持金杵，誦真言薦拔幽魂；人列銀錢，掛孝服超升滯魄。合堂功德，畫陰司八難三塗；繞寺莊嚴，列地獄四生六道。楊柳枝頭分淨水，蓮花池內放明燈。

當時朱仝肩背著小衙內，繞寺看了一遭，卻來水陸堂放生池邊看放河燈，那小衙內爬在欄桿上，看了笑耍。只見背後有人拽朱仝袖子道：「哥哥借一步說話。」朱仝回頭看時，卻是雷橫，吃了一驚，便道：「小衙內且下來，坐在這裡。我去買糖來與你吃，切不要走動。」小衙內道：「你快來，我要去橋上看河燈。」朱仝道：「我便來也。」轉身卻與雷橫說話。

第五十一回

插翅虎枷打白秀英　美髯公誤失小衙內

朱仝道：「賢弟因何到此？」雷橫扯朱仝到淨處拜道：「自從哥哥救了性命，和老母無處歸著，只得上梁山泊，投奔了宋公明入伙。小弟說哥哥恩德，宋公明亦然思想哥哥舊日放他的恩念，晁天王和眾頭領，皆感激不淺，因此特地教吳軍師同兄弟前來相探。」朱仝道：「吳先生見在何處？」背後轉過吳學究道：「吳用在此。」言罷便拜。朱仝慌忙答禮道：「多時不見，先生一向安樂。」吳學究道：「山寨裡頭領多多致意，今番教吳用和雷都頭特來相請足下上山，同聚大義。到此多日了，不敢相見，今夜伺候得著，請仁兄便那尊步，同赴山寨，以滿晁、宋二公之意。」朱仝聽罷，半晌答應不得，便道：「先生差矣！這話休題，恐被外人聽了不好。雷橫兄弟，他自犯了該死的罪，我因義氣放了他，出頭不得，上山入伙，我亦為他配在這裡。天可憐見，一年半載，掙扎還鄉，復為良民。我卻如何肯做這等的事？你二位便可請回，休在此間惹口面（引發口舌）不好。」雷橫道：「哥哥在此，無非只是在人之下，伏侍他人，非大丈夫男子漢的勾當。不是小弟裹合上山，端的晁、宋二公仰望哥哥久矣，休得遲延自誤。」朱仝道：「兄弟，你是甚麼言語？你不想我為你母老家寒上放了你去，今日你倒來陷我為不義！」吳學究道：「既然都頭不肯去時，我們自告退，相辭了去休。」朱仝道：「說我賤名，上覆眾位頭領。」一同到橋邊。

朱仝回來，不見了小衙內，叫起苦來，兩頭沒路去尋。雷橫扯住朱仝道：「哥哥休尋，多管是我帶來的兩個伴當，聽得哥哥不肯去，因此倒抱了小衙內去了，我們一同去尋。」朱仝道：「兄弟，不是耍處。這個小衙內，是知府相公的性命，吩咐在我身上。」雷橫道：「哥哥且跟我來。」朱仝幫住雷橫、吳用三個離了地藏寺，徑出城外。朱仝心慌，便問道：「你的伴當，抱小衙內在那裡？」雷橫道：「哥哥且走，到我下處，包還你小衙內。」朱仝道：「遲了時，恐知府相公見怪。」吳用道：「我那帶來的兩個伴當，是個沒分曉的，以定直抱到我們的下處去了。」朱仝道：「你那伴當姓甚名誰？」雷橫答道：「我也不認得，只聽聞叫做黑旋風李逵。」朱仝失驚道：「莫不是江州殺人的李逵麼？」吳用道：「便是此人。」朱仝跌腳叫苦，慌忙便趕。離城約走到二十里，只見李逵在前面叫道：「我在這裡。」朱仝搶近前來問道：「小衙內放在那裡？」李逵唱個喏道：「拜揖節級哥哥，小衙內有在這裡。」朱仝道：「你好好的抱出小衙內還我。」李逵指著頭上道：「小衙內頭鬚兒卻在我頭上。」朱仝看了，又問小衙內正在何處。李逵道：「被我拿些麻藥，抹在口裡，直馱出城來，如今睡在林子裡，你自請去看。」朱仝乘著月色明朗，徑搶入林子裡尋時，只見小衙內倒在地上。朱仝便把手去扶時，只見頭劈做兩半個，已死在那裡。

當時朱仝心下大怒，奔出林子來，早不見了三個人。四下裡望時，只見黑旋風遠遠地拍著雙斧叫道：「來，來，來，和你鬥二三十合。」朱仝性起，奮不顧身，拽扎起布衫，大踏步趕將來。李逵回身便走，背後朱仝趕來。這李逵卻是穿山度嶺慣走的人，朱仝如何趕得上，先自喘做一塊。李逵卻在前面，又叫：「來，來，來，和你並個你死我活。」朱仝恨不得一口氣吞了他，只是趕他不上。趕來趕去，天色漸明。李逵在前面急趕急走，慢趕慢行，不趕不走。看看趕入一個大莊院裡去了。朱仝看了道：「那廝既有下落，我和他干休不得。」

朱仝直趕入莊院內廳前去，見裡面兩邊都插著許多軍器，朱仝道：「想必也是個官宦之家。」立住了腳，高聲叫道：「莊裡有人麼？」只見屏風背後轉出一個人來。那人是誰？正是：

累代金枝玉葉，先朝鳳子龍孫。丹書鐵券護家門，萬里招賢名振。待客一團和氣，揮金滿面陽春。能文會武孟嘗君，小旋風聰明柴進。

出來的正是小旋風柴進，問道：「兀的是誰？」朱仝見那人人物軒昂，資質秀麗，慌忙施禮，答道：「小人是鄆城縣當牢節級朱仝，犯罪刺配到此。昨晚因和知府的小衙內出來看放河燈，被黑旋風殺了小衙內，見今走在貴莊，望煩添力捉拿送官。」柴進道：「既是美髯公，且請坐。」朱仝道：「小人不敢拜問官人高姓？」柴進答道：「小可姓柴名進，小旋風便是。」朱仝道：「久聞大名。」連忙下拜，又道：「不期今日得識尊顏！」柴進說道：「美髯公，亦久聞名，且請後堂說話。」朱仝隨著柴進直到裡面。朱仝道：「黑旋風那廝，如何卻敢徑入貴莊躲避？」柴進道：「容復：小可平生專愛結識江湖上好漢。為是家間祖上有陳橋讓位之功，先朝曾敕賜丹書鐵券，但有做下不是的人，停藏在家，無人敢搜。近間有個愛友，和足下亦是舊交，目今在那梁山泊內做頭領，名喚及時雨宋公明，寫一封密書，令吳學究、雷橫、黑旋風俱在敝莊安歇，禮請足下上山，同聚大義。因見足下推阻不從，故意教李逵殺害了小衙內，先絕了足下歸路，只得上山坐把交椅。吳先生、雷兄，如何不出來陪話？」只見吳用、雷橫從側首閣子裡出來，望著朱仝便拜，說道：「兄長，望乞恕罪，皆是宋公明哥哥將令，吩咐如此。若到山寨，自有分曉。」朱仝道：「是則是你們弟兄好情意，只是忒毒些個！」柴進一力相勸，朱仝道：「我去則去，只教我見黑旋風面罷！」柴進道：「李大哥，你快出來陪話。」李逵也從側首出來，唱個大喏。朱仝見了，心頭一把無名業火，高三千丈，按納不下，起身搶近前來，要和李逵性命相搏。柴進、雷橫、吳用三個苦死勸住。朱仝道：「若要我上山時，依得我一件事，我便去。」吳用道：「休說一件事，遮莫幾十件，也都依你。願聞那一件事。」不爭朱仝說出這件事來，有分教，大鬧高唐州，惹動梁山泊，直教昭賢國戚遭刑法，好客皇親喪土坑。畢竟朱仝說出甚麼事來，且聽下回分解。

第五十一回

插翅虎枷打白秀英　美髯公誤失小衙內

第五十二回

李逵打死殷天錫　柴進失陷高唐州

話說當下朱仝對眾人說道：「若要我上山時，你只殺了黑旋風，與我出了這口氣，我便罷。」李逵聽了大怒道：「教你咬我鳥！晁、宋二位哥哥將令，干我屁事！」朱仝怒發，又要和李逵廝並，三個又勸住了。朱仝道：「若有黑旋風時，我死也不上山去！」柴進道：「恁地也卻容易，我自有個道理，只留下李大哥在我這裡便了。你們三個自上山去，以滿晁、宋二公之意。」朱仝道：「如今做下這件事了，知府必然行移文書，去鄆城縣追捉，拿我家小，如之奈何？」吳學究道：「足下放心，此時多敢（多半）宋公明已都取寶眷在山上了。」朱仝方才有些放心。柴進置酒相待，就當日送行。三個臨晚辭了柴大官人便行。柴進叫莊客備三騎馬送出關外，臨別時，吳用又吩咐李逵道：「你且小心，只在大官人莊上住幾時，切不可胡亂惹事累人。待半年三個月，等他性定，卻來取你還山，多管也來請柴大官人入伙。」三個自上馬去了。

不說柴進和李逵回莊，且只說朱仝隨吳用、雷橫來梁山泊入伙，行了一程，出離滄州地界，莊客自騎了馬回去。三個取路投梁山泊來，於路無話，早到朱貴酒店裡，先使人上山寨報知。晁蓋、宋江引了大小頭目，打鼓吹笛，直到金沙灘迎接，一行人都相見了。各人乘馬回到山上大寨前下了馬，都到聚義廳上，敘說舊話。朱仝道：「小弟今蒙呼喚到山，滄州知府必然行移文書去鄆城縣捉我老小，如之奈何？」宋江大笑道：「我教長兄放心，尊嫂並令郎已取到這裡多日了。」朱仝又問道：「見在何處？」宋江道：「奉養在家父太公歇處，兄長請自己去問慰便了。」朱仝大喜。宋江著人引朱仝直到宋太公歇所，見了一家老小，並一應細軟行李，妻子說道：「近日有人賫書來，說你已在山寨入伙了，因此收拾星夜到此。」朱仝出來拜謝了眾人。宋江便請朱仝、雷橫山頂下寨，一面且做筵席，連日慶賀新頭領，不在話下。

卻說滄州知府至晚不見朱仝抱小衙內回來，差人四散去尋了半夜，次日有人見殺死在林子裡，報與知府知道。府尹聽了大怒，親自到林子裡看了，痛哭不已，備辦棺木燒化。次日升廳，便行移公文，諸處緝捕捉拿朱仝正身。鄆城縣已自申報朱仝妻子挈家在逃，不知去向，行開各州縣出給賞錢捕獲，不在話下。

只說李逵在柴進莊上住了一個來月，忽一日，見一個人賫一封書火急奔莊上來，柴大官人卻好迎著，接書看了，大驚道：「既是如此，我只得去走一遭。」李逵便問道：「大官人有甚緊事？」柴進道：「我有個叔叔柴皇城，見在高唐州居住，今被本州知府高廉的老婆兄弟殷天錫那廝，來要占花園，嘔了一口氣，臥病在床，早晚性命不保，必有遺囑的言語吩咐，特來喚我。想叔叔無兒無女，必須親身去走一遭。」李逵道：「既是大官人去時，我也跟大官人去走一遭如何？」柴進道：「大哥肯去時，就同走一遭。」柴進即便收拾行李，選了十數疋好馬，帶了幾個莊客。次日五更起來，柴進、李逵並從人，都上了馬，離了莊院，望高唐州來。

不一日，來到高唐州，入城直至柴皇城宅前下馬，留李逵和從人在外面廳房內。柴進自徑入臥房裡來看視那叔叔柴皇城時，但見：

面如金紙，體似枯柴。悠悠無七魄三魂，細細只一絲兩氣。牙關緊急，連朝水米不沾唇；心膈膨脹，盡日藥丸難下肚。喪門吊客已隨身，扁鵲盧醫（戰國名醫，家住盧國）難下手。

柴進看了柴皇城，自坐在叔叔榻前，放聲慟哭。皇城的繼室出來勸柴進道：「大官人鞍馬風塵不易，初到此間，且休煩惱。」柴進施禮罷，便問事情。繼室答道：「此間新任知府高廉，兼管本州兵馬，是東京高太尉的叔伯兄弟，倚仗他哥哥勢要在這裡無所不為。帶將一個妻舅殷天錫來，人盡稱他做殷直閣。那廝年紀卻小，又倚仗他姐夫高廉的權勢，在此間橫行害人。有那等獻勤的賣科（討好），對他說我家宅後有個花園水亭，蓋造得好。那廝帶將許多奸詐不及（奸詐無比）的三二十人，徑入家裡來宅子後看了，便要發遣我們出去，他要來住。皇城對他說道：『我家是金枝玉葉，有先朝丹書鐵券在門，諸人不許欺侮。你如何敢奪占我的住宅，趕我老小那裡去？』那廝不容所言，定要我們出屋。皇城去扯他，反被這廝推搶毆打，因此受這口氣，一臥不起，飲食不吃，服藥無效，眼見得上天遠，入地近（即將死亡）。今日得大官人來家做個主張，便有些山高水低，也更不憂。」柴進答道：「尊嬸放心，只顧請好醫士調治叔叔，但有門戶（官員），小侄自使人回滄州家裡，去取丹書鐵券來，和他理會。便告到官府今上御前，也不怕他！」繼室道：「皇城干事，全不濟事，還是大官人理論是得。」

柴進看視了叔叔一回，卻出來和李逵並帶來人從說知備細。李逵聽了，跳將起來說道：「這廝好無道理！我有大斧在這裡，教他吃我幾斧，卻再商量。」柴進道：「李大哥，你且息怒，沒來由，和他粗鹵做甚麼？他雖是倚勢欺人，我家放著有護持聖旨，這裡和他理論不得，須是京師也有大似他的，放著明明的條例，和他打官司。」李逵道：「條例，條例，若還依得，天下不亂了！我只是前打後商量。那廝若還去告，我那鳥官一發都砍了。」柴進笑道：「可知朱仝要和你廝並，見面不得。這

第五十二回

李逵打死殷天錫　柴進失陷高唐州

裡是禁城之內，如何比得你小寨裡橫行？」李逵道：「禁城便怎地？江州無為軍偏我不曾殺人？」柴進道：「等我看了頭勢，用著大哥時，那時相央，無事只在房裡請坐。」正說之間，裡面侍妾慌忙來請大官人看視皇城。

柴進入到裡面臥榻前，只見皇城閣著兩眼淚，對柴進說道：「賢侄志氣軒昂，不辱祖宗。我今日被殷天錫毆死，你可看骨肉之面，親齎書往京師攔駕告狀，與我報仇，九泉之下，也感賢侄親意。保重！保重！再不多囑！」言罷，便放了命。柴進痛哭了一場。繼室恐怕昏暈，勸住柴進道：「大官人煩惱有日，且請商量後事。」柴進道：「誓書在我家裡，不曾帶得來，星夜教人去取，須用將往東京告狀。叔叔尊靈，且安排棺槨盛殮，成了孝服，卻再商量。」柴進教依官制，備辦內棺外槨，依禮鋪設靈位，一門穿了重孝，大小舉哀。李逵在外面聽得堂裡哭泣，自己磨拳擦掌價氣，問從人都不肯說。宅裡請僧修設好事功果。

至第三日，只見這殷天錫騎著一匹攛行的馬，將引閒漢三二十人，手執彈弓、川弩、吹筒、氣球、拈竿、樂器，城外游玩了一遭，帶五七分酒，佯醉假顛，徑來到柴皇城宅前，勒住馬，叫裡面管家的人出來說話。柴進聽得說，掛著一身孝服，慌忙出來答應。那殷天錫在馬上問道：「你是他家甚麼人？」柴進答道：「小可是柴皇城親侄柴進。」殷天錫道：「前日我吩咐道，教他家搬出屋去，如何不依我言語？」柴進道：「便是叔叔臥病，不敢移動，夜來已自身故，待斷七了搬出去。」殷天錫道：「放屁！我只限你三日便要出屋，三日外不搬，先把你這廝枷號（上枷示眾）起，先吃我一百訊棍！」柴進道：「直閣休恁相欺！我家也是龍子龍孫，放著先朝丹書鐵券，誰敢不敬？」殷天錫喝道：「你將出來我看！」柴進道：「見在滄州家裡，已使人去取來。」殷天錫大怒道：「這廝正是胡說！便有誓書鐵券，我也不怕，左右與我打這廝！」

眾人卻待動手，原來黑旋風李逵在門縫裡都看見，聽得喝打柴進，便拽開房門，大吼一聲，直搶到馬邊，早把殷天錫揪下馬來，一拳打翻。那二三十人卻待搶他，被李逵手起，早打倒五六個，一哄都走了。李逵拿殷天錫提起來，拳頭腳尖一發上，柴進那裡勸得住。看那殷天錫時，嗚呼哀哉，伏惟尚饗。有詩為證：

慘刻侵謀倚橫豪，豈知天地竟難逃。
李逵猛惡無人敵，不見閻羅不肯饒。

李逵將殷天錫打死在地，柴進只叫得苦，便教李逵且去後堂商議。柴進道：「眼見得便有人到這裡，你安身不得了。官司我自支吾，你快走回梁山泊去。」李逵道：「我便走了，須連累你。」柴進道：「我自有誓書鐵券護身，你便去是，事不宜遲。」李逵取了雙斧，帶了盤纏，出後門，自投梁山泊去了。

不多時，只見二百餘人各執刀杖槍棒，圍住柴皇城家。柴進見來捉人，便出來說道：「我同你們府裡分訴去。」眾人先縛了柴進，便入家裡搜捉行凶黑大漢不見，只把柴進綁到州衙內，當廳跪下。知府高廉聽得打死了他的舅子殷天錫，正在廳上咬牙切齒忿恨，只待拿人來。早把柴進驅翻在廳前階下，高廉喝道：「你怎敢打死了我殷天錫？」柴進告道：「小人是柴世宗嫡派子孫，家門有先朝太祖誓書鐵券，見在滄州居住。為是叔叔柴皇城病重，特來看視，不幸身故，見今停喪在家。殷直閣將帶三二十人到家，定要趕逐出屋，不容柴進分說，喝令眾人毆打，被莊客李大救護，一時行凶打死。」高廉喝道：「李大見在那裡？」柴進道：「心慌逃走了。」高廉道：「他是個莊客，不得你的言語，如何敢打死人！你又故縱他逃走了，卻來瞞昧官府。你這廝，不打如何肯招？牢子下手，加力與我打這廝！」柴進叫道：「莊客李大救主，誤打死人，非干我事！放著先朝太祖誓書，如何便下刑法打我？」高廉道：「誓書有在那裡？」柴進道：「已使人回滄州去取來也。」高廉大怒，喝道：「這廝正是抗拒官府，左右腕頭加力，好生痛打！」眾人下手，把柴進打得皮開肉綻，鮮血迸流，只得招做使令莊客李大打死殷天錫，取面二十五斤死囚枷釘了，發下牢裡監收。殷天錫屍首檢驗了，自把棺木殯葬，不在話下。這殷夫人要與兄弟報仇，教丈夫高廉抄扎了柴皇城家私，監禁下人口，占住了房屋園院，柴進自在牢中受苦。有詩為證：

脂唇粉面毒如蛇，鐵券金書空裡花。
可怪祖宗能讓位，子孫猶不保身家。

卻說李逵連夜回梁山泊，到得寨裡，來見眾頭領。朱仝一見李逵，怒從心起，掣條朴刀，逕奔李逵。黑旋風拔出雙斧，便鬥朱仝。晁蓋、宋江，並眾頭領，一齊向前勸住。宋江與朱仝陪話道：「前者殺了小衙內，不干李逵之事；卻是軍師吳學究因請兄長不肯上山，一時定的計策。今日既到山寨，便休記心，只顧同心協助，共興大義，休教外人恥笑。」便叫李逵兄弟與朱仝陪話。李逵睜著怪眼，叫將起來，說道：「他直恁般做得起！我也多曾在山寨出氣力，他又不曾有半點之功，卻怎地倒教我陪話！」宋江道：「兄弟，卻是你殺了小衙內，雖是軍師嚴令，論齒序他也是你哥哥，且看我面，與他伏個禮，我卻自拜你便了。」李逵吃宋江央及不過，便道：「我不是怕你，為是哥哥逼我，沒奈何了，與你陪話。」李逵吃宋江逼住了，只得撇了雙斧，拜了朱仝兩拜，朱仝方才消了這口氣。山寨裡晁頭領且教安排筵席，與他兩個和解。

李逵說起柴大官人因去高唐州看親叔叔柴皇城病症，卻被本州高知府妻舅殷天錫，要奪屋宇花園，毆罵柴進，「吃我打死了殷天錫那廝。」宋江聽罷，失驚道：「你自走了，須連累柴大官人吃官司。」吳學究道：「兄長休驚，等戴宗回山，便有分曉。」李逵問道：「戴宗哥哥那裡去了？」吳用道：「我怕你在柴大官人莊上惹事不好，特地教他來喚你回山。他到那裡，不見你時，必去高唐州尋你。」說言未絕，只見小校來報戴院長回來了。宋江便去迎接，到了堂上坐下，便問柴大官人一事。戴宗答道：「去到柴大官人莊上，已知同李逵投高唐州去了。逕奔那裡去打聽，只見滿城人傳道殷天錫因爭柴皇城莊屋，被一個黑大漢打死了，見今負累了柴大官人陷於縲紲，下在牢裡。柴皇城一家人口家私，盡都抄扎了。柴大官人性命，早晚不保。」晁蓋道：「這個黑廝又做出來了，但到處便惹口面（惹是非）。」李逵道：「柴皇城被他打傷，嘔氣死了，又來占他房屋，又喝教打柴大官人，便是活佛（僧侶），也忍不得！」晁蓋道：「柴大官人自來與山寨有恩，今日他有危難，如何不下山去救他？我親自去走一遭。」宋江道：「哥哥是山寨之主，如何可便輕動？小可和柴大官人舊來有恩，情願替哥哥下山。」吳學究道：「高唐州城池雖小，人物稠穰，軍廣糧多，不可輕敵。煩請林沖、花榮、秦明、李俊、呂方、郭盛、孫立、歐鵬、楊林、鄧飛、馬麟、白勝，十二個頭領，部引馬步軍兵五千，作前隊先鋒；軍中主帥宋公明、吳用，並朱仝、雷橫、戴宗、李逵、張順、楊雄、石秀，十個頭領，部引馬步軍兵三千策應。」共該二十二位頭領，辭了晁蓋等眾人，離了山寨，望高唐州進發。端的好整齊，但見：

繡旗飄號帶，畫角間銅鑼。三股叉，五股叉，燦燦秋霜；點鋼槍，蘆葉槍，紛紛瑞雪。

第五十二回

李逵打死殷天錫　柴進失陷高唐州

蠻牌遮路，強弓硬弩當先；火炮隨車，大戟長戈擁後。鞍上將似南山猛虎，人人好鬥能爭；坐下馬如北海蒼龍，騎騎能衝敢戰。端的槍刀流水急，果然人馬撮風行。

梁山泊前軍已到高唐州地界，早有軍卒報知高廉。高廉聽了，冷笑道：「你這伙草賊，在梁山泊窩藏，我兀自要來剿捕你，今日你倒來就縛，此是天教我成功。左右，快傳下號令，整點軍馬出城迎敵，著那眾百姓上城守護。」這高知府上馬管軍，下馬管民，一聲號令下去，那帳前都統、監軍、統領、統制、提轄軍職一應官員，各各部領軍馬，就教場裡點視已罷，諸將便擺布出城迎敵。高廉手下有三百梯己軍士，號為「飛天神兵」，一個個都是山東、河北、江西、湖南、兩淮、兩浙選來的精壯好漢。那三百飛天神兵怎生結束，但見：

頭披亂髮，腦後撒一把煙雲；身掛葫蘆，背上藏千條火焰。黃抹額齊分八卦，豹皮褌盡按四方。熟銅面具似金裝，鑌鐵滾刀如掃帚。掩心鎧甲，前後竪兩面青銅；照眼旌旗，左右列千層黑霧。疑是天蓬離斗府，正如月孛（星命家命名的月孛星君）下雲衢。

那知府高廉親自引了三百神兵，披甲背劍，上馬出到城外，把部下軍官周回排成陣勢，卻將三百神兵列在中軍，搖旗吶喊，擂鼓鳴金，只等敵軍到來。卻說林沖、花榮、秦明引領五千人馬到來。兩軍相迎，旗鼓相望，各把強弓硬弩射住陣腳。兩軍中吹動畫角，發起擂鼓。花榮、秦明，帶同十個頭領，都到陣前，把馬勒住。頭領林沖橫丈八蛇矛，躍馬出陣，厲聲高叫：「高唐州納命的出來！」高廉把馬一縱，引著三十餘個軍官，都出到門旗下，勒住馬，指著林沖罵道：「你這伙不知死的叛賊，怎敢直犯俺的城池？」林沖喝道：「你這個害民強盜，我早晚殺到京師，把你那廝欺君賊臣高俅，碎屍萬段，方是願足。」高廉大怒，回頭問道：「誰人出馬先捉此賊去？」軍官隊裡轉出一個統制官，姓于，名直，拍馬掄刀，竟出陣前。林沖見了，徑奔于直，兩個戰不到五合，于直被林沖心窩裡一蛇矛刺著，翻筋鬥攧下馬去。高廉見了大驚，「再有誰人出馬報仇？」軍官隊裡又轉出一個統制官，姓溫，雙名文寶，使一條長槍，騎一匹黃驃馬，鑾鈴響，珂佩鳴，早出到陣前，四隻馬蹄蕩起征塵，直奔林沖。秦明見了，大叫：「哥哥稍歇，看我立斬此賊。」林沖勒住馬，收了點鋼矛，讓秦明戰溫文寶。兩個約鬥十合之上，秦明放個門戶，讓他槍搠入來，手起棍落，把溫文寶削去半個天靈蓋，死於馬上，那馬跑回本陣去了。兩陣軍相對，齊吶聲喊。

高廉見連折二將，便去背上掣出那口太阿寶劍來，口中念念有詞，喝聲道：「疾！」只見高廉隊中卷起一道黑氣。那道氣散至半空裡，飛沙走石，撼地搖天，刮起怪風，徑掃過對陣來。林沖、秦明、花榮等眾將，對面不能相顧，驚得那坐下馬亂攛咆哮，眾人回身便走。高廉把劍一揮，指點那三百神兵，從陣裡殺將出來，背後官軍協助，一掩過來，趕得林沖等軍馬星落雲散，七斷八續，呼兄喚弟，覓子尋爺，五千軍兵折了一千餘人，直退回五十里下寨。高廉見人馬退去，也收了本部軍兵，入高唐州城裡安下。

卻說宋江中軍人馬到來，林沖等接著，且說前事。宋江、吳用聽了大驚，與軍師道：「是何神術，如此利害！」吳學究道：「想是妖法，若能回風返火，便可破敵。」宋江聽罷，打開天書看時，第三卷上有回風返火破陣之法。宋江大喜，用心記了咒語並秘訣，整點人馬，五更造飯吃了，搖旗擂鼓，殺進城下來。

有人報入城中，高廉再點了得勝人馬，並三百神兵，開放城門，布下吊橋，出來擺成陣勢。宋江帶劍縱馬出陣前，望見高廉軍中一簇皂旗，吳學究道：「那陣內皂旗，便是使神師計的軍兵，但恐又使此法，如何迎敵？」宋江道：「軍師放心，我自有破陣之法。諸軍眾將勿得驚疑，只顧向前殺去。」高廉吩咐大小將校：「不要與他強敵挑鬥，但見牌響，一齊並力擒獲宋江，我自有重賞。」兩軍喊聲起處，高廉馬鞍橋上掛著那面聚獸銅牌，上有龍章鳳篆，手裡拿著寶劍，出陣前。宋江指著高廉罵道：「昨夜我不曾到，兄弟們誤折一陣，今日我必要把你誅盡殺絕。」高廉喝道：「你這伙反賊，快早早下馬受縛，省得我腥手污腳！」言罷，把劍一揮，口中念念有詞，喝聲道：「疾！」黑氣起處，早捲起怪風來。宋江不等那風到，口中也念念有詞，左手捏訣，右手提劍一指，說聲道：「疾！」那陣風不望宋江陣裡來，倒望高廉神兵隊裡去了。宋江卻待招呼人馬殺將過去，高廉見回了風，急取銅牌，把劍敲動，向那神兵隊裡捲一陣黃沙，就中軍走出一群猛獸，但見：

狻猊舞爪，獅子搖頭。閃金獬豸逞威雄，奮錦貔貅施勇猛。豺狼作對吐獠牙，直奔雄兵；虎豹成群張巨口，來齧劣馬。帶刺野豬衝陣入，卷毛惡犬撞人來。如龍大蟒撲天飛，吞象頑蛇鑽地落。

高廉銅牌響處，一群怪獸毒蟲直衝過來，宋江陣裡眾多人馬驚呆了。宋江撇了劍，撥回馬先走；眾頭領簇捧著，盡都逃命；大小軍校，你我不能相顧，奪路而走。高廉在後面把劍一揮，神兵在前，官軍在後，一齊掩殺將來。宋江人馬，大敗虧輸。高廉趕殺二十餘里，鳴金收軍，城中去了。宋江來到土坡下，收住人馬，扎下寨柵，雖是損折了些軍卒，卻喜眾頭領都有。屯住軍馬，便與軍師吳用商議道：「今番打高唐州，連折了兩陣，無計可破神兵，如之奈何？」吳學究道：「若是這廝會使神師計，他必然今夜要來劫寨，可先用計提備，此處只可屯紮些少軍馬，我等去舊寨內駐紮。」宋江傳令，只留下楊林、白勝看寨，其餘人馬，退去舊寨內將息。

且說楊林、白勝引人離寨半裡草坡內埋伏，等到一更時分，但見：

雲生四野，霧漲八方。搖天撼地起狂風，倒海翻江飛急雨。雷公忿怒，倒騎火獸逞神威；電母生嗔，亂掣金蛇施聖力。大樹和根拔去，深波徹底捲乾。若非灌口斬蛟龍，疑是泗州降水母（大禹治水時，水母——水神無支祁搗亂，被庚辰捉拿）。

當夜風雷大作，楊林、白勝引著三百餘人伏在草裡看時，只見高廉步走，引領三百神兵，吹風唿哨，殺入寨裡來，見是空寨，回身便走。楊林、白勝吶聲喊，高廉只怕中了計，四散便走，三百神兵各自奔逃。楊林、白勝亂放弩箭，只顧射去，一箭正中高廉左肩，眾軍四散，冒雨趕殺。高廉引領了神兵去得遠了，楊林、白勝人少，不敢深入。少刻，雨過雲收，復見一天星斗，月光之下，草坡前搠翻射死拿得神兵二十餘人，解赴宋公明寨內。具說雷雨風雲之事。宋江、吳用見說，大驚道：「此間只隔得五里遠近，卻又無雨無風！」眾人議道：「正是妖法只在本處，離地只有三四十丈，雲雨氣味，是左近水泊中攝將來的。」楊林說：「高廉也自披髮仗劍，殺入寨中，身上中了我一弩箭，回城中去了。為是人少，不敢去追。」宋江分賞楊林、白勝，把拿來的中傷神兵斬了，分撥眾頭領下了七八個小寨，圍繞大寨，提備再來劫寨，一面使人回山寨，取軍馬協助。

且說高廉自中了箭，回到城中養病，令軍士守護城池，曉夜提備，「且休與他廝殺，待我箭瘡平復起來，捉宋江未遲。」

第五十二回

李逵打死殷天錫　柴進失陷高唐州

卻說宋江見折了人馬，心中憂悶，和軍師吳用商量道：「只這回高廉尚且破不得，倘或別添他處軍馬，並力來劫，如之奈何？」吳學究道：「我想要破高廉妖法，只除非依我如此如此。若不去請這個人來，柴大官人性命，也是難救。高唐州城子，永不能得。」正是要除起霧興雲法，須請通天徹地人。畢竟吳學究說這個人是誰，且聽下回分解。

第五十三回

戴宗智取公孫勝　李逵斧劈羅真人

話說當下吳學究對宋公明說道：「要破此法，只除非快教人去薊州尋取公孫勝來，便可破得。」宋江道：「前番戴宗去了幾時，全然打聽不著，卻那裡去尋？」吳用道：「只說薊州，有管下多少縣治、鎮市、鄉村，他須不曾尋得到。我想公孫勝，他是個清高的人，必然在個名山洞府、大川真境居住。今番教戴宗可去繞薊州管下縣道名山仙境去處，尋覓一遭，不愁不見他。」宋江聽罷，隨即叫請戴院長商議：可往薊州尋取公孫勝。戴宗道：「小可願往，只是得一個做伴的去方好。」吳用道：「你作起神行法來，誰人趕得你上？」戴宗道：「若是同伴的人，我也把甲馬拴在他腿上，教他也走得許多路程。」李逵便道：「我與戴院長做伴走一遭。」戴宗道：「你若要跟我去，須要一路上吃素，都聽我的言語。」李逵道：「這個有甚難處？我都依你便了。」宋江、吳用吩咐道：「路上小心在意，休要惹事。若得見了，早早回來。」李逵道：「我打死了殷天錫，卻教柴大官人吃官司。我如何不要救他？今番並不敢惹事了。」二人各藏了暗器，拴縛了包裹，拜辭宋江並眾人，離了高唐州，取路投薊州來。

走了二十餘里，李逵立住腳道：「大哥，買碗酒吃了走也好。」戴宗道：「你要跟我作神行法，須要只吃素酒。且向前面去。」李逵答道：「便吃些肉，也打甚麼緊。」戴宗道：「你又來了。今日已晚，且尋客店宿了，明日早行。」兩個又走了三十餘里，天色昏黑，尋著一個客店歇了，燒起火來做飯，沽一角酒來吃。李逵搬一碗素飯，沽一碗菜湯，來房裡與戴宗吃。戴宗道：「你如何不吃飯？」李逵應道：「我且未要吃飯哩。」戴宗尋思道：「這廝必然瞞著我背地裡吃葷。」戴宗自把素飯吃了，卻悄悄地來後面張時，見李逵討兩角酒，一盤牛肉，在那裡自吃。戴宗道：「我說甚麼？且不要道破（說破）他，明日小小地耍他耍便了。」戴宗自去房裡睡了。李逵吃了一回酒肉，恐怕戴宗說他，自暗暗的來房裡睡了。

到五更時分，戴宗起來叫李逵打火，做些素飯吃了，各分行李在背上，算還了房客錢，離了客店。行不到三里多路，戴宗說道：「我們昨日不曾使神行法，今日須要趕程途，你先把包裹拴得牢了，我與你作法，行八百里便住。」戴宗取四個甲馬，去李逵兩隻腿上也縛了，吩咐道：「你前面酒食店裡等我。」戴宗念念有詞，吹口氣在李逵腿上，李逵拽開腳步，渾如駕雲的一般，飛也似去了。戴宗笑道：「且著他忍一日餓。」戴宗也自拴上甲馬，隨後趕來。李逵不省得這法，只道和他走路一般。只聽耳朵邊風雨之聲，兩邊房屋樹木，一似連排價倒了的，腳底下如雲催霧趲。李逵怕將起來，幾遍待要住腳，兩條腿那裡收拾得住，卻似有人在下面推的相似，腳不點地，只管的走去了。看見酒肉飯店，又不能夠入去買吃，李逵只得叫：「爺爺，且住一住！」看看走到紅日平西，肚裡又飢又渴，越不能夠住腳，驚得一身臭汗，氣喘做一團。戴宗從背後趕來，叫道：「李大哥，怎的不買些點心吃了去？」李逵應道：「哥哥，救我一救，餓殺鐵牛也！」戴宗懷裡摸出幾個炊餅來自吃。李逵叫道：「我不能夠住腳買吃，你與我兩個充飢。」戴宗道：「兄弟，你走上來與你吃。」李逵伸著手，只隔一丈來遠近，只接不著。李逵叫道：「好哥哥，等我一等。」戴宗道：「便是今日有些蹺蹊，我的兩條腿也不能夠住。」李逵道：「阿也！我的這鳥腳不由我半分，自這般走了去，只好把大斧砍了那下半截下來。」戴宗道：「只除是恁的般方好；不然，直走到明年正月初一日，也不能住。」李逵道：「好哥哥，休使道兒（點子）耍我，砍了腿下來，你卻笑我。」戴宗道：「你敢是昨夜不依我？今日連我也走不得住，你自走去。」李逵叫道：「好爺爺，你饒我住一住！」戴宗道：「我的這法，不許吃葷，第一戒的是牛肉。若還吃了一塊牛肉，直要走十萬里，方才得住。」李逵道：「卻是苦也！我昨夜不合瞞著哥哥，真個偷買幾斤牛肉吃了，正是怎麼好！」戴宗道：「怪得今日連我的這腿也收不住，只用去天盡頭走一遭了，慢慢地卻得三五年，方才回得來。」李逵聽罷，叫起撞天屈（天大的冤屈）來。

戴宗笑道：「你從今已後，只依得我一件事，我便罷得這法。」李逵道：「老爹，我今都依你便了。」戴宗道：「你如今敢再瞞著我吃葷麼？」李逵道：「今後但吃葷，舌頭上生碗來大疔瘡！我見哥哥要吃素，鐵牛卻吃不得，因此上瞞著哥哥，今後並不敢了。」戴宗道：「既是恁地，饒你這一遍！」退後一步，把衣袖去李逵腿上只一拂，喝聲：「住！」李逵卻似釘住了的一般，兩隻腳立定地下，那移不動。戴宗道：「我先去，你且慢慢的來。」李逵正待抬腳，那裡移得動，拽也拽不起，一似生鐵鑄就了的。李逵大叫道：「又是苦也！晚夕怎地得去？」便叫道：「哥哥救我一救。」戴宗轉回頭來笑道：「你今番依我說麼？」李逵道：「你是我親爺，卻是不敢違了你的言語。」戴宗道：「你今番卻要依我。」便把手綰了李逵，喝聲：「起！」兩個輕輕地走了去。李逵道：「哥哥，可憐見鐵牛，早歇了罷！」前面到一個客店，兩個且來投宿。戴宗、李逵入到房裡去，腿上都卸下甲馬來，取出幾陌紙錢燒送了，問李逵道：「今番卻如何？」李逵道：「這兩條腿，方才是我的了。」戴宗道：「誰著你夜來私買酒肉吃？」李逵道：「為是你不許我吃葷，偷了些吃，也吃你耍得我好

第五十三回

戴宗智取公孫勝　李逵斧劈羅真人

了。」

戴宗叫李逵安排些素酒素飯吃了，燒湯洗了腳，上床歇了。睡到五更起來，洗漱罷，吃了飯，還了房錢，兩個又上路。行不到三裡多路，戴宗取出甲馬道：「兄弟，今日與你只縛兩個，教你慢行些。」李逵道：「親爺，我不要縛了。」戴宗道：「你既依我言語，我和你幹大事，如何肯弄（耍弄）你？你若不依我，教你一似夜來只釘住在這裡；只等我去薊州尋見了公孫勝，回來放你。」李逵慌忙叫道：「我依，我依。」戴宗與李逵當日各縛兩個甲馬，作起神行法，扶著李逵兩個一同走。原來戴宗的法，要行便行，要住便住。李逵從此那裡敢違他言語，於路上只是買些素酒素飯，吃了便行。話休絮繁。兩個用神行法，不旬日，迤邐來薊州城外客店裡歇了。

次日，兩個入城來，戴宗扮做主人，李逵扮做僕者。繞城中尋了一日，並無一個認得公孫勝的，兩個自回店裡歇了。次日，又去城中小街狹巷，尋了一日，絕無消耗（音信）。李逵心焦，罵道：「這個乞丐道人，卻鳥躲在那裡！我若見時，腦揪將去見哥哥。」戴宗說道：「你又來了，若不聽我言語，我又教你吃苦。」李逵笑道：「我自這般說耍。」戴宗又埋怨了一回，李逵不敢回話。兩個又來店裡歇了。

次日早起，卻去城外近村鎮市尋覓。戴宗但見老人，便施禮拜問公孫勝先生家在那裡居住，並無一人認得。戴宗也問過數十處。當日晌午時分，兩個走得肚飢，路旁邊見一個素麵店，兩個直入來，買些點心吃。只見裡面都坐滿，沒一個空處，戴宗、李逵立在當路。過賣問道：「客官要吃麵時，和這老人合坐一坐。」戴宗見個老丈，獨自一個占著一副大座頭，便與他施禮，唱個喏，兩個對面坐了。李逵坐在戴宗肩下，吩咐過賣（伙計）造四個壯麵（硬麵條）來。戴宗道：「我吃一個，你吃三個不少麼？」李逵道：「不濟事。一發做六個來，我都包辦。」過賣見了也笑。等了半日，不見把麵來。

李逵卻見都搬入裡面去了，心中已有五分焦躁。只見過賣卻搬一個熱麵，放在合坐老人面前。那老人也不謙讓，拿起麵來便吃。那分麵卻熱，老兒低著頭，伏桌兒吃。李逵性急，見不搬麵來，叫一聲：「過賣！」罵道：「卻教老爺等了這半日。」把那桌子只一拍，濺那老人一臉熱汁，那分麵都潑翻了。老兒焦躁，便來揪住李逵，喝道：「你是何道理，打翻我麵？」李逵捻起拳頭，要打老兒。戴宗慌忙喝住，與他陪話道：「丈丈休和他一般見識，小可賠丈丈一分麵。」那老人道：「客官不知：老漢路遠，早要吃了麵回去聽講，遲時誤了程途。」戴宗問道：「丈丈何處人氏？卻聽誰人講甚麼？」老兒答道：「老漢是本處薊州管下九宮縣二仙山下人氏。因來這城中買些好香回去，聽山上羅真人講說長生不老之法。」戴宗尋思道：「莫不公孫勝也在那裡？」便問老人道：「丈丈貴莊，曾有個公孫勝麼？」老人道：「客官問別人定不知，多有人不認得他。老漢和他是鄰舍。他只有個老母在堂。這個先生，一向雲遊在外，此時喚做公孫一清。如今出(棄)姓，都只叫他清道人，不叫做公孫勝。此是俗名，無人認得。」戴宗道：「正是『踏破鐵鞋無覓處，得來全不費功夫』。」戴宗又拜問丈丈道：「九宮縣二仙山離此間多少路？清道人在家麼？」老人道：「二仙山只離本縣四十五里便是。清道人，他是羅真人上首徒弟。他本師不放離左右。」戴宗聽了大喜，連忙催趲麵來吃，和那老兒一同吃了，算還麵錢，同出店肆，問了路途。戴宗道：「丈丈先行。小可買些香紙，也便來也。」老人作別去了。

戴宗、李逵回到客店裡，取了行李包裹，再拴上甲馬，離了客店，兩個取路投九宮縣二仙山來。戴宗使起神行法，四十五里，片時到了。二人來到縣前，問二仙山時，有人指道：「離縣投東，只有五里便是。」兩個又離了縣治，投東而行。果然行不到五里，早望見那座仙山，委實秀麗，但見：

第五十三回

戴宗智取公孫勝　李逵斧劈羅真人

青山削翠，碧岫堆雲。兩崖分虎踞龍盤，四面有猿啼鶴唳。朝看雲封山頂，暮觀日掛林梢。流水潺漫，澗內聲聲鳴玉佩；飛泉瀑布，洞中隱隱奏瑤琴。若非道侶修行，定有仙翁煉藥。

當下戴宗、李逵來到二仙山下，見個樵夫，戴宗與他施禮，說道：「借問此間清道人家在何處居住？」樵夫指道：「只過這東山嘴，門外有條小石橋的便是。」兩個抹過山嘴來，見有十數間草房，一周圍矮牆，牆外一座小小石橋。兩個來到此邊，見一個村姑提一籃新果子出來。戴宗施禮問道：「娘子從清道人家出來，清道人在家麼？」村姑答道：「在屋後煉丹。」戴宗心中暗喜，吩咐李逵道：「你且去樹背後躲一躲，待我自入去，見了他，卻來叫你。」戴宗自入到裡面看時，一帶三間草房，門上懸掛一個蘆簾。戴宗咳嗽了一聲，只見一個白髮婆婆從裡面出來。戴宗看那婆婆，但見：

蒼然古貌，鶴髮酡顏。眼昏似秋月籠煙，眉白如曉霜映日。青裙素服，依稀紫府元君；布襖荊釵，彷彿驪山老姥。形如天上翔雲鶴，貌似山中傲雪松。

戴宗當下施禮道：「告稟老娘：小可欲求清道人相見一面。」婆婆問道：「官人高姓？」戴宗道：「小可姓戴，名宗，從山東到此。」婆婆道：「孩兒出外雲遊，不曾還家。」戴宗道：「小可是舊時相識，要說一句緊要的話，求見一面。」婆婆道：「不在家裡，有甚話說，留下在此不妨。待回家，自來相見。」戴宗道：「小可再來。」就辭了婆婆，卻來門外對李逵道：「今番須用著你。方才他娘說道，不在家裡，如今你可去請他。他若說不在時，你便打將起來，卻不得傷犯他老母。我來喝住，你便罷。」

李逵先去包裹裡取出雙斧，插在兩胯下，入得門裡，叫一聲：「著個出來！」婆婆慌忙迎著問道：「是誰？」見了李逵睜著雙眼，先有八分怕他，問道：「哥哥有甚話說？」李逵道：「我是梁山泊黑旋風。奉著哥哥將令，教我來請公孫勝。你叫他出來，佛眼相看；若還不肯出來，放一把鳥火，把你家當都燒做白地。莫言不是。早早出來！」婆婆道：「好漢莫要恁地。我這裡不是公孫勝家，自喚做清道人。」李逵道：「你只叫他出來，我自認得他鳥臉。」婆婆道：「出外雲遊未歸。」李逵拔出大斧，先砍翻一堵壁。婆婆向前攔住，李逵道：「你不叫你兒子出來，我只殺了你。」拿起斧來便砍，把那婆婆驚倒在地。只見公孫勝從裡面走將出來，叫道：「不得無禮！」有詩為證：

藥爐丹灶學神仙，遁跡深山了萬緣。
不是凶神來屋裡，公孫安肯出堂前。

戴宗便來喝道：「鐵牛，如何嚇倒老母！」戴宗連忙扶起。李逵撇了大斧，便唱個喏道：「阿哥休怪。不恁地，你不肯出來。」公孫勝先扶娘入去了，卻出來拜請戴宗、李逵，邀進一間淨室坐下，問道：「虧二位尋得到此。」戴宗道：「自從師父下山之後，小可先來薊州尋了一遍，並無打聽處，只糾合得一伙弟兄上山。今次宋公明哥哥，因去高唐州救柴大官人，致被知府高廉兩三陣用妖法贏了，無計奈何，只得教小可和李逵來尋請足下。繞遍薊州，並無尋處。偶因素麵店中，得個此間老丈指引到此。卻見村姑說足下在家燒煉丹藥，老母只是推卻，因此使李逵激出師父來。這個太莽了些，望乞恕罪。哥哥在高唐州界上，度日如年。請師父便可行程，以見始終成全大義之美。」公孫勝道：

「貧道幼年飄蕩江湖，多與好漢們相聚。自從梁山泊分別回鄉，非是昧心：一者母親年老，無人奉侍；二乃本師羅真人留在屋前，恐怕有人尋來，故改名清道人，隱藏在此。」戴宗道：「今者宋公明正在危急之際，師父慈悲，只得去走一遭。」公孫勝道：「干礙老母無人養贍，本師羅真人如何肯放。其實去不得了。」戴宗再拜懇告，公孫勝扶起戴宗，說道：「再容商議。」公孫勝留戴宗、李逵在淨室裡坐定，安排些素酒素食相待。

三個吃了一回，戴宗又苦苦哀告道：「若是師父不肯去時，宋公明必被高廉捉了，山寨大義，從此休矣！」公孫勝道：「且容我去稟問本師真人。若肯容許，便一同去。」戴宗道：「只今便去啟問本師。」公孫勝道：「且寬心住一宵，明日早去。」戴宗道：「哥哥在彼一日，如度一年，煩請師父同往一遭。」公孫勝便起身，引了戴宗、李逵，離了家裡，取路上二仙山來。此時已是秋殘冬初時分，日短夜長，容易得晚，來到半山腰，卻早紅輪西墜。松陰裡面一條小路，直到羅真人觀前，見有朱紅牌額，上寫三個金字，書著「紫虛觀」。三人來到觀前，看那二仙山時，果然是好座仙境，但見：

青松鬱鬱，翠柏森森。一群白鶴聽經，數個青衣碾藥。青梧翠竹，洞門深鎖碧窗寒；白雪黃芽，石室雲封丹灶（道士煉丹的灶）暖。野鹿銜花穿徑去，山猿擎果引雛來。時聞道士談經，每見山翁論法。虛皇壇（神壇）畔，天風吹下步虛聲（誦經聲）；禮斗殿中，鸞背忽來環佩韻。只此便為真紫府，更於何處覓蓬萊？

三人就著衣亭上，整頓衣服，從廊下入來，徑投殿後松鶴軒裡去。兩個童子，看見公孫勝領人入來，報知羅真人，傳法旨，教請三人入來。當下公孫勝引著戴宗、李逵，到松鶴軒內，正值真人朝真才罷，坐在雲床上。公孫勝向前行禮起居，躬身侍立。戴宗、李逵看那羅真人時，端的有神游八極之表，但見：

星冠攢玉葉，鶴氅縷金霞。長髯廣頰，修行到無漏之天；碧眼方瞳，服食造長生之境。每啖安期之棗，曾嘗方朔之桃。氣滿丹田，端的綠筋紫腦；名登玄籙（道教的秘文秘錄），定知蒼腎青肝。正是三更步月鸞聲遠，萬里乘雲鶴背高。

戴宗當下見了，慌忙下拜。李逵只管著眼看。羅真人問公孫勝道：「此二位何來？」公孫勝道：「便是昔日弟子曾告我師，山東義友是也。今為高唐州知府高廉顯逞異術，有兄宋江特令二弟來此，呼喚弟子。未敢擅便，故來稟問我師。」羅真人道：「吾弟子既脫火坑，學煉長生，何得再慕此境？」戴宗再拜道：「容乞暫請公孫先生下山，破了高廉，便送還山。」羅真人道：「二位不知：此非出家人閒管之事。汝等自下山去商議。」

公孫勝只得引了二人，離了松鶴軒，連晚下山來。李逵問道：「那老仙先生說甚麼？」戴宗道：「你偏不聽得？」李逵道：「便是不省得這般鳥則聲。」戴宗道：「便是他的師父說道教他休去。」李逵聽了，叫起來道：「教我兩個走了許多路程，千難萬難尋見了，卻放出這個屁來。莫要引老爺性發，一隻手撚碎你這道冠兒，一隻手提住腰胯，把那老賊道倒直撞下山去。」戴宗瞅著道：「你又要釘住了腳！」李逵道：「不敢，不敢，我自這般說一聲兒耍。」

三個再到公孫勝家裡，當夜安排些晚飯吃了。公孫勝道：「且權宿一宵，明日再去懇告本師。若

第五十三回

戴宗智取公孫勝　李逵斧劈羅真人

肯時，便去。」戴宗至夜叫了安置，兩個收拾行李，都來淨室裡睡了。兩個睡到五更左側，李逵悄悄地爬將起來。聽得戴宗齁齁的睡著，自己尋思道：「卻不是幹鳥氣麼？你原是山寨裡人，卻來問甚麼鳥師父！明朝那廝又不肯，卻不誤了哥哥的大事？我忍不得了，只是殺了那個老賊道，教他沒問處，只得和我去。」

李逵當時摸了兩把板斧，悄悄地開了房門，乘著星月明朗，一步步摸上山來。到得紫虛觀前，卻見兩扇大門關了。旁邊籬牆苦不甚高，李逵騰地跳將過去，開了大門，一步步摸入裡面來。直至松鶴軒前，只聽隔窗有人看誦玉樞寶經之聲。李逵爬上來，舐破窗紙張時，見羅真人獨自一個坐在雲床上；面前桌兒上燒著一爐好香，點著兩枝畫燭，朗朗誦經。李逵道：「這賊道卻不是當死！」一踅踅過門邊來，把手只一推，呀的兩扇亮槅齊開。李逵搶將入去，提起斧頭，便望羅真人腦門上劈將下來，砍倒在雲床（坐榻）上，流出白血來。李逵看了，笑道：「眼見得這賊道是童男子身，頤養得元陽真氣，不曾走洩，正沒半點的紅。」李逵再仔細看時，連那道冠兒劈做兩半，一顆頭直砍到項下。李逵道：「今番且除了一害，不煩惱公孫勝不去。」便轉身出了松鶴軒，從側首廊下奔將出來，只見一個青衣童子攔住李逵，喝道：「你殺了我本師，待走那裡去！」李逵道：「你這個小賊道，也吃我一斧！」手起斧落，把頭早砍下台基邊去。二人都被李逵砍了，李逵笑道：「只好撒開。」徑取路出了觀門，飛也似奔下山來。到得公孫勝家裡，閃入來，閉上了門，淨室裡聽戴宗時，兀自未覺，李逵依然原又去睡了。直到天明，公孫勝起來安排早飯，相待兩個吃了。戴宗道：「再請先生同引我二人上山，懇告真人。」李逵聽了，暗暗地冷笑。

三個依原舊路，再上山來。入到紫虛觀裡松鶴軒中，見兩個童子。公孫勝問道：「真人何在？」童子答道：「真人坐在雲床上養性。」李逵聽說，吃了一驚，把舌頭伸將出來，半日縮不入去。三個揭起簾子，入來看時，見羅真人坐在雲床上中間。李逵暗暗想道：「昨夜莫非是錯殺了？」羅真人便道：「汝等三人又來何幹？」戴宗道：「特來哀告我師慈悲，救取眾人免難。」羅真人道：「這黑大漢是誰？」戴宗答道：「是小可義弟，姓李，名逵。」真人笑道：「本待不教公孫勝去，看他的面上，教他去走一遭。」戴宗拜謝，李逵自暗暗尋思道：「那廝知道我要殺他，卻又鳥說！」

只見羅真人道：「我教你三人片時便到高唐州如何？」三個謝了，戴宗尋思：「這羅真人又強似我的神行法。」真人喚道童取三個手帕來。戴宗道：「上告我師：卻是怎生教我們便能夠到高唐州？」羅真人便起身道：「都跟我來。」三個人隨出觀門外石岩上來。先取一個紅手帕，鋪在石上道：「吾弟子可登。」公孫勝雙腳在上面，羅真人把袖一拂，喝聲道：「起！」那手帕化做一片紅雲，載了公孫勝，冉冉騰空便起，離山約有二十餘丈。羅真人喝聲「住！」那片紅雲不動。卻鋪下一個青手帕，教戴宗踏上。喝聲「起！」那手帕卻化作一片青雲，載了戴宗，起在半空裡去了。那兩片青紅二雲，如蘆席大，起在天上轉，李逵看得呆了。羅真人卻把一個白手帕鋪在石上，喚李逵踏上。李逵笑道：「你不是耍，若跌下來，好個大疙瘩。」羅真人道：「你見二人麼？」李逵立在手帕上，羅真人說一聲「起！」那手帕化做一片白雲，飛將起去。李逵叫道：「阿呀！我的不穩，放我下來。」羅真人把右手一招，那青紅二雲平平墜將下來。戴宗拜謝，侍立在面前，公孫勝侍立在左手。李逵在上面叫道：「我也要撒尿撒屎，你不著我下來，我劈頭便撒下來也！」羅真人問道：「我等自是出家人，不曾惱犯了你，你因何夜來越牆而過，入來把斧劈我？若是我無道德，已被殺了，又殺了我一個道童。」李逵道：「不是我，你敢錯認了？」羅真人笑道：「雖然只是砍了我兩個葫蘆，其心不善，且教你吃些磨難。」把那手招喝聲「去！」一陣惡風，把李逵吹入雲端裡。只見兩個黃巾力士（護法神將），押著李逵，耳邊只聽得風雨之聲，不覺徑到薊州地界，唬得魂不著體，手腳搖戰。忽聽得刮刺刺地響一聲，卻從薊州府廳屋上骨碌碌滾將下來。

當日正值府尹馬士弘坐衙，廳前立著許多公吏人等，看見半天裡落下一個黑大漢來，眾皆吃驚。馬知府見了，叫道：「且拿這廝過來！」當下十數個牢子獄卒，把李逵驅至當面。馬府尹喝道：「你這廝是那裡妖人？如何從半天裡吊將下來？」李逵吃跌得頭破額裂，半晌說不出話來。馬知府道：「必然是個妖人，教去取些法物來。」牢子節級將李逵捆翻，驅下廳前草地裡，一個虞候，掇一盆狗血，沒頭一淋；又一個提一桶尿糞來，望李逵頭上直澆到腳底下。李逵口裡，耳朵裡，都是尿屎。李逵叫道：「我不是妖人，我是跟羅真人的伴當。」原來薊州人都知道羅真人是個現世的活神仙，因此不肯下手傷他，再驅李逵到廳前，早有吏人稟道：「這薊州羅真人，是天下有名的得道活神仙。若是他的從者，不可加刑。」馬府尹笑道：「我讀千卷之書，每聞今古之事，未見神仙有如此徒弟，即係妖人。牢子，與我加力打那廝！」眾人只得拿翻李逵，打得一佛出世，二佛涅槃。馬知府喝道：「你那廝快招了妖人，便不打你。」李逵只得招做「妖人李二」。取一面大枷釘了，押下大牢裡去。李逵來到死囚獄裡，說道：「我是直日神將，如何枷了我？好歹教你這薊州一城人都死。」那押牢節級、禁子，都知羅真人道德清高，誰不欽服，都來問李逵：「你端的是甚麼人？」李逵道：「我是羅真人親隨直日神將，因一時有失，惡了真人，把我撇在此間，教我受此苦難，三兩日必來取我。你們若不把些酒食來將息我時，我教你們眾人全家都死。」那節級、牢子見了他說，到都怕他，只得買酒買肉請他吃。李逵見他們害怕，越說起風話來。牢裡眾人越怕了，又將熱水來與他洗浴了，換些乾淨衣裳。李逵道：「若還缺了我酒食，我便飛了去，教你們受苦。」牢裡禁子只得倒陪告他。李逵陷在薊州牢裡不提。

且說羅真人把上項的事，一一說與戴宗。戴宗只是苦苦哀告，求救李逵。羅真人留住戴宗在觀裡宿歇，動問山寨裡事務。戴宗訴說晁天王、宋公明仗義疏財，專只替天行道，誓不損害忠臣烈士，孝子賢孫，義夫節婦，許多好處。羅真人聽罷甚喜。一住五日，戴宗每日磕頭禮拜，求告真人，乞救李逵。羅真人道：「這等人只可驅除了，還休帶回去。」戴宗告道：「真人不知：李逵雖是愚蠢，不省理法，也有些小好處：第一，鯁直，分毫不肯苟取於人；第二，不會阿諂於人，雖死，其忠不改；第三，並無淫欲邪心，貪財背義，敢勇當先。因此宋公明甚是愛他。不爭沒了這個人回去，教小可難見兄長宋公明之面。」羅真人笑道：「貧道已知這人是上界天殺星之數。為是下土眾生作業（作孽）太重，故罰他下來殺戮。吾亦安肯逆天，壞了此人；只是磨他一會，我叫取來還你。」戴宗拜謝。羅真人叫一聲：「力士安在？」就鶴軒前起一陣風。風過處，一尊黃巾力士出現，但見：

面如紅玉，鬚似皂絨。彷彿有一丈身材，縱橫有千斤氣力。黃巾側畔，金環日耀噴霞光；繡襖中間，鐵甲霜鋪呑月影。設在壇前護法，每來世上降魔。

那個黃巾力士上告：「我師有何法旨？」羅真人道：「先差你押去薊州的那人，罪業已滿。你還去薊州牢裡取他回來，速去速回。」力士聲喏去了。約有半個時辰，從虛空裡把李逵撇將下來。

戴宗連忙扶住李逵，問道：「兄弟這兩日在那裡？」李逵看了羅真人，只管磕頭拜說道：「鐵牛不敢了也！」羅真人道：「你從今已後，可以戒性，竭力扶持宋公明，休生歹心。」李逵再拜道：「敢不遵依真人言語？」戴宗道：「你正去那裡走了這幾日？」李逵道：「自那日一陣風，直刮我去薊州府裡，從廳屋脊上直滾下來，被他府裡眾人拿住。那個馬知府，道我是妖人，捉翻我捆了，卻教牢子獄卒，把狗血和尿屎，淋我一頭一身；打得我兩腿肉爛，把我枷了，下在大牢裡去。眾人問我，是何神從天上落下來？我因說是羅真人的親隨直日神將，因有些過失，罰受此苦。過二三日，必來取我。雖是吃了一頓棍棒，卻也詐得些酒食吃，那廝們懼怕真人，卻與我洗浴，換了一身衣裳。方才正在亭心裡詐酒肉吃，只見半空裡跳下這個黃巾力士，把枷鎖開了，喝我閉眼，一似睡夢中，直扶到這裡。」公孫勝道：「師父似這般的黃巾力士，有一千餘員，都是本師真人的伴當。」李逵聽了叫道：「活佛，你何不早說，免教我做了這般不是！」只顧下拜。戴宗也再拜懇告道：「小可端的來的多日了，高唐州軍馬甚急，望乞師父慈悲，放公孫先生同弟子去救哥哥宋公明，破了高廉，便送還山。」羅真人道：「我本不教他去，今為汝大義為重，權教他去走一遭。我有片言，汝當記取。」公孫勝向前跪聽真人指教。正是滿還濟世安邦願，來作乘鸞跨鳳人（有宏圖大志的人）。畢竟羅真人對公孫勝說出甚話來，且聽下回分解。

第五十三回

戴宗智取公孫勝　李逵斧劈羅真人

第五十四回

入雲龍鬥法破高廉　黑旋風探穴救柴進

話說當下羅真人道：「弟子，你往日學的法術，卻與高廉的一般。吾今傳授與汝五雷天罡正法，依此而行，可救宋江，保國安民，替天行道。休被人欲所縛，誤了大事，專精從前學道之心。你的老母，我自使人早晚看視，勿得憂念。汝應上界天閒星，以此容汝去助宋公明。吾有八個字，汝當記取，休得臨期有誤。」羅真人說那八個字，道是：「逢幽而止，遇汴而還。」公孫勝拜授了訣法，便和戴宗、李逵三個，拜辭了羅真人，別了眾道伴下山。歸到家中，收拾了道衣，寶劍二口，並鐵冠如意等物了當，拜辭了老母，離山上路。行過了三四十里路程，戴宗道：「小可先去報知哥哥，先生和李逵大路上來，卻得再來相接。」公孫勝道：「正好。賢弟先往報知，吾亦趲行來也。」戴宗吩咐李逵道：「於路小心伏侍先生。但有些差池，教你受苦。」李逵道：「他和羅真人一般的法術，我如何敢輕慢了他？」戴宗拴上甲馬，作起神行法來，預先去了。

卻說公孫勝和李逵兩個，離了二仙山九宮縣，取大路而行，到晚尋店安歇。李逵懼怕羅真人法術，十分小心伏侍公孫勝，那裡敢使性。兩個行了三日，來到一個去處，地名喚做武岡鎮。只見街市人煙輳集，公孫勝道：「這兩日於路走的困倦，買碗素酒素麵吃了行。」李逵道：「也好。」卻見驛

第五十四回

入雲龍鬥法破高廉　黑旋風探穴救柴進

道旁邊一個小酒店，兩個人來店裡坐下。公孫勝坐了上首，李逵解了腰包，下首坐了。叫過賣一麵打酒，就安排些素饌來，與二人吃。公孫勝道：「你這裡有甚素點心賣？」過賣道：「我店裡只賣酒肉，沒有素點心。市口人家有棗糕賣。」李逵道：「我去買些來。」便去包內取了銅錢，徑投市鎮上來，買了一包棗糕。欲待回來，只聽得路旁側首有人喝采道：「好氣力！」李逵看時，一伙人圍定一個大漢，把鐵瓜錘在那裡使，眾人看了喝采他。

李逵看那大漢時，七尺以上身材，面皮有麻，鼻子上一條大路。李逵看那鐵錘時，約有三十來斤。那漢使的發（使性子）了，一瓜錘正打在壓街石上，把那石頭打做粉碎，眾人喝采。李逵忍不住，便把棗糕揣在懷中，便來拿那鐵錘。那漢喝道：「你是甚麼鳥人？敢來拿我的錘！」李逵道：「你使的甚麼鳥好，教眾人喝采！看了到污眼！你看老爺使一回，教眾人看。」那漢道：「我借與你，你若使不動時，且吃我一頓脖子拳了去。」李逵接過瓜錘，如弄彈丸一般。使了一回，輕輕放下，面又不紅，心頭不跳，口內不喘。那漢看了，倒身下拜，說道：「願求哥哥大名。」李逵道：「你家在那裡住？」那漢道：「只在前面便是。」引了李逵到一個所在，見一把鎖鎖著門。那漢把鑰匙開了門，請李逵到裡面坐地。李逵看他屋裡都是鐵砧、鐵錘、火爐、鉗、鑿家火，尋思道：「這人必是個打鐵匠人，山寨里正用得著，何不叫他也去入伙？」

李逵又道：「漢子，你通個姓名，教我知道。」那漢道：「小人姓湯，名隆。父親原是延安府知寨官，因為打鐵上，遭際老種經略相公帳前敘用。近年父親在任亡故，小人貪賭，流落在江湖上，因此權在此間打鐵度日。入骨好使槍棒。為是自家渾身有麻點，人都叫小人做『金錢豹子』。敢問哥哥高姓大名？」李逵道：「我便是梁山泊好漢黑旋風李逵。」湯隆聽了，再拜道：「多聞哥哥威名，誰想今日偶然得遇。」李逵道：「你在這裡，幾時得發跡，不如跟我上梁山泊入伙，叫你也做個頭領。」湯隆道：「若得哥哥不棄，肯帶攜兄弟時，願隨鞭鐙（左右）。」就拜李逵為兄。李逵認湯隆為弟。湯隆道：「我又無家人伴當，同哥哥去市鎮上吃三杯淡酒，表結拜之意。今晚歇一夜，明日早行。」李逵道：「我有個師父在前面酒店裡，等我買棗糕去吃了便行，耽擱不得，只可如今便行。」湯隆道：「如何這般要緊？」李逵道：「你不知宋公明哥哥，見今在高唐州界首廝殺，只等我這師父到來救應。」湯隆道：「這個師父是誰？」李逵道：「你且休問，快收拾了去。」湯隆急急拴了包裹、盤纏、銀兩，戴上氈笠兒，跨了口腰刀，提條朴刀，棄了家中破房舊屋，粗重家火，跟了李逵，直到酒店裡來見公孫勝。

公孫勝埋怨道：「你如何去了許多時？再來遲些，我依前回去了。」李逵不敢做聲回話。引過湯隆拜了公孫勝，備說結義一事。公孫勝見說他是打鐵出身，心中也喜。李逵取出棗糕，叫過賣將去整理（料理）。三個一同飲了幾杯酒，吃了棗糕，算還了酒錢。李逵、湯隆各背上包裹，與公孫勝離了武岡鎮，迤邐望高唐州來。三個於路，三停中走了兩停多路，那日早，卻好迎著戴宗來接。公孫勝見了大喜，連忙問道：「近日相戰如何？」戴宗道：「高廉那廝，近日箭瘡平復，每日領兵來搦戰（挑戰）。哥哥堅守，不敢出敵，只等先生到來。」公孫勝道：「這個容易。」

李逵引著湯隆拜見戴宗，說了備細，四人一處奔高唐州來。離寨五里遠，早有呂方、郭盛，引一百餘騎軍馬迎接著。四人都上了馬，一同到寨，宋江、吳用等出寨迎接。各施禮罷，擺了接風酒，敘問間闊（久別）之情，請入中軍帳內，眾頭領亦來作慶。李逵引過湯隆來參見宋江、吳用，並眾頭領等。講禮已罷，寨中且做慶賀筵席。

次日中軍帳上，宋江、吳用、公孫勝商議破高廉一事，公孫勝道：「主將傳令，且著拔寨都起，看敵軍如何，貧道自有區處（籌劃）。」當日宋江傳令各寨，一齊引軍起身，直抵高唐州城壕，下寨已定。次早五更造飯，軍人都披掛衣甲。宋公明、吳學究、公孫勝，三騎馬直到軍前，搖旗擂鼓，吶喊篩鑼，殺到城下來。

再說知府高廉在城中箭瘡已痊，隔夜小軍來報知宋江軍馬又到，早晨都披掛了衣甲，便開了城門，放下吊橋，將引三百神兵並大小將校，出城迎敵。兩軍漸近，旗鼓相望，各擺開陣勢。兩陣裡花腔鼉鼓擂，雜彩繡旗搖。宋江陣門開處，分十騎馬來，雁翅般擺開在兩邊。左手下五將：花榮、秦明、朱仝、歐鵬、呂方；右手下五將：是林沖、孫立、鄧飛、馬麟、郭盛；中間三騎馬上，為頭是主將宋公明，怎生打扮：

頭頂茜紅巾，腰繫獅蠻帶。錦征袍大紅貼背，水銀盔彩鳳飛簷。抹綠靴斜踏寶鐙，黃金甲光動龍鱗。描金蠭隨定紫絲鞭，錦鞍韉穩稱桃花馬。

左邊那騎馬上，坐著的便是梁山泊掌握兵權軍師吳學究，怎生打扮：

五明扇齊攢白羽，九綸巾巧簇烏紗。素羅袍香皂沿邊，碧玉環絲條束定。鳧舄穩踏葵花鐙，銀鞍不離紫絲韁。兩條銅餛掛腰間，一騎青驄出戰場。

右邊那騎馬上，坐著的便是梁山泊掌握行兵布陣副軍師公孫勝，怎生打扮：

星冠耀日，神劍飛霜。九霞衣服繡春雲，六甲風雷藏寶訣。腰間繫雜色短鬚條，背上懸松文古定劍。穿一雙雲頭點翠早朝靴，騎一匹分鬃昂首黃花馬。名標蕊笈玄功著，身列仙班道行高。

三個總軍主將，三騎馬出到陣前。看對陣金鼓齊鳴，門旗開處，也有二三十個軍官，簇擁著高唐州知府高廉出在陣前，立馬於門旗下。怎生結束，但見：

束鬚冠珍珠嵌就，絳紅袍錦繡攢成。連環鎧甲耀黃金，雙翅銀盔飛彩鳳。足穿雲縫吊墩靴，腰繫獅蠻金鞓帶。手內劍橫三尺水，陣前馬跨一條龍。

那知府高廉出到陣前，厲聲高叫，喝罵道：「你那水窪草賊，既有心要來廝殺，定要分個勝敗，見個輸贏，走的不是好漢！」宋江聽罷，問一聲：「誰人出馬立斬此賊？」小李廣花榮挺槍躍馬，直至垓心。高廉見了，喝問道：「誰與我直取此賊去？」那統制官隊裡轉出一員上將，喚做薛元輝，使兩口雙刀，騎一匹劣馬，飛出垓心，來戰花榮。兩個在陣前鬥了數合，花榮撥回馬，望本陣便走。薛元輝不知是計，縱馬舞刀，盡力來趕。花榮略帶住了馬，拈弓取箭，扭轉身軀，只一箭，把薛元輝頭重腳輕，射下馬去。兩軍齊吶聲喊。高廉在馬上見了大怒，急去馬鞍橇前，取下那面聚獸銅牌，把劍去擊。那裡敲得三下，只見神兵隊裡捲起一陣黃砂來，罩得天昏地暗，日色無光。喊聲起處，豺狼、虎、豹，怪獸毒蟲，就這黃砂內捲將出來。眾軍恰待都走，公孫勝在馬上，早掣出那一把松文古定劍來，指著敵軍，口中念念有詞，喝聲道：「疾！」只見一道金光射去，那伙怪獸毒蟲，都就黃砂中亂紛紛墜於陣前。眾軍人看時，卻都是白紙剪的虎豹走獸，黃砂盡皆蕩散不起。宋江看了，鞭梢一指，大小三軍，一齊掩殺過去；但見人亡馬倒，旗鼓交橫。高廉急把神兵退走入城。宋江軍馬趕到城下，城上急拽起吊橋，閉上城門，擂木炮石，如雨般打將下來。宋江叫且鳴金，收聚軍馬下寨，整點人數，各獲大勝。回帳稱謝公孫先生神功道德，隨即賞勞三軍。

次日，分兵四面圍城，盡力攻打，公孫勝對宋江、吳用道：「昨夜雖是殺敗敵軍大半，眼見得那三百神兵退入城中去了。今日攻擊得緊，那廝夜間必來偷營劫寨。今晚可收軍一處，至夜深，分去四面埋伏。這裡虛紮寨柵，教眾將只聽霹靂響，看寨中火起，一齊進兵。」傳令已了。當日攻城至未牌時分，都收四面軍兵還寨，卻在營中大吹大擂飲酒。看看天色漸晚，眾頭領暗暗分撥開去，四面埋伏已定。

卻說宋江、吳用、公孫勝、花榮、秦明、呂方、郭盛上土坡等候。是夜，高廉果然點起三百神兵，背上各帶鐵葫蘆，於內藏著硫黃焰硝，煙火藥料；各人俱執鉤刃、鐵掃帚，口內都銜蘆哨。二更前後，大開城門，放下吊橋，高廉當先，驅領神兵前進，背後卻帶三十餘騎，奔殺前來。離寨漸近，高廉在馬上作起妖法，卻早黑氣衝天，狂風大作，飛砂走石，播土揚塵。三百神兵各取火種，去那葫蘆口上點著，一聲蘆哨齊響，黑氣中間，火光罩身，大刀闊斧，滾入寨裡來。高阜處，公孫勝仗劍作法，就空寨中平地上刮刺刺起個霹靂。三百神兵急待退步，只見那空寨中火起，光焰亂飛，上下通紅，無路可出。四面伏兵齊趕，圍定寨柵，黑處遍見。三百神兵，不曾走得一個，都被殺在寨裡。高廉急引了三十餘騎，奔走回城。背後一枝軍馬追趕將來，乃是豹子頭林沖。看看趕上，急叫得放下吊橋，高廉只帶得八九騎入城，其餘盡被林沖和人連馬生擒活捉了去。高廉進到城中，盡點百姓上城守護。高廉軍馬神兵，被宋江、林沖殺個盡絕。

次日，宋江又引軍馬四面圍城甚急。高廉尋思：「我數年學得術法，不想今日被他破了，似此如之奈何？只得使人去鄰近州府求救。」急急修書二封，教去東昌、寇州，二處離此不遠，「這兩個知府，都是我哥哥抬舉的人。」教星夜起兵來接應。差了兩個帳前統制官，賫擎書信，放開西門，殺將出來，投西奪路去了。眾將卻待去追趕，吳用傳令：「且放他出去，可以將計就計。」宋江問道：「軍師如何作用？」吳學究道：「城中兵微將寡，所以他去求救。我這裡可使兩枝人馬，詐作救應軍兵，於路混戰。高廉必然開門助戰，乘勢一面取城，把高廉引入小路，必然擒獲。」宋江聽了大喜。令戴宗回梁山泊另取兩枝軍馬，分作兩路而來。

且說高廉每夜在城中空闊處，堆積柴草，竟天價放火為號，城上只望救兵到來。過了數日，守城軍兵望見宋江陣中不戰自亂，急忙報知。高廉聽了，連忙披掛上城瞻望，只見兩路人馬戰塵蔽日，喊殺連天，衝奔前來；四面圍城軍馬，四散奔走。高廉知是兩路救軍到了，盡點在城軍馬，大開城門，分頭掩殺出去。

且說高廉撞到宋江陣前，看見宋江引著花榮、秦明，三騎馬望小路而走。高廉引了人馬，急去追趕，忽聽得山坡後連珠炮響，心中疑惑，便收轉人馬回來。兩邊鑼響，左手下呂方，右手下郭盛，各引五百人馬衝將出來。高廉急奪路走時，部下軍馬折其大半，奔走脫得垓心時，望見城上已都是梁山泊旗號。舉眼再看，無一處是救應軍馬，只得引著些敗卒殘兵，投山僻小路而走。行不到十里之外，山背後撞出一彪人馬，當先擁出病尉遲孫立，攔住去路，厲聲高叫：「我等你多時，好好下馬受縛！」高廉引軍便回，背後早有一彪人馬，截住去路，當先馬上卻是美髯公朱仝。兩頭夾攻將來，四面截了去路，高廉便棄了坐下馬便走上山。四下裡部軍一齊趕上山去，高廉慌忙口中念念有詞，喝聲道：「起！」駕一片黑雲，冉冉騰空，直上山頂。只見山坡邊轉出公孫勝來，見了，便把劍在馬上望空作用，口中也念念有詞，喝聲道：「疾！」將劍望上一指，只見高廉從雲中倒撞下來。側首搶過插翅虎雷橫，一朴刀把高廉揮做兩段。可憐五馬諸侯貴，化作南柯夢裡人。有詩為證：

上臨之以天鑑，下察之以地祇。
明有王法相繼，暗有鬼神相隨。
行凶畢竟逢凶，恃勢還歸失勢。
勸君自警平生，可嘆可驚可畏。

且說雷橫提了首級，都下山來，先使人去飛報主帥。宋江已知殺了高廉，收軍進高唐州城內，先傳下將令，休得傷害百姓；一面出榜安民，秋毫無犯；且去大牢中救出柴大官人來。那時當牢節級、押獄禁子，已都走了，止有三五十個罪囚，盡數開了枷鎖釋放。數中只不見柴大官人一個，宋江心中憂悶。尋到一處監房內，卻監著柴皇城一家老小；又一座牢內，監著滄州提捉到柴進一家老小，同監在彼，——為是連日廝殺，未曾取問發落，——只是沒尋柴大官人處。

吳學究教喚集高唐州押獄禁子跟問時，數內有一個稟道：「小人是當牢節級藺仁。前日蒙知府高廉所委，專一牢固監守柴進，不得有失。又吩咐道：『但有凶吉，你可便下手。』三日之前，知府高廉要取柴進出來施刑。小人為見本人是個好男子，不忍下手，只推道：『本人病至八分，不必下手。』後又催並得緊，小人回稱『柴進已死』。因是連日廝殺，知府不閒，小人卻恐他差人下來看視，必見罪責，昨日引柴進去後面枯井邊，開了枷鎖，推放裡面躲避，如今不知存亡。」宋江聽了，慌忙著藺仁引入。直到後牢枯井邊望時，見裡面黑洞洞地，不知多少深淺。上面叫時，那得人應，把索子放下去探時，約有八九丈深。宋江道：「柴大官人眼見得多是沒了。」宋江垂淚。吳學究道：「主帥且休煩惱。誰人敢下去探看一遭，便見有無。」說猶未了，轉過黑旋風李逵來，大叫道：「等我下去。」宋江道：「正好。當初也是你送了他，今日正宜報本。」李逵笑道：「我下去不怕，你們莫割斷了繩索。」吳學究道：「你卻也忒奸猾。」且取一個大篾籮，把索子絡了，接長索頭，扎起一個架子，把索掛在上面。李逵脫得赤條條的，手拿兩把板斧，坐在籮裡，卻放下井裡去，索上縛兩個銅鈴。漸漸放到底下，李逵卻從籮裡爬將出來，去井底下摸時，摸著一堆，卻是骸骨。李逵道：「爺娘，甚鳥東西在這裡！」又去這邊摸時，底下濕漉漉的，沒下腳處。李逵把雙斧拔放籮裡，兩手去摸底下，四邊卻寬。一摸摸著一個人，做一堆兒蹲在水坑裡。李逵叫一聲：「柴大官人！」那裡見動，把手去摸時，只覺口內微微聲喚。李逵道：「謝天地，恁地時，還有救哩！」隨即爬在籮裡，搖動銅鈴，眾人扯將上來。李逵說下面的事，宋江道：「你可再下去，先把柴大官人放在籮裡，先發上來，卻再放籮下來取你。」李逵道：「哥哥不知我去薊州，著了兩道兒，今番休撞第三遍。」宋江笑道：「我如何肯弄你？你快下去。」李逵只得再坐籮裡，又下井去。

到得底下，李逵爬將出籮去，卻把柴大官人抱在籮裡，搖動索上銅鈴。上面聽得，早扯起來。到上面，眾人看了大喜。宋江見柴進頭破額裂，兩腿皮肉打爛，眼目略開又閉。宋江心中甚是淒慘，叫請醫生調治。李逵卻在井底下發喊大叫。宋江聽得，急叫把籮放將下去，取他上來。李逵到得上面，發作道：「你們也不是好人，便不把籮放下來救我！」宋江道：「我們只顧看顧柴大官人，因此忘了你，休怪。」宋江就令眾人把柴進扛扶上車睡了。先把兩家老小，並奪轉許多家財，共有二十餘輛車子，叫李逵、雷橫，先護送上梁山泊去。卻把高廉一家老小良賤三四十口，處斬於市。賞謝了藺仁，再把府車財帛，倉廒糧米，並高廉所有家私，盡數裝載上山。大小將校離了高唐州，得勝回梁山泊。所過州縣，秋毫無犯。在路已經數日，回到大寨，柴進扶病起來，稱謝晁、宋二公並眾頭領。晁蓋教

第五十四回

入雲龍鬥法破高廉　黑旋風探穴救柴進

請柴大官人就山頂宋公明歇處，另建一所房子，與柴進並家眷安歇。晁蓋、宋江等眾皆大喜。自高唐州回來，又添得柴進、湯隆兩個頭領，且作慶賀筵席，不在話下。

再說東昌、寇州兩處，已知高唐州殺了高廉，失陷了城池，只得寫表差人申奏朝廷。又有高唐州逃難官員，都到京師說知真實。高太尉聽了，知道殺死他兄弟高廉。次日五更，在待漏院中，專等景陽鐘響。百官各具公服，直臨丹墀，伺候朝見。當日五更三點，道君皇帝升殿。淨鞭三下響，文武兩班齊。天子駕坐，殿頭官喝道：「有事出班啟奏，無事捲簾退朝。」高太尉出班奏曰：「今有濟州梁山泊賊首晁蓋、宋江，累造大惡：打劫城池，搶擄倉廒，聚集凶徒惡黨，現在濟州殺害官軍，鬧了江州無為軍，今又將高唐州官民殺戮一空，倉廒庫藏，盡被擄去。此是心腹大患，若不早行誅剿，他日養成賊勢，難以制伏。伏乞聖斷。」天子聞奏大驚，隨即降下聖旨，就委高太尉選將調兵，前去剿捕，務要掃清水泊，殺絕種類。高太尉又奏道：「量此草寇，不必興舉大兵。臣保一人，可去收復。」天子道：「卿若舉用，必無差錯，即令起行，飛捷報功，加官賜賞，高遷任用。」高太尉奏道：「此人乃開國之初，河東名將呼延贊嫡派子孫，單名喚個灼字；使兩條銅鞭，有萬夫不當之勇。見受汝寧郡都統制，手下多有精兵勇將。臣舉保此人，可以征剿梁山泊。可授兵馬指揮使，領馬步精銳軍士，克日掃清山寨，班師還朝。」天子准奏，降下聖旨：「著樞密院即便差人齎敕前往汝寧州，星夜宣取。」當日朝罷，高太尉就於帥府著樞密院撥一員軍官，齎擎聖旨，前去宣取。當日起行，限時定日，要呼延灼赴京聽命。

卻說呼延灼在汝寧州統軍司坐衙，聽得門人報道：「有聖旨特來宣取將軍赴京，有委用的事。」呼延灼與本州官員出郭迎接到統軍司。開讀已罷，設宴管待使臣，火急收拾了頭盔衣甲，鞍馬器械，帶引三四十從人，一同使命（使者），離了汝寧州，星夜赴京。於路無話，早到京師城內殿帥府前下馬，來見高太尉。當日高俅正在殿帥府坐衙，門吏報道：「汝寧州宣到呼延灼，見在門外。」高太尉大喜，叫喚進來參見了。看那呼延灼一表非俗，正是：

開國功臣後裔，先朝良將玄孫。家傳鞭法最通神，英武熟經戰陣。
仗劍能探虎穴，彎弓解射雕群。將軍出世定乾坤，呼延灼威名大振。

當下高太尉問慰已畢，與了賞賜。次日早朝，引見道君皇帝。徽宗天子看了呼延灼一表非俗，喜動天顏，就賜踢雪烏騅一匹。那馬渾身墨錠似黑，四蹄雪練價白，因此名為「踢雪烏騅」。那馬日行千里。聖旨賜與呼延灼騎坐。呼延灼就謝恩已罷，隨高太尉再到殿帥府，商議起軍，剿捕梁山泊一事。呼延灼道：「稟明恩相：小人覷探梁山泊兵多將廣，武藝高強，不可輕敵小覷。乞保二將為先鋒，同提軍馬到彼，必獲大功。」高太尉聽罷大喜，問道：「將軍所保誰人，可為前部先鋒？」不爭呼延灼舉保此二將，有分教，宛子城重添良將，梁山泊大破官軍。且教功名未上凌煙閣，姓字先標聚義廳。畢竟呼延灼對高太尉保出誰來，且聽下回分解。

第五十五回

高太尉大興三路兵　呼延灼擺布連環馬

話說高太尉問呼延灼道：「將軍所保何人，可為先鋒？」呼延灼稟道：「小人舉保陳州團練使，姓韓，名滔；原是東京人氏，曾應過武舉出身；使一條棗木槊，人呼為『百勝將軍』。此人可為正先鋒。又有一人，乃是潁州團練使，姓彭，名玘；亦是東京人氏，乃累代將門之子；使一口三尖兩刃刀，武藝出眾，人呼為『天目將軍』。此人可為副先鋒。」高太尉聽了大喜道：「若是韓、彭二將為先鋒，何愁狂寇！」當日高太尉就殿帥府押了兩道牒文，著樞密院差人，星夜往陳、潁二州，調取韓滔、彭玘，火速赴京。不旬日之間，二將已到京師，逕來殿帥府，參見了太尉並呼延灼。次日，高太尉帶領眾人，都往御教場中，操演武藝。看軍了當，卻來殿帥府，會同樞密院官，計議軍機重事。高太尉問道：「你等三路，總有多少人馬？」呼延灼答道：「三路軍馬，計有五千，連步軍，數及一萬。」高太尉道：「你三人親自回州，揀選精銳馬軍三千，步軍五千，約會起程，收剿梁山泊。」呼延灼稟道：「此三路馬步軍兵，都是訓練精熟之士，人強馬壯，不必殿帥憂慮；但恐衣甲未全，只怕誤了日期，取罪不便，乞恩相寬限。」高太尉道：「既是如此說時，你三人可就京師甲仗庫內，不拘數目，任意選揀衣甲盔刀，關領前去。務要軍馬整齊，好與對敵。出師之日，我自差官來點視。」呼延灼領了鈞旨，帶人往甲仗庫關支。呼延灼選訖鐵甲三千副，熟皮馬甲五千副，銅鐵頭盔三千頂，長槍二千根，袞刀一千把，弓箭不計其數，火炮鐵炮五百餘架，都裝載上車。臨辭之日，高太尉又撥與戰馬三千匹。三個將軍，各賞了金銀緞匹，三軍盡關了糧賞。呼延灼和韓滔、彭玘，都與了必勝軍狀，辭別了高太尉並樞，到得本州。呼延灼便道：「韓滔、彭玘，各往陳、潁二州起軍，前來汝寧會合。」不勾半月之上，三路兵馬，都已完足。呼延灼便把京師關到衣甲盔刀，旗槍鞍馬，並打造連環、鐵鎧、軍器等物，分俵三軍已了，伺候出軍。高太尉差到殿帥府兩員軍官，前來點視。犒賞三軍已罷，呼延灼擺布三路兵馬出城，端的是：

鞍上人披鐵鎧，坐下馬帶銅鈴。旌旗紅展一天霞，刀劍白鋪千里雪。弓彎鵲畫，飛魚袋半露龍梢；箭插雕翎，獅子壺緊拴豹尾。人頂深盔垂護項，微漏雙睛；馬披重甲帶朱纓，單懸四足。開路人兵，齊擔大斧；合後軍將，盡拈長槍。數千甲馬離州城，三個將軍來水泊。

當下起軍，擺布兵馬出城，前軍開路韓滔，中軍主將呼延灼，後軍催督彭玘，馬步三軍人等，浩浩蕩蕩，殺奔梁山泊來。

卻說梁山泊遠探報馬，徑到大寨，報知此事。聚義廳上，當中晁蓋、宋江，上首軍師吳用，下首法師公孫勝並眾頭領，各與柴進賀喜，終日筵宴，聽知報道：「汝寧州雙鞭呼延灼，引著軍馬到來征進。」眾皆商議迎敵之策。吳用便道：「我聞此人，祖乃開國功臣河東名將呼延贊之後，嫡派子孫。此人武藝精熟，使兩條銅鞭，人不可近。必用能征敢戰之將，先以力敵，後用智擒。」一說言未了，黑

第五十五回

高太尉大興三路兵　呼延灼擺布連環馬

旋風李逵便道：「我與你去捉這廝。」宋江道：「你如何去得？我自有調度：可請霹靂火秦明打頭陣，豹子頭林沖打第二陣，小李廣花榮打第三陣，一丈青扈三娘打第四陣，病尉遲孫立打第五陣；將前面五陣，一隊隊戰罷如紡車般，轉作後軍。我親自帶引十個弟兄，引大隊人馬押後。左軍五將——朱仝、雷橫、穆弘、黃信、呂方；右軍五將——楊雄、石秀、歐鵬、馬麟、郭盛。水路中可請李俊、張橫、張順、阮家三弟兄，駕船接應。卻教李逵與楊林，引步軍分作兩路，埋伏救應。」宋江調撥已定，前軍秦明早引人馬下山，向平原曠野之處，列成陣勢。此時雖是冬天，卻喜和暖。等候了一日，早望見官軍到來，先鋒隊裡，百勝將韓滔領兵紮下寨柵，當晚不戰。

次日天曉，兩軍對陣，三通畫鼓，出到陣前。馬上橫著狼牙棍，望對陣門旗開處，先鋒將韓滔橫槊勒馬，大罵秦明道：「天兵到此，不思早早投降，還敢抗拒，不是討死！我直把你水泊填平，梁山踏碎，生擒活捉你這伙反賊解京，碎屍萬段！」秦明本是性急的人，聽了也不打話，便拍馬舞起狼牙棍，直取韓滔。韓滔挺槊躍馬，來戰秦明。兩個鬥到二十餘合，韓滔力怯，只待要走。背後中軍主將呼延灼已到，見韓滔戰秦明不下，便從中軍舞起雙鞭，縱坐下那匹御賜踢雪烏騅，咆哮嘶喊，來到陣前。秦明見了，欲待來戰呼延灼，第二撥豹子頭林沖已到，便叫：「秦統制少歇，看我戰三百合，卻理會！」林沖挺起蛇矛，直奔呼延灼，秦明自把軍馬從左邊踅向山坡後去。這裡呼延灼自戰林沖。兩個正是對手：槍來鞭去花一團，鞭去槍來錦一簇。兩個鬥到五十合之上，不分勝敗。第三撥小李廣花榮軍到，陣門下大叫道：「林將軍少息，看我擒捉這廝！」林沖撥轉馬便走。呼延灼因見林沖武藝高強，也回本陣。林沖自把本部軍馬一轉，轉過山坡後去，讓花榮挺槍出馬。呼延灼後軍也到，天目將彭玘橫著那三尖兩刃四竅八環刀，騎著五明千里黃花馬，出陣大罵花榮道：「反國逆賊，何足為道！與吾並個輸贏！」花榮大怒，也不答話，便與彭玘交馬。兩個戰二十餘合，呼延灼看見彭玘力怯，縱馬舞鞭，直奔花榮。鬥不到三合，第四撥一丈青扈三娘人馬已到，大叫：「花將軍少歇，看我捉這廝。」花榮也引軍望右邊踅轉山坡下去了。彭玘來戰一丈青未定，第五撥病尉遲孫立軍馬早到，勒馬於陣前擺著，看這扈三娘去戰彭玘。兩個正在征塵影裡，殺氣陰中：一個使大桿刀，一個使雙刀。兩個鬥到二十餘合，一丈青把雙刀分開，回馬便走。彭玘要逞功勞，縱馬趕來，一丈青便把雙刀掛在馬鞍鞽上，袍底下取出紅錦套索，——上有二十四個金鉤，——等彭玘馬來得近，扭過身軀，把套索望空一撒，看得親切（真切），彭玘措手不及，早拖下馬來。孫立喝教眾軍一發（一同）向前，把彭玘捉了。呼延灼看見大怒，忿力向前來救，一丈青便拍馬來迎敵。呼延灼恨不得一口水吞了那一丈青。兩個鬥到十合之上，急切贏不得一丈青，呼延灼心中想道：「這個潑婦人在我手裡鬥了許多合，倒恁地了得！」心忙意急，賣個破綻，放他入來，卻把雙鞭只一蓋，蓋將下來。那雙刀卻在懷裡。提起右手銅鞭，望一丈青頂門上打下來。卻被一丈青眼明手快，早起刀只一隔，右手那口刀，望上直飛起來。卻好那一鞭打將下來，正在刀口上，錚地一聲響，火光迸散，一丈青回馬望本陣便走。呼延灼縱馬趕來，病尉遲孫立見了，便挺槍縱馬向前，迎住廝殺。背後宋江卻好引十對良將都到，列成陣勢。一丈青自引了人馬，也投山坡下去了。

宋江見活捉得天目將彭玘，心中甚喜，且來陣前看孫立與呼延灼交戰。孫立也把槍帶住，手腕上綽起那條竹節鋼鞭，來迎呼延灼。兩個都使鋼鞭，那更一般打扮：病尉遲孫立是交角鐵幞頭，大紅羅抹額，百花點翠皂羅袍，烏油戧金甲，騎一匹烏騅馬，使一條竹節虎眼鞭，賽過尉遲恭；這呼延灼卻是衝天角鐵幞頭，鎖金黃羅抹額，七星打釘皂羅袍，烏油對嵌鎧甲，騎一匹御賜踢雪烏騅，使兩條水磨八棱鋼鞭：——左手的重十二斤，右手重十三斤，——真似呼延贊。兩個在陣前左盤右旋，鬥到三十餘合，不分勝敗。宋江看了，喝采不已。有詩為證：

各跨烏騅健似龍，呼延贊對尉遲恭。
雙鞭遇敵真奇事，更好同歸水滸中。

官軍陣裡韓滔，見說折了彭玘，便去後軍隊裡，盡起軍馬，一發向前廝殺。宋江只怕衝將過來，便把鞭梢一指，十個頭領，引了大小軍士，掩殺過去；背後四路軍兵，分作兩路夾攻攏來。呼延灼見了，急收轉本部軍馬，各敵個住。為何不能全勝？卻被呼延灼陣裡都是連環馬官軍。——馬帶馬甲，人披鐵鎧。馬帶甲，只露得四蹄懸地；人披鎧，只露著一雙眼睛。——宋江陣上雖有甲馬，只是紅纓面具，銅鈴雉尾而已。這裡射將箭去，那裡甲都護住了。那三千馬軍，各有弓箭，對面射來，因此不敢近前。宋江急叫鳴金收軍，呼延灼也退二十餘里下寨。

宋江收軍，退到山西下寨，屯住軍馬，且教左右群刀手，簇擁彭玘過來。宋江望見，便起身喝退軍士，親解其縛，扶入帳中，分賓而坐。宋江便拜。彭玘連忙答禮拜道：「小子被擒之人，理合就死，何故將軍以賓禮待之？」宋江道：「某等眾人，無處容身，暫占水泊，權時避難，造惡甚多。今者朝廷差遣將軍前來收捕，本合延頸就縛；但恐不能存命，因此負罪交鋒，誤犯虎威，敢乞恕罪。」彭玘答道：「素知將軍仗義行仁，扶危濟困，不想果然如此義氣！倘蒙存留微命，當以捐軀保奏。」宋江道：「某等眾兄弟也只待聖主寬恩，赦宥重罪，忘生報國，萬死不辭。」詩曰：

忠為君王恨賊臣，義連兄弟且藏身。
不因忠義心如一，安得團圞百八人。

宋江當日就將天目將彭玘，使人送上大寨，教與晁天王相見，留在寨裡。這裡自一面犒賞三軍並眾頭領，計議軍情。再說呼延灼收軍下寨，自和韓滔商議，如何取勝梁山水泊。韓滔道：「今日這廝們見俺催軍近前，他便慌忙掩擊過來，明日盡數驅馬軍向前，必獲大勝。」呼延灼道：「我已如此安排下了，只要和你商量相通。」隨即傳下將令：「教三千匹馬軍，做一排擺著，每三十匹一連，卻把鐵環連鎖；但遇敵軍，遠用箭射，近則使槍，直衝入去；三千連環馬軍，分作一百隊鎖定；五千步軍，在後策應。明日休得挑戰，我和你押後掠陣。但若交鋒，分作三面衝將過去。」計策商量已定，次日天曉出戰。

卻說宋江次日把軍馬分作五隊在前，後軍十將簇擁，兩路伏兵，分於左右。秦明當先，搦呼延灼出馬交戰，只見對陣但只吶喊，並不交鋒。為頭五軍，都一字兒擺在陣前：中是秦明，左是林沖、一丈青，右是花榮，孫立在後。隨即宋江引十將也到，重重疊疊，擺著人馬。看對陣時，約有一千步軍，只是擂鼓發喊，並無一人出馬交鋒。宋江看了，心中疑惑，暗傳號令：「教後軍且退。」卻縱馬直到花榮隊裡窺望。猛聽對陣裡連珠炮響，一千步軍，忽然分作兩下，放出三面連環馬軍，直衝將來；兩邊把弓箭亂射，中間盡是長槍。宋江看了大驚，急令眾軍把弓箭施放，那裡抵敵得住。每一隊三十匹馬，一齊跑發，不容你不向前走。那連環馬軍，漫山遍野，橫衝直撞將來。前面五隊軍馬望見，便亂跑了，策立不定；後面大隊人馬，攔當不住，各自逃生。宋江飛馬慌忙便走，十將擁護而行。背後早有一隊連環馬軍追將來，卻得伏兵——李逵、楊林——引人從蘆葦中殺出來，救得宋江。逃至水邊，卻有李俊、張橫、張順、三阮六個水軍頭領，擺下戰船接應。宋江急急上船，便傳將令：教分頭去救應眾頭領下船。那連環馬直趕到水邊，亂箭射來，船上卻有傍牌遮護，不能損傷。慌忙把船掉到鴨嘴灘頭，盡行上岸。就水寨裡整點人馬，折其大半，卻喜眾頭領都全；雖然折了些馬匹，都

第五十五回

高太尉大興三路兵　呼延灼擺布連環馬

救得性命。少刻，只見石勇、時遷、孫新、顧大嫂，都逃命上山，卻說：「步軍衝殺將來，把店屋平拆了去。我等若無號船接應，盡被擒捉。」宋江一一親自撫慰，計點眾頭領時，中箭者六人：林沖、雷橫、李逵、石秀、孫新、黃信；小嘍羅中傷帶箭者，不計其數。晁蓋聞知，同吳用、公孫勝下山來動問。宋江眉頭不展，面帶憂容。吳用勸道：「哥哥休憂，勝敗乃兵家常事，何必掛心？別生良策，可破連環軍馬。」晁蓋便傳號令：吩咐水軍，牢固寨柵船隻，保守灘頭，曉夜提備，請宋公明上山安歇。宋江不肯上山，只就鴨嘴灘寨內駐紮，只教帶傷頭領上山養病。

卻說呼延灼大獲全勝，回到本寨，開放連環馬，都次第前來請功。殺死者不計其數，生擒的五百餘人，奪得戰馬三百餘匹。隨即差人前去京師報捷，一面犒賞三軍。

卻說高太尉正在殿帥府坐衙，門上報道：「呼延灼收捕梁山泊得勝，差人報捷。」心中大喜。次日早朝，越班奏聞天子。徽宗甚喜，敕賞黃封御酒十瓶，錦袍一領；差官一員，齎錢十萬貫，前去行營賞軍。高太尉領了聖旨，同到殿帥府，隨即差官齎捧前去。

卻說呼延灼已知有天使到，與韓滔出二十里外迎接。接到寨中，謝恩受賞已畢，置酒管待天使；一面令韓先鋒俵錢賞軍，且將捉到五百餘人，囚在寨中，待拿得賊首，一並解赴京師，示眾施行。天使問：「彭團練如何失陷？」呼延灼道：「為因貪捉宋江，深入重地，致被擒捉。今次群賊必不敢再來。小可分兵攻打，務要肅清山寨，掃盡水窪，擒獲眾賊，拆毀巢穴；但恨四面是水，無路可進。遙觀寨柵，只除非得火炮飛打，以碎賊巢。久聞東京有個炮手凌振，名號轟天雷。此人善造火炮，能去十四五里遠近，石炮落處，天崩地陷，山倒石裂。若得此人，可以攻打賊巢。更兼他深通武藝，弓馬熟嫻。若得天使回京，於太尉前言知此事，可以急急差遣到來，克日可取賊巢。」使命應允。次日起程，於路無話。回到京師，來見高太尉，備說呼延灼求索炮手凌振，要建大功。高太尉聽罷，傳下鈞旨，教喚甲仗庫副炮手凌振那人來。原來凌振祖貫燕陵人，是宋朝盛世第一個炮手，人都呼他是「轟天雷」。更兼武藝精熟。曾有四句詩贊凌振的好處：

強火發郭城郭碎，煙雲散處鬼神愁。
金輪子母轟天振，炮手名聞四百州。

當下凌振來參見了高太尉，就受了行軍統領官文憑，便教收拾鞍馬軍器起身。且說凌振把應用的煙火、藥料，就將做下的諸色火炮，並一應的炮石、炮架，裝載上車；帶了隨身衣甲盔刀行李等件，並三四十個軍漢，離了東京，取路投梁山泊來。到得行營，先來參見主將呼延灼，次見先鋒韓滔，備問水寨遠近路程。山寨險峻去處，安排三等炮石攻打：第一是風火炮，第二是金輪炮，第三是子母炮。先令軍健整頓炮架，直去水邊豎起，準備放炮。

卻說宋江在鴨嘴灘上小寨內，和軍師吳學究商議破陣之法，無計可施。有探細人來報道：「東京新差一個炮手，號作轟天雷凌振，即日在於水邊豎起架子，安排施放火炮，攻打寨柵。」吳學究道：「這個不妨。我山寨四面都是水泊，港汊甚多，宛子城離水又遠，縱有飛天火炮，如何能勾打得到城邊？且棄了鴨嘴灘小寨，看他怎地設法施放，卻做商議。」當下宋江棄了小寨，便都起身，且上關來。晁蓋、公孫勝接到聚義廳上，問道：「似此如何破敵？」動問未絕，早聽得山下炮響。一連放了三個火炮，兩個打在水裡，一個直打到鴨嘴灘邊小寨上。宋江見說，心中展轉憂悶，眾頭領盡皆失色。吳學究道：「若得一人，誘引凌振到水邊，先捉了此人，方可商議破敵之法。」晁蓋道：「可著李俊、張橫、張順、三阮，六人棹船如此行事，岸上朱仝、雷橫如此接應。」

第五十五回

高太尉大興三路兵　呼延灼擺布連環馬

且說六個水軍頭領，得了將令，分作兩隊：李俊和張橫先帶了四五十個會水的軍士，用兩隻快船，從蘆葦深處，悄悄過去；背後張順、三阮，掌四十餘隻小船接應。再說李俊、張橫上到對岸，便去炮架子邊吶聲喊，把炮架推翻。軍士慌忙報與凌振知道，凌振便帶了風火二炮，拿槍上馬，引了一千餘人趕將來。李俊、張橫領人便走。凌振追至蘆葦灘邊，看見一字兒擺開四十餘隻小船，船上共有百十餘個水軍。李俊、張橫早跳在船上，故意不把船開。看看人馬到來，吶聲喊，都跳下水裡去了。凌振人馬已到，便來搶船。朱仝、雷橫卻在對岸吶喊擂鼓。凌振奪得許多船隻，叫軍健盡數上船，便殺過去。船才行到波心之中，只見岸上朱仝、雷橫鳴起鑼來；水底下早鑽起四五十水軍，盡把船尾楔子拔了，水都滾入船裡來；外邊就勢扳翻船，軍健都撞在水裡。凌振急待回船，船尾舵櫓，已自被拽下水底去了。兩邊卻鑽上兩個頭領來，把船隻一扳，仰合轉來，凌振卻被合下水裡去。水底下卻是阮小二，一把抱住，直拖到對岸來。岸上早有頭領接著，便把索子綁了，先解上山來。水中生擒二百餘人，一半水中淹死，些少逃得性命回去。詩曰：

怎許船軍便渡河，不施火炮卻如何。
空說半天轟霹靂，卻愁尺水起風波。

呼延灼得知，急領軍馬趕將來時，船都已過鴨嘴灘去了。箭又射不著，人都不見了，只忍得氣。呼延灼恨了半晌，只得引了人馬回去。且說眾頭領捉得轟天雷凌振，解上山寨，先使人報知。宋江便同滿寨頭領下第二關迎接，見了凌振，連忙親解其縛，便埋怨眾人道：「我叫你們禮請統領上山，如何恁的無禮！」凌振拜謝不殺之恩，宋江便與他把盞已了，自執其手，相請上山。到大寨，見了彭玘已做了頭領，凌振閉口無言。彭玘勸道：「晁、宋二頭領，替天行道，招納豪傑，專等招安，與國家出力。既然我等到此，只得從命。」宋江卻又陪話，凌振答道：「小的在此趨侍不妨；爭奈老母妻子，都在京師，倘或有人知覺，必遭誅戮，如之奈何！」宋江道：「但請放心，限日取還統領。」凌振謝道：「若得頭領如此周全，死而瞑目。」晁蓋道：「且教做筵席慶賀。」

次日，廳上大聚會眾頭領。飲酒之間，宋江與眾人商議破連環馬之策。正無良法，只見金錢豹子湯隆起身道：「小人不材，願獻一計。除是得這般軍器和我一個哥哥，可以破得連環甲馬。」吳學究便問道：「賢弟，你且說用何等軍器？你這個令親哥哥是誰？」湯隆不慌不忙，叉手向前，說出這般軍器和那個人來。有分教，四五個頭領直往京師，三千餘馬軍盡遭毒手。正是計就玉京（京城汴梁）擒獬豸，謀成金闕捉狻猊。畢竟湯隆對眾說出那般軍器，甚麼人來，且聽下回分解。

第五十六回
吳用使時遷盜甲　湯隆賺徐寧上山

第五十六回

吳用使時遷盜甲　湯隆賺徐寧上山

話說當時湯隆對眾頭領說道：「小可是祖代打造軍器為生。先父因此藝上，遭際老種經略相公，得做延安知寨。先朝曾用這連環甲馬取勝。欲破陣時，須用鉤鐮槍可破。湯隆祖傳已有畫樣在此，若要打造，便可下手。湯隆雖是會打，卻不會使。若要會使的人，只除非是我那個姑舅哥哥。會使這鉤鐮槍法，只有他一個教頭，他家祖傳習學，不教外人。或是馬上，或是步行，都有法則，端的使動神出鬼沒。」說言未了，林沖問道：「莫不是現做金槍班教師徐寧？」湯隆應道：「正是此人。」林沖道：「你不說起，我也忘了。這徐寧的金槍法、鉤鐮槍法，端的是天下獨步。在京師時，多與我相會，較量武藝，彼此相敬相愛；只是如何能勾得他上山來？」

湯隆道：「徐寧先祖留下一件寶貝，世上無對，乃是鎮家之寶。湯隆比時，曾隨先父知寨往東京視探姑姑時，多曾見來。是一副雁翎砌就圈金甲。這一副甲，披在身上，又輕又穩，刀劍箭矢，急不能透，人都喚做『賽唐猊』。多有貴公子要求一見，造次不肯與人看。這副甲，是他的性命；用一個皮匣子盛著，直掛在臥房中梁上。若是先對付得他這副甲來時，不由他不到這裡。」吳用道：「若是如此，何難之有？放著有高手弟兄在此，今次卻用著鼓上蚤時遷去走一遭。」時遷隨即應道：「只怕無此一物在彼；若端的有時，好歹定要取了來。」湯隆道：「你若盜得甲來，我便包辦賺他上山。」宋江問道：「你如何去賺他上山？」湯隆去宋江耳邊低低說了數句，宋江笑道：「此計大妙！」吳學究道：「再用得三個人，同上東京走一遭。一個到京收買煙火、藥料，並炮內用的藥材；兩個去取凌統領家老小。」彭玘見了，便起身稟道：「若得一人到穎州取得小弟家眷上山，實拜成全之德。」宋江便道：「團練放心。便請二位修書，小可自教人去。」便喚楊林，可將金銀書信，帶領伴當，前往穎州取彭玘將軍老小；薛永扮作使槍棒賣藥的，往東京取凌統領老小；李雲扮作客商，同往東京收買煙火、藥料等物；樂和隨湯隆同行，又挈薛永往來作伴。一面先送時遷下山去了。次後，且叫湯隆打起一把鉤鐮槍做樣，卻教雷橫提調監督，原來雷橫祖上也是打鐵出身。再說湯隆打起鉤鐮槍樣子，教山寨裡打軍器的照著樣子打造，自有雷橫提調監督，不在話下。大寨做個送路筵席，當下楊林、薛永、李雲、樂和、湯隆，辭別下山去了。次日又送戴宗下山，往來探聽事情。這段話一時難盡。

這裡且說時遷離了梁山泊，身邊藏了暗器，諸般行頭，在路迤邐來到東京，投個客店安下了。次日踅進城來，尋問金槍班教師徐寧家，有人指點道：「入得班門裡，靠東第五家黑角子門便是。」時遷轉入班門裡，先看了前門，次後踅來，相了後門，見是一帶高牆，牆裡望見兩間小巧樓屋，側首卻是一根戧柱。時遷看了一回，又去街坊問道：「徐教師在家裡麼？」人應道：「敢在內裡隨直未歸。」時遷又問道：「不知幾時歸？」人應道：「直到晚方歸來，五更便去內裡隨班。」時遷叫了相擾，且回客店裡來，取了行頭，藏在身邊，吩咐店小二道：「我今夜多敢是不歸，照管房中則個。」小二道：「但放心自去，並不差池。」

時遷再入到城裡，買了些晚飯吃了，卻踅到金槍班徐寧家，左右看時，沒一個好安身去處。看看

第五十六回

吳用使時遷盜甲　湯隆賺徐寧上山

天色黑了，時遷抻入（躡腳潛入）班門裡面。是夜，寒冬天色，卻無月光。時遷看見土地廟後一株大柏樹，便把兩隻腿夾定，一節節爬將上去樹頭頂，騎馬兒坐在枝柯上。悄悄望時，只見徐寧歸來，望家裡去了。又見班裡兩個人提著燈籠出來關門，把一把鎖鎖了，各自歸家去了。早聽得譙樓禁鼓，卻轉初更。雲寒星斗無光，露散霜花漸白。時遷見班裡靜悄悄地，卻從樹上溜將下來，踅到徐寧後門邊，從牆上下來，不費半點氣力，爬將過去，看裡面時，卻是個小小院子。時遷伏在廚房外張時，見廚房下燈明，兩個丫嬛，兀自收拾未了。時遷卻從戧柱上盤到博風板邊，伏做一塊兒，張那樓上時，見那金槍手徐寧和娘子對坐爐邊向火，懷裡抱著一個六七歲孩兒。時遷看那臥房裡時，見梁上果然有個大皮匣拴在上面；房門口掛著一副弓箭，一口腰刀；衣架上著各色衣服。徐寧口裡叫道：「梅香，你來與我折了衣服。」下面一個丫鬟上來，就側首春台上，先折了一領紫繡圓領；又折一領官綠襯裡襖子，並下面五色花繡踢串，一個護項彩色錦帕，一條紅綠結子，並手帕一包；另用一個小黃帕兒，包著一條雙獺尾荔枝金帶，也放在包袱內，把來安在烘籠上。——時遷多看在眼裡。約至二更以後，徐寧收拾上床，娘子問道：「明日隨直（進宮值日）也不？」徐寧道：「明日正是天子駕幸龍符宮，須用早起五更去伺候。」娘子聽了，便吩咐梅香道：「官人明日要起五更，出去隨班；你們四更起來燒湯，安排點心。」時遷自忖道：「眼見得梁上那個皮匣子，便是盛甲在裡面。我若趁半夜下手便好；倘若鬧將起來，明日出不得城，卻不誤了大事？……且捱到五更裡下手不遲。」

聽得徐寧夫妻兩口兒上床睡了，兩個丫鬟在房門外打鋪。房裡桌上，卻點著碗燈。那五個人都睡著了。兩個梅香一日伏侍到晚，精神困倦，亦皆睡了。時遷溜下來，去身邊取個蘆管兒，就窗櫺眼裡只一吹，把那碗燈早吹滅了。看看伏到四更左側，徐寧起來，便喚丫鬟起來燒湯。那兩個使女，從睡夢裡起來，看房裡沒了燈，叫道：「阿呀，今夜卻沒了燈！」徐寧道：「你不去後面討燈，等幾時！」那個梅香開樓門，下胡梯響。時遷聽得，卻從柱下只一溜，來到後門邊黑影裡伏了。聽得丫鬟正開後門出來，便去開牆門，時遷卻潛入廚房裡，貼身在廚桌下。梅香討了燈火入來看時，又去關門，卻來灶前燒火。這個女使也起來生炭火上樓去。多時湯滾，捧面湯上去，徐寧洗漱了，叫燙些熱酒上來。丫鬟安排肉食炊餅上去，徐寧吃罷，叫把飯與外面當直的吃。時遷聽得徐寧下來，叫伴當吃了飯，背著包袱，拿了金槍出門。兩個梅香點著燈，送徐寧出去，時遷卻從廚桌下出來，便上樓去，從槅子邊直踅到梁上，卻把身軀伏了。兩個丫鬟，又關閉了門戶，吹滅了燈火，上樓來，脫了衣裳，倒頭便睡。

時遷聽那兩個梅香睡著了，在梁上把那蘆管兒指燈一吹，那燈又早滅了。時遷卻從梁上輕輕解了皮匣，正要下來，徐寧的娘子覺來，聽得響，叫梅香道：「梁上甚麼響？」時遷做老鼠叫。丫鬟道：「娘子不聽得是老鼠叫？因廝打，這般響。」時遷就便學老鼠廝打，溜將下來，悄悄地開了樓門，款款地背著皮匣，下得胡梯，從裡面直開到外門，來到班門口，已自有那隨班的人出門，四更便開了鎖。時遷得了皮匣，從人隊裡，趁鬧出去了，一口氣奔出城外，到客店門前。此時天色未曉，敲開店門，去房裡取出行李，拴束做一擔兒挑了，計算還了房錢，出離店肆，投東便走。

行到四十里外，方才去食店裡打火做些飯吃，只見一個人也撞將入來。時遷看時，不是別人，卻是神行太保戴宗。見時遷已得了物，兩個暗暗說了幾句話，戴宗道：「我先將甲投山寨去，你與湯隆慢慢地來。」時遷打開皮匣，取出那副雁翎鎖子甲來，做一包袱包了。戴宗拴在身上，出了店門，作起神行法，自投梁山泊去了。

時遷卻把空皮匣子明明的拴在擔子上，吃了飯食，還了打火錢（飯錢），挑上擔兒，出店門便走。到二十里路上，撞見湯隆，兩個便入酒店裡商量。湯隆道：「你只依我從這條路去，但過路上酒店、飯店、客店，門上若見有白粉圈兒，你便可就在那店裡買酒買肉吃；客店之中，就便安歇；特地把這皮匣子放在他眼睛頭。離此間一程外等我。」時遷依計去了。湯隆慢慢地吃了一回酒，卻投東京城裡來。

且說徐寧家裡。天明，兩個丫鬟起來，只見樓門也開了，下面中門大門都不關，慌忙家裡看時，一應物件都有，二個丫鬟上樓來，對娘子說道：「不知怎的門戶都開了，卻不曾失了物件。」娘子便道：「五更裡聽得梁上響，你說是老鼠廝打，你且看那皮匣子沒甚麼事？」兩個丫鬟看了，只叫得苦：「皮匣子不知那裡去了！」那娘子聽了，慌忙起來道：「快央人去龍符宮裡，報與官人知道，教他早來跟尋！」丫鬟急急尋人去龍符宮報徐寧；連央了三四替人，都回來說道：「金槍班直隨駕內苑去了；外面都是親軍護御守把，誰人能勾入去？直須等他自歸。」徐寧妻子並兩個丫鬟，如熱鏊子上螞蟻，走投無路，不茶不飯，慌做一團。

徐寧直到黃昏時候，方才卸了衣袍服色，著當直的背了，將著金槍，徑回家來。到得班門口，鄰舍說道：「娘子在家失盜，等候得觀察，不見回來。」徐寧吃了一驚，慌忙走到家裡，兩個丫鬟迎門道：「官人五更出去，卻被賊人閃將入來，單單只把梁上那個皮匣子盜將去了。」徐寧聽罷，只叫那連聲的苦，從丹田底下直滾出口角來。娘子道：「這賊正不知幾時閃在屋裡？」徐寧道：「別的都不打緊；這副雁翎甲，乃是祖宗留傳四代之寶，不曾有失。花兒王太尉曾還我三萬貫錢，我不曾捨得賣與他；恐怕久後軍前陣後要用，生怕有些差池，因此拴在梁上。多少人要看我的，只推沒了。今次聲張起來，枉惹他人疊笑，今卻失去，如之奈何！」徐寧一夜睡不著，思量道：「不知是甚麼人盜了去！——也是曾知我這副甲的人……」娘子想道：「敢是夜來滅了燈時，那賊已躲在家裡了？……必然是有人愛你的，將錢問你買不得，因此使這個高手賊來盜了去。你可央人慢慢緝訪出來，別作商議；且不要『打草驚蛇』。」徐寧聽了，到天明起來，坐在家中納悶。好似：

蜀王春恨，宋玉秋悲，呂虔遺腰下之刀，雷煥失獄中之劍。珠亡照乘，璧碎連城。王愷之珊瑚已毀，無可賠償；裴航之玉杵未逢，難諧歡好。正是鳳落荒坡雕錦羽，龍居淺水失明珠。

這日徐寧正在家中納悶，早飯時分，只聽得有人扣門，當直的出去問了名姓，入去報道：「有個延安府湯知寨兒子湯隆，特來拜望。」徐寧聽罷，教請進客位裡相見。湯隆見了徐寧，納頭拜下，說道：「哥哥一向安樂？」徐寧答道：「聞知舅舅歸天去了，一者官身羈絆，二乃路途遙遠，不能前來吊問。並不知兄弟信息，一向正在何處？今次自何而來？」湯隆道：「言之不盡，自從父親亡故之後，時乖運蹇，一向流落江湖。今從山東徑來京師，探望兄長。」徐寧道：「兄弟少坐。」便叫安排酒食相待。湯隆去包袱內取出兩錠蒜條金，重二十兩，送與徐寧，說道：「先父臨終之日，留下這些東西，教寄與哥哥做遺念。為因無心腹之人，不曾捎來。今次兄弟特地到京師納還哥哥。」徐寧道：「感承舅舅如此掛念，我又不曾有半分孝順處，怎地報答！」湯隆道：「哥哥休恁地說。先父在日之時，常是想念哥哥這一身武藝；只恨山遙水遠，不能勾相見一面，因此留這些物與哥哥做遺念。」徐寧謝了湯隆，交收過了，且安排酒來管待。

湯隆和徐寧飲酒中間，徐寧只是眉頭不展，面帶憂容。湯隆起身道：「哥哥如何尊顏有些不喜？心中必有憂疑不決之事。」徐寧嘆口氣道：「兄弟不知，一言難盡，夜來家間被盜。」湯隆道：「不知失去了何物？」徐寧道：「單單只盜去了先祖留下那副雁翎鎖子甲，又喚做『賽唐猊』。昨夜失了

第五十六回

吳用使時遷盜甲　湯隆賺徐寧上山

這件東西，以此心下不樂。」湯隆道：「哥哥那副甲，兄弟也曾見來，端的無比，先父常常稱贊不盡。卻是放在何處被盜了去？」徐寧道：「我把一個皮匣子盛著，拴縛在臥房中梁上，正不知賊人甚麼時候入來盜了去。」湯隆問道：「卻是甚等樣皮匣子盛著？」徐寧道：「是個紅羊皮匣子盛著，裡面又用香錦裹住。」湯隆假意失驚道：「紅羊皮匣子？不是上面有白線刺著綠雲頭如意，中間有獅子滾繡球的？」徐寧道：「兄弟，你那裡見來？」湯隆道：「小弟夜來離城四十里，在一個村店裡沽些酒吃，見個鮮眼睛黑瘦漢子，擔兒上挑著。我見了，心中也自暗忖道：『這個皮匣子，卻是盛甚麼東西的？』臨出門時，我問道：『你這皮匣子作何用？』那漢子應道：『原是盛甲的，如今胡亂放些衣服。』必是這個人了。我見那廝卻似閃朒了腿的，一步步挑著了走。何不我們追趕他去？」徐寧道：「若是趕得著時，卻不是天賜其便！」湯隆道：「既是如此，不要耽擱，便趕去罷。」

徐寧聽了，急急換上麻鞋，帶了腰刀，提條朴刀，便和湯隆兩個出了東郭門，拽開腳步，迤邐趕來。前面見壁上有白圈酒店裡，湯隆道：「我們且吃碗酒了趕，就這裡問一聲。」湯隆入得門坐下，便問道：「主人家，借問一問，曾有個鮮眼黑瘦漢子，挑個紅羊皮匣子過去麼？」店主人道：「昨夜晚，是有這般一個人挑著個紅羊皮匣子過去了；一似腿上吃跌了的，一步一攧走。」湯隆道：「哥哥，你聽卻如何？」徐寧聽了，做聲不得。

兩個連忙還了酒錢，出門便去。前面又見一個客店，壁上有那白圈，湯隆立住了腳，說道：「哥哥，兄弟走不動了，和哥哥且就這客店裡歇了。明日早去趕。」徐寧道：「我卻是官身，倘或點名不到，官司必然見責，如之奈何？」湯隆道：「這個不用兄長憂心，嫂嫂必自推個事故。」當晚又在客店裡問時，店小二答道：「昨夜有一個鮮眼黑瘦漢子，在我店裡歇了一夜，直睡到今日小日中，方才去了；口裡只問山東路程。」湯隆道：「恁地可以趕了。明日起個四更，定是趕著，拿住那廝，便有下落。」當夜兩個歇了，次日起個四更，離了客店，又迤邐趕來。湯隆但見壁上有白粉圈兒，便做買酒買食吃了問路，處處皆說得一般。徐寧心中急切要那副甲，只顧跟隨著湯隆趕了去。看看天色又晚了，望見前面一所古廟，廟前樹下，時遷放著擔兒，在那裡坐地。湯隆看見，叫道：「好了！前面樹下那個，不是哥哥盛甲的匣子？」徐寧見了，搶向前來，一把揪住時遷，喝道：「你這廝好大膽！如何盜了我這副甲來！」時遷道：「住，住！不要叫！是我盜了你這副甲來，你如今卻是要怎地？」徐寧喝道：「畜生無禮！倒問我要怎的！」時遷道：「你且看匣子裡有甲也無？」湯隆便把匣子打開看時，裡面卻是空的。徐寧道：「你這廝把我這副甲那裡去了！」時遷道：「你聽我說：小人姓張，排行第一，泰安州人氏，本州有個財主，要結識老種經略相公，知道你家有這副雁翎鎖子甲，不肯貨賣，特地使我同一個李三，兩人來你家偷盜，許俺們一萬貫。不想我在你家柱子上跌下來，閃肭了腿，因此走不動。先教李三把甲拿了去，只留得空匣在此。你若要奈何我時，便到官司，只是拚著命，就打死我也不招，休想我指出別人來。若還肯饒我官司時，我和你去討這副甲來還你。」徐寧躊躇了半晌，決斷不下。湯隆便道：「哥哥，不怕他飛了去！只和他去討甲！若無甲時，須有本處官司告理。」徐寧道：「兄弟也說得是。」三個廝趕著，又投客店裡來息了。徐寧、湯隆監住時遷一處宿歇。原來時遷故把些絹帛扎縛了腿，只做閃肭了腿。徐寧見他又走不動，因此十分中只有五分防他。三個又歇了一夜，次日早起來再行，時遷一路買酒買肉陪告（陪小心）。又行了一日。

次日，徐寧在路上心焦起來，不知畢竟有甲也無。正走之間，只見路旁邊三四個頭口，拽出一輛空車子，背後一個人駕車，旁邊一個客人，看著湯隆，納頭便拜。湯隆問道：「兄弟因何到此？」那人答道：「鄭州做了買賣，要回泰安州去。」湯隆道：「最好。我三個要搭車子，也要到泰安州去走一遭。」那人道：「莫說三個上車，再多些也不計較。」湯隆大喜，叫與徐寧相見。徐寧問道：「此

第五十六回

吳用使時遷盜甲　湯隆賺徐寧上山

人是誰？」湯隆答道：「我去年在泰安州燒香，結識得這個兄弟，姓李，名榮，是個有義氣的人。」徐寧道：「既然如此，這張一又走不動，都上車子坐地。」只叫車客駕車子行。四個人坐在車子上，徐寧問道：「張一，你且說與我那個財主姓名。」時遷吃逼不過，三回五次推托，只得胡亂說道：「他是有名的郭大官人。」徐寧卻問李榮道：「你那泰安州曾有個郭大官人麼？」李榮答道：「我那本州郭大官人，是個上戶財主，專好結識官宦來往，門下養著多少閒人。」徐寧聽罷，心中想道：「既有主坐（主犯），必不礙事。」又見李榮一路上說些槍棒，唱幾個曲兒，不覺的又過了一日。

話休絮繁。看看到梁山泊只有兩程多路，只見李榮叫車客把葫蘆去沽些酒來，買些肉來，就車子上吃三杯。李榮把出一個瓢來，先傾一瓢，來勸徐寧，徐寧一飲而盡。李榮再叫傾酒，車客假做手脫，把這一葫蘆酒，都傾翻在地下。李榮喝罵車客再去沽些，只見徐寧口角流涎，撲地倒在車子上了。李榮是誰？卻是鐵叫子樂和。三個從車上跳將下來，趕著車子，直送到旱地忽律朱貴酒店裡。眾人就把徐寧扛扶下船，都到金沙灘上岸。宋江已有人報知，和眾頭領下山接著。徐寧此時麻藥已醒，眾人又用解藥解了。徐寧開眼見了眾人，吃了一驚，便問湯隆道：「兄弟，你如何賺我到這裡？」湯隆道：「哥哥聽我說：小弟今次聞知宋公明招接四方豪傑，因此上在武岡鎮拜黑旋風李逵做哥哥，投托大寨入伙。今被呼延灼用連環甲馬衝陣，無計可破，是小弟獻此鉤鐮槍法。只除是哥哥會使，由此定這條計：使時遷先來盜了你的甲，卻教小弟賺哥哥上路，後使樂和假做李榮，過山時，下了蒙汗藥，請哥哥上山來坐把交椅。」徐寧道：「卻是兄弟送了我也！」宋江執杯向前陪告道：「現今宋江暫居水泊，專待朝廷招安，盡忠竭力報國；非敢貪財好殺，行不仁不義之事；萬望觀察憐此真情，一同替天行道。」林沖也來把盞陪話道：「小弟亦到此間，多說兄長清德，休要推卻。」徐寧道：「湯隆兄弟，你卻賺我到此，家中妻子，必被官司擒捉，如之奈何！」宋江道：「這個不妨。觀察放心，只在小可身上，早晚便取寶眷到此完聚。」晁蓋、吳用、公孫勝，都來與徐寧陪話，安排筵席作慶。一面選揀精壯小嘍羅，學使鉤鐮槍法，一面使戴宗和湯隆星夜往東京，搬取徐寧老小。旬日之間，楊林自潁州取到彭玘老小，薛永自東京取到凌振老小，李雲收買到五車煙火、藥料回寨。更過數日，戴宗、湯隆取到徐寧老小上山。

徐寧見了妻子到來，吃了一驚，問是如何便到得這裡。妻子答道：「自你轉背，官司點名不到，我使了些金銀首飾，只推道患病在床，因此不來叫喚。忽見湯叔叔齎著雁翎甲來；說道：『甲便奪得來了；哥哥只是於路染病，將次（將要）死在客店裡，叫嫂嫂和孩兒便來看視。』把我賺上車子，我又不知路徑，迤邐來到這裡。」徐寧道：「兄弟，好卻好了；只可惜將我這副甲陷在家裡了。」湯隆笑道：「好教哥哥歡喜：打發嫂嫂上車之後，我便復翻身去賺了這甲，誘了這兩個丫鬟，收拾了家中應有細軟，做一擔兒挑在這裡。」徐寧道：「恁地時，我們不能勾回東京去了。」湯隆道：「我又教哥哥再知一件事：來在半路上，撞見一伙客人，我把哥哥的雁翎甲穿了，搽畫了臉，說哥哥名姓，劫了那伙客人的財物；這早晚東京已自遍行文書，捉拿哥哥。」徐寧道：「兄弟，你也害得我不淺！」晁蓋、宋江都來陪話道：「若不是如此，觀察如何肯在這裡住？」隨即撥定房屋，與徐寧安頓老小。眾頭領且商議破連環馬軍之法。

此時雷橫監造鉤鐮槍已都完備。宋江、吳用等啟請徐寧，教眾軍健學使鉤鐮槍法。徐寧道：「小弟今當盡情剖露，訓練眾軍頭目，揀選身材長壯之士。」眾頭領都在聚義廳上看徐寧選軍，說那個鉤鐮槍法。有分教，三千甲馬登時破，一個英雄指日降。畢竟金槍徐寧怎的敷演鉤鐮槍法，且聽下回分解。

第五十七回

徐寧教使鉤鐮槍　宋江大破連環馬

話說晁蓋、宋江、吳用、公孫勝與眾頭領，就聚義廳上啟請徐寧，教使鉤鐮槍法。眾人看徐寧時，果是一表好人物，六尺五六長身體，團團的一個白臉，三牙細黑髭髯，十分腰圍膀闊。曾有一篇西江月單道徐寧模樣：

臂健開弓有準，身輕上馬如飛。彎彎兩道臥蠶眉，鳳翥鸞翔子弟。戰鎧細穿柳葉，烏巾斜帶花枝。常隨寶駕侍丹墀，槍手徐寧無對。

當下徐寧選軍已罷，便下聚義廳來，拿起一把鉤鐮槍，自使一回。眾人見了喝采。徐寧便教眾軍道：「但凡馬上使這般軍器，就腰胯裡做步上來，上中七路，三鉤四撥，一搠一分，共使九個變法。若是步行使這鉤鐮槍，亦最得用。先使八步四撥，蕩開門戶；十二步一變，十六步大轉身。分鉤鐮搠繳，二十四步，那上攢下，鉤東撥西；三十六步，渾身蓋護，奪硬鬥強：此是鉤鐮槍正法。有詩訣為證：『四撥三鉤通七路，共分九變合神機。二十四步那前後，一十六翻大轉圍。』」徐寧將正法一路路敷演，教眾頭領看。眾軍漢見了徐寧使鉤鐮槍，都喜歡。就當日為始，將選揀精銳壯健之人，曉夜習學。又教步軍藏林伏草，鉤蹄拽腿，下面三路暗法。不到半月之間，教成山寨五七百人，宋江並眾頭領看了大喜，準備破敵。

卻說呼延灼自從折了彭玘、凌振，每日只把馬軍來水邊搦戰。山寨中只教水軍頭領牢守各處灘頭，水底釘了暗樁。呼延灼雖是在山西山北兩路出哨，決不能勾到山寨邊。梁山泊卻叫凌振製造了諸般火炮，克日定時，下山對敵；學使鉤鐮槍軍士，已都學成。宋江道：「不才淺見，未知合眾位心意否？」吳用道：「願聞其略。」宋江道：「明日並不用一騎馬軍，眾頭領都是步戰。孫吳兵法，卻利於山林沮澤。今將步軍下山，分作十隊誘敵；但見軍馬衝掩將來，都望蘆葦荊棘林中亂走。卻先把鉤鐮槍軍士埋伏在彼，每十個會使鉤鐮槍的，間著十個撓鉤手；但見馬到，一攪鉤翻，便把撓鉤搭將入去捉了。平川窄路，也如此埋伏。此法如何？」吳學究道：「正應如此藏兵捉將。」徐寧道：「鉤鐮槍並撓鉤，正是此法。」

宋江當日，分撥十隊步軍人馬：劉唐、杜遷引一隊；穆弘、穆春引一隊；楊雄、陶宗旺引一隊；朱仝、鄧飛引一隊；解珍、解寶引一隊；鄒淵、鄒潤引一隊；一丈青、王矮虎引一隊；薛永、馬麟引一隊；燕順、鄭天壽引一隊；楊林、李雲引一隊。——這十隊步軍，先行下山誘引敵軍。再差李俊、張橫、張順、三阮、童威、童猛、孟康，九個水軍頭領，乘駕戰船接應；再叫花榮、秦明、李應、柴進、孫立、歐鵬，六個頭領，乘馬引軍，只在山邊搦戰；凌振、杜興，專放號炮；卻叫徐寧、湯隆，總行招引使鉤鐮槍軍士；中軍宋江、吳用、公孫勝、戴宗、呂方、郭盛，總制軍馬，指揮號令；其餘頭領俱各守寨。

宋江分撥已定，是夜三更，先載使鉤鐮槍軍士過渡，四面去分頭埋伏已定。四更，卻渡十隊步軍過去。凌振、杜興，載過風火炮，架上高埠去處，豎起炮架，擱上火炮。徐寧、湯隆，各執號帶（標幟）渡水。平明時分，宋江守中軍人馬，隔水擂鼓吶喊搖旗。呼延灼正在中軍帳內，聽得探子報知，傳令便差先鋒韓滔先來出哨。隨即鎖上連環甲馬，呼延灼全身披掛，騎了踢雪烏騅馬，仗著雙鞭，大驅車馬，殺奔梁山泊來。隔水望見宋江引著許多人馬，呼延灼教擺開馬軍。先鋒韓滔來與呼延灼商議道：「正南上一隊步軍，不知多少的？」呼延灼道：「休問他多少，只顧把連環馬衝將去！」韓滔引著五百馬軍，飛哨出去。又見東南上一隊軍兵起來，卻欲分兵去哨，只見西南上又有起一隊旗號，招颭吶喊。韓滔再引軍回來，對呼延灼道：「南邊三隊賊兵，都是梁山泊旗號。」呼延灼道：「這廝許多時不出來廝殺，必有計策。」說猶未了，只聽得北邊一聲炮響。呼延灼罵道：「這炮必是凌振從賊，教他施放。」眾人平南一望，只見北邊又擁起三隊旗號，呼延灼對韓滔道：「此必是賊人奸計。我和你把人馬分為兩路：我去殺北邊人馬，你去殺南邊人馬。」正欲分兵之際，只見西邊又是四隊人馬起來，呼延灼心慌；又聽得正北上連珠炮響，一帶直接到土坡上。那一個母炮周回接著四十九個子炮，名為「子母炮」，響處風威大作。呼延灼軍兵，不戰自亂，急和韓滔各引馬步軍兵四下衝突。這十隊步軍，東趕東走，西趕西走，呼延灼看了大怒，引兵望北衝將來。宋江軍兵盡投蘆葦中亂走，呼延灼大驅連環馬，捲地而來。那甲馬一齊跑發，收勒不住，盡望敗葦折蘆之中，枯草荒林之內跑了去。只聽裡面胡哨響處，鉤鐮槍一齊舉手。先鉤倒兩邊馬腳，中間的甲馬，便自咆哮起來。那撓鉤手軍士，一齊搭住，蘆葦中只顧縛人。呼延灼見中了鉤鐮槍計，便勒馬回南邊去趕韓滔。背後風火炮當頭打將下來；這邊那邊，漫山遍野，都是步軍追趕著。韓滔、呼延灼部領的連環甲馬，亂滾滾都攧入荒草蘆葦之中，盡被捉了。

二人情知中了計策，縱馬去四面跟尋馬軍，奪路奔走時，更兼那幾條路上，麻林般擺著梁山泊旗號，不敢投那幾條路走，一直便望西北上來。行不到五六里路，早擁出一隊強人，當先兩個好漢攔路：一個是沒遮攔穆弘，一個是小遮攔穆春，拈兩條朴刀大喝道：「敗將休走！」呼延灼忿怒，舞起雙鞭，縱馬直取穆弘、穆春。略鬥四五合，穆春便走。呼延灼只怕中了計，不來追趕，望正北大路而走。山坡下又轉出一隊強人，當先兩個好漢攔路：一個是兩頭蛇解珍，一個是雙尾蠍解寶，各挺鋼叉，直奔前來。呼延灼舞起雙鞭，來戰兩個，鬥不到五七合，解珍、解寶拔步便走。呼延灼趕不過半里多路，兩邊鑽出二十四把鉤鐮槍，著地捲將來。呼延灼無心戀戰，撥轉馬頭，望東北上大路便走；又撞著王矮虎、一丈青夫妻二人，截住去路。呼延灼見路徑不平，四下兼有荊棘遮攔，拍馬舞鞭，殺開條路，直衝過去。王矮虎、一丈青趕了一直，趕不上，呼延灼自投東北上去了。殺得大敗虧輸，雨零星亂。有詩為證：

十路軍兵振地來，烏騅踢雪望風回。
連環盡被鉤鐮破，剩得雙鞭出九垓。

話分兩頭。且說宋江鳴金收軍回山，各請功賞。三千連環甲馬，有停半被鉤鐮槍撥倒，傷損了馬蹄，剝去皮甲，把來做菜馬食；二停多好馬，牽上山去餵養，作坐馬。帶甲軍士，都被生擒上山。五千步軍，被三面圍得緊急，有望中軍躲的，都被鉤鐮槍拖翻捉了；望水邊逃命的，盡被水軍頭領圍裹上船去，拽過灘頭，拘捉上山。先前被拿去的馬匹並捉去軍士，盡行復奪回寨。把呼延灼寨柵盡數拆來，水邊泊內，搭蓋小寨，再造兩處做眼酒店房屋等項，仍前著孫新、顧大嫂、石勇、時遷，兩處開店。劉唐、杜遷拿得韓滔，把來綁縛，解到山寨。宋江見了，親解其縛，請上廳來，以禮陪話，相待筵宴；令彭玘、凌振說他入伙。韓滔也是七十二煞之數，自然意氣相投，就梁山泊做了頭領。宋江便教修書，使人往陳州搬取韓滔老小，來山寨中完聚。宋江喜得破了連環馬，又得了許多軍馬、衣甲、盔刀，每日做筵席慶喜；仍舊調撥各路守把，提防官兵，不在話下。

卻說呼延灼折了許多官軍人馬，不敢回京，獨自一個騎著那匹踢雪烏騅馬，把衣甲拴在馬上，於路逃難，卻無盤纏；解下束腰金帶，賣來盤纏，在路尋思道：「不想今日閃得我如此，卻是去投誰好？」猛然想起：「青州慕容知府，舊與我有一面相識，何不去那裡投奔他，卻打慕容貴妃的關節，那時再引軍來報仇未遲。」

在路行了二日，當晚又飢又渴。見路旁一個村酒店，呼延灼下馬，把馬拴在門前樹上；入來店內，把鞭子放在桌上，坐下了，叫酒保取酒肉來吃。酒保道：「小人這裡只賣酒，要肉時，村裡卻才殺羊；若要，小人去回（買）買。」呼延灼把腰裡料袋解下來，取出些金帶倒換的碎銀兩，把與酒保道：「你可回一腳羊肉，與我煮了，就對付草料，餵養我這匹馬。今夜只就你這裡宿一宵，明日自投青州府裡去。」酒保道：「官人，此間宿不妨，只是沒好床帳。」呼延灼道：「我是出軍的人，但有歇處便罷。」酒保拿了銀子，自去買羊肉。呼延灼把馬背上捎的衣甲取將下來，鬆了肚帶，坐在門前，等了半晌，只見酒保提一腳羊肉歸來。呼延灼便叫煮了，回三斤麵來打餅，打兩角酒來。酒保一面煮肉打餅，一面燒腳湯，與呼延灼洗了腳，便把馬牽放屋後小屋下。酒保一面切草煮料，呼延灼先討熱酒吃了一回。少刻肉熟，呼延灼叫酒保，也與他些酒肉吃了，吩咐道：「我是朝廷軍官，為因收捕梁山泊失利，待往青州投慕容知府，你好生與我餵養這匹馬。——是今上御賜的，名為踢雪烏騅馬。明日我重重賞你。」酒保道：「感承相公。卻有一件事教相公得知：離此間不遠，有座山，喚做桃花山。山上有一伙強人，為頭的是打虎將李忠，第二個是小霸王周通，聚集著五七百小嘍羅，打家劫舍，時常來攪惱村坊。官司累次著仰捕盜官軍來，收捕他不得，相公夜間須用小心醒睡。」呼延灼說道：「我有萬夫不當之勇，便道那廝們全伙都來，也待怎生！只與我好生喂養這匹馬。」吃了一回酒肉餅子，酒保就店裡打了一鋪，安排呼延灼睡了。

一者呼延灼連日心悶，二乃又多了幾杯酒，就和衣而臥。一覺直睡到三更方醒，只聽得屋後酒保在那裡叫屈起來。呼延灼聽得，連忙跳將起來，提了雙鞭，走去屋後問道：「你如何叫屈？」酒保道：「小人起來上草，只見籬笆推翻，被人將相公的馬偷將去了。遠遠地望見三四里火把尚明，一定是那裡去了。」呼延灼道：「那里正是何處？」酒保道：「眼見得那條路上，正是桃花山小嘍羅偷得去了。」呼延灼吃了一驚，便叫酒保引路，就田塍（田間土埂）上趕了二三里。火把看看不見，正不知投那裡去了。呼延灼說道：「若無了御賜的馬，卻怎的是好！……」酒保道：「相公明日須去州裡告了，差官軍來剿捕，方才能勾這匹馬。」

呼延灼悶悶不已，坐到天明，叫酒保挑了衣甲，逕投青州。來到城裡時，天色已晚了，且在客店裡歇了一夜。次日天曉，逕到府堂階下，參拜了慕容知府。知府大驚，問道：「聞知將軍收捕梁山泊草寇，如何卻到此間？」呼延灼只得把上項訴說了一遍。慕容知府聽了道：「雖是將軍折了許多人馬，此非慢功之罪，中了賊人奸計，亦無奈何。下官所轄地面，多被草寇侵害。將軍到此，可先掃清桃花山，奪取那匹御賜的馬；卻連那二龍山、白虎山兩處強人，一發剿捕了時，下官自當一力保奏，再教將軍引兵復仇如何？」呼延灼再拜道：「深謝恩相主監（照顧）。若蒙如此，誓當效死報德！」慕容知府教請呼延灼去客房裡暫歇，一面更衣宿食。那挑甲酒保，自叫他回去了。

一住三日，呼延灼急欲要這匹御賜馬，又來稟覆知府，便教點軍。慕容知府便點馬步軍二千，借與呼延灼，又與了一匹青鬃馬。呼延灼謝了恩相，披掛上馬，帶領軍兵前來奪馬，逕往桃花山進發。

第五十七回

徐寧教使鉤鐮槍　宋江大破連環馬

且說桃花山上打虎將李忠與小霸王周通，自得了這匹踢雪烏騅馬，每日在山上慶喜飲酒。當日有伏路小嘍羅報道：「青州軍馬來也！」小霸王周通起身道：「哥哥守寨，兄弟去退官軍。」便點起一百小嘍羅，綽槍上馬，下山來迎敵官軍。

卻說呼延灼引起二千兵馬來到山前，擺開陣勢，呼延灼當先出馬，厲聲高叫：「強賊早來受縛！」小霸王周通將小嘍羅一字擺開，便挺槍出馬。怎生打扮：

身著團花宮錦襖，手持走水綠沉槍。
聲雄面闊鬚如戟，盡道周通賽霸王。

呼延灼見了周通，便縱馬向前來戰。周通也躍馬來迎。二馬相交，鬥不到六七合，周通氣力不加，撥轉馬頭，往山上便走。呼延灼趕了一直，怕有計策，急下山來，紮住寨柵，等候再戰。

卻說周通回寨，見了李忠，訴說：「呼延灼武藝高強，遮攔不住，只得且退上山；倘或他趕到寨前來，如之奈何！」李忠道：「我聞二龍山寶珠寺花和尚魯智深在彼，多有人伴；更兼有個甚麼青面獸楊志，又新有個行者武松，都有萬夫不當之勇。不如寫一封書，使小嘍羅去那裡求救。若解得危難，拚得投托他大寨，月終納他些進奉也好。」周通道：「小弟也多知他那裡豪傑；只恐那和尚記當初之事，不肯來救。」李忠笑道：「他那時又打了你，又得了我們許多金銀酒器，如何倒有見怪之心？他是個直性的好人，使人到彼，必然親引軍來救應。」周通道：「哥哥也說得是。」就寫了一封書，差兩個了事的小嘍羅，從後山踅將下去，取路投二龍山來。行了兩日，早到山下，那裡小嘍羅問了備細來情。

且說寶珠寺裡大殿上坐著三個頭領：為首是花和尚魯智深，第二是青面獸楊志，第三是行者二郎武松。前面山門下坐著四個小頭領：一個是金眼彪施恩，原是孟州牢城施管營的兒子，為因武松殺了張都監一家人口，官司著落他家追捉凶身，以此連夜挈家逃走在江湖上；後來父母俱亡，打聽得武松在二龍山，連夜投奔入伙。一個是操刀鬼曹正，原是同魯智深、楊志收奪寶珠寺殺了鄧龍，後來入伙。一個是菜園子張青，一個是母夜叉孫二娘。這是夫妻兩個，原是孟州道十字坡賣人肉饅頭的；因魯智深、武松連連寄書招他，亦來投奔入伙。曹正聽得說桃花山有書，先來問了詳細，直去殿上，稟覆三個大頭領知道。智深便道：「洒家當初離五台山時，到一個桃花村投宿，好生打了那周通撮鳥一頓。李忠那廝，卻來認得洒家，卻請去上山吃了一日酒，結識洒家為兄，留俺做個寨主。俺見這廝們慳吝，被俺捲了若干金銀酒器撒開他。如今來求救，且看他說甚麼。放那小嘍羅上關來。」

曹正去不多時，把那小嘍羅引到殿下，唱了喏，說道：「青州慕容知府，近日收得個征進梁山泊失利的雙鞭呼延灼。如今慕容知府，先教掃蕩俺這裡桃花山、二龍山、白虎山幾座山寨，卻借軍與他收捕梁山泊復仇。俺的頭領，今欲啟請大頭領將軍，下山相救，明朝無事了時，情願來納進奉。」楊志道：「俺們各守山寨，保護山頭，本不去救應的是。洒家一者怕壞了江湖上豪傑；二者恐那廝得了桃花山，便小覷了洒家這裡。可留下張青、孫二娘、施恩、曹正，看守寨柵，俺三個親自走一遭。」隨即點起五百小嘍羅，六十餘騎軍馬，各帶了衣甲軍器，徑往桃花山來。

卻說李忠知二龍山消息，自引了三百小嘍羅下山策應。呼延灼聞知，急領所部軍馬，攔路列陣，舞鞭出馬，來與李忠相持。怎見李忠模樣：

頭尖骨臉似蛇形，槍棒林中獨擅名。

打虎將軍心膽大，李忠祖是霸陵生。

原來李忠祖貫濠州定遠人氏，家中祖傳靠使槍棒為生；人見他身材壯健，因此呼他做「打虎將」。當時下山來與呼延灼交戰，李忠如何敵得呼延灼過，鬥了十合之上，見不是頭，撥開軍器便走。呼延灼見他本事低微，縱馬趕上山來。小霸王周通正在半山裡看見，便飛下鵝卵石來，呼延灼慌忙回馬下山來。只見官軍迭頭吶喊，呼延灼便問道：「為何吶喊？」後軍答道：「遠望見一彪軍馬飛奔而來。」呼延灼聽了，便來後軍隊裡看時，見塵頭起處，當頭一個胖大和尚，騎一匹白馬，那人是誰？正是：

自從落髮寓禪林，萬里曾將壯士尋。臂負千斤扛鼎力，天生一片殺人心。欺佛祖，喝觀音，戒刀禪杖冷森森。不看經卷花和尚，酒肉沙門魯智深。

魯智深在馬上大喝道：「那個是梁山泊殺敗的撮鳥，敢來俺這裡嚇唬人！」呼延灼道：「先殺你這個禿驢，豁我心中怒氣！」魯智深輪動鐵禪杖，呼延灼舞起雙鞭，二馬相交，兩邊吶喊。鬥四五十合，不分勝敗。呼延灼暗暗喝采道：「這個和尚，到恁地了得！」兩邊鳴金，各自收軍暫歇。

呼延灼少停，再縱馬出陣，大叫：「賊和尚再出來，與你定個輸贏，見個勝敗！」魯智深卻待正要出馬，側首惱犯了這個英雄，叫道：「大哥少歇，看洒家去捉這廝！」那人舞刀出馬。來戰呼延灼的是誰？正是：

曾向京師為制使，花石綱累受艱難。虹霓氣逼牛斗寒。刀能安宇宙，弓可定塵寰。虎體狼腰猿臂健，跨龍駒穩坐雕鞍。英雄聲價滿梁山。人稱青面獸，楊志是軍班。

當下楊志出馬，來與呼延灼交鋒。兩個鬥到四十餘合，不分勝敗。呼延灼見楊志手段高強，尋思道：「怎的那裡走出這兩個來？好生了得！不是綠林中手段！」楊志也見呼延灼武藝高強，賣個破綻，撥回馬，跑回本陣。呼延灼也勒轉馬頭，不來追趕。兩邊各自收軍。魯智深便和楊志商議道：「俺們初到此處，不宜逼近下寨。且退二十里，明日卻再來廝殺。」帶領小嘍羅，自過附近山岡下寨去了。

卻說呼延灼在帳中納悶，心內想道：「指望到此勢如劈竹，便拿了這伙草寇，怎知卻又逢著這般對手！我直如此命薄！」正沒擺布處，只見慕容知府使人來喚道：「叫將軍且領兵回來，保守城中。今有白虎山強人孔明、孔亮，引人馬來青州借糧，怕府庫有失，特令來請將軍回城守備。」呼延灼聽了，就這機會，帶領軍馬，連夜回青州去了。

次日，魯智深與楊志、武松，又引了小嘍羅搖旗吶喊，直到山下來看時，一個軍馬也無了。倒吃了一驚。山上李忠、周通，引人下來，拜請三位頭領上到山寨裡，殺牛宰馬，筵席相待，一面使人下山，探聽前路消息。

且說呼延灼引軍回到城下，卻見了一彪軍馬，正來到城邊。為頭的乃是白虎山下孔太公的兒子毛頭星孔明、獨火星孔亮。兩個因和本鄉一個財主爭競，把他一門良賤盡都殺了，聚集起五七百人，占住白虎山，打家劫舍。因為青州城裡有他的叔叔孔賓，被慕容知府捉下，監在牢裡，孔明、孔亮特地點起山寨小嘍羅，來打青州，要救叔叔孔賓。正迎著呼延灼軍馬，兩邊擁著，敵住廝殺，呼延灼便出馬到陣前。慕容知府在城樓上觀看，見孔明當先，挺槍出馬，直取呼延灼。兩馬相交，鬥到二十餘合，呼延灼要在知府跟前顯本事；又值孔明武藝不精，只辦得架隔遮攔，鬥到間深裡，被呼延灼就馬上把孔明活捉了去，孔亮只得引了小嘍羅便走。慕容知府在敵樓上指著，叫呼延灼引軍去趕，官兵一掩，活捉得百十餘人。孔亮大敗，四散奔走，至晚尋個古廟安歇。

卻說呼延灼活捉得孔明，解入城中，來見慕容知府。知府大喜，叫把孔明大枷釘下牢裡，和孔賓一處監收；一面賞勞三軍；一面管待呼延灼，備問桃花山消息。呼延灼道：「本待是『甕中捉鱉，手到拿來』，無端又被一伙強人前來救應；數內一個和尚，一個青臉大漢，二次交鋒，各無勝敗。這兩個武藝不比尋常，不是綠林中手段，因此未曾拿得。」慕容知府道：「這個和尚，便是延安府老種經略帳前軍官提轄魯達；今次落髮為僧，喚做花和尚魯智深。這一個青臉大漢，亦是東京殿帥府制使官，喚做青面獸楊志。再有一個行者，喚做武松，原是景陽岡打虎的武都頭：——這三個占住二龍山，打家劫舍，累次拒敵官軍，殺了三五個捕盜官，直至如今，未曾捉得。」呼延灼道：「我見這廝們武藝精熟，原來卻是楊制使和魯提轄。名不虛傳！恩相放心，呼延灼已見他們本事了。只在早晚，一個個活捉了解官。」知府大喜，設筵管待已了，且請客房內歇，不在話下。

卻說孔亮引了敗殘人馬，正行之間，猛可裡樹林中撞出一彪軍馬，當先一籌好漢，怎生打扮，有西江月為證：

直裰冷披黑霧，戒箍光射秋霜。額前剪髮拂眉長，腦後護頭齊項。頂骨數珠燦白，雜絨條結微黃。鋼刀兩口迸寒光，行者武松形象。

孔亮見了是武松，慌忙滾鞍下馬，便拜道：「壯士無恙？」武松連忙答應，扶起問道：「聞知足下弟兄們占住白虎山聚義，幾次要來拜望，一者不得下山，二乃路途不順，以此難得相見。今日何事到此？」孔亮把救叔叔孔賓陷兄之事，告訴了一遍。武松道：「足下休慌。我有六七個弟兄，見在二龍山聚義。今為桃花山李忠、周通，被青州官軍攻擊得緊，來我山寨求救。魯、楊二頭領引了孩兒們先來與呼延灼交戰。兩個廝並了一日，呼延灼夜間去了。山寨中留我弟兄三人筵宴，把這匹御賜馬送與我們。今我部領頭隊人馬回山，他二位隨後便到。我叫他去打青州，救你叔兄如何？」

孔亮拜謝武松，等了半晌，只見魯智深、楊志兩個並馬都到。武松引孔亮拜見二位，備說：「那時我與宋江在他莊上相會，多有相擾。今日俺們可以義氣為重，聚集三山人馬，攻打青州，殺了慕容知府，擒獲呼延灼，各取府庫錢糧，以供山寨之用，如何？」魯智深道：「洒家也是這般思想（想法）。便使人去桃花山報知，叫李忠、周通引孩兒們來，俺三處一同去打青州。」

楊志便道：「青州城池堅固，人馬強壯；又有呼延灼那廝英勇；不是俺自滅威風，若要攻打青州時，只除非依我一言，指日可得。」武松道：「哥哥，願聞其略。」那楊志言無數句，話不一席，有分教，青州百姓，家家瓦裂煙飛；水滸英雄，個個摩拳擦掌。畢竟楊志對武松說出怎地打青州，且聽下回分解。

第五十八回

三山聚義打青州　眾虎同心歸水泊

當有武松引孔亮拜告魯智深、楊志，求救哥哥孔明，並叔叔孔賓。魯智深便要聚集三山人馬，前去攻打。楊志道：「若要打青州，須用大隊軍馬，方可打得。俺知梁山泊宋公明大名，江湖上都喚他做及時雨宋江，更兼呼延灼是他那裡仇人。俺們弟兄和孔家弟兄的人馬，都並做一處，洒家這裡，再等桃花山人馬齊備，一面且去攻打青州。孔亮兄弟，你可親身星夜去梁山泊，請下宋公明來，並力攻城，此為上計。亦且宋三郎與你至厚，你們弟兄心下如何？」魯智深道：「正是如此，我只見今日也有人說宋三郎好，明日也有人說宋三郎好，可惜洒家不曾相會。眾人說他的名字，聒得洒家耳朵也聾了，想必其人是個真男子，以致天下聞名。前番和花知寨在清風山時，洒家有心要去和他廝會，及至洒家去時，又聽得說道去了，以此無緣不得相見。罷了！孔亮兄弟，你要救你哥哥時，快親自去那裡告請他們；洒家等先在這裡和那撮鳥們廝殺。」孔亮交付小嘍羅與了魯智深，只帶一個伴當，扮做客商，星夜投梁山泊來。

且說魯智深、楊志、武松三人，去山寨裡喚將施恩、曹正，再帶一二百人下山來相助。桃花山李忠、周通，得了消息，便帶本山人馬，盡數起點，只留三五十個小嘍羅看守寨柵；其餘都帶下山來，青州城下聚集，一同攻打城池，不在話下。

卻說孔亮自離了青州，迤邐來到梁山泊邊催命判官李立酒店裡買酒吃，問路。李立見他兩個來得面生，便請坐地，問道：「客人從那裡來？」孔亮道：「從青州來。」李立問道：「客人要去梁山泊尋誰？」孔亮答道：「有個相識在山上，特來尋他。」李立道：「山上寨中，都是大王住處，你如何去得？」孔亮道：「便是要尋宋大王。」李立道：「既是來尋宋頭領，我這裡有分例。」便叫火家快去安排分例酒來相待。孔亮道：「素不相識，如何見款？」李立道：「客官不知，但是來尋山寨頭領，必然是社火中人故舊交友，豈敢有失祗應！便當去報。」孔亮道：「小人便是白虎山前莊戶孔亮的便是。」李立道：「曾聽得宋公明哥哥說大名來，今日且喜上山。」二人飲罷分例酒，隨即開窗，就水亭上放了一枝響箭。見對港蘆葦深處，早有小嘍羅棹過船來。到水亭下，李立便請孔亮下了船，一同搖到金沙灘上岸，卻上關來。孔亮看見三關雄壯，槍刀劍戟如林，心下想道：「聽得說梁山泊興旺，不想做下這等大事業！」已有小嘍羅先去報知，宋江慌忙下來迎接。孔亮見了，連忙下拜。宋江問道：「賢弟緣何到此？」孔亮拜罷，放聲大哭。宋江道：「賢弟心中有何危厄不決之難，但請盡說不妨。便當不避水火，力為救解，與汝相助，賢弟且請起來。」孔亮道：「自從師父離別之後，老父亡化，哥哥孔明與本鄉上戶爭些閒氣起來，殺了他一家老小，官司來捕捉得緊；因此反上白虎山，聚得五七百人，打家劫舍。青州城裡，卻有叔父孔賓，被慕容知府捉了，重枷釘在獄中；因此我弟兄兩個去打城子（城池），指望救取叔叔孔賓。誰想去到城下，正撞了一個使雙鞭的呼延灼。哥哥與他交鋒，致被他捉了，解送青州，下在牢裡，存亡未保，小弟又被他追殺一陣。次日，正撞著武松，說起師父大名來，他便引我去拜見同伴的：一個是花和尚魯智深，一個是青面獸楊志。他二人一見如故，便商議救兄一事。他道：『我請魯、楊二頭領並桃花山李忠、周通，聚集三山人馬，攻打青州；你可連夜快去梁山泊內，告你師父宋公明，來救你叔兄兩個。』以此今日一逕到此。」宋江道：「此是易為之事，你且放心。先來拜見晁頭領，共同商議。」

宋江便引孔亮參見晁蓋、吳用、公孫勝，並眾頭領，備說呼延灼走在青州，投奔慕容知府，今來捉了孔明，以此孔亮來到，懇告求救。晁蓋道：「既然他兩處好漢，尚兀自仗義行仁，今者三郎和他至愛交友，如何不去？三郎賢弟，你連次下山多遍，今番權且守寨，愚兄替你走一遭。」宋江道：「哥哥是山寨之主，不可輕動。這個是兄弟的事。既是他遠來相投，小可若自不去，恐他弟兄們心下不安；小可情願請幾位弟兄同走一遭。」說言未了，廳上廳下一齊都道：「願效犬馬之勞，跟隨同去。」宋江大喜。當日設筵管待孔亮。飲筵之間，宋江喚鐵面孔目裴宣定撥下山人數，分作五軍起行：前軍便差花榮、秦明、燕順、王矮虎，開路作先鋒；第二隊，便差穆弘、楊雄、解珍、解寶；中軍便是主將宋江、吳用、呂方、郭盛；第四隊便是朱仝、柴進、李俊、張橫；後軍便差孫立、楊林、歐鵬、凌振，催軍作合後。梁山泊點起五軍，共計二十個頭領，馬步軍兵三千人馬。其餘頭領，自與晁蓋守把寨柵。當下宋江別了晁蓋，自同孔亮下山來。梁山人馬分作五軍起發，正是：

初離水泊，渾如海內縱蛟龍；乍出梁山，卻似風中奔虎豹。五軍並進，前後列二十輩英雄；一陣同行，首尾分三千名士卒。繡彩旗如雲似霧，朴刀槍燦雪鋪霜。鸞鈴響，戰馬奔馳；畫鼓振，征夫踴躍。捲地黃塵靄靄，漫天土雨濛濛。寶纛旗中，簇擁著多智足謀吳學究；碧油幢下，端坐定替天行道宋公明。過去鬼神皆拱手，回來民庶盡歌謠。

話說宋江引了梁山泊二十個頭領，三千人馬，分作五軍前進，於路無事，所過州縣，秋毫無犯。

已到青州，孔亮先到魯智深等軍中，報知眾好漢，安排迎接。宋江中軍到了，武松引魯智深、楊志、李忠、周通、施恩、曹正，都來相見了。宋江讓魯智深坐地，魯智深道：「久聞阿哥大名，無緣不曾拜會，今日且喜認得阿哥。」宋江答道：「不才何足道哉！江湖上義士，甚稱吾師清德。今日得識慈顏，平生甚幸。」楊志也起身再拜道：「楊志舊日，經過梁山泊，多蒙山寨重義相留；為是洒家愚迷，不曾肯住。今日幸得義士壯觀山寨，此是天下第一好事。」宋江答道：「制使威名，播於江湖，只恨宋江相會太晚。」魯智深便令左右置酒管待，一一都相見了。

次日，宋江問：「青州一節，近日勝敗如何？」楊志道：「自從孔亮去了，前後也交鋒三五次，各無輸贏。如今青州只憑呼延灼一個；若是拿得此人，覷此城子，如湯潑雪。」吳學究笑道：「此人不可力敵，可用智擒。」宋江道：「用何智可獲此人？」吳學究道：「只除如此如此。」宋江大喜道：「此計大妙！」當日分撥了人馬。次早起軍，前到青州城下，四面盡著軍馬圍住，擂鼓搖旗，吶喊搦戰（挑戰）。城裡慕容知府見報，慌忙教請呼延灼商議：「今次群賊又去報知梁山泊宋江到來，似此如之奈何？」呼延灼道：「恩相放心。群賊到來，先失地利。這廝們只好在水泊裡張狂，今卻擅離巢穴，一個來，捉一個，那廝們如何施展得？請恩相上城，看呼延灼廝殺。」呼延灼連忙披衣甲上馬，叫開城門，放下吊橋，領了一千人馬，近城擺開。宋江陣中，一將出馬。那人手搦（握）狼牙棍，厲聲高罵知府：「濫官，害民賊徒！把我全家誅戮，今日正好報仇雪恨！」慕容知府認得秦明，便罵道：「你這廝是朝廷命官，國家不曾負你，緣何敢造反，若拿住你時，碎屍萬段！可先下手拿這賊！」呼延灼聽了，舞起雙鞭，縱馬直取秦明。秦明也出馬，舞動狼牙大棍，來迎呼延灼。二將交馬，正是對手。有西江月為證：

鞭舞兩條龍尾，棍橫一串狼牙，三軍看得眼睛花。二將縱橫交馬，使棍的聞名寰海，使鞭的聲搖天涯。龍駒虎將亂交加，這廝殺堪描堪畫。

兩個鬥到四五十合，不分勝敗。慕容知府見鬥得多時，恐怕呼延灼有失，慌忙鳴金收軍入城。秦明也不追趕，退回本陣。宋江教眾頭領軍校，且退十五里下寨。

卻說呼延灼回到城中，下馬來見慕容知府，說道：「小將正要拿那秦明，恩相如何收軍？」知府道：「我見你鬥了許多合，但恐勞困，因此收軍暫歇。秦明那廝，原是我這裡統制（武官的職稱），與花榮一同背反，這廝亦不可輕敵。」呼延灼道：「恩相放心，小將必要擒此背義之賊！適間和他鬥時，棍法已自亂了。來日教恩相看我立斬此賊！」知府道：「既是將軍如此英雄，來日若臨敵之時，可殺開條路，送三個人出去：一個教他去往東京求救；兩個教他去鄰近府州，會合起兵，相助剿捕。」呼延灼道：「恩相高見極明。」當日知府寫了求救文書，選了三個軍官，都發放了當。

只說呼延灼回到歇處，卸了衣甲暫歇。天色未明，只聽得軍校來報道：「城北門外土坡上，有三騎私自在那裡看城：中間一個穿紅袍騎白馬的；兩邊兩個，只認得右邊的是小李廣花榮，左邊那個道妝打扮。」呼延灼道：「那個穿紅的，眼見是宋江了；道妝的，必是軍師吳用。你們且休驚動了他，便點一百馬軍，跟我捉這三個。」

呼延灼連忙披掛上馬，提了雙鞭，帶領一百餘騎馬軍，悄悄地開了北門，放下吊橋，引軍趕上坡來。宋江、吳用、花榮三個，只顧呆了臉看城。呼延灼拍馬上坡，三個勒轉馬頭，慢慢走去。呼延灼奮力趕到前面幾株枯樹邊廂，宋江、吳用、花榮三個齊齊的勒住馬。呼延灼方才趕到枯樹邊，只聽得吶聲喊，呼延灼正踏著陷坑，人馬都跌將下坑去了。兩邊走出五六十個撓鉤手，先把呼延灼鉤將起來，綁縛了拿去，後面牽著那匹馬。這許多趕來的馬軍，卻被花榮拈弓搭箭，射倒當頭五七個，後面的勒轉馬，一哄都走了。

宋江回到寨裡坐，左右群刀手，卻把呼延灼推將過來。宋江見了，連忙起身，喝叫：「快解了繩索！」親自扶呼延灼上帳坐定，宋江拜見。呼延灼道：「何故如此？」宋江道：「小可宋江怎敢背負朝廷？蓋為官吏污濫，威逼得緊，誤犯大罪；因此權借水泊裡隨時避難，只待朝廷赦罪招安。不想起動將軍，致勞神力。實慕將軍虎威。今者誤有冒犯，切乞恕罪。」呼延灼道：「被擒之人，萬死尚輕，義士何故重禮陪話？」宋江道：「量宋江怎敢壞得將軍性命？皇天可表寸心。」只是懇告哀求。呼延灼道：「兄長尊意，莫非教呼延灼往東京告請招安，到山赦罪？」宋江道：「將軍如何去得？高太尉那廝，是個心地匾窄之徒，忘人大恩，記人小過。將軍折了許多軍馬錢糧，他如何不見你罪責？如今韓滔、彭玘、凌振，已多在敝山入伙。倘蒙將軍不棄山寨微賤，宋江情願讓位與將軍；等朝廷見用，受了招安，那時盡忠報國，未為晚矣。」

呼延灼沉思了半晌，一者是天罡之數，自然義氣相投；二者見宋江禮貌甚恭，語言有理，嘆了一口氣，跪下在地道：「非是呼延灼不忠於國，實感兄長義氣過人，不容呼延灼不依，願隨鞭鐙。事既如此，決無還理。」有詩為證：

親承天語淨狼煙，不著先鞭願執鞭。
豈昧忠心翻作賊，降魔殿內有因緣。

宋江大喜，請呼延灼和眾頭領相見了，叫問李忠、周通，討這匹踢雪烏騅馬，送將軍騎坐。眾人再商議救孔明之計，吳用道：「只除教呼延灼將軍賺開城門，唾手可得！更兼絕了呼延灼將軍念頭。」宋江聽了，來與呼延灼陪話道：「非是宋江貪劫城池，實因孔明叔侄，陷在縲紲之中，非將軍賺開城門，必不可得。」呼延灼答道：「小將既蒙兄長收錄，理當效力。」當晚點起秦明、花榮、孫立、燕順、呂方、郭盛、解珍、解寶、歐鵬、王英，十個頭領，都扮作軍士衣服模樣，跟了呼延灼，共是十一騎軍馬，來到城邊，直至濠塹上，大呼：「城上開門，我逃得性命回來！」

城上人聽得是呼延灼聲音，慌忙報與慕容知府。此時知府為折了呼延灼，正納悶間，聽得報說呼延灼逃得回來，心中歡喜，連忙上馬，奔到城上；望見呼延灼有十數騎馬跟著，又不見面顏，只認得呼延灼聲音，知府問道：「將軍如何走得回來？」呼延灼道：「我被那廝的陷馬捉了我到寨裡，卻有原跟我的頭目，暗地盜這匹馬與我騎，就跟我來了。」知府只聽得呼延灼說了，便叫軍士開了城門，放下吊橋。十個頭領跟到城門裡，迎著知府，早被秦明一棍，把慕容知府打下馬來。解珍、解寶便放起火來；歐鵬、王矮虎奔上城，把軍士殺散。宋江大隊人馬，見城上火起，一齊擁將入來。宋江急傳令：休教殘害百姓，且收倉庫錢糧。就大牢裡救出孔明，並他叔叔孔賓一家老小，便教救滅了火。把慕容知府一家老幼，盡皆斬首，抄扎家私，分俵眾軍。天明，計點在城百姓被火燒之家，給散糧米救濟。把府庫金帛，倉廒米糧，裝載五六百車；又得了二百餘匹好馬，就青州府裡做個慶喜筵席，請三山頭領同歸大寨。

李忠、周通使人回桃花山，盡數收拾人馬錢糧下山，放火燒毀寨柵。魯智深也使施恩、曹正回二龍山，與張青、孫二娘收拾人馬錢糧，也燒了寶珠寺寨柵。數日之間，三山人馬都皆完備。宋江領了大隊人馬，班師回山。先叫花榮、秦明、呼延灼、朱仝四將開路，所過州縣，分毫不擾。鄉村百姓，扶老挈幼，燒香羅拜迎接。數日之間，已到梁山泊邊。眾多水軍頭領，具舟迎接。晁蓋引領山寨馬步頭領，都在金沙灘迎接。直至大寨，向聚義廳上列位坐定。大排筵慶賀新到山寨頭領，呼延灼、魯智深、楊志、武松、施恩、曹正、張青、孫二娘、李忠、周通、孔明、孔亮：共十二位新上山頭領。坐間，林沖說起相謝魯智深相救一事。魯智深動問道：「洒家自與教頭滄州別後，曾知阿嫂信息否？」林沖答道：「小可自火並王倫之後，使人回家搬取老小，已知拙婦被高太尉逆子所逼，隨即自縊而死；妻父亦為憂疑，染病而亡。」楊志舉起舊日王倫手內上山相會之事，眾人皆道：「此皆注定，非偶然也！」晁蓋說起黃泥岡劫取生辰綱一事，眾皆大笑。次日輪流做筵席，不在話下。

且說宋江見山寨又添了許多人馬，如何不喜，便叫湯隆做鐵匠總管，提督打造諸般軍器，並鐵葉連環等甲；侯健管做旌旗袍服總管，添造三才，九曜，四斗，五方，二十八宿等旗，飛龍，飛虎，飛熊，飛豹旗，黃鉞白旄，朱纓皂蓋。山邊四面築起墩台。重造西路南路二處酒店，招接往來上山好漢，一就探聽飛報軍情。山西路酒店，今令張青、孫二娘，——夫妻二人，原是酒家，——前去看守；山南路酒店，仍令孫新、顧大嫂夫妻看守；山東路酒店，依舊朱貴、樂和；山北路酒店，還是李立、時遷。三關上添造寨柵，分調頭領看守。部領已定，各各遵依，不在話下。

忽一日，花和尚魯智深來對宋公明說道：「智深有個相識，李忠兄弟也曾認的，喚做九紋龍史進；見在華州華陰縣少華山上，和那一個神機軍師朱武，又有一個跳澗虎陳達，一個白花蛇楊春，四個在那裡聚義。洒家常常思念他。昔日在瓦罐寺救助洒家，思念不曾有忘。洒家要去那裡探望他一遭，就取他四個同來入伙，未知尊意如何？」宋江道：「我也曾聞得史進大名，若得吾師去請他來，最好。雖然如此，不可獨自去，可煩武松兄弟相伴走一遭。他是行者，一般出家人，正好同行。」武松應道：「我和師父去。」當日便收拾腰包行李，魯智深只做禪和子（和尚）打扮，武松妝做隨侍行者（僧人）。兩個相辭了眾頭領下山，過了金沙灘，曉行夜住，不止一日，來到華州華陰縣界，徑投少華山來。

且說宋江自魯智深、武松去後，一時容他下山，常自放心不下；便喚神行太保戴宗隨後跟來，探聽消息。

再說魯智深、武松兩個，來到少華山下，伏路小嘍羅出來攔住問道：「你兩個出家人那裡來？」武松便答道：「這山上有史大官人麼？」小嘍羅說道：「既是要尋史大王的，且在這裡少等。我上山報知頭領，便下來迎接。」武松道：「你只說魯智深到來相探。」小嘍羅去不多時，只見神機軍師朱武，並跳澗虎陳達、白花蛇楊春，三個下山來接魯智深、武松，卻不見有史進。魯智深便問道：「史大官人在那裡？卻如何不見他？」朱武近前上覆道：「吾師不是延安府魯提轄麼？」魯智深道：「洒家便是。這行者便是景陽岡打虎都頭武松。」三個慌忙剪拂道：「聞名久矣！聽知二位在二龍山紮寨，今日緣何到此？」魯智深道：「俺們如今不在二龍山了，投托梁山泊宋公明大寨入伙，今者特來尋史大官人。」朱武道：「既是二位到此，且請到山寨中，容小可備細告訴。」魯智深道：「有話便說，待一待，誰鳥耐煩？」武松道：「師父是個性急的人，有話便說何妨。」

朱武道：「小人等三個在此山寨，自從史大官人上山之後，好生興旺。近日史大官人下山，因撞見一個畫匠，原是北京大名府人氏，姓王，名義。因許下西嶽華山金天聖帝廟內妝畫影壁，前去還願。因為帶將一個女兒，名喚玉嬌枝同行，卻被本州賀太守，——原是蔡太師門人，那廝為官貪濫，非理害民。——一日，因來廟裡行香，不想正見了玉嬌枝有些顏色，累次著人來說，要娶他為妾。王義不從，太守將他女兒強奪了去為妾，又把王義刺配遠惡軍州。路經這裡過，正撞見史大官人，告說這件事。史大官人把王義救在山上，將兩個防送公人殺了，直去府裡要刺賀太守；被人知覺，倒吃拿了，見監在牢裡。又要聚起軍馬，掃蕩山寨，我等正在這裡無計可施！」

魯智深聽了道：「這撮鳥敢如此無禮！倒恁麼利害！洒家與你結果了那廝！」朱武道：「且請二位到寨裡商議。」一行五個頭領，都到少華山寨中坐下，便叫王義見魯智深、武松，訴說賀太守貪酷害民，強占良家女子。朱武等一面殺牛宰馬，管待魯智深、武松。飲筵間，魯智深想道：「賀太守那廝好沒道理，我明日與你去州裡打死那廝罷！」武松道：「哥哥不得造次。我和你星夜回梁山泊去報知，請宋公明領大隊人馬來打華州，方可救得史大官人。」魯智深叫道：「等俺們去山寨裡叫得人來，史家兄弟性命不知那裡去了。」武松道：「便殺了太守，也怎地救得史大官人。」武松卻決不肯放魯智深去。朱武又勸道：「吾師且息怒。武都頭也論得是。」魯智深焦躁起來，便道：「都是你這般慢性的人，以此送了俺史家兄弟；你也休去梁山泊報知，看洒家去如何。」眾人那裡勸得住，當晚又諫不從。明早起個四更，提了禪杖，帶了戒刀，徑奔華州去了。武松道：「不聽人說，此去必然有失。」朱武隨即差兩個精細的小嘍羅，前去打聽消息。

卻說魯智深奔到華州城裡，路旁借問州衙在那裡，人指道：「只過州橋，投東便是。」魯智深卻好來到浮橋上，只見人都道：「和尚且躲一躲，太守相公過來。」魯智深道：「俺正要尋他，卻正好撞在洒家手裡！那廝多敢是當死！」賀太守頭踏（開路儀仗隊）一對對擺將過來，看見太守那乘轎子，卻是暖轎（帷幔遮擋的轎）；轎窗兩邊，各有十個虞候簇擁著，人人手執鞭槍鐵鍊，守護兩下。魯智深看了尋思道：「不好打那撮鳥，若打不著，倒吃他笑。」賀太守卻在轎窗眼裡，看見了魯智深欲進不進。過了渭橋，到府中下了轎，便叫兩個虞候吩咐道：「你與我去請橋上那個胖大和尚到府裡赴齋。」虞候領了言語，來到橋上，對魯智深說道：「太守相公請你赴齋。」魯智深想道：「這廝合當死在洒家手裡。俺卻才正要打他，只怕打不著，讓他過去了。俺要尋他，他卻來請洒家。」魯智深便隨了虞候，徑到府裡。太守已自吩咐下了，一見魯智深進到廳前，太守叫放了禪杖，去了戒刀，請後堂赴齋。魯智深初時不肯，眾人說道：「你是出家人，好不曉事，府堂深處，如何許你帶刀杖入去？」魯智深想：「這只俺兩個拳頭，也打碎了那廝腦袋！」廊下放了禪杖、戒刀，跟虞候入來。賀太守正在後堂坐定，把手一招，喝聲：「捉下這禿賊！」兩邊壁衣內，走出三四十個做公的來，横拖倒拽，捉了魯智深。你便是那吒太子，怎逃地網天羅？火首金剛，難脫龍潭虎窟！正是：飛蛾投火身傾喪，怒鱉吞鉤命必傷（步入險境必遭殃）。畢竟魯智深被賀太守拿下，性命如何，且聽下回分解。

第五十九回 吳用賺金鈴吊掛　宋江鬧西嶽華山

話說賀太守把魯智深賺到後堂內，喝聲：「拿下！」眾多做公的，把魯智深簇擁到廳階下。賀太守喝道：「你這禿驢，從那裡來？」魯智深應道：「洒家有甚罪犯？」太守道：「你只實說，誰教你來刺我？」魯智深道：「俺是出家人，你卻如何問俺這話？」太守喝道：「卻才見你這禿驢，意欲要把禪杖打我轎子，卻又思量，不敢下手。你這禿驢好好招了。」魯智深道：「洒家又不曾殺你，你如何拿住洒家，妄指平人？」太守喝罵：「幾曾見出家人自稱洒家。這禿驢必是個關西五路打家劫舍的強盜，來與史進那廝報仇，不打如何肯招。左右好生加力打那禿驢。」魯智深大叫道：「不要打傷老爺。我說與你，俺是梁山泊好漢花和尚魯智深。我死倒不打緊，洒家的哥哥宋公明得知，下山來時，你這顆驢頭趁早兒都砍了送去。」賀太守聽了大怒，把魯智深拷打了一回，教取面大枷來釘了，押下死囚牢裡去。一面申聞（上報文狀）都省，乞請明降。禪杖、戒刀，封入府堂裡去了。

此時鬧動了華州一府。小嘍羅得了這個消息，飛報上山來。武松大驚道：「我兩個來華州干事，折了一個，怎地回去見眾頭領。」正沒理會處，只見山下小嘍羅報道：「有個梁山泊差來的頭領，喚做神行太保戴宗，見在山下。」武松慌忙下來迎接上山，和朱武等三人都相見了，訴說魯智深不聽諫勸失陷一事。戴宗聽了，大驚道：「我不可久停了！就便回梁山泊報與哥哥知道，早遣兵將，前來救取！」武松道：「小弟在這裡專等，萬望兄長早去急來。」戴宗吃了些素食，作起神行法，再回梁山泊來。三日之間，已到山寨；見了晁、宋二頭領，便說魯智深因救史進，要刺賀太守被陷一事。宋江聽罷，失驚道：「既然兩個兄弟有難，如何不救？我今不可耽擱。便須點起人馬，作三隊而行。」前軍點五員先鋒：花榮、秦明、林沖、楊志、呼延灼，引領一千甲馬，二千步軍先行，逢山開路，遇水疊橋；中軍領兵主將宋公明、軍師吳用、朱仝、徐寧、解珍、解寶，共是六個頭領，馬步軍兵二千；後軍主掌糧草，李應、楊雄、石秀、李俊、張順，共是五個頭領押後，馬步軍兵二千，共計七千人馬，離了梁山泊，直取華州來。在路趲行，不止一日；早過了半路，先使戴宗去報少華山上。朱武等三人，安排下豬羊牛馬，醞造下好酒等候。

再說宋江軍馬三隊都到少華山下，武松引了朱武、陳達、楊春三人，下山拜請宋江、吳用，並眾頭領，都到山寨裡坐下。宋江備問城中之事，朱武道：「兩個頭領，已被賀太守監在牢裡，只等朝廷明降發落。」宋江與吳用說道：「怎地定計去救取史進、魯智深？」朱武說道：「華州城郭廣闊，濠溝深遠，急切難打；只除非得裡應外合，方可取得。」吳學究道：「明日且去城邊看那城池如何，卻再商量。」宋江飲酒到晚，巴不得天明，要去看城。吳用諫道：「城中監著兩隻大蟲在牢裡，如何不做提備？白日未可去看。今夜月色必然明朗，申牌前後下山，一更時分，可到那裡窺望。」

當日捱到午後，宋江、吳用、花榮、秦明、朱仝，共是五騎馬下山，迤邐前行。初更時分，已到華州城外。在山坡高處，立馬望華州城裡時，正是二月中旬天氣，月華如晝，天上無一片雲彩；看見華州周圍有數座城門，城高地壯，塹濠深闊。看了半晌，遠遠地望見那西嶽華山時，端的是好座名山，但見：

峰名仙掌，觀隱雲台。上連玉女洗頭盆，下接天河分派水。乾坤皆秀，尖峰彷彿接雲根；山嶽推尊，怪石巍峨侵斗柄。青如澄黛，碧若浮藍。張僧繇（南朝梁國畫家）妙筆畫難成，李龍眠（北宋畫家李公麟，號龍眠居士）天機描不就。深沉洞府，月光飛萬道金霞；崒嵂岩崖，日影動千條紫焰。旁人遙指，雲池波內藕如船；故老傳聞，玉井水中花十丈。巨靈神忿怒，劈開山頂逞神通；陳處士清高，結就茅庵來盹睡。千古傳名推華嶽，萬年香火祀金天。

宋江等看了西嶽華山，見城池厚壯，形勢堅牢，無計可施。吳用道：「且回寨裡去，再作商議。」五騎馬連夜回到少華山上。宋江眉頭不展，面帶憂容。吳學究道：「且差十數個精細小嘍羅下山，去遠近探聽消息。」

兩日內，忽有一人上山來報道：「如今朝廷差個殿司太尉，將領御賜金鈴吊掛來西嶽降香，從黃河入渭河而來。」吳用聽了，便道：「哥哥休憂，計在這裡了。」便叫李俊、張順：「你兩個與我如此如此而行……」李俊道：「只是無人識得地境，得一個引領路道最好。」白花蛇楊春便道：「小弟相幫同去如何？」宋江大喜。三個下山去了。

次日，吳學究請宋江、李應、朱仝、呼延灼、花榮、秦明、徐寧，共七個人，悄悄止帶五百餘人下山。徑到渭河渡口，李俊、張順、楊春已奪下十數隻大船在彼。吳用便叫花榮、秦明、徐寧、呼延灼四個埋伏在岸上；宋江、吳用、朱仝、李應下在船裡；李俊、張順、楊春把船都去灘頭藏了。

眾人等候了一夜。次日天明，聽得遠遠地鑼鳴鼓響，三隻官船到來，船上插著一面黃旗，上寫「欽奉聖旨西嶽降香太尉宿元景」。宋江看了，心中暗喜道：「昔日玄女有言，『遇宿重重喜』，今日既見此人，必有主意。」太尉官船將近河口，朱仝、李應各執長槍，立在宋江、吳用背後。太尉船

第五十九回
吳用賺金鈴吊掛　宋江鬧西嶽華山

到當港截住。船裡走出紫衫銀帶虞候二十餘人，喝道：「你等甚麼船隻，敢當港攔截住大臣？」宋江執著骨朵，躬身聲喏。吳學究立在船頭上說道：「梁山泊義士宋江，謹參祇候。」船上客帳司出來答道：「此是朝廷太尉，奉聖旨去西嶽降香；汝等是梁山泊亂寇，何故攔截！」吳用道：「俺們義士，只要求見太尉尊顏，有告覆的事。」客帳司道：「你等是何等人，敢造次要見太尉！」兩邊虞候喝道：「低聲！」宋江說道：「暫請太尉到岸上，自有商量的事。」客帳司道：「休胡說！太尉是朝廷命臣，如何與你商量？」宋江道：「太尉不肯相見，只怕孩兒們驚了太尉。」朱仝把槍上小號旗只一招動，岸上花榮、秦明、徐寧、呼延灼，引出馬軍來，一齊搭上弓箭，都到河口，擺列在岸上。那船上艄公，都驚得鑽入梢裡去了。客帳司人慌了，只得入去稟覆，宿太尉只得出到船頭上坐定。宋江躬身唱喏道：「宋江等不敢造次。」宿太尉道：「義士何故如此邀截船隻？」宋江道：「某等怎敢邀截太尉？只欲求請太尉上岸，別有稟覆。」宿太尉道：「我今特奉聖旨，自去西嶽降香，與義士有何商議？朝廷大臣，如何輕易登岸？」宋江道：「太尉不肯時，只怕下面伴當亦不相容。」李應把號帶槍一招，李俊、張順、楊春一齊撐出船來。宿太尉看見大驚。李俊、張順明晃晃掣出尖刀在手，早跳過船來，手起先把兩個虞候攧下水裡去。宋江連忙喝道：「休得胡做，驚了貴人！」李俊、張順撲地也跳下水去，早把兩個虞候又送上船來。張順、李俊在水面上如登平地，托地又跳上船來，嚇得宿太尉魂不著體。宋江喝道：「孩兒們且退去，休得驚著貴人，俺自慢慢地請太尉登岸。」宿太尉道：「義士有甚事？就此說不妨。」宋江道：「這裡不是說話處，謹請太尉到山寨告稟，並無損害之心；若懷此念，西嶽神靈誅滅！」

到此時候，不容太尉不上岸，宿太尉只得離船上了岸。眾人牽過一匹馬來，扶策太尉上了馬，不得已隨眾同行。宋江先叫花榮、秦明陪奉太尉上山。宋江隨後也上了馬，吩咐教把船上一應人等，並御香、祭物、金鈴吊掛，齊齊收拾上山；只留下李俊、張順，帶領一百餘人看船。

一行眾頭領都到山上，宋江下馬入寨，把宿太尉扶在聚義廳上當中坐定，眾頭領兩邊侍立著。宋江下了四拜，跪在面前，告覆道：「宋江原是鄆城縣小吏，為彼官司所逼，不得已哨聚山林，權借梁山水泊避難，專等朝廷招安，與國家出力。今有兩個兄弟，無事被賀太守生事陷害，下在牢裡。欲借太尉御香、儀從，並金鈴吊掛，去賺華州；事畢並還，於太尉身上，並無侵犯。乞太尉鈞鑑。」宿太尉道：「不爭你將了御香等物去，明日事露，須連累下官。」宋江道：「太尉回京，都推在宋江身上便了。」宿太尉看了那一班人模樣，怎生推托得？只得應允了。宋江執盞擎杯，設筵拜謝。就把太尉帶來的人穿的衣服都借穿了。於小嘍羅數內，選揀一個俊俏的，剃了髭鬚，穿了太尉的衣服，扮做宿元景；宋江、吳用扮做客帳司；解珍、解寶、楊雄、石秀扮做虞候；小嘍羅都是紫衫銀帶，執著旌節、旗幡、儀仗、法物，擎抬了御香、祭禮、金鈴吊掛；花榮、徐寧、朱仝、李應扮做四個衙兵；朱武、陳達、楊春款住太尉並跟隨一應人等，置酒管待。卻教秦明、呼延灼引一隊人馬，林沖、楊志引一隊人馬，分作兩路取城；教武松預先去西嶽門下伺候，只聽號起行事。

話休絮繁，且說一行人等，離了山寨，徑到河口下船而行，不去報與華州太守，一徑奔西嶽廟來。戴宗先去報知雲台觀觀主，並廟裡職事人等，直至船邊，迎接上岸。香花燈燭，幢幡寶蓋，擺列在前；先請御香上了香亭，廟裡人夫扛抬了，導引金鈴吊掛前行。觀主拜見了太尉，吳學究道：「太尉一路染病不快，且把轎子來。」左右人等，扶策太尉上轎，徑到岳廟裡官廳內歇下。客帳司吳學究對觀主道：「這是特奉聖旨，齎捧御香、金鈴吊掛，來與聖帝供養，緣何本州官員輕慢，不來迎接？」觀主答道：「已使人去報了，敢是便到。」說猶未了，本州先使一員推官，帶領做公的五七十人，將著酒果，來見太尉。原來那扮太尉的小嘍羅雖然模樣相似，卻語言發放不得；因此只教妝做染病，把靠褥圍定在床上坐。推官看了，見來的旌節、門旗、牙仗等物，都是內府製造出的，如何不信？客帳司假意出入，稟覆了兩遭，卻引推官入去，遠遠地階下參拜了。那假太尉只把手指，並不聽得說甚麼。吳用引到面前，埋怨推官道：「太尉是天子前近幸大臣，不辭千里之遙，特奉聖旨到此降香，不想於路染病未痊，本州眾官，如何不來遠接！」推官答道：「前路官司雖有文書到州，不見近報，因此有失迎迓。不期太尉先到廟裡，本是太守便來，奈緣少華山賊人，糾合梁山泊草盜，要打城池，每日在彼提防，以此不敢擅離。特差小官先來貢獻酒禮，太守隨後便來參見。」吳學究道：「太尉涓滴不飲，只叫太守快來商議行禮。」推官隨即教取酒來，與客帳司親隨人把盞了。吳學究又入去稟一遭，將了鑰匙出來，引著推官去看金鈴吊掛，開了鎖，就香帛袋中取出那御賜金鈴吊掛來，叫推官看，便把條竹竿叉起。看時，果然製造得無比，但見：

渾金打就，五彩妝成。雙懸纓絡金鈴，上掛珠璣寶蓋。黃羅密布，中間八爪玉龍盤；紫帶低垂，外壁雙飛金鳳遶。對嵌珊瑚瑪瑙，重圍琥珀珍珠。碧琉璃掩映絳紗燈，紅菡萏參差青翠葉。堪宜金屋瓊樓掛，齋雅稱瑤台寶殿懸。

這一對金鈴吊掛乃是東京內府高手匠人做成的，渾是七寶珍珠嵌造，中間點著碗紅紗燈籠，乃是聖帝殿上正中掛的；不是內府降來，民間如何做得？吳用叫推官看了，再收入櫃匣內鎖了；又將出中書省許多公文，付與推官；便叫太守來商議，揀日祭祀。推官和眾多做公的，都見了許多物件文憑，便辭了客帳司，徑回到華州府裡，來報賀太守。

卻說宋江暗暗地喝采道：「這廝雖然奸猾，也騙得他眼花心亂了。」此時武松已在廟門下了。吳學究又使石秀藏了尖刀，也來廟門下，相幫武松行事；卻又叫戴宗扮虞候。雲台觀主進獻素齋，一面教執事人等安排鋪陳岳廟。宋江閒步看那西嶽廟時，果然是蓋造得好，殿宇非凡，真乃人間天上。宋江來到正殿上，拈香再拜，暗暗祈禱已罷，回至官廳前，門人報道：「賀太守來也。」宋江便叫花榮、徐寧、朱仝、李應，四個衙兵，各執著器械，分列在兩邊；解珍、解寶、楊雄、戴宗，各帶暗器，侍立在左右。

卻說賀太守將帶三百餘人，來到廟前下馬，簇擁入來，假客帳司吳學究、宋江見賀太守帶著三百餘人，都是帶刀公吏人等入來，吳學究喝道：「朝廷太尉在此，閒雜人不許近前！」眾人立住了腳，賀太守獨自進前來拜見太尉。客帳司道：「太尉教請太守入來廝見。」賀太守入到官廳前，望著假太尉便拜。吳學究道：「太守，你知罪麼？」太守道：「賀某不知太尉到來，伏乞恕罪。」吳學究道：「太尉奉敕到此西嶽降香，如何不來遠接？」太守答道：「不曾有近報到州，有失迎迓。」吳學究喝聲：「拿下！」解珍、解寶弟兄兩個，身邊早掣出短刀來，一腳把賀太守踢翻，便割了頭。宋江喝道：「兄弟們動手！」早把那跟來的人三百餘個，驚得呆了，正走不動。花榮等一發向前，把那一干人，算子般都倒在地下；有一半搶出廟門下，武松、石秀舞刀殺將入來，小嘍羅四下趕殺，三百餘人不剩一個回去。續後到廟裡的，都被張順、李俊殺了。

宋江急叫收了御香、吊掛下船，都趕到華州時，早見城中兩路火起，一齊殺將入來，先去牢中救了史進、魯智深；就打開庫藏，取了財帛，裝載上車。一行人離了華州，上船回到少華山上，都來拜見宿太尉，納還了御香、金鈴吊排、旌節、門旗、儀仗等物，拜謝了太尉恩相。宋江教取一盤金銀相送太尉；隨從人等，不分高低，都與了金銀；就山寨裡做了個送路筵席，謝承太尉。眾頭領直送下山，到河口交割了一應什物船隻，一些不少，還了原來的人等。

第五十九回

吳用賺金鈴吊掛　宋江鬧西嶽華山

宋江謝別了宿太尉，回到少華山上，便與四籌好漢商議，收拾山寨錢糧，放火燒了寨柵。一行人等，軍馬糧草，都望梁山泊來。

且說宿太尉下船來，到華州城中，已知被梁山泊賊人殺死軍兵人馬，劫了府庫錢糧；城中殺死軍校一百餘人，馬匹盡皆擄去。西嶽廟中，又殺了許多人性命；便叫本州推官動文書申達中書省起奏，都做「宋江先在途中劫了御香、吊掛，因此賺知府到廟，殺害性命」。宿太尉到廟裡焚了御香，把這金鈴吊掛吩咐與了雲台觀主，星夜急急自回京師，奏知此事，不在話下。

再說宋江救了史進、魯智深，帶了少華山四個好漢，仍舊作三隊，分俵人馬，向梁山泊來，所過州縣，秋毫無犯。先使戴宗前來上山報知，晁蓋並眾頭領下山迎接宋江等，一同到山寨裡聚義廳上，都相見已罷，一面做慶喜筵席。

次日，史進、朱武、陳達、楊春，各以己財做筵宴，拜謝晁、宋二公並眾頭領。過了數日，話休絮繁。忽一日，有旱地忽律朱貴上山報說：「徐州沛縣芒碭山中，新有一伙強人，聚集著三千人馬。為頭一個先生，姓樊，名瑞，綽號混世魔王，能呼風喚雨，用兵如神。手下兩個副將：一個姓項，名充，綽號八臂那吒，能使一面團牌，牌上插飛刀二十四把，手中仗一條鐵標槍。又有一個姓李，名衮，綽號飛天大聖，也使一面團牌，牌上插標槍二十四根，手中使一口寶劍。——這三個結為兄弟，占住芒碭山，打家劫舍。三個商量了，要來吞並俺梁山泊大寨。小弟聽得說，不得不報。」宋江聽了，大怒道：「這賊怎敢如此無禮！我便再下山走一遭！」只見九紋龍史進便起身道：「小弟等四個初到大寨，無半米之功，情願引本部人馬，前去收捕這伙強人。」宋江大喜。當下史進點起本部人馬，與同朱武、陳達、楊春，都披掛了，來辭宋江下山。把船渡過金沙灘，上路徑奔芒碭山來。三日之內，早望見那座山，乃是昔日漢高祖斬蛇起義之處。三軍人馬來到山下，早有伏路小嘍羅上山報知。

且說史進把少華山帶來的人馬擺開，史進全身披掛，騎一匹火炭赤馬，當先出陣。怎見得史進的英雄，但見：

久在華州城外住，出身原是莊農，學成武藝慣心胸。三尖刀似雪，渾赤馬如龍。體掛連環鑌鐵鎧，戰袍風猩紅，雕青鐫玉更玲瓏。江湖稱史進，綽號「九紋龍」。

當時史進首先出馬，手中橫著三尖兩刃刀；背後三個頭領，中間的便是神機軍師朱武。那人原是定遠縣人氏，平生足智多謀，亦能使兩口雙刀，出到陣前，亦有八句詩單道朱武好處：

道服裁棕葉，雲冠剪鹿皮。
臉紅雙眼俊，面目細髯垂。
智可張良比，才將范蠡欺。
今堪副吳用，朱武號神機。

上首馬上坐著一籌好漢，手中橫著一條出白（特別的）點鋼槍，綽號跳澗虎陳達，原是鄴城人氏。當時提槍躍馬，出到陣前，也有一首詩單道著陳達好處：

每見力人能虎跳，亦知猛虎跳山谿。

果然陳達人中虎，躍馬騰槍奮鼓鼙。

下首馬上坐著一籌好漢，手中使一口大桿刀，綽號白花蛇楊春，原是解良縣蒲城人氏。當下挺刀立馬，守住陣門，也有一首詩單題楊春的好處：

楊春名姓亦奢遮，劫客多年在少華。
伸臂展腰長有力，能吞巨象白花蛇。

四個好漢勒馬在陣前，望不多時，只見芒碭山上飛下一彪人馬來，當先兩個好漢：為頭那一個，便是徐州沛縣人氏，姓項，名充，綽號八臂那吒，使一面團牌，背插飛刀二十四把，百步取人，無有不中；右手仗一條標槍；後面打著一面認軍旗，上書「八臂那吒」，步行下山。有八句詩，單題項充：

鐵帽深遮頂，銅環半掩腮。
傍牌懸獸面，飛刀插龍胎。
腳到如風火，身先降禍災。
那吒號八臂，此是項充來。

次後那個，便是邳縣人氏，姓李，名袞，綽號飛天大聖，會使一面團牌，背插二十四把標槍，亦能百步取人，左手挽牌，右手仗劍，後面打著一面認軍旗，上書「飛天大聖」，出到陣前。有八句詩，單道李袞：

纓蓋盔兜頂，袍遮鐵掩襟。
胸藏拖地膽，毛蓋殺人心。
飛刀齊攢玉，蠻牌滿畫金。
飛天號大聖，李袞眾人欽。

當下兩個步行下山，見了對陣史進、朱武、陳達、楊春四騎馬在陣前，並不打話，小嘍羅篩起鑼來，兩個好漢舞動團牌，齊上直滾入陣來。史進待攔當不住，後軍先走，史進前軍抵敵，朱武等中軍吶喊，亂攛起來，正所謂人住馬不住，殺得退走三四十里。史進險些兒中了飛刀；楊春轉身得遲，被一飛刀，戰馬著傷，棄了馬，逃命走了。史進點軍，折了一半，和朱武等商議，欲要差人回梁山泊求救。正憂疑之間，只見軍士來報：「北邊大路上，塵頭起處，約有二千軍馬到來。」史進等直迎來時，卻是梁山泊旗號，當先馬上兩員上將：一個是小李廣花榮，一個是金槍手徐寧。史進接著，備說項充、李袞蠻牌滾動，軍馬遮攔不住。花榮道：「宋公明哥哥見兄長來了，放心不下，好生懊悔，特遣我兩個到來幫助。」史進等大喜，合兵一處下寨。

次日天曉，正欲起兵對敵，軍士報道：「北邊大路上又有軍馬到來。」花榮、徐寧、史進一齊上馬接時，卻是宋公明親自和軍師吳學究、公孫勝、柴進、朱仝、呼延灼、穆弘、孫立、黃信、呂方、郭盛，帶領三千人馬來到。史進備說項充、李袞飛刀、標槍、滾牌難近，折了人馬一事。宋江大驚，

第五十九回
吳用賺金鈴吊掛　宋江鬧西嶽華山

吳用道：「且把軍馬扎下寨柵，別作商議。」宋江性急，要起兵剿捕，直到山下。此時天色已晚，望見芒碭山上，都是青色燈籠，公孫勝看了，便道：「此寨中青色燈籠，必有個會行妖法之人在內。我等且把軍馬退去，來日貧道獻一個陣法，要捉此二人。」宋江大喜，傳令教軍馬且退二十里紮住營寨。次日清晨，公孫勝獻出這個陣法，有分教，魔王拱手上梁山，神將傾心歸水泊。畢竟公孫勝獻出甚麼陣法來，且聽下回分解。

第六十回 公孫勝芒碭山降魔　晁天王曾頭市中箭

話說公孫勝對宋江、吳用獻出那個陣圖：「便是漢末三分，諸葛孔明擺石為陣的法：四面八方，分八八六十四隊，中間大將居之；其象四頭八尾，左旋右轉，按天地風雲之機，龍虎鳥蛇之狀。待他下山衝入陣來，兩軍齊開，如若伺候他入陣，只看七星號帶起處，把陣變為長蛇之勢。貧道作起道法，教這三人在陣中前後無路，左右無門。卻於坎地上掘一陷坑，直逼此三人到於那裡。兩邊埋伏下撓鉤手，準備捉將。」宋江聽了大喜，便傳將令，叫大小將校依令而行。再用八員猛將守陣，那八員：呼延灼、朱仝、花榮、徐寧、穆弘、孫立、史進、黃信。卻叫柴進、呂方、郭盛權攝中軍；宋江、吳用、公孫勝帶領陳達磨旗；叫朱武指引五個軍士，在近山高坡上看對陣報事。

是日巳牌時分，眾軍近山擺開陣勢，搖旗擂鼓搦戰。只見芒碭山上有三二十面鑼聲震地價響，三個頭領一齊來到山下，便將三千餘人擺開；左右兩邊，項充、李袞；中間馬上，擁出那個為頭的好漢，姓樊，名瑞，祖貫濮州人氏，幼年作全真（道士）先生，江湖上學得一身好武藝。馬上慣使一個流星錘，神出鬼沒，斬將搴旗，人不敢近，綽號混世魔王。怎見得樊瑞英雄，有西江月為證：

第六十回
公孫勝芒碭山降魔　晁天王曾頭市中箭

搦頭散青絲細髮，身穿絨繡皂袍，連環鐵甲晃寒霄，慣使銅錘神妙。好似北方真武，世間伏怪除妖，雲遊江海把名標，「混世魔王」綽號。

那個混世魔王樊瑞騎一匹黑馬，立於陣前。上首是項充，下首是李袞。那樊瑞雖會使神術妖法，卻不識陣勢。看了宋江軍馬，四面八方，擺成陣勢，心中暗喜道：「你若擺陣，中我計了！」吩咐項充、李袞道：「若見風起，你兩個便引五百滾刀手殺入陣去。」項充、李袞得令，各執定蠻牌，挺著標槍飛劍，只等樊瑞作用（作法）。只看樊瑞立於馬上，左手挽定流星銅錘，右手仗著混世魔王寶劍，口中念念有詞，喝聲道：「疾！」只見狂風四起，飛沙走石，天昏地暗，日月無光。項充、李袞吶聲喊，帶了五百滾刀手，殺將過去。宋江軍馬見殺將過去，便分開做兩下。項充、李袞，一攪入陣，兩下裡強弓硬弩，射住來人，只帶得四五十人入去，其餘的都回本陣去了。宋江在高坡上望見項充、李袞已入陣裡了，便叫陳達把七星號旗只一招，那座陣勢，紛紛滾滾，變作長蛇之陣。項充、李袞正在陣裡東趕西走，左盤右轉，尋路不見。高坡上朱武把小旗在那裡指引：他兩個投東，朱武便望東指；若是投西，便望西指。原來公孫勝在高埠處看了，已先拔出那松文古定劍來，口中念動咒語，喝聲道：「疾！」將那風盡隨著項充、李袞腳跟邊亂捲。兩個在陣中，只見天昏地暗，日色無光，四邊並不見一個軍馬，一望都是黑氣。後面跟的都不見了。項充、李袞心慌起來，只要奪路回陣，百般地沒尋歸路處。正走之間，忽然地雷大振一聲，兩個在陣叫苦不迭，一齊搨了雙腳，翻筋斗攧下陷馬坑裡去。兩邊都是撓鉤手，早把兩個搭將起來，便把麻繩綁縛了，解上山坡請功。宋江把鞭梢一指，三軍一齊掩殺過去，樊瑞引人馬奔走上山，走不迭的，折其大半。

宋江收軍，眾頭領都在帳前坐下，軍健早解項充、李袞到於麾下。宋江見了，忙叫解了繩索，親自把盞，說道：「二位壯士，其實休怪；臨敵之際，不如此不得。小可宋江，久聞三位壯士大名，欲來禮請上山，同聚大義；蓋因不得其便，因此錯過。倘若不棄，同歸山寨，不勝萬幸。」兩個聽了，拜伏在地道：「已聞及時雨大名，只是小弟等無緣，不曾拜識。原來兄長果有大義！我等兩個不識好人，要與天地相拗；今日既被擒獲，萬死尚輕，反以禮待；若蒙不殺，誓當效死，報答大恩！樊瑞那人，無我兩個，如何行得？義士頭領若肯放我們一個回去，就說樊瑞來投拜，不知頭領尊意如何？」宋江便道：「壯士，不必留一人在此為當，便請二位同回貴寨。宋江來日專候佳音。」兩個拜謝道：「真乃大丈夫！若是樊瑞不從投降，我等擒來，奉獻頭領麾下。」宋江聽說大喜，請入中軍，待了酒食，換了兩套新衣，取兩匹好馬，呼小嘍羅拿了槍牌，送二人下山回寨。兩個於路，在馬上感恩不盡；來到芒碭山下，小嘍羅見了大驚，接上山寨。樊瑞問兩個來意如何。項充、李衮道：「我等逆天之人，合該萬死！」樊瑞道：「兄弟，如何說這話？」兩個便把宋江如此義氣，說了一遍。樊瑞道：「既然宋公明如此大賢，義氣最重，我等不可逆天，來早都下山投拜。」兩個道：「我們也為如此而來。」當夜把寨內收拾已了，次日天曉，三個一齊下山，直到宋江寨前，拜伏在地。宋江扶起三人，請入帳中坐定。三個見了宋江，沒半點相疑之意，彼此傾心吐膽，訴說平生之事。三人拜請眾頭領，都到芒碭山寨中，殺牛宰馬，管待宋公明等眾多頭領，一面賞勞三軍。飲宴已罷，樊瑞就拜公孫勝為師。宋江立主教公孫勝傳授五雷天心正法與樊瑞，樊瑞大喜。數日之間，牽牛拽馬，捲了山寨錢糧，馱了行李，收聚人馬，燒毀了寨柵，跟宋江等班師回梁山泊，於路無話。

宋江同眾好漢軍馬，已到梁山泊邊，卻欲過渡，只見蘆葦岸邊大路上，一個大漢望著宋江便拜。宋江慌忙下馬扶住，問道：「足下姓甚名誰？何處人氏？」那漢答道：「小人姓段，雙名景住；人見小弟赤髮黃鬚，都呼小人為『金毛犬』；祖貫是涿州人氏，平生只靠去北邊地面盜馬。今春去到槍竿

第六十回

公孫勝芒碭山降魔　晁天王曾頭市中箭

嶺北邊，盜得一匹好馬，雪練也似價白，渾身並無一根雜毛；頭至尾，長一丈；蹄至脊，高八尺。那馬又高又大，一日能行千里，北方有名，喚做『照夜玉獅子馬』，乃是大金王子騎坐的，放在槍竿嶺下，被小人盜得來。江湖上只聞及時雨大名，無路可見，欲將此馬前來進獻與頭領，權表我進身之意。不期來到凌州西南上曾頭市過，被那曾家五虎奪了去。小人稱說是梁山泊宋公明的，不想那廝多有污穢的言語，小人不敢盡說。逃走得脫，特來告知。」宋江看這人時，雖是骨瘦形粗，卻甚生得奇怪。怎見得？有詩為證：

焦黃頭髮髭鬚捲，捷足不辭千里遠。
但能盜馬不看家，如何喚做「金毛犬」？

宋江見了段景住一表非俗，心中暗喜，便道：「既然如此，且同到山寨裡商議。」帶了段景住，一同都下船，到金沙灘上岸。晁天王並眾頭領接到聚義廳上，宋江教樊瑞、項充、李袞和眾頭領相見，段景住一同都參拜了；打起聒廳鼓來，且做慶賀筵席。宋江見山寨連添了許多人馬，四方豪傑，望風而來；因此叫李雲、陶宗旺監工，添造房屋，並四邊寨柵。段景住又說起那匹馬的好處，宋江叫神行太保戴宗，去曾頭市探聽那匹馬的下落。

戴宗去了四五日，回來對眾頭領說道：「這個曾頭市上，共有三千餘家，內有一家，喚做曾家府。這老子原是大金國人，名為曾長者；生下五個孩兒，號為『曾家五虎』：大的兒子，喚做曾塗，第二個喚做曾密，第三個喚做曾索，第四個喚做曾魁，第五個喚做曾升。又有一個教師史文恭，一個副教師蘇定。去那曾頭市上，聚集著五七千人馬，紮下寨柵，造下五十餘輛陷車，發願說，他與我們勢不兩立，定要捉盡俺山寨中頭領，做個對頭。那匹千里玉獅子馬，現今與教師史文恭騎坐。更有一般堪恨那廝之處，杜撰幾句言語，教市上小兒們都唱道：『搖動鐵環槍，神鬼盡皆驚。鐵車並鐵鎖，上下有尖釘。掃蕩梁山清水泊，剿除晁蓋上東京！生擒及時雨，活捉智多星！曾家生五虎，天下盡聞名！』」晁蓋聽罷，心中大怒道：「這畜生怎敢如此無禮！我須親自走一遭，不捉的此輩，誓不回山！」宋江道：「哥哥是山寨之主，不可輕動，小弟願往。」晁蓋道：「不是我要奪你的功勞，你下山多遍了，廝殺勞困，我今替你走一遭，下次有事，卻是賢弟去。」宋江苦諫不聽，晁蓋忿怒，便點起五千人馬，請啟二十個頭領相助下山；其餘都和宋公明保守山寨。

晁蓋點那二十個頭領：林沖、呼延灼、徐寧、穆弘、劉唐、張橫、阮小二、阮小五、阮小七、楊雄、石秀、孫立、黃信、杜遷、宋萬、燕順、鄧飛、歐鵬、楊林、白勝，共是二十個頭領，部領三軍人馬下山，征進曾頭市。宋江與吳用、公孫勝眾頭領，就山下金沙灘餞行。飲酒之間，忽起一陣狂風，正把晁蓋新製的認軍旗，半腰吹折。眾人見了，盡皆失色。吳學究諫道：「此乃不祥之兆，兄長改日出軍。」宋江勸道：「哥哥方才出軍，風吹折認旗，於軍不利；不若停待幾時，卻去和那廝理會。」晁蓋道：「天地風雲，何足為怪？趁此春暖之時，不去拿他，直待養成那廝氣勢，卻去進兵，那時遲了。你且休阻我，遮莫怎地要去走一遭！」宋江那裡別拗得住，晁蓋引兵渡水去了。宋江悒怏不已。回到山寨，再叫戴宗下山，去探聽消息。

且說晁蓋領著五千人馬，二十個頭領，來到曾頭市相近，對面下了寨柵。次日，先引眾頭領，上馬去看曾頭市。眾多好漢立馬看時，果然這曾頭市是個險隘去處，但見：

周回一遭野水，四圍三面高岡，塹邊河港似蛇盤，濠下柳林如雨密。憑高遠望，綠陰濃不見人家；附近潛窺，青影亂深藏寨柵。村中壯漢，出來的勇似金剛；田野小兒，生下地便如鬼子。果然是鐵壁銅牆，端的盡人強馬壯。

晁蓋與眾頭領正看之間，只見柳林中飛出一彪人馬來，約有七八百人；當先一個好漢，戴熟銅盔，披連環甲，使一條點鋼槍，騎著匹衝陣馬，乃是曾家第四子曾魁，高聲喝道：「你等是梁山泊反國草寇，我正要來拿你解官請賞，原來天賜其便！還不下馬受縛，更待何時！」晁蓋大怒，回頭一觀，早有一將出馬，去戰曾魁。那人是梁山初結義的好漢豹子頭林沖。兩個交馬，鬥了二十餘合，不分勝敗。曾魁鬥到二十合之後，料道鬥林沖不過，掣槍回馬，便往柳林中走，林沖勒住馬不趕。晁蓋領轉軍馬回寨，商議打曾頭市之策。林沖道：「來日直去市口搦戰，就看虛實如何，再作商議。」次日平明，引領五千人馬，向曾頭市口平川曠野之地，列成陣勢，擂鼓吶喊。曾頭市上炮聲響處，大隊人馬出來，一字兒擺著七個好漢：中間便是都教師史文恭，上首副教師蘇定，下首便是曾家長子曾塗；左邊曾密、曾魁；右邊曾升、曾索；都是全身披掛。教師史文恭彎弓插箭，坐下那匹卻是千里玉獅子馬，手裡使一枝方天畫戟。三通鼓罷，只見曾家陣裡推出數輛陷車，放在陣前，曾塗指著對陣罵道：「反國草賊，見俺陷車麼？我曾家府裡殺你死的，不算好漢！我一個個直要捉你活的，裝載陷車裡，解上東京，碎屍萬段。你們趁早納降，再有商議。」晁蓋聽了大怒，挺槍出馬，直奔曾塗。眾將怕晁蓋有失，一發掩殺過去，兩軍混戰。曾家軍馬，一步步退入村裡。林沖、呼延灼緊護定晁蓋，東西趕殺。林沖見路途不好，急退回來收兵。看得兩邊各皆折了些人馬。晁蓋回到寨中，心中甚憂。眾將勸道：「哥哥且寬心，休得愁悶，有傷貴體。往常宋公明哥哥出軍，亦曾失利，好歹得勝回寨，今日混戰，各折了些軍馬，又不曾輸了與他，何須憂悶？」晁蓋只是鬱鬱不樂。在寨內一連三日，每日搦戰，曾頭市上並不曾見一個。

第四日，忽有兩個和尚直到晁蓋寨裡來投拜，軍人引到中軍帳前，兩個和尚跪下告道：「小僧是曾頭市上東邊法華寺裡監寺僧人，今被曾家五虎不時常來本寺作踐羅唣，索要金銀財帛，無所不為。小僧已知他的備細出沒去處，特地前來拜請頭領入去劫寨，剿除了他時，當坊有幸。」晁蓋見說大喜，便請兩個和尚坐了，置酒相待。林沖諫道：「哥哥休得聽信，其中莫非有詐。」和尚道：「小僧是個出家人，怎敢妄語？久聞梁山泊行仁義之道，所過之處，並不擾民，因此特來拜投，如何故來掇賺將軍？況兼曾家未必贏得頭領大軍，何故相疑？」晁蓋道：「兄弟休生疑心，誤了大事。今晚我自去走一遭。」林沖道：「哥哥休去，我等分一半人馬去劫寨，哥哥在外面接應。」晁蓋道：「我不自去，誰肯向前？你可留一半軍馬在外接應。」林沖道：「哥哥帶誰入去？」晁蓋道：「點十個頭領，分二千五百人馬入去。」十個頭領是：劉唐、阮小二、呼延灼、阮小五、歐鵬、阮小七、燕順、杜遷、宋萬、白勝。當晚造飯吃了，馬摘鑾鈴，軍士銜枚，黑夜疾走，悄悄地跟了兩個和尚，直奔法華寺內，看時，是一個古寺。晁蓋下馬，入到寺內，見沒僧眾，問那兩個和尚道：「怎地這個大寺院，沒一個僧眾？」和尚道：「便是曾家畜生薅惱，不得已各自歸俗去了；只有長老並幾個侍者，自在塔院裡居住。頭領暫且屯住了人馬，等更深些，小僧直引到那廝寨裡。」晁蓋道：「他的寨在那裡？」和尚道：「他有四個寨柵，只是北寨裡，便是曾家弟兄屯軍之處。若只打得那個寨子時，別的都不打緊。這三個寨便罷了。」晁蓋道：「那個時分可去？」和尚道：「如今只是二更天氣，且待三更時分，他無準備。」初時聽得曾頭市上，整整齊齊打更鼓響。又聽了半個更次，絕不聞更點之聲。和尚道：「軍人想是已睡了，如今可去。」和尚當先引路。晁蓋帶同諸將上馬，領兵離了法華寺，跟著和尚。

行不到五里多路，黑影處不見了兩個僧人，前軍不敢行動。看四邊路雜難行，又不見有人家。軍士卻慌起來，報與晁蓋知道。呼延灼便叫急回舊路。走不到百十步，只見四下裡金鼓齊鳴，喊聲震地，一望都是火把。晁蓋眾將引軍奪路而走，才轉得兩個彎，撞出一彪軍馬，當頭亂箭射將來，不期一箭，正中晁蓋臉上，倒撞下馬來，卻得呼延灼、燕順兩騎馬，死並將去，背後劉唐、白勝，救得晁蓋上馬，殺出村中來。村口林沖等，引軍接應，剛才敵得住。兩軍混戰，直殺到天明，各自歸寨。林沖回來點軍時，三阮、宋萬、杜遷，水裡逃得性命；帶入去二千五百人馬，止剩得一千二三百人，跟著歐鵬，都回到帳中。眾頭領且來看晁蓋時，那枝箭正射在面頰上；急拔得箭出，血暈倒了。看那箭時，上有史文恭字，林沖叫取金槍藥敷貼上，原來卻是一枝藥箭。晁蓋中了箭毒，已自言語不得。林沖叫扶上車子，便差三阮、杜遷、宋萬先送回山寨。其餘十五個頭領，在寨中商議：「今番晁天王哥哥下山來，不想遭這一場，正應了風折認旗之兆；我等只可收兵回去，這曾頭市急切不能取得。」呼延灼道：「須等宋公明哥哥將令來，方可回軍。」當日眾頭領悶悶不已，眾軍亦無戀戰之心，人人都有還山之意。

當晚二更時分，天色微明，十五個頭領，都在寨中納悶，正是：蛇無頭而不行，鳥無翅而不飛（喻沒有領頭人無法行動），嗟咨嘆惜，進退無措。忽聽得伏路小校，慌急來報：「前面四五路軍馬殺來，火把不計其數。」林沖聽了，一齊上馬。三面山字火把齊明，照見如同白日，四下裡吶喊到寨前。林沖領了眾頭領，不去抵敵，拔寨都起，回馬便走。曾家軍馬，背後捲殺將來，兩軍且戰且走。走過了五六十里，方才得脫。計點人兵，又折了五七百人。大敗虧輸，急取舊路，望梁山泊回來。退到半路，正迎著戴宗傳下軍令，教眾頭領引軍且回山寨，別作良策。眾將得令，引軍回到水滸寨上山，都來看視晁頭領時，已自水米不能入口，飲食不進，渾身虛腫。宋江等守定在床前啼哭，親手敷貼藥餌，灌下湯散（中藥）。眾頭領都守在帳前看視。

當日夜至三更，晁蓋身體沉重，轉頭看著宋江囑咐道：「賢弟保重。若那個捉得射死我的，便教他做梁山泊主！」言罷，便瞑目而死。宋江見晁蓋死了，比似喪考妣一般，哭得發昏。眾頭領扶策宋江出來主事。吳用、公孫勝勸道：「哥哥且省煩惱，生死人之分定，何故痛傷？且請理會大事。」宋江哭罷，便教把香湯沐浴了屍首，裝殮衣服巾幘，停在聚義廳上。眾頭領都來舉哀祭祀。一面合造內棺外槨，選了吉時，盛放在正廳上，建起靈幃，中間設個神主，上寫道：「梁山泊主天王晁公神主」。山寨中頭領，自宋公明以下，都帶重孝；小頭目並眾小嘍羅，亦帶孝頭巾。把那枝誓箭，就供養在靈前。寨內揚起長幡，請附近寺院僧眾上山做功德，追薦晁天王。宋江每日領眾舉哀，無心管理山寨事務。林沖與公孫勝、吳用，並眾頭領商議，立宋公明為梁山泊主，諸人拱聽號令。

次日清晨，香花燈燭，林沖為首，與眾等請出宋公明在聚義廳上坐定。吳用、林沖開話道：「哥哥聽稟：『國一日不可無君，家一日不可無主。』晁頭領是歸天去了；山寨中事業，豈可無主？四海之內，皆聞哥哥大名，來日吉日良辰，請哥哥為山寨之主，諸人拱聽號令。」宋江道：「晁天王臨死時囑咐：『如有人捉得史文恭者，便立為梁山泊主。』此話眾頭領皆知。今骨肉未寒，豈可忘了？又不曾報得仇，雪得恨，如何便居得此位？」吳學究又勸道：「晁天王雖是如此說，今日又未曾捉得那人，山寨中豈可一日無主？若哥哥不坐時，誰人敢當此位？寨中人馬如何管領？然雖遺言如此，哥哥權且尊臨此位，坐一坐，待日後別有計較。」宋江道：「軍師言之極當。今日小可權當此位，待日後報仇雪恨已了，拿住史文恭的，不拘何人，須當此位。」黑旋風李逵在側邊叫道：「哥哥休說做梁山泊主，便做了大宋皇帝，卻不好！」宋江喝道：「這黑廝又來胡說！再休如此亂言，先割了你這廝舌頭！」李逵道：「我又不教哥哥做社長，請哥哥做皇帝，倒要割了我舌頭！」吳學究道：「這廝不識尊卑的人，兄長不要和他一般見識。且請哥哥主張大事。」

宋江焚香已罷，權居主位，坐了第一把椅子。上首軍師吳用，下首公孫勝；左一帶林沖為頭，右一帶呼延灼居長。眾人參拜了，兩邊坐下。宋江乃言道：「小可今日權居此位，全賴眾兄弟扶助，同心合意，共為股肱，一同替天行道。如今山寨，人馬數多，非比往日，可請眾兄弟分做六寨駐紮。聚義廳今改為忠義堂。前後左右立四個旱寨，後山兩個小寨，前山三座關隘，山下一個水寨，兩灘兩個小寨，今日各請弟兄分投去管。忠義堂上，是我權居尊位。第二位軍師吳學究，第三位法師公孫勝，第四位花榮，第五位秦明，第六位呂方，第七位郭盛；左軍寨內：第一位林沖，第二位劉唐，第三位史進，第四位楊雄，第五位石秀，第六位杜遷，第七位宋萬；右軍寨內：第一位呼延灼，第二位朱仝，第三位戴宗，第四位穆弘，第五位李逵，第六位歐鵬，第七位穆春；前軍寨內：第一位李應，第二位徐寧，第三位魯智深，第四位武松，第五位楊志，第六位馬麟，第七位施恩；後軍寨內：第一位柴進，第二位孫立，第三位黃信，第四位韓滔，第五位彭玘，第六位鄧飛，第七位薛永；水軍寨內：第一位李俊，第二位阮小二，第三位阮小五，第四位阮小七，第五位張橫，第六位張順，第七位童威，第八位童猛。——六寨計四十三員頭領。山前第一關，令雷橫、樊瑞守把；第二關，令解珍、解寶守把；第三關，令項充、李袞守把。金沙灘小寨內，令燕順、鄭天壽、孔明、孔亮四個守把；鴨嘴灘小寨內，令李忠、周通、鄒淵、鄒潤四個守把。山後兩個小寨：左一個旱寨內，令王矮虎、一丈青、曹正，右一個旱寨內，令朱武、陳達、楊春六人守把。忠義堂內，左一帶房中，掌文卷，蕭讓；掌賞罰，裴宣；掌印信，金大堅；掌算錢糧，蔣敬。右一帶房中，管炮，凌振；管造船，孟康；管造衣甲，侯健；管築城垣，陶宗旺。忠義堂後兩廂房中管事人員：監造房屋，李雲；鐵匠總管，湯隆；監造酒醋，朱富；監備筵宴，宋清；掌管什物，杜興，白勝。山下四路作眼（做眼線）酒店，原撥定朱貴、樂和、時遷、李立、孫新、顧大嫂、張青、孫二娘，已自定數。管北地收買馬匹，楊林、石勇、段景住。分撥已定，各自遵守，毋得違犯。」梁山泊水滸寨內，大小頭領，自從宋公明為寨主，盡皆歡喜，拱聽約束。一日，宋江聚眾商議，欲要與晁蓋報仇，興兵去打曾頭市。軍師吳用諫道：「哥哥，庶民居喪，尚且不可輕動，哥哥興師，且待百日之後，方可舉兵。」宋江依吳學究之言，守住山寨，每日修設好事，只做功果，追薦晁蓋。

一日，請到一僧，法名大圓，乃是北京大名府在城龍華寺僧人，只為游方來到濟寧，經過梁山泊，就請在寨內做道場。因吃齋之次，閒話間，宋江問起北京風土人物，那大圓和尚說道：「頭領如何不聞河北玉麒麟之名？」宋江、吳用聽了，猛然省起，說道：「你看我們未老，卻恁地忘事！北京城裡是有個盧大員外，雙名俊義，綽號玉麒麟，是河北三絕，祖居北京人氏，一身好武藝，棍棒天下無對。梁山泊寨中若得此人時，何怕官軍緝捕，豈愁兵馬來臨？」吳用笑道：「哥哥何故自喪志氣？若要此人上山，有何難哉！」宋江答道：「他是北京大名府第一等長者，如何能勾得他來落草？」吳學究道：「吳用也在心多時了，不想一向忘卻。小生略施小計，便教本人上山。」宋江便道：「人稱足下為『智多星』，端的名不虛傳！敢問軍師用甚計策，賺得本人上山？」吳用不慌不忙，疊兩個指頭，說出這段計來。有分教，盧俊義撇卻錦簇珠圍（優裕生活），來試龍潭虎穴。正是只為一人歸水滸，致令百姓受兵戈。畢竟吳學究怎地賺盧俊義上山，且聽下回分解。

第六十一回

吳用智賺玉麒麟　張順夜鬧金沙渡

話說這龍華寺僧人，說出三絕玉麒麟盧俊義名字與宋江，吳用道：「小生憑三寸不爛之舌，直往北京說盧俊義上山，如探囊取物，手到拈來，只是少一個粗心大膽的伴當，和我同去。」說猶未了，只見黑旋風李逵高聲叫道：「軍師哥哥，小弟與你走一遭。」宋江喝道：「兄弟，你且住著！若是上風放火，下風殺人，打家劫舍，衝州撞府，合用著你。這是做細作的勾當，你性子又不好，去不的。」李逵道：「你們都道我生的醜，嫌我，不要我去。」宋江道：「不是嫌你；如今大名府做公的極多，倘或被人看破，枉送了你的性命。」李逵叫道：「不妨。我定要去走一遭。」吳用道：「你若依得我三件事，便帶你去；若依不得，只在寨中坐地。」李逵道：「莫說三件，便是三十件也依你！」吳用道：「第一件，你的酒性如烈火，自今日去，便斷了酒，回來你卻開；第二件，於路上做道童打扮，隨著我，我但叫你，不要違拗；第三件最難，你從明日為始，並不要說話，只做啞子一般。依得這三件，便帶你去。」李逵道：「不吃酒，做道童，卻依得；閉著這個嘴不說話，卻是憋殺我！」吳用道：「你若開口，便惹出事來。」李逵道：「也容易，我只口裡銜著一文銅錢便了！」宋江道：「兄弟，你堅執要去，若有疏失，休要怨我。」李逵道：「不妨，不妨。我這兩把板斧拿了去，少也砍他娘千百個鳥頭才罷。」眾頭領都笑，那裡勸得住。當日忠義堂上做筵席送路。至晚，各自去歇息。次日清早，吳用收拾了一包行李，教李逵打扮做道童，挑擔下山。宋江與眾頭領都在金沙灘送行，再三吩咐吳用小心在意，休教李逵有失（過失）。吳用、李逵，別了眾人下山，宋江等回寨。

且說吳用、李逵二人往北京去，行了四五日路程，每日天晚投店安歇，平明打火上路，於路上，吳用被李逵嘔得苦。行了幾日，趕到北京城外店肆裡歇下。當晚李逵去廚下做飯，一拳打得店小二吐血。小二哥來房裡告訴吳用道：「你家啞道童忒狠：小人燒火遲了些，就打得小人吐血。」吳用慌忙與他陪話，把十數貫錢與他將息，自埋怨李逵，不在話下。過了一夜，次日天明，起來安排些飯食吃了。吳用喚李逵入房中吩咐道：「你這廝苦死要來，一路上嘔死我也！今日入城，不是耍處，你休送了我的性命！」李逵道：「不敢，不敢。」吳用道：「我再和你打個暗號：若是我把頭來搖時，你便不可動彈。」李逵應承了。

兩個就店裡打扮入城：吳用戴一頂烏縐紗抹眉頭巾，穿一領皂沿邊白絹道服，繫一條雜彩呂公條，著一雙方頭青布履，手裡拿一副賽黃金熟銅鈴杵。李逵戧幾根蓬鬆黃髮，綰兩枚渾骨丫髻，黑虎軀穿一領粗布短褐袍，飛熊腰勒一條雜色短鬚條，穿一雙蹬山透土靴，擔一條過頭木拐棒，挑著個紙招兒，上寫著：「講命談天，卦金一兩」。吳用、李逵兩個打扮了，鎖上房門，離了店肆，望北京城南門來。行無一里，卻早望見城門，端的好個北京！但見：

捫城高地險，塹闊濠深。一周回鹿角（阻止敵人行進的防禦設施）交加，四下裡排叉密布。鼓樓雄壯，繽紛雜彩旗幡；堞道（城牆上的通道）坦平，簇擺刀槍劍戟。錢糧浩大，人物繁華。東西院鼓樂喧天，南北店貨財滿地。千員猛將統層城，百萬黎民居上國。

第六十一回

吳用智賺玉麒麟　張順夜鬧金沙渡

此時天下各處盜賊生發，各州府縣俱有軍馬守把。惟此北京，是河北第一個去處；更兼又是梁中書統領大軍鎮守，如何不擺得整齊？

且說吳用、李逵兩個，搖搖擺擺，卻好來到城門下，守門的約有四五十軍士，簇捧著一個把門的官人在那裡坐定。吳用向前施禮，軍士問道：「秀才那裡來？」吳用答道：「小生姓張，名用。這個道童姓李。江湖上賣卦營生，今來大郡，與人講命。」身邊取出假文引（通行證），教軍士看了。眾人道：「這個道童的鳥眼，恰像賊一般看人！」李逵聽得，正待要發作，吳用慌忙把頭來搖，李逵便低了頭。吳用向前與把門軍士陪話道：「小生一言難盡！這個道童，又聾又啞，只有一分蠻氣力；卻是家生的孩兒（奴婢生的子女），沒奈何帶他出來。這廝不省人事，望乞恕罪！」辭了便行。李逵跟在背後，腳高步低，望市心裡來。吳用手中搖著鈴杵，口裡念四句口號道：「甘羅發早子牙遲，彭祖顏回壽不齊，范丹貧窮石崇富，八字生來各有時。」吳用又道：「乃時也，運也，命也。知生，知死，知貴，知賤。若要問前程，先賜銀一兩。」說罷，又搖鈴杵。北京城內小兒約有五六十個，跟著看了笑。卻好轉到盧員外解庫（當鋪）門首，自歌自笑，去了復又回來，小兒們哄動。

盧員外正在解庫廳前坐地，看著那一班主管收解；只聽得街上喧哄，喚當直的問道：「如何街上熱鬧？」當直的報復：「員外，端的好笑！街上一個別處來的算命先生，在街上賣卦，要銀一兩算一命，誰人捨得。後頭一個跟的道童，且是生得滲瀨，走又走得沒樣範（行為粗魯），小的們跟定了笑。」盧俊義道：「既出大言，必有廣學。當直的，與我請他來。」當直的慌忙去叫道：「先生，員外有請。」吳用道：「是何人請我？」當直的道：「盧員外相請。」吳用便與道童跟著轉來，揭起簾子，入到廳前，教李逵只在鵝項椅上坐定等候。吳用轉過前來，見盧員外時，那人生的如何，有滿庭芳詞為證：

目炯雙瞳，眉分八字，身軀九尺如銀。威風凜凜，儀表似天神。慣使一條棍棒，護身龍絕技無倫。京城內家傳清白，積祖富豪門。殺場臨敵處，衝開萬馬，掃退千軍。更忠肝貫日，壯氣凌雲。慷慨疏財仗義，論英名播滿乾坤。盧員外雙名俊義，綽號玉麒麟。

當時吳用向前施禮，盧俊義欠身答禮問道：「先生貴鄉何處？尊姓高名？」吳用答道：「小生姓張，名用，自號談天口。祖貫山東人氏，能算皇極先天數，知人生死貴賤。卦金白銀一兩，方才算命。」盧俊義請入後堂小閣兒裡，分賓坐定。茶湯已罷，叫當直的取過白銀一兩，奉作命金，「煩先生看賤造（自己的生辰八字）則個。」吳用道：「請貴庚月日下算。」盧俊義道：「先生，君子問災不問福，不必道在下豪富，只求推算目下行藏（人的行止）則個。在下今年三十二歲，甲子年，乙丑月，丙寅日，丁卯時。」吳用取出一把鐵算子來，排在桌上，算了一回，拿起算子桌上一拍，大叫一聲「怪哉！」盧俊義失驚問道：「賤造主何吉凶？」吳用道：「員外若不見怪，當以直言。」盧俊義道：「正要先生與迷人指路，但說不妨。」吳用道：「員外這命，目下不出百日之內，必有血光之災：家私不能保守，死於刀劍之下。」盧俊義笑道：「先生差矣。盧某生於北京，長在豪富之家；祖宗無犯法之男，親族無再婚之女；更兼俊義作事謹慎，非理不為，非財不取，如何能有血光之災？」吳用改容變色，急取原銀付還，起身便走，嗟嘆而言：「天下原來都要人阿諛諂佞！罷，罷！分明指與平川路，卻把忠言當惡言，小生告退。」盧俊義道：「先生息怒。前言特地戲耳，願聽指教。」吳用道：「小生直言，切勿見怪！」盧俊義道：「在下專聽，願勿隱匿。」吳用道：「員外貴造，一向都行好運；但今年時犯歲君，正交惡限，目今百日之內，屍首異處。此乃生來分定，不可逃也。」盧俊義道：「可以回避否？」吳用再把鐵算子搭了一回，便回員外道：「只除非去東南方巽（巽是東南）地上，一千里之外，方可免此大難。雖有些驚恐，卻不傷大體。」盧俊義道：「若是免得此難，當以厚報。」吳用道：「命中有四句卦歌，小生說與員外，寫於壁上；日後應驗，方知小生靈處。」盧俊義叫取筆硯來，便去白粉壁上寫。吳用口歌四句：「蘆花叢裡一扁舟，俊傑俄從此地游，義士若能知此理，反躬逃難可無凶。」當時盧俊義寫罷，吳用收拾起算子，作揖便行。盧俊義留道：「先生少坐，過午了去。」吳用答道：「多蒙員外厚意，誤了小生賣卦，改日再來拜會。」抽身便起。盧俊義送到門首，李逵拿了拐棒，走出門外。吳學究別了盧俊義，引了李逵，徑出城來；回到店中，算還房宿飯錢，收拾行李包裹。李逵挑出卦牌，出離店肆，對李逵說道：「大事了也！我們星夜趕回山寨，安排圈套，準備機關，迎接盧俊義，他早晚便來也！」

且不說吳用、李逵還寨，卻說盧俊義自從算卦之後，寸心如割，坐立不安，也是天罡星合當聚會，聽了這算命的話，一日耐不得，便叫當直的，去喚眾主管商議事務。少刻都到，那一個為頭管家私的主管，姓李，名固。這李固原是東京人，因來北京投奔相識不著，凍倒在盧員外門前。盧俊義救了他性命，養在家中；因見他勤謹，寫的算的，教他管顧家間事務。五年之內，直抬舉他做了都管；一應裡外家私，都在他身上；手下管著四五十個行財管干，一家內都稱他做李都管。當日大小管事之人，都隨李固來堂前聲喏。

盧員外看了一遭，便道：「怎生不見我那一個人？」說猶未了，階前走過一人來，但見：

六尺以上身材，二十四五年紀，三牙掩口細髯，十分腰細膀闊。戴一頂木瓜心攢頂頭巾，穿一領銀絲紗團領白衫，繫一條蜘蛛斑紅線壓腰，著一雙土黃皮油膀夾靴。腦後一對挨獸金環，護項一枚香羅手帕，腰間斜插名人扇，鬢畔常簪四季花。

這人是北京土居人氏，自小父母雙亡，盧員外家中養的他大。為見他一身雪練也似白肉，盧俊義叫一個高手匠人，與他刺了這一身遍體花繡，卻似玉亭柱上鋪著軟翠。若賽錦體，由你是誰，都輸與他。不則一身好花繡，更兼吹的，彈的，唱的，舞的，拆白道字（一種文字遊戲），頂真續麻（另一種文字遊戲），無有不能，無有不會，亦是說的諸路鄉談，省的諸行百藝的市語。更且一身本事，無人比的：拿著一張川弩，只用三枝短箭，郊外落生（射獵飛禽），並不放空，箭到物落；晚間入城，少殺也有百十個蟲蟻（指小的鳥雀）。若賽錦標社（比賽射箭的組織），那裡利物（獎品），管取都是他的。亦且此人百伶百俐，道頭知尾。本身姓燕，排行第一，官名單諱個青字。北京城裡人口順，都叫他做浪子燕青。曾有一篇沁園春詞單道著燕青的好處，但見：

脣若塗朱，睛如點漆，面似堆瓊。有出人英武，凌雲志氣，資稟聰明。儀表天然磊落，梁山上端的馳名。伊州古調，唱出繞梁聲，果然是藝苑專精，風月叢中第一名。聽鼓板喧雲，笙聲嘹亮，暢敘幽情。棍棒參差，揎拳飛腳，四百軍州到處驚。人都羨英雄領袖，浪子燕青。

原來這燕青是盧俊義家心腹人，也上廳聲喏了，做兩行立住：李固立在左邊，燕青立在右邊。盧俊義開言道：「我夜來算了一命，道我有百日血光之災，只除非出去東南上一千里之外躲避。我想東南方有個去處，是泰安州，那裡有東岳泰山天齊仁聖帝金殿，管天下人民生死災厄。我一者去那裡燒炷香，消災滅罪；二者躲過這場災晦；三者做些買賣，觀看外方景致。李固，你與我覓十輛太平車子，裝十輛山東貨物，你就收拾行李，跟我去走一遭。燕青小乙（排行第一的年輕男子）看管家裡，庫房鑰匙只今日便與李固交割。我三日之內，便要起身。」李固道：「主人誤矣。常言道：『賣卜賣

第六十一回
吳用智賺玉麒麟　張順夜鬧金沙渡

卦，轉回說話。』休聽那算命的胡言亂語，只在家中，怕做甚麼？」盧俊義道：「我命中注定了，你休逆我。若有災來，悔卻晚矣。」燕青道：「主人在上，須聽小乙愚言：這一條路，去山東泰安州，正打從梁山泊邊過。近年泊內，是宋江一伙強人在那裡打家劫舍，官兵捕盜，近他不得。主人要去燒香，等太平了去。休信夜來那個算命的胡講。倒敢是梁山泊歹人，假裝做陰陽人，來煽惑主人。小乙可惜夜來不在家裡，若在家時，三言兩語，盤倒那先生，到敢有場好笑。」盧俊義道：「你們不要胡說，誰人敢來賺我！梁山泊那伙賊男女，打甚麼緊！我觀他如同草芥，兀自要去特地捉他，把日前學成武藝，顯揚於天下，也算個男子大丈夫！」

說猶未了，屏風背後走出娘子來，乃是盧員外的渾家，年方二十五歲，姓賈，嫁與盧俊義，才方五載。娘子賈氏便道：「丈夫，我聽你說多時了。自古道：『出外一里，不如屋裡。』休聽那算命的胡說，撇下海闊一個家業，擔驚受怕，去虎穴龍潭裡做買賣。你且只在家內，清心寡欲，高居靜坐，自然無事。」盧俊義道：「你婦人家省得甚麼？寧可信其有，不可信其無，自古禍出師人（占卜、星相術士）口，必主吉凶。我既主意定了，你都不得多言多語！」

燕青又道：「小人靠主人福蔭，學得些個棒法在身。不是小乙說嘴，幫著主人去走一遭，路上便有些個草寇出來，小人也敢發落的三五十個開去，留下李都管看家，小人伏侍主人走一遭。」盧俊義道：「便是我買賣上不省的，要帶李固去；他須省的，又替我大半氣力；因此留你在家看守。自有別人管帳，只教你做個椿主（大掌櫃）。」李固又道：「小人近日有些腳氣的症候，十分走不得多路。」盧俊義聽了，大怒道：「『養兵千日，用在一朝！』我要你跟我去走一遭，你便有許多推故。若是那一個再阻我的，教他知我拳頭的滋味。」李固嚇得面如土色，眾人誰敢再說，各自散了。

李固只得忍氣吞聲，自去安排行李，討了十輛太平車子，喚了十個腳夫，四五十拽車頭口，把行李裴上車子，行貨拴縛完備。盧俊義自去結束。第三日燒了神福給散了，家中大男小女，一個個都吩咐了。當晚先叫李固引兩個當直的盡收拾了出城。李固去了，娘子看了車仗，流淚而去。次日五更，盧俊義起來沐浴罷，更換一身新衣服，吃了早膳，取出器械，到後堂裡辭別了祖先香火。臨時出門上路，吩咐娘子好生看家，多便三個月，少只四五十日便回。賈氏道：「丈夫路上小心，頻寄書信回來。」說罷，燕青在面前拜了。盧俊義吩咐道：「小乙在家，凡事向前，不可出去三瓦兩舍打哄。」燕青道：「主人如此出行，小乙怎敢怠慢？」

盧俊義提了棍棒，出到城外，有詩一首，單道盧俊義這條好棒：

掛壁懸崖欺瑞雪，撐天柱地撼狂風。
雖然身上無牙爪，出水巴山禿尾龍。

李固接著，盧俊義道：「你可引兩個伴當先去；但有乾淨客店，先做下飯等候。車仗腳夫，到來便吃，省得耽擱了路程。」李固也提條桿棒，先和兩個伴當去了。盧俊義和數個當直的隨後押著車仗行；但見途中山明水秀，路闊坡平，心中歡喜道：「我若是在家，那裡見這般景致！」行了四十餘里，李固接著主人，吃點心中飯罷，李固又先去了。再行四五十里，到客店裡，李固接著車仗人馬宿食。盧俊義來到店房內，倚了棍棒，掛了氈笠兒，解下腰刀，換了鞋襪，宿食皆不必說。次日清早起來，打火做飯，眾人吃了，收拾車輛頭口，上路又行。

自此在路夜宿曉行，已經數日。來到一個客店裡宿食，天明要行，只見店小二哥對盧俊義說道：「好教官人得知：離小人店不得二十里路，正打梁山泊邊口子前過去。山上宋公明大王，雖然不害來往客人，官人須是悄悄過去，休得大驚小怪。」盧俊義聽了道：「原來如此。」便叫當直的取下了衣箱，打開鎖，去裡面提出一個包，內取出四面白絹旗；問小二哥討了四根竹竿，每一根縛起一面旗來，每面栲栳大小幾個字，寫道：

慷慨北京盧俊義，遠馱貨物離鄉地。
一心只要捉強人，那時方表男兒志。

李固等眾人看了，一齊叫起苦來。店小二問道：「官人莫不和山上宋大王是親麼？」盧俊義道：「我自是北京財主，卻和這賊們有甚麼親！我特地要來捉宋江這廝！」小二哥道：「官人低聲些，不要連累小人，不是耍處！你便有一萬人馬，也近他不的。」盧俊義道：「放屁！你這廝們都和那賊人做一路！」店小二叫苦不迭，眾車腳夫都痴呆了。李固跪在地下告道：「主人可憐見眾人，留了這條性命回鄉去，強似做羅天大醮！」盧俊義喝道：「你省得甚麼！這等燕雀，安敢和鴻鵠廝並？我思量平生學的一身本事，不曾逢著買主，今日幸然逢此機會，不就這裡發賣，更待何時！我那車子上叉袋裡，已準備下一袋熟麻索，倘或這賊們當死合亡，撞在我手裡，一朴刀一個砍翻，你們眾人，與我便縛在車子上。撇了貨物不打緊，且收拾車子捉人，把這賊首解上京師，請功受賞，方表我平生之願。若你們一個不肯去的，只就這裡把你們先殺了。」前面擺四輛車子，上插了四把絹旗；後面六輛車子，隨從了行。那李固和眾人哭哭啼啼只得依他。盧俊義取出朴刀裝在桿棒上，三個丫兒扣牢了，趕著車子，奔梁山泊路上來。李固等見了崎嶇山路，行一步，怕一步，盧俊義只顧趕著要行。從清早起來，行到巳牌時分，遠遠地望見一座大林，有千百株合抱不交的大樹。卻好行到林子邊，只聽得一聲胡哨響，嚇得李固和兩個當直的沒躲處。盧俊義教把車仗押在一邊。車夫眾人都躲在車子底下叫苦。盧俊義喝道：「我若搠翻，你們與我便縛！」說猶未了，只見林子邊走出四五百小嘍羅來，聽得後面鑼聲響處，又有四五百小嘍羅截住後路。林子裡一聲炮響，托地跳出一籌好漢，怎地模樣，但見：

茜紅頭巾，金花斜裊；鐵甲鳳盔，錦衣繡襖。
血染髭髯，虎威雄暴；大斧一雙，人皆嚇倒。

當下李逵手搦雙斧，厲聲高叫：「盧員外，認得啞道童麼？」盧俊義猛省，喝道：「我時常有心要來拿你這伙強盜，今日特地到此，快教宋江那廝下山投拜！倘或執迷，我片時間教你人人皆死，個個不留！」李逵呵呵大笑道：「員外，你今日中了俺的軍師妙計，快來坐把交椅！」盧俊義大怒，搦著手中朴刀，來鬥李逵，李逵輪起雙斧來迎。兩個鬥不到三合，李逵托地跳出圈子外來，轉過身，望林子裡便走。盧俊義挺著朴刀，隨後趕去，李逵在林木叢中東閃西躲。引得盧俊義性發，破一步搶入林來，李逵飛奔亂松叢中去了。盧俊義趕過林子這邊，一個人也不見了。卻待回身，只聽得松林旁邊轉出一伙人來，一個人高聲大叫：「員外不要走，認得俺麼？」盧俊義看時，卻是一個胖大和尚：身穿皂直裰，倒提鐵禪杖。盧俊義喝道：「你是那裡來的和尚！」魯智深大笑道：「洒家是花和尚魯智深；今奉軍師將令，著俺來迎接員外上山。」盧俊義焦躁，大罵：「禿驢敢如此無禮！」拈手中寶刀，直取那和尚。魯智深輪起鐵禪杖來迎。兩個鬥不到三合，魯智深撥開朴刀，回身便走，盧俊義趕將去。正趕之間，嘍羅裡走出行者武松，掄兩口戒刀，直奔將來。盧俊義不趕和尚，來鬥武松。又不到三合，武松拔步便走。盧俊義哈哈大笑：「我不趕你。你這廝們何足道哉！」說猶未了，只見山坡下一個人在那裡叫道：「盧員外，你如何省得！豈不聞『人怕落蕩，鐵怕落爐』？哥哥定下的計策，你待走那裡去！」盧俊義喝道：「你這廝是誰！」那人笑道：「小可便是赤髮鬼劉唐。」盧俊義罵道：「草賊休走！」挺手中朴刀，直取劉唐。方才鬥得三合，刺斜裡一個人大叫道：「好漢沒遮攔穆弘在此！」當時劉唐、穆弘，兩個兩條朴刀，雙鬥盧俊義。正鬥之間，不到三合，只聽的背後腳步響。盧俊義喝聲：「著！」劉唐、穆弘跳退數步。盧俊義便轉身鬥背後的好漢，卻是撲天雕李應。三個頭領，丁字腳圍定。盧俊義全然不慌，越鬥越健。正好步鬥，只聽得山頂上一聲鑼響，三個頭領各自賣個破綻，一齊拔步去了。盧俊義又鬥得一身臭汗，不去趕他；再回林子邊，來尋車仗人伴時，十輛車子，人伴頭口，都不見了。盧俊義便向高埠處，四下裡打一望，只見遠遠的山坡下，一伙小嘍囉，把車仗頭口，趕在前面，將李固一干人，連連串串，縛在後面；鳴鑼擂鼓，解投松樹那邊去。

盧俊義望見，心如火熾，氣似煙生，提著朴刀，直趕將去。約莫離山坡不遠，只見兩籌好漢喝一聲道：「那裡去！」一個是美髯公朱仝，一個是插翅虎雷橫。盧俊義見了，高聲罵道：「你這伙草賊，好好把車仗人馬還我！」朱仝手拈長鬚大笑道：「盧員外，你還恁地不曉事？中了俺軍師妙計，便肋生雙翅，也飛不出去。快來大寨坐把交椅。」盧俊義聽了大怒，挺起朴刀，直奔二人。朱仝、雷橫，各將兵器相迎。鬥不到三合，兩個回身便走。盧俊義尋思道：「須是趕翻一個，卻才討得車仗。」捨著性命，趕轉山坡，兩個好漢，都不見了。只聽得山頂上鼓板吹簫，仰面看時，風刮起那面杏黃旗來，上面繡著「替天行道」四字；轉過來打一望，望見紅羅銷金傘下，蓋著宋江，左有吳用，右有公孫勝。一行部從二百餘人，一齊聲喏道：「員外，別來無恙！」盧俊義見了越怒，指名叫罵山上。吳用勸道：「員外且請息怒。宋公明久慕威名，特令吳某親詣門牆（親自登門拜訪），迎員外上山，一同替天行道，請休見責。」盧俊義大罵：「無端草賊，怎敢賺我！」宋江背後轉過小李廣花榮，拈弓取箭，看著盧俊義喝道：「盧員外休要逞能，先教你看花榮神箭！」說猶未了，颼地一箭，正中盧俊義頭上氈笠兒的紅纓。吃了一驚，回身便走。山上鼓聲震地，只見霹靂火秦明、豹子頭林沖，引一彪軍馬，搖旗吶喊，從山東邊殺出來；又見雙鞭將呼延灼、金槍手徐寧，也領一彪軍馬，搖旗吶喊，從山西邊殺出來，嚇得盧俊義走投沒路。看看天色將晚，腳又疼，肚又飢，正是慌不擇路，望山僻小徑只顧走。約莫黃昏時分，煙迷遠水，霧鎖深山，星月微明，不分叢莽。正走之間，不到天盡頭，須到地盡處，看看走到鴨嘴灘頭，只一望時，都見滿目蘆花，茫茫煙水。盧俊義看見，仰天長嘆道：「是我不聽好人言，今日果有淒惶事。」

正煩惱間，只見蘆葦裡面一個漁人，搖著一隻小船出來；那漁人倚定小船叫道：「客官好大膽！這是梁山泊出沒的去處，半夜三更，怎地來到這裡！」盧俊義道：「便是我迷蹤失路，尋不著宿頭，你救我則個！」漁人道：「此間大寬轉有一個市井，卻用走三十餘里向開路程，更兼路雜，最是難認；若是水路去時，只有三五里遠近。你捨得十貫錢與我，我便把船載你過去。」盧俊義道：「你若渡得我過去，尋得市井客店，我多與你些銀兩。」那漁人搖船傍岸，扶盧俊義下船，把鐵篙撐開。約行三五里水面，只聽得前面蘆葦叢中櫓聲響，一隻小船飛也似來；船上有兩個人：前面一個，赤條條地拿著一條水篙，後面那個搖著櫓。前面的人橫定篙，口裡唱著山歌道：

生來不會讀詩書，且就梁山泊裡居。
準備窩弓射猛虎，安排香餌釣鰲魚。

盧俊義聽得，吃了一驚，不敢做聲。又聽得右邊蘆葦叢中，也是兩個人，搖一隻小船出來；後面的搖著櫓，有咿啞之聲；前面橫定篙，口裡也唱山歌道：

乾坤生我潑皮身，賦性從來要殺人。
萬兩黃金渾不愛，一心要捉玉麒麟。

盧俊義聽了，只叫得苦。只見當中一隻小船，飛也似搖將來，船頭上立著一個人，倒提鐵鑽木篙，口裡亦唱著山歌道：

蘆花叢裡一扁舟，俊傑俄從此地遊。
義士若能知此理，反躬逃難可無憂。

歌罷，三隻船一齊唱喏。中間是阮小二，左邊是阮小五，右邊是阮小七。那三隻小船，一齊撞將來。盧俊義聽了，心內轉驚，自想又不識水性，連聲便叫漁人：「快與我攏船近岸！」那漁人哈哈大笑，對盧俊義說道：「上是青天，下是綠水；我生在潯陽江，來上梁山泊；三更不改名，四更不改姓，綽號混江龍李俊的便是！員外若還不肯降時，枉送了你性命！」盧俊義大驚，喝一聲說道：「不是你，便是我！」拿著朴刀，望李俊心窩裡搠將來，李俊見朴刀搠將來，拿定掉牌，一個背拋筋斗，撲通的翻下水去了。那隻船滴溜溜在水面上轉，朴刀又搠將下水去了。只見船尾一個人從水底下鑽出來，叫一聲，乃是浪裡白條張順，把手挾住船梢，腳踏水浪，把船隻一側，船底朝天，英雄落水。正是鋪排打鳳牢龍計，坑陷驚天動地人。畢竟盧俊義性命如何，且聽下回分解。

第六十二回

放冷箭燕青救主　劫法場石秀跳樓

話說這盧俊義雖是了得，卻不會水，被浪裡白條張順排翻了船，倒撞下水去。張順卻在水底下攔腰抱住，又鑽過對岸來，搶了朴刀，張順把盧俊義直奔岸邊來。早點起火把，有五六十人在那裡等，接上岸來，團團圍住，解了腰刀，盡脫下濕衣服，便要將索綁縛。只見神行太保戴宗傳令，高叫將來：「不得傷犯了盧員外貴體！」隨即差人，將一包袱錦衣繡襖，與盧俊義穿著。八個小嘍羅，抬過一乘轎來，扶盧員外上轎便行。只見遠遠地，早有二三十對紅紗燈籠，照著一簇人馬，動著鼓樂，前來迎接；為頭宋江、吳用、公孫勝，後面都是眾頭領，一齊下馬，盧俊義慌忙下轎，宋江先跪，後面眾頭領排排地都跪下。盧俊義亦跪下還禮道：「既被擒捉，願求早死！」宋江大笑，說道：「且請員外上轎。」一眾人一齊上馬，動著鼓樂，迎上三關，直到忠義堂前下馬，請盧俊義到廳上，明晃晃地點著燈燭。宋江向前陪話道：「小可久聞員外大名，如雷貫耳，今日幸得拜識，太慰平生。卻才眾兄弟甚是冒瀆，萬乞恕罪。」吳用上前說道：「昨奉兄長之命，特令吳某親詣門牆，以賣卦為由，賺員外上山，共聚大義，一同替天行道。」宋江便請盧員外坐第一把交椅。盧俊義答禮道：「不才無識無能，誤犯虎威，萬死尚輕，何故相戲？」宋江陪笑道：「怎敢相戲。實慕員外威德，如飢如渴。萬望不棄鄙處，為山寨之主，早晚共聽嚴命。」盧俊義回說：「寧就死亡，實難從命。」吳用道：「來日卻又商議。」當時置備酒食管待。盧俊義無計奈何，只得飲了幾杯，小嘍羅請去後堂歇了。

次日，宋江殺羊宰馬，大排筵宴，請出盧員外來赴席，再三再四，謙讓在中間裡坐了。酒至數巡，宋江起身把盞，陪話道：「夜來甚是衝撞，幸望寬恕。雖然山寨窄小，不堪歇馬，員外可看『忠義』二字之面；宋江情願讓位，休得推卻。」盧俊義答道：「頭領差矣！小可身無罪累，頗有些少家私。生為大宋人，死為大宋鬼，寧死實難聽從。」吳用並眾頭領一個個說，盧俊義越不肯落草。吳用道：「員外既然不肯，難道逼勒？只留得員外身，留不得員外心。只是眾弟兄難得員外到此，既然不肯入伙，且請小寨略住數日，卻送還宅。」盧俊義道：「小可在此不妨，只恐家中老小，不知這般的消息。」吳用道：「這事容易，先教李固送了車仗回去，員外遲去幾日，卻何妨？」吳用問道：「李都管，你的車仗貨物都有麼？」李固應道：「一些兒不少。」宋江叫取兩個大銀，把與李固；兩個小銀，打發當直的；那十個車腳，共與他白銀十兩。眾人拜謝。盧俊義吩咐李固道：「我的苦，你都知了。你回家中，說與娘子，不要憂心，我過三五日，便回也。」李固只要脫身，滿口應說：「但不妨事。」辭了忠義堂去。吳用隨即起身說道：「員外寬心少坐，小生發送李都管下山，便來也。」

吳用只推發送李固，卻先到金沙灘等候。少刻，李固和兩個當直的，並車仗、頭口、人伴，都下山來。吳用將引五百小嘍羅圍在兩邊，坐在柳陰樹下，便喚李固近前說道：「你的主人，已和我們商議定了，今坐第二把交椅。此乃未曾上山時，預先寫下四句反詩，在家裡壁上。我教你們知道：壁上二十八個字，每一句包著一個字。『蘆花蕩裡一扁舟』，包個『蘆』字；『俊傑那能此地遊』，包個『俊』字；『義士手提三尺劍』，包個『義』字；『反時須斬逆臣頭』，包個『反』字：這四句詩，包藏『盧俊義反』四字。今日上山，你們怎知？本待把你眾人殺了，顯得我梁山泊行短（行為卑鄙）。

今日放你們星夜自回去，休想望你主人回來！」李固等只顧下拜。吳用教把船送過渡口。一行人上路，奔回北京。正是：鰲魚脫卻金鉤去，擺尾搖頭更不回（喻擺脫生死劫難一去不再回來）。

話分兩處。不說李固等歸家，且說吳用回到忠義堂上，再入酒席，用巧言說誘盧俊義，筵會直到二更方散。次日，山寨裡再排筵會慶賀，盧俊義說道：「感承眾頭領好意相留，只是小可度日如年，今日告辭。」宋江道：「小可不才，幸識員外，來日宋江梯己聊備小酌，對面論心（傾心）一會，勿請推卻。」又過了一日。明日宋江請，後日吳用請，大後日公孫勝請。話休絮繁，三十餘個上廳頭領，每日輪一個做筵席。光陰荏苒，日月如梭，早過一月有餘。盧俊義尋思，又要告別。宋江道：「非是不留員外，爭奈急急要回；來日忠義堂上，安排薄酒送行。」

次日，宋江又梯己送路，只見眾頭領都道：「俺哥哥敬員外十分，俺等眾人當敬員外十二分！偏我哥哥筵席便吃，『磚兒何厚，瓦兒何薄（厚此薄彼）！』」李逵在內大叫道：「我捨著一條性命，直往北京請得你來，卻不吃我弟兄們筵席，我和你眉尾相結，性命相撲（要死要活都在一起）！」吳學究大笑道：「不曾見這般請客的，甚是粗魯。員外休怪，見他眾人薄意，再住幾時。」不覺又過了四五日。盧俊義堅意要行，只見神機軍師朱武，將引一班頭領，直到忠義堂上開話道：「我等雖是以次弟兄，也曾與哥哥出氣力，偏我們酒中藏著毒藥？盧員外若是見怪，不肯吃我們的，我自不妨，只怕小兄弟們做出事來，悔之晚矣。」吳用起身便道：「你們都不要煩惱，我與你央及員外，再住幾時，有何不可。常言道：『將酒勸人，終無惡意。』」盧俊義抑眾人不過，只得又住了幾日。前後卻好三五十日。自離北京，是五月的話，不覺在梁山泊早過了兩個多月。但見金風淅淅，玉露泠泠，又早是中秋節近。盧俊義思想歸期，對宋江訴說。宋江見盧俊義思歸苦切，便道：「這個容易，來日金沙灘送別。」盧俊義大喜。有詩為證：

一別家山歲月賒，寸心無日不思家。
此身恨不生雙翼，欲借天風過水涯。

次日，還把舊時衣裳刀棒，送還員外，一行眾頭領都送下山。宋江把一盤金銀相送。盧俊義推道：「非是盧某說口，金帛錢財，家中頗有；但得到北京盤纏足矣。賜與之物，決不敢受。」宋江等眾頭領直送過金沙灘，作別自回，不在話下。

不說宋江回寨，只說盧俊義拽開腳步，星夜奔波，行了旬日，到得北京。日已薄暮，趕不入城，就在店中歇了一夜。次日早晨，盧俊義離了村店，飛奔入城，尚有一里多路，只見一人頭巾破碎，衣裳襤褸，看著盧俊義納頭便拜。盧俊義抬眼看時，卻是浪子燕青，便問：「小乙，你怎地這般模樣？」燕青道：「這裡不是說話處。」盧俊義轉過土牆側首，細問緣故。燕青說道：「自從主人去後，不過半月，李固回來，對娘子說道：『主人歸順了梁山泊宋江，坐了第二把交椅。』當時便去官司首告了。他已和娘子做了一路，嗔怪燕青違拗，將我趕逐出門。將一應衣服盡行奪了，趕出城外；更兼吩咐一應親戚相識：但有人安著燕青在家歇的，他便捨半個家私，和他打官司，因此無人敢著小乙。在城中安不得身，只得來城外求乞度日，權在庵內安身。正要往梁山泊尋見主人，又不敢造次。若主人果自泊裡來，可聽小乙言語，再回梁山泊去，別做個商議。若入城中，必中圈套。」盧俊義喝道：「我的娘子不是這般人，你這廝休來放屁！」燕青又道：「主人腦後無眼，怎知就裡？主人平昔只顧打熬氣力，不親女色，娘子舊日和李固原有私情，今日推門相就，做了夫妻；主人若去，必遭毒手！」盧俊義大怒，喝罵燕青道：「我家五代在北京住，誰不識得？量李固有幾顆頭，敢做恁般勾當？莫不是你做出歹事來，今日倒來反說！我到家中問出虛實，必不和你干休！」燕青痛哭，拜倒地下，拖住主人衣服。盧俊義一腳踢倒燕青，大踏步便入城來。

奔到城內，徑入家中，只見大小主管都吃一驚。李固慌忙前來迎接，請到堂上，納頭便拜。盧俊義便問：「燕青安在？」李固答道：「主人且休問，端的一言難盡！只怕發怒，待歇息定了卻說。」賈氏從屏風後哭將出來，盧俊義說道：「娘子休哭，且說燕小乙怎地來。」賈氏道：「丈夫且休問，慢慢地卻說。」盧俊義心中疑慮，定死要問燕青來歷，李固便道：「主人且請換了衣服，吃了早膳，那時訴說不遲。」一邊安排飯食與盧員外吃。方才舉箸，只聽得前門後門喊聲齊起，二三百個做公的搶將入來。盧俊義驚得呆了，就被做公的綁了，一步一棍，直打到留守司來。

其時梁中書正坐公廳，左右兩行，排列狼虎一般公人七八十個，把盧俊義拿到當面，賈氏和李固也跪在側邊。廳上梁中書大喝道：「你這廝是北京本處百姓良民，如何卻去投降梁山泊落草，坐了第二把交椅？如今到來裡勾外連，要打北京！今被擒來，有何理說！」盧俊義道：「小人一時愚蠢，被梁山泊吳用，假做賣卦先生來家，口出訛言，煽惑良心，掇賺（哄騙）到梁山泊，軟監了兩個多月。今日幸得脫身歸家，並無歹意，望恩相明鏡。」梁中書喝道：「如何說得過！你在梁山泊中，若不通情，如何住了許多時！見放著你的妻子並李固告狀出首（告發），怎地是虛？」李固道：「主人既到這裡，招伏了罷。家中壁上見寫下藏頭反詩，便是老大的證見，不必多說。」賈氏道：「不是我們要害你，只怕你連累我，常言道：『一人造反，九族全誅！』」盧俊義跪在廳下，叫起屈來。李固道：「主人不必叫屈，是真難滅，是假易除。早早招了，免致吃苦。」賈氏道：「丈夫，虛事難入公門，實事難以抵對。你若做出事來，送了我的性命。不奈有情皮肉，無情杖子。你便招了，也只吃得有數的官司。」李固上下都使了錢，張孔目廳上稟說道：「這個頑皮賴骨，不打如何肯招！」梁中書道：「說得是！」喝叫一聲「打」，左右公人，把盧俊義捆翻在地，不由分說，打得皮開肉綻，鮮血迸流，昏暈去了三四次。盧俊義打熬不過，仰天嘆曰：「是我命中合當橫死，我今屈招了罷！」張孔目當下取了招狀，討一面一百斤死囚枷釘了，押去大牢裡監禁，府前府後看的人，都不忍見。當日推入牢門，吃了三十殺威棒，押到庭心內，跪在面前，獄子炕上坐著。

那個兩院押牢節級——帶管劊子，把手指道：「你認得我麼？」盧俊義看了，不敢則聲。那人是誰，有詩為證：

兩院押牢稱蔡福，堂堂儀表氣凌雲。
腰間緊繫青鸞帶，頭上高懸墊角巾。
行刑問事人傾膽，使索施枷鬼斷魂。
滿郡誇稱「鐵臂膊」，殺人到處顯精神。

這兩院押獄，兼充行刑劊子，姓蔡，名福，北京土居人氏；因為他手段高強，人呼他為「鐵臂膊」。旁邊立著一個嫡親兄弟，叫做蔡慶，有詩為證：

押獄叢中稱蔡慶，眉濃眼大性剛強。
茜紅衫上描鸂鶒，茶褐衣中繡木香。
曲曲領沿深染皂，飄飄博帶淺塗黃。
金環燦爛頭巾小，一朵花枝插鬢旁。

這個小押獄蔡慶，生來愛帶一枝花，河北人順口，都叫他做一枝花蔡慶。那人拄著一條水火棍，立在哥哥側邊。蔡福道：「你且把這個死囚帶在那一間牢裡，我家去走一遭便來。」蔡慶把盧俊義自帶去了。

蔡福起身，出離牢門來，只見司前牆下轉過一個人來，手裡提個飯罐，面帶憂容。蔡福認得是浪子燕青。蔡福問道：「燕小乙哥，你做甚麼？」燕青跪在地下，擎著兩行眼淚，告道：「節級哥哥，可憐見小人的主人盧員外吃屈官司，又無送飯的錢財！小人城外叫化得這半罐子飯，權與主人充飢。節級哥哥，怎地做個方便……」說罷，淚如雨下，拜倒在地。蔡福道：「我知此事，你自去送飯，把與他吃。」燕青拜謝了，自進牢裡去送飯。

蔡福轉過州橋來，只見一個茶博士，叫住唱喏道：「節級，有個客人在小人茶房內樓上，專等節級說話。」蔡福來到樓上看時，卻是主管李固。各施禮罷，蔡福道：「主管有何見教？」李固道：「奸不廝瞞，俏不廝欺，小人的事，都在節級肚裡。今夜晚間，只要光前絕後（暗殺不留痕跡）。無甚孝順，五十兩蒜條金在此，送與節級。廳上官吏，小人自去打點。」蔡福笑道：「你不見正廳戒石上，刻著『下民易虐，上蒼難欺』。你那瞞心昧己勾當，怕我不知！你又占了他家私，謀了他老婆，如今把五十兩金子與我，結果了他性命；日後提刑官（皇帝派出查勘司法情況的官員）下馬（停留此地），我吃不得這等官司。」李固道：「只是節級嫌少，小人再添五十兩。」蔡福道：「李固，你割貓兒尾，拌貓兒飯（拿這人的錢用在這人身上）！北京有名恁地一個盧員外，只值得這一百兩金子？你若要我倒地他（撂倒他），不是我詐你，只把五百兩金子與我。」李固便道：「金子有在這裡，便都送與節級，只要今晚些成事。」蔡福收了金子，藏在身邊，起身道：「明日早來扛屍。」李固拜謝，歡喜去了。

蔡福回到家裡，卻才進門，只見一人揭起蘆簾，隨即入來，那人叫聲：「蔡節級相見。」蔡福看時，但見那一個人生得十分標致，且是打扮得整齊：身穿鴉翅青團領，腰繫羊脂玉鬧妝，頭戴鵕鸃冠，足躡珍珠履。那人進得門，看著蔡福便拜。蔡福慌忙答禮，便問道：「官人高姓？有何見教？」那人道：「可借裡面說話。」蔡福便請入來，一個商議閣裡，分賓坐下。那人開話道：「節級休要吃驚。在下便是滄州橫海郡人氏，姓柴，名進，大周皇帝嫡派子孫，綽號小旋風的便是。只因好義疏財，結識天下好漢，不幸犯罪，流落梁山泊。今奉宋公明哥哥將令，差遣前來，打聽盧員外消息。誰知被贓官污吏，淫婦姦夫，通情陷害，監在死囚牢裡，一命懸絲，盡在足下之手。不避生死，特來到宅告知：如是留得盧員外性命在世，佛眼相看，不忘大德；但有半米兒差錯，兵臨城下，將至濠邊，無賢無愚，無老無幼，打破 城池，盡皆斬首！久聞足下是個仗義全忠的好漢，無物相送，今將一千兩黃金薄禮在此。倘若要捉柴進，就此便請繩索，誓不皺眉。」蔡福聽罷，嚇得一身冷汗，半晌答應不的。柴進起身道：「好漢做事，休要躊躇，便請一決。」蔡福道：「且請壯士回步，小人自有措置。」柴進便拜道：「既蒙語諾，當報大恩。」出門喚個從人，取出黃金，遞與蔡福，唱個喏便走。外面從人，乃是神行太保戴宗，又是一個不會走的。

蔡福得了這個消息，擺撥不下，思量半晌，回到牢中，把上項的事，卻對兄弟說了一遍。蔡慶道：「哥哥生平最會斷決，量這些小事，有何難哉？常言道『殺人須見血，救人須救徹！』既然有一千兩金子在此，我和你替他上下使用。梁中書、張孔目，都是好利之徒，接了賄賂，必然周全盧俊義性命。葫蘆提（糊裡糊塗辦案）配將出去，救得救不得，自有他梁山泊好漢，俺們幹的事便了也。」蔡福道：「兄弟這一論，正合我意。你且把盧員外安頓好處，早晚把些好酒食將息他，傳個消息與他。」

蔡福、蔡慶兩個商議定了，暗地裡把金子買上告下，關節已定。

次日，李固不見動靜，前來蔡福家催並。蔡慶回說：「我們正要下手結果他，中書相公不肯，已有人吩咐，要留他性命。你自去上面使用，囑咐下來，我這裡何難？」李固隨即又央人去上面使用。中間過錢人去囑托，梁中書道：「這是押牢節級的勾當，難道教我下手？過一兩日，教他自死。」兩下裡廝推，張孔目已得了金子，只管把文案拖延了日期，蔡福就裡又打關節，教及早發落。張孔目將了文案來稟。梁中書道：「這事如何決斷？」張孔目道：「小吏看來，盧俊義雖有原告，卻無實跡。雖是在梁山泊住了許多時，這個是扶同詿誤（被人牽連而做錯了事），難問真犯。脊杖四十，刺配三千里，不知相公意下如何？」梁中書道：「孔目見得極明，正與下官相合。」隨喚蔡福牢中取出盧俊義來，就當廳除了長枷，讀了招狀文案，決了四十脊杖；換一具二十斤鐵葉盤頭枷，就廳前釘了，便差董超、薛霸，管押前去，直配沙門島。原來這董超、薛霸，自從開封府做公人，押解林沖去滄州路上，害不得林沖，回來被高太尉尋事，刺配北京。梁中書因見他兩個能幹，就留在留守司勾當。今日又差他兩個監押盧俊義。

當下董超、薛霸，領了公文，帶了盧員外，離了州衙，把盧俊義監在使臣房裡，各自歸家，收拾行李包裹，即便起程。詩曰：

不親女色丈夫身，為甚離家憶內人？
誰料室中獅子吼，卻能斷送玉麒麟！

且說李固得知，只叫得苦，便叫人來請兩個防送公人說話。董超、薛霸到得那裡酒店內，李固接著，請至閣兒裡坐下，一面鋪排酒食管待。三杯酒罷，李固開言說道：「實不相瞞：盧員外是我仇家。如今配去沙門島，路途遙遠，他又沒一文，教你兩個空費了盤纏。急待回來，也得三四個月。我沒甚的相送，兩錠大銀，權為壓手（先付部分酬金）。多只兩程，少無數里，就僻靜去處，結果了他性命，揭取臉上金印回來表證，教我知道，每人再送五十兩蒜條金與你。你們只動得一張文書，留守司房裡，我自理會。」董超、薛霸，兩兩相覷，沉吟了半晌，見了兩個大銀，如何不起貪心。董超道：「只怕行不得。」薛霸便道：「哥哥，這李官人也是個好男子，我們也把這件事結識了他。若有急難之處，要他照管。」李固道：「我不是忘恩失義的人，慢慢地報答你兩個。」

董超、薛霸收了銀子，相別歸家，收拾包裹，連夜起身，盧俊義道：「小人今日受刑，杖瘡疼痛，容在明日上路。」薛霸罵道：「你便閉了鳥嘴！老爺自晦氣，撞著你這窮神！沙門島往回六千里有餘，費多少盤纏，你又沒一文，教我們如何布擺！」盧俊義訴道：「念小人負屈含冤，上下看覷則個。」董超罵道：「你這財主們，閒常一毛不拔；今日天開眼，報應得快！你不要怨悵（埋怨），我們相幫你走。」盧俊義忍氣吞聲，只得走動行出東門。董超、薛霸把衣包雨傘，都掛在盧員外枷頭上。盧員外一生財主，今做了囚人，無計奈何。那堪又值晚秋天氣，紛紛黃葉墜，對對塞鴻飛，憂悶之中，只聽的橫笛之聲，正是：

誰家玉笛弄秋清，撩亂無端惱客情。
自是斷腸聽不得，非干吹出斷腸聲。

兩個公人，一路上做好做惡，管押了行。看看天色傍晚，約行了十四五里，前面一個村鎮，尋覓客店安歇。當時小二哥引到後面房裡，安放了包裹，薛霸說道：「老爺們苦殺是個公人，那裡倒來伏侍罪人。你若要飯吃，快去燒火！」盧俊義只得帶著枷，來到廚下，問小二哥討了個草柴，縛做一塊，來灶前燒火。小二哥替他淘米做飯，洗刷碗盞。盧俊義是財主出身，這般事卻不會做。草柴火把又濕，又燒不著，一齊滅了，甫能盡力一吹，被灰眯了眼睛。董超又喃喃訥訥地罵。做得飯熟，兩個都盛去了，盧俊義並不敢討吃。兩個自吃了一回，剩下些殘湯冷飯，與盧俊義吃了。薛霸又不住聲罵了一回。吃了晚飯，又叫盧俊義去燒腳湯。等得湯滾，盧俊義方敢去房裡坐地。兩個自洗了腳，掇一盆百煎滾湯，賺盧俊義洗腳。方才脫得草鞋，被薛霸扯兩條腿，納在滾湯裡，大痛難禁。薛霸道：「老爺伏侍你，顛倒做嘴臉！」兩個公人自去炕上睡了；把一條鐵索，將盧員外鎖在房門背後，聲喚到四更。兩個公人起來，叫小二哥做飯。自吃飽了，收拾包裹要行。盧俊義看腳時，都是潦漿泡，點地不得。

當日秋雨紛紛，路上又滑。盧俊義一步一攧，薛霸拿起水火棍，攔腰便打，董超假意去勸，一路上埋冤叫苦。離了村店，約行了十餘里，到一座大林，盧俊義道：「小人其實捱不動了，可憐見權歇一歇！」兩個公人帶入林子來，正是東方漸明，未有人行。薛霸道：「我兩個起得早了，好生困倦，欲要就林子裡睡一睡，只怕你走了。」盧俊義道：「小人插翅也飛不去。」薛霸道：「莫要著你道兒，且等老爺縛一縛。」腰間解下麻索來，兜住盧俊義肚皮，去那松樹上只一勒，反拽過腳來，綁在樹上。薛霸對董超道：「大哥，你去林子外立著，若有人來撞著，咳嗽為號。」董超道：「兄弟，放手快些個。」薛霸道：「你放心，去看著外面。」說罷，拿起水火棍，看著盧員外道：「你休怪我兩個；你家主管李固，教我們路上結果你。便到沙門島，也是死，不如及早打發了你！陰司地府，不要怨我們。明年今日，是你周年。」盧俊義聽了，淚如雨下，低頭受死。薛霸兩隻手拿起水火棍，望著盧員外腦門上劈將下來。董超在外面，只聽得一聲撲地響，慌忙走入林子裡來看時，盧員外依舊縛在樹上，薛霸倒仰臥樹下，水火棍撇在一邊。董超道：「卻又作怪！莫不是他使的力猛，倒吃一蹊？」仰著臉四下裡看時，不見動靜。薛霸口裡出血，心窩裡露出三四寸長一枝小小箭桿。卻待要叫，只見東北角樹上坐著一個人。聽的叫聲「著！」撒手響處，董超脖項上早中了一箭，兩腳蹬空，撲地也倒了。那人托地從樹上跳將下來，拔出解腕尖刀，割斷繩索，劈碎盤頭枷，就樹邊抱住盧員外，放聲大哭。盧俊義開眼看時，認得是浪子燕青，叫道：「小乙，莫不是魂魄和你相見麼？」燕青道：「小乙直從留守司前跟定這廝兩個。見他把主人監在使臣房裡，又見李固請去說話，小乙疑猜這廝們要害主人，連夜直跟出城來。主人在村店裡時，小乙伏侍在外頭，比及五更裡起來，小乙先在這裡待候。想這廝們必來這林子裡下手。被我兩弩箭結果了他兩個，主人見麼？」這浪子燕青那把弩弓，三枝快箭，端的是百發百中。怎見得弩箭好處：

弩樁勁裁烏木，山根對嵌紅牙。撥手輕襯水晶，弦索半抽金線。背纏錦袋，彎彎如秋月未圓；穩放雕翎，急急似流星飛迸。

盧俊義道：「雖是你強救了我性命，卻射死這兩個公人，這罪越添得重了，待走那裡去的是？」燕青道：「當初都是宋公明苦了主人，今日不上梁山泊時，別無去處。」盧俊義道：「只是我杖瘡發作，腳皮破損，點地不得。」燕青道：「事不宜遲，我背著主人去。」便去公人身邊，搜出銀兩，帶著弩弓，插了腰刀，拿了水火棍，背著盧俊義，一直望東邊行走。不到十數里，早馱不動。見一個小小村店，入到裡面，尋房安下，買些酒肉，權且充飢，兩個暫時安歇這裡。

卻說過往人看見林子裡射死兩個公人在彼，近處社長，報與里正得知，卻來大名府裡首告。隨即差官下來檢驗，卻是留守司公人董超、薛霸。回覆梁中書，著落大名府緝捕觀察，限了日期，要捉凶身。做公的人，都來看了。「論這弩箭，眼見得是浪子燕青的。」事不宜遲，一二百做公的分頭去，一到處貼了告示，說那兩個模樣，曉諭遠近村坊道店，市鎮人家，挨捕捉拿。

卻說盧俊義正在村店房中將息杖瘡，又走不動，只得在那裡且住。店小二聽得有殺人公事，村坊裡排頭說來，畫兩個模樣，小二見了，連忙去報本處社長：「我店裡有兩個人，好生腳叉（來路不明），不知是也不是。」社長轉報做公的去了。

卻說燕青為無下飯，拿了弩子，去近邊處尋幾個蟲蟻吃；卻待回來，只聽得滿村裡發喊。燕青躲在樹林裡張時，看見一二百做公的，槍刀圍定，把盧俊義縛在車子上，推將過去。燕青要搶出去救時，又無軍器，只叫得苦，尋思道：「若不去梁山泊報與宋公明得知，叫他來救，卻不是我誤了主人性命？」

當時取路，行了半夜，肚裡又飢，身邊又沒一文。走到一個土岡子上，叢叢雜雜，有些樹木，就林子裡睡到天明，心中憂悶，只聽得樹枝上喜雀咶咶噪噪，尋思道：「若是射得下來，村坊人家，討些水煮瀑咶得熟，也得充飢。」走出林子外，抬頭看時，那喜雀朝著燕青噪。燕青輕輕取出弩弓，暗暗問天買卦，望空祈禱，說道：「燕青只有這一枝箭了。若是救的主人性命，箭到處，靈雀墜空；若是主人命運合休，箭到，靈雀飛去。」搭上箭，叫聲：「如意子，不要誤我！」弩子響處，正中喜雀後尾，帶了那枝箭，直飛下岡子去。燕青大踏步趕下岡子去，不見了喜雀。正尋之間，只見兩個人從前面走來，怎生打扮，但見：

前頭的，戴頂豬嘴頭巾，腦後兩個金裹銀環，上穿香皂羅衫，腰繫銷金搭膊。穿半膝軟襪麻鞋，提一條齊眉棍棒。後面的，白范陽遮塵笠子，茶褐攢線袖衫。腰繫緋紅纏袋，腳穿踢土皮鞋。背了衣包，提條短棒，挎口腰刀。

這兩個來的人，正和燕青打個肩廝拍。燕青轉回身，看了這兩個，尋思道：「我正沒盤纏，何不兩拳打倒兩個，奪了包裹，卻好上梁山泊。」揣了弩弓，抽身回來。這兩個低著頭只顧走。燕青趕上，把後面戴氈笠兒的後心一拳，撲地打倒；卻待拽拳再打那前面的，反被那漢子手起棒落，正中燕青左腿，打翻在地。後面那漢子爬將起來，踏住燕青，掣出腰刀，劈面門便剁。燕青大叫道：「好漢，我死不妨，卻誰為主人報信！」那漢便不下刀，收住了手，提起燕青問道：「你這廝報甚麼音信？」燕青道：「你問我待怎地？」那前面的好漢把燕青手一拖，卻露出手腕上花繡，慌忙問道：「你不是盧員外家甚麼浪子燕青？」燕青想道：「左右是死，索性說了，教他捉去，和主人陰魂做一處！」便道：「我正是盧員外家浪子燕青。今要上梁山泊報信，教宋公明救我主人則個。」二人見說，呵呵大笑，說道：「早是不殺了你，原來正是燕小乙哥！你認得我兩個麼？」穿皂的不是別人，梁山泊頭領病關索楊雄，後面的便是拚命三郎石秀。楊雄道：「我兩個今奉哥哥將令，差往北京，打聽盧員外消息。軍師與戴院長亦隨後下山，專候通報。」燕青聽得是楊雄、石秀，把上件事都對兩個說了。楊雄道：「既是如此說時，我和燕青上山寨，報知哥哥，別做個道理。你可自去北京，打聽消息，便來回報。」石秀道：「最好。」便把包裹與燕青背了，跟著楊雄，連夜上梁山泊來。見了宋江，燕青把上項事備細說了一遍。宋江大驚，便會眾頭領商議良策。

且說石秀只帶自己隨身衣服，來到北京城外，天色已晚，入不得城，就城外歇了一宿。次日早飯罷，入得城來，但見人人嗟嘆，個個傷情。石秀心疑。來到市心裡，只見人家閉戶關門，石秀問市戶人家時，只見一個老丈回言道：「客人，你不知我這北京有個盧員外，等地（當地）財主，因被梁山泊賊人擄掠前去，逃得回來，倒吃了一場屈官司，迭配去沙門島。又不知怎地路上壞了兩個公人，昨夜拿來，今日午時三刻，解來這裡市曹上斬他，客人可看一看。」

石秀聽罷，走來市曹上看時，十字路口，是個酒樓，石秀便來酒樓上，臨街占個閣兒坐了。酒保前來問道：「客官，還是請人？只是獨自酌杯？」石秀睜著怪眼說道：「大碗酒，大塊肉，只顧賣來，問甚麼鳥！」酒保倒吃了一驚，打兩角酒，切一大盤牛肉將來。石秀大碗大塊，吃了一回。坐不多時，只聽得樓下街上熱鬧，石秀便去樓窗外看時，只見家家閉戶，鋪鋪關門。酒保上樓來道：「客官醉也？樓下出公事，快算了酒錢，別處去回避！」石秀道：「我怕甚麼鳥！你快走下去，莫要討老爺打！」酒保不敢做聲，下樓去了。不多時，只見街上鑼鼓喧天價來，但見：

兩聲破鼓響，一棒碎鑼鳴。皂纛旗招展如雲，柳葉槍交加似雪。犯由牌前引，白混棍後隨。押牢節級猙獰，仗刃公人猛勇。高頭馬上，監斬官勝似活閻羅；刀劍林中，掌法吏猶如追命鬼。可憐十字街心裡，要殺含冤負屈人！

石秀在樓窗外看時，十字路口，周回圍住法場，十數對刀棒劊子，前排後擁，把盧俊義綁押到樓前跪下。鐵臂膊蔡福，拿著法刀；一枝花蔡慶，扶著枷梢，說道：「盧員外，你自精細看，不是我弟兄兩個救你不的，事做拙了（罪犯大了）。前面五聖堂（供奉凶神像和凶死者牌位的神廟）裡，我已安排下你的座位了，你可一魂去那裡領受。」說罷，人叢裡一聲叫道：「午時三刻到了！」一邊開枷，蔡慶早拿住了頭，蔡福早掣出法刀在手。當案孔目高聲讀罷犯由牌（罪狀牌），眾人齊和一聲。樓上石秀，只就那一聲和裡，掣著腰刀在手，應聲大叫：「梁山泊好漢全伙在此！」蔡福、蔡慶撇了盧員外，扯了繩索先走。石秀從樓上跳將下來，手舉鋼刀，殺人似砍瓜切菜，走不迭的，殺翻十數個；一隻手拖住盧俊義，投南便走。

原來這石秀不認得北京的路，更兼盧員外驚得呆了，越走不動。梁中書聽得報來，大驚，便點帳前頭目，引了人馬，分頭去把城四門關上；差前後做公的，合將攏來。隨你好漢英雄，怎出高城峻壘？正是分開陸地無牙爪，飛上青天欠羽毛。畢竟盧員外同石秀當下怎地脫身，且聽下回分解。

第六十三回

宋江兵打北京城　關勝議取梁山泊

話說當時石秀和盧俊義兩個，在城內走投沒路，四下裡人馬合來，眾做公的把撓鉤搭住，套索絆翻，可憐悍勇英雄，方信寡不敵眾。兩個當下盡被捉了，解到梁中書面前，叫押過劫法場的賊來。石秀押在廳下，睜圓怪眼，高聲大罵：「你這敗壞國家害百姓的賊，我聽著哥哥將令：早晚便引軍來，打你城子，踏為平地，把你砍做三截！先教老爺來和你們說知。」石秀在廳前千賊萬賊價罵，廳上眾人都唬呆了。梁中書聽了，沉吟半晌，叫取大枷來，且把二人枷了，監放死囚牢裡，吩咐蔡福在意看管，休教有失。蔡福要結識梁山泊好漢，把他兩個做一處牢裡關著，每日好酒好肉與他兩個吃；因此不曾吃苦，倒將養得好了。卻說梁中書喚本州新任王太守當廳發落，就城中計點被傷人數。殺死的有七八十個，跌傷頭面，磕損皮膚，撞折腿腳者，不計其數。報名在官，梁中書支給官錢，醫治燒化了當。次日，城裡城外報說將來：「收得梁山泊沒頭帖子數十張，不敢隱瞞，只得呈上。」梁中書看了，嚇得魂飛天外，魄散九霄。帖子上寫道：

梁山泊義士宋江，仰示大名府，布告天下。今為大宋朝濫官當道，污吏專權，毆死良民，塗炭萬姓。北京盧俊義乃豪傑之士，今者啟請上山，一同替天行道，如何妄徇奸賄，殺害善良！特令石秀先來報知，不期俱被擒捉。如是存得二人性命，獻出淫婦姦夫，吾無侵擾；倘若故傷羽翼，屈壞股肱，便當拔寨興師，同心雪恨，大兵到處，玉石俱焚。剿除奸詐，殄滅愚頑，天地咸扶，鬼神共佑，談笑入城，並無輕恕。義夫節婦，孝子順孫，好義良民，清慎官吏，切勿驚惶，各安職業。諭眾知悉。

當時梁中書看了沒頭告示，便喚王太守到來商議：「此事如何剖決？」王太守是個善懦之人，聽得說了這話，便稟梁中書道：「梁山泊這一伙，朝廷幾次尚且收捕他不得，何況我這裡一郡之力？倘若這亡命之徒，引兵到來，朝廷救兵不迭，那時悔之晚矣！若論小官愚意：且姑存此二人性命，一面寫表，申奏朝廷；二即奉書呈上蔡太師恩相知道；三著可教本處軍馬出城下寨，提備不虞。如此，可保北京無事，軍民不傷。若將這兩個一時殺壞，誠恐寇兵臨城，一者無兵解救，二者朝廷見怪，三乃百姓驚慌，城中擾亂，深為未便。」梁中書聽了道：「知府言之極當。」先喚押牢節級蔡福來，便道：「這兩個賊徒，非同小可。你若是拘束得緊，誠恐喪命；若教你寬鬆，又怕他走了。你弟兄兩個，早早晚晚，可緊可慢，在意堅固管候發落，休得時刻怠慢。」蔡福聽了，心中暗喜：「如此發放，正中下懷。」領了鈞旨，自去牢中安慰他兩個，不在話下。

只說梁中書便喚兵馬都監大刀聞達、天王李成兩個，都到廳前商議。梁中書備說梁山泊沒頭告示，王太守所言之事。兩個都監聽罷，李成便道：「量這伙草寇，如何敢擅離巢穴？相公何必有勞神思？李某不才，食祿多矣，無功報德，願施犬馬之勞，統領軍卒，離城下寨，草寇不來，別作商議。如若那伙強寇，年衰命盡，擅離巢穴，領眾前來，不是小將誇口，定令此賊片甲不回！」梁中書聽了大喜，隨即取金花繡緞，賞勞二將。兩個辭謝，別了梁中書，各回營寨安歇。

次日，李成升帳，喚大小官軍，上帳商議。旁邊走過一人，威風凜凜，相貌堂堂，便是急先鋒索超，又出頭相見。李成傳令道：「宋江草寇，早晚臨城，要來打俺北京，你可點本部軍兵，離城三十五里下寨，我隨後卻領軍來。」索超得了將令，次日點起本部軍兵，至三十五里，地名飛虎峪，靠山下了寨柵。次日，李成引領正偏將，離城二十五里，地名槐樹坡，下了寨柵。周圍密布槍刀，四下深藏鹿角（路障），三面掘下陷坑。眾軍摩拳擦掌，諸將協力同心，只等梁山泊軍馬到來，便要建功。

話分兩頭。原來這沒頭帖子，卻是吳學究聞得燕青、楊雄報信，又叫戴宗打聽得盧員外、石秀都被擒捉，因此虛寫告示，向沒人處撇下，及橋梁道路上貼放，只要保全盧俊義、石秀二人性命。戴宗回到梁山泊，把上項事備細與眾頭領說知。宋江聽罷大驚，就忠義堂上打鼓集眾，大小頭領，各依次序而坐。宋江開話對吳學究道：「當初軍師好意，啟請盧員外上山來聚義，今日不想卻教他受苦；又陷了石秀兄弟，當用何計可救？」吳用道：「兄長放心。小生不才，願獻一計，乘此機會，就取北京錢糧，以供山寨之用。明日是個吉辰，請兄長分一半頭領，把守山寨，其餘盡隨我等去打城池。」宋江道：「軍師之言極當。」便喚鐵面孔目裴宣，派撥大小軍兵，來日起程。黑旋風李逵便道：「我這兩把大斧，多時不曾發市，聽得打州劫縣，他也在廳邊歡喜。哥哥撥與我五百小嘍羅，搶到北京，把梁中書砍做肉泥，拿住李固和那婆娘，碎屍萬段。救取盧員外、石秀二人性命，是我心願。」宋江道：「兄弟雖然勇猛，這北京非比別處州府，且梁中書又是蔡太師女婿；更兼手下有李成、聞達，都是萬夫不當之勇，不可輕敵。」李逵大叫道：「哥哥，這般長別人志氣，滅自己威風，且看兄弟去如何。若還輸了，誓不回山。」吳用道：「既然你要去，便教做先鋒，點與五百好漢相隨，就充頭陣，來日下山。」當晚宋江和吳用商議，撥定了人數。裴宣寫了告示，送到各寨，各依撥次施行，不得時刻有誤。

此時秋末冬初天氣，征夫容易披，戰馬易得肥滿，軍卒久不臨陣，皆生戰鬥之心；各恨不平，盡想報仇之念。得蒙差遣，歡天喜地，收拾槍刀，拴束鞍馬，摩拳擦掌，時刻下山。第一撥：當先哨路黑旋風李逵，部領小嘍羅五百。第二撥：兩頭蛇解珍、雙尾蠍解寶、毛頭星孔明、獨火星孔亮，部領小嘍羅一千。第三撥：女頭領一丈青扈三娘，副將母夜叉孫二娘、母大蟲顧大嫂，部領小嘍羅一千。第四撥：撲天雕李應，副將九紋龍史進、小尉遲孫新，部領小嘍羅一千。中軍主將都頭領宋江，軍師吳用。簇帳頭領四員：小溫侯呂方、賽仁貴郭盛、病尉遲孫立、鎮三山黃信。前軍頭領，霹靂火秦明，副將百勝將韓滔、天目將彭玘。後軍頭領，豹子頭林沖，副將鐵笛仙馬麟、火眼狻猊鄧飛。左軍頭領，雙鞭呼延灼，副將摩雲金翅歐鵬、錦毛虎燕順。右軍頭領，小李廣花榮，副將跳澗虎陳達、白花蛇楊春。並帶炮手轟天雷凌振，接應糧草。探聽軍情頭領一員，神行太保戴宗。軍兵分撥已定，平明，各頭領依次而行，當日進發。只留下副軍師公孫勝，並劉唐、朱仝、穆弘，四個頭領，統領馬步軍兵，守把山寨。三關水寨中，自有李俊等守把，不在話下。

卻說索超正在飛虎峪寨中坐地，只見流星報馬前來報說：「宋江軍馬大小人兵，不計其數，離寨約有二三十里，將近到來。」索超聽的，飛報李成槐樹坡寨內。李成聽了，一面報馬入城，一面自備了戰馬，直到前寨。索超接著，說了備細，次日五更造飯，平明拔寨都起，前到庾家疃，列成陣勢，擺開一萬五千人馬。李成、索超，全副披掛，門旗下勒住戰馬。平東一望，遠遠地塵土起處，約有五百餘人，飛奔前來。李成鞭梢一指，軍健腳踏硬弩，手拽強弓，梁山泊好漢在庾家疃一字兒擺成陣勢，只見：

人人都戴茜紅巾，個個齊穿緋衲襖（紅棉衣）。鷺鷥腿緊繫腳綳，虎狼腰牢拴裹肚。三股叉直迸寒光，四棱簡橫拖冷霧。柳葉槍，火尖槍，密布如麻；青銅刀，偃月刀，紛紛似雪。滿地紅旗飄火焰，半空赤幟耀霞光。

東陣上只見一員好漢，當前出馬，乃是黑旋風李逵，手搖雙斧，睜圓怪眼，咬碎鋼牙，高聲大叫：「認得梁山泊好漢黑旋風麼？」李成在馬上看了，與索超大笑道：「每日只說梁山泊好漢，原來只是這等腌臢草寇，何足為道！先鋒，你看麼？何不先捉此賊？」索超笑道：「割雞焉用牛刀，自有戰將建功，不必主將掛念。」一言未絕，索超馬後一員首將，姓王，名定，手拈長槍，引領部下一百馬軍，飛奔衝將過來。李逵膽勇過人，雖是帶甲遮護，怎當馬軍一衝，當時四下奔走。索超引軍直趕過庾家疃來，只見山坡背後，鑼鼓喧天，早撞出兩彪軍馬：左有解珍、孔亮，右有孔明、解寶，各領五百小嘍羅，衝殺將來。索超見他有接應軍馬，方才吃驚，不來追趕，勒馬便回。李成問道：「如何不拿賊來？」索超道：「趕過山去，正要拿他，原來這廝們倒有接應人馬，伏兵齊起，難以下手。」李成道：「這等草寇，何足懼哉！」將引前部軍兵，盡數殺過庾家疃來。只見前面搖旗吶喊，擂鼓鳴鑼，又是一彪軍馬：當先一騎馬上，卻是一員女將，結束（裝束）得十分標致，有念奴嬌為證：

玉雪肌膚，芙蓉模樣，有天然標格。金鎧輝煌鱗甲動，銀滲紅羅抹額。玉手纖纖，雙持寶刃。恁英雄煊赫，眼溜秋波，萬種妖嬈堪摘。謾馳寶馬當前，霜刃如風，要把官兵斬馘（殺敵後割下其左耳）。粉面塵飛，征袍汗濕，殺氣騰胸腋。戰士消魂，敵人喪膽，女將中間奇特。得勝歸來，隱隱笑生雙頰。

第六十三回

宋江兵打北京城　關勝議取梁山泊

且說這扈三娘引軍，紅旗上金書大字「女將一丈青」，左有顧大嫂，右有孫二娘，引一千餘軍馬，盡是七長八短漢，四山五岳人。李成看了道：「這等軍人，作何用處！先鋒與我向前迎敵，我卻分兵勒捕四下草寇。」索超領了將令，手搭金蘸斧，拍坐下馬，殺奔前來。一丈青勒馬回頭，望山凹裡便走。李成分開人馬，四下裡趕殺，正趕之間，只聽得喊聲震地，霧氣遮天，一彪人馬，飛也似追來。李成急急退兵十四五里，首尾不能管顧，急退入庾家疃時，左衝出解珍、孔亮，部領人馬，趕殺將來；右衝出孔明、解寶，部領人馬，又殺到來。三員女將，撥轉馬頭，隨後殺來，趕得李成軍馬四分五落。急待回寨，黑旋風李逵當先攔住。李成、索超衝開人馬，奪路而去。比及回寨，大折一陣。宋江軍馬也不追趕，一面收兵暫歇，紮下營寨。

且說李成、索超，慌忙差人入城。報知梁中書，連夜再差聞達速領本部軍馬，前來助戰。李成接著，就槐樹坡寨內，商議退兵之策。聞達笑道：「疥癩之疾（小事一樁），何足掛意！聞某不才，來日願決一陣，務要全勝。」當夜商議定了，傳令與軍士得知，四更造飯，五更披掛（穿戴盔甲），平明進兵。戰鼓三通，拔寨都起，前到庾家疃。早見宋江軍馬，潑風也似價來，但見：

征雲冉冉飛晴空，征塵漠漠迷西東。
十萬貔貅聲震地，車廂火炮如雷轟。
鼙鼓冬冬撼山谷，旌旗獵獵搖天風。
槍影搖空翻玉蟒，劍光耀日飛蒼龍。
六師鷹揚鬼神泣，三軍英勇貔虎同。
罡星煞曜降凡世，天蓬丁甲離青穹。

銀盔金甲濯冰雪，強弓硬弩真難攻。
人人只欲盡忠義，擒王斬將非邀功。
大刀聞達不知量，狂言逞技真雕蟲！
飛虎峪中兵四起，星馳電逐無前鋒。
閉關收拾殘戈甲，有如脫兔潛葭蓬。

當日大刀聞達，便教將軍馬擺開，強弓硬弩，射住陣腳。花腔鼉鼓擂，雜彩繡旗搖。宋江陣中，當先捧出一員大將，紅旗銀字，大書「霹靂火秦明」，怎生打扮：

頭戴朱紅漆笠，身穿絳色袍鮮，連環鎧甲獸吞肩。抹綠戰靴雲嵌，鳳翅明盔耀日，獅蠻寶帶腰懸。狼牙混棍手中拈，凜凜英雄罕見。

秦明勒馬，厲聲高叫：「北京濫官污吏聽著！多時要打你這城子，誠恐害了百姓良民。好好將盧俊義、石秀送將過來，淫婦姦夫，一同解出，我便退兵罷戰，誓不相侵！若是執迷不悟，便教昆岡火起，玉石俱焚，只在目前。有話早說，休得俄延。」說猶未了，聞達大怒，便問首將：「誰與我力擒此賊？」說言未了，腦後鸞鈴響處，一員大將，當先出馬，怎生打扮：

耀日兜鍪（頭盔）晃晃，連環鐵甲重重，團花點翠錦袍紅，金帶銜成雙鳳。鵲畫弓藏袋內，狼牙箭插壺中。雕鞍穩定五花龍，大斧手中摩弄。

這個是北京上將，姓索，名超，因為此人性急，人皆呼他為「急先鋒」，出到陣前，高聲喝道：「你這廝是朝廷命官，國家有何負你？你好人不做，卻去落草為賊！我今拿住你時，碎屍萬段，死有餘辜。」這個秦明，又是一個性急的人，聽了這話，正是爐中添炭，火上澆油，拍馬向前，掄狼牙棍直奔將來；索超縱馬，直挺秦明。二匹劣馬相交，兩般軍器並舉，眾軍吶喊。鬥過二十餘合，不分勝敗。宋江軍中先鋒隊裡轉過韓滔，就馬上拈弓搭箭，覷的索超較親，颼地只一箭，正中索超左臂，撇了大斧，回馬望本陣便走。宋江鞭梢一指，大小三軍，一齊捲殺過來。殺得屍橫遍野，流血成河，大敗虧輸。直追過庾家疃，隨即奪了槐樹坡小寨。當晚聞達直奔飛虎峪，計點軍兵，三停去一。宋江就槐樹坡寨內屯紮，吳用道：「軍兵敗走，心中必怯。若不乘勢追趕，誠恐養成（形成）勇氣，急忙難得。」宋江道：「軍師之言極當。」隨即傳令：當晚就將精銳得勝軍將，分作四路，連夜進發，殺奔城來。

再說聞達奔到飛虎峪，忙忙似喪家之犬，急急如漏網之魚，正在寨中商議計策，小校來報：「近山上一帶火起！」聞達帶領軍兵，上馬看時，只見東邊山上，火把不知其數，照得遍山遍野通紅。聞達便引軍兵迎敵，山後又是馬軍來到，當先首將小李廣花榮，引副將楊春、陳達，橫殺將來。聞達措手不及，領兵便回飛虎峪。西邊山上，火把不知其數，當先首將雙鞭呼延灼，引副將歐鵬、燕順，衝擊將來。後面喊聲又起，卻是首將霹靂火秦明，引副將韓滔、彭玘，並力殺來。聞達軍馬大亂，拔寨都起。只見前面喊聲又起，火光晃耀，卻是轟天雷凌振，將帶副手，從小路直轉飛虎峪那邊，放起炮來。聞達引軍奪路，奔城而去。只見前面鼓聲響處，早有一彪軍馬攔路，火光叢中，閃出首將豹子頭林沖，引副將馬麟、鄧飛，截住歸路。四下裡戰鼓齊鳴，烈火競起，眾軍亂攛，各自逃生。聞達手舞大刀，殺開條路走，正撞著李成，合兵一處，且戰且走。戰到天明，已至城下。梁中書聽得這個消息，驚的三魂蕩蕩，七魄幽幽，連忙點軍出城，接應敗殘人馬，緊閉城門，堅守不出。次日，宋江軍馬追來，直抵東門下寨，準備攻城。

且說梁中書在留守司聚眾商議，難以解救。李成道：「賊兵臨城，事在告急，若是遲延，必至失陷。相公可修告急家書，差心腹之人，星夜趕上京師，報與蔡太師知道，早奏朝廷，調遣精兵前來救應，此是上策；第二，作緊行文，關報鄰近府縣，亦教早早調兵接應；第三，北京城內，著仰大名府起差民夫上城，同心協助，守護城池，準備擂木炮石，踏弩硬弓，灰瓶金汁，曉夜提備，如此可保無虞。」梁中書道：「家書隨便（隨時）修下，誰人去走一遭？」當日差下首將王定，全副披掛；又差數個馬軍，領了密書，放開城門吊橋，望東京飛報聲息，及關報鄰近府分，發兵救應；先仰王太守起集民夫，上城守護，不在話下。且說宋江分調眾將，引軍圍城，東西北三面下寨，只空南門不圍，每日引軍攻打一面；向山寨中催取糧草，為久屯之計，務要打破北京，救取盧員外、石秀二人。李成、聞達，連日提兵出城交戰，不能取勝，索超箭瘡，將息未得痊可。

不說宋江軍兵打城，且說首將王定齎領密書，三騎馬直到東京太師府前下馬。門吏轉報入去，太師教喚王定進來，直到後堂拜罷，呈上密書。蔡太師拆開封皮看了，大驚，問其備細。王定把盧俊義的事，一一說了。「如今宋江領兵圍城，聲勢浩大，不可抵敵。」庾家疃、槐樹坡、飛虎峪三處廝殺，盡皆說罷。蔡京道：「鞍馬勞困，你且去館驛內安下，待我會官商議。」王定又稟道：「太師恩相：大名危如累卵，破在旦夕，倘或失陷，河北縣郡，如之奈何？望太師恩相，早早發兵剿除！」蔡京道：「不必多說，你且退去。」王定去了。太師隨即差當日府干，請樞密院官，急來商議軍情重事。不移時，東廳樞密使童貫引三衙太尉，都到節堂，參見太師。蔡京把大名危急之事，備細說了一遍：「如今將何計策，用何良將，可退賊兵，以保城郭？」說罷，眾官互相廝覷，各有懼色。只見那

第六十三回
宋江兵打北京城　關勝議取梁山泊

步司太尉背後轉出一人，乃是衙門防御使保義，姓宣，名贊，掌管兵馬。此人生的面如鍋底，鼻孔朝天，捲髮赤鬚，彪形八尺；使口鋼刀，武藝出眾。先前在王府曾做郡馬（王爺的女婿），人呼為「醜郡馬」；因對連珠箭贏了番將，郡王愛他武藝，招做女婿。誰想郡主嫌他醜陋，懷恨而亡，因此不得重用，只做得個兵馬保義使。童貫是個阿諛諂佞之徒，與他不能相下，常有嫌疑之心。當時此人忍不住，出班來稟太師道：「小將當初在鄉中，有個相識。此人乃是漢末三分義勇武安王（宋時對關羽追加封贈的爵號）嫡派子孫，姓關，名勝；生得規模與祖上雲長相似，使一口青龍偃月刀，人稱為大刀關勝。見做蒲東巡檢，屈在下僚。此人幼讀兵書，深通武藝，有萬夫不當之勇。若以禮幣請他，拜為上將，可以掃清水寨，殄滅狂徒，保國安民。乞取鈞旨。」蔡京聽罷大喜，就差宣贊為使，齎了文書鞍馬，連夜星火，前往蒲東，禮請關勝赴京計議。眾官皆退。

話休絮繁。宣贊領了文書，上馬進發，帶將三五個從人，不則一日，來到蒲東巡檢司前下馬。當日關勝正和郝思文在衙內論說古今興廢之事，聞說東京有使命至，關勝忙與郝思文出來迎接。各施禮罷，請到廳上坐地。關勝問道：「故人久不相見，今日何事，遠勞親自到此？」宣贊回言：「為因梁山泊草寇攻打北京，宣某在太師面前，一力保舉兄長，有安邦定國之策，降兵斬將之才，特奉朝廷敕旨，太師鈞命，彩幣鞍馬，禮請起行。兄長勿得推卻，便請收拾赴京。」關勝聽罷，大喜，與宣贊說道：「這個兄弟，姓郝，雙名思文，是我拜義弟兄。當初他母親夢井木犴（野狗）投胎，因而有孕，後生此人，因此人喚他做『井木犴』。這兄弟十八般武藝，無有不能。得蒙太師呼喚，一同前去，協力報國，有何不可？」宣贊喜諾，就行催請登程。

當下關勝吩咐老小，一同郝思文，將引關西漢十數個人，收拾刀馬、盔甲、行李，跟隨宣贊連夜起程。來到東京，徑投太師府前下馬。門吏轉報蔡太師得知，教喚進。宣贊引關勝、郝思文，直到節堂，拜見已罷，立在階下。蔡京看了關勝，端的好表人材：堂堂八尺五六身軀，細細三柳髭鬚，兩眉入鬢，鳳眼朝天；面如重棗，唇若塗朱。太師大喜，便問：「將軍青春多少？」關勝答道：「小將三旬有二。」蔡太師道：「梁山泊草寇，圍困北京城郭，請問良將，願施妙策，以解其圍。」關勝稟道：「久聞草寇占住水窪，驚群動眾。今擅離巢穴，自取其禍。若救北京，虛勞人力。乞假精兵數萬，先取梁山，後拿賊寇，教他首尾不能相顧。」太師見說大喜，與宣贊道：「此乃圍魏救趙之計，正合吾心。」隨即喚樞密院官，調撥山東、河北精銳軍兵一萬五千；教郝思文為先鋒，宣贊為合後，關勝為領兵指揮使，步軍太尉段常接應糧草。犒賞三軍，限日下起行，大刀闊斧，殺奔梁山泊來。直教龍離大海，不能駕霧騰雲；虎到平川，怎辦張牙舞爪？正是貪觀天上中秋月，失卻盤中照殿珠。畢竟宋江軍馬怎地結果，且聽下回分解。

第六十四回

呼延灼月夜賺關勝　宋公明雪天擒索超

話說蒲東關勝，這人慣使口大刀，英雄蓋世，義勇過人。當日辭了太師，統領著一萬五千人馬，分為三隊，離了東京，望梁山泊來。

話分兩頭。且說宋江與同眾將，每日北京攻打城池不下，李成、聞達那裡敢出對陣。索超箭瘡深重，又未平復，更無人出戰。宋江見攻打城子不破，心中納悶，離山已久，不見輸贏。是夜在中軍帳裡悶坐，點上燈燭，取出玄女天書，正看之間，猛然想起圍城既久，不見有救軍接應，戴宗回去，尚不見來，默然覺得神思恍惚，寢食不安。忽小校報說：「軍師來見。」吳用到得中軍帳內，與宋江道：「我等眾軍圍許多時，如何杳無救軍來到，城中又不出戰？向有三騎馬奔出城去，必是梁中書使人去京師告急。他丈人蔡太師必然上緊遣兵，中間必有良將。倘用圍魏救趙之計，且不來解此處之危，反去取我梁山大寨，如之奈何！兄長不可不慮。我等先著軍士收拾，未可都退。」正說之間，只見神行太保戴宗到來報說：「東京蔡太師，拜請關菩薩玄孫，蒲東郡大刀關勝，引一彪軍馬，飛奔梁山泊來。寨中頭領主張不定，請兄長軍師早早收兵回來，且解山寨之難。」吳用道：「雖然如此，不可急還。今夜晚間先教步軍前行，留下兩支軍馬，就飛虎峪兩邊埋伏。城中知道我等退軍，必然追趕；若不如此，我兵先亂。」宋江道：「軍師言之極當。」傳令便差小李廣花榮，引五百軍兵，去飛虎峪左邊埋伏；豹子頭林沖，引五百軍兵，飛虎峪右邊埋伏。再叫雙鞭呼延灼，引二十五騎馬軍，帶著凌振，將了風火等炮，離城十數里遠近，但見追兵過來，隨即施放號炮，令其兩下伏兵，齊去並殺追兵。一面傳令，前隊退兵，倒拖旌旗，不鳴戰鼓，卻如雨散雲行，遇兵勿戰，慢慢退回。步軍隊裡，半夜起來，次第而行。直至次日巳牌前後，方才盡退。

城上望見宋江軍馬，手拖旗幡，肩擔刀斧，紛紛滾滾，拔寨都起，有還山之狀。城上看了仔細，報與梁中書知道：「梁山泊軍馬，今日盡數收兵，都回去了。」梁中書聽的，隨即喚李成、聞達商議。聞達道：「想是京師救軍去取他梁山泊，這廝們恐失巢穴，慌忙歸去。可以乘勢追殺，必擒宋江。」說猶未了，城外報馬到來，齎東京文字（文書），約會（約定日期）引兵去取賊巢；他若退兵，可以速追。梁中書便叫李成、聞達，各帶一支軍馬，從東西兩路追趕宋江軍馬。

且說宋江引兵退回，見城中調兵追趕，捨命便走。直退到飛虎峪那邊，只聽的背後火炮齊響。李成、聞達吃了一驚，勒住戰馬看時，後面只見旗幡對刺（交叉），戰鼓亂鳴。李成、聞達火急回軍，左手下撞出小李廣花榮，右手下撞出豹子頭林沖，各引五百軍馬，兩邊殺來。措手不及，知道中了奸計，回軍。前面又撞出呼延灼，引著一支馬軍，大殺一陣，殺的李成、聞達金盔倒納，衣甲飄零，退入城中，閉門不出。宋江軍馬，次第而回。早轉近梁山泊邊，卻好迎著醜郡馬宣贊攔路。宋江約住（阻止）軍兵，權且下寨，暗地使人從偏僻小路，赴水上山報知，約會水陸軍兵，兩下救應。

且說水寨內頭領船火兒張橫，與兄弟浪裡白條張順當時議定：「我和你弟兄兩個，自來寨中，不曾建功。只看著別人誇能說會，倒受他氣。如今蒲東大刀關勝，三路調軍，打我寨柵，不若我和你兩個，先去劫了他寨，捉得關勝，立這件大功，眾兄弟面前，也好爭口氣。」張順道：「哥哥，我和你

第六十四回

呼延灼月夜賺關勝　宋公明雪天擒索超

只管得些水軍，倘或不相救應，枉惹人恥笑。」張橫道：「你若這般把細（謹小慎微），何年月日，能勾建功？你不去便罷，我今夜自去。」張順苦諫不聽。當夜張橫點了小船五十餘隻，每船上只有三五人，渾身都是軟戰（沒配頭盔、鎧甲的戰袍），手執苦竹槍，各帶蓼葉刀，趁著月光微明，寒露寂靜，把小船直抵旱路。此時約有二更時分。

卻說關勝正在中軍帳裡，點燈看書，有伏路小校，悄悄來報：「蘆花蕩裡，約有小船四五十只，人人各執長槍，盡去蘆葦裡面兩邊埋伏，不知何意，特來報知。」關勝聽了，微微冷笑。當時暗傳號令，教眾軍俱各如此準備。三軍得令，各自潛伏。且說張橫將引三二百人，從蘆葦中間，藏蹤躡跡，直到寨邊，拔開鹿角，徑奔中軍。望見帳中燈燭熒煌，關勝手拈髭髯，坐看兵書。張橫暗喜，手搦長槍，搶入帳房裡來。旁邊一聲鑼響，眾軍喊動，如天崩地塌，山倒江翻，嚇得張橫倒拖長槍，轉身便走。四下裡伏兵亂起，可憐會水張橫，怎脫平川羅網。二三百人，不曾走得一個，盡數被縛，推到帳前。關勝看了，笑罵：「無端草賊，安敢侮吾！」將張橫陷車盛了，其餘者盡數監了，直等捉了宋江，一並解上京師。

不說關勝捉了張橫，卻說水寨內三阮頭領，正在寨中商議，使人去宋江哥哥處聽令，只見張順到來，報說：「我哥哥因不聽小弟苦諫，去劫關勝營寨，不料被捉，囚車監了。」阮小七聽了，叫將起來，說道：「我兄弟們同死同生，吉凶相救，你是他嫡親兄弟，卻怎地教他獨自去，被人捉了？你不去救，我弟兄三個自去救他。」張順道：「為不曾得哥哥將令，卻不敢輕動。」阮小七道：「若等將令來時，你哥哥吃他剁做八段。」阮小二、阮小五都道：「說得是。」張順迭他三個不過，只得依他。當夜四更，點起大小水寨頭領，各架船一百餘隻，一齊殺奔關勝寨來。岸上小軍，望見水面上戰船如螞蟻相似，都傍岸邊，慌忙報知主帥。關勝笑道：「無見識賊奴，何足為慮！」隨即喚首將，附耳低言，如此如此。且說三阮在前，張順在後，吶聲喊，搶入寨來。只見寨內槍刀豎立，旌旗不倒，並無一人。三阮大驚，轉身便走。帳前一聲鑼響，左右兩邊，馬軍步軍，分作八路，簸箕掌，栲栳圈，重重疊疊，圍裹將來。張順見不是頭，撲通的先跳下水去。三阮奪路便走，急到得水邊，後軍趕上，撓鉤齊下，套索飛來，把這活閻羅阮小七搭住，橫拖倒拽捉去了。阮小二、阮小五、張順，卻得混江龍李俊帶的童威、童猛死救回去。

不說阮小七被捉，囚在陷車之中。且說水軍報上梁山泊來，劉唐便使張順從水路裡直到宋江寨中，報說這個消息。宋江便與吳用商議，怎生退得關勝。吳用道：「來日決戰，且看勝敗如何。」說猶未了，猛聽得戰鼓齊鳴，卻是醜郡馬宣贊，部領三軍，直到大寨。宋江舉眾出迎，看了宣贊在門旗下勒戰，便喚：「首將那個出馬，先拿這廝。」只見小李廣花榮拍馬持槍，直取宣贊。宣贊舞刀來迎，一來一往，一上一下，鬥到十合，花榮賣個破綻，回馬便走。宣贊趕來，花榮就了事環帶住鋼槍，拈弓取箭，側坐雕鞍，輕舒猿臂，翻身一箭。宣贊聽得弓弦響，卻好箭來，把刀只一隔，錚地一聲響，射在刀面上。花榮見一箭不中，再取第二枝箭，看得較近，望宣贊胸膛上射來。宣贊鐙裡藏身，又躲過了，宣贊見他弓箭高強，不敢追趕，霍地勒回馬，跑回本陣。花榮見他不趕，連忙便勒轉馬頭，望宣贊趕來。又取第三枝箭，望得宣贊後心較近，再射一箭。只聽得鐺地一聲響，正射在背後護心鏡上。宣贊慌忙馳馬入陣，便使人報與關勝。關勝得知，便喚小校：「快牽過戰馬來！」那匹馬，頭至尾長一丈，蹄至脊高八尺，渾身上下，沒一根雜毛，純是火炭般赤。拴一副皮甲，束三條肚帶。關勝全裝披掛，綽刀上馬，直臨陣前。門旗開處，便乃出馬，有西江月一首為證：

漢國功臣苗裔，三分良將玄孫。繡旗飄掛動天兵，金甲綠袍相稱。
赤兔馬騰騰紫霞，青龍刀凜凜寒冰。蒲東郡內產豪英，義勇大刀關勝。

第六十四回

呼延灼月夜賺關勝　宋公明雪天擒索超

宋江看了關勝一表非俗，與吳用暗暗地喝彩，回頭與眾多良將道：「將軍英雄，名不虛傳！」說言未了，林沖忿怒，便道：「我等弟兄，自上梁山泊，大小五七十陣，未嘗挫了銳氣，軍師何故滅自己威風！」說罷，便挺槍出馬，直取關勝。關勝見了，大喝道：「水泊草寇，汝等怎敢背負朝廷！單要宋江與吾決戰。」宋江在門旗下喝住林沖，縱馬親自出陣，欠身與關勝施禮，說道：「鄆城小吏宋江到此謹參，惟將軍問罪。」關勝道：「汝為小吏，安敢背叛朝廷？」宋江答道：「蓋為朝廷不明，縱容奸臣當道，讒佞專權，設除濫官污吏，陷害天下百姓。宋江等替天行道，並無異心。」關勝大喝：「天兵到此，尚然抗拒，巧言令色，怎敢瞞吾！若不下馬受降，著你粉骨碎身！」霹靂火秦明聽得大怒，手舞狼牙棍，縱坐下馬，直搶過來。關勝也縱馬出迎，來鬥秦明。林沖怕他奪了頭功，猛可裡飛搶過來，徑奔關勝。三騎馬向征塵影裡，轉燈般廝殺。宋江看了，恐傷關勝，便教鳴金收軍。林坡、秦明回馬陣前，說道：「正待擒捉這廝，兄長何故收軍罷戰？」宋江道：「賢弟，我等忠義自守，以強欺弱，非所願也。縱使陣上捉他，此人不伏，亦乃惹人恥笑。吾看關勝英勇之將，世本忠臣，乃祖為神，若得此人上山，宋江情願讓位。」林沖、秦明都不喜歡。當日兩邊各自收兵。

且說關勝回到寨中，下馬卸甲，心中暗忖道：「我力鬥二將不過，看看輸與他，宋江倒收了軍馬，不知主何意？」卻叫小軍推出陷車中張橫、阮小七過來，問道：「宋江是個鄆城小吏，你這廝們如何伏他？」阮小七應道：「俺哥哥山東、河北馳名，都稱做及時雨呼保義宋公明。你這廝不知禮義之人，如何省得！」關勝低頭不語，且教推過陷車。

當晚寨中納悶，坐臥不安，走出中軍觀看，月色滿天，霜華遍地，嗟嘆不已。有伏路小校前來報說：「有個鬍鬚將軍，匹馬單鞭，要見元帥。」關勝道：「你不問他是誰！」小校道：「他又沒衣甲軍器，並不肯說姓名，只言要見元帥。」關勝道：「既是如此，與我喚來。」沒多時，來到帳中，拜見關勝。關勝看了，有些面熟，燈光之下，略也認得，便問是誰。那人道：「乞退左右。」關勝道：「不妨。」那人道：「小將呼延灼的便是。先前曾與朝廷統領連環馬軍，征進梁山泊。誰想中賊奸計，失陷了軍機，不能還鄉。聽得將軍到來，不勝之喜，早間宋江在陣上，林沖、秦明待捉將軍，宋江火急收軍，誠恐傷犯足下。此人素有歸順之意，獨奈眾賊不從。暗與呼延灼商議，正要驅使眾人歸順。將軍若是聽從，明日夜間，輕弓短箭，騎著快馬，從小路直入賊寨，生擒林沖等寇，解赴京師，共立功勳。」關勝聽罷大喜，請入帳，置酒相待。備說宋江專以忠義為主，不幸從賊無辜。二人遞相剖露衷情，並無疑心。

次日，宋江舉眾搦戰，關勝與呼延灼商議：「今日可先贏首將，晚間可行此計。」且說呼延灼借副衣甲穿了，彼各上馬，都到陣前。宋江陣上大罵呼延灼道：「山寨不曾虧負你半分，因何夤夜（深夜）私去？」呼延灼回道：「汝等草寇，成何大事！」宋江便令鎮三山黃信出馬，仗喪門劍，驅坐下馬，直奔呼延灼。兩馬相交，鬥不到十合，呼延灼手起一鞭，把黃信打落馬下。宋江陣上眾軍搶出來，扛了回去。關勝大喜，令大小三軍一齊掩殺。呼延灼道：「不可追掩。吳用那廝，廣有神機，若還趕殺，恐賊有計。」關勝聽了，火急收軍，都回本寨。到中軍帳裡，置酒相待，動問鎮三山黃信之事。呼延灼道：「此人原是朝廷命官，青州都監，與秦明、花榮一時落草。今日先殺此賊，挫滅威風，今晚偷營，必然成事。」關勝大喜，傳下將令：教宣贊、郝思文兩路接應；自引五百馬軍，輕弓短箭，叫呼延灼引路。至夜二更起身，三更前後，直奔宋江寨中，炮響為號，裡應外合，一齊進兵。

是夜月光如畫。黃昏時候，披掛已了，馬摘鑾鈴，人披軟戰，軍卒銜枚疾走，一齊乘馬，呼延灼當先引路，眾人跟著。轉過山徑，約行了半個更次，前面撞見三五十個伏路小軍，低聲問道：「來的不是呼將軍麼？宋公明差我等在此迎接。」呼延灼喝道：「休言語，隨在我馬後走！」呼延灼縱馬先行，關勝乘馬在後。又轉過一層山嘴，只見呼延灼把槍尖一指，遠遠地一碗紅燈。關勝勒住馬問道：「有紅燈處是那裡？」呼延灼道：「那裡便是宋公明中軍。」急催動人馬。將近紅燈，忽聽得一聲炮響，眾軍跟定關勝，殺奔前來。到紅燈之下看時，不見一個，便喚呼延灼時，亦不見了。關勝大驚。知道中計，慌忙回馬，聽得四邊山上，一齊鼓響鑼鳴。正是慌不擇路，眾軍各自逃生。關勝連忙回馬時，只剩得數騎馬軍跟著。轉出山嘴，又聽得樹林邊腦後一聲炮響，四下裡撓鉤齊出，把關勝拖下雕鞍，奪了刀馬，卸去衣甲，前推後擁，拿投大寨裡來。卻說林沖、花榮，自引一枝軍馬，截住郝思文，回頭廝殺。月光之下，遙見郝思文怎生打扮，有西江月為證：

千丈凌雲豪氣，一團筋骨精神。橫槍躍馬蕩征塵，四海英雄難近。
身著戰炮錦繡，七星甲掛龍鱗。天丁元是郝思文，飛馬當前出陣。

林沖大喝道：「你主將關勝，中計被擒，你這無名小將，何不下馬受縛？」郝思文大怒，直取林沖，二馬相交，斗無數合，花榮挺槍助戰，郝思文勢力不加，回馬便走，肋後撞出個女將一丈青扈三娘，撒起紅綿套索，把郝思文拖下馬來。步軍向前，一齊捉住，解投大寨。話分兩處。這邊秦明、孫立，自引一支軍馬去捉宣贊，當路正逢此人。那宣贊怎生打扮，有西江月為證：

捲縮短黃鬚髮，凹兜黑墨容顏。睜開怪眼似雙環，鼻孔朝天仰面。
手內鋼刀耀雪，護身鎧甲連環。海騮赤馬錦鞍韉，郡馬英雄宣贊。

當下宣贊拍馬大罵：「草賊匹夫，當吾者死，避我者生！」秦明大怒，躍馬揮狼牙棍，直取宣贊。二馬相交，約鬥數合。孫立側首過來，宣贊慌張，刀法不依古格，被秦明一棍，搠下馬來。三軍齊喊一聲，向前捉住。再有撲天雕李應，引領大小軍兵，搶奔關勝寨內來，先救了張橫、阮小七，並被擒水軍人等，奪去一應糧草馬匹，卻去招安四下敗殘人馬。

宋江會眾上山，此時東方漸明。忠義堂上分開坐次，早把關勝、宣贊、郝思文，分投解來。宋江見了，慌忙下堂，喝退軍卒，親解其縛，把關勝扶在正中交椅上，納頭便拜，叩首伏罪，說道：「亡命狂徒，冒犯虎威，望乞恕罪。」關勝連忙答禮，閉口無言，手腳無措。呼延灼亦向前來伏罪道：「小可既蒙將令，不敢不依，萬望將軍免恕虛誑之罪。」關勝看了一班頭領，義氣深重，回顧與宣贊、郝思文道：「我們被擒在此，所事若何？」二人答道：「並聽將令。」關勝道：「無面還京，俺三人願早賜一死！」宋江道：「何故發此言？將軍倘蒙不棄微賤，一同替天行道。若是不肯，不敢苦留，只今便送回京。」關勝道：「人稱忠義宋公明，話不虛傳，今日我等有家難奔，有國難投，願在帳下，為一小卒。」宋江大喜。當日一面設筵慶賀，一邊使人招安逃竄敗軍，又得了五七千人馬。軍內有老幼者，隨即給散銀兩，便放回家；一邊差薛永齎書往蒲東，搬取關勝老小，都不在話下。

宋江正飲宴間，默然想起盧員外、石秀陷在北京，潸然淚下。吳用道：「兄長不必憂心，吳用自有措置。只過今晚，來日再起軍兵，去打北京，必然成事。」關勝便起身說道：「小將無可報答不殺之罪，願為前部。」宋江大喜。次日早晨傳令，就教宣贊、郝思文，撥回舊有軍馬，便為前部先鋒；其餘原打北京頭領，不缺一個。再差李俊、張順，將帶水戰盔甲隨去，以次再望北京進發。

這裡卻說梁中書在城中，正與索超起病飲酒。只見探馬報道：「關勝、宣贊、郝思文，並眾軍馬，俱被宋江捉去，已入伙了。梁山泊軍馬，見今又到。」梁中書聽得，唬得目瞪痴呆，手腳無措。

第六十四回

呼延灼月夜賺關勝　宋公明雪天擒索超

只見索超稟道：「前者中賊冷箭，今番且復此仇。」梁中書隨即賞了索超，便教引本部人馬，出城迎敵。李成、聞達隨後調軍接應。其時正是仲冬天氣，時候正冷，連日彤雲密布，朔風亂吼。宋江兵到，索超直至飛虎峪下寨。次日，引兵迎敵，宋江引前部呂方、郭盛，上高阜處看關勝厮殺。三通戰鼓罷，關勝出陣。只見對面索超出馬，當時索超見了關勝，卻不認得。隨征軍卒說道：「這個來的，便是新背反的大刀關勝。」索超聽了，並不打話，直搶過來，逕奔關勝。關勝也拍馬舞刀來迎，兩個鬥無十合，李成正在中軍，看見索超斧怯，戰關勝不下，自舞雙刀出陣，夾攻關勝。這邊宣贊、郝思文見了，各持兵器，前來助戰。五騎馬攪做一塊。宋江在高阜看見，鞭梢一指，大軍捲殺過去，李成軍馬大敗虧輸，殺得七斷八絕，連夜退入城去，堅閉不出。宋江催兵直抵城下，紮住軍馬。次日，索超親引一支軍馬，出城衝突。吳用見了，便教軍校迎敵戲戰：「他若追來，乘勢便退。」此時索超又得了這一陣，歡喜入城。

當晚彤雲四合，紛紛雪下，吳用已有計了，暗差步軍，去北京城外，靠山邊河路狹處，掘成陷坑，上用土蓋。是夜雪急風嚴，平明看時，約有二尺深雪。城上望見宋江軍馬，各有懼色，東西柵立不定。索超看了，便點三百軍馬，就時追出城來。宋江軍馬四散奔波而走。卻教水軍頭領李俊、張順，身披軟戰，勒馬橫槍，前來迎敵。卻才與索超交馬，棄槍便走，特引索超奔陷坑邊來。索超是個性急的，那裡照顧。這裡一邊是路，一邊是澗。李俊棄馬，跳入澗中去了，向著前面，口裡叫道：「宋公明哥哥快走！」索超聽了，不顧身體，飛馬搶過陣來。山背後一聲炮響，索超連人和馬，攧將下去。後面伏兵齊起，這索超便有三頭六臂，也須七損八傷。正是爛銀深蓋藏圈套，碎玉平鋪作陷坑。畢竟急先鋒索超性命如何，且聽下回分解。

第六十五回

托塔天王夢中顯聖　浪裡白條水上報冤

話說宋江軍中，因這一場大雪，吳用定出這條計策，就這雪中捉了索超，其餘軍馬，都逃入城去，報說索超被擒。梁中書聽得這個消息，不由他不慌，傳令教眾將只是堅守，不許出戰。意欲殺了盧俊義、石秀，猶恐激惱了宋江，朝廷急無兵馬救應，其禍愈速；只得教監守著二人，再行申報京師，聽憑蔡太師處分。

且說宋江到寨，中軍帳上坐下，早有伏兵解索超到麾下。宋江見了大喜，喝退軍健，親解其縛，請入帳中，致酒相待，用好言撫慰道：「你看我眾兄弟們，一大半都是朝廷軍官，蓋為朝廷不明，縱容濫官當道，污吏專權，酷害良民，都情願協助宋江，替天行道。若是將軍不棄，同以忠義為主。」楊志向前另敘一禮，又細勸了一番。索超本是天罡星之數，自然輳合，降了宋江。當夜帳中置酒作賀。

次日，商議打城，一連打了數日，不得城破。宋江好生憂悶，當夜帳中伏枕而臥，忽然陰風颯颯，寒氣逼人，宋江抬頭看時，只見天王晁蓋欲進不進，叫聲：「兄弟，你不回去，更待何時？」立在面前。宋江吃了一驚，急起身問道：「哥哥從何而來？屈死冤仇，不曾報得，心中日夜不安。前者

第六十五回

托塔天王夢中顯聖　浪裡白條水上報冤

一向不曾致祭，以此顯靈，必有見責。」晁蓋道：「非為此也。兄弟靠後，陽氣逼人，我不敢近前。今特來報你，賢弟有百日血光之災，則除江南地靈星（神醫安道全）可治。你可早早收兵，此為上計。」宋江卻欲再問明白，趕向前去說道：「哥哥陰魂到此，望說真實。」被晁蓋一推，撒然覺來，卻是南柯一夢。便叫小校請軍師圓夢。吳用來到中軍帳上，宋江說其異事。吳用道：「既是晁天王顯聖，不可不依。目今天寒地凍，軍馬難以久住，權且回山。守待冬盡春初，雪消冰解，那時再來打城，亦未為晚。」宋江道：「軍師之言甚當，只是盧員外和石秀兄弟，陷在縲紲，度日如年，只望我等弟兄來救。不爭我們回去，誠恐這廝們害他性命。此事進退兩難。」

計議未定。次日只見宋江覺道神思疲倦，身體酸疼，頭如斧劈，身似籠蒸，一臥不起。眾頭領都到面前看視，宋江道：「我只覺背上好生熱疼。」眾人看時，只見鏊子（烙餅器具）一般紅腫起來。吳用道：「此疾非癰即疽。吾看方書（醫書和藥方），豆粉可以護心，毒氣不能侵犯，便買此物，安排與哥哥吃。」一面使人尋藥醫治，亦不能好。只見浪裡白條張順說道：「小弟舊在潯陽江時，因母得患背疾，百藥不能得治，後請得建康府（今南京市）安道全，手到病除。向後小弟但得些銀兩，便著人送去與他。今見兄長如此病症，此去東途路遠，急速不能便到。為哥哥的事，只得星夜前去，拜請他來。」吳用道：「兄長夢晁天王所言：『百日之災，則除江南地靈星可治。』莫非正應此人？」宋江道：「兄弟，你若有這個人，快與我去，休辭生受，只以義氣為重，星夜去請此人，救我一命。」吳用叫取蒜條金一百兩與醫人，再將三二十兩碎銀作為盤纏，吩咐與張順：「只今便行，好歹定要和他同來，切勿有誤。我今拔寨回山，和他山寨裡相會。兄弟可作急快來。」張順別了眾人，背上包裹，望前便去。

且說軍師吳用傳令諸將：「權且收軍，罷戰回山。」車子上載了宋江，連夜起發。北京城內，曾經了伏兵之計，只猜他引誘，不敢來追。次日，梁中書見報，說道：「此去未知何意。」李成、聞達道：「吳用那廝，詭計極多，只可堅守，不宜追趕。」

話分兩頭。且說張順要救宋江，連夜趲行。時值冬盡，無雨即雪，路上好生艱難。更兼慌張，不曾帶得雨具，行了十多日，早近揚子江邊。是日北風大作，凍雲低垂，飛飛揚揚，下一天大雪。張順冒著風雪，要過大江，捨命而行。雖是景物淒涼，江內別是幾般清致，有西江月為證：

嘹唳凍雲孤雁，盤旋枯木寒鴉，空中雪下似梨花，片片飄瓊亂灑。玉壓橋邊酒旆，銀鋪渡口魚艖（小船）。前村隱隱兩三家，江上晚來堪畫。

那張順獨自一個奔至揚子江邊，看那渡船時，並無一隻，只叫得苦。繞著這江邊走，只見敗葦折蘆裡面，有些煙起。張順叫道：「艄公，快把渡船來載我！」只見蘆葦裡簌簌地響，走出一個人來，頭戴箬笠，身披蓑衣，問道：「客人要那裡去？」張順道：「我要渡江，去建康府幹事至緊，多與你些船錢，渡我則個。」那艄公道：「載你不妨，只是今日晚了，便過江去，也沒歇處。你只在我船裡歇了，到四更風靜月明時，我便渡你過去，多出些船錢與我。」張順道：「也說的是。」便與艄公鑽入蘆葦裡來，見灘邊纜著一隻小船。見篷底下一個瘦後生，在那裡向火。艄公扶張順下船，走入艙裡，把身上濕衣服都脫下來，叫那小後生就火上烘焙。張順自打開衣包，取出綿被，和身上捲倒在艙裡，叫艄公道：「這裡有酒賣麼？買些來吃也好。」艄公道：「酒卻沒買處，要飯便吃一碗。」張順吃了一碗飯，放倒頭便睡。一來連日辛苦，二來十分托大，到初更左側，不覺睡著。那瘦後生向著炭火，烘著上蓋的衲襖，看見張順睡著了，便叫艄公道：「大哥，你見麼？」艄公盤將來，去頭邊只一捏，覺道是金帛之物，把手搖道：「你去把船放開，去江心裡下手不遲。」那後生推開篷，跳上岸，解了纜索，上船把竹篙點開，搭上櫓，咿咿啞啞地搖出江心裡來。艄公在船艙裡取纜船索，輕輕地把張順捆縛做一塊，便去船梢艎板底下，取出板刀來。張順卻好覺來，雙手被縛，掙挫不得。艄公手拿大刀，按在他身上。張順道：「好漢，你饒我性命，都把金子與你。」艄公道：「金子也要，你的性命也要。」張順連聲叫道：「你只教我囫圇死，冤魂便不來纏你。」艄公放下板刀，把張順撲通的丟下水去。

那艄公便去打開包來看時，見了許多金銀，便沒心分與那瘦後生，叫道：「五哥，和你說話。」那人鑽入艙裡來，被艄公一手揪住，一刀落時，砍的伶仃，推下水去。艄公打併了船中血跡，自搖船去了。

卻說張順是在水底下伏得三五夜的人，一時被推下去，就江底下咬斷索子，赴水過南岸時，見樹林中隱隱有燈光。張順爬上岸，水淥淥地轉入林子裡看時，卻是一個村酒店，半夜裡起來榨酒，破壁縫透出燈光。張順叫開門時，見個老丈，納頭便拜。老兒道：「你莫不是江中被人劫了，跳水逃命的麼？」張順道：「實不相瞞老丈：小人來建康幹事。晚了，隔江覓船，不想撞著兩個歹人，把小子應有衣服金銀，盡都劫了，攛入江中。小人卻會赴水，逃得性命，公公救度則個。」老丈見說，領張順入後屋下，把個衲頭（破舊衣服）與他，替下濕衣服來烘，燙些熱酒與他吃。老丈道：「漢子，你姓甚麼？山東人來這裡幹何事？」張順道：「小人姓張。建康府安太醫是我弟兄，特來探望他。」老丈道：「你從山東來，曾經梁山泊過？」張順道：「正從那裡經過。」老丈道：「他山上宋頭領，不劫來往客人，又不殺害人性命，只是替天行道。」張順道：「宋頭領專以忠義為主，不害良民，只怪濫官污吏。」老丈道：「老漢聽得說：宋江這伙，端的仁義，只是救貧濟老，那裡是我這裡草賊？若得他來這裡，百姓都快活，不吃這伙濫污官吏薅惱！」張順聽罷道：「公公不要吃驚，小人便是浪裡白條張順。因為俺哥哥宋公明，害發背瘡，教我將一百兩黃金，來請安道全。誰想托大，在船中睡著，被這兩個賊男女縛了雙手，攛下江裡；被我咬斷繩索，到得這裡。」老丈道：「你既是那裡好漢，我教兒子出來，和你相見。」不多時，後面走出一個後生來，看著張順便拜道：「小人久聞哥哥大名，只是無緣，不曾拜識。小人姓王，排行第六；因為走跳得快，人都喚小人做活閃婆（神話傳說中的「電母」）王定六。平生只好赴水使棒，多曾投師，不得傳受，權在江邊賣酒度日。卻才哥哥被兩個劫了的，小人都認得：一個是截江鬼張旺；那一個瘦後生，卻是華亭縣人，喚做油裡鰍孫五。這兩個男女，時常在這江裡劫人。哥哥放心，在此住幾日，等這廝來吃酒，我與哥哥報仇。」張順道：「感承兄弟好意。我為兄長宋公明，恨不得一日奔回寨裡。只等天明，便入城去，請了安太醫，回來相會。」王定六把自己衣裳，都與張順換了。連忙置酒相待，不在話下。次日，天晴雪消，把十數兩銀子與張順，且教入建康府來。

張順進得城中，徑到槐橋下，看見安道全正在門前貨藥。張順進得門，看著安道全，納頭便拜。有首詩單題安道全好處：

肘後良方有百篇，金針玉刃得師傳。
重生扁鵲應難比，萬里傳名安道全。

這安道全祖傳內科外科，盡皆醫得，以此遠方馳名。當時看了張順，便問道：「兄弟多年不見，甚風吹得到此？」張順隨至裡面，把這鬧江州，跟宋江上山的事，一一告訴了。後說宋江見患背瘡，特地來請神醫；揚子江中，險些兒送了性命，因此空手而來，都實訴了。安道生道：「若論宋公明，天下義士，去走一遭最好；只是拙婦亡過，家中別無親人，離遠不得，以此難出。」張順苦苦求告：「若是兄長推卻不去，張順也難回山。」安道全道：「再作商議。」張順百般哀告，安道全方才應允。原來這安道全卻和建康府一個煙花娼妓，喚做李巧奴，時常往來。這李巧奴生的十分美麗，安道全以此眷顧他，有詩為證：

蕙質溫柔更老成，玉壺明月逼人清。
步搖寶髻尋春去，露濕凌波帶月行。
丹臉笑回花萼麗，朱弦歌罷彩雲停。
願教心地常相憶，莫學章台贈柳情。

當晚就帶張順同去他家，安排酒吃。李巧奴拜張順為叔叔。三杯五盞，酒至半酣，安道全對巧奴說道：「我今晚就你這裡宿歇，明日早，和這兄弟去山東地面走一遭，多則是一個月，少是二十餘日，便回來望你。」那李巧奴道：「我卻不要你去。你若不依我口，再也休上我門！」安道全道：「我藥囊都已收拾了，只要動身，明日便去。你且寬心，我便去，也又不耽擱。」李巧奴撒嬌撒痴，便倒在安道全懷裡，說道：「你若還不依我，去了，我只咒得你肉片片兒飛！」張順聽了這話，恨不得一口水吞吃了這婆娘。看看天色晚了，安道全大醉倒了，攙去巧奴房裡，睡在床上。巧奴卻來發付張順道：「你自歸去，我家又沒睡處。」張順道：「只待哥哥酒醒同去。」以此發遣他不動，只得安他在門首小房裡歇。

張順心中憂煎，那裡睡得著。初更時分，有人敲門。張順在壁縫裡張時，只見一個人閃將入來，便與虔婆（賊婆）說話。那婆子問道：「你許多時不來，卻在那裡？今晚太醫醉倒在房裡，卻怎生奈何？」那人道：「我有十兩金子送與姐姐打些釵環，老娘怎地做個方便，教他和我廝會則個。」虔婆道：「你只在我房裡，我叫女兒來。」張順在燈影下張時，卻見是截江鬼張旺。原來這廝，但是江中尋得些財，便來他家使。張順見了，按不住火起。再細聽時，只見虔婆安排酒食在房裡，叫巧奴相伴張旺。張順本待要搶入去，卻又怕弄壞了事，走了這賊。約莫三更時候，廚下兩個使喚的也醉了；虔婆東倒西歪，卻在燈前打醉眼子（打瞌睡）。張順悄悄開了房門，踅到廚下，見一把廚刀，明晃晃放在灶上，看這虔婆，倒在側首板凳上。張順走將入來，拿起廚刀，先殺了虔婆。要殺使喚的時，原來廚刀不甚快，砍了一個人，刀口早捲了。那兩個正待要叫，卻好一把劈柴斧正在手邊，綽起來，一斧一個，砍殺了。房中婆娘聽得，慌忙開門，正迎著張順，手起斧落，劈胸膛砍翻在地。張旺燈影下見砍翻婆娘，推開後窗，跳牆走了。張順懊惱無極，隨即割下衣襟，蘸血去粉牆上寫道：「殺人者，安道全也！」連寫數十處。

捱到五更將明，只聽得安道全在房中酒醒，便叫巧奴。張順道：「哥哥，不要則聲，我教你看兩個人。」安道全起來，看見四個死屍，嚇得渾身麻木，顫做一團。張順道：「哥哥，你見壁上寫的麼？」安道全道：「你苦了我也！」張順道：「只有兩條路，從你行。若是聲張起來，我自走了，哥哥卻用去償命；若還你要沒事，家中取了藥囊，連夜徑上梁山泊，救我哥哥。──這兩件隨你行。」安道全道：「兄弟，忒這般短命見識！」有詩為證：

紅粉無情只愛錢，臨行何事更流連。

冤魂不赴陽台夢，笑煞痴心安道全。

到天明，張順捲了盤纏，同安道全回家，敲開門，取了藥囊，出城來，徑到王定六酒店裡。王定六接著說道：「昨日張旺從這裡過，可惜不遇見哥哥。」張順道：「我自要幹大事，那裡且報小仇。」說言未了，王定六報道：「張旺那廝來也。」張順道：「且不要驚他，看他投那裡去。」只見張旺去灘頭看船。王定六叫道：「張大哥，你留船來，載我兩個親眷過去。」張旺道：「要趁船快來！」王定六報與張順。張順道：「安兄，你可借衣服與小弟穿，小弟衣裳，卻換與兄長穿了，才去趁船。」安道全道：「此是何意？」張順道：「自有主張，兄長莫問。」安道全脫下衣服，與張順換穿了。張順戴上頭巾，遮塵暖笠影身。王定六背了藥囊。走到船邊，張旺攏船傍岸，三個人上船。張順爬入後梢，揭起艎板看時，板刀尚在，張順拿了，再入船艙裡。張旺把船搖開，咿啞之聲，直到江心裡面。張順脫去上蓋，叫一聲：「艄公快來！你看船艙裡漏進水來！」張旺不知是計，把頭鑽入艙裡來，被張順肐膊地揪住，喝一聲：「強賊，認得前日雪天趁船的客人麼？」張旺看了，則(作)聲不得。張順喝道：「你這廝謀了我一百兩黃金，又要害我性命！你那個瘦後生那裡去了？」張旺道：「好漢，小人得了財，無心分與他，恐他爭論，被我殺死，攛入江裡去了。」張順道：「你認得我麼？」張旺道：「不識得好漢，只求饒了小人一命。」張順喝道：「我生在潯陽江邊，長在小孤山下，作賣魚牙子，誰不認得！只因鬧了江州，上梁山泊，隨從宋公明，縱橫天下，誰不懼我！你這廝漏我下船，縛住雙手，攛下江心，不是我會識水時，卻不送了性命！今日冤仇相見，饒你不得！」就勢只一拖，提在船艙中，把手腳四馬攢蹄，捆縛做一塊，看看那揚子大江，直攛下去！「也免了你一刀！」張旺性命，眼見得黃昏做鬼。王定六看了，十分嘆息。張順就船內搜出前日金子，並零碎銀兩，都收拾包裹裡，三人棹船到岸。張順對王定六道：「賢弟恩義，生死難忘。你若不棄，便可同父親收拾起酒店，趕上梁山泊來，一同歸順大義，未知你心下如何？」王定六道：「哥哥所言，正合小弟之心。」說罷分別，張順和安道全就北岸上路。王定六作辭二人，復上小船，自回家去，收拾行李趕來。

且說張順與同安道全上得北岸，背了藥囊，移身便走。那安道全是個文墨的人，不會（不擅長）走路，行不得三十餘里，早走不動。張順請入村店，買酒相待。正吃之間，只見外面一個客人走到面前，叫聲：「兄弟，如何這般遲誤！」張順看時，卻是神行太保戴宗，扮做客人趕來。張順慌忙教與安道全相見了，便問宋公明哥哥消息。戴宗道：「如今宋哥哥神思昏迷，水米不吃，看看待死。」張順聞言，淚如雨下。安道全問道：「皮肉血色如何？」戴宗答道：「肌膚憔悴，終夜叫喚，疼痛不止，性命早晚難保。」安道全道：「若是皮肉身體，得知疼痛，便可醫治；只怕誤了日期。」戴宗道：「這個容易。」取兩個甲馬，拴在安道全腿上。戴宗自背了藥囊，吩咐張順：「你自慢來，我同太醫前去。」兩個離了村店，作起神行法，先去了。

且說這張順在本處村店裡，一連安歇了兩三日，只見王定六背了包裹，同父親果然過來。張順接見，心中大喜，說道：「我專在此等你。」王定六問道：「安太醫何在？」張順道：「神行太保戴宗接來迎著，已和他先行去了。」王定六和張順並父親一同起身，投梁山泊來。

且說戴宗引著安道全，作起神行法，連夜趕到梁山泊。寨中大小頭領接著，擁到宋江臥榻內，就床上看時，口內一絲兩氣。安道全先診了脈息，說道：「眾頭領休慌，脈體無事。身軀雖見沉重，大體不妨。不是安某說口，只十日之間，便要復舊。」眾人見說，一齊便拜。安道全先把艾焙（用艾炷熏烤）引出毒氣，然後用藥。外使敷貼之餌，內用長托之劑。五日之間，漸漸皮膚紅白，肉體滋潤，飲食漸進。不過十日，雖然瘡口未完，飲食復舊。只見張順引著王定六父子二人，拜見宋江並眾頭領，訴說江中被劫，水上報冤之事。眾皆稱嘆：「險不誤了兄長之患！」

宋江才得病好，便與吳用商量，要打北京，救取盧員外、石秀。安道全諫道：「將軍瘡口未完，不可輕動，動則急難痊可。」吳用道：「不勞兄長掛心，只顧自己將息，調理體中元陽真氣。吳用雖然不才，只就目今春秋時候，定要打破北京城池，救取盧員外、石秀二人性命，擒拿淫婦姦夫，不知兄長意下如何？」宋江道：「若得軍師如此扶持，宋江雖死瞑目！」吳用便就忠義堂上傳令。有分教，北京城內，變成火窟槍林；大名府中，翻作屍山血海。正是談笑鬼神皆喪膽，指揮豪傑盡傾心。畢竟軍師吳用說出甚麼計來，且聽下回分解。

第六十六回

時遷火燒翠雲樓　吳用智取大名府

話說吳用對宋江道：「今日幸喜得兄長無事，又得安太醫在寨中看視貴疾。此是梁山泊萬千之幸，比及兄長臥病之時，小生累累使人去大名探聽消息，梁中書晝夜憂驚，只恐俺軍馬臨城。又使人直往北京城裡城外市井去處，遍貼無頭告示，曉諭居民，勿得疑慮：冤各有頭，債各有主，大軍到郡，自有對頭；因此，梁中書越懷鬼胎。東京蔡太師見說降了關勝，天子之前，更不敢提；只是主張招安，大家無事，因此累累寄書與梁中書，教道且留盧俊義、石秀二人性命，好做手腳。」宋江見說，便要催趲軍馬下山去打北京。吳用道：「即今冬盡春初，早晚元宵節近，北京年例，大張燈火。我欲乘此機會，先令城中埋伏，外面驅兵大進，裡應外合，可以破之。」宋江道：「此計大妙！便請軍師發落。」吳用道：「為頭最要緊的，是城中放火為號。你眾弟兄中，誰敢與我先去城中放火？」只見階下走過一人道：「小弟願往。」眾人看時，卻是鼓上蚤時遷。時遷道：「小弟幼年間曾到北京。城內有座樓，喚做翠雲樓；樓上樓下，大小有百十個閣子。眼見得元宵之夜，必然喧哄。乘空潛地入城，正月十五日夜，盤去翠雲樓上，放起火來為號，軍師可自調人馬劫牢，此為上計。」吳用道：「我心正待如此。你明日天曉，先下山去，只在元宵夜二更時候，樓上放起火來，便是你的功勞。」時遷應允，得令去了。

吳用次日卻調解珍、解寶，扮做獵戶，去北京城內官員府裡，獻納野味。正月十五日夜間，只看火起為號，便去留守司前，截住報事官兵。兩個聽令去了。再調杜遷、宋萬，扮做糶（賣）米客人，推輛車子，去城中宿歇。元宵夜只看號火起時，卻來先奪東門。「此是你兩個功勞。」兩個聽令去了。再調孔明、孔亮，扮做僕者（壯士），去北京城內鬧市裡房簷下宿歇，只看樓前火起，便去往來接應。兩個聽令去了。再調李應、史進，扮做客人，去北京東門外安歇，只看城中號火起時，先斬把門軍士，奪下東門，好做出路。兩個聽令去了。再調魯智深、武松，扮做行腳僧行，去北京城外庵院掛搭，只看城中號火起時，便去南門外截住大軍，衝擊去路。兩個聽令去了。再調鄒淵、鄒潤，扮做賣燈客人，直往北京城中，尋客店安歇，只看樓中火起，便去司獄司前策應。兩個聽令去了。再調劉唐、楊雄，扮作公人，直去北京州衙前宿歇，只看號火起時，便去截住一應報事人員，令他首尾不能救應。兩個聽令去了。再調公孫勝先生，扮做雲遊道士，卻教凌振扮做道童跟著，將帶風火、轟天等炮數百個，直去北京城內淨處守待，只看號火起時施放。兩個聽令去了。再調張順，跟隨燕青，從水門裡入城，徑奔盧員外家，單捉淫婦姦夫。再調王矮虎、孫新、張青、扈三娘、顧大嫂、孫二娘，扮做三對村裡夫妻，入城看燈，尋至盧俊義家中放火。再調柴進，帶同樂和，扮做軍官，直去蔡節級家中，要保救二人性命。調撥已定，眾頭領俱各聽令去了。各各遵依軍令，不可有誤。

此是正月初頭，不說梁山泊好漢依次各各下山進發，且說北京梁中書喚過李成、聞達、王太守等一干官員，商議放燈一事。梁中書道：「年例北京大張燈火，慶賀元宵，與民同樂，全似東京體例；如今被梁山泊賊人兩次侵境，只恐放燈因而惹禍，下官意欲住歇放燈，你眾官心下如何計議？」聞達便道：「想此賊人，潛地退去，沒頭告示亂貼，此是計窮，必無主意，相公何必多慮。若還今年不放燈時，這廝們細作探知，必然被他恥笑。可以傳下鈞旨，曉示居民：比上年多設花燈，添扮社火，市心中添搭兩座鰲山，照依東京體例，通宵不禁，十三至十七，放燈五夜。教府尹點視居民，勿令缺少，相公親自行春（察看燈火），務要與民同樂。聞某親領一彪軍馬出城，去飛虎峪駐紮，以防賊人奸計。再著李都監親引鐵騎馬軍，繞城巡邏，勿令居民驚憂。」梁中書見說大喜。眾官商議已定，隨即出榜，曉諭居民。

這北京大名府是河北頭一個大郡衝要去處，卻有諸路買賣，雲屯霧集；只聽放燈，都來趕趁。在城坊隅巷陌該管廂官，每日點視，只得裝扮社火，豪富之家，各自去賽花燈。遠者三二百里去買，近者也過百十里之外，便有客商，年年將燈到城貨賣。家家門前扎起燈柵，都要賽掛好燈，巧樣煙火；戶內縛起山棚，擺放五色屏風炮燈，四邊都掛名人書畫，並奇異古董玩器之物；在城大街小巷，家家都要點燈。大名府留守司州橋邊，搭起一座鰲山，上面盤紅黃紙龍兩條，每片鱗甲上點燈一盞，口噴淨水。去州橋河內周圍上下點燈，不計其數。銅佛寺前扎起一座鰲山，上面盤青龍一條，周回也有千百盞花燈。翠雲樓前也扎起一座鰲山，上面盤著一條白龍，四面點火，不計其數。原來這座酒樓，名貫河北，號為第一；上有三簷滴水（有三層滴水簷的高大的樓房），雕梁繡柱，極是造得好；樓上樓下，有百十處閣子，終朝鼓樂喧天，每日笙歌聒耳。城中各處宮觀寺院，佛殿法堂中，各設燈火，慶賞豐年。三瓦兩舍（游樂場所），更不必說。

那梁山泊探細人得了這個消息，報上山來，吳用得知大喜，去對宋江說知備細。宋江便要親自領兵去打北京，安道全諫道：「將軍瘡口未定，切不可輕動；稍若怒氣相侵，實難痊可。」吳用道：「小生替哥哥走一遭。」隨即與鐵面孔目裴宣，點撥八路軍馬：「第一隊，雙鞭呼延灼，引領韓滔、彭玘為前部，鎮三山黃信在後策應，都是馬軍。前者呼延灼陣上打了的，是假的，故意要賺關勝，故設此計。第二隊，豹子頭林沖，引領馬麟、鄧飛為前部，小李廣花榮在後策應，都是馬軍。第三隊，大刀關勝，引領宣贊、郝思文為前部，病尉遲孫立在後策應，都是馬軍。第四隊，霹靂火秦明，引領歐鵬、燕順為前部，青面獸楊志在後策應，都是馬軍。第五隊，卻調步軍頭領沒遮攔穆弘，將引杜興、鄭天壽。第六隊，步軍頭領黑旋風李逵，將引李立、曹正。第七隊，步軍頭領插翅虎雷橫，將引施恩、穆春。第八隊，步軍頭領混世魔王樊瑞，將引項充、李袞。—這八路馬步軍兵，各自取路，即今便要起行，毋得時刻有誤。正月十五日二更為期，都要到北京城下。馬軍步軍，一齊進發。」那八路人馬依令下山，其餘頭領，盡跟宋江保守山寨。

且說時遷是個飛簷走壁的人，不從正路入城，夜間越牆而過，城中客店內，卻不著單身客人，他自白日在街上閒走，到晚來，東岳廟內神座底下安身。正月十三日，卻在城中往來觀看居民百姓搭縛燈棚，懸掛燈火。正看之間，只見解珍、解寶，挑著野味，在城中往來觀看；又撞見杜遷、宋萬兩個，從瓦子裡走將出來。時遷當日先去翠雲樓上打一個踅，只見孔明披著頭髮，身穿羊皮破衣，右手拄一條杖子，左手拿個碗，醃醃臢臢，在那裡求乞。見了時遷，打抹他去背後說話，時遷道：「哥哥，你這般一個漢子，紅紅白白面皮，不像叫化的，北京做公的多，倘或被他看破，須誤了大事，哥哥可以躲閃回避。」說不了，又見了丐者從牆邊來，看時，卻是孔亮。時遷道：「哥哥，你又露出雪也似白面來，亦不像忍飢受餓的人。這般模樣，必然決撒（露出破綻）。」卻才道罷，背後兩個人劈角兒揪住，喝道：「你們做得好事！」回頭看時，卻是楊雄、劉唐。時遷道：「你驚殺我也！」楊雄道：「都跟我來。」一帶去僻靜處埋冤道：「你三個好沒分曉，卻怎地在那裡說話！到是我兩個看見，倘若被他眼明手快的公人看破，卻不誤了哥哥大事？我兩個都已見了，弟兄們不必再上街去。」孔明道：「鄒淵、鄒潤，自在街上賣燈；魯智深、武松，已在城外庵裡。再不必多說，只顧臨期各自行事。」五個說了，都出到一個寺前，正撞見一個先生，從寺裡出來。眾人抬頭看時，卻是入雲龍公孫勝，背後凌振扮做道童跟著。七個人都點頭會意，各自去了。

看看相近上元，梁中書先令大刀聞達，將引軍馬出城，去飛虎峪駐紮，以防賊寇。十四日，卻令天王李成，親引鐵騎馬軍五百，全副披掛，繞城巡視。次日，正是正月十五日，上元佳節，好生晴明，黃昏月上，六街三市，各處坊隅巷陌，點放花燈，大街小巷，都有社火。有詩為證：

北京三五風光好，膏雨初晴春意早。
銀花火樹不夜城，陸地擁出蓬萊島。
燭龍銜照夜光寒，人民歌舞欣時安。
五鳳羽扶雙貝闕，六鰲背駕三神山。
紅妝女立朱簾下，白面郎騎紫騮馬。
笙簫嘹亮入青雲，月光清射鴛鴦瓦。
翠雲樓高侵碧天，嬉遊來往多嬋娟。
燈球燦爛若錦繡，王孫公子真神仙。
遊人轇轕尚未絕，高樓頃刻生雲煙。

是夜節級蔡福吩咐，教兄弟蔡慶看守著大牢：「我自回家看看便來。」方才進得家門，只見兩個人閃將入來：前面那個軍官打扮，後面僕者模樣。燈光之下看時，蔡福認得是小旋風柴進，後面的已自是鐵叫子樂和。蔡節級只認得柴進，便請入裡面去，見成杯盤，隨即管待。柴進道：「不必賜酒。

在下到此，有件緊事相央：盧員外、石秀，全得足下相覷，稱謝難盡。今晚小子就欲大牢裡趕此元宵熱鬧，看望一遭，望你相煩引進，休得推卻。」蔡福是個公人，早猜了八分。欲待不依，誠恐打破城池，都不見了好處，又陷了老小一家人口性命；只得擔著血海的干係（風險），便取些舊衣裳，教他兩個換了，也扮做公人，換了巾幘，帶柴進、樂和，徑奔牢中去了。

初更左右，王矮虎、一丈青、孫新、顧大嫂、張青、孫二娘，三對兒村裡夫婦，喬喬畫畫（裝模作樣），裝扮做鄉村人，挨在人叢裡，便入東門去了。公孫勝帶同凌振，挑著荊簍，去城隍廟裡廊下坐地。這城隍廟，只在州衙側邊。鄒淵、鄒潤，挑著燈，在城中閒走。杜遷、宋萬，各推一輛車子，徑到梁中書衙前，閃在人鬧處。原來梁中書衙，只在東門裡大街住。劉唐、楊雄，各提著水火棍，身邊都自有暗器，來州橋上兩邊坐定。燕青領了張順，自從水門裡入城，靜處埋伏。都不在話下。

不移時，樓上鼓打二更。卻說時遷挾著一個籃兒，裡面都是硫黃、焰硝放火的藥頭，籃兒上插幾朵鬧鵝兒（婦女插在頭上的彩花），踅入翠雲樓後。走上樓去，只見閣子內，吹笙簫，動鼓板，掀雲（聲勢大）鬧社，子弟們鬧鬧嚷嚷，都在樓上打哄賞燈。時遷上到樓上，只做買鬧鵝兒的，各處閣子裡去看。撞見解珍、解寶，拖著鋼叉，叉上掛著兔兒，在閣子前踅。時遷便道：「更次到了，怎生不見外面動彈？」解珍道：「我兩個方才在樓前，見探馬過去，多管兵馬到了，你只顧去行事。」一言猶未了，只見樓前都發起喊來，說道：「梁山泊軍馬到了西門外。」解珍吩咐時遷：「你自快去，我自去留守司前接應。」奔到留守司前，只見敗殘軍馬，一齊奔入城來，說道：「聞大刀吃劫了寨也！梁山泊賊寇，引軍都到城下。」李成正在城上巡邏，聽見說了，飛馬來到留守司前，教點軍兵，吩咐閉上城門，守護本州。

卻說王太守親引隨從百餘人，長枷鐵鎖，在街鎮壓。聽得報說這話，慌忙到留守司前。

卻說梁中書正在衙前醉了閒坐，初聽報說，尚自不甚慌；次後沒半個更次，流星探馬，接連報來，嚇得魂不附體，慌忙快叫備馬。說言未了，只見翠雲樓上，烈焰衝天，火光奪月，十分浩大。梁中書見了，急上得馬，卻待要去看時，只見兩條大漢，推兩輛車子，放在當路，便去取碗掛的燈來，望車子上點著，隨即火起。梁中書要出東門時，兩條大漢口稱：「李應、史進在此！」手拈朴刀，大踏步殺來。把門官軍，嚇得走了，手邊的傷了十數個。杜遷、宋萬卻好接著出來，四個合做一處，把住東門。梁中書見不是頭勢，帶領隨行伴當，飛奔南門。南門傳說道：「一個胖大和尚，掄動鐵禪杖；一個虎面行者，掣出雙戒刀，發喊殺入城來。」梁中書回馬，再到留守司前，只見解珍、解寶，手拈鋼叉，在那裡東撞西撞；急待回州衙，不敢近前。王太守卻好過來，劉唐、楊雄兩條水火棍齊下，打得腦漿迸流，眼珠突出，死於街前，虞候押番，各逃殘生去了。梁中書急急回馬奔西門，只聽得城隍廟裡，火炮齊響，轟天震地。鄒淵、鄒潤手拿竹竿，只顧就房簷下放起火來。南瓦子前，王矮虎、一丈青殺將來。孫新、顧大嫂身邊掣出暗器，就那裡協助。銅佛寺前，張青、孫二娘入去，爬上鰲山，放起火來。此時北京城內百姓黎民，一個個鼠竄狼奔，一家家神號鬼哭，四下裡十數處火光亙天，四方不辨。

卻說梁中書奔到西門，接著李成軍馬，急到南門城上，勒住馬，在鼓樓上看時，只見城下兵馬擺滿，旗號上寫道：「大將呼延灼。」火焰光中，抖擻精神，施逞驍勇；左有韓滔，右有彭玘，黃信在後，催動人馬，雁翅一般橫殺將來，隨到門下。梁中書出不得城去，和李成躲在北門城下，望見火光明亮，軍馬不知其數，卻是豹子頭林沖，躍馬橫槍，左有馬麟，右有鄧飛，花榮在後，催動人馬，飛奔將來。再轉東門，一連火把叢中，只見沒遮攔穆弘，左有杜興，右有鄭天壽，三籌步軍好漢當先，手拈朴刀，引領一千餘人，殺入城來。梁中書徑奔南門，捨命奪路而走。吊橋邊火把齊明，只見黑旋

第六十六回

時遷火燒翠雲樓　吳用智取大名府

風李逵，左有李立，右有曹正。李逵渾身脫剝，咬定牙根，手搦雙斧，從城濠裡飛殺過來。李立、曹正，一齊俱到。李成當先，殺開條血路，奔出城來，護著梁中書便走。只見左手下殺聲震響，火把叢中，軍馬無數，卻是大刀關勝，拍動赤兔馬，手舞青龍刀，徑搶梁中書。李成手舉雙刀，前來迎敵。那時李成無心戀戰，撥馬便走。左有宣贊，右有郝思文，兩肋裡撞來。孫立在後，催動人馬，並力殺來。正鬥間，背後趕上小李廣花榮，拈弓搭箭，射中李成副將，翻身落馬。李成見了，飛馬奔走，未及半箭之地，只見右手下鑼鼓亂鳴，火光奪目，卻是霹靂火秦明，躍馬舞棍，引著燕順、歐鵬，背後楊志，又殺將來。李成且戰且走，折軍大半，護著梁中書，衝路走脫。

話分兩頭，卻說城中之事。杜遷、宋萬，去殺梁中書老小一門良賤。劉唐、楊雄，去殺王太守一家老小。孔明、孔亮，已從司獄司後牆爬將入去。鄒淵、鄒潤，卻在司獄司前接住往來之人。大牢裡柴進、樂和，看見號火起了，便對蔡福、蔡慶道：「你弟兄兩個，見也不見？更待幾時？」蔡慶在門邊看時，鄒淵、鄒潤早撞開牢門，大叫道：「梁山泊好漢全伙在此！好好送出盧員外、石秀哥哥來！」蔡慶慌忙報蔡福時，孔明、孔亮早從牢屋上跳將下來。不由他弟兄兩個肯與不肯，柴進身邊取出器械，便去開枷，放了盧俊義、石秀。柴進說與蔡福：「你快跟我去家中保護老小！」一齊都出牢門來。鄒淵、鄒潤接著，合做一處。蔡福、蔡慶，跟隨柴進，來家中保全老小。

盧俊義將引石秀、孔明、孔亮、鄒淵、鄒潤五個弟兄，徑奔家中，來捉李固、賈氏。卻說李固聽得梁山泊好漢引軍馬入城，又見四下裡火起，正在家中有些眼跳，便和賈氏商量，收拾了一包金珠細軟，背了便出門奔走。只聽得排門一帶都倒，正不知多少人搶將入來。李固和賈氏慌忙回身，便望裡面開了後門，踅過牆邊，徑投河下，來尋自家躲避處。只見岸上張順大叫：「那婆娘走那裡去！」李固心慌，便跳下船中去躲。卻待攢入艙裡，又見一個人伸出手來，劈髯兒揪住，喝道：「李固，你認得我麼？」李固聽得是燕青的聲音，慌忙叫道：「小乙哥，我不曾和你有甚冤仇，你休得揪我上岸！」岸上張順早把那婆娘挾在肋下，拖到船邊。燕青拿了李固，都望東門來了。

再說盧俊義奔到家中，不見了李固和那婆娘，且叫眾人把應有家私金銀財寶，都搬來裝在車子上，往梁山泊給散（發放）。卻說柴進和蔡福到家中收拾家資老小，同上山寨。蔡福道：「大官人，可救一城百姓，休教殘害。」柴進見說，便去尋軍師吳用。比及柴進尋著吳用，急傳下號令去，教休殺害良民時，城中將及損傷一半。但見：

煙迷城市，火燎樓台，紅光影裡碎琉璃，黑焰叢中燒翡翠。娛人傀儡，顧不得面是背非；照夜山棚，誰管取前明後暗。斑毛（頭髮斑白）老子，猖狂燎盡白須；綠發兒郎（年輕人），奔走不收華蓋傘。踏竹馬的，暗中刀槍；舞鮑老（戲劇角色）的，難免刃槊。如花仕女，人叢中金墜玉崩；玩景佳人，片時間星飛雲散。可惜千年歌舞地，翻成一片戰爭場。

當時天色大明，吳用、柴進在城內鳴金收軍。眾頭領卻接著盧員外並石秀，都到留守司相見，備說牢中多虧了蔡福、蔡慶弟兄兩個看覷，已逃得殘生。燕青、張順早把這李固、賈氏解來。盧俊義見了，且教燕青監下，自行看管，聽候發落，不在話下。

再說李成保護梁中書出城逃難，又撞著聞達，領著敗殘軍馬回來，合兵一處，投南便走。正走之間，前軍發起喊來，卻是混世魔王樊瑞，左有項充，右有李袞，三籌步軍好漢，舞動飛刀飛槍，直殺將來。背後又是插翅虎雷橫，將引施恩、穆春，各引一千步軍，前來截住退路。正是獄囚遇赦重回禁，病客逢醫又上床。畢竟梁中書一行人馬，怎地計結。且聽下回分解。

第六十七回

宋江賞馬步三軍　關勝降水火二將

話說當下梁中書、李成、聞達，慌速尋得敗殘軍馬，投南便走。正行之間，又撞著兩隊伏兵，前後掩殺。李成當先，聞達在後，護著梁中書，並力死戰，撞透重圍，脫得大難，頭盔不整，衣甲飄零，雖是折了人馬，且喜三人逃得性命，投西去了。樊瑞引項充、李衮，乘勢追趕不上，自與雷橫、施恩、穆春等，同回北京城內聽令。

再說軍師吳用，在城中傳下將令，一面出榜安民，一面救滅了火。梁中書、李成、聞達、王太守各家老小，殺的殺了，走的走了，也不來追究。便把大名府庫藏打開，應有金銀寶物，緞匹綾錦，都裝載上車子；又開倉廒，將糧米俵濟滿城百姓了，餘者亦裝載上車，將回梁山泊倉用。號令眾頭領人馬，都皆完備。把李固、賈氏，釘在陷車內，將軍馬摽撥作三隊，回梁山泊來，正是鞍上將敲金鐙響，馬前軍唱凱歌回。卻叫戴宗先去報宋公明。宋江會集諸將，下山迎接，都到忠義堂上。宋江見了盧俊義，納頭便拜，盧俊義慌忙答禮。宋江道：「我等眾人，欲請員外上山，同聚大義，不想卻遭此難，幾被傾送（險些喪命），寸心如割。皇天垂祐，今日再得相見，大慰平生。」盧俊義拜謝道：「上托兄長虎威，深感眾頭領之德，齊心並力，救拔賤體，肝膽塗地，難以報答。」便請蔡福、蔡慶，拜見宋江，言說：「在下若非此二人，安得殘生到此！」稱謝不盡。當下宋江要盧員外為尊，盧俊義拜道：「盧某是何等之人，敢為山寨之主？若得與兄長執鞭墜鐙，願為一卒，報答救命之恩，實為萬幸！」宋江再三拜請，盧俊義那裡肯坐。

只見李逵道：「哥哥若讓別人做山寨之主，我便殺將起來。」武松道：「哥哥只管讓來讓去，讓得弟兄們心腸冷了。」宋江大喝道：「汝等省得甚麼！不得多言！」盧俊義慌忙拜道：「若是兄長苦苦相讓著，盧某安身不牢。」李逵叫道：「今朝都沒事了，哥哥便做皇帝，教盧員外做丞相，我們都做大官，殺去東京，奪了鳥位，卻不強似在這裡鳥亂！」宋江大怒，喝罵李逵。吳用勸道：「且教盧員外東邊耳房安歇，賓客相待。等日後有功，卻再讓位。」宋江方才歡喜，就叫燕青一處安歇。另撥房屋，叫蔡福、蔡慶，安頓老小。關勝家眷，薛永已取到山寨。宋江便叫大設筵宴，犒賞馬步水三軍，令大小頭目，並眾嘍羅軍健，各自成團作隊去吃酒。忠義堂上，設宴慶賀。大小頭領，相謙相讓，飲酒作樂。盧俊義起身道：「淫婦姦夫，擒捉在此，聽候發落。」宋江笑道：「我正忘了，叫他兩個過來。」眾軍把陷車（押送犯人的車子）打開，拖出堂前，李固綁在左邊將軍柱上，賈氏綁在右邊將軍柱上。宋江道：「休問這廝罪惡，請員外自行發落。」盧俊義手拿短刀，自下堂來，大罵潑婦賊奴，就將二人割腹剜心，凌遲處死。拋棄屍首，上堂來拜謝眾人。眾頭領盡皆作賀，稱贊不已。

且不說梁山泊大設筵宴，犒賞馬步水三軍。卻說北京梁中書探聽得梁山泊軍馬退去，再和李成、聞達，引領敗殘軍馬，入城來看覷老小時，十損八九，眾皆號哭不已。比及鄰近起軍追趕梁山泊人馬時，已自去得遠了，且教各自收軍。梁中書的夫人，躲得在後花園中，逃得性命，便叫丈夫寫表，申奏朝廷，寫書教太師知道：早早調兵遣將，剿除賊寇報仇。抄寫民間被殺死者五千餘人，中傷者不計其數，各部軍馬，總折卻三萬有餘。首將齎了奏文密書上路，不則一日，來到東京太師府前下馬。門吏轉報，太師教喚人來，首將直至節堂下拜見了，呈上密書申奏，訴說打破北京，賊寇浩大，不能抵敵。蔡京初意，亦欲苟且招安，功歸梁中書身上，自己亦有榮寵；今見事體敗壞，難遮掩，便欲主戰，因大怒道：「且教首將退去！」次日五更，景陽鐘響，待漏院眾集文武群臣，蔡太師為首，直臨玉階，面奏道君皇帝。天子覽奏，大驚。有諫議大夫趙鼎出班奏道：「前者往往調兵征發，皆折兵將，蓋因失其地利，以致如此。以臣愚意，不若降敕赦罪招安，詔取赴闕，命作良臣，以防邊境之害。」蔡京聽了大怒，喝叱道：「汝為諫議大夫，反滅朝廷綱紀，猖獗小人，罪合賜死！」天子曰：「如此，目下便令出朝。」當下革了趙鼎官爵，罷為庶人，當朝誰敢再奏。有詩為證：

璽書招撫是良謀，卻把忠言作寇仇。
一自老成人去後，梁山軍馬不能收。

天子又問蔡京道：「似此賊勢猖獗，可遣誰人剿捕？」蔡太師奏道：「臣量這等山野草賊，安用大軍，臣舉凌州有二將：一人姓單，名廷珪；一人姓魏，名定國，見任本州團練使。伏乞陛下聖旨，星夜差人，調此一枝人馬，克日掃清水泊。」天子大喜，隨即降寫敕符，著樞密院調遣。天子駕起，百官退朝，眾官暗笑。次日，蔡京會省院差官，齎捧聖旨敕符，投凌州來。

再說宋江水滸寨內，將北京所得的府庫金寶錢物，給賞與馬步水三軍，連日殺牛宰馬，大排筵宴，慶賞盧員外；雖無庖鳳烹龍，端的肉山酒海。眾頭領酒至半酣，吳用對宋江等說道：「今為盧員外打破北京，殺損人民，劫掠府庫，趕得梁中書等離城逃奔，他豈不寫表申奏朝廷？況他丈人是當朝太師，怎肯干罷？必然起軍發馬，前來征討。」宋江道：「軍師所慮，最為得理。何不使人連夜去北京探聽虛實，我這裡好做準備。」吳用笑道：「小弟已差人去了，將次回也。」正在筵會之間，商議未了，只見原差探事人到來，報說：「北京梁中書果然申奏朝廷，要調兵征剿。有諫議大夫趙鼎，奏請招安，致被蔡京喝罵，削了趙鼎官職。如今奏過天子，差人齎捧敕符，往凌州調遣單廷珪、魏定國兩個團練使，起本州軍馬，前來征討。」宋江便道：「似此如何迎敵？」吳用道：「等他來時，一發捉了。」關勝起身對宋江、吳用道：「關某自從上山，深感仁兄厚待，不曾出得半分氣力。單廷珪、魏定國，蒲城多曾相會。久知單廷珪那廝，善能用水浸兵之法，人皆稱為『聖水將軍』。魏定國這廝，精熟火攻兵法，上陣專能用火器取人，因此呼為『神火將軍』。凌州是本境兼管本州兵馬，取此二人為部下。小弟不才，願借五千軍兵，不等他二將起行，先在凌州路上接住。他若肯降時，帶上山來；若不肯投降，必當擒來，奉獻兄長，亦不須用眾頭領張弓挾矢，費力勞神。不知尊意若何？」宋江大喜，便叫宣贊、郝思文二將，就跟著一同前去。關勝帶了五千軍馬，來日下山。次早，宋江與眾頭領在金沙灘寨前餞行，關勝三人引兵去了。

眾頭領回到忠義堂上，吳用便對宋江說道：「關勝此去，未保其心，可以再差良將，隨後監督，就行接應。」宋江道：「吾觀關勝義氣凜然，始終如一，軍師不必多疑。」吳用道：「只恐他心不似兄長之心。可再叫林沖、楊志領兵，孫立、黃信為副將，帶領五千人馬，隨即下山。」李逵便道：「我也去走一遭。」宋江道：「此一去用你不著，自有良將建功。」李逵道：「兄弟若閒，便要生病，若不叫我去時，獨自也要去走一遭。」宋江喝道：「你若不聽我的軍令，割了你頭！」李逵見說，悶悶不已，下堂去了。不說林沖、楊志領兵下山，接應關勝。次日，只見小軍來報：「黑旋風李逵昨夜二更，拿了兩把板斧，不知那裡去了！」宋江見報，只叫得苦：「是我夜來衝撞了他這幾句言語，多管是投別處去了！」吳用道：「兄長，非也。他雖粗魯，義氣倒重，不倒得投別處去。多管是

第六十七回

宋江賞馬步三軍　關勝降水火二將

過兩日便來，兄長放心。」宋江心慌，先使戴宗去趕，後著時遷、李雲、樂和、王定六──四個首將，──分四路去尋。

且說李逵，是夜提著兩把板斧下山，抄小路徑投淩州去。一路上自尋思道：「這兩個鳥將軍，何消得許多軍馬去征他！我且搶入城中，一斧一個都砍殺了，也教哥哥吃一驚！也和他們爭得一口氣！」走了半日，走得肚飢，原來貪慌下山，不曾帶得盤纏。多時不做這買賣，尋思道：「只得尋個鳥出氣的。」正走之間，看見路旁一個村酒店，李逵便入去裡面坐下，連打了三角酒、二斤肉吃了，起身便走。酒保攔住討錢。李逵道：「待我前頭去尋得些買賣，卻把來還你！」說罷，便動身。只見外面走入個彪形大漢來，喝道：「你這黑廝，好大膽！誰開的酒店，你來白吃，不肯還錢！」李逵睜著眼道：「老爺不揀那裡，只是白吃！」那漢道：「我對你說時，驚得你尿流屁滾！老爺是梁山泊好漢韓伯龍的便是！本錢都是宋江哥哥的。」李逵聽了暗笑：「我山寨裡那裡認得這個鳥人！」原來韓伯龍曾在江湖上打家劫舍，要來上梁山泊入伙，卻投奔了旱地忽律朱貴，要他引見宋江。因是宋公明生發背瘡，在寨中又調兵遣將，多忙少閒，不曾見得，朱貴權且教他在村中賣酒。當時李逵去腰間拔出一把板斧，看著韓伯龍道：「把斧頭為當。」韓伯龍不知是計，舒手來接，見李逵手起，望面門上只一斧，肐地砍著。可憐韓伯龍做了半世強人，死在李逵之手。兩三個火家，只恨爺娘少生了兩隻腳，望深村裡走了。李逵就地下擄掠了盤纏，放火燒了草屋，望淩州去了。

行不得一日，正走之間，官道旁邊，只見走過一條大漢，直上直下相李逵。李逵見那人看他，便道：「你那廝看老爺怎地？」那漢便答道：「你是誰的老爺？」李逵便搶將入來。那漢子手起一拳，打個塔墩（屁股著地摔倒）。李逵尋思：「這漢子倒使得好拳！」坐在地下，仰著臉問道：「你這漢子，姓甚名誰？」那漢道：「老爺沒姓，要廝打便和你廝打！你敢起來！」李逵大怒，正待跳將起來，被那漢子肋羅裡只一腳，又踢了一跤。

李逵叫道：「贏他不得。」爬將起來便走。那漢叫住問道：「這黑漢子，你姓甚名誰？那裡人氏？」李逵道：「我說與你，休要吃驚。我是梁山泊黑旋風李逵的便是。」那漢道：「你端的是不是？不要說謊。」李逵道：「你不信，只看我這兩把板斧。」那漢道：「你既是梁山泊好漢，獨自一個投那裡去？」李逵道：「我和哥哥憋口氣，要投淩州去殺那姓單姓魏的兩個。」那漢道：「我聽得你梁山泊已有軍馬去了，你且說是誰？」李逵道：「先是大刀關勝領兵，隨後便是豹子頭林沖、青面獸楊志，領軍策應。」那漢聽了，納頭便拜。李逵道：「你端的姓甚名誰？」那漢道：「小人原是中山府人氏，祖傳三代，相撲為生。卻才手腳，父子相傳，不教徒弟。平生最無面目，到處投人不著，山東、河北都叫我做沒面目焦挺。近日打聽得寇州地面，有座山，名為枯樹山。山上有個強人，平生只好殺人，世人把他比做喪門神，姓鮑名旭。他在那山裡，打家劫舍，我如今待要去那裡入伙。」李逵道：「你有這等本事，如何不來投奔俺哥哥宋公明？」焦挺道：「我多時要投奔大寨入伙，卻沒條門路。今日得遇兄長，願隨哥哥。」李逵道：「我卻要和宋公明哥哥爭口氣了下山來，不殺得一個人，空著雙手，怎地回去？你和我去枯樹山，說了鮑旭，同去淩州殺得單、魏二將，便好回山。」焦挺道：「淩州一府城池，許多軍馬在彼，我和你只兩個，便有十分本事，也不濟事，枉送了性命；不如單去枯樹山說了鮑旭，都去大寨入伙，此為上計。」兩個正說之間，背後時遷趕將來，叫道：「哥哥憂得作苦，便請回山。如今分四路去趕你也。」李逵引著焦挺，且教與時遷廝見了。時遷勸李逵回山：「宋公明哥哥等你……」李逵道：「你且住！我和焦挺商量定了，先去枯樹山說了鮑旭，方才回來。」時遷道：「使不得。哥哥等你，即便回寨。」李逵道：「你若不跟我去，你自先回山寨，報與哥哥知道，我便回也。」時遷懼怕李逵，自回山寨去了。焦挺卻和李逵自投寇州來，望枯樹山去了。

第六十七回
宋江賞馬步三軍　關勝降水火二將

話分兩頭。卻說關勝與同宣贊、郝思文，引領五千軍馬接來，相近凌州。且說凌州太守，接得東京調兵的敕旨，並蔡太師札付，便請兵馬團練單廷珪、魏定國商議。二將受了吩咐，隨即選點軍兵，關領軍器，拴束鞍馬，整頓糧草，指日起行。忽聞報說：「蒲東大刀關勝引軍到來，侵犯本州。」單廷珪、魏定國聽得大怒，便收拾軍馬，出城迎敵。兩軍相近，旗鼓相望。門旗下關勝出馬。那邊陣內鼓聲響處，聖水將軍出馬。怎生打扮：

戴一頂渾鐵打就四方鐵帽，頂上撒一顆斗來大小黑纓。披一副熊皮砌就嵌縫沿邊烏油鎧甲，穿一領皂羅繡就點翠團花禿袖征袍，著一雙斜皮踢鐙嵌線雲跟靴，繫一條鞓釘就疊勝獅蠻帶。一張弓，一壺箭。騎一匹深烏馬，使一條黑桿槍。

前面打一把引軍按北方皂纛旗，上書七個銀字：「聖水將軍單廷珪」。又見這邊鸞鈴響處，轉出這員神火將軍魏定國來出馬。怎生打扮：

一頂朱紅綴嵌點金束發盔，頂上撒一把掃帚長短赤纓。披一副擺連環吞獸面狻猊鎧，穿一領繡雲霞飛怪獸絳紅袍，著一雙刺麒麟間翡翠雲縫錦跟靴。帶一張描金雀畫寶雕弓，懸一壺鳳翎鑿山狼牙箭。騎坐一匹胭脂馬，手使一口熟銅刀。

前面打一把引軍按南方紅繡旗，上書七個銀字：「神火將軍魏定國。」兩員虎將，一齊出到陣前。關勝見了，在馬上說道：「二位將軍，別來久矣！」單廷珪、魏定國大笑，指著關勝罵道：「無才小輩，背反狂夫！上負朝廷之恩，下辱祖宗名目，不知死活！引軍到來，有何禮說？」關勝答道：「你二將差矣。目今主上昏昧，奸臣弄權，非親不用，非仇不談。兄長宋公明，仁德施恩，替天行道，特令關某等到來，招請二位將軍。倘蒙不棄，便請過來，同歸山寨。」單、魏二將聽得大怒，驟馬齊出。一個是北方一朵烏雲，一個如南方一團烈火，飛出陣前。關勝卻待去迎敵，左手下飛出宣贊，右手下奔出郝思文，兩對兒陣前廝殺。刀對刀，迸萬道寒光；槍搠槍，起一天殺氣。關勝遙見神火將越斗越精神，聖水將無半點懼色。正鬥之間，兩將撥轉馬頭，望本陣便走。郝思文、宣贊，隨即追趕，衝入陣中。只見魏定國轉入左邊，單廷珪轉過右邊。隨後宣贊趕著魏定國，郝思文追住單廷珪。

且說宣贊正趕之間，只見四五百步軍，都是紅旗紅甲，一字兒圍裹將來，撓鉤齊下，套索飛來，和人連馬，活捉去了。再說郝思文追住單廷珪到右邊，只見五百來步軍，盡是黑旗黑甲，一字兒裹轉來，腦後眾軍齊上，把郝思文生擒活捉去了。可憐二將英雄，到此翻成畫餅。一面把人解入淩州，一面仍率五百精兵，捲殺過來。關勝舉手無措，大敗輸虧，望後便退。隨即單廷珪、魏定國，拍馬在背後追來。關勝正走之間，只見前面衝出二將。關勝看時，左有林沖，右有楊志，從兩肋窩裡撞將出來，殺散淩州軍馬。關勝收住本部殘兵，與林沖、楊志相見，合兵一處。隨後孫立、黃信，一同見了，權且下寨。

卻說水火二將，捉得宣贊、郝思文，得勝回到城中，張太守接著，置酒作賀；一面教人做造陷車，裝了二人，差一員偏將，帶領三百步軍，連夜解上東京，申達朝廷。且說偏將帶領三百人馬，監押宣贊、郝思文上東京來，迤邐前行，來到一個去處，只見滿山枯樹，遍地蘆芽，一聲鑼響，撞出一伙強人，當先一個，手持雙斧，聲喝如雷，正是梁山泊黑旋風李逵。後面帶著這個好漢，端的是誰，正是：

相撲叢中人盡伏，拽拳飛腳如刀毒。
劣性發時似山倒，焦挺從來沒面目。

李逵、焦挺兩個好漢，引著小嘍羅，攔住去路，也不打話，便搶陷車。偏將急待要走，背後又撞出一個好漢，正是：

猙獰醜臉如鍋底，雙睛疊暴露狼唇。
放火殺人提闊劍，鮑旭名喚喪門神。

這個好漢，正是喪門神鮑旭，向前把偏將手起劍落，砍下馬來，其餘人等，撇下陷車，盡皆逃命去了。李逵看時，卻是宣贊、郝思文，便問了備細來由。宣贊見李逵亦問：「你怎生在此？」李逵說道：「為是哥哥不肯教我來廝殺，獨自個私走下山來，先殺了韓伯龍，後撞見焦挺，引我在此。鮑旭一見如故，便如親兄弟一般接待。卻才商議，正欲去打凌州，卻有小嘍羅山頭上望見這伙人馬，監押陷車到來。只道官兵捕盜，不想卻是你二位。」鮑旭邀請到寨內，殺牛置酒相待。郝思文道：「兄弟既然有心上梁山泊入伙，不若將引本部人馬，就同去凌州，並力攻打，此為上策。」鮑旭道：「小可與李兄正如此商議。足下之言，說得最是。我山寨之中，也有二三百匹好馬。」帶領五七百小嘍羅，五籌好漢，一齊來打凌州。

卻說逃難軍士奔回來，報與張太守說道：「半路裡有強人奪了陷車，殺了偏將。」單廷珪、魏定國聽得大怒，便道：「這番拿著，便在這裡施刑。」只聽得城外關勝引兵搦戰。單廷珪爭先出馬，開城門，放下吊橋，引五百玄甲軍，飛奔出城迎敵。門旗開處，聖水將軍單廷珪出馬，大罵關勝道：「辱國敗將，何不就死！」關勝聽了，舞刀拍馬。兩個鬥不到五十餘合，關勝勒轉馬頭，慌忙便走，單廷珪隨即趕將來。約趕十餘里，關勝回頭喝道：「你這廝不下馬受降，更待何時！」單廷珪挺槍，直取關勝後心，關勝使出神威，拖起刀背，只一拍，喝一聲：「下去！」單廷珪落馬。關勝下馬，向前扶起，叫道：「將軍恕罪！」單廷珪惶恐伏禮，乞命受降。關勝道：「某與宋公明哥哥面前，多曾舉你。特來相招二位將軍，同聚大義。」單廷珪答道：「不才願施犬馬之力，同共替天行道。」兩個說罷，並馬而行。林沖接見二人並馬行來，便問其故。關勝不說輸贏，答道：「山僻之內，訴舊論新，招請歸降。」林沖等眾皆大喜。單廷珪回至陣前，大叫一聲，五百玄甲軍兵，一哄過來；其餘人馬，奔入城中去了，連忙報知太守。

魏定國聽了，大怒，次日領起軍馬，出城交戰。單廷珪與同關勝、林沖，直臨陣前。只見門旗開處，神火將軍魏定國出馬，見了單廷珪順了關勝，大罵：「忘恩背主，負義匹夫！」關勝大怒，拍馬向前迎敵。二馬相交，軍器並舉。兩將鬥不到十合，魏定國望本陣便走。關勝卻欲要追，單廷珪大叫道：「將軍不可去趕。」關勝連忙勒住戰馬。說猶未了，凌州陣內，早飛出五百火兵，身穿絳衣，手執火器，前後擁出有五十輛火車，車上都滿裝蘆葦引火之物。軍人背上，各拴鐵葫蘆一個，內藏硫黃焰硝，五色煙藥，一齊點著，飛搶出來。人近人倒，馬過馬傷。關勝軍兵四散奔走，退四十餘里紮住。魏定國收轉軍馬回城，看見本州烘烘火起，烈烈煙生。原來卻是黑旋風李逵與同焦挺、鮑旭，帶領枯樹山人馬，都去凌州背後，打破北門，殺入城中，放起火來，劫擄倉庫錢糧。魏定國知了，不敢入城，慌速回軍，被關勝隨後趕上追殺，首尾不能相顧。凌州已失，魏定國只得退走，奔中陵縣屯駐。關勝引軍把縣四下圍住，便令諸將調兵攻打。魏定國閉門不出。

單廷珪便對關勝、林沖等眾位說道：「此人是一勇之夫，攻擊得緊，他寧死，必不辱。事寬即完，急難成效。小弟願往縣中，不避刀斧，用好言招撫此人，束手來降，免動干戈。」關勝見說，大喜，隨即叫單廷珪單人匹馬到縣。小校報知，魏定國出來相見了。單廷珪用好言說道：「如今朝廷不明，天下大亂，天子昏昧，奸臣弄權，我等歸順宋公明，且居水泊。久後奸臣退位，那時去邪歸正，未為晚矣。」魏定國聽罷，沉吟半晌，說道：「若是要我歸順，須是關勝親自來請，我便投降；他若是不來，我寧死不辱！」單廷珪即便上馬回來，報與關勝。關勝見說，便道：「大丈夫作事，何故疑惑？」便與單廷珪匹馬單刀而去。林沖諫道：「兄長，人心難忖，三思而行。」關勝道：「好漢作事無妨。」直到縣衙。魏定國接著，大喜，願拜投降，同敘舊情，設筵管待。當日帶領五百火兵，都來大寨，與林沖、楊志，並眾頭領，俱各相見已了，即便收軍，回梁山泊來。宋江早使戴宗接著，對李逵說道：「只為你偷走下山，教眾兄弟趕了許多路，如今時遷、樂和、李雲、王定六四個，先回山去了。我如今先去報知哥哥，免至懸望。」

不說戴宗先去了，且說關勝等軍馬，回到金沙灘邊，水軍頭領棹船接濟軍馬，陸續過渡，只見一個人氣急敗壞跑將來。眾人看時，卻是金毛犬段景住。林沖便問道：「你和楊林、石勇，去北地裡買馬，如何這等慌速跑來？」段景住言無數句，話不一席，有分教，宋江調撥軍兵，來打這個去處，重報舊仇，再雪前恨。正是情知語是鉤和線，從頭釣出是非來。畢竟段景住說出甚言語來，且聽下回分解。

第六十七回

宋江賞馬步三軍　關勝降水火二將

第六十八回 宋公明夜打曾頭市 盧俊義活捉史文恭

話說當時段景住跑來，對林沖等說道：「我與楊林、石勇，前往北地買馬，到彼選得壯竄有筋力好毛片駿馬，買了二百餘匹；回至青州地面，被一伙強人，為頭一個喚做險道神郁保四，聚集二百餘人，盡數把馬劫奪，解送曾頭市去了。石勇、楊林，不知去向。小弟連夜逃來，報知此事。」關勝見說，叫且回山寨與哥哥相見了，卻商議此事。眾人且過渡來，都到忠義堂上，見了宋江。關勝引單廷珪、魏定國，與大小頭領俱各相見了。李逵把下山殺了韓伯龍，遇見焦挺、鮑旭，同去打破凌州之事，說了一遍。宋江聽罷，又添四個好漢，正在歡喜。段景住備說奪馬一事。宋江聽了，大怒道：「前者奪我馬匹，今又如此無禮。晁天王的冤仇未曾報得，旦夕不樂，若不去報此仇，惹人恥笑。」吳用道：「即目（目前）春暖，正好廝殺。前者進兵，失其地利，如今必用智取。」宋江道：「此仇深入骨髓，不報得，誓不還山。」吳用道：「且教時遷，他會飛簷走壁，可去探聽消息一遭，回來卻作商量。」時遷聽命去了，無三二日，只見楊林、石勇，逃得回寨，備說曾頭市史文恭口出大言，要與梁山泊勢不兩立。宋江見說，便要起兵，吳用道：「再待時遷回報，卻去未遲。」宋江怒氣填胸，要報此仇，片時忍耐不住，又使戴宗飛去打聽，立等回報。

不過數日，卻是戴宗先回來，說：「這曾頭市要與淩州報仇，欲起軍馬。見今曾頭市口紮下大寨，又在法華寺內做中軍帳，數百里遍插旌旗，不知何路可進。」次日，時遷回寨報說：「小弟直到曾頭市裡面，探知備細，見今紮下五個寨柵：曾頭市前面，二千餘人守住村口。總寨內是教師史文恭執掌，北寨是曾塗與副教師蘇定，南寨是次子曾密，西寨是三子曾索，東寨是四子曾魁，中寨是第五子曾升，與父親曾弄守把。這個青州郁保四，身長一丈，腰闊數圍，綽號險道神，將這奪的許多馬匹，都餵養在法華寺內。」

吳用聽罷，便教會集諸將，一同商議：「既然他設五個寨柵，我這裡分調五支軍將，可作五路去打他五個寨柵。」盧俊義便起身道：「盧某得蒙救命上山，未能報效，今願盡命向前，未知尊意若何？」宋江大喜，便道：「員外如肯下山，便為前部。」吳用諫道：「員外初到山寨，未經戰陣，山嶺崎嶇，乘馬不便，不可為前部先鋒。別引一支軍馬，前去平川埋伏，只聽中軍炮響，便來接應。」吳用主意，只恐盧俊義捉得史文恭時，宋江不負晁蓋遺言，讓位與他，因此不充他為前部先鋒。宋江大意，只要盧俊義建功，乘此機會，教他為山寨之主。吳用不肯，立主叫盧員外帶同燕青，引領五百步軍，平川小路聽號。再分調五路軍馬：曾頭市正南大寨，差馬軍頭領霹靂火秦明、小李廣花榮，副將馬麟、鄧飛，引軍三千攻打；曾頭市正東大寨，差步軍頭領花和尚魯智深、行者武松，副將孔明、孔亮，引軍三千攻打；曾頭市正北大寨，差馬軍頭領青面獸楊志、九紋龍史進，副將楊春、陳達，引軍三千攻打；曾頭市正西大寨，差步軍頭領美髯公朱仝、插翅虎雷橫，副將鄒淵、鄒潤，引軍三千攻打；曾頭市正中總寨，都頭領宋公明，軍師吳用、公孫勝，隨行副將呂方、郭盛、解珍、解寶、戴宗、時遷，領軍五千攻打；合後步軍頭領黑旋風李逵、混世魔王樊瑞，副將項充、李袞，引馬步軍兵五千。其餘頭領，各守山寨。

不說宋江部領五軍兵將大進。且說曾頭市探事人探知備細，報入寨中。曾長官聽了，便請教師史文恭、蘇定，商議軍情重事。史文恭道：「梁山泊軍馬來時，只是多使陷坑，方才捉得他強兵猛將。這伙草寇，須是這條計，以為上策。」曾長官便差莊客人等，將了鋤頭鐵鍬，去村口掘下陷坑數十處，上面虛浮土蓋，四下裡埋伏了軍兵，只等敵軍到來。又去曾頭市北路，也掘下十數處陷坑。比及宋江軍馬起行時，吳用預先暗使時遷又去打聽。數日之間，時遷回來報說：「曾頭市寨南寨北，盡都掘下陷坑，不計其數，只等俺軍馬到來。」吳用見說，大笑道：「不足為奇！」引軍前進，來到曾頭市相近。此時日午時分，前隊望見一騎馬來，項帶銅鈴，尾拴雉尾；馬上一人，青巾白袍，手執短槍。前隊望見，便要追趕。吳用止住，便教軍馬就此下寨，四面掘了濠塹，下了鐵蒺藜，傳下令去：教五軍各自分頭下寨，一般掘下濠塹，下了蒺藜。一住三日，曾頭市不出交戰。吳用再使時遷扮作伏路小軍，去曾頭市寨中，探聽他不出何意，所有陷坑，暗暗地記著，離寨多少路遠，總有幾處。時遷去了一日，都知備細，暗地使了記號，回報軍師。次日，吳用傳令：教前隊步軍，各執鐵鋤，分作兩隊。又把糧車一百有餘，裝載蘆葦乾柴，藏在中軍。當晚傳令與各寨諸軍頭領，來日巳牌，只聽東西兩路步軍先去打寨，再教攻打曾頭市北寨的楊志、史進，把馬軍一字兒擺開，如若那邊擂鼓搖旗，虛張聲勢，切不可進。吳用傳令已了。

再說曾頭市史文恭只要引宋江軍馬打寨，便著他陷坑，寨前路狹，待走那裡去。次日巳牌，聽得寨前炮響，追兵大隊，都到南門。次後，只見東寨邊來報道：「一個和尚輪著鐵禪杖，一個行者舞起雙戒刀，攻打前後。」史文恭道：「這兩個必是梁山泊魯智深、武松。」猶恐有失，便分人去幫助曾魁。只見西寨邊又來報道：「一個長髯大漢，一個虎面賊人，旗號上寫著美髯公朱仝、插翅虎雷橫，前來攻打甚急。」史文恭聽了，又分撥人去幫助曾索。又聽得寨前炮響，史文恭按兵不動，只要等他入來，塌了陷坑，山後伏兵齊起，接應捉人。這裡吳用卻調馬軍，從山背後兩路抄到寨前，前面步軍，只顧看寨，又不敢去；兩邊伏兵，都擺在寨前；背後吳用軍馬趕來，盡數逼下坑去。史文恭卻待出來，吳用鞭梢一指，軍寨中鑼響，一齊排出百餘輛車子來，盡數把火點著，上面蘆葦乾柴，硫黃焰硝，一齊著起，煙火迷天。比及史文恭軍馬出來，盡被火車橫攔當住，只得回避，急待退軍。公孫勝早在陣中，揮劍作法，借起大風，刮得火捲入南門，早把敵樓排柵，盡行燒毀。已自得勝，鳴金收軍，四下裡入寨，當晚權歇。史文恭連夜修整寨門，兩下當住。

次日，曾塗對史文恭計議道：「若不先斬賊首，難以追滅。」囑咐教師史文恭牢守寨柵，曾塗率領軍兵，披掛上馬，出陣搦戰。宋江在中軍，聞知曾塗搦戰，帶領呂方、郭盛，相隨出到前軍。門旗影裡，看見曾塗，心懷舊恨，用鞭指道：「誰與我先捉這廝，報往日之仇？」小溫侯呂方拍坐下馬，挺手中方天畫戟，直取曾塗。兩馬交鋒，軍器並舉，鬥到三十合已上，郭盛在門旗下，看見兩個中間，將及輸了一個。原來呂方本事，迭不得曾塗，三十合已前，兀自抵敵不住，三十合已後，戟法亂了，只辨得遮架躲閃。郭盛只恐呂方有失，便驟坐下馬，拈手中方天畫戟，飛出陣來，夾攻曾塗。三騎馬在陣前，絞做一團。原來兩枝戟上，都拴著金錢豹尾。呂方、郭盛要捉曾塗，兩枝戟齊舉，曾塗眼明，便用槍只一撥，卻被兩條豹尾攪住朱纓，奪扯不開，三個各要掣出軍器使用。小李廣花榮在陣中看見，恐怕輸了兩個，便縱馬出來，左手拈起雕弓，右手急取鈚箭，搭上箭，拽滿弓，望著曾塗射來。這曾塗卻好掣出槍來，那兩枝戟兀自攪做一團。說時遲，那時疾，曾塗掣槍，便望呂方項根搠來。花榮箭早先到，正中曾塗左臂，翻身落馬，頭盔倒卓，兩腳蹬空。呂方、郭盛，雙戟並施，曾塗死於非命。十數騎馬軍，飛奔回來，報知史文恭，轉報中寨。

曾長官聽得大哭。只見旁邊惱犯了一個壯士曾升，武藝絕高，使兩口飛刀，人莫敢近。當時聽了大怒，咬牙切齒，喝教：「備我馬來，要與哥哥報仇！」曾長官攔當不住，全身披掛，綽刀上馬，直奔前寨。史文恭接著勸道：「小將軍不可輕敵。宋江軍中，智勇猛將極多。若論史某愚意：只宜堅守五寨，暗地使人前往淩州，使教飛奏朝廷，調兵選將，多撥官軍，分作兩處征剿：一打梁山泊，一保曾頭市，令賊無心戀戰，必欲退兵，急奔回山。那時史某不才，與汝兄弟一同追殺，必獲大功。」說言未了，北寨副教師蘇定到來，見說堅守一節，也道：「梁山泊吳用那廝，詭計多謀，不可輕敵，只宜退守；待救兵到來，從長商議。」曾升叫道：「殺我親兄，此冤不報，更待何時！直等養成賊勢，退敵則難！」史文恭、蘇定阻當不住。曾升上馬，帶領數十騎馬軍，飛奔出寨搦戰。宋江聞知，傳令前軍迎敵。當時秦明得令，舞起狼牙棍，正要出陣鬥這曾升，只見黑旋風李逵手持板斧，直奔軍前，不問事由，搶出垓心。對陣有人認的，說道：「這個是梁山泊黑旋風李逵。」曾升見了，便叫放箭。原來李逵但是上陣，便要脫膊，全得項充、李袞蠻牌遮護。此時獨自搶來，被曾升一箭，腿上正著，身如泰山，倒在地下。曾升背後馬軍，齊搶過來，宋江陣上秦明、花榮，飛馬向前死救，背後馬麟、鄧飛、呂方、郭盛，一齊接應歸陣。曾升見了宋江陣上人多，不敢再戰，以此領兵還寨。宋江也自收軍駐紮。

次日，史文恭、蘇定只是主張不要對陣，怎禁得曾升催並道：「要報兄仇。」史文恭無奈，只得披掛上馬。那匹馬便是先前奪的段景住的千里龍駒照夜玉獅子馬。宋江引諸將擺開陣勢迎敵。對陣史文恭出馬，怎生打扮：

頭上金盔耀日光，身披鎧甲賽冰霜。
坐騎千里龍駒馬，手執朱纓丈二槍。

第六十八回
宋公明夜打曾頭市　盧俊義活捉史文恭

斯時史文恭出馬，橫殺過來，宋江陣上秦明要奪頭功，飛奔坐下馬來迎。二騎相交，軍器並舉。約鬥二十餘合，秦明力怯，望本陣便走。史文恭奮勇趕來，神槍到處，秦明後腿股上早著，倒攧下馬來。呂方、郭盛、馬麟、鄧飛，四將齊出，死命來救。雖然救得秦明，軍兵折了一陣。收回敗軍，離寨十里駐紮。宋江叫把車子載了秦明，一面使人送回山寨將息，再與吳用商量：教取大刀關勝、金槍手徐寧，並要單廷珪、魏定國四位下山，同來協助。宋江自己焚香祈禱，占卜一課。吳用看了卦象，便道：「雖然此處可破，今夜必主有賊兵入寨。」宋江道：「可以早作準備。」吳用道：「請兄長放心，只顧傳下號令：先去報與三寨頭領，今夜起東西二寨，便教解珍在左，解寶在右，其餘軍馬，各於四下裡埋伏已定。」

是夜，天清月白，風靜雲閒，史文恭在寨中對曾升道：「賊兵今日輸了兩將，必然懼怯，乘虛正好劫寨。」曾升見說，便教請北寨蘇定、南寨曾密、西寨曾索，引兵前來，一同劫寨。二更左側，潛地出哨，馬摘鑾鈴，人披軟戰，直到宋江中軍寨內，見四下無人，劫著空寨，急叫中計，轉身便走。左手下撞出兩頭蛇解珍，右手下撞出雙尾蠍解寶，後面便是小李廣花榮，一發趕上，曾索在黑地裡，被解珍一鋼叉，搠於馬下。放起火來，後寨發喊，東西兩邊，進兵攻打寨柵。混戰了半夜，史文恭奪路得回。

曾長官又見折了曾索，煩惱倍增。次日要史文恭寫書投降。史文恭也有八分懼怯，隨即寫書，速差一人齎擎，直到宋江大寨。小校報知，曾頭市有人下書，宋江傳令，教喚入來。小校將書呈上，宋江拆開看時，寫道：

曾頭市主曾弄頓首，再拜宋公明統軍頭領麾下：日昨小男，倚仗一時之勇，誤有冒犯虎威。向日天王率眾到來，理合就當歸附。奈何無端部卒，施放冷箭，更兼奪馬之罪，雖百口何辭！原之實非本意。今頑犬已亡，遣使講和。如蒙罷戰休兵，將原奪馬匹，盡數納還，更齎金帛，犒勞三軍，免致兩傷。謹此奉書，伏乞照察。

宋江看罷來書，心中大怒，扯書罵道：「殺吾兄長，焉肯干休？只待洗蕩村坊，是吾本願！」下書人俯伏在地，凜顫不已。吳用慌忙勸道：「兄長差矣。我等相爭，皆為氣耳。既是曾家差人下書講和，豈為一時之忿，以失大義？」隨即便寫回書，取銀十兩，賞了來使。回還本寨，將書呈上。曾長官與史文恭拆開看時，上面寫道：

梁山泊主將宋江，手書回覆曾頭市主曾弄帳前：國以信而治天下，將以勇而鎮外邦，人無禮而何為，財非義而不取。梁山泊與曾頭市，自來無仇，各守邊界；奈緣爾將行一時之惡，惹數載之冤。若要講和，便須發還二次原奪馬匹，並要奪馬凶徒郁保四，犒勞軍士金帛。忠誠既篤，禮數休輕。如或更變，別有定奪。

曾長官與史文恭看了，俱各驚憂。次日，曾長官又使人來說：「若肯講和，各請一人質當。」宋江不肯，吳用便道：「無傷。」隨即便差時遷、李逵、樊瑞、項充、李袞五人，前去為信。臨行時，吳用叫過時遷，附耳低言：「如此如此，休得有誤。」不說五人去了，卻說關勝、徐寧、單廷珪、魏定國到了。當時見了眾人，就在中軍紮駐。

且說時遷引四個好漢，來見曾長官，時遷向前說道：「奉哥哥將令，差時遷引李逵等四人前來講和。」史文恭道：「吳用差遣五個人來，必然有謀。」李逵大怒，揪住史文恭便打，曾長官慌忙勸住。時遷道：「李逵雖然粗魯，卻是俺宋公明哥哥心腹之人，特使他來，休得疑惑。」曾長官中心只要講和，不聽史文恭之言，便教置酒相待，請去法華寺寨中安歇，撥五百軍人前後圍住。卻使曾升帶同郁保四，來宋江大寨講和。二人到中軍相見了，隨後將原奪二次馬匹，並金帛一車，送到大寨。宋江看罷道：「這馬都是後次奪的。正有先前段景住送來那匹千里龍駒照夜玉獅子馬，如何不見將來？」曾升道：「是師父史文恭乘坐著，以此不曾將來。」宋江道：「你疾忙快寫書去，教早早牽那匹馬來還我。」曾升便寫書，叫從人還寨，討這匹馬來。史文恭聽得，回道：「別的馬將去不吝，這匹馬卻不與他。」從人往復去了幾遭，宋江定死要這匹馬。史文恭使人來說道：「若還定要我這匹馬時，著他即便退軍，我便送來還他。」

宋江聽得這話，便與吳用商量。尚然未決，忽有人來報道：「青州、凌州兩路有軍馬到來。」宋江道：「那廝們知得，必然變卦。」暗傳下號令，就差關勝、單廷珪、魏定國，去迎青州軍馬；花榮、馬麟、鄧飛，去迎凌州軍馬。暗地叫出郁保四來，用好言撫恤（安慰體諒）他，十分恩義相待，說道：「你若肯建這場功勞，山寨裡也教你做個頭領。奪馬之仇，折箭為誓，一齊都罷。你若不從，曾頭市破在旦夕，任從你心。」郁保四聽言，情願投拜，從命帳下。吳用授計與郁保四道：「你只做私逃還寨，與史文恭說道：『我和曾升去宋江寨中講和，打聽得真實了：如今宋江大意，只要賺這匹千里馬，實無心講和，若還與了他，必然翻變。如今聽得青州、凌州兩路救兵到了，十分心慌，正好乘勢用計，不可有誤。』他若信從了，我自有處置。」

郁保四領了言語，直到史文恭寨裡，把前事具說一遍。史文恭領了郁保四來見曾長官，備說宋江無心講和，可以乘勢劫他寨柵。曾長官道：「我那曾升當在那裡，若還翻變（變卦），必然被他殺害。」史文恭道：「打破他寨，好歹救了。今晚傳令與各寨，盡數都起，先劫宋江大寨。如斷去蛇首，眾賊無用，回來卻殺李逵等五人未遲。」曾長官道：「教師可以善用良計。」當下傳令與北寨蘇定、東寨曾魁、南寨曾密，一同劫寨。郁保四卻閃入法華寺大寨內，看了李逵等五人，暗與時遷走透這個消息。

再說宋江同吳用說道：「未知此計若何？」吳用道：「如是郁保四不回，便是中俺之計。他若今晚來劫我寨，我等退伏兩邊，卻教魯智深、武松，引步軍殺入他東寨；朱仝、雷橫，引步軍殺入他西寨；卻令楊志、史進，引馬軍截殺北寨：此名『番犬伏窩之計（臥敵營寨，待敵人歸時殺之）』，百發百中。」

當晚卻說史文恭帶了蘇定、曾密、曾魁，盡數起發。是夜月色朦朧，星辰昏暗。史文恭、蘇定當先，曾密、曾魁押後，馬摘鑾鈴，人披軟戰，盡都來到宋江總寨。只見寨門不關，寨內並無一人，又不見些動靜，情知中計，即便回身。急望本寨去時，只見曾頭市裡鑼鼓炮響，卻是時遷爬去法華寺鐘樓上撞起鐘來，聲響為號，東西兩門，火炮齊響，喊聲大舉，正不知多少軍馬，殺將入來。卻說法華寺中李逵、樊瑞、項充、李袞，一齊發作，殺將出來。史文恭等急回到寨時，尋路不見。曾長官見寨中大鬧，又聽得梁山泊大軍兩路殺將入來，就在寨裡自縊而死。曾密徑奔西寨，被朱仝一朴刀搠死。曾魁要奔東寨時，亂軍中馬踐為泥。蘇定死命奔出北門，卻有無數陷坑，背後魯智深、武松，趕殺將來，前逢楊志、史進，亂箭射死蘇定。後頭撞來的人馬，都攧入陷坑中去，重重疊疊，陷死不知其數。

且說史文恭得這千里馬，行得快，殺出西門，落荒而走。此時黑霧遮天，不分南北。約行了二十餘里，不知何處；只聽得樹林背後，一齊鑼響，撞出四五百軍來，當先一將，手提桿棒，望馬腳便打。那匹馬是千里龍駒，見棒來時，從頭上跳過去了。史文恭正走之間，只見陰雲冉冉，冷氣颼颼，黑霧漫漫，狂風颯颯，虛空中一人，當住去路。史文恭疑是神兵，勒馬便回，東西南北，四邊都是晁蓋陰魂纏住。史文恭再回舊路，卻撞著浪子燕青，又轉過玉麒麟盧俊義來，喝一聲：「強賊，待走那裡去！」腿股上只一朴刀，搠下馬來，便把繩索綁了，解投曾頭市來。燕青牽了那匹千里龍駒，徑到大寨。宋江看了，心中一喜一怒：喜者得盧員外建功，怒者恨史文恭射殺晁天王，仇人相見，分外眼睜。先把曾升就本處斬首，曾家一門老少，盡數不留。抄擄到金銀財寶，米麥糧食，盡行裝載上車，回梁山泊，給散各部頭領，犒賞三軍。且說關勝領軍殺退青州軍馬，花榮領兵殺散凌州軍馬，都回來了。大小頭領，不缺一個。又得了這匹千里龍駒照夜玉獅子馬，其餘物件，盡不必說。陷車內囚了史文恭，便收拾軍馬，回梁山泊來。所過州縣村坊，無無侵擾。回到山寨忠義堂上，都來參見晁蓋之靈。宋江傳令：教聖手書生蕭讓作了祭文，令大小頭領，人人掛孝，個個舉哀，將史文恭剖腹剜心，享祭晁蓋已罷。宋江就忠義堂上，與眾弟兄商議立梁山泊之主。

吳用便道：「兄長為尊，盧員外為次，其餘眾弟兄，各依舊位。」宋江道：「向者晁天王遺言：『但有人捉得史文恭者，不揀是誰，便為梁山泊之主。』今日盧員外生擒此賊，赴山祭獻晁兄，報仇雪恨，正當為尊，不必多說。」盧俊義道：「小弟德薄才疏，怎敢承當此位！若得居末，尚自過分。」宋江道：「非宋某多謙，有三件不如員外處：第一件，宋江身材黑矮，貌拙才疏；員外堂堂一表，凜凜一軀，有貴人之相。第二件，宋江出身小吏，犯罪在逃，感蒙眾弟兄不棄，暫居尊位；員外生於富貴之家，長有豪傑之譽，雖然有些凶險，累蒙天祐。第三件，宋江文不能安邦，武又不能附眾，手無縛雞之力，身無寸箭之功；員外力敵萬人，通今博古，天下誰不望風而服。尊兄有如此才德，正當為山寨之主。他時歸順朝廷，建功立業，官爵升遷，能使弟兄們盡生光彩。宋江主張已定，休得推托。」盧俊義拜於地下，說道：「兄長枉自多談，盧某寧死，實難從命。」吳用勸道：「兄長為尊，盧員外為次，人皆所伏。兄長若如是再三推讓，恐冷了眾人之心。」原來吳用已把眼視眾人，故出此語。只見黑旋風李逵大叫道：「我在江州捨身拚命，跟將你來，眾人都饒讓你一步。我自天也不怕！你只管讓來讓去，做甚鳥！我便殺將起來，各自散伙！」武松見吳用以目示人，也發作叫道：「哥哥手下許多軍官，受朝廷誥命的，也只是讓哥哥，如何肯從別人？」劉唐便道：「我們起初七個上山，那時便有讓哥哥為尊之意，今日卻要讓別人！」魯智深大叫道：「若還兄長推讓別人，洒家們各自撒開！」宋江道：「你眾人不必多說，我自有個道理，盡天意，看是如何，方才可定。」吳用道：「有何高見，便請一言。」宋江道：「有兩件事。」正是教梁山泊內，重添兩個英雄；東平府中，又惹一場災禍。直教天罡盡數投山寨，地煞空群聚水涯。畢竟宋江說出那兩件事來，且聽下回分解。

第六十九回
東平府誤陷九紋龍　宋公明義釋雙槍將

話說宋江不負晁蓋遺言，要把主位讓與盧員外，眾人不伏。宋江又道：「目今山寨錢糧缺少，梁山泊東，有兩個州府，卻有錢糧：一處是東平府，一處是東昌府。我們自來不曾攪擾他那裡百姓，若去問他借糧，公然不肯。今寫下兩個鬮（抓取物具以決勝負）兒，我和盧員外各拈一處，如先打破城子的，便做梁山泊主，如何？」吳用道：「也好。聽從天命。」盧俊義道：「休如此說。只是哥哥為梁山泊主，某聽從差遣。」此時不由盧俊義。當下便喚鐵面孔目裴宣，寫下兩個鬮兒。焚香對天祈禱已罷，各拈一個。宋江拈著東平府，盧俊義拈著東昌府，眾皆無語。

當日設筵，飲酒中間，宋江傳令，調撥人馬：宋江部下：林沖、花榮、劉唐、史進、徐寧、燕順、呂方、郭盛、韓滔、彭玘、孔明、孔亮、解珍、解寶、王矮虎、一丈青、張青、孫二娘、孫新、顧大嫂、石勇、郁保四、王定六、段景住，大小頭領二十五員，馬步軍兵一萬；水軍頭領三員：阮小二、阮小五、阮小七，領水軍駕船接應。

盧俊義部下：吳用、公孫勝、關勝、呼延灼、朱仝、雷橫、索超、楊志、單廷珪、魏定國、宣贊、郝思文、燕青、楊林、歐鵬、凌振、馬麟、鄧飛、施恩、樊瑞、項充、李衮、時遷、白勝，大小頭領二十五員，馬步軍兵一萬；水軍頭領三員：李俊、童威、童猛，引水手駕船接應。其餘頭領並中傷者，看守寨柵。

分俵已定，宋江與眾頭領去打東平府，盧俊義與眾頭領去打東昌府。眾多頭領各自下山。此是三月初一日的話。日暖風和，草青沙軟，正好廝殺。

卻說宋江領兵前到東平府，離城只有四十里路，地名安山鎮，紮駐軍馬。宋江道：「東平府太守程萬里和一個兵馬都監，乃是河東上黨郡人氏。此人姓董，名平，善使雙槍，人皆稱為雙槍將，有萬夫不當之勇。雖然去打他城子，也和他通些禮數；差兩個人，齎一封戰書，去那裡下。若肯歸降，免致動兵；若不聽從，那時大行殺戮，使人無怨。誰敢與我先去下書？」只見部下走過一人，身長一丈，腰闊數圍。那人是誰，有詩為證：

不好資財惟好義，貌似金剛離古寺。
身長喚做險道神，此是青州郁保四。

郁保四道：「小人認得董平，情願齎書去下。」又見部下轉過一人，瘦小身材，叫道：「我幫他去。」那人是誰：

蚱蜢頭尖光眼目，鷺鷥瘦腿全無肉。
路遙行走疾如飛，揚子江邊王定六。

第六十九回

東平府誤陷九紋龍　宋公明義釋雙槍將

這兩個便道：「我們不曾與山寨中出得些氣力，今日情願去走一遭。」宋江大喜，隨即寫了戰書，與郁保四、王定六兩個去下。書上只說借糧一事。且說東平府程太守，聞知宋江起軍馬到了安山鎮駐紮，便請本州兵馬都監雙槍將董平，商議軍情重事。正坐間，門人報道：「宋江差人下戰書。」程太守教喚至，郁保四、王定六當府廝見了，將書呈上。程萬里看罷來書，對董都監說道：「要借本府錢糧，此事如何？」董平聽了大怒，叫推出去，即便斬首。程太守說道：「不可。自古『兩國相戰，不斬來使。』於禮不當。只將二人各打二十訊棍，發回原寨，看他如何。」董平怒氣未息，喝把郁保四、王定六一索捆翻，打得皮開肉綻，推出城去。兩個回到大寨，哭告宋江說：「董平那廝無禮，好生眇視大寨！」

宋江見打了兩個，怒氣填胸，便要平吞州郡；先叫郁保四、王定六上車回山將息。只見九紋龍史進起身說道：「小弟舊在東平府時，與院子裡一個娼妓有交，喚做李瑞蘭，往來情熟（親密）。我如今多將些金銀，潛地入城，借他家裡安歇。約時定日，哥哥可打城池。只等董平出來交戰，我便爬去更鼓樓上，放起火來，裡應外合，可成大事。」宋江道：「最好。」史進隨即收拾金銀，安在包袱裡，身邊藏了暗器，拜辭起身。宋江道：「兄弟善覷方便，我且頓兵不動。」且說史進轉入城中，徑到西瓦子李瑞蘭家。大伯（鴇母的男人）見是史進，吃了一驚，接入裡面，叫女兒出來廝見。李瑞蘭生得甚是標格（風度）出塵，有詩為證：

萬種風流不可當，梨花帶雨玉生香。
翠禽啼醒羅浮夢，疑是梅花靚曉妝。

李瑞蘭引去樓上坐了，遂問史進道：「一向如何不見你頭影（身影）？聽得你在梁山泊做了大王，官司出榜捉你，這兩日街上亂哄哄地說，宋江要來打城借糧，你如何卻到這裡？」史進道：「我實不瞞你說：我如今在梁山泊做了頭領，不曾有功，如今哥哥要來打城借糧，我把你家備細說了。如今我特地來做細作，有一包金銀，相送與你，切不可走漏了消息。明日事完，一發帶你一家上山快活。」李瑞蘭葫蘆提（糊裡糊塗）應承，收了金銀，且安排些酒肉相待，卻來和大娘商量道：「他往常做客時，是個好人，在我家出入不妨；如今他做了歹人，倘或事發，不是耍處。」大伯說道：「梁山泊宋江這伙好漢，不是好惹的；但打城池，無有不破。若還出了言語，他們有日打破城子入來，和我們不干罷！」虔婆便罵道：「老蠢物，你省得甚麼人事？自古道：『蜂刺入懷，解衣去趕（遇凶事快擺脫）。』天下通例：自首者即免本罪。你快去東平府裡首告，拿了他去，省得日後負累不好。」李公道：「他把許多金銀與我家，不與他擔些干係，買我們做甚麼？」虔婆罵道：「老畜生，你這般說，卻似放屁！我這行院人家，坑陷了千千萬萬的人，豈爭他一個！你若不去首告，我親自去衙前叫屈，和你也說在裡面。」李公道：「你不要性發，且叫女兒款住他，休得『打草驚蛇』，吃他走了。待我去報與做公的，先來拿了，卻去首告。」且說史進見這李瑞蘭上樓來，覺得面色紅白不定，史進便問道：「你家莫不有甚事，這般失驚打怪？」李瑞蘭道：「卻才上胡梯（樓梯），踏了個空，爭些兒跌了一跤，因此心慌撩亂。」史進雖是英勇，又吃他瞞過了，更不猜疑。有詩為證：

可嘆青樓伎倆多，粉頭畢竟護虔婆。
早知暗裡施奸計，錯用黃金買笑歌。

當下李瑞蘭相敘間闊之情，爭不過一個時辰，只聽得胡梯邊腳步響，有人奔上來；窗外吶聲喊，數十個做公的搶到樓上，史進措手不及，正如鷹拿野雀，彈打斑鳩，把史進似抱頭獅子綁將下樓來，徑解到東平府裡廳上。程太守看了，大罵道：「你這廝膽包身體，怎敢獨自個來做細作！若不是李瑞蘭父親首告，誤了我一府良民！快招你的情由！宋江教你來怎地？」史進只不言語。董平便道：「這等賊骨頭，不打如何肯招！」程太守喝道：「與我加力打這廝！」兩邊走過獄卒牢子，先將冷水來噴腿上，兩腿各打一百大棍。史進由他拷打，不招實情。董平道：「且把這廝長枷木杻，送在死囚牢裡，等拿了宋江，一並解京施行。」

卻說宋江自從史進去了，備細寫書與吳用知道。吳用看了宋公明來書，一說史進去娼妓李瑞蘭家做細作，一大驚，急與盧俊義說知，連夜來見宋江，問道：「誰叫史進去來？」宋江道：「他自願去。說這李行首（妓女），是他舊日的表子，好生情重，因此前去。」吳用道：「兄長欠些主張，若吳某在此決不教去。常言道：「娼妓之家，諱『者扯丐漏走』（裝腔作勢，極不老實，扯謊掉包，巧乞白賴，漏風扇火，溜之大吉）五個字。』得便熟閒，迎新送舊，陷了多少才人（有才能的人）。更兼水性無定，總有恩情，也難出虔婆之手。此人今去，必然吃虧！」宋江便問吳用請計。吳用便叫顧大嫂：「勞煩你去走一遭，可扮做貧婆，潛入城中，只做求乞的。若有些動靜，火急便回。若是史進陷在牢中，你可去告獄卒，只說：『有舊情恩念，我要與他送一口飯。』抻（拉）入牢中，暗與史進說知：『我們月盡（月底那天）夜，黃昏前後，必來打城。你可就水火之處，安排脫身之計。』月盡夜，你就城中放火為號，此間進兵，方好成事。兄長可先打汶上縣，百姓必然都奔東平府。卻叫顧大嫂雜在數內，乘勢入城，便無人知覺。」吳用設計已罷，上馬便回東昌府去了。宋江點起解珍、解寶，引五百餘人，攻打汶上縣，果然百姓扶老攜幼，鼠竄狼奔，都奔東平府來。

卻說顧大嫂頭髻蓬鬆，衣服襤褸，雜在眾人裡面，挨入城來，繞街求乞。到於衙前，打聽得果然史進陷在牢中，方知吳用智料如神。次日，提著飯罐，只在司獄司前，往來伺候。見一個年老公人從牢裡出來，顧大嫂看著便拜，淚如雨下。那年老公人問道：「你這貧婆哭做甚麼？」顧大嫂道：「牢中監的史大郎，是我舊的主人。自從離了，又早十年。只說道在江湖上做買賣，不知為甚事陷在牢裡？眼見得無人送飯，老身叫化得這一口兒飯，特要與他充飢。哥哥，怎生可憐見，引進則個，強如造七層寶塔！」那公人道：「他是梁山泊強人，犯著該死的罪，誰敢帶你入去？」顧大嫂道：「便是一刀一剮，自教他瞑目而受；只可憐見，引老身入去，送這口兒飯，也顯得舊日之情。」說罷又哭。那老公人尋思道：「若是個男子漢，難帶他入去，一個婦人家有甚利害？……」當時引顧大嫂直入牢中來，看見史進項帶沉枷，腰纏鐵索。史進見了顧大嫂，吃了一驚，則聲不得。顧大嫂一頭假啼哭，一頭餵飯。別的節級，便來喝道：「這是該死的歹人！『獄不通風（不通信息）』，誰放你來送飯？即忙出去，饒你兩棍！」顧大嫂見這牢內人多，難說備細，只說得：「月盡夜打城，叫你牢中自掙扎。」史進再要問時，顧大嫂被小節級打出牢門。史進只記得「月盡夜」。

原來那個三月，卻是大盡。到二十九，史進在牢中，見兩個節級說話，問道：「今朝是幾時？」那個小節級卻錯記了，回說道：「今日是月盡夜，晚些買帖孤魂紙來燒。」史進得了這話，巴不得晚。一個小節級吃的半醉，帶史進到水火坑（廁所）邊，史進哄小節級道：「背後的是誰？」賺得他回頭，掙脫了枷，只一枷梢，把那小節級面上正著一下，打倒在地；就拾磚頭，敲開了木杻，睜著鶻眼（像鷹眼一樣突出），搶到亭心裡。幾個公人都酒醉了，被史進迎頭打著，死的死了，走的走了。拔開牢門，只等外面救應。又把牢中應有罪人，盡數放了，總有五六十人，就在牢內發起喊來，一齊走了。有人報知太守，程萬里驚得面如土色，連忙便請兵馬都監商量。董平道：「城中必有細作，且差多人

第六十九回

東平府誤陷九紋龍　宋公明義釋雙槍將

圍困了這賊。我卻乘此機會，領軍出城，去捉宋江。相公便緊守城池，差數十公人圍定牢門，休教走了。」董平上馬，點軍去了。程太守便點起一應節級、虞候、押番，各執槍棒，去大牢前吶喊。史進在牢裡，不敢輕出。外廂的人，又不敢進去。顧大嫂只叫得苦。

卻說都監董平，點起兵馬，四更上馬，殺奔宋江寨來。伏路小軍報知宋江，宋江道：「此必是顧大嫂在城中又吃虧了。他既殺來，準備迎敵。」號令一下，諸軍都起。當時天色方明（剛亮），卻好接著董平軍馬。兩下擺開陣勢，董平出馬，真乃英雄蓋世，謀勇過人，有詩為證：

兩面旗牌耀日明，簡銀鐵鎧似霜凝。
水磨鳳翅頭盔白，錦繡麒麟戰襖青。
一對白龍爭上下，兩條銀蟒遞飛騰。
河東英勇風流將，能使雙槍是董平。

原來董平心靈機巧，三教九流，無所不通，品竹調弦，無有不會，山東、河北皆號他為「風流雙槍將」。宋江在陣前看了董平這表人品，一見便喜；又見他箭壺中插一面小旗，上寫一聯道：「英雄雙槍將，風流萬戶侯。」宋江遣韓滔出馬迎敵。韓滔手執鐵搠，直取董平，董平那對鐵槍，神出鬼沒，人不可當。宋江再叫金槍手徐寧，伏鉤鐮槍前去，替回韓滔。徐寧飛馬便出，接住董平廝殺。兩個在戰場上鬥到五十餘合，不分勝敗。交戰良久，宋江恐怕徐寧有失，使叫鳴金收軍。徐寧勒馬回來，董平手舉雙槍，直追殺入陣來。宋江鞭梢一展，四下軍兵，一齊圍住。宋江勒馬上高阜處看望，只見董平圍在陣內。他若投東，宋江便把號旗望東指，軍馬向東來圍他；他若投西，號旗便往西指，軍馬便向西來圍他。董平在陣中橫衝直撞，兩枝槍直殺到申牌已後，衝開條路，殺出去了。宋江不趕。董平因見交戰不勝，當晚收軍回城去了。宋江連夜起兵，直抵城下，團團調兵圍住，顧大嫂在城中，未敢放火，史進又不得出來，兩下拒住。

原來程太守有個女兒，十分顏色（姿色）；董平無妻，累累使人去求為親，程萬里不允；因此，日常間有些言和意不和。董平當晚領軍入城，其日使個就裡的人，乘勢來問這頭親事。程太守回說：「我是文官，他是武官，相贅為婿，正當其理；只是如今賊寇臨城，事在危急，若還便許，被人恥笑。待得退了賊兵，保護城池無事，那時議親，亦未為晚。」那人把這話回覆董平，董平雖是口裡應道：「說得是。」只是心中躊躇，不十分歡喜，恐怕他日後不肯。

這裡宋江連夜攻打得緊，太守催請出戰。董平大怒，披掛上馬，帶領三軍，出城交戰。宋江親在陣前門旗下喝道：「量你這個寡將，怎敢當吾？豈不聞古人曾有言：『大廈將傾，非一木可支。』你看我手下雄兵十萬，猛將千員，替天行道，濟困扶危，早來就降，免汝一死！」董平大怒，回道：「文面小吏，該死狂徒，怎敢亂言！」說罷，手舉雙槍，直奔宋江。左有林沖，右有花榮，兩將齊出，各使軍器，來戰董平。約鬥數合，兩將便走。宋江軍馬佯敗，四散而奔。董平要逞功勞，拍馬趕來。宋江等卻好退到壽春縣界，宋江前面走，董平後面追。離城有十數里，前至一個村鎮，兩邊都是草屋，中間一條驛路。董平不知是計，只顧縱馬趕來。宋江因見董平了得，隔夜已使王矮虎、一丈青、張青、孫二娘四個，帶一百餘人，先在草屋兩邊埋伏；卻拴數條絆馬索在路上，又用薄土遮蓋，只等來時，鳴鑼為號，絆馬索齊起，準備捉這董平。董平正趕之間，來到那裡，只聽得背後孔明、孔亮大叫：「勿傷吾主！」卻好到草屋前，一聲鑼響，兩邊門扇齊開，拽起繩索。那馬卻待回頭，背後絆馬索齊起，將馬絆倒，董平落馬。左邊撞出一丈青、王矮虎；右邊走出張青、孫二娘：一齊都上，

第六十九回
東平府誤陷九紋龍　宋公明義釋雙槍將

把董平捉了。頭盔、衣甲、雙槍、隻馬，盡數奪了。兩個女頭領，將董平捉住，用麻繩背剪綁了。兩個女將，各執鋼刀，監押董平，來見宋江。

卻說宋江過了草屋，勒住馬，立在綠楊樹下，迎見這兩個女頭領解著董平，宋江隨即喝退兩個女將：「我教你去相請董將軍，誰教你們綁縛他來！」二女將喏喏而退。宋江慌忙下馬，自來解其繩索，便脫護甲錦袍，與董平穿著，納頭便拜。董平忙忙答禮。宋江道：「倘蒙將軍不棄微賤，就為山寨之主。」董平答道：「小將被擒之人，萬死猶輕！若得容恕安身，實為萬幸。」宋江道：「敝寨地連水泊，素無擾害。今為缺少糧食，特來東平府借糧，別無他意。」董平道：「程萬里那廝，原是童貫門下門館先生，得此美任，安得不害百姓？若是兄長肯容董平今去賺開城門，殺入城中，共取錢糧，以為報效。」宋江大喜，便令一行人，將過盔、甲、槍、馬，還了董平，披掛上馬。董平在前，宋江軍馬在後，捲起旗幡，都在東平城下。

董平軍馬在前，大叫：「城上快開城門。」把門軍士將火把照時，認得是董都監，隨即大開城門，放下吊橋。董平拍馬先入，砍斷鐵鎖；背後宋江等長驅人馬，殺入城來。都到東平府裡，急傳將令，不許殺害百姓、放火燒人房屋。董平徑奔私衙，殺了程太守一家人口，奪了這女兒。宋江先叫開放大牢，救出史進，便開府庫，盡數取了金銀財帛，大開倉廒，裝載糧米上車，先使人護送上梁山泊金沙灘，交割與三阮頭領，接遞上山。史進自引人去西瓦子李瑞蘭家，把虔婆老幼，一門大小，碎屍萬段。宋江將太守家私，俵散（分發）居民，仍給沿街告示，曉諭百姓：害民州官，已自殺戮；汝等良民，各安生理（生計）。告示已罷，收拾回軍。大小將校再到安山鎮。只見白日鼠白勝飛奔前來，報說東昌府交戰之事。宋江聽罷，神眉踢豎，怪眼圓睜，大叫：「眾多兄弟，不要回山，且跟我來！」正是重驅水泊英雄將，再奪東昌錦繡城。畢竟宋江復引軍馬投何處來，且聽下回分解。

第七十回

沒羽箭飛石打英雄　宋公明棄糧擒壯士

話說宋江打了東平府，收軍回到安山鎮，正待要回山寨，只見白勝前來報說：「盧俊義去打東昌府，連輸了兩陣。城中有個猛將，姓張，名清，原是彰德府人，虎騎出身；善會飛石打人，百發百中，人呼為沒羽箭。手下兩員副將：一個喚做花項虎龔旺，渾身上刺著虎斑，脖項上吞著虎頭，馬上會使飛槍；一個喚做中箭虎丁得孫，面頰連項都有疤痕，馬上會使飛叉。盧員外提兵臨境，一連十日，不出廝殺。前日張清出城交鋒，郝思文出馬迎敵。戰無數合，張清便走。郝思文趕去，被他額角上打中一石子，跌下馬來；卻得燕青一弩箭，射中張清戰馬；因此救得郝思文性命，輸了一陣。次日，混世魔王樊瑞引項充、李袞，舞牌去迎，不期被丁得孫從肋窩裡飛出標叉，正中項充，因此又輸了一陣。二人見在船中養病，軍師特令小弟來請哥哥，早去救應。」宋江見說了，嘆曰：「盧俊義直如此無緣！特地教吳學究、公孫勝幫他，只想要他見陣成功，山寨中也好眉目（傑出者），誰想又逢敵手！既然如此，我等眾兄弟引兵都去救應。」當時傳令，便起三軍。諸將上馬，跟隨宋江，直到東昌境界。盧俊義等接著，具說前事，權且下寨。

正商議間，小軍來報沒羽箭張清搦戰。宋江領眾便起，向平川曠野，擺開陣勢；大小頭領，一齊上馬，隨到門旗下。宋江在馬上看對陣時，陣排一字，旗分五色。三通鼓罷，沒羽箭張清出馬。怎生打扮，有一篇水調歌贊張清的英勇：

頭巾掩映茜紅纓，狼腰猿臂體彪形。錦衣繡襖，袍中微露透深青；雕鞍側坐，青驄玉勒馬輕迎。葵花寶鐙，振響熟銅鈴；倒拖雉尾，飛走四蹄輕。金環搖動，飄飄玉蟒撒朱纓；錦袋石子，輕輕飛動似流星。不用強弓硬弩，何須打彈飛鈴，但著處，命歸空。東昌馬騎將，沒羽箭張清。

宋江在門旗下見了喝彩，張清在馬上蕩起征塵，往來馳走。門旗影裡，左邊閃出那個花項虎龔旺，右邊閃出這個中箭虎丁得孫。三騎馬來到陣前，張清手指宋江罵道：「水窪草賊，願決一陣！」宋江問道：「誰可去戰張清？」旁邊惱犯這個英雄，忿怒躍馬，手舞鉤鐮槍，出到陣前。宋江看時，乃是金槍手徐寧。宋江暗喜，便道：「此人正是對手。」徐寧飛馬，直取張清。兩馬相交，雙槍並舉。鬥不到五合，張清便走。徐寧去趕，張清把左手虛提長槍，右手便向錦袋中摸出石子，扭回身，覷得徐寧面門較近，只一石子，可憐悍勇英雄，石子眉心早中，翻身落馬。龔旺、丁得孫便來捉人。宋江陣上人多，早有呂方、郭盛，兩騎馬，兩枝戟，救回本陣。宋江等大驚，盡皆失色，再問：「那個頭領接著廝殺？」宋江言未盡，馬後一將飛出，看時，卻是錦毛虎燕順。宋江卻待阻當，那騎馬已自去了。燕順接住張清，鬥無數合，遮攔不住，撥回馬便走。張清望後趕來，手取石子，看燕順後心一擲，打在鏜甲護鏡上，錚然有聲，伏鞍而走。宋江陣上一人大叫：「匹夫，何足懼哉！」拍馬提搠，飛出陣去。宋江看時，乃是百勝將韓滔。不打話，便戰張清。兩馬方交，喊聲大舉，韓滔要在宋江面前顯能，抖擻精神，大戰張清。不到十合，張清便走。韓滔疑他飛石打來，不去追趕。張清回頭，不見趕來，翻身勒馬便轉。韓滔卻待挺搠來迎，被張清暗藏石子，手起望韓滔鼻凹裡打中，只見鮮血迸流，逃回本陣。彭玘見了大怒，不等宋公明將令，手舞三尖兩刃刀，飛馬直取張清。兩個未曾交馬，被張清暗藏石子在手，手起，正中彭玘面頰，丟了三尖兩刃刀，奔馬回陣。

宋江見輸了數將，心內驚惶，便要將軍馬收轉。只見盧俊義背後一人大叫：「今日將威風折了，來日怎地廝殺，且看石子打得我麼？」宋江看時，乃是醜郡馬宣贊，拍馬舞刀，直奔張清。張清便道：「一個來，一個走；兩個來，兩個逃。你知我飛石手段麼？」宣贊道：「你打得別人，怎近得我！」說言未了，張清手起，一石子正中宣贊嘴邊，翻身落馬。龔旺、丁得孫卻待來捉，怎當宋江陣上人多，眾將救了回陣。宋江見了，怒氣衝天，掣劍在手，割袍為誓：「我若不拿得此人，誓不回軍！」呼延灼見宋江設誓，便道：「兄長此言，要我們弟兄何用！」就拍踢雪烏騅，直臨陣前，大罵張清：「小兒得寵，一力一勇，認得大將呼延灼麼？」張清便道：「辱國敗將，也遭吾毒手！」言未絕，一石子飛來。呼延灼見石子飛來，急把鞭來隔時，卻中在手腕上，早著一下，便使不動鋼鞭，回歸本陣。宋江道：「馬軍頭領，都被損傷。步軍頭領，誰敢捉得這張清？」只見部下劉唐，手拈朴刀，挺身出戰。張清見了大笑，罵道：「你那敗將，馬軍尚且輸了，何況步卒！」劉唐大怒，徑奔張清。張清不戰，跑馬歸陣。劉唐趕去，人馬相迎。劉唐手疾，一朴刀砍去，卻砍著張清戰馬。那馬後蹄直踢起來，劉唐面門上掃著馬尾，雙眼生花，早被張清只一石子，打倒在地；急待掙扎，陣中走出軍來，橫拖倒拽，拿入陣中去了。宋江大叫：「那個去救劉唐？」只見青面獸楊志，便拍馬舞刀，直取張清。張清虛把槍來迎，楊志一刀砍去，張清鐙裡藏身，楊志卻砍了個空。張清手拿石子，喝聲道：「著！」石子從肋窩裡飛將過去。張清又一石子，錚的打在盔上，唬得楊志膽喪心寒，伏鞍歸陣。宋江看了，輾轉尋思：「若是今番輸了銳氣，怎生回梁山泊？誰與我出得這口氣？」

朱仝聽得，目視雷橫，說道：「一個不濟事，我兩個同去夾攻。」朱仝居左，雷橫居右，兩條朴刀，殺出陣前。張清笑道：「一個不濟，又添一個！由你十個，更待如何！」全無懼色，在馬上藏兩個石子在手。雷橫先到，張清手起，勢如招寶七郎，石子來時，面門上怎生躲避，急待抬頭看時，額上早中一石子，撲然倒地。朱仝急來快救，脖項上又一石子打著。關勝在陣上，看見中傷，大挺神威，掄起青龍刀，縱開赤兔馬，來救朱仝、雷橫。剛搶得兩個奔走還陣，張清又一石子打來，關勝急把刀一隔，正中著刀口，迸出火光。關勝無心戀戰，勒馬便回。雙槍將董平見了，心中暗忖：「我今新降宋江，若不顯我些武藝，上山去必無光彩。」手提雙槍，飛馬出陣。張清看見，大罵董平：「我和你鄰近州府，唇齒之邦，共同滅賊，正當其理！你今緣何反背朝廷，豈不自羞！」董平大怒，直取張清，兩馬相交，軍器並舉。兩條槍陣上交加，四雙臂環中撩亂。約鬥五七合，張清撥馬便走，董平道：「別人中你石子，怎近得我！」張清帶住槍桿，去錦袋中摸出一個石子。手起處真似流星掣電，石子來嚇得鬼哭神驚。董平眼明手快，撥過了石子。張清見打不著，再取第二個石子，又打將去，董平又閃過了。兩個石子打不著，張清卻早心慌。那馬尾相銜，張清走到陣門左側，董平望後心刺一槍來，張清一閃，鐙裡藏身，董平卻搠了空。那條槍卻搠將過來，董平的馬和張清的馬兩廝並著。張清便撇了槍，雙手把董平和槍連臂膊只一拖，卻拖不動，兩個攪做一塊。

宋江陣上索超望見，輪動大斧，便來解救。對陣龔旺、丁得孫兩騎馬齊出，截住索超廝殺。張清、董平又分拆不開，索超、龔旺、丁得孫三匹馬攪做一團。林沖、花榮、呂方、郭盛，四將一齊盡出，兩條槍，兩枝戟，來助董平、索超。張清見不是頭，棄了董平，跑馬入陣。董平不捨，直撞入去，卻忘了提備石子。張清見董平追來，暗藏石子在手，待他馬近，喝聲道：「著！」董平急躲，那石子抹耳根上擦過去了。董平便回。索超撇了龔旺、丁得孫，也趕入陣來。張清停住槍，輕取石子，望索超打來，索超急躲不迭，打在臉上，鮮血迸流，提斧回陣。

卻說林沖、花榮，把龔旺截住在一邊；呂方、郭盛，把丁得孫也截住在一邊。龔旺心慌，便把飛槍標將來，卻標不著花榮、林沖。龔旺先沒了軍器，被林沖、花榮活捉歸陣。這邊丁得孫舞動飛叉，死命抵敵呂方、郭盛，不提防浪子燕青在陣門裡看見，暗忖道：「我這裡被他片時連打了一十五員大將，若拿他一個偏將不得，有何面目！」放下桿棒，身邊取出弩弓，搭上弦，放一箭去，一聲響，正中了丁得孫馬蹄，那馬便倒，卻被呂方、郭盛捉過陣來。張清要來救時，寡不敵眾，只得拿了劉唐，且回東昌府去。太守在城上看見張清前後打了梁山泊一十五員大將，雖然折了龔旺、丁得孫，也拿得這個劉唐。回到州衙，先把劉唐長枷送獄，卻再商議。

且說宋江收軍回來，把龔旺、丁得孫，先送上梁山泊。宋江再與盧俊義、吳用道：「我聞五代時，大梁王彥章，日不移影，連打唐將三十六員。今日張清無一時，連打我一十五員大將，雖是不在此人之下，也當是個猛將。」眾人無語。宋江又道：「我看此人，全仗龔旺、丁得孫為羽翼。如今手足羽翼被擒，可用良策，捉獲此人。」吳用道：「兄長放心，小生見了此將出沒，已自安排定了。雖然如此，且把中傷頭領，送回山寨，卻教魯智深、武松、孫立、黃信、李立，盡數引領水軍，安排車仗船隻，水陸並進，船隻相迎，賺出張清，便成大事。」吳用分撥已定。

再說張清在城內與太守商議道：「雖是贏得，賊勢根本未除，暗使人去探聽虛實，卻作道理。」只見探事人來回報：「寨後西北上，不知那裡將許多糧米，有百十輛車子，河內又有糧草船，大小有五百餘隻；水陸並進，船馬同來，沿路有幾個頭領監管。」太守道：「這賊們莫非有計？恐遭他毒手。再差人去打聽，端的果是糧草也不是！」次日，小軍回報說：「車上都是糧，尚且撒下米來。水中船隻，雖是遮蓋著，盡有米布袋露將出來。」張清道：「今晚出城，先截岸上車子，後去取他水中船隻。太守助戰，一鼓而得。」太守道：「此計甚妙，只可善覷方便。」叫軍漢飽餐酒食，盡行披掛，梢馱錦袋。張清手執長槍，引一千軍兵，悄悄地出城。

是夜月色微明，星光滿天。行不到十里，望見一簇車子，旗上明寫「水滸寨忠義糧」。張清看了，見魯智深擔著禪杖，皂直裰拽扎起，當頭先走。張清道：「這禿驢腦袋上著我一下石子。」魯智深擔著禪杖，此時自望見了，只做不知，大踏步只顧走，卻忘了提防他石子。正走之間，張清在馬上喝聲「著！」一石子正飛在魯智深頭上，打得鮮血迸流，望後便倒。張清軍馬，一齊吶喊，都搶將來。武松急挺兩口戒刀，死去救回魯智深，撇了糧車便走。張清奪得糧車，見果是糧米，心中歡喜，不來追趕魯智深，且押送糧車，推入城來。太守見了大喜，自行收管。張清道：「再搶河中米船。」太守道：「將軍善覷方便。」

張清上馬，轉過南門。此時望見河港內糧船，不計其數。張清便叫開城門，一齊吶喊，搶到河邊，都是陰雲布滿，黑霧遮天，馬步軍兵回頭看時，你我對面不見。此是公孫勝行持道法。張清看見，心慌眼暗，卻待要回，進退無路，四下裡喊聲亂起，正不知軍兵從那裡來。林沖引鐵騎軍兵，將張清連人和馬，都趕下水去了。河內卻是李俊、張橫、張順、三阮、兩童，八個水軍頭領，一字兒擺在那裡。張清便有三頭六臂，也怎生掙扎得脫，被阮氏三雄捉住，繩纏索綁，送入寨中。水軍頭領飛報宋江，吳用便催大小頭領連夜打城。太守獨自一個，怎生支吾得住，聽得城外四面炮響，城門開了，嚇得太守無路可逃。宋江軍馬殺入城中，先救了劉唐，次後便開倉庫，就將錢糧一分發送梁山泊，一分給散居民。太守平日清廉，饒了不殺。

宋江等都在州衙裡，聚集眾人會面，只見水軍頭領早把張清解來。眾多兄弟都被他打傷，咬牙切齒，盡要來殺張清。宋江見解將來，親自直下堂階迎接，便陪話道：「誤犯虎威，請勿掛意。」邀上廳來。說言未了，只見階下魯智深使手帕包著頭，拿著鐵禪杖，徑奔來要打張清。宋江隔住，連聲喝退，「怎肯教你下手。」張清見宋江如此義氣，叩頭下拜受降。宋江取酒奠地，折箭為誓：「眾弟兄若要如此報仇，皇天不昤，死於刀劍之下。」眾人聽了，誰敢再言。也是天罡星合當會聚，自然義氣相投。宋江設誓已罷，道：「眾弟兄勿得傷情。」眾人大笑，盡皆歡喜，收拾軍馬，都要回山。

只見張清在宋公明面前，舉薦東昌府一個獸醫，復姓皇甫，名端。「此人善能相馬，知得頭口（牲口）寒暑病症，下藥用針，無不痊可，真有伯樂（春秋時人，善相馬）之材！原是幽州人氏。為他碧眼黃鬚，貌若番人，以此人稱為紫髯伯。梁山泊亦有用他處，可喚此人帶引妻小，一同上山。」宋江聞言大喜：「若是皇甫端肯去相聚，大稱心懷。」張清見宋江相愛甚厚，隨即便去喚到醫獸皇甫端，來拜見宋江，並眾頭領。有篇七言古風，單道皇甫端醫術：

傳家藝術無人敵，安驥年來有神力。
回生起死妙難言，拯憊扶危更多益。
鄂公烏騅人盡誇，郭公騄駬來渥窪。
吐蕃棗騮號神駿，北地又羨拳毛騧。
騰驤騋牝皆經見，銜橛背鞍亦多變。
天閑十二舊馳名，手到病除難應驗。
古人已往名不刊，只今又見皇甫端。
解治四百零八病，雙瞳炯炯珠走盤。

天集忠良真有意，張清鶚薦誠良計。
梁山泊內添一人，號名紫髯伯樂喬。

宋江看了皇甫端一表非俗，碧眼重瞳，虯鬚過腹，誇獎不已。皇甫端見了宋江如此義氣，心中甚喜，願從大義。宋江大喜，撫慰已了，傳下號令，諸多頭領，收拾車仗、糧食、金銀，一齊進發；把這兩府錢糧，運回山寨。前後諸將都起。於路無話，早回到梁山泊忠義堂上。宋江叫放出龔旺、丁得孫來，亦用好言撫慰，二人叩首拜降。又添了皇甫端在山寨，專工醫獸。董平、張清，亦為山寨頭領。宋江歡喜，忙叫排宴慶賀，都在忠義堂上，各依次席而坐。宋江看了眾多頭領，卻好一百單八員。宋江開言說道：「我等兄弟，自從上山相聚，但到處並無疏失，若是上天護佑，非人之能。今來扶我為尊，皆托眾弟兄英勇。一者合當聚義，二乃我再有句言語，煩你眾兄弟共聽。」吳用便道：「願請兄長約束。」宋江對著眾頭領，開口說這個主意下來。正是有分教，三十六天罡臨化地，七十二地煞鬧中原。畢竟宋公明說出甚麼主意，且聽下回分解。

第七十回

沒羽箭飛石打英雄　宋公明棄糧擒壯士

第七十一回

忠義堂石碣受天文　梁山泊英雄排座次

話說宋公明一打東平，兩打東昌，回歸山寨，計點大小頭領，共有一百八員，心中大喜，遂對眾兄弟道：「宋江自從鬧了江州上山之後，皆賴托眾弟兄英雄扶助，立我為頭。今者共聚得一百八員頭領，心中甚喜，自從晁蓋哥哥歸天之後，但引兵馬上山，公然保全。此是上天護佑，非人之能。縱有被擄之人，陷於縲紲，或是中傷回來，且都無事。今者一百八人皆在面前聚會，端的古往今來，實為罕有。從前兵刃到處，殺害生靈，無可禳謝。我心中欲建一羅天大醮，報答天地神明眷佑之恩：一則祈保眾弟兄身心安樂；二則惟願朝廷早降恩光，赦免逆天大罪，眾當竭力捐軀，盡忠報國，死而後已；三則上薦晁天王早生天界，世世生生，再得相見，就行超度橫亡，惡死，火燒，水溺，一應無辜被害之人，俱得善道。我欲行此一事，未知眾弟兄意下如何？」眾頭領都稱道：「此是善果好事，哥哥主見不差。」吳用便道：「先請公孫勝一清主行醮事，然後令人下山，四遠邀請得道高士，就帶醮器赴寨，仍使人收買一應香燭、紙馬、花果、祭儀、素饌、淨食，並合用一應物件。」商議選定四月十五日為始，七晝夜好事，山寨廣施錢財，督並干辦。日期已近，向那忠義堂前掛起長幡四首，堂上紮縛三層高台，堂內鋪設七寶三清聖像，兩班設二十八宿十二宮辰，一切主醮星官真宰。堂外仍設監壇崔、盧、鄧、竇神將。擺列已定，設放醮器齊備，請到道眾，連公孫勝共是四十九員。是日晴明的好，天和氣朗，月白風清。宋江、盧俊義為首，吳用與眾頭領為次拈香。公孫勝作高功，主行齋事，關發一應文書符命，不在話下。當日醮筵，但見：

香騰瑞靄，花簇錦屏。一千條畫燭流光，數百盞銀燈散彩。對對高張羽蓋，重重密布幢幡。風清三界步虛聲，月冷九天垂沆瀣（夜晚的水氣）。金鐘撞處，高功表進奏虛皇；玉洩鳴時，都講登壇朝玉帝。絳綃衣星辰燦爛，芙蓉冠金碧交加。監壇神將猙獰，直日功曹勇猛。道士齊宣寶懺，上瑤台酌水獻花；真人密誦靈章，按法劍踏罡布斗（法師祈天的步伐）。青龍隱隱來黃道，白鶴翩翩下紫宸。

當日公孫勝與那四十八員道眾，都在忠義堂上做醮，每日三朝。至第七日滿散，宋江要求上天報應（顯示），特教公孫勝專拜青詞，奏聞天帝，每日三朝。卻好至第七日三更時分，公孫勝在虛皇壇第一層，眾道士在第二層，宋江等眾頭領在第三層，眾小頭目並將校都在壇下。眾皆懇求上蒼，務要拜求報應。是夜三更時候，只聽得天上一聲響，如裂帛相似，正是西北乾方天門上。眾人看時，直豎金盤：兩頭尖，中間闊，又喚做「天門開」，又喚做「天眼開」，裡面毫光射人眼目，霞彩繚繞，從中間捲出一塊火來，如栲栳之形，直滾下虛皇壇來。那團火繞壇滾了一遭，竟鑽入正南地下去了。此時天眼已合，眾道士下壇來，宋江隨即叫人將鐵鍬鋤頭掘開泥土，根尋火塊。那地下掘不到三尺深淺，只見一個石碣，正面兩側，各有天書文字。有詩為證：

忠義英雄迴結台，感通上帝亦奇哉！
人間善惡皆招報，天眼何時不大開！

當下宋江且教化紙滿散（道場結束時的謝神儀式），平明，齋眾道士，各贈與金帛之物，以充襯資（賞賜錢）。方才取過石碣，看時，上面乃是龍章鳳篆蝌蚪之書，人皆不識。眾道士內有一人姓何，法諱玄通，對宋江說道：「小道家間祖上留下一冊文書，專能辨驗天書，那上面自古都是蝌蚪文字，以此貧道善能辨認，譯將出來，便知端的。」宋江聽了大喜，連忙捧過石碣，教何道士看了，良久說道：「此石都是義士大名鐫在上面：側首一邊是『替天行道』四字，一邊是『忠義雙全』四字；頂上皆有星辰南北二斗；下面卻是尊號。若不見責，當以從頭一一敷宣（宣揚）。」宋江道：「幸得高士指迷，緣分不淺，若蒙見教，實感大德。惟恐上天見責之言，請勿藏匿，萬望盡情剖露，休遺片言。」宋江喚過聖手書生蕭讓，用黃紙謄寫。何道士乃言前面有天書三十六行，皆是天罡星；背後也有天書七十二行，皆是地煞星，下面注著眾義士的姓名。觀看良久，教蕭讓從頭至後，盡數抄謄。石碣前面，書梁山泊天罡星（凶神）三十六員：

天魁星呼保義宋江　　天罡星玉麒麟盧俊義
天機星智多星吳用　　天閒星入雲龍公孫勝
天勇星大刀關勝　　天雄星豹子頭林沖
天猛星霹靂火秦明　　天威星雙鞭呼延灼
天英星小李廣花榮　　天貴星小旋風柴進

第七十一回
忠義堂石碣受天文　梁山泊英雄排座次

天富星撲天雕李應
天滿星美髯公朱仝
天孤星花和尚魯智深
天傷星行者武松
天立星雙槍將董平
天捷星沒羽箭張清
天暗星青面獸楊志
天祐星金槍手徐寧
天空星急先鋒索超
天速星神行太保戴宗
天異星赤髮鬼劉唐
天殺星黑旋風李逵
天微星九紋龍史進
天究星沒遮攔穆弘
天退星插翅虎雷橫
天壽星混江龍李俊
天劍星立地太歲阮小二
天平星船火兒張橫
天罪星短命二郎阮小五
天損星浪裡白條張順
天敗星活閻羅阮小七
天牢星病關索楊雄
天慧星拚命三郎石秀
天暴星兩頭蛇解珍
天哭星雙尾蠍解寶
天巧星浪子燕青

石碣背面，書地煞星（主凶之星）七十二員：

地魁星神機軍師朱武
地煞星鎮三山黃信
地勇星病尉遲孫立
地傑星醜郡馬宣贊
地雄星井木犴郝思文
地威星百勝將韓滔

地英星天目將彭玘
地奇星聖水將單廷珪
地猛星神火將魏定國
地文星聖手書生蕭讓
地正星鐵面孔目裴宣
地闊星摩雲金翅歐鵬
地闔星火眼狻猊鄧飛
地強星錦毛虎燕順
地暗星錦豹子楊林
地軸星轟天雷凌振
地會星神算子蔣敬
地佐星小溫侯呂方
地祐星賽仁貴郭盛
地靈星神醫安道全
地獸星紫髯伯皇甫端
地微星矮腳虎王英
地慧星一丈青扈三娘
地暴星喪門神鮑旭
地然星混世魔王樊瑞
地猖星毛頭星孔明
地狂星獨火星孔亮
地飛星八臂那吒項充
地走星飛天大聖李袞
地巧星玉臂匠金大堅
地明星鐵笛仙馬麟
地進星出洞蛟童威
地退星翻江蜃童猛
地滿星玉幡竿孟康
地遂星通臂猿侯健
地周星跳澗虎陳達
地隱星白花蛇楊春
地異星白面郎君鄭天壽
地理星九尾龜陶宗旺
地俊星鐵扇子宋清
地樂星鐵叫子樂和
地捷星花項虎龔旺
地速星中箭虎丁得孫
地鎮星小遮攔穆春

地稽星操刀鬼曹正　地魔星雲裡金剛宋萬
地妖星摸著天杜遷　地幽星病大蟲薛永
地伏星金眼彪施恩　地空星小霸王周通
地僻星打虎將李忠　地全星鬼臉兒杜興
地孤星金錢豹子湯隆　地角星獨角龍鄒潤
地短星出林龍鄒淵　地藏星笑面虎朱富
地囚星旱地忽律朱貴　地平星鐵臂膊蔡福
地損星一枝花蔡慶　地奴星催命判官李立
地察星青眼虎李雲　地惡星沒面目焦挺
地丑星石將軍石勇　地數星小尉遲孫新
地陰星母大蟲顧大嫂　地刑星菜園子張青
地壯星母夜叉孫二娘　地劣星活閃婆王定六
地健星險道神郁保四　地耗星白日鼠白勝
地賊星鼓上蚤時遷　地狗星金毛犬段景住

當時何道士辨驗天書，教蕭讓寫錄出來，讀罷，眾人看了，俱驚訝不已。宋江與眾頭領道：「鄙猥（鄙野猥瑣）小吏，原來上應星魁，眾多弟兄也原來都是一會（命運安排的聚會）之人。上天顯應，合當聚義。今已數足，上蒼分定位數，為大小二等。天罡地煞星辰，都已分定次序，眾頭領各守其位，各休爭執，不可逆了天言。」眾人皆道：「天地之意，物理數定，誰敢違拗？」宋江遂取黃金五十兩，酬謝何道士。其餘道眾收得經資，收拾醮器，四散下山去了。有詩為證：

月明風冷醮壇深，鸞鶴空中送好音。
地煞天罡排姓字，激昂忠義一生心。

且不說眾道士回家去了，只說宋江與軍師吳學究、朱武等計議，堂上要立一面牌額，大書「忠義堂」三字；斷金亭也換個大牌扁。前面冊立三關，忠義堂後建築雁台一座，頂上正面大廳一所，東西各設兩房。正廳供養（供奉）晁天王靈位。東邊房內，宋江、吳用、呂方、郭盛；西邊房內，盧俊義、公孫勝、孔明、孔亮。第二坡左一帶房內，朱武、黃信、孫立、蕭讓、裴宣；右一帶房內，戴宗、燕青、張清、安道全、皇甫端。忠義堂左邊，掌管錢糧倉廒收放，柴進、李應、蔣敬、凌振；右邊花榮、樊瑞、項充、李袞。山前南路第一關，解珍、解寶守把；第二關，魯智深、武松守把；第三關，朱仝、雷橫守把。東山一關，史進、劉唐守把；西山一關，楊雄、石秀守把；北山一關，穆弘、李逵守把。六關之外，置立八寨：有四旱寨，四水寨。正南旱寨，秦明、索超、歐鵬、鄧飛；正東旱寨，關勝、徐寧、宣贊、郝思文；正西旱寨，林沖、董平、單廷珪、魏定國；正北旱寨，呼延灼、楊志、韓滔、彭玘。東南水寨，李俊、阮小二；西南水寨，張橫、張順；東北水寨，阮小五、童威；西北水寨，阮小七、童猛。其餘各有執事。

從新置立旌旗等項，山頂上立一面杏黃旗，上書「替天行道」四字。忠義堂前繡字紅旗二面：一書「山東呼保義」，一書「河北玉麒麟」。外設飛龍飛虎旗、飛熊飛豹旗、青龍白虎旗、朱雀玄武旗，黃鉞白旄，青幡皂蓋，緋纓黑纛。中軍器械外，又有四斗五方旗、三才九曜旗、二十八宿旗、六十四卦旗、周天九宮八卦旗、一百二十四面鎮天旗。盡是侯健制造。金大堅鑄造兵符印信。一切完備，選定吉日良時，殺牛宰馬，祭獻天地神明，掛上忠義堂、斷金亭牌額，立起「替天行道」杏黃旗。

宋江當日大設筵宴，親捧兵符印信，頒布號令：「諸多大小兄弟，各各管領，悉宜遵守，毋得違誤，有傷義氣；如有故違不遵者，定依軍法治之，決不輕恕。」

計開：

梁山泊總兵都頭領二員：

呼保義宋江　玉麒麟盧俊義

掌管機密軍師二員：

智多星吳用　入雲龍公孫勝

同參贊軍務頭領一員：

神機軍師朱武

掌管錢糧頭領二員：

小旋風柴進　撲天雕李應

馬軍五虎將五員：

大刀關勝　豹子頭林沖　霹靂火秦明

雙鞭呼延灼　雙槍將董平

馬軍八虎騎兼先鋒使八員：

小李廣花榮　金槍手徐寧　青面獸楊志

急先鋒索超　沒羽箭張清　美髯公朱仝

九紋龍史進　沒遮攔穆弘

馬軍小彪將兼遠探出哨頭領一十六員：

鎮三山黃信　病尉遲孫立　醜郡馬宣贊

井木犴郝思文　百勝將韓滔　天目將彭玘

聖水將單廷珪　神火將魏定國　摩雲金翅歐鵬

火眼狻猊鄧飛　錦毛虎燕順　鐵笛仙馬麟

跳澗虎陳達　白花蛇楊春　錦豹子楊林
小霸王周通

步軍頭領一十員：

花和尚魯智深　行者武松　赤髮鬼劉唐
插翅虎雷橫　黑旋風李逵　浪子燕青
病關索楊雄　拚命三郎石秀　兩頭蛇解珍
雙尾蠍解寶

步軍將校一十七員：

混世魔王樊瑞　喪門神鮑旭　八臂那吒項充
飛天大聖李衮　病大蟲薛永　金眼彪施恩
小遮攔穆春　打虎將李忠　白面郎君鄭天壽
雲裡金剛宋萬　摸著天杜遷　出雲龍鄒淵
獨角龍鄒潤　花項虎龔旺　中箭虎丁得孫
沒面目焦挺　石將軍石勇

四寨水軍頭領八員：

混江龍李俊　船火兒張橫　浪裡白條張順

立地太歲阮小二　短命二郎阮小五　活閻羅阮小七

出洞蛟童威　翻江蜃童猛

四店打聽聲息邀接來賓頭領八員：

東山酒店　小尉遲孫新　母大蟲顧大嫂

西山酒店　菜園子張青　母夜叉孫二娘

南山酒店　旱地忽律朱貴　鬼臉兒杜興

北山酒店　催命判官李立　活閃婆王定六

總探聲息頭領一員：

神行太保戴宗

軍中走報機密步軍頭領四員：

鐵叫子樂和　鼓上蚤時遷

金毛犬段景住　　白日鼠白勝

守護中軍馬軍驍將二員：

小溫侯呂方　　賽仁貴郭盛

守護中軍步軍驍將二員：

毛頭星孔明　　獨火星孔亮

專管行刑劊子二員：

鐵臂膊蔡福　　一枝花蔡慶

專掌三軍內采事馬軍頭領二員：

矮腳虎王英　　一丈青扈三娘

掌管監造諸事頭領一十六員：

行文走檄調兵遣將一員　聖手書生蕭讓　定功賞罰軍政司一員
鐵面孔目裴宣　考算錢糧支出納入一員　神算子蔣敬
監造大小戰船一員　玉幡竿孟康　專造一應兵符印信一員
玉臂匠金大堅　專造一應旌旗袍襖一員　通臂猿侯健
專攻醫獸一應馬匹一員　紫髯伯皇甫端　專治諸疾內外科醫士一員
神醫安道全　監督打造一應軍器鐵甲一員　金錢豹子湯隆
專造一應大小號炮一員　轟天雷凌振　起造修緝房舍一員
青眼虎李雲　屠宰牛馬豬羊牲口一員　操刀鬼曹正
排設筵宴一員　鐵扇子宋清　監造供應一切酒醋一員
笑面虎朱富　監築梁山泊一應城垣一員　九尾龜陶宗旺
專一把捧帥字旗一員　險道神郁保四

宣和二年四月初一日，梁山泊大聚會，分調人員告示。

當日梁山泊宋公明傳令已了，分調眾頭領已定，各各領了兵符印信，筵宴已畢，人皆大醉，眾頭領各歸所撥寨分，中間有未定執事者，都於雁台前後駐紮聽調。有篇言語，單道梁山泊的好處，怎見得：

八方共域，異姓一家。天地顯罡煞之精，人境合傑靈之美。千里面朝夕相見，一寸心死生可同。相貌語言，南北東西雖各別；心情肝膽，忠誠信義並無差。其人則有帝子神孫，富豪將吏，並三教九流，乃至獵戶漁人，屠兒劊子，都一般兒哥弟稱呼，不分貴賤；且又有同胞手足，捉對夫妻，與叔侄郎舅，以及跟隨主僕，爭斗冤仇，皆一樣的酒筵歡樂，無問親疏。或精靈，或粗魯，或村樸，或風流，何嘗相礙，果然識性同居；或筆舌，或刀槍，或奔馳，或偷騙，各有偏長，真是隨才器使。可恨的是假文墨，沒奈何著一個聖手書生，聊存風雅；最惱的是大頭巾，幸喜得先殺卻白衣秀士，洗盡酸慳（寒酸慳吝）。地方四五百里，英雄一百八人。昔時常說江湖上聞名，似古樓鐘聲聲傳播；今日始知星辰中列姓，如念珠子個個連牽。在晁蓋恐托膽稱王，歸天及早；惟宋江肯呼群保義，把寨為頭。休言嘯聚（互相招呼著聚合起來）山林，早願瞻依廊廟（朝廷）。

梁山泊忠義堂上號令已定，各各遵守。宋江揀了吉日良時，焚一爐香，鳴鼓聚眾，都到堂上。宋江對眾道：「今非昔比，我有片言。今日既是天罡地曜相會，必須對天盟誓，各無異心，死生相托，患難相扶，一同保國安民。」眾皆大喜。各人拈香已罷，一齊跪在堂上，宋江為首誓曰：「宋江鄙猥小吏，無學無能，荷天地之蓋載，感日月之照臨，聚弟兄於梁山，結英雄於水泊，共一百八人，上符天數，下合人心。自今已後，若是各人存心不仁，削絕大義，萬望天地行誅，神人共戮，萬世不得人身，億載永沉末劫。但願共存忠義於心，同著功勳於國，替天行道，保境安民。神天鑑察，報應昭彰。」誓畢，眾皆同聲共願，但願生生相會，世世相逢，永無斷阻。當日歃血誓盟，盡醉方散。看官聽說，這裡方才是梁山泊大聚義處，有詩為證：

光耀飛離土窟間，天罡地煞降塵寰。

說時豪氣侵肌冷，講處英雄透膽寒。

仗義疏財歸水泊，報仇雪恨上梁山。

堂前一卷天文字，休與諸公仔細看。

起頭分撥已定，話不重言。原來泊子裡好漢，但閒便下山，或帶人馬，或只是數個頭領各自取路去。途次中若是客商車輛人馬，任從經過；若是上任官員，箱裡搜出金銀來時，全家不留，所得之物，解送山寨，納庫公用，其餘些小，就便分了。折莫便是百十里，三二百里，若有錢糧廣積害民的大戶，便引人去公然搬取上山，誰敢阻當。但打聽得有那欺壓良善暴富小人，積攢得些家私，不論遠近，令人便去盡數收拾上山。如此之為，大小何止千百餘處。為是無人可以當抵，又不怕你叫起撞天屈來，因此不曾顯露，所以無有話說。

再說宋江自盟誓之後，一向不曾下山，不覺炎威已過，又早秋涼，重陽節近。宋江便叫宋清安排大筵席，會眾兄弟同賞菊花，喚做「菊花之會」。但有下山的兄弟們，不論遠近，都要招回寨來赴筵。至日，肉山酒海，先行給散馬步水三軍一應小頭目人等，各令自去打團兒吃酒。且說忠義堂上遍插菊花，各依次坐，分頭把盞。堂前兩邊篩鑼擊鼓，大吹大擂，語笑喧嘩，觥籌交錯，眾頭領開懷痛飲。馬麟品簫，樂和唱曲，燕青彈箏，各取其樂。不覺日暮，宋江大醉，叫取紙筆來，一時乘著酒興，作滿江紅一詞。寫畢，令樂和單唱這首詞，道是：

喜遇重陽，更佳釀今朝新熟。見碧水丹山，黃蘆苦竹。頭上盡教添白發，鬢邊不可無黃菊。願樽前長敘弟兄情，如金玉。統豺虎，御邊幅（領土幅員）；號令明，軍威肅。中心願平虜，保民安國。日月常懸忠烈膽，風塵障卻奸邪目。望天王降詔，早招安，心方足。

樂和唱這個詞，正唱到「望天王降詔，早招安」，只見武松叫道：「今日也要招安去，冷了弟兄們的心！」黑旋風便睜圓怪眼，大叫道：「招安，招安，招甚鳥安！」只一腳，把桌子踢起，攧做粉碎。宋江大喝道：「這黑廝怎敢如此無禮？左右與我推去，斬訖報來！」眾人都跪下告道：「這人酒後發狂，哥哥寬恕。」宋江答道：「眾賢弟請起，且把這廝監下。」眾人皆喜。有幾個當刑小校，向前來請李逵。李逵道：「你怕我敢掙扎！哥哥殺我也不怨，剮我也不恨，除了他，天也不怕。」說了，便隨著小校去監房裡睡。宋江聽了他說，不覺酒醒，忽然發悲。吳用勸道：「兄長既設此會，人皆歡樂飲酒，他是個粗魯的人，一時醉後衝撞，何必掛懷，且陪眾兄弟盡此一樂。」宋江道：「我在江州，醉後誤吟了反詩，得他氣力來，今日又作滿江紅詞，險些兒壞了他性命！早是得眾兄弟諫救了。他與我身上情分最重，因此潸然淚下。」便叫武松：「兄弟，你也是個曉事的人，我主張招安，要改邪歸正，為國家臣子，如何便冷了眾人的心？」魯智深便道：「只今滿朝文武，多是奸邪，蒙蔽聖聰（皇帝明察），就比俺的直裰染做皂了，洗殺怎得乾淨？招安不濟事，便拜辭了，明日一個個各去尋趁（自找生活門路）罷。」宋江道：「眾弟兄聽說：今皇上至聖至明，只被奸臣閉塞，暫時昏昧，有日雲開見日，知我等替天行道，不擾良民，赦罪招安，同心報國，青史留名，有何不美！因此只願早早招安，別無他意。」眾皆稱謝不已。當日飲酒，終不暢懷，席散各回本寨。

次日清晨，眾人來看李逵時，尚兀自未醒，眾頭領睡裡喚起來說道：「你昨日大醉，罵了哥哥，今日要殺你。」李逵道：「我夢裡也不敢罵他！他要殺我時，便由他殺了罷。」眾弟兄引著李逵，去堂上見宋江請罪。宋江喝道：「我手下許多人馬，都似你這般無禮，不亂了法度？且看眾兄弟之面，寄下你項上一刀，再犯必不輕恕。」李逵喏喏連聲而退，眾人皆散。

一向無事，漸近歲終。那一日久雪初晴，只見山下有人來報，離寨七八里，拿得萊州解燈上東京去的一行人，在關外聽候將令。宋江道：「休要執縛，好生叫上關來。」沒多時，解到堂前：兩個公人，八九個燈匠，五輛車子。為頭的這一個告道：「小人是萊州承差公人，這幾個都是燈匠。年例：東京著落本州，要燈三架，今年又添兩架，乃是玉棚玲瓏九華燈。」宋江隨即賞與酒食，叫取出燈來看。那做燈匠人將那玉棚燈掛起，安上四邊結帶，上下通計九九八十一盞，從忠義堂上掛起，直垂到地。宋江道：「我本待都留了你的，惟恐教你吃苦，不當穩便，只留下這碗九華燈在此，其餘的你們自解官去。酬煩之資，白銀二十兩。」眾人再拜，懇謝不已，下山去了。

宋江教把這碗燈點在晁天王孝堂內。次日，對眾頭領說道：「我生長在山東，不曾到京師，聞知今上大張燈火，與民同樂，慶賞元宵，自冬至後，便造起燈，至今才完。我如今要和幾個兄弟私去看燈一遭便回。」吳用諫道：「不可，如今東京做公的最多，倘有疏失，如之奈何！」宋江道：「我日間只在客店裡藏身，夜晚入城看燈，有何慮焉？」眾人苦諫不住，宋江堅執要行。正是猛虎直臨丹鳳闕，殺星夜犯臥牛城（開封府）。畢竟宋江怎地去東京看燈，且聽下回分解。

第七十二回

柴進簪花入禁苑　李逵元夜鬧東京

話說當日宋江在忠義堂上分撥去看燈人數：「我與柴進一路，史進與穆弘一路，魯智深與武松一路，朱仝與劉唐一路。只此四路人去，其餘盡數在家守寨。」李逵便道：「說東京好燈，我也要去走一遭。」宋江道：「你如何去得？」李逵守死要去，那裡執拗得他住。宋江道：「你既然要去，不許你惹事，打扮做伴當跟我。」就叫燕青也走一遭，專和李逵作伴。

看官聽說，宋江是個文面的人，如何去得京師？原來卻得神醫安道全上山之後，卻把毒藥與他點去了，後用好藥調治，起了紅疤；再要良金美玉，碾為細末，每日塗搽，自然消磨去了。那醫書中說：「美玉滅斑」，正此意也。

當日先叫史進、穆弘扮作客人去了，次後便使魯智深、武松，扮作行腳僧行去了，再後宋江、朱仝、劉唐，也扮做客商去了。各人挎腰刀，提朴刀，都藏暗器，不必得說。

且說宋江與柴進扮作閒涼官，再叫戴宗扮作承局，也去走一遭，有些緩急，好來飛報。李逵、燕青扮伴當，各挑行李下山，眾頭領都送到金沙灘餞行。軍師吳用再三吩咐李逵道：「你閒常下山，好歹惹事，今番和哥哥去東京看燈，非比閒時，路上不要吃酒，十分小心在意，使不得往常性格。若有衝撞，弟兄們不好廝見，難以相聚了。」李逵道：「不索軍師憂心，我這一遭並不惹事。」相別了，取路登程，抹過濟州，路經滕州，取單州，上曹州來，前望東京萬壽門外，尋一個客店安歇下了。

宋江與柴進商議，此是正月十一日的話，宋江道：「明日白日裡，我斷然不敢入城，直到正月十四日夜，人物喧嘩，此時方可入城。」柴進道：「小弟明日先和燕青入城中去探路一遭。」宋江道：「最好。」次日，柴進穿一身整整齊齊的衣服，頭上巾幘新鮮，腳下鞋襪乾淨；燕青打扮，更是不俗。兩個離了店肆，看城外人家時，家家熱鬧，戶戶喧嘩，都安排慶賞元宵，各作賀太平風景。來到城門下，沒人阻當，果然好座東京去處。怎見得：

州名汴水，府號開封。逶迤按吳、楚之邦，延亙連齊、魯之境。山河形勝，水陸要衝。禹畫為豫州，周封為鄭地。層疊臥牛之勢，按上界戊己中央；崔嵬伏虎之形，象周天二十八宿。金明池上三春柳，小苑城邊四季花。十萬里魚龍變化之鄉，四百座軍州輻輳（聚集）之地。靄靄祥雲籠紫閣，融融瑞氣照樓台。

當下柴進、燕青兩個入得城來，行到御街上，往來觀玩，轉過東華門外，見往來錦衣花帽之人，紛紛濟濟，各有服色，都在茶坊酒肆中坐地。柴進引著燕青，徑上一個小小酒樓，臨街占個閣子，憑欄望時，見班直人等多從內裡出入，幞頭邊各簪翠葉花一朵。柴進喚燕青，附耳低言，你與我如此如此。燕青是個點頭會意的人，不必細問，火急下樓。出得店門，恰好迎著個老成的班直官，燕青唱個喏。那人道：「面生並不曾相識。」燕青說道：「小人的東人和觀察（衙役）是故交，特使小人來相請。」原來那班直姓王，燕青道：「莫非足下是張觀察？」那人道：「我自姓王。」燕青隨口應道：

第七十二回
柴進簪花入禁苑　李逵元夜鬧東京

「正是教小人請王觀察，貪慌（著急）忘記了。」那王觀察跟隨著燕青來到樓上，燕青揭起簾子，對柴進道：「請到王觀察來了。」燕青接了手中執色，柴進邀入閣兒裡相見，各施禮罷，王班直看了柴進半晌，卻不認得，說道：「在下眼拙，失忘了足下，適蒙呼喚，願求大名。」柴進笑道：「小弟與足下童稚之交，且未可說，兄長熟思之。」一壁便叫取酒肉來，與觀察小酌。酒保安排到肴饌果品，燕青斟酒，殷勤相勸。酒至半酣，柴進問道：「觀察頭上這朵翠花何意？」那王班直道：「今上天子慶賀元宵，我們左右內外共有二十四班，通類有五千七八百人，每人皆賜衣襖一領，翠葉金花一枝，上有小小金牌一個，鑿著『與民同樂』四字，因此每日在這裡聽候點視。如有宮花錦襖，便能勾入內裡去。」柴進道：「在下卻不省得。」又飲了數杯，柴進便叫燕青：「你自去與我旋一杯熱酒來吃。」無移時，酒到了，柴進便起身與王班直把盞道：「足下飲過這杯小弟敬酒，方才達知姓氏。」王班直道：「在下實想不起，願求大名。」王班直拿起酒來，一飲而盡。恰才吃罷，口角流涎，兩腳騰空，倒在凳上。柴進慌忙去了巾幘、衣服、靴襪，卻脫下王班直身上錦襖、踢串、鞋胯之類，從頭穿了，戴上花帽，拿了執色，吩咐燕青道：「酒保來問時，只說這觀察醉了，那官人未回。」燕青道：「不必吩咐，自有道理支吾。」

且說柴進離了酒店，直入東華門去看那內庭時，真乃人間天上，但見：

祥雲籠鳳闕，瑞靄罩龍樓。琉璃瓦砌鴛鴦，龜背簾垂翡翠。正陽門徑通黃道，長朝殿端拱紫垣。渾儀台占算星辰，待漏院班分文武。牆塗椒粉，絲絲綠柳拂飛甍；殿繞欄楯，簇簇紫花迎步輦。恍疑身在蓬萊島，彷彿神遊兜率天（佛教語，受樂知足，而生歡喜之心）。

柴進去到內裡，但過禁門，為有服色，無人阻當，直到紫宸殿，轉過文德殿，殿門各有金鎖鎖著，不能勾進去。且轉過凝暉殿，從殿邊轉將入去，到一個偏殿，牌上金書「睿思殿」三字，此是官家看書之處。側首開著一扇朱紅槅子，柴進閃身入去看時，見正面鋪著御座，兩邊幾案上放著文房四寶：象管筆、花箋、龍墨、端硯。書架上盡是群書，各插著牙簽。正面屏風上，堆青疊綠畫著山河社稷混一之圖。轉過屏風後面，但見素白屏風上御書四大寇姓名，寫著道：

山東宋江　淮西王慶　河北田虎　江南方臘

柴進看了四大寇姓名，心中暗忖道：「國家被我們擾害，因此時常記心，寫在這裡。」便去身邊拔出暗器，正把「山東宋江」那四個字刻將下來，慌忙出殿，隨後早有人來。柴進便離了內苑，出了東華門，回到酒樓上看那王班直時，尚未醒來，依舊把錦衣、花帽、服色等項，都放在閣兒內。柴進還穿了依舊衣服，喚燕青和酒保計算了酒錢，剩下十數貫錢，就賞了酒保。臨下樓來吩咐道：「我和王觀察是弟兄。恰才他醉了，我替他去內裡點名了回來，他還未醒。我卻在城外住，恐怕誤了城門，剩下錢都賞你，他的服色號衣都在這裡。」酒保道：「官人但請放心，男女（奴僕自稱）自伏侍。」柴進、燕青離得酒店，徑出萬壽門去了。王班直到晚起來，見了服色、花帽都有，但不知是何意。酒保說柴進的話，王班直似醉如痴，回到家中。次日有人來說：「睿思殿上不見『山東宋江』四個字，今日各門好生把得鐵桶般緊，出入的人，都要十分盤詰。」王班直情知是了，那裡敢說。

再說柴進回到店中，對宋江備細說內宮之中，取出御書大寇「山東宋江」四字，與宋江看罷，嘆息不已。十四日黃昏，明月從東而起，天上並無雲翳，宋江、柴進扮作閒涼官，戴宗扮作承局，燕青扮為小閒，只留李逵看房。四個人雜在社火隊裡，取路哄入封丘門來，遍玩六街三市，果然夜暖風和，正好游戲。轉過馬行街來，家家門前紮縛燈棚，賽懸燈火，照耀如同白日，正是樓台上下火照火，車馬往來人看人。四個轉過御街，見兩行都是煙月牌（妓院的招牌），來到中間，見一家外懸青布幕，裡掛斑竹簾，兩邊盡是碧紗窗，外掛兩面牌，牌上各有五個字，寫道：「歌舞神仙女，風流花月魁。」宋江見了，便入茶坊裡來吃茶，問茶博士道：「前面角妓是誰家？」茶博士道：「這是東京上廳行首（妓院的名妓），喚做李師師。」宋江道：「莫不是和今上打得熱的。」茶博士道：「不可高聲，耳目覺近。」宋江便喚燕青，附耳低言道：「我要見李師師一面，暗裡取事，你可生個婉曲入去，我在此間吃茶等你。」宋江自和柴進、戴宗在茶坊裡吃茶。

卻說燕青徑到李師師門首，揭開青布幕，掀起斑竹簾，轉入中門，見掛著一碗鴛鴦燈，下面犀皮香桌兒上，放著一個博山古銅香爐，爐內細細噴出香來。兩壁上掛著四幅名人山水畫，下設四把犀皮一字交椅。燕青見無人出來，轉入天井裡面，又是一個大客位，設著三座香楠木雕花玲瓏小床，鋪著落花流水紫錦褥，懸掛一架玉棚好燈，擺著異樣古董。燕青微微咳嗽一聲，只見屏風背後轉出一個丫鬟來，見燕青道個萬福，便問燕青：「哥哥高姓？那裡來？」燕青道：「相煩姐姐請媽媽（老鴇）出來，小閒自有話說。」梅香（婢女）入去不多時，轉出李媽媽來，燕青請他坐了，納頭四拜。李媽媽道：「小哥高姓？」燕青答道：「老娘忘了，小人是張乙的兒子張閒的便是，從小在外，今日方歸。」原來世上姓張姓李姓王的最多，那虔婆思量了半晌，又是燈下，認人不仔細，猛然省起，叫道：「你不是太平橋下小張閒麼？你那裡去了，許多時不來？」燕青道：「小人一向不在家，不得來相望。如今伏侍個山東客人，有的是家私，說不能盡。他是個燕南河北第一個有名財主，今來此間：一者就賞元宵，二者來京師省親，三者就將貨物在此做買賣，四者要求見娘子一面。怎敢說來宅上出入，只求同席一飲，稱心滿意。不是小閒賣弄，那人實有千百兩金銀，欲送與宅上。」那虔婆是個好利之人，愛的是金資，聽得燕青這一席話，便動了念頭，忙叫李師師出來，與燕青廝見。燈下看時，端的好容貌。燕青見了，納頭便拜，有詩為證：

芳年聲價冠青樓，玉貌花顏是罕儔。
共羨至尊曾貼體，何慚壯士便低頭。

那虔婆說與備細，李師師道：「那員外如今在那裡？」燕青道：「只在前面對門茶坊裡。」李師師便道：「請過寒舍拜茶。」燕青道：「不得娘子言語，不敢擅進。」虔婆道：「快去請來。」燕青徑到茶坊裡，耳邊道了消息，戴宗取些錢，還了茶博士，三人跟著燕青，徑到李師師家內。入得中門，相接請到大客位裡，李師師斂手向前動問起居道：「適間張閒多談大雅，今辱左顧，綺閣生光。」宋江答道：「山僻村野，孤陋寡聞，得睹花容，生平幸甚。」李師師便邀請坐，又看著柴進問道：「這位官人，是足下何人？」宋江道：「此是表弟葉巡檢。」就叫戴宗拜了李師師。宋江、柴進居左，客席而坐；李師師右邊，主位相陪。奶子（奶媽）捧茶至，李師師親手與宋江、柴進、戴宗、燕青換盞，不必說那盞茶的香味。茶罷，收了盞托，欲敘行藏，只見奶子來報：「官家來到後面。」李師師道：「其實不敢相留，來日駕幸上清宮，必然不來，卻請諸位到此，少敘三杯。」宋江喏喏連聲，帶了三人便行。出得李師師門來，穿出小御街，徑投天漢橋來看鰲山。正打從樊樓前過，聽得樓上笙簧聒耳，鼓樂喧天，燈火凝眸，游人似蟻。宋江、柴進也上樊樓，尋個閣子坐下，取些酒食肴饌，也在樓上賞燈飲酒。吃不到數杯，只聽得隔壁閣子內有人作歌道：

浩氣衝天貫斗牛，英雄事業未曾酬。
手提三尺龍泉劍，不斬奸邪誓不休！

宋江聽得，慌忙過來看時，卻是九紋龍史進、沒遮攔穆弘，在閣子內吃得大醉，口出狂言。宋江走近前去喝道：「你這兩個兄弟嚇殺我也！快算還酒錢，連忙出去！早是遇著我，若是做公的聽得，這場橫禍不小。誰想你這兩個兄弟也這般無知粗糙！快出城，不可遲滯。明日看了正燈，連夜便回，只此十分好了，莫要弄得撅撒了！」史進、穆弘默默無言，便叫酒保算還了酒錢。兩個下樓，取路先投城外去了。宋江與柴進四人微飲三杯，少添春色，戴宗計算還了酒錢，四人拂袖下樓，逕往萬壽門，來客店內敲門。李逵困眼睜開，對宋江道：「哥哥不帶我來也罷了，既帶我來，卻教我看房，悶出鳥來。你們都自去快活！」宋江道：「為你生性不善，面貌醜惡，不爭帶你入城，只恐因而惹禍。」李逵便道：「你不帶我去便了，何消得許多推故！幾曾見我那裡嚇殺了別人家小的大的！」宋江道：「只有明日十五日這一夜帶你入去，看罷了正燈，連夜便回。」李逵呵呵大笑。

過了一夜，次日正是上元節候，天色晴明得好。看看傍晚，慶賀元宵的人不知其數，古人有篇絳都春單道元宵景致：

融和初報，乍瑞靄霽色，皇都春早。翠幰競飛，玉勒爭馳，都聞道鰲山彩結蓬萊島。向晚色，雙龍銜照。絳霄樓上，彤芝蓋底，仰瞻天表。縹緲風傳帝樂，慶玉殿共賞，群仙同到。迤邐御香，飄滿人間開嬉笑。一點星球小（曙光乍現，群星漸隱），漸隱隱鳴梢聲杳。游人月下歸來，洞天未曉（達官貴人的殿堂仍然燈火輝煌）。

第七十二回
柴進簪花入禁苑　李逵元夜鬧東京

當夜宋江與同柴進，依前扮作閒涼官，引了戴宗、李逵、燕青，五個人徑從萬壽門來。是夜雖無夜禁，各門頭目軍士全副披掛，都是戎裝掛帶，弓弩上弦，刀劍出鞘，擺布得甚是嚴整。高太尉自引鐵騎馬軍五千，在城上巡禁。宋江等五個向人叢裡挨挨搶搶，直到城裡，先喚燕青，附耳低言：「與我如此如此，只在夜來茶坊裡相等。」燕青徑往李師師家扣門，李媽媽、李行首都出來接見燕青，便說道：「煩達員外休怪，官家不時間來此私行，我家怎敢輕慢。」燕青道：「主人再三上覆媽媽，啟動了花魁娘子，山東海僻之地，無甚希罕之物，便有些出產之物，將來也不中意，只教小人先送黃金一百兩，權當人事；隨後別有罕物，再當拜送。」李媽媽問道：「如今員外在那裡？」燕青道：「只在巷口等小人送了人事，同去看燈。」世上虔婆愛的是錢財，見了燕青取出那火炭也似金子兩塊，放在面前，如何不動心！便道：「今日上元佳節，我子母們卻待家筵數杯，若是員外不棄，肯到貧家少敘片時……」燕青道：「小人去請，無有不來。」說罷，轉身回到茶坊，說與宋江這話了，隨即都到李師師家。宋江教戴宗同李逵只在門前等。

三個人入到裡面大客位裡，李師師接著，拜謝道：「員外識荊之初，何故以厚禮見賜，卻之不恭，受之太過。」宋江答道：「山僻村野，絕無罕物，但送些小微物，表情而已，何勞花魁娘子致謝。」李師師邀請到一個小小閣兒裡，分賓坐定，奶子、侍婢捧出珍異果子，濟楚菜蔬，希奇案酒，甘美肴饌，盡用錠器，擺一春台。李師師執盞向前拜道：「夙世有緣，今夕相遇二君，草草杯盤，以奉長者。」宋江道：「在下山鄉雖有貫伯浮財，未曾見如此富貴，花魁的風流聲價，播傳寰宇，求見一面，如登天之難，何況親賜酒食。」李師師道：「員外獎譽太過，何敢當此。」都勸罷酒，叫奶子將小小金杯巡篩。但是李師師說些街市俊俏的話，皆是柴進回答，燕青立在邊頭和哄取笑。

酒行數巡，宋江口滑，揎拳裸袖，點點指指，把出梁山泊手段來。柴進笑道：「我表兄從來酒後如此，娘子勿笑。」李師師道：「各人稟性何傷。」丫鬟說道：「門前兩個伴當。一個黃髭鬚，且是生得怕人，在外面喃喃吶吶地罵。」宋江道：「與我喚他兩個入來。」只見戴宗引著李逵到閣子裡。李逵看見宋江、柴進與李師師對坐飲酒，自肚裡有五分沒好氣，圓睜怪眼，直瞅他三個。李師師便問道：「這漢是誰？恰像土地廟裡對判官立地的小鬼。」眾人都笑，李逵不省得他說。宋江答道：「這個是家生（仍當奴婢的奴婢子女）的孩兒小李。」李師師笑道：「我倒不打緊，辱沒了太白學士。」宋江道：「這廝卻有武藝，挑得三二百斤擔子，打得三五十人。」李師師叫取大銀賞鍾，各與三鍾，戴宗也吃三鍾。燕青只怕他口出訛言，先打抹他和戴宗依先去門前坐地。宋江道：「大丈夫飲酒，何用小杯！」就取過賞鍾，連飲數鍾。李師師低唱蘇東坡大江東去詞。宋江乘著酒興，索紙筆來，磨得墨濃，蘸得筆飽，拂開花箋，對李師師道：「不才亂道一詞，盡訴胸中郁結，呈上花魁尊聽。」當時宋江落筆，遂成樂府詞一首，道是：

天南地北，問乾坤何處可容狂客？借得山東煙水寨，來買鳳城春色。翠袖圍香，絳綃籠雪，一笑千金值。神仙體態，薄幸如何消得？想蘆葉灘頭，蓼花汀畔，皓月空凝碧。六六雁行連八九（三十六天罡和七十二地煞是結義的異姓兄弟姐妹），只等金雞消息。義膽包天，忠肝蓋地，四海無人識。離愁萬種，醉鄉一夜頭白。

寫畢，遞與李師師反覆看了，不曉其意。宋江只要等他問其備細，卻把心腹衷曲之事告訴，只見奶子來報：「官家從地道中來至後門。」李師師忙道：「不能遠送，切乞恕罪。」自來後門接駕，奶子、丫鬟連忙收拾過了杯盤什物，扛過台桌，灑掃亭軒。宋江等都未出來，卻閃在黑暗處，張見李師師拜在面前。奏道：「起居聖上龍體勞困。」只見天子頭戴軟紗唐巾，身穿滾龍袍，說道：「寡人今日幸上清宮方回，教太子在宣德樓賜萬民御酒，令御弟在千步廊買市（設立臨時市集，犒賞百姓），約下楊太尉，久等不至，寡人自來，愛卿近前與朕攀話。」宋江在黑地裡說道：「今番挫過，後次難逢，俺三個就此告一道招安赦書，有何不好！」柴進道：「如何使得？便是應允了，後來也有翻變。」三個正在黑影裡商量。

卻說李逵見了宋江、柴進和那美色婦人吃酒，卻教他和戴宗看門，頭上毛髮倒豎起來，一肚子怒氣正沒發付處，只見楊太尉揭起簾幕，推開扇門，徑走入來，見了李逵，喝問道：「你這廝是誰？敢在這裡？」李逵也不回應，提起把交椅，望楊太尉劈臉打來。楊太尉倒吃了一驚，措手不及，兩交椅打翻地下。戴宗便來救時，那裡攔當得住。李逵扯下幅畫來，就蠟燭上點著，東淬西淬，一面放火，香桌椅凳，打得粉碎。宋江等三個聽得，趕出來看時，見黑旋風褪下半截衣裳，正在那裡行凶。四個扯出門外去時，李逵就街上奪條棒，直打出小御街來。宋江見他性起，只得和柴進、戴宗先趕出城，恐關了禁門，脫身不得，只留燕青看守著他。李師師家火起，驚得趙官家（趙姓皇帝）一道煙走了。鄰佑人等一面救火，一面救起楊太尉，這話都不必說。

城中喊起殺聲，震天動地。高太尉在北門上巡警，聽得了這話，帶領軍馬，便來追趕。燕青伴著李逵，正打之間，撞著穆弘、史進，四人各執槍棒，一齊助力，直打到城邊。把門軍士急待要關門，外面魯智深輪著鐵禪杖，武行者使起雙戒刀，朱仝、劉唐手拈著朴刀，早殺入城來，救出裡面四個。方才出得城門，高太尉軍馬恰好趕到城外來。八個頭領不見宋江、柴進、戴宗，正在那裡心慌。原來軍師吳用已知此事，定教大鬧東京，克時定日，差下五員虎將，引領帶甲馬軍一千騎，是夜恰好到東京城外等接，正逢著宋江、柴進、戴宗三人，帶來的空馬，就教上馬，隨後眾人也到。正都上馬時，於內不見了李逵。高太尉軍馬要衝將出來。宋江手下的五虎將：關勝、林沖、秦明、呼延灼、董平突到城邊，立馬於濠塹上，大喝道：「梁山泊好漢全伙在此！早早獻城（交出城池），免汝一死！」高太尉聽得，那裡敢出城來，慌忙教放下吊橋，眾軍上城提防。宋江便喚燕青吩咐道：「你和黑廝最好，你可略等他一等，隨後與他同來。我和軍馬眾將先回，星夜還寨，恐怕路上別有枝節（意想不到的事情）。」

不說宋江等軍馬去了。且說燕青立在人家房簷下看時，只見李逵從店裡取了行李，拿著雙斧，大吼一聲，跳出店門，獨自一個，要去打這東京城池。正是聲吼巨雷離店肆，手提大斧劈城門。畢竟黑旋風李逵怎地去打城，且聽下回分解。

第七十二回

柴進簪花入禁苑　李逵元夜鬧東京

第七十三回

黑旋風喬捉鬼　梁山泊雙獻頭

話說當下李逵從客店裡搶將出來，手搦雙斧，要奔城邊劈門，被燕青抱住腰胯，只一跤，攧個腳朝天。燕青拖將起來，望小路便走，李逵只得隨他。為何李逵怕燕青？原來燕青小廝撲天下第一，因此宋公明著令燕青相守李逵。李逵若不隨他，燕青小廝撲，手到一跤。李逵多曾著他手腳，以此怕他，只得隨順。燕青和李逵不敢從大路上走，恐有軍馬追來，難以抵敵，只得大寬轉奔陳留縣路來。李逵再穿上衣裳，把大斧藏在衣襟底下，又因沒了頭巾，卻把焦黃髮分開，綰做兩個丫髻。行到天明，燕青身邊有錢，村店中買些酒肉吃了，拽開腳步趲行。次日天曉，東京城中好場熱鬧，高太尉引軍出城，追趕不上自回。李師師只推不知，楊太尉也自歸家將息，抄點城中被傷人數，計有四五百人，推倒跌損者，不計其數。高太尉會同樞密院童貫，都到太師府商議，啟奏早早調兵剿捕。

且說李逵和燕青兩個，在路行到一個去處，地名喚做四柳村。不覺天晚，兩個便投一個大莊院來，敲開門，直進到草廳上。莊主狄太公出來迎接，看見李逵綰著兩個丫髻，卻不見穿道袍。面貌生得又醜，正不知是甚麼人。太公隨口問燕青道：「這位是那裡來的師父？」燕青笑道：「這師父是個蹺蹊人，你們都不省得他。胡亂趁些晚飯吃，借宿一夜，明日早行。」李逵只不做聲。太公聽得這

第七十三回

黑旋風喬捉鬼　梁山泊雙獻頭

話，倒地便拜李逵，說道：「師父，可救弟子則個。」李逵道：「你要我救你甚事，實對我說。」那太公道：「我家一百餘口，夫妻兩個，嫡親止有一個女兒，年二十餘歲，半年之前，著了一個邪祟，只在房中，茶飯並不出來討吃。若還有人去叫他，磚石亂打出來，家中人都被他打傷了，累累請將法官（巫師道士）來，也捉他不得。」李逵道：「太公，我是薊州羅真人的徒弟，會得騰雲駕霧，專能捉鬼，你若捨得東西，我與你今夜捉鬼。如今先要一豬一羊祭祀神將。」太公道：「豬羊我家盡有，酒自不必得說。」李逵道：「你揀得膘肥的宰了，爛煮將來，好酒更要幾瓶，便可安排，今夜三更與你捉鬼。」太公道：「師父如要書符紙札，老漢家中也有。」李逵道：「我的法只是一樣，都沒什麼鳥符，身到房裡，便揪出鬼來。」燕青忍笑不住。老兒只道他是好話，安排了半夜，豬羊都煮得熟了，擺在廳上。李逵叫討十個大碗，滾熱酒十瓶，做一巡篩，明晃晃點著兩枝蠟燭，焰騰騰燒著一爐好香。李逵掇條凳子，坐在當中，並不念甚言語。腰間拔出大斧，砍開豬羊，大塊價扯將下來吃。又叫燕青道：「小乙哥，你也來吃些。」燕青冷笑，那裡肯來吃。李逵吃得飽了，飲過五六碗好酒，看得太公呆了。李逵便叫眾莊客：「你們都來散福。」拈指間散了殘肉。李逵道：「快舀桶湯來，與我們洗手洗腳。」無移時，洗了手腳，問太公討茶吃了。又問燕青道：「你曾吃飯也不曾？」燕青道：「吃得飽了。」李逵對太公道：「酒又醉，肉又飽，明日要走路程（趕路），老爺們去睡。」太公道：「卻是苦也！這鬼幾時捉得？」李逵道：「你真個要我捉鬼，著人引我到你女兒房裡去。」太公道：「便是神道如今在房中，磚石亂打出來，誰人敢去？」

李逵拔兩把板斧在手，叫人將火把遠遠照著。李逵大踏步直搶到房邊，只見房內隱隱的有燈。李逵把眼看時，見一個後生摟著一個婦人在那裡說話。李逵一腳踢開了房門，斧到處，只見砍得火光爆散，霹靂交加。定睛打一看時，原來把燈盞砍翻了。那後生卻待要走，被李逵大喝一聲，斧起處，早把後生砍翻。這婆娘便鑽入床底下躲了。李逵把那漢子先一斧砍下頭來，提在床上，把斧敲著床邊喝道：「婆娘，你快出來。若不鑽出來時，和床都剁的粉碎。」婆娘連聲叫道：「你饒我性命，我出來。」卻才鑽出頭來，被李逵揪住頭髮，直拖到死屍邊問道：「我殺的那廝是誰？」婆娘道：「是我姦夫王小二。」李逵又問道：「磚頭飯食，那裡得來？」婆娘道：「這是我把金銀頭面與他，三二更從牆上運將入來。」李逵道：「這等腌臢婆娘，要你何用！」揪到床邊，一斧砍下頭來，把兩個人頭拴做一處，再提婆娘屍首和漢子身屍相並，李逵道：「吃得飽，正沒消食處。」就解下上半截衣裳，拿起雙斧，看著兩個死屍，一上一下，恰似發擂的亂剁了一陣。李逵笑道：「眼見這兩個不得活了。」插起大斧，提著人頭，大叫出廳前來：「兩個鬼我都捉了。」撇下人頭，滿莊裡人都吃一驚，都來看時，認得這個是太公的女兒，那個人頭，無人認得。數內一個莊客相了一回，認出道：「有些像東村頭會黏雀兒的王小二。」李逵道：「這個莊客到眼乖！」太公道：「師父怎生得知？」李逵道：「你女兒躲在床底下，被我揪出來問時，說道：『他是姦夫王小二，吃的飲食，都是他運來。』問了備細，方才下手。」太公哭道：「師父，留得我女兒也罷。」李逵罵道：「打脊老牛，女兒偷了漢子，兀自要留他！你恁地哭時，倒要賴我不謝。我明日卻和你說話。」燕青尋了個房，和李逵自去歇息。太公卻引人點著燈燭，入房裡去看時，照見兩個沒頭屍首，剁做十來段，丟在地下。太公、太婆煩惱啼哭，便叫人扛出後面，去燒化了。李逵睡到天明，跳將起來，對太公道：「昨夜與你捉了鬼，你如何不謝？」太公只得收拾酒食相待，李逵、燕青吃了便行。狄太公自理家事，不在話下。

且說李逵和燕青離了四柳村，依前上路，此時草枯地闊，木落山空，於路無話。兩個因大寬轉梁山泊北，到寨尚有七八十里，巴不到山，離荊門鎮不遠。當日天晚，兩個奔到一個大莊院敲門，燕青道：「俺們尋客店中歇去。」李逵道：「這大戶人家，卻不強似客店多少！」說猶未了，莊客出來，對說道：「我主太公正煩惱哩！你兩個別處去歇。」李逵直走入去，燕青拖扯不住，直到草廳上。李逵口裡叫道：「過往客人借宿一宵，打甚鳥緊！便道太公煩惱！我正要和煩惱的說話。」裡面太公張時，看見李逵生得凶惡，暗地教人出來接納，請去廳外側首，有間耳房，叫他兩個安歇，造些飯食，與他兩個吃，著他裡面去睡。多樣時，搬出飯來，兩個吃了，就便歇息。

李逵當夜沒些酒，在土炕子上翻來覆去睡不著，只聽得太公、太婆在裡面哽哽咽咽的哭，李逵心焦，那雙眼怎地得合。巴到天明，跳將起來，便向廳前問道：「你家甚麼人，哭這一夜，攪得老爺睡不著。」太公聽了，只得出來答道：「我家有個女兒，年方一十八歲，被人強奪了去，以此煩惱。」李逵道：「又來作怪！奪你女兒的是誰？」太公道：「我與你說他姓名，驚得你屁滾尿流！他是梁山泊頭領宋江，有一百單八個好漢，不算小軍。」李逵道：「我且問你：他是幾個來？」太公道：「兩日前，他和一個小後生各騎著一匹馬來。」李逵便叫燕青：「小乙哥，你來聽這老兒說的話，俺哥哥原來口是心非，不是好人了也。」燕青道：「大哥莫要造次，定沒這事！」李逵道：「他在東京兀自去李師師家去，到這裡怕不做出來！」李逵便對太公說道：「你莊裡有飯，討些我們吃。我實對你說，則我便是梁山泊黑旋風李逵，這個便是浪子燕青。既是宋江奪了你的女兒，我去討來還你。」太公拜謝了。

李逵、燕青徑望梁山泊來，直到忠義堂上。宋江見了李逵、燕青回來，便問道：「兄弟，你兩個那裡來？錯了許多路，如今方到。」李逵那裡答應，睜圓怪眼，拔出大斧，先砍倒了杏黃旗，把「替天行道」四個字扯做粉碎，眾人都吃一驚。宋江喝道：「黑廝又做甚麼？」李逵拿了雙斧，搶上堂來，徑奔宋江，詩曰：

梁山泊裡無奸佞，忠義堂前有諍臣。
留得李逵雙斧在，世間直氣尚能伸。

當有關勝、林沖、秦明、呼延灼、董平五虎將，慌忙攔住，奪了大斧，揪下堂來。宋江大怒，喝道：「這廝又來作怪！你且說我的過失。」李逵氣做一團，那裡說得出。燕青向前道：「哥哥聽稟一路上備細：他在東京城外客店裡跳將出來，拿著雙斧，要去劈門，被我一跤攧翻，拖將起來。說與他：『哥哥已自去了，獨自一個風甚麼？』恰才信小弟說，不敢從大路走。他又沒了頭巾，把頭髮綰做兩個丫髻。正來到四柳村狄太公莊上，他去做法官捉鬼，正拿了他女兒並姦夫兩個，都剁做肉醬。後來卻從大路西邊上山，他定要大寬轉，將近荊門鎮，當日天晚了，便去劉太公莊上投宿。只聽得太公兩口兒一夜啼哭，他睡不著，巴得天明，起去問他。劉太公說道：『兩日前梁山泊宋江和一個年紀小的後生，騎著兩匹馬到莊上來，老兒聽得說是替天行道的人，因此叫這十八歲的女兒出來把酒，吃到半夜，兩個把他女兒奪了去。』李逵大哥聽了這話，便道是實，我再三解說道：『俺哥哥不是這般的人，多有依草附木，假名托姓的在外頭胡做。』李大哥道：『我見他在東京時，兀自戀著唱的李師師不肯放，不是他是誰？』因此來發作。」宋江聽罷，便道：「這般屈事，怎地得知？如何不說？」李逵道：「我閒常把你做好漢，你原來卻是畜生！你做得這等好事！」宋江喝道：「你且聽我說！我和三二千軍馬回來，兩匹馬落路時，須瞞不得眾人。若還搶得一婦人，必然只在寨裡！你卻去我房裡搜看。」李逵道：「哥哥，你說甚麼鳥閒話！山寨裡都是你手下的人，護你的多，那裡不藏過了！我當初敬你是個不貪色欲的好漢，你原來是酒色之徒：殺了閻婆惜，便是小樣（小的例證）；去東京養李師師，便是大樣（大的例證）。你不要賴，早早把女兒送還老劉，倒有個商量。你若不把女兒還他時，我早做早殺了你，晚做晚殺了你。」宋江道：「你且不要鬧嚷，那劉太公不死，莊客都在，俺們同去面對。若還對翻了，就那裡舒著脖子，受你板斧；如若對不翻，你這廝沒上下，當得何罪？」李逵道：「我若還拿你不著，便輸這顆頭與你！」宋江道：「最好，你眾兄弟都是證見。」便叫鐵面孔目裴宣寫了賭賽軍令狀二紙，兩個各書了字，宋江的把與李逵收了，李逵的把與宋江收了。李逵又道：「這後生不是別人，只是柴進。」柴進道：「我便同去。」李逵道：「不怕你不來。若到那裡對翻了之時，不怕你柴大官人，是米大官人，也吃我幾斧。」柴進道：「這個不妨，你先去那裡等。我們前去時，又怕有蹺蹊。」李逵道：「正是。」便喚了燕青：「俺兩個依前先去，他若不來，便是心虛，回來罷休不得。」正是：

至人無過任評論，其次納諫以為恩。
最下自差偏自是，令人敢怒不敢言。

燕青與李逵再到劉太公莊上，太公接見，問道：「好漢，所事如何？」李逵道：「如今我那宋江，他自來教你認他，你和太婆並莊客都仔細認他。若還是時，只管實說，不要怕他，我自替你做主。」只見莊客報道：「有十數騎馬來到莊上了。」李逵道：「正是了。」側邊屯住了人馬，只教宋江、柴進入來。宋江、柴進徑到草廳上坐下。李逵提著板斧立在側邊，只等老兒叫聲是，李逵便要下手。那劉太公近前來拜了宋江。李逵問老兒道：「這個是奪你女兒的不是？」那老兒睜開尫羸眼，打起老精神，定睛看了道：「不是。」宋江對李逵道：「你卻如何？」李逵道：「你兩個先著眼瞅他，這老兒懼怕你，便不敢說是。」宋江道：「你叫滿莊人都來認我。」李逵隨即叫到眾莊客人等認時，齊聲叫道：「不是。」宋江道：「劉太公，我便是梁山泊宋江，這位兄弟，便是柴進。你的女兒，都是吃假名托姓的騙將去了。你若打聽得出來，報上山寨，我與你做主。」宋江對李逵道：「這裡不和你說話，你回來寨裡，自有辯理。」宋江、柴進自與一行人馬，先回大寨裡去。燕青道：「李大哥，怎地好？」李逵道：「只是我性緊上（性急衝動），錯做了事。既然輸了這顆頭，我自一刀割將下來，你把去獻與哥哥便了。」燕青道：「你沒來由尋死做甚麼？我叫你一個法則，喚做『負荊請罪』。」李逵道：「怎地是負荊？」燕青道：「自把衣服脫了，將麻繩綁縛了，脊梁上背著一把荊杖，拜伏在忠義堂前，告道：『由哥哥打多少。』他自然不忍下手。這個喚做『負荊請罪』。」李逵道：「好卻好，只是有些惶恐，不如割了頭去乾淨。」燕青道：「山寨裡都是你兄弟，何人笑你？」李逵沒奈何，只得同燕青回寨來，負荊請罪。

卻說宋江、柴進先歸到忠義堂上，和眾兄弟們正說李逵的事，只見黑旋風脫得赤條條地，背上負著一把荊杖，跪在堂前，低著頭，口裡不做一聲。宋江笑道：「你那黑廝，怎地負荊？只這等饒了你不成！」李逵道：「兄弟的不是了！哥哥揀大棍打幾十罷！」宋江道：「我和你賭砍頭，你如何卻來負荊？」李逵道：「哥哥既是不肯饒我，把刀來割這顆頭去，也是了當。」眾人都替李逵陪話。宋江道：「若要我饒他，只教他捉得那兩個假宋江，討得劉太公女兒來還他，這等方才饒你。」李逵聽了，跳將起來，說道：「我去甕中捉鱉，手到拿來！」宋江道：「他是兩個好漢，又有兩副鞍馬，你只獨自一個，如何近傍得他？再叫燕青和你同去。」燕青道：「哥哥差遣，小弟願往。」便去房中取了弩子，綽了齊眉棍，隨著李逵，再到劉太公莊上。

燕青細問他來情，劉太公說道：「日平西時來，三更裡去了，不知所在，又不敢跟去。那為頭的生的矮小，黑瘦面皮，第二個夾壯身材，短髮大眼。」二人問了備細，便叫：「太公放心，好歹要救女兒還你！我哥哥宋公明的將令，務要我兩個尋將來，不敢違誤。」便叫煮下乾肉，做下蒸餅，各把料袋裝了，拴在身邊，離了劉太公莊上。先去正北上尋，但見荒僻無人煙去處。走了一兩日，絕不見些消耗（消息）。卻去正東上，又尋了兩日，直到凌州高唐界內，又無消息。李逵心焦面熱，卻回來望西邊尋去。又尋了兩日，絕無些動靜。當晚兩個且向山邊一個古廟中供床上宿歇，李逵那裡睡得著，爬起來坐地。只聽得廟外有人走的響，李逵跳將起來，開了廟門看時，只見一條漢子，提著把朴刀，轉過廟後山腳下上去，李逵在背後跟去。燕青聽得，拿了弩弓，提了桿棍，隨後跟來，叫道：「李大哥，不要趕，我自有道理。」是夜月色朦朧，燕青遞桿棍與了李逵，遠遠望見那漢低著頭只顧走。燕青趕近，搭上箭，弩弦穩放，叫聲：「如意子，不要誤我。」只一箭，正中那漢的右腿，撲地倒了。李逵趕上，劈衣領揪住，直拿到古廟中，喝問道：「你把劉太公的女兒搶的那裡去了？」那漢告道：「好漢，小人不知此事，不曾搶甚麼劉太公女兒。小人只是這裡剪徑，做些小買賣，那裡敢大弄，搶奪人家子女！」李逵把那漢捆做一塊，提起斧來喝道：「你若不實說，砍你做二十段。」那漢叫道：「且放小人起來商議。」燕青道：「漢子，我且與你拔了這箭。」放將起來問道：「劉太公女兒，端的是甚麼人搶了去？只是你這裡剪徑的，你豈可不知些風聲？」那漢道：「小人胡猜，未知真實，離此間西北上約有十五里，有一座山，喚做牛頭山，山上舊有一個道院，近來新被兩個強人：一個姓王，名江，一個姓董，名海，——這兩個都是綠林中草賊，——先把道士道童都殺了，隨從只有五七個伴當，占住了道院，專一下來打劫。但到處只稱是宋江，多敢是這兩個搶了去。」燕青道：「這話有些來歷，漢子，你休怕我！我便是梁山泊浪子燕青，他便是黑旋風李逵。我與你調理箭瘡，你便引我兩個到那裡去。」那人道：「小人願往。」

燕青去尋朴刀還了他，又與他扎縛了瘡口，趁著月色微明，燕青、李逵扶著他走過十五里來路，到那山看時，苦不甚高，果似牛頭之狀。三個上得山來，天尚未明，來到山頭看時，團團一遭土牆，裡面約有二十來間房子。李逵道：「我與你先跳入牆去。」燕青道：「且等天明卻理會。」李逵那裡忍耐得，騰地跳將過去了。只聽得裡面有人喝聲，門開處，早有人出來，便挺朴刀來奔李逵。燕青生怕撅撒了事，拄著桿棒，也跳過牆來。那中箭的漢子一道煙走了。燕青見這出來的好漢正鬥李逵，潛身暗行，一棒正中那好漢臉頰骨上，倒入李逵懷裡來，被李逵後心只一斧，砍翻在地，裡面絕不見一個人出來。燕青道：「這廝必有後路走了。我與你去截住後門，你卻把著前門，不要胡亂入去。」且說燕青來到後門牆外，伏在黑暗處，只見後門開處，早有一條漢子拿了鑰匙，來開後面牆門。燕青轉將過去，那漢見了，繞房簷便走出前門來。燕青大叫：「前門截住！」李逵搶將過來，只一斧，劈胸膛砍倒，便把兩顆頭都割下來，拴做一處。李逵性起，砍將入去，泥神也似都推倒了。那幾個伴當躲在灶前，被李逵趕去，一斧一個，都殺了。來到房中看時，果然見那個女兒在床上嗚嗚的啼哭。看那女子，雲鬢花顏，其實美麗，有詩為證：

弓鞋窄窄起春羅，香沁酥胸玉一窩。
麗質難禁風雨驟，不勝幽恨蹙秋波。

燕青問道：「你莫不是劉太公女兒麼？」那女子答道：「奴家在十數日之前，被這兩個賊擄在這裡，每夜輪一個將奴家姦宿。奴家晝夜淚雨成行，要尋死處，被他監看得緊。今日得將軍搭救，便是重生父母，再養爹娘。」燕青道：「他有兩匹馬，在那裡放著？」女子道：「只在東邊房內。」燕青備上鞍子，牽出門外，便來收拾房中積攢下的黃白之資，約有三五千兩。燕青便叫那女子上了馬，將金銀包了，和人頭抓了，拴在一匹馬上。李逵縛了個草把，將窗下殘燈，把草房四邊點著燒起。他兩個開了牆門，步送女子下山，直到劉太公莊上，爹娘見了女子，十分歡喜，煩惱都沒了，盡來拜謝兩位頭領。燕青道：「你不要謝我兩個，你來寨裡拜謝俺哥哥宋公明。」

兩個酒食都不肯吃，一家騎了一匹馬，飛奔山上來。回到寨中，紅日銜山之際，都到三關之上。兩個牽著馬，駝著金銀，提了人頭，徑到忠義堂上，拜見宋江。燕青將前事細細說了一遍。宋江大喜，叫把人頭埋了，金銀收入庫中，馬放去戰馬群內餵養。次日，設筵宴與燕青、李逵作賀。劉太公也收拾金銀上山，來到忠義堂上，拜謝宋江。宋江那裡肯受，與了酒飯，教送下山回莊去了，不在話下。梁山泊自是無話，不覺時光迅速。

看看鵝黃著柳，漸漸鴨綠生波。桃腮亂簇紅英，杏臉微開絳蕊。山前花，山後樹，俱發萌芽；州上蘋，水中蘆，都回生意。穀雨初晴，可是麗人天氣；禁煙（清明前一天的寒食節）才過，正當三月韶華。

宋江正坐，只見關下解一伙人到來，說道：「拿到一伙牛子（俘虜），有七八個車箱，又有幾束哨棒。」宋江看時，這伙人都是彪形大漢，跪在堂前告道：「小人等幾個直從鳳翔府來，今上泰安州燒香。目今三月二十八日天齊聖帝（泰山神）降誕之辰，我每都去台上使棒，一連三日，何止有千百對在那裡。今年有個撲手好漢，是太原府人氏，姓任，名原，身長一丈，自號『擎天柱』，口出大言，說道：『相撲世間無對手，爭跤天下我為魁。』聞他兩年曾在廟上爭跤，不曾有對手，白白地拿了若干利物，今年又貼招兒，單搦天下人相撲。小人等因這個人來，一者燒香，二乃為看任原本事，三來也要偷學他幾路好棒，伏望大王慈悲則個。」

宋江聽了，便叫小校：「快送這伙人下山去，分毫不得侵犯。今後遇有往來燒香的人，休要驚嚇他，任從過往。」那伙人得了性命，拜謝下山去了。只見燕青起身稟覆宋江，說無數句，話不一席。有分教，驚動了泰安州，大鬧了祥符縣。正是東岳廟中雙虎鬥，嘉寧殿上二龍爭。畢竟燕青說出甚麼話來，且聽下回分解。

第七十四回

燕青智撲擎天柱　李逵壽張喬坐衙

話說這燕青，他雖是三十六星之末，卻機巧心靈，多見廣識，了身達命（了悟人生，通達事理），都強似那三十五個。當日燕青稟宋江道：「小乙自幼跟著盧員外學得這身相撲，江湖上不曾逢著對手，今日幸遇此機會，三月二十八日又近了，小乙並不要帶一人，自去獻台上，好歹攀他攧一跤。若是輸了？死，永無怨心；倘或贏時，也與哥哥增些光彩。這日必然有一場好鬧，哥哥卻使人救應。」宋江說道：「賢弟，聞知那人身長一丈，貌若金剛，約有千百斤氣力，你這般瘦小身材，縱有本事，怎地近傍得他？」燕青道：「不怕他長大身材，只恐他不著圈套。常言道：『相撲的有力使力，無力鬥智。』非是燕青敢說口，臨機應變，看景生情，不倒的輸與他那呆漢。」盧俊義便道：「我這小乙，端的自小學成好一身相撲，隨他心意，叫他去。至期，盧某自去接應他回來。」宋江問道：「幾時可行？」燕青答道：「今日是三月二十四日了，來日拜辭哥哥下山，路上略宿一宵，二十六日趕到廟上，二十七日在那裡打探一日，二十八日卻好和那廝放對。」當日無事，次日宋江置酒與燕青送行。眾人看燕青時，打扮得村村樸樸（蠢笨可笑的樣子），將一身花繡把衲襖包得不見，扮做山東貨郎，腰裡插著一把串鼓兒，挑一條高肩雜貨擔子，諸人看了都笑。宋江道：「你既然裝做貨郎擔兒，你且唱個山東貨郎轉調歌與我眾人聽。」燕青一手拈串鼓，一手打板，唱出貨郎太平歌，與山東人不差分毫來去，眾人又笑。酒至半酣，燕青辭了眾頭領下山，過了金沙灘，取路往泰安州來。

當日天晚，正待要尋店安歇，只聽得背後有人叫道：「燕小乙哥，等我一等。」燕青歇下擔子看時，卻是黑旋風李逵。燕青道：「你趕來怎地？」李逵道：「你相伴我去荊門鎮走了兩遭，我見你獨自個來，放心不下，不曾對哥哥說知，偷走下山，特來幫你。」燕青道：「我這裡用你不著，你快早早回去。」李逵焦躁起來，說道：「你便是真個了得的好漢，我好意來幫你，你倒翻成惡意！我卻偏要去！」燕青尋思，怕壞了義氣，便對李逵說道：「和你去不爭。那裡聖帝生日，都是四山五岳的人聚會，認得你的頗多，你依得我三件事，便和你同去。」李逵道：「依得。」燕青道：「從今路上和你前後各自走，一腳到客店裡，入得店門，你便自不要出來，這是第一件了。第二件，到得廟上客店裡，你只推病，把被包了頭臉，假做打鼾睡，更不要做聲。第三件，當日廟上，你挨在稠人中看爭跤時，不要大驚小怪。大哥，依得麼？」李逵道：「有甚難處！都依你便了。」當晚兩個投客店安歇。次日五更起來，還了房錢，同行到前面打火吃了飯，燕青道：「李大哥，你先走半里，我隨後來也。」那條路上，只見燒香的人來往不絕，多有講說任原的本事，兩年在泰岳無對，今年又經三年了。燕青聽得，有在心裡。申牌時候，將近廟上旁邊眾人都立定腳，仰面在那裡看。燕青歇下擔兒，分開人叢，也挨向前看時，只見兩條紅標柱，恰與坊巷牌額一般相似，上立一面粉牌，寫道：「太原相撲擎天柱任原。」旁邊兩行小字道：「拳打南山猛虎，腳踢北海蒼龍」。燕青看了，便扯匾擔，將牌打得粉碎，也不說什麼，再挑了擔兒，望廟上去了。看的眾人，多有好事的，飛報任原說，今年有劈牌放對（挑戰擂主）的。

且說燕青前面迎著李逵，便來尋客店安歇。原來廟上好生熱鬧，不算一百二十行經商買賣，只客

第七十四回

燕青智撲擎天柱　李逵壽張喬坐衙

店也有一千四五百家，延接天下香官。到菩薩聖節之時，也沒安著人處，許多客店，都歇滿了。燕青、李逵只得就市梢頭賃一所客店安下，把擔子歇了，取一床夾被，教李逵睡著。店小二來問道：「大哥是山東貨郎，來廟上趕趁，怕敢出房錢不起？」燕青打著鄉談說道：「你好小覷人！一間小房，值得多少，便比一間大房錢，沒處去了。別人出多少房錢，我也出多少還你。」店小二道：「大哥休怪，正是要緊的日子，先說得明白最好。」燕青道：「我自來做買賣，倒不打緊，那裡不去歇了，不想路上撞見了這個鄉中親戚，現患氣病，因此只得要討你店中歇。我先與你五貫銅錢，央及你就鍋中替我安排些茶飯，臨起身一發酬謝你。」小二哥接了銅錢，自去門前安排茶飯，不在話下。

沒多時候，只聽得店門外熱鬧，二三十條大漢走入店裡來，問小二哥道：「劈牌定對的好漢，在那房裡安歇？」店小二道：「我這裡沒有。」那伙人道：「都說在你店中。」小二哥道：「只有兩眼房，空著一眼，一眼是個山東貨郎，扶著一個病漢賃了。」那一伙人道：「正是那個貨郎兒劈牌定對。」店小二道：「休道別人取笑！那貨郎兒是一個小小後生，做得甚用！」那伙人齊道：「你只引我們去張一張。」店小二指道：「那角落頭房裡便是。」眾人來看時，見緊閉著房門，都去窗子眼裡張時，見裡面床上兩個人腳廝抵睡著。眾人尋思不下，數內有一個道：「既是敢來劈牌，要做天下對手，不是小可的人，怕人算他，以定是假裝害病的。」眾人道：「正是了，都不要猜，臨期便見。」不到黃昏前後，店裡何止三二十伙人來打聽，分說得店小二口唇也破了。當晚搬飯與二人吃，只見李逵從被窩裡鑽出頭來，小二哥見了，吃一驚，叫聲：「阿呀！這個是爭跤的爺爺了！」燕青道：「爭跤的不是他，他自病患在身，我便是徑來爭跤的。」小二哥道：「你休要瞞我，我看任原吞得你在肚裡。」燕青道：「你休笑我，我自有法度，教你們大笑一場，回來多把利物賞你。」小二哥看著他們吃了晚飯，收了碗碟，自去廚頭洗刮，心中只是不信。

次日，燕青和李逵吃了些早飯，吩咐道：「哥哥，你自拴了房門高睡。」燕青卻隨了眾人，來到岱岳廟裡看時，果然是天下第一，但見：

廟居泰岱，山鎮乾坤。為山嶽之至尊，乃萬神之領袖。山頭伏檻，直望見弱水蓬萊；絕頂攀松，盡都是密雲薄霧。樓台森聳，疑是金烏展翅飛來；殿角棱層，恍覺玉兔騰身走到。雕梁畫棟，碧瓦朱簷，鳳扉亮槅映黃紗，龜背繡簾垂錦帶。遙觀聖像，九旒冕舜目（相傳舜的兩眼有四個瞳孔）堯眉（堯的眉毛有八種顏色）；近睹神顏，袞龍袍湯肩禹背。九天司命，芙蓉冠掩映絳綃衣；炳靈聖公，赭黃袍偏稱藍田帶。左侍下玉簪珠履，右侍下紫綬金章。閻殿威嚴，護駕三千金甲將，兩廊猛勇，勤王十萬鐵衣兵。五嶽樓相接東宮，仁安殿緊連北闕。蒿里山（在泰山南，為死人葬地）下，判官分七十二司；白騾廟中，土神按二十四氣。管火池鐵面太尉，月月通靈；掌生死五道將軍，年年顯聖。御香不斷，天神飛馬報丹書；祭祀依時，老幼望風皆獲福。嘉寧殿祥雲杳靄，正陽門瑞氣盤旋。萬民朝拜碧霞君（道教女神），四遠歸依仁聖帝。

當時燕青遊玩了一遭，卻出草參亭參拜了四拜，問燒香的說：「這相撲任教師在那裡歇？」便有好事人說：「在迎恩橋下那個大客店裡便是，他教著二三百個上足徒弟。」燕青聽了，徑來迎恩橋下看時，見橋邊欄桿子上坐著二三十個相撲子弟，面前遍插鋪金旗牌，錦繡帳額，等身靠背。燕青閃入客店裡去，看見任原坐在亭心上，真乃有揭諦（護法神）儀容，金剛貌相。袒開胸脯，顯存孝打虎之威；側坐胡床，有霸王拔山之勢。在那裡看徒弟相撲。數內有人認得燕青曾劈牌來，暗暗報與任原。

第七十四回

燕青智撲擎天柱　李逵壽張喬坐衙

只見任原跳將起來，扇著膀子，口裡說道：「今年那個合死的，來我手裡納命。」燕青低了頭，急出店門，聽得裡面都笑。急回到自己下處，安排些酒食，與李逵同吃了一回。李逵道：「這們睡，悶死我也！」燕青道：「只有今日一晚，明日便見雌雄。」當時閒話，都不必說。三更前後，聽得一派鼓樂響，乃是廟上眾香官與聖帝上壽。四更前後，燕青、李逵起來，問店小二先討湯洗了面，梳光了頭，脫去了裡面衲襖，下面牢拴了腿綳護膝，匾扎起了熟絹水褌，穿了多耳麻鞋，上穿汗衫，搭膊系了腰。兩個吃了早飯，叫小二吩咐道：「房中的行李，你與我照管。」店小二應道：「並無失脫，早早得勝回來。」只這小客店裡，也有三二十個燒香的，都對燕青道：「後生，你自斟酌，不要枉送了性命。」燕青道：「當下小人喝彩之時，眾人可與小人奪些利物。」眾人都有先去了的。李逵道：「我帶了這兩把板斧去也好。」燕青道：「這個卻使不得，被人看破，誤了大事。」當時兩個雜在人隊裡，先去廊下，做一塊兒伏了。那日燒香的人，真乃亞肩疊背，偌大一個東岳廟，一湧便滿了，屋脊梁上都是看的人。朝著嘉寧殿，紮縛起山棚，棚上都是金銀器皿，錦繡緞匹，門外拴著五頭駿馬，全副鞍轡。知州禁住燒香的人，看這當年相撲獻聖。一個年老的部署，拿著竹批，上得獻台，參神已罷，便請今年相撲的對手，出馬爭跤。說言未了，只見人如潮湧，卻早十數對哨棒過來，前面列著四把繡旗。那任原坐在轎上，這轎前轎後三二十對花胳膊的好漢，前遮後擁，來到獻台上。部署請下轎來，開了幾句溫暖的呵會。任原道：「我兩年到岱岳，奪了頭籌，白白拿了若干利物，今年必用脫膊。」說罷，見一個拿水桶的上來。任原的徒弟，都在獻台邊，一周遭都密密地立著。且說任原先解了搭膊，除了巾幘，虛籠著蜀錦襖子，喝了一聲參神喏，受了兩口神水，脫下錦襖，百十萬人齊喝一聲采。看那任原時，怎生打扮：

頭綰一窩穿心紅角子，腰繫一條絳羅翠袖。三串帶兒拴十二個玉蝴蝶牙子扣兒，主腰上排數對金鴛鴦踅褶襯衣。護膝中有銅襠銅褲，繳臁內有鐵片鐵環。扎腕牢拴，踢鞋緊繫。世間架海擎天柱，岳下降魔斬將人。

那部署道：「教師兩年在廟上不曾有對手，今年是第三番了，教師有甚言語，安覆天下眾香官？」任原道：「四百座軍州，七千餘縣治，好事香官，恭敬聖帝，都助將利物來，任原兩年白受了，今年辭了聖帝還鄉，再也不上山來了。東至日出，西至日沒，兩輪日月，一合乾坤，南及南蠻，北濟幽燕，敢有出來和我爭利物的麼？」說猶未了，燕青捺著兩邊人的肩臂，口中叫道：「有，有！」從人背上直飛搶到獻台上來。眾人齊發聲喊。那部署接著問道：「漢子，你姓甚名誰？那裡人氏？你從何處來？」燕青道：「我是山東張貨郎，特地來和他爭利物。」那部署道：「漢子，性命只在眼前，你省得麼？你有保人也無？」燕青道：「我就是保人，死了要誰償命？」部署道：「你且脫膊下來看。」燕青除了頭巾，光光的梳著兩個角兒，脫下草鞋，赤了雙腳，蹲在獻台一邊，解了腿綳護膝，跳將起來，把布衫脫將下來，吐個架子（亮個身段架式），則見廟裡的看官如攪海翻江相似，迭頭價喝彩，眾人都呆了。

任原看了他這花繡，急健身材，心裡到有五分怯他。殿門外月台上本州太守坐在那裡彈壓，前後皂衣公吏環立七八十對，隨即使人來叫燕青下獻台，來到面前。太守見了他這身花繡，一似玉亭柱上鋪著軟翠，心中大喜，問道：「漢子，你是那裡人氏？因何到此？」燕青道：「小人姓張，排行第一，山東萊州人氏，聽得任原搦天下人相撲，特來和他爭跤。」知州道：「前面那匹全副鞍馬，是我出的利物，把與任原；山棚上應有物件，我主張分一半與你，你兩個分了罷，我自抬舉你在我身邊。」燕青道：「相公，這利物到不打緊，只要攧翻他，教眾人取笑，圖一聲喝彩。」知州道：「他是一個金剛般一條大漢，你敢近他不得！」燕青道：「死而無怨。」再上獻台來，要與任原定對。部署問他先要了文書，懷中取出相撲社條，讀了一遍，對燕青道：「你省得麼？不許暗算。」燕青冷笑道：「他身上都有準備，我單單只這個水褌兒，暗算他甚麼？」知州又叫部署來吩咐道：「這般一個漢子，俊俏後生，可惜了！你去與他分了這撲。」部署隨即上獻台，又對燕青道：「漢子，你留了性命還鄉去罷，我與你分了這撲。」燕青道：「你好不曉事，知是我贏我輸！」眾人都和起來。只見分開了數萬香官，兩邊排得似魚鱗一般，廊廡屋脊上也都坐滿，只怕遮著了這對相撲。任原此時有心恨不得把燕青丟去九霄雲外，跌死了他。部署道：「既然你兩個要相撲，今年且賽這對獻聖，都要小心著，各各在意。」淨淨地獻台上只三個人，此時宿露盡收，旭日初起，部署拿著竹批，兩邊吩咐已了，叫聲：「看撲！」

這個相撲，一來一往，最要說得分明，說時遲，那時疾，正如空中星移電掣相似，些兒遲慢不得。當時燕青做一塊兒蹲在右邊，任原先在左邊立個門戶，燕青只不動撣。初時獻台上各占一半，中間心裡合跤，任原見燕青不動撣，看看逼過右邊來，燕青只瞅他下三面。任原暗忖道：「這人必來弄我下三面。你看我不消動手，只一腳踢這廝下獻台去。」任原看看逼將入來，虛將左腳賣個破綻，燕青叫一聲：「不要來！」任原卻待奔他，被燕青去任原左脅下穿將過去。任原性起，急轉身又來拿燕青，被燕青虛躍一躍，又在右脅下鑽過去。大漢轉身終是不便，三換換得腳步亂了。燕青卻搶將入去，用右手扭住任原，探左手插入任原交襠（褲襠），用肩胛頂住他胸脯，把任原直托將起來，頭重腳輕，借力便旋四五旋，旋到獻台邊，叫一聲：「下去！」把任原頭在下，腳在上，直攛下獻台來。這一撲，名喚叫「鵓鴿旋」，數萬的香官看了，齊聲喝彩！那任原的徒弟們見攧翻了他師父，先把山棚拽倒，亂搶了利物。眾人亂喝打時，那二三十徒弟搶入獻台來。知州那裡治押（壓制）得住，不想旁邊惱犯了這個太歲，卻是黑旋風李逵看見了，睜圓怪眼，倒豎虎斗，面前別無器械，便把杉剌子（圍欄）挽（折）蔥般拔斷，拿兩條杉木在手，直打將來。

香官數內有人認得李逵的，說將出名姓來，外面做公人的齊入廟裡大叫道：「休教走了梁山泊黑旋風！」那知府聽得這話，從頂門上不見了三魂，腳底下疏失了七魄，便望後殿走了。四下裡的人湧並圍將來，廟裡香官各自奔走。李逵看任原時，跌得昏暈，倒在獻台邊，口內只有些游氣。李逵揭塊石板，把任原頭打得粉碎。兩個從廟裡打將出來，門外弓箭亂射入來，燕青、李逵只得爬上屋去，揭瓦亂打。

不多時，只聽得廟門前喊聲大舉，有人殺將入來。當頭一個，頭戴白范陽氈笠兒，身穿白緞子襖，挎口腰刀，挺條朴刀，那漢是北京玉麒麟盧俊義。後面帶著史進、穆弘、魯智深、武松、解珍、解寶七籌好漢，引一千餘人，殺開廟門，入來策應。燕青、李逵見了，便從屋上跳將下來，跟著大隊便走。李逵便去客店裡拿了雙斧，趕來廝殺。這府裡整點得官軍來時，那伙好漢，已自去得遠了。官兵已知梁山泊人眾難敵，不敢來追趕。卻說盧俊義便叫收拾李逵回去，行了半日，路上又不見了李逵。盧俊義又笑道：「正是招災惹禍，必須使人尋他上山。」穆弘道：「我去尋他回寨。」盧俊義道：「最好。」

且不說盧俊義引眾還山，卻說李逵手持雙斧，直到壽張縣。當日午衙方散，李逵來到縣衙門口，大叫入來：「梁山泊黑旋風爹爹在此！」嚇得縣中人手足都麻木了，動撣不得。原來這壽張縣貼著梁山泊最近，若聽得「黑旋風李逵」五個字，端的醫得小兒夜啼驚哭，今日親身到來，如何不怕！當時李逵徑去知縣椅子上坐了，口中叫道：「著兩個出來說話，不來時，便放火！」廊下房內眾人商量：

「只得著幾個出去答應；不然，怎地得他去？」數內兩個吏員出來廳上拜了四拜，跪著道：「頭領到此，必有指使。」李逵道：「我不來打攪你縣裡人，因往這裡經過，閒耍一遭，請出你知縣來，我和他廝見。」兩個去了，出來回話道：「知縣相公卻才見頭領來，開了後門，不知走往那裡去了。」李逵不信，自轉入後堂房裡來尋，卻見有那幞頭衣衫匣子在那裡放著。李逵扭開鎖，取出幞頭，插上展角，將來戴了，把綠袍公服穿上，把角帶繫了，再尋皂靴，換了麻鞋，拿著槐簡，走出廳前，大叫道：「吏典人等都來參見！」眾人沒奈何，只得上去答應。李逵道：「我這般打扮也好麼？」眾人道：「十分相稱合適。」李逵道：「你們令史祗候都與我到衙了，便去；若不依我，這縣都翻做白地。」眾人怕他，只得聚集些公吏人來，擎著牙杖骨朵，打了三通擂鼓，向前聲喏。李逵呵呵大笑，又道：「你眾人內也著兩個來告狀。」吏人道：「頭領坐在此地，誰敢來告狀？」李逵道：「可知人不來告狀，你這裡自著兩個裝做告狀的來告。我又不傷他，只是取一回笑耍。」公吏人等商量了一會，只得著兩個牢子裝做廝打的來告狀，縣門外百姓都放來看。兩個跪在廳前，這個告道：「相公可憐見，他打了小人。」那個告：「他罵了小人，我才打他。」李逵道：「那個是吃打的？」原告道：「小人是吃打的。」又問道：「那個是打了他的？」被告道：「他先罵了，小人是打他來。」李逵道：「這個打了人的是好漢，先放了他去。這個不長進的，怎地吃人打了，與我枷號在衙門前示眾。」李逵起身，把綠袍抓扎起，槐簡揣在腰裡，掣出大斧，直看著枷了那個原告人，號令在縣門前，方才大踏步去了，也不脫那衣靴。縣門前看的百姓，那裡忍得住笑。正在壽張縣前走過東，走過西，忽聽得一處學堂讀書之聲，李逵揭起簾子，走將入去，嚇得那先生跳窗走了。眾學生們哭的哭，叫的叫，跑的跑，躲的躲。李逵大笑，出門來，正撞著穆弘。穆弘叫道：「眾人憂得你苦，你卻在這裡風！快上山去！」那裡由他，拖著便走。李逵只得離了壽張縣，徑奔梁山泊來。有詩為證：

牧民縣令每猖狂，自幼先生教不良。
應遣鐵牛巡歷到，琴堂鬧了鬧書堂。

二人渡過金沙灘，來到寨裡，眾人見了李逵這般打扮都笑。到得忠義堂上，宋江正與燕青慶喜，只見李逵放下綠襴袍，去了雙斧，搖搖擺擺，直至堂前，執著槐簡，來拜宋江。拜不得兩拜，把這綠襴袍踏裂，絆倒在地，眾人都笑。宋江罵道：「你這廝忒大膽！不曾著我知道，私走下山，這是該死的罪過！但到處便惹起事端，今日對眾弟兄說過，再不饒你！」李逵喏喏連聲而退。梁山泊自此人馬平安，都無甚事，每日在山寨中教演武藝，操練人馬，令會水者上船習學。各寨中添造軍器、衣袍、鎧甲、槍刀、弓箭、牌弩、旗幟，不在話下。

且說泰安州備將前事申奏東京，捲進奏院中，又有收得各處州縣申奏表文，皆為宋江等反亂，騷擾地方。此時道君皇帝有一個月不曾臨朝視事，當日早朝，正是三下靜鞭鳴御闕，兩班文武列金階，殿頭官喝道：「有事出班早奏，無事簾退朝。」進奏院卿出班奏曰：「臣院中收得各處州縣累次（多次）表文，皆為宋江等部領賊寇，公然直進府州，劫掠庫藏，搶擄倉廒，殺害軍民，貪厭無足，所到之處，無人可敵。若不早為剿捕，日後必成大患。」天子乃云：「上元夜此寇鬧了京國，今又往各處騷擾，何況那裡附近州郡？朕已累次差遣樞密院進兵，至今不見回奏。」旁有御史大夫崔靖出班奏曰：「臣聞梁山泊上立一面大旗，上書『替天行道』四字，此是曜民之術。民心既服，不可加兵。即目遼兵犯境，各處軍馬遮掩不及，若要起兵征伐，深為不便。以臣愚意，此等山間亡命之徒，皆犯官刑，無路可避，遂乃嘯聚山林，恣為不道。若降一封丹詔，光祿寺頒給御酒珍羞，差一員大臣，直到梁山泊，好言撫諭，招安來降，假此以敵遼兵，公私兩便。伏乞陛下聖鑑。」天子云：「卿言甚當，正合朕意。」便差殿前太尉陳宗善為使，齎擎丹詔御酒，前去招安梁山泊大小人數。是日朝散，陳太尉領了詔敕，回家收拾。不爭陳太尉奉詔招安，有分教，香醪翻做燒身藥，丹詔應為引戰書。畢竟陳太尉怎地來招安宋江，且聽下回分解。

第七十五回

活閻羅倒船偷御酒　黑旋風扯詔罵欽差

話說陳宗善領了詔書，回到府中，收拾起身，多有人來作賀：「太尉此行，一為國家幹事，二為百姓分憂，軍民除患。梁山泊以忠義為主，只待朝廷招安，太尉可著些甜言美語，加意撫恤（撫恤）。」正話間，只見太師府干人來請，說道：「太師相邀太尉說話。」陳宗善上轎，直到新宋門大街太師府前下轎，干人直引進節堂內書院中，見了太師，側邊坐下。茶湯已罷，蔡太師問道：「聽得天子差你去梁山泊招安，特請你來說知：到那裡不要失了朝廷綱紀，亂了國家法度。你曾聞論語有云：『行己有恥，使於四方，不辱君命，可謂使矣。』」陳太尉道：「宗善盡知，承太師指教。」蔡京又道：「我叫這個干人跟隨你去。他多省得法度，怕你見不到處，就與你提撥。」陳太尉道：「深謝恩相厚意。」辭了太師，引著干人，離了相府，上轎回家。方才歇定，門吏來報，高殿帥下馬。陳太尉慌忙出來迎接，請到廳上坐定，敘問寒溫已畢，高太尉道：「今日朝廷商量招安宋江一事，若是高俅在內，必然阻住。此賊累辱朝廷，罪惡滔天，今更赦宥罪犯，引入京城，必成後患。欲待回奏，玉音已出，且看大意如何。若還此賊仍昧良心，怠慢聖旨，太尉早早回京，不才奏過天子，整點大軍，親身到彼，剪草除根，是吾之願。太尉此去，下官手下有個虞候，能言快語，問一答十，好與太尉提撥事情。」陳太尉謝道：「感蒙殿帥憂心。」高俅起身，陳太尉送至府前，上馬去了。

次日，蔡太師府張干辦、高殿帥府李虞候，二人都到了。陳太尉拴束馬匹，整點人數，將十瓶御酒，裝在龍鳳擔內挑了，前插黃旗。陳太尉上馬，親隨五六人，張干辦、李虞候都乘馬匹，丹詔背在前面，引一行人出新宋門。—以下官員，亦有送路的，都回去了。—迤邐來到濟州。太守張叔夜接著，請到府中設筵相待，動問招安一節，陳太尉都說了備細。張叔夜道：論某愚意，招安一事最好；只是一件，太尉到那裡，須是陪些和氣，用甜言美語，撫恤他眾人，好共歹，只要成全大事。他數內有幾個性如烈火的漢子，倘或一言半語衝撞了他，便壞了大事。」張干辦、李虞候道：「放著我兩個跟著太尉，定不致差遲。太守，你只管教小心和氣，須壞了朝廷綱紀，小輩人常壓著，不得一半；若放他頭起，便做模樣。」張叔夜道：「這兩個是甚麼人？」陳太尉道：「這一個人是蔡太師府內干辦，這一個是高太尉府裡虞候。」張叔夜道：「只好教這兩位干辦不去罷！」陳太尉道：「他是蔡府、高府心腹人，不帶他去，必然疑心。」張叔夜道：「下官這話，只是要好，恐怕勞而無功。」張干辦道：「放著我兩個，萬丈水無涓滴漏。」張叔夜再不敢言語。一面安排筵宴管待，送至館驛內安歇。次日，濟州先使人去梁山泊報知。

卻說宋江每日在忠義堂上聚眾相會，商議軍情，早有細作人報知此事，未見真實，心中甚喜。當日小嘍羅領著濟州報信的直到忠義堂上，說道：「朝廷今差一個太尉陳宗善，齎到十瓶御酒，赦罪招安丹詔一道，已到濟州城內，這裡整備迎接。」宋江大喜，遂取酒食，並彩緞二匹、花銀十兩，打發報信人先回。宋江與眾人道：「我們受了招安，得為國家臣子，不枉吃了許多時磨難！今日方成正果！」吳用笑道：「論吳某的意，這番必然招安不成；縱使招安，也看得俺們如草芥。等這廝引將大軍來到，教他著些毒手，殺得他人亡馬倒，夢裡也怕，那時方受招安，才有些氣度。」宋江道：「你們若如此說時，須壞了『忠義』二字。」林沖道：「朝廷中貴官來時，有多少裝麼（擺架子），中間未必是好事。」關勝便道：「詔書上必然寫著些唬嚇的言語，來驚我們。」徐寧又道：「來的人必然是高太尉門下。」宋江道：「你們都休要疑心，且只顧安排接詔。」先令宋清、曹正準備筵席，委柴進都管提調，務要十分齊整。鋪設下太尉幕次，列五色絹緞，堂上堂下，搭彩懸花。先使裴宣、蕭讓、呂方、郭盛預前下山，離二十里伏道迎接。水軍頭領準備大船傍岸。吳用傳令：「你們盡依我行，不如此，行不得。」

且說蕭讓引著三個隨行，帶引五六人，並無寸鐵，將著酒果，在二十里外迎接。陳太尉當日在途中，張干辦、李虞候不乘馬匹，在馬前步行，背後從人，何止二三百，濟州的軍官約有十數騎，前面擺列導引人馬。龍鳳擔內挑著御酒，騎馬的背著詔匣。濟州牢子，前後也有五六十人，都要去梁山泊內，指望覓個小富貴。蕭讓、裴宣、呂方、郭盛在半路上接著，都俯伏道旁迎接。那張干辦便問道：「你那宋江大似誰？皇帝詔敕到來，如何不親自來接？甚是欺君！你這伙本是該死的人，怎受得朝廷招安？請太尉回去！」蕭讓、裴宣、呂方、郭盛俯伏在地，請罪道：「自來朝廷不曾有詔到寨，未見真實。宋江與大小頭領都在金沙灘迎接，萬望太尉暫息雷霆之怒，只要與國家成全好事，恕免則個。」李虞候便道：「不成全好事，也不愁你這伙賊飛上天去了。」有詩為證：

> 貝錦生讒自古然，小人凡事不宜先。
> 九天恩雨今宣布，可惜招安未十全。

當時呂方、郭盛道：「是何言語！只如此輕看人！」蕭讓、裴宣只得懇請他。捧去酒果，又不肯吃。眾人相隨來到水邊，梁山泊已擺著三隻戰船在彼，一隻裝載馬匹，一隻裝裴宣等一干人，一隻請太尉下船，並隨從一應人等，先把詔書御酒放在船頭上。那隻船正是活閻羅阮小七監督。當日阮小七坐在船梢上，分撥二十餘個軍健棹船，一家帶一口腰刀。陳太尉初下船時，昂昂然，旁若無人，坐在中間。阮小七招呼眾人，把船棹動，兩邊水手齊唱起歌來。李虞候便罵道：「村驢，貴人在此，全無忌憚！」那水手那裡睬他，只顧唱歌。李虞候拿起藤條，來打兩邊水手，眾人並無懼色。有幾個為頭的回話道：「我們自唱歌，干你甚事。」李虞候道：「殺不盡的反賊，怎敢回我話？」便把藤條去打，兩邊水手都跳在水裡去了。阮小七在艄上說道：「直這般打我水手下水裡去了，這船如何得去？」只見上流頭兩隻快船下來接。原來阮小七預先積下兩艙水，見後頭來船相近，阮小七便去拔了楔子，叫一聲：「船漏了！」水早滾上艙裡來，急叫救時，船裡有一尺多水。那兩隻船幫將攏來，眾人急救陳太尉過船去。各人且把船隻顧搖開，那裡來顧御酒詔書。兩隻快船先行去了。阮小七叫上水手來，舀了艙裡水，把展布都拭抹了，卻叫水手道：「你且掇一瓶御酒過來，我先嘗一嘗滋味。」一個水手便去擔中取一瓶酒出來，解了封頭，遞與阮小七。阮小七接過來，聞得噴鼻馨香。阮小七道：「只怕有毒，我且做個不著（冒一次險），先嘗些個。」也無碗瓢，和瓶便呷，一飲而盡。阮小七吃了一瓶道：「有些滋味。」一瓶那裡濟事，再取一瓶來，又一飲而盡。吃得口滑，一連吃了四瓶。阮小七道：「怎地好？」水手道：「船梢頭有一桶白酒在那裡。」阮小七道：「與我取舀水的瓢來，我都教你們到口。」將那六瓶御酒，都分與水手眾人吃了，卻裝上十瓶村醪水白酒，還把原封頭縛了，再放在龍鳳擔內，飛也似搖著船來，趕到金沙灘，卻好上岸。宋江等都在那裡迎接，香花燈燭，鳴金擂鼓，並山寨裡鼓樂，一齊都響，將御酒擺在桌子上，每一桌令四個人抬；詔書也在一個桌子上抬著。陳太尉上岸，宋江等接著，納頭便拜。宋江道：「文面小吏，罪惡迷天，曲辱貴人到此，接待不及，望乞恕罪。」李虞候道：「太尉是朝廷大貴人大臣，來招安你們，非同小可！如何把這等漏船，差那不曉事的村賊乘駕，險此兒誤了大貴人性命！」宋江道：「我這裡有的是好船，怎敢把漏船來載貴人？」張干辦道：「太尉衣襟上兀自濕了，你如何要賴！」宋江背後五虎將緊隨定，不離左右，又有八驃騎將簇擁前後，見這李虞候、張干辦在宋江前面指手劃腳，你來我去，都有心要殺這廝，只是礙著宋江一個，不敢下手。

當日宋江請太尉上轎，開讀詔書，四五次才請得上轎。牽過兩匹馬來，與張干辦、李虞候騎。這兩個男女，不知身己多大，裝煞臭麼。宋江央及得上馬行了，令眾人大吹大擂，迎上三關來。宋江等一百餘個頭領，都跟在後面，直迎至忠義堂前，一齊下馬，請太尉上堂，正面放著御酒詔匣，陳太尉、張干辦、李虞候立在左邊，蕭讓、裴宣立在右邊。宋江叫點眾頭領時，一百七人，於內單只不見了李逵。此時是四月間天氣，都穿夾羅戰襖，跪在堂上，拱聽開讀。陳太尉於詔書匣內取出詔書，度與蕭讓。裴宣贊禮，眾將拜罷，蕭讓展開詔書，高聲讀道：

制曰：文能安邦，武能定國。五帝憑禮樂而有疆封，三皇用殺伐而定天下。事從順逆，人有賢愚。朕承祖宗之大業，開日月之光輝，普天率土，罔不臣伏。近為爾宋江等嘯聚山林，劫擄郡邑，本欲用彰天討，誠恐勞我生民。今差太尉陳宗善前來招安，詔書到日，即將應有錢糧、軍器、馬匹、船隻，目下納官，拆毀巢穴，率領赴京，原免本罪。倘或仍昧良心，違戾詔制，天兵一至，齠齔（兒童）不留。故茲詔示，想宜知悉。宣和三年孟夏四月　日詔示

第七十五回

活閻羅倒船偷御酒　黑旋風扯詔罵欽差

蕭讓卻才讀罷，宋江已下皆有怒色；只見黑旋風李逵從梁上跳將下來，就蕭讓手裡奪過詔書，扯得粉碎，便來揪住陳太尉，拽拳便打。此時宋江、盧俊義大橫身抱住，那裡肯放他下手。恰才解拆得開，李虞候喝道：「這廝是甚麼人，敢如此大膽！」李逵正沒尋人打處，劈頭揪住李虞候便打，喝道：「寫來的詔書，是誰說的話？」張干辦道：「這是皇帝聖旨。」李逵道：「你那皇帝，正不知我這裡眾好漢，來招安老爺們，倒要做大！你的皇帝姓宋，我的哥哥也姓宋，你做得皇帝，偏我哥哥做不得皇帝！你莫要來惱犯著黑爹爹，好歹把你那寫詔的官員，盡都殺了！」眾人都來解勸，把黑旋風推下堂去。宋江道：「太尉且寬心，休想有半星兒差池。且取御酒，教眾人沾恩。」隨即取過一副嵌寶金花鍾，令裴宣取一瓶御酒，傾在銀酒海內，看時，卻是村醪白酒；再將九瓶都打開，傾在酒海內，卻是一般的淡薄村醪。眾人見了，盡都駭然，一個個都走下堂去了。魯智深提著鐵禪杖，高聲叫罵：「入娘撮鳥！忒煞是欺負人！把水酒做御酒來哄俺們吃！」赤髮鬼劉唐也挺著朴刀殺上來，行者武松掣出雙戒刀，沒遮攔穆弘、九紋龍史進，一齊發作。六個水軍頭領都罵下關去了。宋江見不是話，橫身在裡面攔當，急傳將令，叫轎馬護送太尉下山，休教傷犯。此時四下大小頭領，一大半鬧將起來，宋江、盧俊義只得親身上馬，將太尉並開詔一干人數護送下三關，再拜伏罪：「非宋江等無心歸降，實是草詔的官員不知我梁山泊的彎曲（隱情）。若以數句善言撫恤，我等盡忠報國，萬死無怨。太尉若回到朝廷，善言則個。」急急送過渡口，這一干人嚇得屁滾尿流，飛奔濟州去了。

卻說宋江回到忠義堂上，再聚眾頭領筵席。宋江道：「雖是朝廷詔旨不明，你們眾人也忒性躁。」吳用道：「哥哥，你休執迷！招安須自有日，如何怪得眾兄弟們發怒？朝廷忒不將人為念！如今閒話都打迭起，兄長且傳將令：馬軍拴束馬匹，步軍安排軍器，水軍整頓船隻，早晚必有大軍前來征討。一兩陣殺得他人亡馬倒，片甲不回，夢著也怕，那時卻再商量。」眾人道：「軍師言之極當。」是日散席，各歸本帳。

且說陳太尉回到濟州，把梁山泊開詔一事，訴與張叔夜。張叔夜道：「敢是你們多說甚言語來？」陳太尉道：「我幾曾敢發一言！」張叔夜道：「既是如此，枉費了心力，壞了事情，太尉急急回京，奏知聖上，事不宜遲。」

陳太尉、張干辦、李虞候一行人從，星夜回京來，見了蔡太師，備說梁山泊賊寇扯詔毀謗一節。蔡京聽了大怒道：「這伙草寇，安敢如此無禮！堂堂宋朝，如何教你這伙橫行！」陳太尉哭道：「若不是太師福蔭，小官粉骨碎身在梁山泊！今日死裡逃生，再見恩相！」太師隨即叫請童樞密、高、楊二太尉，都來相府，商議軍情。無片時，都請到太師府白虎堂內。眾官坐下，蔡太師教喚過張干辦、李虞候，備說梁山泊扯詔毀謗一事。楊太尉道：「這伙賊徒如何主張招安？當初是那一個官奏來？」高太尉道：「那日我若在朝內，必然阻住，如何肯行此事！」童樞密道：「鼠竊狗偷之徒，何足慮哉！區區不才，親引一支軍馬，克時定日掃清水泊而回。」眾官道：「來日奏聞。」當下都散。

次日早朝，眾官三呼萬歲，君臣禮畢，蔡太師出班，將此事上奏天子。天子大怒，問道：「當日誰奏寡人，主張招安？」侍臣給事中奏道：「此日是御史大夫崔靖所言。」天子教拿崔靖送大理寺問罪。天子又問蔡京道：「此賊為害多時，差何人可以收剿？」蔡太師奏道：「非以重兵，不能收伏。以臣愚意，必得樞密院官親率大軍，前去剿掃，可以刻日取勝。」天子教宣樞密使童貫問道：「卿肯領兵收捕梁山泊草寇麼？」童貫跪下奏曰：「古人有云：『孝當竭力，忠則盡命。』臣願效犬馬之勞，以除心腹之患。」高俅、楊戩亦皆保舉。天子隨即降下聖旨，賜與金印兵符，拜東廳樞密使童貫為大元帥，任從各處選調軍馬，前去剿捕梁山泊賊寇，擇日出師起行。正是登壇攘臂（激奮）稱元帥，敗陣攢眉似小兒。畢竟童樞密怎地出師，且聽下回分解。

國家圖書館出版品預行編目資料

水滸傳／施耐庵，徐凡注釋，初版
-- 新北市：新潮社，2019.03
面；　公分
ISBN 978-986-316-734-1（上冊：平裝）
ISBN 978-986-316-735-8（中冊：平裝）
ISBN 978-986-316-736-5（下冊：平裝）

857.46　　107023275

水滸傳 ㊥

施耐庵／著

【策　劃】張明
【出版人】翁天培
【出　版】新潮社文化事業有限公司
電話：(02) 8666-5711
傳真：(02) 8666-5833
E-mail：service@xcsbook.com.tw

【總經銷】創智文化有限公司
新北市土城區忠承路 89 號 6F（永寧科技園區）
電話：2268-3489
傳真：2269-6560

印前作業　菩薩蠻數位文化有限公司

初版一刷　2019 年 07 月